U0587773

唐诗学书系之六

唐诗汇评

增订本

书系主编　陈伯海

副主编　朱易安　查清华

陈伯海　主编

孙菊园　刘初棠　副主编

五

上海古籍出版社

白居易

白居易(772—846),字乐天,祖籍太原(今属山西),徙居下邽(今陕西渭南),生于新郑(今属河南)。幼聪慧。建中末,两河用兵,寄家符离,播迁吴越。贞元十六年(800),登进士第。又登书判拔萃、贤良方正能直言极谏科。元和元年,授盩厔尉。三年,除左拾遗,为翰林学士,居谏职内廷,直言无讳避;又为《秦中吟》、《新乐府》,指斥时事,故为权近所恶。丁母忧,服除,授太子左赞善大夫。十年,上疏请捕刺武元衡之凶手,贬江州司马。量移忠州刺史。穆宗即位,召为司门员外郎、主客郎中知制诰、中书舍人,出为杭、苏二州刺史。大和初,任秘书监、刑部侍郎。三年春病免,遂以太子宾客分司东都。历河南尹、太子少傅分司。会昌二年,以刑部尚书致仕。晚年闲居洛阳,皈依佛教,吟咏自适,自号"醉吟先生"、"香山居士"。卒。居易于元和中提倡新乐府,指斥时弊,反映民瘼,创通俗一派,影响深远。与元稹交厚,世称"元白",诗称"元白体"。晚年居洛,与刘禹锡唱和甚多,世称"刘白"。自编《白氏文集》七十五卷,宋初佚五卷。今有《白氏长庆集》(一名《白香山集》)七十一卷行世。《全唐诗》编诗三十九卷。

【汇评】

乐天之长,可以为多矣。夫讽谕之诗长于激;闲适之诗长于

遣;感伤之诗长于切;五言律诗百言而上长于赡;五字七字百言而下长于情。(元稹《白氏长庆集序》)

广大教化主:白居易。(《诗人主客图》)

元白力勍而气孱,乃都市豪估耳。(司空图《与王驾评诗》)

白乐天去世,大中皇帝以诗吊之曰:"缀玉联珠六十年,谁教冥路作诗仙。浮云不系名居易,造化无为字乐天。童子解吟长恨曲,胡儿能唱琵琶篇。文章已满行人耳,一度思卿一怆然。"(《唐摭言》)

居易文辞富艳,尤精于诗笔。自雠校至结绶畿甸,所著歌诗数十百篇,皆意存讽赋,箴时之病,补政之缺,而士君子多之,而往往流闻禁中。(《旧唐书》本传)

仁宗朝,有数达官以诗知名,常慕"白乐天体",故其语多得于容易。(《六一诗话》)

如白乐天诗词甚工,然拙于纪事,寸步不移,犹恐失之,此所以望老杜之藩垣而不及也。(《诗病五事》)

白居易亦善作长韵叙事,但格制不高,局于浅切,又不能更风操,虽百篇之意,只如一篇,故使人读而易厌也。(《临汉隐居诗话》)

白乐天每作诗,令一老妪解之,问曰:"解否?"妪曰解,则录之;不解,则易之。故唐末之诗近于鄙俚。(《冷斋夜话》)

白乐天诗自擅天然,贵在近俗;恨为苏小,虽美终带风尘耳。(《西清诗话》)

作诗贵雕琢,又畏有斧凿痕;贵破的,又畏粘皮骨:此所以为难。刘梦得称白乐天诗云:"郢人斤斫无痕迹,仙人衣裳弃刀尺。世人方内欲相从,行尽四维无处觅。"(《诗话总龟后集》)

梅圣俞云:"状难写之景,如在目前。"元微之云:"道得人心中事。"此固白乐天长处,然情意失于太详,景物失于太露,遂成浅近,

略无馀蕴,此其所短处。(《岁寒堂诗话》)

"亲家翁"、"开素"、"鹊楼河",皆俗语。白乐天用俗语为多,《赠皇甫郎中亲家翁》诗:"晚核嘉姻不失亲。"又云:"月终斋满谁开素,须记奇章置一筵。"又云:"凶似鹊楼河。"(《猗觉寮杂记》)

乐天云:"近世韦苏州歌行,才丽之外,颇近兴讽。其五言诗文,又高雅闲淡,自成一家之体,今之秉笔者,谁能及之。"然乐天既知韦应物之诗,而乃自甘心于浅俗,何耶?岂才有所限乎?(《观林诗话》)

《法藏碎金》云:余尝爱乐天词旨旷达,沃人胸中。有句云:"我无奈命何,委顺以待终。命无奈我何,方寸如虚空。"夫如是则造化均偏,不足为休戚,而况时情物态,安能刺鲠其心乎?(《苕溪渔隐丛话》)

乐天人多说其清高,其实爱官职,诗中及富贵处,皆说得口津津底涎出。(《朱子全书·论诗》)

白乐天如山东父老课农桑,事事言言皆着实。(《臞翁诗评》)

张文潜云:世以乐天诗为得于容易,而未尝于洛中一士人家见白公诗草数纸,点窜涂抹,及其成篇,殆与初作不侔。(《诗人玉屑》)

苕溪渔隐曰:乐天诗虽涉浅近,不至尽如冷斋所云。余旧尝于一小说中曾见此说,心不然之,惠洪乃取而载之诗话,是岂不思诗至于老妪解,乌得成诗也哉!余故以文潜所言,正其谬耳。(同上)

白氏集中,颇有遣怀之作,故达道之人,率多爱之。(同上)

陈后山云:陶渊明之诗,写其胸中之妙。无陶之妙而学其诗,终为乐天耳。   《青箱杂记》云:白乐天诗,达者之词也。(《诗林广记》)

乐天之诗,情致曲尽,入人肝脾,随物赋形,所在充满,殆与元气相侔。至长韵大篇,动数百千言,而顺适惬当,句句如一,无争张牵强之态。此岂撚断吟须、悲鸣口吻者所能至哉!而世或以浅易

轻之,盖不足与言矣。(《溏南诗话》)

余最喜白太傅诗,正以其不事雕饰,直写性情。夫《三百篇》何尝以雕绘为工耶?世又以元微之与白并称,然元已自雕绘,唯讽谕诸篇差可比肩耳。(《四友斋丛说》)

张为称白乐天"广大教化主"。用语流便,使事平妥,固其所长,极有冗易可厌者。少年与元稹角靡逞博,意在警策痛快,晚更作知足语,千篇一律。诗道未成,慎勿轻看,最能易人心手。(《艺苑卮言》)

白极推重刘"雪里高山头早白,海中仙果子生迟","沉舟侧畔千帆过,病树前头万木春",以为有神助,此不过学究之小有致者。白又时时颂李颀"渭水自清泾至浊,周公大圣接舆狂",欲模拟之而不可得。徐凝"千古长如白练飞,一条界破青山色",极是恶境界,白亦喜之,何也?风雅不复论矣,张打油、胡钉铰,此老便是作俑。(同上)

香山以禅为诗,以诗为禅。前乎此者,有王右丞;后乎此者,有苏端明,与香山材相等。三人诗格多因时代,不必求异,不必求同,此其入禅深处。夫无名,名之至也。(李维桢《读苏侍御诗》)

乐天诗世谓浅近,以意与语合也。若语浅意深,语近意远,则最上一乘,何得以此为嫌?《明妃曲》云:"汉使却回频寄语,黄金何日赎蛾眉?君王若问妾颜色,莫道不如宫里时。"《三百篇》、《十九首》不远过也。(《诗薮·内编》)

唐诗文至乐天,自别是一番境界、一种风流,而世规规以格律掎之,胡耳目之隘也?(胡应麟《题白乐天集》)

白性倜傥,善赋诗,尤工古歌。才调逸迈,往往兴会属辞,古人之善诗者亦不逮。(《唐音癸签》引刘全白语)

白乐天诗,善用俚语,近乎人情物理。元微之虽同称,差不及也。(《逸老堂诗话》)

白乐天五言古,其源出于渊明,但以其才大而限于时,故终成大变。其叙事详明,议论痛快,此皆以文为诗,实开宋人之门户耳。(《诗源辩体》)

五言古,退之语奇险,乐天语流便,虽甚相反,而快心露骨处则同;就其所造,各极其至,非馀子所及也。司空图谓"元白力勍而气孱",盖以其语太率易,不苍劲故耳。(同上)

乐天五言古最多,而诸家选录者少,盖以其语太率易而时近于俗,故修词者病之耳。然元和诸公之诗,贵快心尽意而纵恣自如,故予谓乐天诗在退之之下,东野之上。或有取于东野而无取于乐天,非所以论元和也。(同上)

乐天七言古,《长恨》、《琵琶》叙事鲜明,新乐府议论痛快,亦变体也。(同上)

乐天五七言律绝悉开宋人门户,但欠苍老耳。五言排律华赡整栗,而对尚工切,语皆琢磨,乃正变也。(同上)

乐天诗,非不自知其变,但以其才大不能束缚,故不得不然。观其《和答微之诗序》云:"顷者在科试间,常与足下同笔砚,每下笔时辄相顾,共患其意太切而理太周。故理太周则辞繁,意太切则言激。然与足下为文,所长在于此,所病亦在于此。"故知其不得不然耳。(同上)

何元朗最喜白太傅,称其"不事雕饰,直写性情",不知此政诗格所由卑也。(《诗辩坻》)

白公讽刺诗,周详明直,娓娓动人,自创一体,古人无是也。凡讽谕之义,欲得深隐,使言者无罪,闻者足戒。白公尽而露,其妙处正在周详,读之动人,此亦出于《小雅》也。(《才调集补注》)

白傅实一清奇之才,歌行、曲引、乐府、杂律诗,故多可观者。其病有二:一在务多,一在强学少陵。率尔下笔,秦武王与乌获争雄,一举鼎而绝脰矣。(《载酒园诗话又编》)

选白诗从无精识,喜恬澹者兼收鄙俚,尚气格者并削风藻,此子瞻所云"不与饭俱咽,即与饭俱吐"者也。(同上)

白傅诗平易坦直,如家人妇子谈布帛菽粟事,自我作古,前人从无此格,岂非千古绝调,然必不可效也。效他家不得,各随其力之所至;而效白体不得,将流为浅率俚俗。刻鹄画虎之辨,学者不可不慎所择。(《唐音审体》)

乐天(五律)极清浅可爱,往往以眼前事为见到语,皆他人所未发。　(七绝)山峙云行,水流花开,似以作绝句为乐事者。(《古欢堂集杂著》)

乐天为中唐一大作手,其七古五排,空前掩后,独七律下乘耳,然犹领袖元和、长庆间。宝、太以后窃脂乞泽者,越若干年亦文豪也,若同时倡和,争相摩仿,终不得似。此如东家效西家,才分悬远。(《唐七律选》)

唐人至白香山,独辟杼机,摆脱羁绁于诸家中,最为浩瀚。比之少陵,一则泰山乔岳,一则长江大河。忧乐不同,而天真烂漫未尝不同也;难易不一,而沉着痛快未尝不一也。学者熟之,可以破拘挛,洗涂泽。(《中晚唐叩弹集例言》)

白居易诗,传为老妪可晓,余谓此言亦未尽然。今观其集,矢口而出者固多,苏轼谓其局于浅切,又不能变风操,故读之易厌。夫白之易厌,更胜于李(白)。然有作意处,寄托深远,如《重赋》、《致仕》、《伤友》、《伤宅》等篇,言浅而深,意微而显,此风人之能事也。至五言排律,属对精紧,使事严切,章法变化中,条理井然,读之使人唯恐其竟,杜甫后不多得者;人每易视白,则失之矣。(《原诗》)

白傅才大如海,书破万卷,使生盛唐,当与李、杜并驱中原,未知鹿死谁手。末季各有时尚,遂出真切平易,故往往失之浅俗,文章果关乎气运耶!然虽无江河急流之势,泰华崭绝之峰,而中正和平,意如扪丝,兼以转折灵变,动循法度,所以超乎群伦之上,出乎众妙之中,至今脍炙人口,沁人心脾,良有以也。后人或无其才,或不肯读书,喜其明白易解,妄步邯郸,止得浅俗,故日趋卑下耳。呜呼,白诗岂易学者哉!(《唐诗成法》)

乐天取源之地何?杜子美是已。夫白之疏达,视杜之沉郁不类也,要其性厚而气舒,体博而完固,何一非出于杜?其视之甚易,得之甚逸,所谓不必似之,取其自然者耳。兹所以为唐一大宗欤?宋之欧阳永叔、陆务观皆祖杜而宗白,复为宋大宗,则白之武往尾来,其源流远矣,学之者乌可不审其自哉!(高澍然《种竹山房诗稿序》)

乐天忠君爱国,遇事托讽,与少陵相同。特以平易近人,变少陵之沉雄浑厚,不袭其貌而得其神也。(《唐诗别裁》)

元、白长律,滔滔百韵,使事亦复工稳,但流易有馀,变化不足。(同上)

五言排律,至杜集观止。若多至百韵,杜老止存一首,末亦未免铺缀完局,缘险韵留剩后幅故也。白香山窥破此法,将险韵参错前后,略无痕迹,遂得绰有馀裕。故百韵叙事,当以香山为法。但此亦不必多作,恐涉夸多斗靡之习。(《贞一斋诗说》)

白乐天中怀坦荡,见之于诗,亦洞澈表里,曲尽事情,俾读者欣然如对乐易友也。然往往意太尽,语涉粗俗,似欠澄汰之功。(《剑溪说诗又编》)

唐人诗篇什最富者,无如白居易诗。其源亦出于杜甫,而视甫为多,……盖根柢六义之旨,而不失乎温厚和平之意,变杜甫雄浑苍劲而为流丽安详,不袭其面貌而得其神味者也。(《唐宋诗醇》)

周元公云:"白香山诗似平易,间观所存遗稿,涂改甚多,竟有终篇不留一字者。"余读公诗云:"旧句时时改,无妨悦性情。"(《随园诗话》)

中唐以后,诗人皆求工于七律,而古体不甚精诣,故阅者多喜律体,不喜古体。唯香山诗,则七律不甚动人,古体则令人心赏意

恹,得一篇辄爱一篇,几于不忍释手。盖香山主于用意。用意,则
属对排偶,转不能纵横如意;而出之以古诗,则唯意之所至,辨才无
碍。且其笔快如并剪,锐如昆刀,无不达之隐,无稍晦之词;工夫又
锻炼至洁,看是平易,其实精纯。刘梦得所谓"郢人斤斫无痕迹,仙
人衣裳弃刀尺"者,此古体所以独绝也。然近体中五言排律,或百
韵,或数十韵,皆研炼精切,语工而词赡,气劲而神完,虽千百言亦
沛然有馀,无一懈笔。当时元、白唱和,雄视万代者正在此,后世卒
无有能继之,此又不徒以古体见长也。(《瓯北诗话》)

中唐诗以韩、孟、元、白为最。韩、孟尚奇警,务言人所不敢言;
元、白尚坦易,务言人所共欲言。试平心论之,诗本性情,当以性情
为主。奇警者,犹第在词句间争难斗险,使人荡心骇目,不敢逼视,
而意味或少焉。坦易者多触景生情,因事起意,眼前景、口头语,自
能沁人心脾,耐人咀嚼。此元、白较胜于韩、孟。(同上)

元、白二人,才力本相敌。然香山自归洛以后,益觉老干无枝,
称心而出,随笔抒写,并无求工见好之意,而风趣横生,一喷一醒,
视少年时与微之各以才情工力竞胜者,更进一筹矣。故白自成大
家,而元稍次。(同上)

白公五古上接陶,下开苏、陆;七古乐府,则独辟町畦,其钩心
斗角,接榫合缝处,殆于无法不备。(《石洲诗话》)

白公之为广大教化主,实其诗合赋、比、兴之全体,合《风》、
《雅》、《颂》之诸体,他家所不能奄有也。若以渔洋论诗之例例之,
则所谓广大教化主者,真是粗细雅俗之不择,泥沙瓦砾之不拣耳。
(同上)

香山以流易之体,极富赡之思,非独俗士夺魄,亦使胜流倾心。
然滑俗之病,遂至滥恶,后皆以太傅为藉口矣。非慎取之,何以维
雅正哉!(《五七言今体诗钞序目》)

常语易,奇语难,此诗之初关也;奇语易,常语难,此诗之重关

也。香山用常得奇,此境良非易到。(《艺概》)

白香山乐府与张文昌、王仲初同为自出新意,其不同者在此平旷而彼峭窄耳。(同上)

香山五言,直率浅露,殆无可法。《秦中吟》诸篇较有意思,而亦伤平直。(《岘傭说诗》)

香山七古,所谓"长庆体",然终是平弱漫漶。(同上)

其源出于程晓、应璩,亦参法陶公,研淡为华,琢虚成隽,虽与微之同訾轻俗,要自神清。《续古》十篇,夭矫明丽,虽劲惭彭泽,高谢枚生,而挺秀缘情,正如子山拟阮,寓意微词,清思绝径。唯与微之赠答,少损其韵,亦缘精神相属,动与形模也。《秦中吟》、《讽喻诗》,则染采王建,青蓝异色,各尽其妍矣。(《三唐诗品》)

白诗之妙,实能于杜、韩外扩充境界。宋诗十之七八从《长庆集》中来,然皆能以不平变化其平处。(《陈石遗先生谈艺录》)

贺 雨

皇帝嗣宝历,元和三年冬。
自冬及春暮,不雨旱爞爞。
上心念下民,惧岁成灾凶。
遂下罪己诏,殷勤告万邦。
帝曰"予一人,继天承祖宗。
忧勤不遑宁,夙夜心忡忡。
元年诛刘辟,一举靖巴邛;
二年戮李锜,不战安江东。
顾惟眇眇德,遽有巍巍功。
或者天降沴,无乃儆予躬。
上思答天戒,下思致时邕。

莫如率其身，慈和与俭恭。"
乃命罢进献，乃命赈饥穷。
宥死降五刑，责己宽三农。
宫女出宣徽，厩马减飞龙。
庶政无不举，皆出自宸衷。
奔腾道路人，伛偻田野翁。
欢呼相告报，感泣涕沾胸。
顺人人心悦，先天天意从。
诏下才七日，和气生冲融。
凝为油油云，散作习习风。
昼夜三日雨，凄凄复濛濛。
万心春熙熙，百谷青芃芃。
人变愁为喜，岁易俭为丰。
乃知王者心，忧乐与众同。
皇天与后土，所感无不通。
冠佩何锵锵，将相及王公，
蹈舞呼万岁，列贺明庭中。
小臣诚愚陋，职忝金銮宫，
稽首再三拜，一言献天聪：
"君以明为圣，臣以直为忠；
敢贺有其始，亦愿有其终。"

【汇评】

《诗源辩体》：乐天五言古，如《贺雨》、《大觜乌》等，虽成大变，而叙事详明，用韵稳贴，首尾匀称，靡不如意，其所长正在于此；或以诸篇为冗滥而不当录者，非所以论元和也。

《载酒园诗话又编》：《秦中吟》、《喜（贺）雨诗》、《哭孔戡》、《宿紫阁村》，皆乐天得意作。

《唐诗快》：只如说家常话，忠爱恳恻，字字从肺腑中流出，真仁人君子之言。

《唐诗别裁》：先叙遇灾修省，次写天人感应，而以箴规保治作结，忠爱之意油然。

陈继辂《合肥学舍札记》：香山《贺雨》诸篇，命意源《三百篇》，体格本古乐府，人所共知。尤当师其文从字顺，无一句一韵不如天施地生。学杜既成，往往不免牵凑生硬之病，非参以乐天之妥适，义山之艳逸，终属粗才，杜公不任其咎也。

读张籍古乐府

张君何为者？业文三十春。

尤工乐府诗，举代少其伦。

为诗意如何？六义互铺陈。

风雅比兴外，未尝著空文。

读君学仙诗，可讽放佚君；

读君董公诗，可诲贪暴臣；

读君商女诗，可感悍妇仁；

读君勤齐诗，可劝薄夫敦。

上可裨教化，舒之济万民；

下可理情性，卷之善一身。

始从青衿岁，迨此白发新。

日夜秉笔吟，心苦力亦勤。

时无采诗官，委弃如泥尘。

恐君百岁后，灭没人不闻。

愿藏中秘书，百代不湮沦；

愿播内乐府，时得闻至尊。

言者志之苗，行者文之根。

所以读君诗，亦知君为人。

如何欲五十，官小身贱贫。

病眼街西住，无人行到门。

【汇评】

《韵语阳秋》：（韩愈）《醉赠张彻》有"张籍学古淡，轩鹤避鸡群"之句，则知籍有意于慕大，而实无可取者也。……白太傅尝称之曰："尤攻乐府词，举代少其伦。"由是论之，则人士所称者（乐府），非以诗也。

《养一斋诗话》：香山《读张籍古乐府》云："为诗意如何？六义互铺陈。……所以读君诗，亦知君为人。"数语可作诗圭臬。予欲取之以为历代诗人总序，合乎此则为诗；不合乎此，则虽思致精刻，词语隽妙，采色陆离，声调和美，均不足以为诗也。学者可以知所从事矣。

凶　宅

长安多大宅，列在街西东。

往往朱门内，房廊相对空。

枭鸣松桂树，狐藏兰菊丛。

苍苔黄叶地，日暮多旋风。

前主为将相，得罪窜巴庸；

后主为公卿，寝疾殁其中。

连延四五主，殃祸继相钟。

自从十年来，不利主人翁。

风雨坏檐隙，蛇鼠穿墙墉。

人疑不敢买，日毁土木功。

嗟嗟俗人心，甚矣其愚蒙。

但恐灾将至，不思祸所从。

我今题此诗，欲悟迷者胸。

凡为大官人，年禄多高崇。

权重持难久，位高势易穷。

骄者物之盈，老者数之终。

四者如寇盗，日夜来相攻。

假使居吉土，孰能保其躬？

因小以明大，借家可喻邦。

周秦宅殽函，其宅非不同。

一兴八百年，一死望夷宫。

寄语家与国，人凶非宅凶。

【汇评】

《初白庵诗评》：口头语道得出（"四者"四句下）。

《唐诗别裁》：大声疾呼，可破聋聩。集中惜未议及葬师。

观刈麦

田家少闲月，五月人倍忙。

夜来南风起，小麦覆陇黄。

妇姑荷箪食，童稚携壶浆。

相随饷田去，丁壮在南冈。

足蒸暑土气，背灼炎天光。

力尽不知热，但惜夏日长。

复有贫妇人，抱子在其旁。

右手秉遗穗，左臂悬敝筐。

听其相顾言，闻者为悲伤。

家田输税尽，拾此充饥肠。

今我何功德，曾不事农桑；

吏禄三百石，岁晏有馀粮。

念此私自愧，尽日不能忘。

【汇评】

《唐宋诗醇》："力尽不知热"两句，曲尽农家苦心，恰是从旁看出。"贫妇"一段悲悯更深，聂夷中诗摹写不到。

李都尉古剑

古剑寒黯黯，铸来几千秋。

白光纳日月，紫气排斗牛。

有客借一观，爱之不敢求。

湛然玉匣中，秋水澄不流。

至宝有本性，精刚无与俦。

可使寸寸折，不能绕指柔。

愿快直士心，将断佞臣头。

不愿报小怨，夜半刺私仇。

劝君慎所用，无作神兵羞。

【汇评】

《养一斋诗话》：白诗虽时伤浅率，而其中实有得于古人作诗之本旨，足以扶人识力，养人性天，不可不分别择出以求益焉。如《古剑》诗："可使寸寸折，不能绕指柔。"《孤桐》诗："四面无附枝，中心有通理。"《京兆府新栽莲》诗："托根非其所，不如遭弃捐。"《赠元稹》诗："无波古井水，有节秋竹竿。"……《答友问》诗："置铁在烘炉，铁消易如雪。良玉同其中，三日烧不热。君疑才与德，咏此知优劣。"《感鹤》诗："鹤有不群者，飞飞在野田。饥不啄腐鼠，渴不饮盗泉。一兴嗜欲念,遂为矰缴牵。委质小池内,争食群鸡前。不惟怀稻粱,兼亦竞腥膻。不惟恋主人,兼亦狎乌鸢。物心不可知,天性有时迁。一饱尚如此,况乘大夫轩!"综而观之,心甚淡,节甚峻,识甚远,信有道者之言。诗可以兴,此类是也。

云居寺孤桐

一株青玉立,千叶绿云委。
亭亭五丈馀,高意犹未已。
山僧年九十,清净老不死。
自云手种时,一颗青桐子。
直从萌芽拔,高自毫末始。
四面无附枝,中心有通理。
寄言立身者,孤直当如此。

【汇评】

《初白庵诗评》:言简而意尽,不在排比见长。

《唐宋诗醇》:香山集中古体多以铺叙畅达见长,短篇间以含蓄蕴藉生姿。此首短峭中殊有远势,"高意犹未已"五字尤妙。

赠元稹

自我从宦游,七年在长安。
所得惟元君,乃知定交难。
岂无山上苗,径寸无岁寒。
岂无要津水,咫尺有波澜。
之子异于是,久处誓不谖。
无波古井水,有节秋竹竿。

一为同心友，三及芳岁阑。
花下鞍马游，雪中杯酒欢。
衡门相逢迎，不具带与冠。
春风日高睡，秋月夜深看。
不为同登科，不为同署官。
所合在方寸，心源无异端。

【汇评】

《碧溪诗话》：用自己诗为故事，须作诗多者乃有之。……《赠微之》云："昔我十年前，曾与君相识，曾将秋竹竿，比君孤且直。"盖旧诗云"有节秋竹竿"也。

《瓮牖闲评》：苏东坡作《临江仙》词云："无波真古井，有节是秋筠。"乃用白乐天"无波古井水，有节秋竹竿"。诗虽承乐天之语，而改"竿"为"筠"，遂觉差逊。

杂兴三首（其一）

楚王多内宠，倾国选嫔妃。
又爱从禽乐，驰骋每相随。
锦韝臂花隼，罗袂控金羁。
递习宫中女，皆如马上儿。
色禽合为荒，刑政两已衰。
云梦春仍猎，章华夜不归。
东风二月天，春雁正离离。
美人挟银镝，一发选双飞。
飞鸿惊断行，敛翅避蛾眉。
君王顾之笑，弓箭生光辉。
回眸语君曰：昔闻庄王时，

有一愚夫人，其名曰樊姬。

不有此游乐，三载断鲜肥。

【汇评】

《唐诗归》：谭云：说得悚然（"色禽"句下）。　　钟云：（愚夫人）三字妙（"有一"句下）。　　谭云：便止了，遂为妙结（末句下）。

《诗筏》：白乐天自爱其讽谕诗，言激而意质，故其立朝侃侃正直。所献穆宗《虞春箴》并《杂兴》"楚王多内宠"一篇，指点色禽之荒，婉切痛快，字字炯戒。及读其《长恨歌》诸作，讽刺深隐，意在言外，信如其所自评，又不独《大觜乌》、《雉媒》等篇之有托而言也。

《载酒园诗话又编》：《诗归》选白颇有具眼处。如《杂兴》诗曰："楚王多内宠，……"此诗用意落笔，无限曲折蕴藉，初读之，不信其出白也。从未见选者，此可谓出珊瑚于海底矣。

《王闿运手批唐诗选》：偶然得此超妙绝句，不可无一，不可有二（"昔闻"四句下）。

宿紫阁山北村

晨游紫阁峰，暮宿山下村。

村老见余喜，为余开一尊。

举杯未及饮，暴卒来入门。

紫衣挟刀斧，草草十馀人。

夺我席上酒，掣我盘中飧。

主人退后立，敛手反如宾。

中庭有奇树，种来三十春。

主人惜不得，持斧断其根。

口称采造家，身属神策军。

主人慎勿语，中尉正承恩！

【汇评】

《容斋续笔》：宣和间，朱勔挟花石进奉之名，以固宠规利，东南部使者郡守多出其门。如徐铸，应安道、王仲闳辈济其恶，豪夺渔取。士民家一石一木稍堪玩，即领健卒直入其家，用黄封表志，而未即取，护视微不谨，则被以大不恭罪。及发行，必撤屋决墙而出。人有一物小异，其指为不祥，唯恐芟夷之不速。……偶读白乐天《紫阁山北村》诗，乃知唐世固有是事，漫录于此。

《唐诗归》：钟云：乐府妙语。

折剑头

拾得折剑头，不知折之由。
一握青蛇尾，数寸碧峰头。
疑是斩鲸鲵，不然刺蛟虬。
缺落泥土中，委弃无人收。
我有鄙介性，好刚不好柔。
勿轻直折剑，犹胜曲全钩。

登乐游园望

独上乐游园，四望天日曛。
东北何霭霭，宫阙入烟云。
爱此高处立，忽如遗垢氛。
耳目暂清旷，怀抱郁不伸。
下视十二街，绿树间红尘。
车马徒满眼，不见心所亲。

孔生死洛阳，元九谪荆门。

可怜南北路，高盖者何人？

【汇评】

白居易《与元九书》：仆当此日，擢在翰林，身是谏官，手请谏纸。启奏之外，有可以救济人病，裨补时阙，而难于指言者，辄咏歌之，欲稍稍递进闻于上。上以广宸聪，副忧勤；次以酬恩奖，塞言责；下以复吾平生之志。岂图志未就而悔已生，言未闻而谤已成矣。又请为左右终言之：凡闻仆《贺雨》诗，而众口藉藉，已谓非宜矣。闻仆《哭孔戡》诗，众面脉脉，尽不悦矣。闻《秦中吟》，则权豪贵近者相目而变色矣。闻《乐游园》寄足下诗，则执政者扼腕矣。闻《宿紫阁村》诗，则握军要者切齿矣。

感　鹤

鹤有不群者，飞飞在野田。

饥不啄腐鼠，渴不饮盗泉。

贞姿自耿介，杂鸟何翩翩。

同游不同志，如此十馀年。

一兴嗜欲念，遂为矰缴牵。

委质小池内，争食群鸡前。

不惟怀稻粱，兼亦竞腥膻。

不惟恋主人，兼亦狎乌鸢。

物心不可知，天性有时迁。

一饱尚如此，况乘大夫轩。

【汇评】

《唐诗别裁》：有以峻洁持身而一念之误遂丧生平者，故作诗讽之。元微之晚节亦蹈此患。

赠 内

生为同室亲，死为同穴尘。

他人尚相勉，而况我与君。

黔娄固穷士，妻贤忘其贫。

冀缺一农夫，妻敬俨如宾。

陶潜不营生，翟氏自爨薪。

梁鸿不肯仕，孟光甘布裙。

君虽不读书，此事耳亦闻。

至此千载后，传是何如人。

人生未死间，不能忘其身。

所须者衣食，不过饱与温。

蔬食足充饥，何必膏粱珍？

缯絮足御寒，何必锦绣文？

君家有贻训，清白遗子孙。

我亦贞苦士，与君新结婚。

庶保贫与素，偕老同欣欣。

寄唐生

贾谊哭时事，阮籍哭路岐。

唐生今亦哭，异代同其悲。

唐生者何人？五十寒且饥。

不悲口无食，不悲身无衣。

所悲忠与义，悲甚则哭之。

太尉击贼日，^①尚书叱盗时。^②

大夫死凶寇，③谏议谪蛮夷。④

每见如此事，声发涕辄随。

往往闻其风，俗士犹或非。

怜君头半白，其志竟不衰。

我亦君之徒，郁郁何所为？

不能发声哭，转作乐府诗。

篇篇无空文，句句必尽规。

功高虞人箴，痛甚骚人辞。

非求宫律高，不务文字奇。

惟歌生民病，愿得天子知。

未得天子知，甘受时人嗤。

药良气味苦，琴澹音声稀。

不惧权豪怒，亦任亲朋讥。

人竟无奈何，呼作狂男儿。

每逢群盗息，或遇云雾披。

但自高声歌，庶几天听卑。

歌哭虽异名，所感则同归。

寄君三十章，与君为哭词。

【原注】

　　① 段太尉以笏击朱泚。　　② 颜尚书叱李希烈。　　③ 陆大夫为乱兵所害。　　④ 阳谏议左迁道州。

【汇评】

　　《苕溪诗话》：《雅》云："匪面命之，言提其耳。""彼童而角，实江小子。""忧心惨惨，念国之为虐。""乱匪降自天，生自妇人。"忠臣义士，欲正君定国，惟恐所陈不激切，岂尽优柔婉晦乎？故乐天《寄唐生》诗云："篇篇无空文，句句必尽规。"　　又：乐天云："'馀霞散成绮，别叶乍辞风'等语，丽矣，不过于嘲风雪，弄花草而已。"故

《寄唐生》诗云:"非求宫律高,不务文章奇。惟歌生民病,愿得天子知。"

《唐诗快》:该哭("所悲"二句下)。　　此真奇人奇事也。世传唐衢善哭,若无乐天此诗,只将衢看作杨朱、阮籍一流矣。即昌黎诗亦未曾写出。

《唐诗别裁》:白傅作诗,总是此旨("非求"二句下)。　　歌以代哭,一篇本旨。

《石园诗话》:香山《寄唐生》云:"唐生者何人?五十寒且饥。……寄君三十章,与君为哭词。"《伤唐衢》云:"怜君儒家子,不得诗书力。……散在京洛间,何人为收拾?"合两篇观之,唐衢,即唐生也。想生亦元和间诗人,而诗不显于后世,幸而与香山相知,得附名于集,不然,千载而下,孰知头半白而志不衰之唐生也!

伤唐衢二首（其二）

忆昨元和初,忝备谏官位。

是时兵革后,生民正憔悴。

但伤民病痛,不识时忌讳。

遂作秦中吟,一吟悲一事。

贵人皆怪怒,闲人亦非訾。

天高未及闻,荆棘生满地。

惟有唐衢见,知我平生志。

一读兴叹嗟,再吟垂涕泗。

因和三十韵,手题远缄寄。

致吾陈杜间,赏爱非常意。

此人无复见,此诗犹可贵。

今日开箧看,蠹鱼损文字。

不知何处葬，欲问先歔欷。

终去哭坟前，还君一掬泪。

【汇评】

白居易《与元九书》：自登朝来，年齿渐长，阅事渐多，每与人言，多询时务；每读书史，多求理道，始知文章合为时而著，歌诗合为事而作。……其不我非者，举不过三两人。有邓鲂者，见仆诗而喜。无何而鲂死。有唐衢者，见仆诗而泣。未几而衢死。其馀则足下，足下又十年来困踬若此。呜呼！岂"六义"、"四始"之风，天将破坏，不可支持耶？抑又不知天之意不欲使下人之病苦闻于上耶？不然，何有志于诗者不利若此之甚也！

采地黄者

麦死春不雨，禾损秋早霜。

岁晏无口食，田中采地黄。

采之将何用？持以易馔粮。

凌晨荷锄去，薄暮不盈筐。

携来朱门家，卖与白面郎：

"与君啖肥马，可使照地光。

愿易马残粟，救此苦饥肠！"

村居苦寒

八年十二月，五日雪纷纷。

竹柏皆冻死，况彼无衣民。

回观村闾间，十室八九贫。

北风利如剑，布絮不蔽身。

唯烧蒿棘火,愁坐夜待晨。

乃知大寒岁,农者尤苦辛。

顾我当此日,草堂深掩门。

褐裘复绝被,坐卧有馀温。

幸免饥冻苦,又无垅亩勤。

念彼深可愧,自问是何人?

【汇评】

《野客丛谈》:乐天诗有记年月日者,于以见当时之气令,亦足以裨史之阙。如曰:"皇帝嗣宝历,元和三年冬。自冬及春夏,不雨旱爞爞。"有以见宪宗即位三年,久旱如此。又诗曰:"元和岁在卯,六年春二月。月晦寒食天,天阴狂飞雪。连宵复竟日,浩浩殊未歇。"又以见元和六年二月晦为寒食,当和暖之时,而雾霜大雪,其气候乖谬如此。又诗曰:"八年十二月,五日雪纷纷。竹柏皆冻死,况彼无衣民!"又见元和八年十二月大雪寒冻,民不聊生如此。按东汉书,延熹间大寒,洛阳竹柏冻死。襄楷曰:"闻之师曰:柏伤竹槁,不出三年,天子当之。"乐天此语,正所以纪异也。

新制布裘

桂布白似雪,吴绵软于云。

布重绵且厚,为裘有馀温。

朝拥坐至暮,夜覆眠达晨。

谁知严冬月,支体暖如春。

中夕忽有念,抚裘起逡巡。

丈夫贵兼济,岂独善一身!

安得万里裘,盖裹周四垠。

稳暖皆如我,天下无寒人。

【汇评】

《苕溪诗话》：老杜《茅屋为秋风所破歌》云："自经丧乱少睡眠，长夜沾湿何由彻。……何时眼前突兀见此屋，吾庐独破受冻死亦足！"乐天《新制布裘》云："安得万里裘，盖裹周四垠。稳暖皆如我，天下无寒人。"《新制绫袄成》云："百姓多寒无可救，一身独暖亦何情。……争得大裘长万丈，与君都盖洛阳城。"皆伊尹身任一夫不获之辜也。或谓子美诗意宁苦身以利人，乐天诗意推身利以利人，二者较之，少陵为难。然老杜饥寒而悯人饥寒者也，白氏饱暖而悯人饥寒者也。忧劳者易生于善虑，安乐者多失于不思，乐天宜优。或又谓白氏之官稍达，而少陵尤卑；子美之语在前，而长庆在后。达者宜急，卑者可缓也；前者倡导，后者和之耳：同合而论，则老杜之仁心差贤矣。

《柳南续笔》：杜少陵《茅屋为秋风所破歌》叹云："安得广厦千万间，大庇天下寒士俱欢颜。"白香山《新制布裘》诗云："安得万里裘，盖裹周四垠。"孟贞曜《咏蚊》诗云："愿为天下幪，一夜使景清。"三诗为题各异，而命意则同，盖皆仁人之言也。

《网师园唐诗笺》：月色与人怀时时流露，杜陵后复见此公。

秦中吟十首并序（选六首）

贞元、元和之际，予在长安，闻见之间，有足悲者。因直歌其事，命为《秦中吟》。

重　赋

厚地植桑麻，所要济生民。
生民理布帛，所求活一身。
身外充征赋，上以奉君亲。

国家定两税，本意在爱人。

厥初防其淫，明敕内外臣：

税外加一物，皆以枉法论。

奈何岁月久，贪吏得因循。

浚我以求宠，敛索无冬春。

织绢未成匹，缲丝未盈斤。

里胥迫我纳，不许暂逡巡。

岁暮天地闭，阴风生破村。

夜深烟火尽，霰雪白纷纷。

幼者形不蔽，老者体无温。

悲喘与寒气，并入鼻中辛。

昨日输残税，因窥官库门：

缯帛如山积，丝絮如云屯。

号为羡馀物，随月献至尊。

夺我身上暖，买尔眼前恩。

进入琼林库，岁久化为尘。

【汇评】

《网师园唐诗笺》：有关系文字，不得仅以诗人目之（末四句下）。

《唐诗别裁》：唐时已有进羡馀者，言下慨然（末六句下）。

《唐宋诗醇》：通达治体，故于时政源流利弊言之了然。其沉着处令读者酸鼻，杜甫《石壕吏》之嗣音也。

《养一斋诗话》：若《重赋》诗："夺我身上暖，买尔眼前恩。"《伤友》诗："虽云志气高，岂免颜色低。"《不致仕》诗："朝露贪名利，夕阳忧子孙。"《买花》诗："一丛深色花，十户中人赋。"劲直沉痛。诗到此境，方不徒作。若概以浅率目之，则谬矣。

伤 宅

谁家起甲第，朱门大道边。

丰屋中栉比，高墙外回环。

累累六七堂，栋宇相连延。

一堂费百万，郁郁起青烟。

洞房温且清，寒暑不能干。

高堂虚且迥，坐卧见南山。

绕廊紫藤架，夹砌红药栏。

攀枝摘樱桃，带花移牡丹。

主人此中坐，十载为大官。

厨有臭败肉，库有贯朽钱。

谁能将我语，问尔骨肉间。

岂无穷贱者，忍不救饥寒！

如何奉一身，直欲保千年？

不见马家宅，今作奉诚园。

【汇评】

《能改斋漫录》：唐李匡乂《资暇集》谓：园亭中药栏，栏即药，药即栏，犹言围援，非花药之栏也。有不悟者，以"藤架"、"蔬圃"堪作切对，不知其由矣。按汉宣帝诏曰："池药未御幸者，假与贫民。"《汉书》"阑入宫禁"字，多作"草"下"阑"，则药栏尤分明也。方悟杜子美《将赴成都草堂》诗"常恐沙崩损药栏"及"乘兴还来看药栏"之意。孙少魏以"药"为"籥"，今本史信然。

《原诗》：《重赋》、《致仕》、《伤友》、《伤宅》等篇，言浅而深，意微而显，此风人之能事也。

《唐诗别裁》：北平王子（马）畅，畅子继祖。畅为宦官窦文场所谮，畅惧，进安邑里宅，改为"奉诚园"。此德宗寡恩，而白傅借以警骄侈者。

伤　友

陌巷孤寒士，出门苦恓恓。

虽云志气高，岂免颜色低。

平生同门友，通籍在金闺。

曩者胶漆契，迩来云雨睽。

正逢下朝归，轩骑五门西。

是时天久阴，三日雨凄凄。

寒驴避路立，肥马当风嘶。

回头忘相识，占道上沙堤。

昔年洛阳社，贫贱相提携。

今日长安道，对面隔云泥。

近日多如此，非君独惨凄。

死生不变者，唯闻任与黎。

【汇评】

《唐诗别裁》："是时天久阴"六语，一经点染，便觉不堪。

《唐贤小三昧集》：形容出色，信觉难堪。

《唐宋诗醇》："是时天久阴"六句，摹写炎凉之况，真是不堪。"近日多如此"又拓开一层，寄慨益深。

轻　肥

意气骄满路，鞍马光照尘。

借问何为者，人称是内臣。

朱绂皆大夫，紫绶或将军。

夸赴军中宴，走马去如云。

尊罍溢九酝，水陆罗八珍。

果擘洞庭橘，脍切天池鳞。

食饱心自若，酒酣气益振。

是岁江南旱,衢州人食人!

【汇评】

《围炉诗话》:诗贵和缓优柔,而忌率直迫切。元结、沈千运是盛唐人,而元之《舂陵行》、《贼退诗》,沈之"岂知林园主,却是林园客",已落率直之病。乐天《杂兴》之"色禽合为荒,刑政两已衰",《无名税》之"夺我身上暖,买尔眼前恩。进入琼林库,岁久化为尘",《轻肥》之"是岁江南旱,衢州人食人",《买花》篇之"一丛深色花,十户中人赋"等,率直更甚。

《网师园唐诗笺》:与少陵忧黎元同一心事(末二句下)。

《唐宋诗醇》:结句斗绝,有一落千丈之势。

歌　舞

秦中岁云暮,大雪满皇州。
雪中退朝者,朱紫尽公侯。
贵有风雪兴,富无饥寒忧。
所营唯第宅,所务在追游。
朱门车马客,红烛歌舞楼。
欢酣促密坐,醉暖脱重裘。
秋官为主人,廷尉居上头。
日中为一乐,夜半不能休。
岂知阌乡狱,中有冻死囚。

【汇评】

白居易《奏阌乡县禁囚状》:县狱中有囚十数人,并积年禁系,其妻儿皆乞于道路,以供狱粮。其中有身禁多年,妻已改嫁者;身死狱中,取其男收禁者。云是度支转运下囚禁在县狱,欠负官物,无可填赔,一禁其身,虽死不放。……自古罪人,未闻此苦。行路见者,皆为痛伤。

《网师园唐诗笺》：感时伤乱，读其诗，想见其人（末二句下）。

买 花

帝城春欲暮，喧喧车马度。

共道牡丹时，相随买花去。

贵贱无常价，酬直看花数。

灼灼百朵红，戋戋五束素。

上张幄幕庇，旁织巴篱护。

水洒复泥封，移来色如故。

家家习为俗，人人迷不悟。

有一田舍翁，偶来买花处。

低头独长叹，此叹无人喻。

一丛深色花，十户中人赋。

【汇评】

《网师园唐诗笺》：言者无罪，闻者足戒（末二句下）。

《唐诗别裁》：连上三章（按指《轻肥》、《五弦》、《歌舞》），讽意俱于末二句结出。

《载酒园诗话又编》：《秦中吟》、《喜雨诗》、《哭孔戡》、《宿紫阁村》皆乐天得意作。《紫阁村》尚有《石壕吏》遗意。《秦中吟》末篇"一丛深色花，十户中人赋"，差可讽咏。馀皆骨弱体卑，语直意浅。虽欲以广宸聪，副忧勤，而"言之无文，行之不远"，去《祈招》之义远矣。……吾读白讽谕诗，每叹其有美意而无佳词也。

【总评】

《放胆诗》：乐天《赠李绅》诗曰："一篇长恨有风情，十首秦吟近正声。刚被老元偷格律，苦教短李复歌行。"注曰："元九往江陵，余以诗一轴赠行，自是格变。李十二尝自负歌行，近见余乐府五十首，默然心服。"知《长恨歌》与《秦中吟》为香山得意之笔也。

《唐宋诗醇》：冯班曰：白公讽刺诗，周详明直，娓娓动人，自创一体，古人无是也。凡讽谕之文欲得深稳，使言者无罪，闻者足戒，白公尽而露，其妙处正在周详，读之动人，此亦出于《小雅》也。

《读雪山房唐诗序例》：白乐天《秦中吟》等，五言而能质古，足以当采风之献。

和答诗十首并序（选二首）

五年春，微之从东台来。不数日，又左转为江陵士曹掾。诏下日，会予下内直归，而微之已即路，邂逅相遇于街衢中。自永寿寺南。抵新昌里北，得马上话别。语不过相勉，保方寸，外形骸而已，因不暇及他。是夕足下次于山北寺，仆职役不得去，命季弟送行。且奉新诗一轴，致于执事。凡二十章，率有兴比，淫文艳韵，无一字焉。意者欲足下在途讽读，且以遣日时，消忧懑，又有以张直气而扶壮心也。及足下到江陵，寄在路所为诗十七章，凡五六千言。言有为，章有旨，迫于宫律体裁，皆得作者风。发缄开卷，且喜且怪。仆思牛僧孺戒，不能示他人，惟与枸直、拒非及樊宗师辈三四人。时一吟读，心甚贵重。然窃思之，岂仆所奉者二十章，遽能开足下聪明，使之然耶？抑又不知足下是行也，天将屈足下之道，激足下之心，使感时发愤而臻于此耶？若两不然者，何立意措辞，与足下前时诗如此之相远也？仆既美足下诗，又怜足下心，尽欲引狂简而和之。属直宿拘率，居无暇日，故不即时如意。旬月来，多乞病假，假中稍闲，且摘卷中尤者，继成十章，亦不下三千言。其间所见同者固不能自异，异者亦不能强同。同者谓之和，异者谓之答。并别录《和梦游春》诗一章，各附于本篇之末。馀未和者，亦续致之。顷者在科试间，常与足下同笔砚。每下笔时，辄相顾，共患其意太切而理太周，故理太周则辞繁，意太切则言激。然与足下为文，所长在于此,所病亦在于此。足下来序,果有词犯文繁之说,今仆所和者犹前病也。待与足下相见日,各引所作,稍删其烦而晦其义焉。馀具书白。

答桐花

山木多蓊郁,兹桐独亭亭。
叶重碧云片,花簇紫霞英。
是时三月天,春暖山雨晴。
夜色向月浅,暗香随风轻。
行者多商贾,居者悉黎氓。
无人解赏爱,有客独屏营。
手攀花枝立,足蹋花影行。
生怜不得所,死欲扬其声。
截为天子琴,刻作古人形。
云待我成器,荐之于穆清。
诚是君子心,恐非草木情。
胡为爱其华,而反伤其生。
老龟被刳肠,不如无神灵。
雄鸡自断尾,不愿为牺牲。
况此好颜色,花紫叶青青。
宜遂天地性,忍加刀斧刑。
我思五丁力,拔入九重城。
当君正殿栽,花叶生光晶。
上对月中桂,下覆阶前蓂。
泛拂看炉烟,隐映斧藻屏。
为君布绿阴,当暑荫轩楹。
沉沉绿满地,桃李不敢争。

为君发清韵,风来如叩琼。

泠泠声满耳,郑卫不足听。

受君封植力,不独吐芬馨。

助君行春令,开花应清明。

受君雨露恩,不独含芳荣。

戒君无戏言,剪叶封弟兄。

受君岁月功,不独资生成。

为君长高枝,凤凰上头鸣。

一鸣君万岁,寿如山不倾。

再鸣万人泰,泰阶为之平。

如何有此用,幽滞在岩坰。

岁月不尔驻,孤芳坐凋零。

请向桐枝上,为余题姓名。

待余有势力,移尔献丹庭。

【汇评】

《唐宋诗醇》:元诗中有"尔生不得所,我愿裁为琴。安置君王侧,调和元首音"之句,此段命意相似,所谓同者,不能自异也。"我思五丁力"以下,推广言之,放声大作,所谓异者不能强同也。词意本之杜甫入蜀《凤凰台》一章,然彼以凄凉激楚胜,此则缠绵浓至,一唱三叹,可知居易非无意用世者,惜旋用旋黜,不获竟其才耳。

《瓯北诗话》:和诗中有与原唱同意者,则曰和;与原唱异意者,则曰答。如和微之诗十七章内,有《和思归乐》、《答桐花》之类,此一体也。

和大觜乌

乌者种有二,名同性不同。

觜小者慈孝,觜大者贪庸。

觜大命又长,生来十馀冬。
物老颜色变,头毛白茸茸。
飞来庭树上,初但惊儿童。
老巫生奸计,与乌意潜通。
云此非凡乌,遥见起敬恭。
千岁乃一出,喜贺主人翁。
祥瑞来白日,神圣占知风。
阴使北斗使,能为人吉凶。
此乌所止家,家产日夜丰。
上以致寿考,下可宜田农。
主人富家子,身老心童蒙。
随巫拜复祝,妇姑亦相从。
杀鸡荐其肉,敬若禋六宗。
乌喜张大觜,飞接在虚空。
乌既饱膻腥,巫亦飨甘浓。
乌巫互相利,不复两西东。
日日营巢窟,稍稍近房栊。
虽生八九子,谁辨其雌雄。
群雏又成长,众觜逞残凶:
探巢吞燕卵,入蔌啄蚕虫。
岂无乘秋隼?羁绊委高墉,
但食乌残肉,无施搏击功;
亦有能言鹦,翅碧觜距红,
暂曾说乌罪,囚闭在深笼。
青青窗前柳,郁郁井上桐。
贪乌占栖息,慈乌独不容。
慈乌尔奚为,来往何憧憧?

晓去先晨鼓，暮归后昏钟。

辛苦尘土间，飞啄禾黍丛。

得食将哺母，饥肠不自充。

主人憎慈乌，命子削弹弓，

弦续会稽竹，丸铸荆山铜。

慈乌求母食，飞下尔庭中。

数粒未入口，一丸已中胸。

仰天号一声，似欲诉苍穹。

反哺日未足，非是惜微躬。

谁能持此冤？一为问化工。

胡然大觜乌，竟得天年终！

【汇评】

《诗源辩体》：乐天五言古有《大觜乌》，盖指当时阉宦也。中云："虽生八九子，谁辨其雌雄？"语尤显明。

《唐诗归》：谭云：发奸摘伏手（"老巫"二句下）！　钟云：声口面目酷象（"云是"四句下）。　谭云：（富家子）三字妙，老巫骗人，起念在此（"主人"句下）。　钟云：骂鹰隼，妙！妙（"但食"句下）！　钟云：写到可笑可哭处，极痛极快，物无遁情，然风刺深微之体索然矣。知此可与读元白诗。　谭云：长篇中情事极真朴，委折处，其法亦有自《焦仲卿妻诗》及蔡琰五言《悲愤诗》来者。

《唐诗别裁》：此比谏官之不言者（"岂无"四句下）。　此比言而被罪者（"亦有"四句下）。　乌之残恶、巫之奸计、主人之昏愚三者合，而慈乌自不能容身矣。大觜乌何代无之？要在主人明，分别种类。

【总评】

《初白庵诗评》：《和答诗十首》序："顷者在科试间，常与足下同笔砚,每下笔时,辄相顾,共患其意太切而理太周,故理太周则辞繁,意太切则言激。然与足下为文,所长在于此,所病亦在于此。""文章千古事,得失寸心知",数语自道,可为元、白定评。

有木诗八首并序（选二首）

余尝读《汉书·列传》,见佞顺媕婀,图身忘国,如张禹辈者;见惑上盅下,交乱君亲,如江充辈者;见暴狠跋扈,壅君树党,如梁冀辈者;见色仁行违,先德后贼,如王莽辈者。又见外状恢弘,中无实用者;又见附离权势,随之覆亡者。其初皆有动人之才,足以惑众媚主,莫不合于始而败于终也。因引风人骚人之兴,赋《有木》八章,不独讽前人,欲儆后代尔。

其七

有木名凌霄,擢秀非孤标。

偶依一株树,遂抽百尺条。

托根附树身,开花寄树梢。

自谓得其势,无因有动摇。

一旦树摧倒,独立暂飘飖。

疾风从东起,吹折不终朝。

朝为拂云花,暮为委地樵。

寄言立身者,勿学柔弱苗。

【汇评】

《韵语阳秋》:白乐天赋《有木》八章,其六章托弱柳、樱桃、枳橘、杜梨、野葛、水柽以讽在位者,至第七章则曰:"有木名凌霄,擢秀非孤标。……疾风从东来,吹折不终朝。"专又以讽附丽权势者。

其八

有木名丹桂，四时香馥馥。

花团夜雪明，叶剪春云绿。

风影清似水，霜枝冷如玉。

独占小山幽，不容凡鸟宿。

匠人爱芳直，裁截为厦屋。

干细力未成，用之君自速。

重任虽大过，直心终不曲。

纵非梁栋材，犹胜寻常木。

【汇评】

《韵语阳秋》：（《有木》）八章则曰，"有木名丹桂，四时香馥馥"，盖乐天自谓也。乐天素善李绅而不入德裕之党，素善牛僧孺、杨虞卿而不入宗闵之党，素善刘禹锡而不入伾、文之党，中立不倚，峻节凛然。于八木之中，而自比于桂，殆未为过也。

《鹦林子》：尝赋《有木》八章，其弱柳、樱桃、枳橘、杜梨、野葛、水栀、凌霄，以讽在位与附丽权势者。其八章则曰"有木名丹桂"云云，则托以自谓。若然，其真可以群矣。

新乐府并序（选二十四首）

序曰：凡九千二百五十二言，断为五十篇。篇无定句，句无定字。系于意，不系于文。首句标其目，卒章显其志，《诗三百》之义也。其辞质而径，欲见之者易喻也；其言直而切，欲闻之者深诫也；其事核而实，使采之者传信也；其体顺而肆，可以播于乐章歌曲也。总而言之，为君、为臣、为民、为物、为事而作，不为文而作也。

海漫漫　戒求仙也

海漫漫,直下无底傍无边。

云涛烟浪最深处,人传中有三神山。

山上多生不死药,服之羽化为天仙。

秦皇汉武信此语,方士年年采药去。

蓬莱今古但闻名,烟水茫茫无觅处。

海漫漫,风浩浩,眼穿不见蓬莱岛。

不见蓬莱不敢归,童男丱女舟中老。

徐福文成多诳诞,上元太一虚祈祷。

君看骊山顶上茂陵头,毕竟悲风吹蔓草。

何况玄元圣祖五千言,不言药,不言仙,

不言白日升青天。

【汇评】

《唐诗快》:余尝谓人皆可以求神仙,惟帝王不可以求神仙。神仙不无,但决非帝王所能求耳。

《唐诗别裁》:此言求仙之妄也。唐代崇奉老子,而五千言中不言神仙,恍然可悟矣。

《唐宋诗醇》:神仙之说,世主多为所惑,而方士因得乘其蔽而中之,史策所垂足为炯戒。宪宗不悟,服柳泌金丹致殒。此诗作于元和初,想尔时已有先见耶?唐室崇奉老子,一结借矛攻盾,极其警快。

《元白诗笺证稿》:宪宗为有唐一代中兴之英主,然卒以服食柳泌所制丹药,躁渴至极,左右宦官多因此得罪,遂为陈弘志所弑。观元和五年宪宗问李藩之语,知其已好神仙之道。乐天是时即在翰林,颇疑亦有所闻知。故《海漫漫》篇所言,殆陈谏于几先者。此篇末句以老子不言药为说,远行祖训,近切时宜,诚《新乐府》大序所谓为君而作者也。

上阳白发人　愍怨旷也

原注：天宝五载已后，杨贵妃专宠，后宫人无复进幸矣。六宫有美色者，辄置别所，上阳是其一也。贞元中尚存焉。

上阳人，红颜暗老白发新。

绿衣监使守宫门，一闭上阳多少春。

玄宗末岁初选入，入时十六今六十。

同时采择百馀人，零落年深残此身。

忆昔吞悲别亲族，扶入车中不教哭。

皆云入内便承恩，脸似芙蓉胸似玉。

未容君王得见面，已被杨妃遥侧目。

妒令潜配上阳宫，一生遂向空房宿。

宿空房，秋夜长，夜长无寐天不明。

耿耿残灯背壁影，萧萧暗雨打窗声。

春日迟，日迟独坐天难暮。

宫莺百啭愁厌闻，梁燕双栖老休妒。

莺归燕去长悄然，春往秋来不记年。

唯向深宫望明月，东西四五百回圆。

今日宫中年最老，大家遥赐尚书号。

小头鞋履窄衣裳，青黛点眉眉细长。

外人不见见应笑，天宝末年时世妆。

上阳人，苦最多，少亦苦，老亦苦，

少苦老苦两如何？

君不见昔时吕向美人赋，[①]

又不见今日上阳白发歌。

【原注】

① 天宝末，有密采艳色者，当时号"花鸟使"，吕向献《美人赋》

以讽之。

【汇评】

《容斋随笔》：白乐天《长恨歌》、《上阳人歌》，元微之《连昌宫词》，道开元间宫禁事最为深切矣。

《古欢堂集杂著》：香山讽谕诗乃乐府之变，《上阳白发人》等篇，读之心目豁朗，悠然有馀味。

《唐诗快》：只此一语，可以泣鬼矣（"入时十六"句下）。泣鬼语（"零落年深"句下）。　　殊可切齿。马嵬之死，不足悲也（"未容君王"二句下）。　　泣鬼语（"一生遂向"句下）。　　泣鬼语（"唯向深宫"句下）。　　要他何用（"大家遥赐"句下）？　　泣鬼语。此一语更惨（"天宝末年"句下）。

《唐诗别裁》：只"惟向深宫望明月，东西四五百回圆"二语，已见宫人之苦，而杨妃之嫉妒专宠，足以致乱矣。女祸之诫，千古昭然。

《元白诗笺证稿》：元氏《长庆集》二四《上阳白发人》，本愍宫人之幽闭，而其篇末乃云："此辈贱嫔何足言，帝子天孙古称贵。诸王在阁四十年，七宅六宫门户闭……"此为微之前任拾遗时之言论，于作此诗时不觉连类及之，本不足异，亦非疵累。但乐天《上阳白发人》之作，则截去微之诗末题外之意，似更切径而少枝蔓。

新丰折臂翁　戒边功也

新丰老翁八十八，头鬓眉须皆似雪。

玄孙扶向店前行，左臂凭肩右臂折。

问翁臂折来几年？兼问致折何因缘？

翁云贯属新丰县，生逢圣代无征战。

惯听梨园歌管声，不识旗枪与弓箭。

无何天宝大征兵，户有三丁点一丁。

点得驱将何处去？五月万里云南行。

闻道云南有泸水，椒花落时瘴烟起。

大军徒涉水如汤，未过十人二三死。

村南村北哭声哀，儿别爷娘夫别妻。

皆云前后征蛮者，千万人行无一回。

是时翁年二十四，兵部牒中有名字。

夜深不敢使人知，偷将大石捶折臂。

张弓簸旗俱不堪，从兹始免征云南。

骨碎筋伤非不苦，且图拣退归乡土。

此臂折来六十年，一肢虽废一身全。

至今风雨阴寒夜，直到天明痛不眠。

痛不眠，终不悔，且喜老身今独在。

不然当时泸水头，身死魂孤骨不收。

应作云南望乡鬼，万人冢上哭呦呦。①

老人言，君听取，君不闻开元宰相宋开府，

不赏边功防黩武。②

又不闻天宝宰相杨国忠，欲求恩幸立边功。

边功未立生人怨，请问新丰折臂翁。③

【原注】

① 云南有万人冢，即鲜于仲通、李宓曾覆军之所也。　② 开元初，突厥数寇边。时天武军牙将郝灵佺出使，因引特勒回鹘部落，斩突厥默啜，献首于阙下，自谓有不世之功。时宋璟为相，以天子年少好武，恐微功者生心，痛抑其赏。逾年，始授郎将，灵佺遂恸哭呕血而死也。　③ 天宝末，杨国忠为相，重构阁罗凤之役，募人讨之。前后发二十馀万众，去无返者；又捉人连枷赴役，天下怨哭，人不聊生，故禄山得乘人心而盗天下。元和初，折臂翁犹存，因备歌之。

【汇评】

《唐诗快》：泣鬼语("夜深不敢"句下)。　　呜呼，为民父母者，奈何使天下有折臂翁乎！

《唐诗别裁》：穷兵黩武之祸，慨切言之。末以宋璟、杨国忠对言，见开、宝治乱之机实分于此。

《唐宋诗醇》：大意亦本之杜甫《兵车行》、前后《出塞》等篇，借老翁口中说出，便不伤于直遂，促促刺刺，如闻其声，而穷兵黩武之祸不待言矣。末又以宋璟、杨国忠比勘，开元、天宝治乱之机，具分于此。前事不忘，后事之师也。可谓"诗史"。

《岘佣说诗》：《上阳白发人》、《新丰折臂翁》两篇，长于讽咏，颇得风人之旨，惜词未简古。

《元白诗笺证稿》：此篇为乐天极工之作。其篇末"老人言，君听取"以下，固新乐府大序所谓"卒章显其志"者，然其气势若常山之蛇，首尾回环救应，则尤非他篇所可及也。后来微之作《连昌宫词》，恐亦依约模仿此篇，盖《连昌宫词》假宫边老人之言，以抒写开元、天宝之治乱系于宰相之贤不肖及深戒用兵之意，实与此篇无不相同也。

太行路　借夫妇以讽君臣之不终也

太行之路能摧车，若比人心是坦途；
巫峡之水能覆舟，若比人心是安流。
人心好恶苦不常，好生毛羽恶生疮。
与君结发未五载，岂期牛女为参商！
古称色衰相弃背，当时美人犹怨悔。
何况如今鸾镜中，妾颜未改君心改。
为君熏衣裳，君闻兰麝不馨香。
为君盛容饰，君看金翠无颜色。

行路难，难重陈，

人生莫作妇人身，百年苦乐由他人。

行路难，难于山，险于水；

不独人间夫与妻，近代君臣亦如此。

君不见左纳言、右纳史，朝承恩，暮赐死。

行路难，不在水、不在山，只在人情反覆间。

【汇评】

《唐诗快》：此等诗可谓极显浅矣。然一字一句，何非名理？即不作诗观，亦当作格言观。

《元白诗笺证稿》：杨炎以文学器用，窦参以吏识强干，俱为德宗所宠任，擢登相位，而并于罢相后不旋踵之间，遂遭赐死，此诚可致慨者也。……刘晏为代宗朝旧相，最有贤名，而德宗以疑似杀之，斯为失政之尤。此当时后世所以咸致冤痛也。……韦执谊流贬于宪宗即位之年，距乐天作诗之时甚近。乐天始终同情于牛僧孺，而牛僧孺曾受韦执谊之知奖。复考《白氏长庆集》二七有《为人上宰相书》一篇，据其中所言此宰相拜相之日，知必为执谊无疑。然则执谊虽未赐死，但其进退荣辱，易致乐天之感触，自甚明也。乐天此篇之作，或竟为近慨崖州之沉沦，追刺德宗之猜刻，遂取以讽谏元和天子耶？

道州民　美贤臣遇明主也

道州民，多侏儒，长者不过三尺馀。

市作矮奴年进送，号为道州任土贡。

任土贡，宁若斯，不闻使人生别离，

老翁哭孙母哭儿。

一自阳城来守郡，不进矮奴频诏问。

城云臣按六典书，任土贡有不贡无。

道州水土所生者，只有矮民无矮奴。

吾君感悟玺书下，岁贡矮奴宜悉罢。

道州民，老者幼者何欣欣。

父兄子弟始相保，从此得作良人身。

道州民，民到于今受其赐，

欲说使君先下泪。

仍恐儿孙忘使君，生男多以阳为字。

【汇评】

《新唐书·阳城传》：（道）州产侏儒，岁贡诸朝。（阳）城哀其生离，无所进。帝使求之，城奏曰："州民尽短，若以贡，不知何者可贡？"自是罢。州人感之，以"阳"名子。

《唐宋诗醇》：诏书何可违也？正言之不可，逊辞以谢之，而民被其泽矣。入情入理，解人不当如是耶？

缚戎人　达穷民之情也

缚戎人，缚戎人，耳穿面破驱入秦。

天子矜怜不忍杀，诏徙东南吴与越。

黄衣小使录姓名，领出长安乘递行。

身被金创面多瘢，扶病徒行日一驿。

朝餐饥渴费杯盘，夜卧腥臊污床席。

忽逢江水忆交河，垂手齐声呜咽歌。

其中一虏语诸虏，尔苦非多我苦多。

同伴行人因借问，欲说喉中气愤愤。

自云乡管本凉原，大历年中没落蕃。

一落蕃中四十载，身著皮裘系毛带。

唯许正朝服汉仪，敛衣整巾潜泪垂。

誓心密定归乡计，不使蕃中妻子知。①
暗思幸有残筋力，更恐年衰归不得。
蕃候严兵鸟不飞，脱身冒死奔逃归。
昼伏宵行经大漠，云阴月黑风沙恶。
惊藏青冢寒草疏，偷渡黄河夜冰薄。
忽闻汉军鼙鼓声，路傍走出再拜迎。
游骑不听能汉语，将军遂缚作蕃生。
配向东南卑湿地，定无存恤空防备。
念此吞声仰诉天，若为辛苦度残年。
凉原乡井不得见，胡地妻儿虚弃捐。
没蕃被囚思汉土，归汉被劫为蕃虏。
早知如此悔归来，两地宁如一处苦。
缚戎人，戎人之中我苦辛。
自古此冤应未有，汉心汉语吐蕃身。

【原注】

① 有李如暹者，蓬子将军之子也，尝没蕃中。自云：蕃法唯正岁一日，许唐人之没蕃者服唐衣冠。由是悲不自胜，遂密定归计也。

【汇评】

《中晚唐诗叩弹集》：郭茂倩云：元微之病后人沿袭古题，倡和重复，乃与白乐天、李公垂辈不复更拟古题。其和公垂新题乐府，有《缚戎人》。公垂传曰："近制两边，每擒蕃囚，皆传置南方，不加剿戮，故作歌以讽焉。"乐天此诗，却为汉人之没蕃归汉者不蒙矜察而作，又各自为意也。

《唐宋诗醇》：边将冒功之状，无辜被俘之情，曲曲传出。结语尤令人失笑。

《元白诗笺证稿》：微之幼居西北边镇之凤翔，对于当时边将之拥兵不战，虚奏邀功，必有所亲闻亲见，故此篇（按指元稹同题乐府)言之颇极愤慨。乐天于贞元时既未尝在西北边陲,自无亲所闻见,此所以不能超越微之之范围而别有增创也。至微之诗末"缘边饱馁十万众,何不齐驱一时发? 年年但捉两三人,精卫衔芦塞溟渤"诸句,白氏此篇不为置和者,盖以此旨抒写于《西凉伎》篇中,而有"缘边空屯十万卒,……"一节。斯又乐天《新乐府》不复不杂之一贯体例也。

青石　激忠烈也

青石出自蓝田山,兼车运载来长安。

工人磨琢欲何用? 石不能言我代言。

不愿作人家墓前神道碣,坟土未干名已灭。

不愿作官家道旁德政碑,不镌实录镌虚辞。

愿为颜氏段氏碑,雕镂太尉与太师。

刻此两片坚贞质,状彼二人忠烈姿。

义心如石屹不转,死节如石确不移。

如观奋击朱泚日,似见叱诃希烈时。

各于其上题名谥,一置高山一沉水。

陵谷虽迁碑独存,骨化为尘名不死。

长使不忠不烈臣,观碑改节慕为人。

慕为人,劝事君。

【汇评】

　　《唐诗快》:好句法("石不能言"句下)。　　　此不是以风世乎!

　　《柳亭诗话》:白乐天《咏青石》诗,略曰:"不愿作人家墓前神道碣,……状彼二人忠烈姿。"渺小题,运以大议论,当与《立碑》一首参看。

　　《唐诗别裁》:写段、颜二公,凛凛有生气。末劝人忠烈,一篇主意。

《唐宋诗醇》："石不能言我代言"，发端奇特。后半表出二人，写得凛凛有生气，不忠不烈者读之，故应汗下。

《元白诗笺证稿》：乐天《秦中吟》有《立碑》一首，可与此篇参证。……盖皆讥刺时人之滥立石碣，与文士之虚为谀词者也。但《立碑》全以讥刺此种弊俗为言，而《青石》更取激发忠烈为主旨，则又是此二篇不同之点。

两朱阁　刺佛寺寖多也

两朱阁，南北相对起。

借问何人家，贞元双帝子。

帝子吹箫双得仙，五云飘飖飞上天。

第宅亭台不将去，化为佛寺在人间。

妆阁伎楼何寂静，柳似舞腰池似镜。

花落黄昏悄悄时，不闻歌吹闻钟磬。

寺门敕榜金字书，尼院佛庭宽有馀。

青苔明月多闲地，比屋疲人无处居。

忆昨平阳宅初置，吞并平人几家地。

仙去双双作梵宫，渐恐人间尽为寺。

【汇评】

白居易《策林·议释教》：僧徒月益，僧寺日崇。劳人力于土木之功，耗人利于金宝之饰；移君亲于师资之际，旷夫妇于戒律之间。古人云：一夫不田，有受其馁者；一妇不织，有受其寒者。今天下僧尼不可胜数，皆待农而食，待蚕而衣。臣窃思之：晋宋齐梁以来，天下凋弊，未必不由此矣。

《元白诗笺证稿》：乐天此篇所言德宗女两公主薨后，其第改为佛寺事。……《唐会要》一九"公主庙门"云："贞元十五年七月十五日追册故唐安公主为韩国贞穆公主,故义章公主为郑国庄穆公主。后诏令所司,择地置庙。祔祭之日,官给牲牢礼物,太常博士一人赞相。四时仲月则子孙自备其礼。"

西凉伎　刺封疆之臣也

西凉伎,假面胡人假狮子。

刻木为头丝作尾,金镀眼睛银帖齿。

奋迅毛衣摆双耳,如从流沙来万里。

紫髯深目两胡儿,鼓舞跳梁前致辞。

应似凉州未陷日,安西都护进来时。

须臾云得新消息,安西路绝归不得。

泣向狮子涕双垂,凉州陷没知不知?

狮子回头向西望,哀吼一声观者悲。

贞元边将爱此曲,醉坐笑看看不足。

娱宾犒士宴监军,狮子胡儿长在目。

有一征夫年七十,见弄凉州低面泣。

泣罢敛手白将军,主忧臣辱昔所闻。

自从天宝兵戈起,犬戎日夜吞西鄙。

凉州陷来四十年,河陇侵将七千里。

平时安西万里疆,今日边防在凤翔。①

缘边空屯十万卒,饱食温衣闲过日。

遗民肠断在凉州,将卒相看无意收。

天子每思常痛惜,将军欲说合惭羞。

奈何仍看西凉伎,取笑资欢无所愧。

纵无智力未能收,忍取西凉弄为戏!

【原注】

　　① 平时,开远门外立堠云,去安西九千九百里。以示戍人不

为万里行,其实就盈数也。今蕃汉使往来,悉在陇州交易也。

【汇评】

《唐宋诗醇》:前半叙事,却插入"应似凉州未陷日"二句,所谓横空盘硬语也。"凉州陷来四十年"四句与前相映,笔力排奡,仿佛似杜;结处仍是香山本色。

《元白诗笺证稿》:乐天以元和四年作此诗时,亦即其在翰林时,非独习闻当日边将骄奢养寇之情事,且亦深知宪宗俭约聚财之苦心。是以其诗中"天子每思常痛惜"之句,不仅指德宗,疑兼谓宪宗。而取以与"将军欲说合惭羞"为映对,尤为旨微语悲,词赅意切。故知乐天诗篇感愤之所在,较之微之仅追赋其少时以草野之身居西陲之境所闻知者,固又有不同也。 又取乐天此篇"有一征夫年七十,见弄凉州低面泣",与《骠国乐》"时有击壤老农夫,暗测君心闲独语",及《秦中吟·买花》"有一田舍翁""低头独长叹"相较,其笔法正复相同。此为乐天最擅长者。

涧底松　念寒俊也

有松百尺大十围,生在涧底寒且卑。
涧深山险人路绝,老死不逢工度之。
天子明堂欠梁木,此求彼有两不知。
谁喻苍苍造物意,但与之材不与地。
金张世禄原宪贫,牛衣寒贱貂蝉贵。
貂蝉与牛衣,高下虽有殊,
高者未必贤,下者未必愚。
君不见沉沉海底生珊瑚,历历天上种白榆。

【汇评】

《唐宋诗醇》:松是喻意,"金张"、"原宪"是正意。一结仍用喻意,比拟恰合。

《元白诗笺证稿》：左思《咏史》诗之第二首云："郁郁涧底松，离离山上苗。……"白氏此题不独采用太冲此诗之首句以名篇，且亦袭取其全部之旨意。初视之，颇似为充数之作，但细思之，则知其实是有为而作，不同于通常拟古之诗篇也。拙著《唐代政治史述论稿》中篇论牛李党之分野，以为李党乃出自魏晋北朝以来之山东旧门，而牛党则多为高宗、武后以来，用进士词科致身通显之新兴寒族。乐天即为以文学进用之寒族也。……乐天作此诗时，李吉甫虽已出镇淮南，犹邀恩宠。牛僧孺则仍被斥关外，未蒙擢用。故此篇必于"金张世禄"之吉甫，"牛衣寒贱"之僧孺，有所愤慨感惜。非徒泛泛为"念寒俊"而作也。

牡丹芳　美天子忧农也

牡丹芳，牡丹芳，黄金蕊绽红玉房。
千片赤英霞烂烂，百枝绛点灯煌煌。
照地初开锦绣段，当风不结兰麝囊。
仙人琪树白无色，王母桃花小不香。
宿露轻盈泛紫艳，朝阳照耀生红光。
红紫二色间深浅，向背万态随低昂。
映叶多情隐羞面，卧丛无力含醉妆。
低娇笑容疑掩口，凝思怨人如断肠。
秾姿贵彩信奇绝，杂卉乱花无比方。
石竹金钱何细碎，芙蓉芍药苦寻常。
遂使王公与卿士，游花冠盖日相望。
庳车软舆贵公主，香衫细马豪家郎。
卫公宅静闭东院，西明寺深开北廊。
戏蝶双舞看人久，残莺一声春日长。
共愁日照芳难驻，仍张帷幕垂阴凉。

花开花落二十日，一城之人皆若狂。

三代以还文胜质，人心重华不重实。

重华直至牡丹芳，其来有渐非今日。

元和天子忧农桑，恤下动天天降祥。

去岁嘉禾生九穗，田中寂寞无人至。

今年瑞麦分两歧，君心独喜无人知。

无人知，可叹息。我愿暂求造化力，

减去牡丹妖艳色。少回卿士爱花心，

同似吾君忧稼穑。

【汇评】

《国史补》：京城贵游尚牡丹三十馀年矣。每春暮，车马若狂，以不耽玩为耻。执金吾铺官围外寺观种以求利，一本有直数万者。元和末韩令始至长安，居第有之，遽命斫去，曰："吾岂效儿女子邪?"

《唐宋诗醇》：极写牡丹之秾丽，忽接"三代以还文胜质"四句，迂腐语耸然夺目。下乃接"元和天子忧农桑"一段正意，便觉峭折有波澜。若低手为之，则一直说下耳。

《元白诗笺证稿》：乐天《秦中吟》有《买花》一首，可与此篇相参证。盖二者俱为咏牡丹之作也。……此花于高宗、武后之时，始自汾晋移植于京师。当开元、天宝之世，犹为珍品。至贞元、元和之际，遂成都下之盛玩。此后乃弥漫于士庶之家矣。李肇《国史补》之作成，约在文宗大和时。其所谓"京师贵游尚牡丹三十馀年矣"云者，自大和上溯三十馀年，适在德宗贞元朝。此足与元、白二公集中歌咏牡丹之多相证发者也。白公此诗之时代性，极为显著，洵唐代社会风俗史之珍贵资料，故特为标出之如此。

红线毯　忧蚕桑之费也

红线毯,择茧缲丝清水煮,
拣丝练线红蓝染。
染为红线红于蓝,织作披香殿上毯。
披香殿广十丈馀,红线织成可殿铺。
彩丝茸茸香拂拂,线软花虚不胜物。
美人蹋上歌舞来,罗袜绣鞋随步没。
太原毯涩毳缕硬,蜀都褥薄锦花冷,
不如此毯温且柔。
年年十月来宣州,宣城太守加样织。
自谓为臣能竭力,百夫同担进宫中。
线厚丝多卷不得,宣城太守知不知?
一丈毯,千两丝,地不知寒人要暖,
少夺人衣作地衣!①

【原注】

①　贞元中,宣州进开样加丝毯。

【汇评】

《唐宋诗醇》:通首直叙到底,出以径遂,所谓长于激也。

《王闿运手批唐诗选》:毯丝非夺来者,岂能乞与人耶? 此皆似是而非。地最知寒,凡寒皆从地起。语亦不确。然摇曳甚佳,正可欺书生(末二句下)。

《元白诗笺证稿》:乐天于贞元中曾游宣州,遂由宣州解送应进士举也。是以知其《红线毯》一篇之末自注所云"贞元中宣州进开样加丝毯",乃是亲身睹见者。此诗词语之深感痛惜,要非空泛无因而致矣。诗中"织作披香殿上毯"句,"披香殿"用《飞燕外传》故事。此类红线毯自为供后庭之饰品者,此语其为泛用古典欤,抑更有所专指耶?

杜陵叟　伤农夫之困也

杜陵叟,杜陵居,岁种薄田一顷馀。

三月无雨旱风起,麦苗不秀多黄死。

九月降霜秋早寒,禾穗未熟皆青干。

长吏明知不申破,急敛暴征求考课。

典桑卖地纳官租,明年衣食将何如?

剥我身上帛,夺我口中粟,

虐人害物即豺狼,何必钩爪锯牙食人肉!

不知何人奏皇帝,帝心恻隐知人弊。

白麻纸上书德音,京畿尽放今年税。

昨日里胥方到门,手持尺牒榜乡村。

十家租税九家毕,虚受吾君蠲免恩。

【汇评】

《中晚唐诗叩弹集》:诏按:贞元十九年,以李实为京兆尹,为政暴戾。时春夏旱,京畿乏食。实不介意,方务聚敛征求以给进奉。每奏对,辄曰:“今年虽旱,而谷甚好。”由是,租税皆不免,穷至坏屋卖瓦木、贷麦苗以应官。尝有诏免畿内逋租,实不行用诏书,征之如初。详见《顺宗实录》。

《唐贤小三昧集》:此风至今为烈,读之使人心恻。

《唐宋诗醇》:从古及今,善政之不能及民者多矣。一结慨然思深,可为太息。

《元白诗笺证稿》:《贺雨》诗云:“皇帝嗣宝历,元和三年冬。自冬及春暮,不雨旱爦爦。……”是知乐天此篇“三月无雨旱风起”一语,实非诗人泛写;而此篇之作,盖亦因此而有所感触也。诗中“十家租税九家毕,虚受吾君蠲免恩”句,可与《白氏长庆集》四一《奏请加德音》中节目,及李相国《论事集》四《论量放旱损百姓租税》条之言相参证,以深之与乐天同上之状,其所言者,虽为江淮等处之税,然其情事则正与乐天此篇诗句所言相符同故也。

缭绫　念女工之劳也

缭绫缭绫何所似? 不似罗绡与纨绮。

应似天台山上月明前,四十五尺瀑布泉。

中有文章又奇绝,地铺白烟花簇雪。

织者何人衣者谁? 越溪寒女汉宫姬。

去年中使宣口敕,天上取样人间织。

织为云外秋雁行,染作江南春水色。

广裁衫袖长制裙,金斗熨波刀剪纹。

异彩奇文相隐映,转侧看花花不定。

昭阳舞人恩正深,春衣一对直千金。

汗沾粉污不再著,曳土蹋泥无惜心。

缭绫织成费功绩,莫比寻常缯与帛。

丝细缲多女手疼,扎扎千声不盈尺。

昭阳殿里歌舞人,若见织时应也惜。

【汇评】

《中晚唐诗叩弹集》:《文宗本纪》:"太和三年十一月诏:毋献难成之物,焚丝布撩绫机杼。"撩绫,疑即缭绫也。

《元白诗笺证稿》:微之《阴山道》篇有"挑纹变缎力倍费,……臂鹰小儿云锦韬"诸句,即乐天此篇篇题《缭绫》及旨意"念女工之劳也"之所本,盖乐天欲足成五十首之数,又不欲于专斥回鹘之《阴山道》篇中杂入他义,故铺陈之而别为此篇也。

卖炭翁　苦宫市也

卖炭翁,伐薪烧炭南山中。

满面尘灰烟火色,两鬓苍苍十指黑。

卖炭得钱何所营？身上衣裳口中食。

可怜身上衣正单，心忧炭贱愿天寒。

夜来城上一尺雪，晓驾炭车辗冰辙。

牛困人饥日已高，市南门外泥中歇。

翩翩两骑来是谁？黄衣使者白衫儿。

手把文书口称敕，回车叱牛牵向北。

一车炭，千馀斤，官使驱将惜不得。

半匹红纱一丈绫，系向牛头充炭直。

【汇评】

《顺宗实录》：旧事，宫中有要，市外物，令官吏主之。与人为市，随给其直。贞元末，以宦者为使，抑买人物，稍不如本估。末年不复行文书，置白望数百人于两市并要闹坊，阅人所卖物，但称宫市，即敛手付与，真伪不复可辨，无敢问所从来，其论价之高下者，率用百钱物，买人直数千钱物，仍索进奉门户并脚价钱。将物诣市，至有空手而归者。名为宫市，而实夺之。尝有农夫以驴负柴至城卖，遇宦者称宫市取之，才与绢数尺。又就索门户，仍邀以驴送至内。农夫涕泣，以所得绢付之，不肯受。曰：须汝驴送柴至内。农夫曰：我有父母妻子，待此然后食。今以柴与汝，不取直而归，汝尚不肯，我有死而已。遂殴宦者。街吏擒以闻，诏黜此宦者，而赐农夫绢十匹。然宫市亦不为之改易。

《唐宋诗醇》：直书其事，而其意自见，更不用著一断语。

《元白诗笺证稿》：宫市者，乃贞元末年最为病民之政，宜乐天《新乐府》中有此一篇。且其事又为乐天所得亲有见闻者，故此篇之摹写，极生动之致也。……更有可论者，此篇径直铺叙，与史文所载者不殊，而篇末不著己身之议论，微与其他诸篇有异，然其感慨亦自见也。

母别子　刺新间旧也

母别子，子别母，白日无光哭声苦。

关西骠骑大将军，去年破虏新策勋。

敕赐金钱二百万，洛阳迎得如花人。

新人迎来旧人弃，掌上莲花眼中刺。

迎新弃旧未足悲，悲在君家留两儿。

一始扶行一初坐，坐啼行哭牵人衣。

以汝夫妇新燕婉，使我母子生别离。

不如林中乌与鹊，母不失雏雄伴雌。

应似园中桃李树，花落随风子在枝。

新人新人听我语，洛阳无限红楼女。

但愿将军重立功，更有新人胜于汝。

【汇评】

《后村诗话》：刘驾《古意》云："新人莫欢喜，故人曾如此。燕赵犹生女，郎岂有终始。"比之香山"更有新人胜于汝"之句稍含蓄。

《诗源辩体》：乐天七言古，叙事详明者未可句摘，议论痛快者略摘以见。如："贞元之民若未安，骄乐虽闻君不欢。贞元之民苟无病，骄乐不来君亦圣。"（《骊国乐》）"君看骊山顶上茂陵头，毕竟悲风吹蔓草。何况玄元圣祖五千言，不言药，不言仙，不言白日升青天。"（《海漫漫》）"新人新人听我语，洛阳无限红楼女，但愿将军重立功，更有新人胜于汝。"（《母别子》）……亦皆议论痛快，以理为胜者也。

《元白诗笺证稿》：乐天此篇摹写生动，词语愤慨，似是直接见闻其事，而描述之于诗中者。惜未得确考，不知所谓"关西骠骑大将军"指何人而言耳。

陵园妾　怜幽闭也

陵园妾，颜色如花命如叶。

命如叶薄将奈何，一奉寝宫年月多。

年月多，时光换，春愁秋思知何限。

青丝发落丛鬓疏，红玉肤销系裙慢。

忆昔宫中被妒猜，因谗得罪配陵来。

老母啼呼趁车别，中官监送锁门回。

山宫一闭无开日，未死此身不令出。

松门到晓月裴回，柏城尽日风萧瑟。

松门柏城幽闭深，闻蝉听燕感光阴。

眼看菊蕊重阳泪，手把梨花寒食心。

把花掩泪无人见，绿芜墙绕青苔院。

四季徒支妆粉钱，三朝不识君王面。

遥想六宫奉至尊，宣徽雪夜浴堂春。

雨露之恩不及者，犹闻不啻三千人。

三千人，我尔君恩何厚薄。

愿令轮转直陵园，三岁一来均苦乐。

【汇评】

《载酒园诗话又编》：乐天乐府不及文昌、仲初，可备采风者尚多。《司天台》曰："北辰微暗少光色，四星煌煌如火赤……明朝趋入明光殿，惟奏庆云寿星见。"《缚戎人》云："没蕃被囚思汉土，归汉被劫为蕃虏。早知如此悔归来，两地宁如一处苦？"《杜陵叟》曰："三月无雨旱风起，麦苗不秀多黄死。……"《卖炭翁》曰："可怜身上衣正单，心忧炭贱愿天寒。……"《陵园妾》曰："山宫一闭无开日，此身未死不令出。松门到晓月徘徊，柏城尽日风萧瑟。"如此种诗，不惟悉一时蠹弊，兼可作后世之前车。吾独怪姚铉选《唐文粹》，至尽屏近体不录，固将备一代之风谣，继千秋之《骚》《雅》，乃弃此不收，而取其"紫绶朱布青布衫，颜色不同而已矣。别有一事欲劝君，遇酒逢花且欢喜"，心眼真不复可思！

《元白诗笺证稿》：此篇实以幽闭之宫女喻窜逐之朝臣。取与《上阳白发人》一篇比较，其词语虽或相同，其旨意则全有别。盖乐天《新乐府》以一吟悲一事为通则，宜此篇专指遭黜之臣，而不与《上阳白发人》悯怨旷之旨重复也。　　　乐天此篇所寄慨者，其永贞八年窜逐之八司马乎？……以随丰陵葬礼，幽闭山宫，长不令出之嫔妾，喻随永贞内禅，窜逐远州，永不量移之朝臣，实一一切合也。唯八司马最为宪宗所恶，乐天不敢明以丰陵为言。复借被诿遭黜之意，以变易其辞，遂不易为后人觉察耳。

盐商妇　恶幸人也

盐商妇，多金帛，不事田农与蚕绩。

南北东西不失家，风水为乡船作宅。

本是扬州小家女，嫁得西江大商客。

绿鬟富去金钗多，皓腕肥来银钏窄。

前呼苍头后叱婢，问尔因何得如此？

婿作盐商十五年，不属州县属天子。

每年盐利入官时，少入官家多入私。

官家利薄私家厚，盐铁尚书远不知。

何况江头鱼米贱，红脍黄橙香稻饭。

饱食浓妆倚柁楼，两朵红腮花欲绽。

盐商妇，有幸嫁盐商，

终朝美饭食，终岁好衣裳。

好衣美食来何处，亦须惭愧桑弘羊。

桑弘羊，死已久，不独汉时今亦有。

【汇评】

白居易《策林·议盐法之弊、论盐商之幸》：自关以东，上农大贾，易其资产，入为盐商。率皆多藏私财，别营稗贩。少出官利，唯求隶名。居无征徭，行无榷税。身则庇于盐籍，利尽入于私室。此乃下有耗于农商，上无益于筦榷明矣。盖山海之饶，盐铁之利，利归于人，政之上也。利归于国，政之次也。若上既不归于人，次又不归于国。使幸人奸党，得以自资。此乃政之疵，国之蠹也。今若铲革弊法，沙汰奸商，使下无侥幸之人，上得析毫之计，斯又去弊兴利之一端也。

《艇斋诗话》：乐天《盐商妇》诗云："南北东西不失家，风水为乡舟作宅。"东坡《鱼蛮子》诗正取此意。

《元白诗笺证稿》：乐天此篇之意旨，与其前数年所拟《策林》之言殊无差异。此篇小序所谓"幸人"者，即《策林》所谓"侥幸之人"。篇中"婿作盐商十五年，……盐铁尚书远不如"诸句，即《策林》所谓"自关以东，上农大贾，易其资财，入为盐商。率皆多藏私财，别营稗贩。少出官利，唯求隶名。居无征徭，行无榷税。身则庇于盐籍，利尽入于私室"。……总之，乐天之盐法意见，其赋此篇时与拟《策林》时并无改易。此篇之作，不过取前日所蓄意见，形诸篇什耳。

井底引银瓶　止淫奔也

井底引银瓶，银瓶欲上丝绳绝。

石上磨玉簪，玉簪欲成中央折。

瓶沉簪折知奈何，似妾今朝与君别。

忆昔在家为女时，人言举动有殊姿。

婵娟两鬓秋蝉翼，宛转双蛾远山色。

笑随戏伴后园中，此时与君未相识。

妾弄青梅凭短墙，君骑白马傍垂杨。

墙头马上遥相顾，一见知君即断肠。

知君断肠共君语，君指南山松柏树。

感君松柏化为心，暗合双鬟逐君去。

到君家舍五六年，君家大人频有言。

聘则为妻奔是妾，不堪主祀奉蘋蘩。

终知君家不可住，其奈出门无去处。

岂无父母在高堂，亦有亲情满故乡。

潜来更不通消息，今日悲羞归不得。

为君一日恩，误妾百年身。

寄言痴小人家女，慎勿将身轻许人。

【汇评】

《升庵诗话》：杜子美诗"不嫁惜娉婷"，此句有妙理，读者忽之耳。陈后山衍之曰："当年不嫁惜娉婷，傅粉施朱学后生。不惜卷帘通一顾，怕君着眼未分明。"深得其解矣。盖士之仕也，犹女之嫁也；士不可轻于从仕，女不可轻于许人也。……白乐天诗："寄言痴小人家女，慎勿将身轻许人。"亦子美之意乎？

《元白诗笺证稿》：乐天《新乐府》与《秦中吟》之所咏，皆贞元、元和间政治社会之现相。此篇以"止淫奔"为主旨，篇末以告诫痴小女子为言，则其时风俗男女关系与之相涉可知。此不须博考旁求，元微之《莺莺传》即足为最佳之例证。盖其所述者，为贞元间事，与此篇所讽刺者时间至近也。……夫始乱终弃，乃当时社会男女间习见之现相。乐天之赋此篇，岂亦微之《和李校书新题乐府序》所谓"病时之尤急者"耶？

隋堤柳　悯亡国也

隋堤柳，岁久年深尽衰朽。

风飘飘兮雨萧萧，三株两株汴河口。

老枝病叶愁杀人，曾经大业年中春。

大业年中炀天子，种柳成行夹流水。

西自黄河东至淮,绿阴一千三百里。

大业末年春暮月,柳色如烟絮如雪。

南幸江都恣佚游,应将此柳系龙舟。

紫髯郎将护锦缆,青娥御史直迷楼。

海内财力此时竭,舟中歌笑何日休。

上荒下困势不久,宗社之危如缀旒。

炀天子,自言福祚长无穷,

岂知皇子封酅公。

龙舟未过彭城阁,义旗已入长安宫。

萧墙祸生人事变,晏驾不得归秦中。

土坟数尺何处葬,吴公台下多悲风。

二百年来汴河路,沙草和烟朝复暮。

后王何以鉴前王,请看隋堤亡国树。

【汇评】

《梅磵诗话》:"隋堤柳,岁久年深尽衰朽。……后王何以鉴前王?请看隋堤亡国树。"此白乐天《隋堤柳》诗也,感物怀古,可为后世鉴戒。宋开禧丁卯,权臣韩侂胄诛死,刘淮叔通《咏韩家府》诗云:"宝莲山下韩家府,郁郁沉沉深几许。……后人不信有前车,突兀眼前看此屋。"末意与乐天诗相似,章泉赵昌父甚称赏之。

《唐宋诗醇》:一起似谚似谣,最有古意。叙兴亡之事,仍以柳结,俯仰情深。

《元白诗笺证稿》:此篇殆乐天追赋汴河之旧游,以足五十首之数者,故诗句既为通常警诫之语,而感慨亦非特别深挚。唯乐天本有旧业在埇桥,少时又尝旅居吴越,观《白氏长庆集》五三《汴河路有感》一首所云:"三十年前路,孤舟重往还。……"可知其与汴河关系之密切也。然则乐天是篇之作,较之诗人之浮泛咏古者,固亦有差别矣。

黑潭龙　疾贪吏也

黑潭水深黑如墨，传有神龙人不识。

潭上架屋官立祠，龙不能神人神之。

丰凶水旱与疾疫，乡里皆言龙所为。

家家养豚漉清酒，朝祈暮赛依巫口。

神之来兮风飘飘，纸钱动兮锦伞摇。

神之去兮风亦静，香火灭兮杯盘冷。

肉堆潭岸石，酒泼庙前草。

不知龙神享几多？林鼠山狐长醉饱。

狐何幸？豚何辜？

年年杀豚将喂狐？

狐假龙神食豚尽，九重泉底龙知无？

【汇评】

　　《元白诗笺证稿》：《韩昌黎集》五有《炭谷湫祠堂》五言古诗一首，题下注引欧本云："在京兆之南，终南之下，祈雨之所也。《南山》、《秋怀》诗皆见之。"……乐天此篇所咏黑潭之龙祠，岂即昌黎诗所咏炭谷湫之龙祠耶？考元和四年之春，京畿实有旱灾，则此篇所摹写龙祠享祭之盛，当为乐天亲有闻见者也。……但此篇末节云："肉堆潭岸石，……九重泉底龙知无？"是所谓龙者，似指天子而言。狐鼠者，乃指贪吏而言。豚者，即谓无辜小民也……则此篇至为直接诋诮当日剥削生民，进奉财货，以邀恩宠、求相位之藩镇者也。

秦吉了　哀冤民也

秦吉了，出南中，彩毛青黑花颈红。

耳聪心慧舌端巧，鸟语人言无不通。

昨日长爪鸢，今朝大觜乌。

鸢捎乳燕一窠覆,乌啄母鸡双眼枯。

鸡号堕地燕惊去,然后拾卵攫其雏。

岂无雕与鹗,嗉中肉饱不肯搏。

亦有鸾鹤群,闲立高颺如不闻。

秦吉了,人云尔是能言鸟。

岂不见鸡燕之冤苦?吾闻凤凰百鸟主,

尔竟不为凤凰之前致一言,安用噪噪闲言语!

【汇评】

《元白诗笺证稿》:诗中之雕鹗,乃指宪台京尹搏击肃理之官,鸾鹤乃指省阁翰苑清要禁近之臣,秦吉了即指谓大小谏。是此篇所讥刺者至广,而乐天尤愤慨于冤民之无告,言官之不言也。……夫身受侵害之冤民,多不敢自陈,职司辇毂之京尹,又少能绳制,而有言责者,复不为诉一言于君上,乐天此篇所深慨者,其在斯乎?

鸦九剑　思决壅也

欧冶子死千年后,精灵暗授张鸦九。

鸦九铸剑吴山中,天与日时神借功。

金铁腾精火翻焰,踊跃求为镆铘剑。

剑成未试十馀年,有客持金买一观。

谁知闭匣长思用,三尺青蛇不肯蟠。

客有心,剑无口,客代剑言告鸦九:

"君勿矜我玉可切,君勿夸我钟可刜。

不如持我决浮云,无令漫漫蔽白日。

为君使无私之光及万物,蛰虫昭苏萌草出。"

【汇评】

《元白诗笺证稿》:《元氏长庆集》二《说剑》诗略云:"吾友有宝剑,密之如密友。……"取与此篇相较,颇疑乐天是题之作,不能与之无关。唯乐天此篇与微之诗又有不同者,乐天诗云:"欧冶子死千年后,精灵暗授张鸦九。鸦九铸剑吴山中,天与日时神借功。"盖"欧冶子死千年"者,喻周衰秦兴六义始刓,迄于乐天之时约有千年之久也。"张鸦九"者,乐天所以自喻。"鸦九铸剑"者,乐天以喻其作新乐府欲扶起诗道之崩坏也。是取《鸦九剑》为题,即指《新乐府》之作而言,亦可以推见矣。故此篇小序所云"思决壅也",结语所云"不如持我决浮云,无令漫漫蔽白日。为君使无私之光及万物,蛰虫昭苏萌草出",实不仅为此篇之主旨,《新乐府五十首》之作,其全部旨意亦在于斯。由此观之,乐天此篇之作,乃总括叙述其前此四十八篇之主旨者也。……盖乐天此篇以鸦九之剑,乐天自身及其新乐府作品融而为一,诚可谓物我两忘,主宾俱泯矣。

采诗官　监前王乱亡之由也

采诗官,采诗听歌导人言。

言者无罪闻者诫,下流上通上下泰。

周灭秦兴至隋氏,十代采诗官不置。

郊庙登歌赞君美,乐府艳词悦君意。

若求兴谕规刺言,万句千章无一字。

不是章句无规刺,渐及朝廷绝讽议。

诤臣杜口为冗员,谏鼓高悬作虚器。

一人负扆常端默,百辟入门两自媚。

夕郎所贺皆德音,春官每奏唯祥瑞。

君之堂兮千里远,君之门兮九重閟。

君耳唯闻堂上言,君眼不见门前事。

贪吏害民无所忌,奸臣蔽君无所畏。

君不见,厉王胡亥之末年,群臣有利君无利。

君兮君兮愿听此,欲开壅蔽达人情,

先向歌诗求讽刺。

【汇评】

《唐宋诗醇》：末章总结。"言者无罪闻者诫"一语，申明作诗之旨，隐然自附于《三百篇》之义也。诸篇全仿杜甫《新安》、《石壕》、《垂老》、《无家》等作，讽刺时事婉而多风，其不及杜者，只笔力之纵横，格调之变化耳。

《元白诗笺证稿》：乐天《新乐府》五十篇，每篇皆以卒章显其志。此篇乃全部五十篇之殿，亦所以标明其作五十篇之旨趣理想者也。……乐天之新乐府与文昌之古乐府，其体制虽有不同，而乐天推许文昌古乐府，则曰"未尝著空文"，自诩其新乐府，则曰"篇篇无空文"，是此一要义，固无差别也。又乐天于文昌古乐府则曰"愿播内乐府，时得闻至尊"。自述其作乐府之本志，则曰"惟歌生民病，愿得天子知"。此即其"采诗"、"讽刺"之旨意也。新乐府以此篇为结后之作，正如常山之蛇尾，与首篇有互相救护之用。其组织严密，非后世摹仿者，所能企及也。

【总评】

吴融《贯休〈禅月集〉序》：国朝能为歌为诗者不少，独李太白为称首。盖气骨高举，不失颂美风刺之道焉。厥后白乐天《讽谏》五十篇，亦一时之奇逸极言。

田锡《贻陈季和书》：乐天有《长恨词》、《霓裳曲》、《五十讽谏》，出人意表。大儒端士，谁敢非之！

《濠南诗话》：张舜民谓乐天《新乐府》几乎骂，乃为《孤愤吟》五十篇以压之，然其诗不传，亦略无称道者，而乐天之作自若也。公诗虽涉浅易，是大才，殆与元气相侔，而狂吠之徒仅能动笔，类敢谤伤，所谓"尔曹身与名俱灭，不废江河万古流"是也。

邓元锡《唐文学传》：白太傅《秦中吟》、《新乐府》之作，风时赋事，美刺兴比，欲尽备夫六诗之义，大哉洋洋乎！

侯方域《与陈定生论诗书》：白香山尝有《新乐府》，得风人之旨，不可以其生盛唐后轻非之也。

《钝吟杂录》：杜子美创为新题乐府，至元、白而盛。指论时事，颂美刺恶，合于诗人之旨；忠志远谋，方为百代鉴戒。诚杰作绝思也！

《古欢堂集杂著》：香山讽谕诗乃乐府之变，《上阳白发人》等篇读之心目豁朗，悠然有馀味。后李西涯乐府又变于白。

《中晚唐诗叩弹集》：唐以来，古乐府音节久亡。少陵以时事创新题，为千古绝唱。乐天规切时事，激昂痛快，亦足横绝古今。当不徒以声调格律论其高下。

《说诗晬语》：白乐天诗能道尽古今道理，人以率易少之。然《讽谕》一卷，使言者无罪，闻者足戒，亦风人之遗意也。

《元白诗笺证稿》：《新乐府》之作，乃以古昔采诗观风之传统理论为抽象之鹄的，而以唐代杜甫即事命题之乐府，如《兵车行》者，为其具体之模楷，固可推见也。虽然，微之之作，似尚无摹拟《诗经》之迹象。至于乐天之《新乐府》，据其总序……则已标明取法于《诗三百篇》矣。是以乐天《新乐府》五十首，有总序，即摹《毛诗》之大序。每篇有一序，即仿《毛诗》之小序。又取每篇首句为其题目，即效《关雎》为篇名之例。全体结构，无异古径。质而言之，乃一部唐代《诗经》，诚韩昌黎所谓"作唐一经"者，不过昌黎志在《春秋》，而乐天体拟《三百》；韩书未成，而白诗特就耳。　　又：关于《新乐府》之句律，李公垂之原作不可见，未知如何。恐与微之之作无所差异，即以七字之句为其常则是也。至乐天之作，则多以重叠两三字句，后接以七字句，或三字句后接以七字句。此实深可注意。……寅恪初时颇疑其与当时民间流行歌谣之体制有关，然苦无确据，不敢妄说。后见敦煌发见之变文俗曲殊多三三七句之体，始得其解。……然则乐天之作《新乐府》，乃用《毛诗》、乐府古诗乃杜少陵诗之体制，改进当时民间流行之歌谣，实与贞元、元和时代古文运动巨子韩昌黎、元微之之流，以《太史公书》、《左氏春秋》之文体试作《毛颖传》、《石鼎联句诗序》、《莺莺传》等小说传奇者，其所持之旨意及所用之方法，适相符同。其差异之点，仅为一在"文备众体"小说之范围，一在纯粹诗歌之领域耳。

效陶潜体诗十六首并序（选二首）

　　余退居渭上，杜门不出。时属多雨，无以自娱。会家酝新熟，雨中独饮，往往酣醉，终日不醒。懒放之心，弥觉自得。故得于此，而有以忘于彼者。因咏陶渊明诗，适与意会，遂效其体，成十六篇。醉中狂言，醒辄自哂。然知我者亦无隐焉。

其六

　　天秋无片云，地静无纤尘。
　　团团新晴月，林外生白轮。
　　忆昨阴霖天，连连三四旬。
　　赖逢家酝熟，不觉过朝昏。
　　私言雨霁后，可以罢馀尊。
　　及对新月色，不醉亦愁人。
　　床头残酒榼，欲尽味弥淳。
　　携置南檐下，举酌自殷勤。
　　清光入杯杓，白露生衣巾。
　　乃知阴与晴，安可无此君？
　　我有乐府诗，成来人未闻。
　　今宵醉有兴，狂咏惊四邻。
　　独赏犹复尔，何况有交亲。

其八

家酝饮已尽,村中无酒酤。
坐愁今夜醒,其奈秋怀何。
有客忽叩门,言语一何佳。
云是南村叟,挈榼来相过。
且喜尊不燥,安问少与多。
重阳虽已过,篱菊有残花。
欢来苦昼短,不觉夕阳斜。
老人忽遽起,且待新月华。
客去有馀趣,竟夕独酣歌。

遣 怀

寓心身体中,寓性方寸内。
此身是外物,何足苦忧爱。
况有假饰者,华簪及高盖。
此又疏于身,复在外物外。
操之多惴栗,失之又悲悔。
乃知名与器,得丧俱为害。
颓然环堵客,萝薜为巾带。
自得此道来,身穷心甚泰。

【汇评】

《初白庵诗评》:透快、醒人心目(首八句下)。

秋游原上

七月行已半,早凉天气清。

清晨起巾栉，徐步出柴荆。

露杖筇竹冷，风襟越蕉轻。

闲携弟侄辈，同上秋原行。

新枣未全赤，晚瓜有馀馨。

依依田家叟，设此相逢迎。

自我到此村，往来白发生。

村中相识久，老幼皆有情。

留连向暮归，树树风蝉声。

是时新雨足，禾黍夹道青。

见此令人饱，何必待西成？

【汇评】

《唐宋诗醇》：朴实说去，一片真趣流行，非徒拟王、储田家诗也。

观 稼

世役不我牵，身心常自若。

晚出看田亩，闲行旁村落。

累累绕场稼，喷喷群飞雀。

年丰岂独人？禽鸟声亦乐。

田翁逢我喜，默起具尊杓。

敛手笑相延，社酒有残酌。

愧兹勤且敬，藜杖为淹泊。

言动任天真，未觉农人恶。

停杯问生事，夫种妻儿获。

筋力苦疲劳，衣食常单薄。

自惭禄仕者，曾不营农作。

饱食无所劳，何殊卫人鹤。

自吟拙什因有所怀

懒病每多暇,暇来何所为?
未能抛笔砚,时作一篇诗。
诗成淡无味,多被众人嗤:
上怪落声韵,下嫌拙言词。
时时自吟咏,吟罢有所思:
苏州及彭泽,与我不同时;
此外复谁爱?唯有元微之。
谪向江陵府,三年作判司。
相去二千里,诗成远不知。

【汇评】

《瓯北诗话》:香山诗恬淡闲适之趣,多得之于陶、韦。其《自吟拙什》云:"时时自吟咏,吟罢有所思。苏州及彭泽,与我不同时。此外复谁爱?惟有元微之。"又《题浔阳楼》云:"常爱陶彭泽,文思何高玄。又怪韦苏州,诗情亦清闲。"此可以观其趣向所在也。晚年自适其适,但道其意所欲言,无一雕饰,实得力于二公耳。

游悟真寺诗

元和九年秋,八月月上弦。
我游悟真寺,寺在王顺山。
去山四五里,先闻水潺湲。
自兹舍车马,始涉蓝溪湾。
手拄青竹杖,足蹋白石滩。
渐怪耳目旷,不闻人世喧。

山下望山上，初疑不可攀；
谁知中有路，盘折通岩巅。
一息幡竿下，再休石龛边。
龛间长丈馀，门户无扃关。
仰窥不见人，石发垂若鬟。
惊出白蝙蝠，双飞如雪翻。
回首寺门望，青崖夹朱轩。
如擘山腹开，置寺于其间。
入门无平地，地窄虚空宽。
房廊与台殿，高下随峰峦。
岩崿无撮土，树木多瘦坚。
根株抱石长，屈曲虫蛇蟠。
松桂乱无行，四时郁芊芊。
枝梢裛青翠，韵若风中弦。
日月光不透，绿阴相交延。
幽鸟时一声，闻之似寒蝉。
首憩宾位亭，就坐未及安。
须臾开北户，万里明豁然。
拂檐虹霏微，绕栋云回旋。
赤日间白雨，阴晴同一川。
野绿簇草树，眼界吞秦原。
渭水细不见，汉陵小于拳。
却顾来时路，萦纡映朱阑。
历历上山人，一一可遥观。
前对多宝塔，风铎鸣四端。
栾栌与户牖，恰恰金碧繁。
云昔迦叶佛，此地坐涅槃。

至今铁钵在，当底手迹穿。
西开玉像殿，白佛森比肩。
斗薮尘埃衣，礼拜冰雪颜。
叠霜为袈裟，贯电为华鬘。
逼观疑鬼功，其迹非雕镌。
次登观音堂，未到闻栴檀。
上阶脱双履，敛足升净筵。
六楹排玉镜，四座敷金钿。
黑夜自光明，不待灯烛然。
众宝互低昂，碧珮珊瑚幡。
风来似天乐，相触声珊珊。
白珠垂露凝，赤珠滴血殷。
点缀佛髻上，合为七宝冠。
双瓶白琉璃，色若秋水寒。
隔瓶见舍利，圆转如金丹。
玉笛何代物？天人施祇园。
吹如秋鹤声，可以降灵仙。
是时秋方中，三五月正圆。
宝堂豁三门，金魄当其前。
月与宝相射，晶光争鲜妍。
照人心骨冷，竟夕不欲眠。
晓寻南塔路，乱竹低婵娟。
林幽不逢人，寒蝶翻翾翾。
山果不识名，离离夹道蕃。
足以疗饥乏，摘尝味甘酸。
道南蓝谷神，紫伞白纸钱。
若岁有水旱，诏使修蘋蘩。

以地清净故，献奠无荤膻。
危石叠四五，嵩嵬欹且刊。
造物者何意，堆在岩东偏。
冷滑无人迹，苔点如花笺。
我来登上头，下临不测渊。
目眩手足掉，不敢低头看。
风从石下生，薄人而上抟。
衣服似羽翮，开张欲飞骞。
岋岋三面峰，峰尖刀剑攒。
往往白云过，决开露青天。
西北日落时，夕晖红团团。
千里翠屏外，走下丹砂丸。
东南月上时，夜气青漫漫。
百丈碧潭底，写出黄金盘。
蓝水色似蓝，日夜长潺潺。
周回绕山转，下视如青环。
或铺为慢流，或激为奔湍。
泓澄最深处，浮出蛟龙涎。
侧身入其中，悬磴尤险艰。
扪萝蹋樛木，下逐饮涧猿。
雪迸起白鹭，锦跳惊红鳣。
歇定方盥漱，濯去支体烦。
浅深皆洞彻，可照脑与肝。
但爱清见底，欲寻不知源。
东崖饶怪石，积甃苍琅玕。
温润发于外，其间韫玙璠。
卞和死已久，良玉多弃捐。

或时泄光彩,夜与星月连。
中顶最高峰,拄天青玉竿。
齁齁上不得,岂我能攀援。
上有白莲池,素葩覆清澜。
闻名不可到,处所非人寰。
又有一片石,大如方尺砖。
插在半壁上,其下万仞悬。
云有过去师,坐得无生禅。
号为定心石,长老世相传。
欲上谒仙祠,蔓草生绵绵。
昔闻王氏子,羽化升上玄。
其西晒药台,犹对芝术田。
时复明月夜,上闻黄鹤言。
回寻画龙堂,二叟髽发斑。
想见听法时,欢喜礼印坛。
复归泉窟下,化作龙蜿蜒。
阶前石孔在,欲雨生白烟。
往有写经僧,身静心精专。
感彼云外鸽,群飞千翩翩。
来添砚中水,去吸岩底泉。
一日三往复,时节长不愆。
经成号圣僧,弟子名杨难。
诵此莲花偈,数满百亿千。
身坏口不坏,舌根如红莲。
颅骨今不见,石函尚存焉。
粉壁有吴画,笔彩依旧鲜。
素屏有褚书,墨色如新干。

灵境与异迹，周览无不殚。

一游五昼夜，欲返仍盘桓。

我本山中人，误为时网牵。

牵率使读书，推挽令效官。

既登文字科，又忝谏诤员。

拙直不合时，无益同素餐。

以此自惭惕，戚戚常寡欢。

无成心力尽，未老形骸残。

今来脱簪组，始觉离忧患。

及为山水游，弥得纵疏顽。

野麋断羁绊，行走无拘挛。

池鱼放入海，一往何时还。

身著居士衣，手把南华篇。

终来此山住，永谢区中缘。

我今四十馀，从此终身闲。

若以七十期，犹得三十年。

【汇评】

《诚斋诗话》：五古长韵古诗，如白乐天《游悟真寺一百韵》真绝唱也。

《唐音审体》：用韵之多至此，亦前人所未得。　　平铺直叙，不用意，不用力，不用章法，画工化工，天造地设，不可有二。

《初白庵诗评》：似柳州小记（"风从"十六句下）。

《兰丛诗话》：韩昌黎受刘贡父"以文为诗"之谤，所见亦是。但长篇大作，不知不觉，自入文体。汉之《庐江小吏》已传体矣，杜之《北征》序体，《八哀》状体，白之《游悟真寺》记体，张籍《祭退之》竟祭文体，而韩之《南山》又赋体，《与崔立之》又书体。他家尚多，不及遍举，安得同短篇结构乎？

《唐宋诗醇》：洋洋洒洒，一气读去，几于千岩竞秀，万壑争流，目不给赏矣。就其中细寻之，则步骤井然，一丝不紊。首四句点清因游寺而登山，并年月日俱细叙出。"去山四五里"至"置寺于其间"，写寺外之景，曲折灵异，迥隔尘世，如入仙境；妙在以"回头寺门望"四句作一顿，遂觉心神荡漾，宛是初到神情。"入门无平地"一句作提笔，至"闻之似寒蝉"，叙寺中路径之逶迤，树木之苍郁。"首憩宾位亭"至"可以降灵仙"，细叙寺中所历之境与相传之法物：开北户而前行，又回顾而见来路，是以对多宝塔也；"玉象殿"、"观音堂"皆寺西界。"是时秋方中"至"竟夕不欲眠"，摹写夜中之景，与"八月月上弦"一句相映，又作一束。"晓寻南塔路"至"欲返仍盘桓"，历叙连日所游之境，变化出之；由南而东而中而上，不言北者，自入寺门大抵皆向北行也。其中有峰岩、有水、有怪石、有白莲、有祠、有台、有画、有书，细细写出日落月上，复带叙次日由昼入夜之景，更不拖沓；写经僧、诵经弟子只虚写，在传闻上叙出。"灵境与异迹"四句作一总束，一游"五昼夜"与"八月月上弦"照应。"我本山中人"至末，收足"游"字意；"四十馀"、"三十年"，又与元和九年照应。细玩全诗，分明以作记序手笔用之于诗。韩愈《南山》诗以奇肆胜，此以秀折胜，可谓匹敌。谢灵运游山诗、柳宗元山水记素称奇构，以彼方此，不无广狭之别矣。

《瓯北诗话》：唐人五言古诗，大篇莫如少陵之《北征》、昌黎之《南山》。二诗优劣，黄山谷已尝言之。然香山亦有《游王顺山悟真寺》一首，多至一千三百字，世顾未有言及者。今以其诗与《南山》相较：《南山》诗但偓侗写山景，用数十"或"字极力刻画；而以之移写他山，亦可通用。《悟真寺》诗，则先写入山，次写入寺；先憩宾位，次至玉象殿，次观音堂，点明是夕宿寺中。明日又由南塔路过蓝谷，登其巅；又到蓝水环流处，上中顶最高峰，寻谒一片石、仙人祠；回寻画龙堂，有吴道子画、褚河南书。总结登历，凡五日。层次既极清楚，且一处写一处景物，不可移易他处，较《南山》诗似更过之。又《北征》、《南山》皆用仄韵，故气力健举；此但用平韵，而逐层铺叙，沛然有馀，无一语冗弱，觉更难也。而诗人不知，则以香山有《长恨》、《琵琶》诸大篇脍炙人口，遂置此诗于不问耳。

《筱园诗话》：五言长篇，始于乐府《孔雀东南飞》一章，而蔡文姬《悲愤诗》继之。唐代则工部之《北征》、《奉先咏怀》二篇，玉谿《行次西郊》一篇，足以抗衡。退之《南山》稍次一格，然古香古色，并峙词坛，皆文章家冠冕也。香山《悟真寺》诗多至百三十韵，在集中亦是巨制，然雅秀清圆，而乏浑厚高古之诣，用笔用法又鲜变化，所以不能与杜、韩、李诸诗并立。

访陶公旧宅 并序

余夙慕陶渊明为人，往岁渭上闲居，尝有效陶体诗十六首。今游庐山，经柴桑，过栗里，思其人，访其宅，不能默默，又题此诗云。

> 垢尘不污玉，灵凤不啄膻。
> 呜呼陶靖节，生彼晋宋间。
> 心实有所守，口终不能言。
> 永惟孤竹子，拂衣首阳山。
> 夷齐各一身，穷饿未为难。
> 先生有五男，与之同饥寒。
> 肠中食不充，身上衣不完。
> 连征竟不起，斯可谓真贤。
> 我生君之后，相去五百年。
> 每读五柳传，目想心拳拳。
> 昔常咏遗风，著为十六篇。
> 今来访故宅，森若君在前。

不慕尊有酒，不慕琴无弦。

慕君遗荣利，老死此丘园。

柴桑古村落，栗里旧山川。

不见篱下菊，但馀墟中烟。

子孙虽无闻，族氏犹未迁。

每逢姓陶人，使我心依然。

【汇评】

《名胜志》：陶潜家于柴桑，即今之楚城乡也。去宅北三里许，有靖节墓。唐白居易有《访陶公旧宅》诗。

官舍内新凿小池

帘下开小池，盈盈水方积。

中底铺白沙，四隅甃青石。

勿言不深广，但取幽人适。

泛滟微雨朝，泓澄明月夕。

岂无大江水，波浪连天白？

未如床席间，方丈深盈尺。

清浅可狎弄，昏烦聊漱涤。

最爱晓暝时，一片秋天碧。

【汇评】

《古唐诗合解》：微雨吹波，明月弄影，此小池之取适也（"泛滟"二句下）。开一笔，将大水比小池，固自有异；然吾适意处，在床席之前，正取此盈尺之水耳（"岂无"四句下）。　水清且浅，吾可狎而弄；吾昏且繁，水可漱而涤，水之为用如此。且尤爱天晓及暝之时，俯而视之，一片秋天之碧在水中。见之不知是水之碧，天之碧，足以清心醒目，智者之乐也（末四句下）。　白香山坦夷平直，辄问老呕能解,其佳处泠然清响,韵致甚逸,然觉唐音之散漫矣。

读谢灵运诗

吾闻达士道,穷通顺冥数。

通乃朝廷来,穷即江湖去。

谢公才廓落,与世不相遇。

壮志郁不用,须有所泄处。

泄为山水诗,逸韵谐奇趣。

大必笼天海,细不遗草树。

岂惟玩景物? 亦欲摅心素。

往往即事中,未能忘兴谕。

因知康乐作,不独在章句。

山路偶兴

筋力未全衰,仆马不至弱。

又多山水趣,心赏非寂寞。

扪萝上烟岭,蹋石穿云壑。

谷鸟晚仍啼,洞花秋不落。

提笼复携榼,遇胜时停泊。

泉憩茶数瓯,岚行酒一酌。

独吟还独啸,此兴殊未恶。

假使在城时,终年有何乐?

【汇评】

《唐诗镜》:"谷鸟"二语,风味极佳。"泉憩"二语格虽晚,要不乏趣。

自蜀江至洞庭湖口有感而作

江自西南来,浩浩无旦夕。
长波逐若泻,连山凿如劈。
千年不壅溃,万姓无垫溺。
不尔民为鱼,大哉禹之绩。
导岷既艰远,距海无咫尺。
胡为不讫功,馀水斯委积。
洞庭与青草,大小两相敌。
混合万丈深,森茫千里白。
每岁秋夏时,浩大吞七泽。
水族窟穴多,农人土地窄。
我今尚嗟叹,禹岂不爱惜?
邈未究其由,想古观遗迹。
疑此苗人顽,恃险不终役。
帝亦无奈何,留患与今昔。
水流天地内,如身有血脉。
滞则为疽疣,治之在针石。
安得禹复生,为唐水官伯。
手提倚天剑,重来亲指画。
疏河似剪纸,决壅同裂帛。
渗作膏腴田,踏平鱼鳖宅。
龙宫变闾里,水府生禾麦。
坐添百万户,书我司徒籍。

【汇评】

　　《唐宋诗醇》：议论奇辟,笔力亦浑劲与题称,集中此种绝少,颇近昌黎。其源亦从杜甫《剑门》一篇脱胎。

《瓯北诗话》：香山有《过洞庭湖》诗，谓大禹治水，何不尽驱诸水直注之海，而留此大浸，占湖南千里之地！若去水作陆，又可活数百万生灵，增入司徒籍。岂禹时苗顽不用命，遂不能兴此役耶？此书生之见，好为议论，而不可行者也。万山之水，奔腾而下，其中途必有停潴之处，始不冲溢为患。如江西之有鄱阳，江南之有巢湖、洪泽湖、太湖，随时容纳，以缓其势，故为害较少。黄河之水，无地停蓄，遂岁岁为患。若令蜀江出峡后即挟众水直趋东海，其间吴、楚经由之地，横溃冲决，将有更甚于黄河者。香山但发议论以骋其诗才，而不知见笑于有识也。

洛下卜居

三年典郡归，所得非金帛。

天竺石两片，华亭鹤一只。

饮啄供稻粱，包裹用茵席。

诚知是劳费，其奈心爱惜。

远从馀杭郭，同到洛阳陌。

下担拂云根，开笼展霜翮。

贞姿不可杂，高性宜其适。

遂就无尘坊，仍求有水宅。

东南得幽境，树老寒泉碧。

池畔多竹阴，门前少人迹。

未请中庶禄，且脱双骖易。[①]

岂独为身谋，安吾鹤与石。

【原注】

① 买履道宅，价不足，因以两马偿之。

《唐宋诗醇》：清况可掬，却是抒写真趣，非矫语鸣廉也。鹤石分承细写，一句结足，不点缀新居，而曰安鹤与石，妙甚。

池畔二首

其一

结构池西廊，疏理池东树。

此意人不知，欲为待月处。

其二

持刀剥密竹，竹少风来多。

此意人不会，欲令池有波。

【汇评】

《唐诗镜》：好格致。

《而庵说唐诗》：乐天作是诗，即用造廊法，最为窈窕。起云"结构池西廊"，承云"疏理池东树"……二句平列看去，一边是池西，一边是池东；一边是廊，一边是树；一边去结构，一边去疏理。人初看去，不知是为了树结构那廊，还是为了廊疏理那树。鸳鸯虽绣得好，金针却在何处见？转云"此意人不知"，若不说出，真个人不知其故，又要待第四句道破……乃曰"欲为待月处"，方知疏理树，不是为廊，是为月；连结构廊，立在闲空里，盖为待月设也。譬如说笑话，好笑处必要留在末一句。起初听去不知说那一边话，全不露一些风缝，自己又不要先笑，方使人大好笑。今人不善作诗，只是不明白说笑话的道理，请以愚论思之。

游襄阳怀孟浩然

楚山碧岩岩，汉水碧汤汤。
秀气结成象，孟氏之文章。
今我讽遗文，思人至其乡。
清风无人继，日暮空襄阳。
南望鹿门山，蔼若有馀芳。
旧隐不知处，云深树苍苍。

朱陈村

徐州古丰县，有村曰朱陈。
去县百馀里，桑麻青氛氲。
机梭声札札，牛驴走纭纭。
女汲涧中水，男采山上薪。
县远官事少，山深人俗淳。
有财不行商，有丁不入军。
家家守村业，头白不出门。
生为村之民，死为村之尘。
田中老与幼，相见何欣欣。
一村唯两姓，世世为婚姻。
亲疏居有族，少长游有群。
黄鸡与白酒，欢会不隔旬。
生者不远别，嫁娶先近邻；
死者不远葬，坟墓多绕村。
既安生与死，不苦形与神。

所以多寿考，往往见玄孙。
我生礼义乡，少小孤且贫。
徒学辨是非，只自取辛勤。
世法贵名教，士人重冠婚。
以此自桎梏，信为大谬人。
十岁解读书，十五能属文；
二十举秀才，三十为谏臣。
下有妻子累，上有君亲恩。
承家与事国，望此不肖身。
忆昨旅游初，迨今十五春。
孤舟三适楚，羸马四经秦。
昼行有饥色，夜寝无安魂。
东西不暂住，来往若浮云。
离乱失故乡，骨肉多散分。
江南与江北，各有平生亲。
平生终日别，逝者隔年闻。
朝忧卧至暮，夕哭坐达晨。
悲火烧心曲，愁霜侵鬓根。
一生苦如此，长羡村中民。

【汇评】

　　《南濠诗话》：朱陈村在徐州丰县东南一百里深山中，民俗淳质，一村惟朱、陈二姓，世为婚姻。白乐天有《朱陈村》诗三十四韵，其略云："县远官事少，山深民俗淳。……所以多寿考，往往见玄孙。"予每诵之，则尘襟为之一洒，恨不生长其地。后读坡翁《朱陈村嫁娶图》诗云："我是朱陈旧使君，劝农曾入杏花村。而今风物那堪画，县吏催钱夜打门。"则宋之朱陈已非唐时之旧。若以今视之，又不知其何如也？

《诗源辩体》：乐天五言古，语既率易，中复间用律句，是厥体中所短。如《贺雨》云"欢呼相告报，感泣涕在胸"，《朱陈村》云"孤舟三适楚，羸马四经秦"等句，皆律句也。学乐天者最宜慎之。

登村东古冢

高低古时冢，上有牛羊道。
独立最高头，悠哉此怀抱。
回头向村望，但见荒田草。
村人不爱花，多种栗与枣。
自来此村住，不觉风光好。
花少莺亦稀，年年春暗老。

【汇评】

《唐诗镜》：闲闲语似不关情，乃其关情特甚。

感　镜

美人与我别，留镜在匣中。
自从花颜去，秋水无芙蓉。
经年不开匣，红埃覆青铜。
今朝一拂拭，自照憔悴容。
照罢重惆怅，背有双盘龙。

【汇评】

《初白庵诗评》：信手拈来，如灯取影（"美人"四句下）。

寄微之三首（其二）

君游襄阳日，我在长安住。

今君在通州，我过襄阳去。

襄阳九里郭，楼堞连云树。

顾此稍依依，是君旧游处。

苍茫蒹葭水，中有浔阳路。

此去更相思，江西少亲故。

【汇评】

《唐宋诗醇》：清空一气如话，三首（按指同题三首）直如一首，反复读之，令人心恻恻，殊难为怀。似古乐府，似苏、李《河梁》诗，似杜甫《梦李白二章》，要自成为香山之诗，惟其真也。诗文到真处，则千古流传，不可磨灭矣。

夜闻歌者

夜泊鹦鹉洲，江月秋澄澈。

邻船有歌者，发词堪愁绝。

歌罢继以泣，泣声通复咽。

寻声见其人，有妇颜如雪。

独倚帆樯立，婷婷十七八。

夜泪如真珠，双双堕明月。

借问谁家妇，歌泣何凄切？

一问一沾襟，低眉终不说。

【汇评】

《容斋三笔》：《夜闻歌者》，时自京城谪浔阳，宿于鄂州，又在《琵琶》之前，其词曰："夜泊鹦鹉洲，……"陈鸿《长恨传序》云："乐天深于诗，多于情者也。"故所遇必寄之吟咏，非有意于渔色。然鄂州所见，亦一女子独处，夫不在焉。瓜田李下之疑，唐人不讥也。今诗人罕谈此章，聊复表出。

《唐诗快》：毕竟是说不出口。可怜，可怜（末句下）！

夜　雪

已讶衾枕冷，复见窗户明。

夜深知雪重，时闻折竹声。

寄行简

郁郁眉多敛，默默口寡言。

岂是愿如此，举目谁与欢。

去春尔西征，从事巴蜀间。

今春我南谪，抱疾江海壖。

相去六千里，地绝天邈然。

十书九不达，何以开忧颜？

渴人多梦饮，饥人多梦餐。

春来梦何处？合眼到东川。

【汇评】

《韵语阳秋》：近观山谷《黔南十绝》，七篇全用乐天《花下对酒》、《渭川旧居》、《东城》、《寻春》、《西楼》、《委顺》、《竹窗》等诗，馀三篇用其诗略点化而已。乐天云："相去六千里，地绝天邈然。十书九不到，何以开忧颜？"山谷则云："相望六千里，天地隔江山。十书九不到，何用一开颜？"……乐天诗云："渴人多梦饮，饥人多梦餐。春来梦何处？合眼到东川。"山谷云："病人多梦医，囚人多梦赦。如何春来梦，合眼见乡社。"

《退庵随笔》：古诗多展转相袭，……白香山《寄行简》诗："相去六千里，……合眼到东川。"黄山谷截为两首。……此在古人，或居然暗合，或偶尔戏为。今人无庸相訾，学者亦未可藉口也。

孟夏思渭村旧居寄舍弟

喷喷雀引雏，稍稍笋成竹。
时物感人情，忆我故乡曲。
故园渭水上，十载事樵牧。
手种榆柳成，阴阴覆墙屋。
兔隐豆苗肥，鸟鸣桑椹熟。
前年当此时，与尔同游瞩。
诗书课弟侄，农圃资童仆。
日暮登麦场，天晴蚕坼簇。
弄泉南涧坐，待月东亭宿。
兴发饮数杯，闷来棋一局。
一朝忽分散，万里仍羁束。
井鲋思反泉，笼莺悔出谷。
九江地阜湿，四月天炎燠。
苦雨初入梅，瘴云稍含毒。
泥秧水畦稻，灰种畲田粟。
已讶殊岁时，仍嗟异风俗。
闲登郡楼望，日落江山绿。
归雁拂乡心，平湖断人目。
殊方我漂泊，旧里君幽独。
何时同一瓢，饮水心亦足。

【汇评】

《唐宋诗醇》：村居之乐，写来神往。"归雁"、"平湖"，风景亦自不恶；而烟波江上之愁，已尽此十字中。足抵一篇《登楼赋》。

寄王质夫

忆始识君时，爱君世缘薄。
我亦吏王畿，不为名利著。
春寻仙游洞，秋上云居阁。
楼观水潺潺，龙潭花漠漠。
吟诗石上坐，引酒泉边酌。
因话出处心，心期老岩壑。
忽从风雨别，遂被簪缨缚。
君作出山云，我为入笼鹤。
笼深鹤残悴，山远云漂泊。
去处虽不同，同负平生约。
今来各何在，老去随所托。
我守巴南城，君佐征西幕。
年颜渐衰飒，生计仍萧索。
方含去国愁，且羡从军乐。
旧游疑是梦，往事思如昨。
相忆春又深，故山花正落。

【汇评】

《唐宋诗醇》：前后叙交情，中间忽作比体，格调颇近建安。一
结有风致。

送客回晚兴

城上云雾开，沙头风浪定。
参差乱山出，澹泞平江净。

行客舟已远，居人酒初醒。

袅袅秋竹梢，巴蝉声似磬。

【汇评】

《唐宋诗醇》：江城风景，逐层写得凄凉，笔墨之外，逼出一"愁"字。

东坡种花二首（其二）

东坡春向暮，树木今何如？

漠漠花落尽，翳翳叶生初。

每日领僮仆，荷锄仍决渠。

铲土壅其本，引泉溉其枯。

小树低数尺，大树长丈馀。

封植来几时，高下随扶疏。

养树既如此，养民亦何殊？

将欲茂枝叶，必先救根株。

云何救根株，劝农均赋租。

云何茂枝叶，省事宽刑书。

移此为郡政，庶几氓俗苏。

【汇评】

《二老堂诗话》：白乐天为忠州刺史，有《东坡种花》二诗。又有《步东坡》诗云："朝上东坡步，夕上东坡步。东坡何所爱？爱此新成树。"本朝苏文忠公不轻许可，独敬爱乐天，屡形诗篇，盖其文章皆主辞达，而忠厚好施，刚直尽言，与人有情，于物无著，大略相似。谪居黄州始号"东坡"，其原必起于乐天忠州之作也。

《唐宋诗醇》：前一首细写种花之趣，静观物理，及时行乐，独善之义也。后一首推广言之，与柳宗元《郭橐驼种树说》同意，兼济之志也。妙在说得极纤悉、极平淡，乃具真实本领。宋儒谓杜子美情多，得志必能济物，亦是此意。陈蕃不事扫除一室，而欲经营天下，宜其志大而才疏也。劝农均赋，省事宽刑，岂独治一郡哉？虽以治天下可矣。

步东坡

朝上东坡步，夕上东坡步。
东坡何所爱？爱此新成树。
种植当岁初，滋荣及春暮。
信意取次栽，无行亦无数。
绿阴斜景转，芳气微风度。
新叶鸟下来，萎花蝶飞去。
闲携斑竹杖，徐曳黄麻屦。
欲识往来频，青芜成白路。

【汇评】

《容斋随笔》：东坡居黄州，始称东坡居士，其意盖专慕乐天而然。如《赠写真李道士》云：“他时要指集贤人，知是商山老居士。”《赠善相程杰》云：“我似乐天君记取，华颠赏遍洛阳春。”《送程懿权》云：“我甚似乐天，但无素与蛮。”《入侍迩英》云：“定是香山老居士，世缘终浅道缘深。”《去杭州》云：“出处依稀似乐天，敢将衰朽较前贤。”则公之所以景仰者，不止一再言之，非东坡之名，偶尔暗合也。

近藤元粹《苏诗纪事》：苏公谪居黄州，始自称东坡居士。详考其意，盖专慕白乐天而然。白公有《东坡种花》二诗云：“持钱买花树，城东坡上栽。”又云：“东坡向春暮，树木今何如？”又有《步东坡》诗云：“朝上东坡步，夕上东坡步。东坡何所爱？爱此新成树。”

又有《别东坡花树》诗云:"何处殷勤重回首,东坡桃李种新成。"皆为忠州刺史时所作也。苏公在黄,正与白公忠州相似。

江南遇天宝乐叟

白头病叟泣且言,禄山未乱入梨园。

能弹琵琶和法曲,多在华清随至尊。

是时天下太平久,年年十月坐朝元。

千官起居环佩合,万国会同车马奔。

金钿照耀石瓮寺,兰麝熏煮温汤源。

贵妃宛转侍君侧,体弱不胜珠翠繁。

冬雪飘飖锦袍暖,春风荡漾霓裳翻。

欢娱未足燕寇至,弓劲马肥胡语喧。

豳土人迁避夷狄,鼎湖龙去哭轩辕。

从此漂沦落南土,万人死尽一身存。

秋风江上浪无限,暮雨舟中酒一尊。

涸鱼久失风波势,枯草曾沾雨露恩。

我自秦来君莫问,骊山渭水如荒村。

新丰树老笼明月,长生殿暗锁春云。

红叶纷纷盖敧瓦,绿苔重重封坏垣。

唯有中官作宫使,每年寒食一开门。

【汇评】

《韵语阳秋》:《明皇杂录》云:天宝中,上命宫中女子数百人为梨园弟子,皆居宜春北院。上素晓音律,时有马仙期、李龟年、贺怀智皆洞知律度,而龟年恩宠尤盛。自禄山之乱,散亡无几。……白乐天云:"白头病叟泣且言,禄山未乱入梨园。欢娱未足燕寇至,万人死尽一身存。"……读之可为凄怆。

《全唐风雅》：黄云：此词胜《连昌宫词》十倍，以风刺中不伤大雅也。

《唐宋诗醇》：前叙乐叟之言，天宝旧事也。后叙告乐叟之言，乱后景象也。俯仰今昔，满目苍凉，言外黯然欲绝。乐叟未必实有其人，特借以抒感慨之思耳。

醉后走笔酬刘五主簿长句之赠兼简
张大贾二十四先辈昆季

刘兄文高行孤立，十五年前名翕习。
是时相遇在符离，我年二十君三十。
得意忘年心迹亲，寓居同县日知闻。
衡门寂寞朝寻我，古寺萧条暮访君。
朝来暮去多携手，穷巷贫居何所有？
秋灯夜写联句诗，春雪朝倾暖寒酒。
陴湖绿爱白鸥飞，漼水清怜红鲤肥。
偶语闲攀芳树立，相扶醉蹋落花归。
张贾兄弟同里巷，乘闲数数来相访。
雨天连宿草堂中，月夜徐行石桥上。
我年渐长忽自惊，镜中冉冉髭须生。
心畏后时同励志，身牵前事各求名。
问我栖栖何所适？乡人荐为鹿鸣客。
二千里别谢交游，三十韵诗慰行役。
出门可怜唯一身，敝裘瘦马入咸秦。
冬冬街鼓红尘暗，晚到长安无主人。
二贾二张与余弟，驱车逦迤来相继。
操词握赋为干戈，锋锐森然胜气多。

齐入文场同苦战，五人十载九登科。
二张得隽名居甲，美退争雄重告捷。
棠棣辉荣并桂枝，芝兰芳馥和荆叶。
唯有沅犀屈未伸，握中自谓骇鸡珍。
三年不鸣鸣必大，岂独骇鸡当骇人。
元和运启千年圣，同遇明时余最幸。
始辞秘阁吏王畿，遽列谏垣升禁闱。
寋步何堪鸣佩玉，衰容不称著朝衣。
阊阖晨开朝百辟，冕旒不动香烟碧。
步登龙尾上虚空，立去天颜无咫尺。
宫花似雪从乘舆，禁月如霜坐直庐。
身贱每惊随内宴，才微常愧草天书。
晚松寒竹新昌第，职居密近门多闭。
日暮银台下直回，故人到门门暂开。
回头下马一相顾，尘土满衣何处来？
敛手炎凉叙未毕，先说旧山今悔出。
岐阳旅宦少欢娱，江左羁游费时日。
赠我一篇行路吟，吟之句句沙披金。
岁月徒催白发貌，泥涂不屈青云心。
谁会茫茫天地意，短才获用长才弃。
我随鹓鹭入烟云，谬上丹墀为近臣。
君同鸾凤栖荆棘，犹著青袍作选人。
惆怅知贤不能荐，徒为出入蓬莱殿。
月惭谏纸二百张，岁愧俸钱三十万。
大底浮荣何足道，几度相逢即身老。
且倾斗酒慰羁愁，重话符离问旧游：
北巷邻居几家去，东林旧院何人住？

武里村花落复开，流沟山色应如故。

感此酬君千字诗，醉中分手又何之？

须知通塞寻常事，莫叹浮沉先后时。

慷慨临歧重相勉，殷勤别后加餐饭。

君不见买臣衣锦还故乡，五十身荣未为晚。

【汇评】

《唐宋诗醇》：七古长篇，一气盘旋，不必刻意求奇，自具大家风格，非晚唐人寒俭迫促者所能道。"惆怅知贤不能荐"四句，自占身分极高，末段仍归旷达。是诗作于元和之初，居易为左拾遗，未几即免，改官除京兆户曹参军外出，盖在朝而道不行，则奉身而退，知愧者庶可无愧也。

山鹧鸪

山鹧鸪，朝朝暮暮啼复啼，

啼时露白风凄凄。

黄茅冈头秋日晚，苦竹岭下寒月低。

畲田有粟何不啄？石楠有枝何不栖？

迢迢不缓复不急，楼上舟中声暗入。

梦乡迁客展转卧，抱儿寡妇彷徨立。

山鹧鸪，尔本此乡鸟。

生不辞巢不别群，何苦声声啼到晓。

啼到晓，唯能愁北人，南人惯闻如不闻。

【汇评】

《初白庵诗评》："南人惯闻如不闻"，黄山谷"北人堕泪南人笑"语意本此。

放旅雁

原注：元和十年冬作。

九江十年冬大雪，江水生冰树枝折。
百鸟无食东西飞，中有旅雁声最饥。
雪中啄草冰上宿，翅冷腾空飞动迟。
江童持网捕将去，手携入市生卖之。
我本北人今谴谪，人鸟虽殊同是客。
见此客鸟伤客人，赎汝放汝飞入云。
雁雁汝飞向何处？第一莫飞西北去。
淮西有贼讨未平，百万甲兵久屯聚。
官军贼军相守老，食尽兵穷将及汝。
健儿饥饿射汝吃，拔汝翅翎为箭羽。

画竹歌 并引

协律郎萧悦善画竹，举时无伦。萧亦甚自秘重，有终岁求其一
竿一枝而不得者。知予天与好事，忽写一十五竿，惠然见投。予厚
其意，高其艺，无以答贶，作歌以报之，凡一百八十六字云。

植物之中竹难写，古今虽画无似者。
萧郎下笔独逼真，丹青以来唯一人。
人画竹身肥拥肿，萧画茎瘦节节竦；
人画竹梢死羸垂，萧画枝活叶叶动。
不根而生从意生，不笋而成由笔成。
野塘水边碕岸侧，森森两丛十五茎。
婵娟不失筠粉态，萧飒尽得风烟情。

举头忽看不似画,低耳静听疑有声。

西丛七茎劲而健,省向天竺寺前石上见;

东丛八茎疏且寒,忆曾湘妃庙里雨中看。

幽资远思少人别,与君相顾空长叹。

萧郎萧郎老可惜,手颤眼昏头雪色。

自言便是绝笔时,从今此竹尤难得。

【汇评】

《四溟诗话》:"西丛七茎劲而健,省向天竺寺前石上见。东丛八茎疏且寒,忆曾湘妃庙里雨中看。"此作造语清润,读者襟抱洒然,能发万里之兴,所谓淘沙拣金,难得之句也。释景云《画松》诗云:"画松一似真松树,且待思量记得无?忆在天台山上见,石桥南畔第三株。"此诗全袭乐天,未见超绝。

《唐宋诗醇》:波澜意度直逼子美堂奥,与香山平日面貌不类,盖有意规仿子美题画诸作而为之者。

真娘墓

真娘墓,虎丘道。

不识真娘镜中面,唯见真娘墓头草。

霜摧桃李风折莲,真娘死时犹少年。

脂肤荑手不牢固,世间尤物难留连。

难留连,易销歇。

塞北花,江南雪。

【汇评】

《唐贤小三昧集》:促节古调。

《唐诗别裁》:不着迹象,高于众作。梦得云:"香魂虽死人不怕",真可笑人也。

《唐宋诗举要》：径住，笔力高绝。

长恨歌

汉皇重色思倾国，御宇多年求不得。
杨家有女初长成，养在深闺人未识。
天生丽质难自弃，一朝选在君王侧。
回眸一笑百媚生，六宫粉黛无颜色。
春寒赐浴华清池，温泉水滑洗凝脂。
侍儿扶起娇无力，始是新承恩泽时。
云鬓花颜金步摇，芙蓉帐暖度春宵。
春宵苦短日高起，从此君王不早朝。
承欢侍宴无闲暇，春从春游夜专夜。
后宫佳丽三千人，三千宠爱在一身。
金屋妆成娇侍夜，玉楼宴罢醉和春。
姊妹弟兄皆列土，可怜光彩生门户。
遂令天下父母心，不重生男重生女。
骊宫高处入青云，仙乐风飘处处闻。
缓歌慢舞凝丝竹，尽日君王看不足。
渔阳鼙鼓动地来，惊破霓裳羽衣曲。
九重城阙烟尘生，千乘万骑西南行。
翠华摇摇行复止，西出都门百馀里。
六军不发无奈何，宛转蛾眉马前死。
花钿委地无人收，翠翘金雀玉搔头。
君王掩面救不得，回看血泪相和流。
黄埃散漫风萧索，云栈萦纡登剑阁。
峨眉山下少人行，旌旗无光日色薄。

蜀江水碧蜀山青，圣主朝朝暮暮情。
行宫见月伤心色，夜雨闻铃肠断声。
天旋地转回龙驭，到此踌躇不能去。
马嵬坡下泥土中，不见玉颜空死处。
君臣相顾尽沾衣，东望都门信马归。
归来池苑皆依旧，太液芙蓉未央柳。
芙蓉如面柳如眉，对此如何不泪垂。
春风桃李花开日，秋雨梧桐叶落时。
西宫南苑多秋草，宫叶满阶红不扫。
梨园弟子白发新，椒房阿监青娥老。
夕殿萤飞思悄然，孤灯挑尽未成眠。
迟迟钟鼓初长夜，耿耿星河欲曙天。
鸳鸯瓦冷霜华重，翡翠衾寒谁与共？
悠悠生死别经年，魂魄不曾来入梦。
临邛道士鸿都客，能以精诚致魂魄。
为感君王展转思，遂教方士殷勤觅。
排空驭气奔如电，升天入地求之遍。
上穷碧落下黄泉，两处茫茫皆不见。
忽闻海上有仙山，山在虚无缥缈间。
楼阁玲珑五云起，其中绰约多仙子。
中有一人字太真，雪肤花貌参差是。
金阙西厢叩玉扃，转教小玉报双成。
闻道汉家天子使，九华帐里梦魂惊。
揽衣推枕起徘徊，珠箔银屏逦迤开。
云鬓半偏新睡觉，花冠不整下堂来。
风吹仙袂飘飘举，犹似霓裳羽衣舞。
玉容寂寞泪阑干，梨花一枝春带雨。

含情凝睇谢君王，一别音容两渺茫。

昭阳殿里恩爱绝，蓬莱宫中日月长。

回头下望人寰处，不见长安见尘雾。

唯将旧物表深情，钿合金钗寄将去。

钗留一股合一扇，钗擘黄金合分钿。

但教心似金钿坚，天上人间会相见。

临别殷勤重寄词，词中有誓两心知。

七月七日长生殿，夜半无人私语时。

在天愿作比翼鸟，在地愿为连理枝。

天长地久有时尽，此恨绵绵无绝期。

【汇评】

陈鸿《长恨歌传》：元和元年冬十二月，太原白乐天自校书郎尉于盩厔，鸿与琅邪王质夫家于是邑，暇日相携游仙游寺，话及此事，相与感叹。质夫举酒于乐天前曰："夫希代之事，非遇出世之才润色之，则与时消没，不闻于世。乐天深于诗，多于情者也，试为歌之，如何？"乐天因为《长恨歌》，意者不但感其事，亦欲惩尤物，窒乱阶，垂于将来也。歌既成，使鸿传焉。

黄滔《答陈磻隐论诗书》：大唐前有李、杜，后有元、白，信若沧溟无际，华岳干天。然自李飞数贤，多以粉黛为乐天之罪，殊不谓《三百五篇》多乎女子，盖在所指说如何耳。至如《长恨歌》云："遂令天下父母心，不重生男重生女。"此刺以男女不常，阴阳失伦。其意险而奇，其文平而易，所谓言之者无罪，闻之者足以自戒哉！

《临汉隐居诗话》：唐人咏马嵬之事者多矣。世所称者，刘禹锡曰："官军诛佞幸，天子舍妖姬。群吏伏门屏，贵人牵帝衣。低回转美目，风日为无辉。"白居易曰："六军不发争奈何，宛转蛾眉马前死。"此乃歌咏禄山能使官军皆叛，逼迫明皇，明皇不得已而诛杨妃也。噫！岂特不晓文章体裁，而造语蠢拙，抑已失臣下事君之礼矣。

《潜溪诗眼》：白乐天《长恨歌》，工矣，而用事犹误。"峨眉山下少人行"，明皇幸蜀，不行峨眉山也，当改云"剑门山"。"七月七日长生殿，夜半无人私语时"，长生殿乃斋戒之所，非私语地也。华清宫自有飞霜殿，乃寝殿也。当改长生为飞霜，则尽矣。

《林泉随笔》：白乐天《长恨歌》备述明皇、杨妃之始末，虽史传亦无以加焉。盖指其覆毕，托为声诗以讽时君，而垂戒来世。

《竹坡诗话》：白乐天《长恨歌》云："玉容寂寞泪阑干，梨花一枝春带雨。"人皆喜其工，而不知其气韵之近俗也。东坡作送人小词云："故将别语调佳人，要看梨花枝上雨。"虽用乐天语，而别有一种风味，非点铁成黄金手，不能为此也。

《抱真堂诗话》：七言初唐、盛唐虽各一体，然极七言之变，则元、白、温、李皆在所不废。元、白体至卑，乃《琵琶行》、《连昌宫词》、《长恨歌》未尝不可读。但子由所云"元、白纪事，尺寸不遗"，所以拙耳。

《唐诗选脉会通评林》：唐汝询又曰：乐天云："一篇《长恨》有风情"，此自赞其诗也。今读其文，格极卑庸，词颇娇艳；虽主讥刺，实欲借事以骋笔间之风流。其称"风情"，自评亦当矣。《品汇》收《琵琶行》而黜此，为其多肉而少骨也。　　唐陈彝曰：白善敷衍，真长篇手。"死别经年"，"不曾入梦"二句，起下迎神话头。"揽衣推枕"四语，皆从"惊"字生意。"临别殷勤"以下，天子私语，傍岂无人？恃钗钿足信矣。此段文人装点不可知。　　唐孟庄曰："旌旗无光"句，惨。"夜雨闻铃"句，是实事。"春风桃李"二句，冷语含情，摹写入细。"忽闻"二字，装点其真；"虚无缥缈"，明见其假。"风吹仙佩飘飖举"四语，俱以媚词描写，是其弄笔法处。"旧物表深情"，方士所恃以欺上皇者。长生殿"夜半私语"，方士交通近臣，漏此言为信。　　钟人杰曰：文亦茜丽。　　周珽曰：作长篇法如构危宫大厦，全须接笋合缝，铢两皆称。乐天《琵琶行》、《长恨歌》几许胆力，觉龙气所聚，有疑行疑伏之妙，读者未易测其涯岸。

《唐诗快》：乐天诗如《长恨歌》、《琵琶行》，皆所谓老妪解颐者也。然无一字不深入人情，而且刺心透髓，即少陵、长吉歌行皆不能及。所以然者，少陵、长吉虽能为情语，然犹兼才与学为之；凡情语一夹才学，终隔一层，便不能刺透心髓。乐天之妙，妙在全不用才学，一味以本色真切出之，所以感人最深。由是观之，则老妪解颐，谈何容易！

《围炉诗话》：《连昌》、《长恨》、《琵琶行》，前人之法变尽矣。

《中晚唐诗叩弹集》：诏按：明皇荒淫乱政只三字蔽之（"从此君王"句下）。庭珠按：此下明皇幸蜀及缢贵妃于马嵬之事（"千乘万骑"句下）。　　庭珠按：此下上皇还京之事。诏按：上写禄山犯阙，只"鼙鼓"二字，此写肃宗收复，只"天旋地转"四字：读者但觉叙事明畅，不知简径至此（"天旋地转"句下）。　　庭珠按：此下命令求贵妃之事（"魂魄不曾"句下）。　　庭珠按：此下重申密约，结归长恨之意（"天上人间"句下）。

《而庵诗话》：收纵得宜，调度合板，譬如跳狮子，锣也好，鼓也好，狮子也跳得好，三回九转，周身本事，全副精神俱显出来。

《白香山诗集》：按《隐居诗话》云："唐人咏马嵬事多矣，世所称者，白居易'六军不发无奈何，宛转蛾眉马前死'，此乃歌咏禄山能使官兵叛，逼迫明皇，不得已而诛杨妃也。岂特不晓文章体裁，而造语蠢拙，抑亦失臣下之事君之礼。老杜则不然，其《北征》诗曰：'不闻夏殷衰，中自诛褒妲。'乃见明皇鉴夏商之败，畏天悔祸，赐妃子以死，官军何与焉！"此论为推尊少陵则可，若以此贬乐天则不可。论诗须相题。《长恨歌》本与陈鸿、王质夫话杨妃始终而作，犹虑诗有未详，陈鸿又作《长恨歌传》，所谓"不特感其事，亦欲惩尤物，窒乱阶，垂于将来也"，自与《北征》诗不同。若讳马嵬事实，则

"长恨"二字便无著落矣。读诗全不理会作诗本末,而执片词肆议古人,已属太过;至谓歌咏禄山能使官军云云,则尤近乎锻炼矣。宋人多文字吹求之祸,皆酿于此等议论。若唐人作诗,本无所谓忌讳,忠厚之风,自可慕也。然陈传中叙贵妃进于寿邸,而白诗讳之,但云"杨家有女初长成,养在深闺人未识。天生丽质难自弃,一朝选在君王侧",安得谓乐天不知文章大体耶?倘有祖其谬以罗织少陵者,必将以少陵《忆昔时》"张后不乐上为忙"句为失以臣事君,"百官跣足随天王"句为歌咏吐蕃追逼代宗,又岂通论乎?

《唐诗别裁》:迷离惝恍,不用收结,此正作法之妙。　　诗本陈鸿《长恨传》而作,悠扬旖旎,情至文生,本王、杨、卢、骆而又加变化者矣。时有一妓夸于人曰:"我能诵白学士《长恨歌》,岂与他妓等哉!"诗之见重于时如此。

《唐宋诗醇》:居易诗词特妙,情文相生,沉郁顿挫,哀艳之中,具有讽刺。"汉皇重色思倾国"、"从此君王不早朝"、"君王掩面救不得",皆微词也。"养在深闺人未识",为尊者讳也。欲不可纵,乐不可极,结想成因,幻缘奚罄?总以为发乎情而不能止乎礼义者戒也。通首分四段:"汉王重色思倾国"至"惊破霓裳羽衣曲",畅叙杨妃擅宠之事,却以"渔阳鼙鼓动地来"二句暗摄下意,一气直下,灭去转落之痕。"九重城阙烟尘生"至"夜雨闻铃断肠声",叙马嵬赐死之事,"行宫见月伤心色"二句暗摄下意,盖以幸蜀之靡日不思,引起还京之彷徨念旧,一直说去,中间暗藏马嵬改葬一节,此行文飞渡法也。"天旋日转回龙驭"至"魂魄不曾来入梦",叙上皇南宫思旧之情,"悠悠生死别经年"二句,亦暗摄下意。"临邛道士鸿都客"至末,叙文士招魂之事,结处点清"长恨",为一诗结穴,戛然而止,全势已足,更不必另作收束。

《网师园唐诗笺》:闲处一束,无限低徊("遂令天下"二句下)。　　从景上写出悲凉情味,虚际描摹,笔意宕漾,如聆三峡猿啼("蜀江水碧"四句下)。引起下半首("悠悠生死"二句下)。
回眸一盼("犹似霓裳"句下)。　　征典故以虚无异样,空灵缥缈
("临别殷勤"四句下)。

《瓯北诗话》:香山诗名最著,及身已风行海内,李谪仙后一人
而已。……盖其得名,在《长恨歌》一篇。其事本易传,以易传之
事,为绝妙之词,有声有情,可歌可泣,文人学士既叹为不可及,妇
人女子亦喜闻而乐诵之。是以不胫而走,传遍天下。又有《琵琶
行》一首助之,此即无全集,而二诗已自不朽,况又有三千八百四十
首之工且多哉!　　又:《长恨歌》自是千古绝作。其叙杨妃入
宫,与陈鸿所传选自寿邸者不同,非惟惧文字之祸,亦讳恶之义本
当如是也。惟方士访至蓬莱,得妃密语归报上皇一节,此盖时俗讹
传,本非实事。……香山竟为诗以实之,遂成千古耳。

《唐诗三百首》:空虚处偏有实证("风吹仙袂"二句下)。

《岘佣说诗》:香山《长恨歌》今古传诵,然语多失体。如"汉皇
重色思倾国",明明言唐,何必曰汉?"春宵苦短日高起,从此君王
不早期",岂非讪谤君父?"孤灯挑尽未成眠",又似寒士光景;南内
凄凉,亦不至此。　　读《公孙大娘弟子舞剑器》诗,叙天宝事只数
语,而无限凄凉,可悟《长恨歌》之繁冗。

《唐宋诗举要》:吴北江曰:如此长篇,一气舒卷,时复风华掩
映,非有绝世才力未易到也。

隔浦莲

隔浦爱红莲,昨日看犹在。
夜来风吹落,只得一回采。
花开虽有明年期,复愁明年还暂时。

寒食野望吟

丘墟郭门外,寒食谁家哭?

风吹旷野纸钱飞,古墓累累春草绿。

棠梨花映白杨树,尽是死生离别处。

冥寞重泉哭不闻,萧萧暮雨人归去。

【汇评】

《苕溪渔隐丛话》:东坡云:与郭生游,寒溪主簿吴亮置酒,郭生善作挽歌,酒酣发声,坐为凄然。郭生言:恨无佳词。因改乐天《寒食》诗,歌之,坐客有泣者。其词曰:"乌啼鹊噪昏乔木,清明寒食谁家哭。风吹旷野纸钱飞,古墓累累春草绿。棠梨花映白杨路,尽是死生离别处。冥寞重泉哭不闻,萧萧暮雨人归去。"每句杂以散声。

《唐贤小三昧集》:顿觉尽情。

《网师园唐诗笺》:哀冷(末二句下)。

琵琶行 并序

元和十年,予左迁九江郡司马。明年秋,送客湓浦口,闻船中夜弹琵琶者。听其音,铮铮然有京都声;问其人,本长安倡女,尝学琵琶于穆、曹二善才,年长色衰,委身为贾人妇。遂命酒,使快弹数曲。曲罢悯默。自叙少小时欢乐事,今漂沦憔悴,转徙于江湖间。予出官二年,恬然自安,感斯人言,是夕始觉有迁谪意。因为长句,歌以赠之。凡六百一十二言,命曰《琵琶行》。

浔阳江头夜送客,枫叶荻花秋瑟瑟。

主人下马客在船,举酒欲饮无管弦。

醉不成欢惨将别，别时茫茫江浸月。
忽闻水上琵琶声，主人忘归客不发。
寻声暗问弹者谁，琵琶声停欲语迟。
移船相近邀相见，添酒回灯重开宴。
千呼万唤始出来，犹抱琵琶半遮面。
转轴拨弦三两声，未成曲调先有情。
弦弦掩抑声声思，似诉平生不得志。
低眉信手续续弹，说尽心中无限事。
轻拢慢撚抹复挑，初为霓裳后六幺。
大弦嘈嘈如急雨，小弦切切如私语。
嘈嘈切切错杂弹，大珠小珠落玉盘。
间关莺语花底滑，幽咽泉流冰下难。
冰泉冷涩弦凝绝，凝绝不通声渐歇。
别有幽愁暗恨生，此时无声胜有声。
银瓶乍破水浆迸，铁骑突出刀枪鸣。
曲终收拨当心画，四弦一声如裂帛。
东船西舫悄无言，唯见江心秋月白。
沉吟放拨插弦中，整顿衣裳起敛容。
自言本是京城女，家在虾蟆陵下住。
十三学得琵琶成，名属教坊第一部。
曲罢曾教善才伏，妆成每被秋娘妒。
五陵年少争缠头，一曲红绡不知数。
钿头云篦击节碎，血色罗裙翻酒污。
今年欢笑复明年，秋月春风等闲度。
弟走从军阿姨死，暮去朝来颜色故。
门前冷落鞍马稀，老大嫁作商人妇。
商人重利轻别离，前月浮梁买茶去。

去来江口守空船，绕船月明江水寒。
夜深忽梦少年事，梦啼妆泪红阑干。
我闻琵琶已叹息，又闻此语重唧唧。
同是天涯沦落人，相逢何必曾相识！
我从去年辞帝京，谪居卧病浔阳城。
浔阳地僻无音乐，终岁不闻丝竹声。
住近湓江地低湿，黄芦苦竹绕宅生。
其间旦暮闻何物，杜鹃啼血猿哀鸣。
春江花朝秋月夜，往往取酒还独倾。
岂无山歌与村笛，呕哑嘲哳难为听。
今夜闻君琵琶语，如听仙乐耳暂明。
莫辞更坐弹一曲，为君翻作琵琶行。
感我此言良久立，却坐促弦弦转急。
凄凄不似向前声，满座重闻皆掩泣。
座中泣下谁最多？江州司马青衫湿。

【汇评】

《容斋五笔》：白乐天《琵琶行》一篇，读者但羡其风致，敬其词章，至形于乐府，咏歌之不足，遂以谓真为长安故倡所作。予窃疑之。唐世法纲虽于此为宽，然乐天曾居禁密，且谪居未久，必不肯乘夜入独处妇人船中，相从饮酒；至于极弹丝之乐，中夕方去。岂不虞商人者它日议其后乎？乐天之意，直欲抒写天涯沦落之恨尔。

《朱子语类》：白乐天《琵琶行》云："嘈嘈切切错杂弹，大珠小珠落玉盘"云云，这是和而淫。至"凄凄不似向前声，满座重闻皆掩泣"，这是淡而伤。

《唐诗援》：初唐人喜为长篇，大率以词采相高而乏神韵。至元、白，去其排比，而仍踵其拖沓。惟《连昌宫词》直陈时事，可为龟鉴；《琵琶行》情文兼美，故特取之。

《批选唐诗》：以诗代叙记情兴，曲折婉转，《连昌宫词》正是伯仲。

《唐诗镜》：乐天无简炼法，故觉顿挫激昂为难。

《唐诗归》：钟云：以此说曲罢，情理便深（"水泉冷涩"二句下）。　　钟云：唤醒人语，不怕说得败兴（"门前冷落"二句下）。　　钟云：止此妙，亦似多后一段（"同是天涯"二句下）。

《唐诗解》：《连昌》纪事，《琵琶》叙情，《长恨》讽刺，并长篇之胜，而高、李弗录。余采而笺释之，俾学者有所观法焉。

《唐诗选脉会通评林》：唐汝询曰：此乐天宦游不遂，因琵琶以托兴也。"饮无管弦"，埋琵琶话头。一篇之中，"月"字五见，"秋月"三用，各自有情，何尝厌重！"声沉欲语迟"，"沉"字细，若作"停"字便浅；"欲语迟"，形容妙绝。"未成曲调先有情"，"先有情"三字，一篇大机括。"弦弦掩抑"下四语总说，情见乎辞。"大弦"以下六语，写琵琶声响，曲穷其妙。"水泉冷涩"四语，传琵琶之神。"银瓶"二语，已歇而复振，是将罢时光景。"唯见江心秋月白"，收用冷语，何等有韵！"自言本是京城女"下二十二句，商妇自诉之词，甚夸、甚戚，曲尽青楼情态。"同是天涯"三句，钟伯（敬）谓："止此，妙；亦似多后一段。"若止，乐天本意，何处发舒？惟以沦落人"转入迁谪，何等相关"！香山善铺叙，繁而不冗，若百衲衣手段，如何学得？　　陆时雍曰：形容仿佛。　　又曰：作长歌须得崩浪奔雷、蓦涧腾空之势，乃佳；乐天只一平铺次第。

《野鸿诗的》：香山《琵琶行》婉折周详，有意到笔随之妙，篇中句亦警拔。音节靡靡，是其一生短处，非独是诗而已。

《中晚唐诗叩弹集》：庭珠按：以上琵琶妇自叙；下，乐天自言迁谪之感也（"梦啼妆泪"句下）。

《古欢堂集杂著》：余尝谓白香山《琵琶行》一篇，从杜子美《观公孙大娘弟子舞剑器行》诗得来。"临颍美人在白帝，妙舞此曲神扬扬。与余问答既有以，感时抚事增惋伤"。杜以四语，白成数行，所谓演法也。凫胫何短，鹤胫何长，续之不能，截之不可，各有天然之致；不惟诗也，文亦然。

《蕙櫋杂记》：予向读吴梅村《琵琶行》，喜其浏离顿挫，谓胜白文公《琵琶行》，久而知其谬也。白诗开手便从江头送客说到闻琵琶，此直叙法也。吴诗先将琵琶铺陈一段，便成空套。

《而庵说唐诗》：此篇铺叙甚佳，语多情至，顿挫之法颇有。若较子美之陡健，相去远矣。滥觞从此始。　"琵琶声停欲语迟"，"欲语迟"宛然妇人行径矣。"枫叶荻花秋瑟瑟"，人知是写景，而不知是写秋。　古人作长篇，法有详略。此篇纯用详法，此乐天短处也（"转轴拨弦"句下）。　"未成曲调先有情"，司马迁谪，复当别离，此乐天之情也；嫁与商人，不得遂意，此妇人之情也。大家暗暗相关。此诗是乐天听过琵琶曲从亮处做的。　"其间旦暮闻何物"作问辞，句法变，方无直下之病。　"春江花朝秋月夜，往往取酒还独饮"。要知乐天不是单对妇人自叙，还有所送之客在此，正是眼光向客处。此二句妙甚。

《唐诗别裁》：写同病相怜之意，恻恻动人。

《唐贤小三昧集》：感商妇之飘流，叹谪居之沦落，凄婉激昂，声能引泣。

《精选评注五朝诗学津梁》：结以两相叹感收之，此行似江潮涌雪，余波荡漾，有悠然不尽之妙。凡作长题，步步映衬，处处点缀，组织处，悠扬处，层出不穷，笔意鲜艳无过白香山者。

《唐宋诗醇》：满腔迁谪之感，借商妇以发之，有同病相怜之意焉。比兴相纬，寄托遥深，其意微以显，其意哀以思，其辞丽以则。《十九首》云："清商随风发，中曲正徘徊。一弹再三叹，慷慨有馀哀。"及杜甫《观公孙大娘弟子舞剑器行》与此篇同为千秋绝调，不必以古近前后分也。

《网师园唐诗笺》：为下二段伏线（"醉不成欢"二句下）。
即声暂歇时言（"此时无声"句下）。　　应首段作一束（"惟见江心"句下）。　　映上重作一束，为文章留顿法（"绕船月明"句下）。　　双收上二段，转到自己（"同是天涯"二句下）。　　自叙踪迹与起处相应（"其间旦暮"句下）。　　此诗及《长恨歌》，诸家选本率与元微之《连昌宫词》并存。然细玩之，虽同是洋洋大篇，而情辞斐亹无伦，元词之远不逮白歌。即此与李亳州之悲善才，并为闻琵琶作，而亦有仙凡之判，固不但以人品高下为去取也。

《岘傭说诗》：《琵琶行》较有情味，然"我从去年"一段又嫌繁冗，如老妪向人谈旧事，叨叨絮絮，厌读而不肯休也。

代书诗一百韵寄微之

忆在贞元岁，初登典校司。
身名同日授，心事一言知。①
肺腑都无隔，形骸两不羁。
疏狂属年少，闲散为官卑。
分定金兰契，言通药石规。
交贤方汲汲，友直每偲偲。
有月多同赏，无杯不共持。
秋风拂琴匣，夜雪卷书帷。
高上慈恩塔，幽寻皇子陂。
唐昌玉蕊会，崇敬牡丹期。②
笑劝迂辛酒，闲吟短李诗。③
儒风爱敦质，佛理赏玄师。④
度日曾无闷，通宵靡不为。
双声联律句，八面对宫棋。⑤

往往游三省,腾腾出九逵。
寒销直城路,春到曲江池。
树暖枝条弱,山晴彩翠奇。
峰攒石绿点,柳宛鞠尘丝。
岸草烟铺地,园花雪压枝。
早光红照耀,新溜碧逶迤。
幄幕侵堤布,盘筵占地施。
征伶皆绝艺,选伎悉名姬。
粉黛凝春态,金钿耀水嬉。
风流夸堕髻,时世斗啼眉。⑥
密坐随欢促,华尊逐胜移。
香飘歌袂动,翠落舞钗遗。
筹插红螺碗,觥飞白玉卮。
打嫌调笑易,饮讶卷波迟。⑦
残席喧哗散,归鞍酩酊骑。
酡颜乌帽侧,醉袖玉鞭垂。
紫陌传钟鼓,红尘塞路岐。
几时曾暂别,何处不相随。
荏苒星霜换,回环节候催。
两衙多请告,三考欲成资。
运启千年圣,天成万物宜。
皆当少壮日,同惜盛明时。
光景嗟虚掷,云霄窃暗窥。
攻文朝矻矻,讲学夜孜孜。
策目穿如札,⑧锋毫锐若锥。⑨
繁张获鸟网,坚守钓鱼坻。⑩
并受夔龙荐,齐陈晁董词。

万言经济略，三策太平基。
中第争无敌，专场战不疲。
辅车排胜阵，掎角搴降旗。⑪
双阙纷容卫，千僚俨等衰。⑫
恩随紫泥降，名向白麻披。
既在高科选，还从好爵縻。
东垣君谏诤，西邑我驱驰。⑬
再喜登乌府，多惭侍赤墀。⑭
官班分内外，游处遂参差。
每列鹓鸾序，偏瞻獬豸姿。
简威霜凛冽，衣彩绣葳蕤。
正色摧强御，刚肠嫉喔咿。
常憎持禄位，不拟保妻儿。
养勇期除恶，输忠在灭私。
下韝惊燕雀，当道慑狐狸。
南国人无怨，东台吏不欺。⑮
理冤多定国，切谏甚辛毗。
造次行于是，平生志在兹。
道将心共直，言与行兼危。
水暗波翻覆，山藏路险巇。
未为明主识，已被佞臣疑。
木秀遭风折，兰芳遇霰萎。
千钧势易压，一柱力难擎。
腾口因成痏，吹毛遂得疵。
忧来吟贝锦，谪去咏江蓠。
邂逅尘中遇，殷勤马上辞。
贾生离魏阙，王粲向荆夷。

水过清源寺，山经绮季祠。
心摇汉皋珮，泪堕岘亭碑。⑯
驿路缘云际，城楼枕水湄。
思乡多绕泽，望阙独登陴。
林晚青萧索，江平绿渺渳。
野秋鸣蟋蟀，沙冷聚鸬鹚。
官舍黄茅屋，人家苦竹篱。
白醪充夜酌，红粟备晨炊。
寡鹤摧风翮，鳏鱼失水鬐。
暗雏啼渴旦，凉叶坠相思。⑰
一点寒灯灭，三声晓角吹。
蓝衫经雨故，骢马卧霜羸。
念涸谁濡沫，嫌醒自歠醨。
耳垂无伯乐，舌在有张仪。
负气冲星剑，倾心向日葵。
金言自销铄，玉性肯磷缁。
伸屈须看蠖，穷通莫问龟。
定知身是患，应用道为医。
想子今如彼，嗟予独在斯。
无憀当岁杪，有梦到天涯。
坐阻连襟带，行乖接履綦。
润销衣上雾，香散室中芝。
念远缘迁贬，惊时为别离。
素出三往复，明月七盈亏。⑱
旧里非难到，馀欢不可追。
树依兴善老，草傍静安衰。⑲
前事思如昨，中怀写向谁？

北村寻古柏，南宅访辛夷。⑳

此日空搔首，何人共解颐？

病多知夜永，年长觉秋悲。

不饮长如醉，加餐亦似饥。

狂吟一千字，因使寄微之。

【原注】

① 贞元中，与微之同登科第，俱授秘书省校书郎，始相识也。

② 唐昌观玉蕊，崇敬寺牡丹，花时多与微之有期。　　③ 辛大立度性迂嗜酒，李二十绅形短能诗，故当时有"迂辛"、"短李"之号。　　④ 刘三十二敦质雅有儒风，庚七玄师谈佛理有可赏者。

⑤ 双声联句，八面官棋，皆当时事。　　⑥ 贞元末，城中复为堕马髻、啼眉妆也。　　⑦ 抛打曲有"调笑令"，饮酒曲有"卷白波"。

⑧ 时与微之结集策略之目，其数至百十。　　⑨ 时与微之各有纤锋相管笔，携以就试，相顾辄笑，目为"毫锥"。　　⑩ 谓自冬至夏，频改试期，竟与微之坚待制试也。　　⑪ 并谓同铺席，共笔砚。　　⑫ 谓制举人欲唱第之时也。　　⑬ 元和元年同登制科。微之拜拾遗，予授盩厔尉。　　⑭ 四年，微之复拜监察，予为拾遗、学士也。　　⑮ 微之使东川，奏冤八十馀家，诏从而平之，因分司东都。　　⑯ 并途中所经历者也。　　⑰ 此四句兼含微之鳏居之思。　　⑱ 自与微之别，经七月，三度得书。　　⑲ 微之宅在静安坊西，近兴善寺。　　⑳ 开元观西北院，即隋时龙村佛堂，有古柏一株，至今存焉。微之宅中，有辛夷两树，常与微之游息其下。

【汇评】

《容斋续笔》：作诗至百韵，词意既多，故有失于点检者。如杜老《夔府咏怀》，前云"满坐涕潺湲"。后又云"伏腊涕涟涟"。白公寄元微之，既云"无杯不共持"，又云"笑劝迂李酒"、"华樽逐胜移"、

"觥飞白玉卮"、"饮讶卷波迟"、"归鞍酩酊迟"、"酡颜乌帽侧"、"醉袖玉鞭垂"、"白醪充夜酌"、"嫌醒自啜醨"、"不饮长如醉",一篇之中说酒者十一句。

《唐风采》：南邨曰：千古神交,在此一语("心事"句下)。

《删正二冯评阅〈才调集〉》：白居易《代书一百韵寄微之》,匀细整赡,力自有馀。长诗有叙置次第,此文章自然之势,其妙处全不在此。　　一意衍至千言,虽李、杜亦不能力馀于词。但首尾妥帖,即是难事,勿概以"元轻白俗"忽之。长篇作古体,方翕张如意；限以声病,但有修词工夫矣。此种只备诗家一体,无烦专意为之。

感秋寄远

惆怅时节晚,两情千里同。
离忧不散处,庭树正秋风。
燕影动归翼,蕙香销故丛。
佳期与芳岁,牢落两成空。

【汇评】

《唐宋诗醇》：律法整严,尚与盛唐相近,腹联已开晚唐李商隐一派。

春题华阳观

帝子吹箫逐凤凰,空留仙洞号华阳。
落花何处堪惆怅,头白宫人扫影堂。

【汇评】

《唐诗摘钞》：本是"影堂何处堪惆怅,头白宫人扫落花",却将四字转换,后人从不晓此法也。

和友人洛中春感

莫悲金谷园中月，莫叹天津桥上春。

若学多情寻往事，人间何处不伤神。

【汇评】

《唐诗镜》：白诗情到语流，绝无妆叠之病。

三月三十日题慈恩寺

慈恩春色今朝尽，尽日裴回倚寺门。

惆怅春归留不得，紫藤花下渐黄昏。

【汇评】

《藏海诗话》：白乐天诗云："紫藤花下怯黄昏"，荆公作《苑中》绝句，其卒章云："海棠花下怯黄昏"，乃是用乐天语，而易"紫藤"为"海棠"，便觉风韵超然。

赋得古原草送别

离离原上草，一岁一枯荣。

野火烧不尽，春风吹又生。

远芳侵古道，晴翠接荒城。

又送王孙去，萋萋满别情。

【汇评】

《幽闲鼓吹》：白尚书应举初至京，以诗谒顾著作况。顾睹姓名，熟视白公，曰："米价方贵，居亦弗易。"乃披卷。首篇曰："咸阳原上草，一岁一枯荣。野火烧不尽，春风吹又生。"即嗟赏曰："道得个语,居即易矣。"因为延誉,声名大振。

《苕溪渔隐丛话》:《复斋漫录》云:乐天以诗谒顾况,况喜其《咸阳原上草》云:"野火烧不尽,春风吹又生。"予以为不若刘长卿"春入烧痕青"之句,语简而意尽。

《唐诗解》:上二联写物生之无间,下二联是草色之关情。乐天语尚真率,佳处固自不少,要非入选之诗,独此丰格犹存,故采以备长庆之一体。

《唐律消夏录》:三、四的是佳句,但"一岁一枯荣"虽是起下,而语太显露,遂使下句意味不全。五、六虽分"古道"、"荒城",而用意实是合掌。结句呆用王孙,更庸弱。　　香山诸体颇称大手笔,此作独枯率窄狭,不能展动,得非以好句累之乎?

《雨航杂录》:《续古诗》:"何意掌上玉,化为眼中砂。……晴沙金屑色,春水麹尘波。"自是晚唐色相。至《古原草》诗:"野火烧不尽,春风吹又生。"几希初唐乎?

《古欢堂集杂著》:刘孝绰妹诗:"落花扫更合,丛兰摘复生。"孟浩然"林花扫更落,径草踏还生",此联岂出自刘欤? 白乐天《咏原上草送客》诗"野火烧不尽,春风吹又生",一句之意,分为两句,风致亦自不减。古人作诗,皆有所本,而脱化无穷,非蹈袭也。

《唐诗成法》:不必定有深意,一种宽然有馀地气象,便不同啾啾细声,此大小家之别。

《而庵说唐诗》:前一解,要看"原上"二字,后一解,要看"王孙去"三字,古人作法,一丝不走。

《近体秋阳》:浑朴,其情当在《十九首》之间。

《唐诗别裁》:此诗见赏于顾况,以此得名者也。然老成而少远神,白诗之佳者,正不在此。

《网师园唐诗笺》:天然名句,宜见赏于逋翁("野火"二句下)。

《瀛奎律髓汇评》:冯舒:逋翁真巨眼。　　查慎行:人但知

三、四之佳，不知先有"一岁一枯荣"句紧接上，方更精神。试置他处，当亦索然。　　纪昀：此犹是未放笔时，后乃愈老愈颓唐矣。　　许印芳："又"字复。

《历代诗发》：极平淡，亦极新异，宜顾况之倾倒也。

《唐诗三百首》：诗以喻小人也。消除不尽，得时即生，干犯正路。文饰鄙陋，却最易感人。

《唐宋诗举要》：情韵不匮，句亦振拔，宜其见重于逋翁也。

《诗境浅说》：此诗借草取喻，虚实兼写。三四承上荣枯而言。唐人咏物，每有仅于末句见本意者，此作亦同之。但诵此诗者，皆以为喻小人去之不尽，如草之滋蔓。作者正有此意，亦未可知。然取喻本无确定，以为喻世道，则治乱循环；以为喻天心，则贞元起伏。虽严寒盛雪，而春意已萌。见智见仁，无所不可。一篇《锦瑟》，在笺者会意耳。五六句古道荒城，言草所丛生之地；远芳晴翠，写草之状态。而以"侵"字、"接"字，绘其虚神，善于体物，琢句尤工。

江楼望归

原注：时避难在越中。

满眼云水色，月明楼上人。
旅愁春入越，乡梦夜归秦。
道路通荒服，田园隔虏尘。
悠悠沧海畔，十载避黄巾。

【汇评】

《瀛奎律髓》：此少年作，已自成就如此。

《瀛奎律髓汇评》：冯舒：此却似张、王。　　纪昀：此香山少作，转胜老境之颓唐。

自河南经乱关内阻饥兄弟离散各在一处因望月有感聊书所怀寄上浮梁大兄於潜七兄乌江十五兄兼示符离及下邽弟妹

时难年饥世业空,弟兄羁旅各西东。
田园寥落干戈后,骨肉流离道路中。
吊影分为千里雁,辞根散作九秋蓬。
共看明月应垂泪,一夜乡心五处同。

【汇评】

《唐诗绎》：末二折到望月,一语总摄,笔有馀情。

《唐诗贯珠》：诗之上界,直叙流离之苦。五、六佳,雁行本兄弟事,用得自然,"辞根"、"九秋"皆沉着。

《精选评注五朝诗学津梁》：感慨凄凉,想见离乱景况。

《唐诗三百首》：一气贯注,八句如一句,与少陵《闻官军》作同一格律。

同李十一醉忆元九

花时同醉破春愁,醉折花枝当酒筹。
忽忆故人天际去,计程今日到凉州。

【汇评】

《本事诗》：元相公稹为御史,鞫狱梓潼。时白尚书在京,与名辈游慈恩,小酌花下,为诗寄元曰："花时同醉破春愁……"

《唐诗绝句类选》：前二句以近者言,后二句以远者言,此诗家之远近格。

《唐诗训解》：一味天真。

《唐诗解》：乐天语尚真率，然浅而不俚，方是妙境，此诗得之。

《删订唐诗解》：吴昌祺曰：亦情文相生矣。

《唐宋诗醇》：意浅情深，格调最近王龙标。

《诗境浅说续编》：首二句言与李十一芳时同醉，借解春愁，以花枝作酒筹，想见其风趣。后二句言我辈欢娱，而故人行役，遥计征程辛苦，计此日可抵梁州。非特临觞怀远，其平日之抢指征程，关心驿路，可知矣。

《增定评注唐诗正声》：郭云：王元美云："元轻白俗，如此诗浅而较真，犹胜填词一格。"

送王十八归山寄题仙游寺

曾于太白峰前住，数到仙游寺里来。
黑水澄时潭底出，白云破处洞门开。
林间暖酒烧红叶，石上题诗扫绿苔。
惆怅旧游那复到，菊花时节羡君回。

【汇评】

《瀛奎律髓》：五、六自然而工。

《贯华堂选批唐才子诗》：送人诗，只末句三字略带，其外通首纯是寄题。此法他人亦曾有之，然定觉还有意致，还有风格，此则不过直直眼见之几笔也。　前解"黑水"、"白云"，后解"红叶"、"绿苔"，一何丑乎！　金雍补注：只取其"无复到"三字，是诗家顿挫法。

《瀛奎律髓汇评》：纪昀：四句较有致。（五、六）最是小家样范。

《诗境浅说》：暖酒题诗，韵事也。暖酒而在林翠之中，题诗而在岩石之上，逸趣也。更以红叶绿苔妆点之，雅事与丽句兼矣。

八月十五日夜禁中独直对月忆元九

银台金阙夕沉沉,独宿相思在翰林。
三五夜中新月色,二千里外故人心。
渚宫东面烟波冷,浴殿西头钟漏深。
犹恐清光不同见,江陵卑湿足秋阴。

【汇评】

《瀛奎律髓》:元微之为江陵法曹,乐天在翰林。

《唐七律选》:色相虽变,犹饶声势("渚宫东面"二句下)。

《唐宋诗醇》:次联本色语,属对却极工,后来惟苏轼深得此妙,他人效颦,则浅率无味矣。

《瀛奎律髓汇评》:纪昀:香山最沉着之笔,结处弥见沉挚。

《唐诗近体》:忆元九("二千里外"句下)。　　禁中("浴殿西头"句下)。　　恐秋阴之蔽月(末二句下)。

《小清华园诗谈》:情之深者,白乐天之"银台金阙夕沉沉,……"是也。

宴周皓大夫光福宅

原注:座上作。

何处风光最可怜,妓堂阶下砌台前。
轩车拥路光照地,丝管入门声沸天。
绿蕙不香饶桂酒,红樱无色让花钿。
野人不敢求他事,唯借泉声伴醉眠。

【汇评】

《初白庵诗评》:模写豪华,尽态极研矣。结处疏淡,微含讥讽。

《瀛奎律髓汇评》：纪昀：五、六亦常意，而倒转便觉近野。

惜牡丹花二首（其一）

原注：翰林院北厅花下作。

惆怅阶前红牡丹，晚来唯有两枝残。

明朝风起应吹尽，夜惜衰红把火看。

【汇评】

《谈艺录》：东坡《海棠》诗曰："只恐夜深花睡去，高烧银烛照红妆。"冯星实《苏诗合注》以为本义山之"客散酒醒深夜后，更持红烛赏残花"，不知香山《惜牡丹》早云："明朝风起应吹尽，夜惜衰红把火看。"

秋 思

病眠夜少梦，闲立秋多思。

寂寞馀雨晴，萧条早寒至。

鸟栖红叶树，月照青苔地。

何况镜中年，又过三十二。

【汇评】

《唐诗镜》：三、四不琢而工。

《精选评注五朝诗学津梁》：萧条秋气味，未老已深谙。

村 夜

霜草苍苍虫切切，村南村北行人绝。

独出前门望野田，月明荞麦花如雪。

【汇评】

《带经堂诗话》：稻花、豆花、麦秀、黍离，皆以入诗。荞麦为五谷最下之品，而其花殊娇艳。唐人诗云："日落鸦飞散，满庭荞麦花。"荞麦自田野间物，讵可植之庭中？……白乐天诗"自起开门望野田，月明荞麦花如雪"，差不谬耳。

《唐宋诗醇》：一味真朴，不假装点，自具苍老之致，七绝中之近古者。

和梦游春诗一百韵并序

微之既到江陵，又以《梦游春诗》七十韵寄予，且题其序曰："斯言也，不可使不知吾者知；知吾者亦不可使不知。乐天知吾也，吾不敢不使吾子知。"予辱斯言，三复其旨，大抵悔既往而悟将来也。然予以为苟不悔不寤则已，若悔于此，则宜悟于彼也；反于彼而悟于妄，则宜归于真也。况与足下外服儒风、内宗梵行者有日矣，而今而后，非觉路之返也，非空门之归也，将安返乎？将安归乎？今所和者，其章旨卒归于此。夫感不甚则悔不熟，感不至则悔不深。故广足下七十韵为一百韵，重为足下陈梦游之中所以甚感者，叙婚仕之际所以至感者，欲使曲尽其妄，周知其非，然后返乎真，归乎实，亦犹《法华经》序火宅、偈化城，《维摩经》入淫舍、过酒肆之义也。微之微之，予斯文也，尤不可使不知吾者知，幸藏之尔云。

> 昔君梦游春，梦游仙山曲。
>
> 怳若有所遇，似惬平生欲。
>
> 因寻菖蒲水，渐入桃花谷。
>
> 到一红楼家，爱之看不足。
>
> 池流渡清泚，草嫩蹋绿蓐。

门柳暗全低，檐樱红半熟。
转行深深院，过尽重重屋。
乌龙卧不惊，青鸟飞相逐。
渐闻玉佩响，始辨珠履躅。
遥见窗下人，娉婷十五六。
霞光抱明月，莲艳开初旭。
缥缈云雨仙，氛氲兰麝馥。
风流薄梳洗，时世宽妆束。
袖软异文绫，裙轻单丝縠。
裙腰银线压，梳掌金筐蹙。
带襻紫蒲萄，裤花红石竹。
凝情都未语，付意微相瞩。
眉敛远山青，鬟低片云绿。
帐牵翡翠带，被解鸳鸯襥。
秀色似堪餐，秾华如可掬。
半卷锦头席，斜铺绣腰缛。
朱唇素指匀，粉汗红绵扑。
心惊睡易觉，梦断魂难续。
笼委独栖禽，剑分连理木。
存诚期有感，誓志贞无黩。
京洛八九春，未曾花里宿。
壮年徒自弃，佳会应无复。
鸾歌不重闻，凤兆从兹卜。
韦门女清贵，裴氏甥贤淑。
罗扇夹花灯，金鞍攒绣毂。
既倾南国貌，遂坦东床腹。
刘阮心渐忘，潘杨意方睦。

新修履信第，初食尚书禄。
九酝备圣贤，八珍穷水陆。
秦家重萧史，彦辅怜卫叔。
朝馔馈独盘，夜醪倾百斛。
亲宾盛辉赫，妓乐纷晔煜。
宿醉才解酲，朝欢俄枕麹。
饮过君子争，令甚将军酷。
酩酊歌鷓鴣，颠狂舞鸲鹆。
月流春夜短，日下秋天速。
谢傅隙过驹，萧娘风过烛。
全凋舞花折，半死梧桐秃。
暗镜对孤鸾，哀弦留寡鹄。
凄凄隔幽显，冉冉移寒燠。
万事此时休，百身何处赎？
提携小儿女，将领旧姻族。
再入朱门行，一傍青楼哭。
枥空无厩马，水涸失池鹜。
摇落废井梧，荒凉故篱菊。
莓苔上几阁，尘土生琴筑。
舞榭缀蟏蛸，歌梁聚蝙蝠。
嫁分红粉妾，卖散苍头仆。
门客思徬徨，家人泣咿噢。
心期正萧索，宦序仍拘跼。
怀策入崤函，驱车辞郏鄏。
逢时念既济，聚学思大畜。
端详筮仕著，磨拭穿杨镞。
始从雠校职，首中贤良目。

一拔侍瑶墀，再升纡绣服。
誓酬君王宠，愿使朝廷肃。
密勿奏封章，清明操宪牍。
鹰鞲中病下，豸角当邪触。
纠谬静东周，申冤动南蜀。
危言诋阍寺，直气忤钧轴。
不忍曲作钩，乍能折为玉！
扪心无愧畏，腾口有谤讟。
只要明是非，何曾虞祸福。
车摧太行路，剑落酆城狱。
襄汉问修途，荆蛮指殊俗。
谪为江府掾，遣事荆州牧。
趋走谒麾幢，喧烦视鞭朴。
簿书常自领，缧囚每亲鞫。
竟日坐官曹，经旬旷休沐。
宅荒渚宫草，马瘦畲田粟。
薄俸等涓毫，微官同桎梏。
月中照形影，天际辞骨肉。
鹤病翅羽垂，兽穷爪牙缩。
行看须间白，谁劝杯中绿？
时伤大野麟，命问长沙鵩。
夏梅山雨渍，秋瘴江云毒。
巴水白茫茫，楚山青簇簇。
吟君七十韵，是我心所蓄。
既去诚莫追，将来幸前勖。
欲除忧恼病，当取禅经读。
须悟事皆空，无令念将属。

请思游春梦,此梦何闪倏!
艳色即空花,浮生乃焦谷。
良姻在嘉偶,顷刻为单独。
入仕欲荣身,须臾成黜辱。
合者离之始,乐兮忧所伏。
愁恨僧祇长,欢荣刹那促。
觉悟固旁喻,迷执由当局。
青明诱暗蛾,阳焰奔痴鹿。
贪为苦聚落,爱是悲林麓。
水荡无明波,轮回死生辐。
尘应甘露洒,垢待醍醐浴。
障要智灯烧,魔须慧刀戮。
外熏性易染,内战心难衄。
法句与心王,期君日三复。①

【原注】

① 微之常以《法句》及《心王头陀经》相示,故申言以卒其
志也。

【汇评】

《唐风怀》:孙曰:属对工,出调响,述情浓于牍札,叙事工于
绘画。

《龙性堂诗话》:(李义山《锦瑟》)起句说"无端",结句说"惘
然",分明是义山自悔其少年场中,风流摇荡,到今始知其有情皆
幻,有色皆空也。次句说"思华年",懊悔之意毕露矣。此与香山
《和微之梦游诗》同意。

《石洲诗话》:元相作《杜公墓系》,有"铺陈"、"排比"、"藩翰"、
"堂奥"之说,盖以"铺陈终始,排比声韵"之中,有"藩篱"焉,有"堂
奥"焉。语本极明。至元遗山作《论诗绝句》,乃曰:"排比铺张特一

途,藩篱如此亦区区。少游自有连城璧,争奈微之识碔砆!"则以为非特"堂奥",即"藩翰"亦不止此。……然而微之之论,有未可厚非者。诗家之难,转不难于妙悟,而实难于"铺陈终始,排比声律",此非有兼人之力、万夫之勇者,弗能当也。……即如白之《和梦游春》五言长篇以及《悟真寺》等作,皆尺土寸木,经营缔构而为之,初不学开、宝诸公之妙悟也。看之似平易,而为之实艰难。元、白之"铺陈"、"排比",尚不可跻攀若此,而况杜之"铺陈","排比"乎? 微之之语,乃真阅历之言也。

王昭君二首（其二）

汉使却回凭寄语,黄金何日赎蛾眉?
君王若问妾颜色,莫道不如宫里时。

【汇评】

《王直方诗话》:古今人作昭君词多矣,余独爱乐天一绝,……其意优游而不迫切。

《寒夜录》:罗景纶评昭君词,击节乐天一绝,以为高出众作之上。

《归田诗话》:诗人咏昭君者多矣,大篇短章,率叙其离愁别恨而已。惟乐天云:"汉使却回凭寄语,……"不言怨恨,而惓惓旧主,高过人远甚。其与"汉恩自浅胡恩深,人生乐在相知心"者异矣。

《四溟诗话》:此虽不忘君,而辞意两拙。

《雪涛小书》:白乐天《题昭君》云:"汉使却回凭寄语,……"用意深远,思人不及思。《香山集》如此首,亦难多觅。

《唐诗归》:钟云:情婉而调直。

《诗薮》:乐天诗世谓浅近,以意与语合也。若语浅意深,语近意远,则最上一乘,何得以此为嫌?《明妃曲》云:"汉使却回频寄语,……"《三百篇》、《十九首》不远过也。

《唐诗选脉会通评林》：何仲德为富艳体。　　谢枋得曰：此直从"李夫人"语变化出来。　　周敬曰：全以意胜，不徒以词求工。　　敖英曰：就题翻意，得风之体。

《唐风定》：咏昭君，别出一想，温柔悱恻，怨情无限。

《唐诗归折衷》：唐云：此必乐天迁谪时作，自况不浅。唐人赋此题，率以调胜，此独以意胜，所以可传。

《而庵说唐诗》：此诗妙在冷敲。"黄金何时赎蛾眉"忖量得妙，"莫道不如宫里时"又叮咛得妙。

《唐宋诗醇》：旧事翻新，思路自别。后二句总从"赎"字生出。此与李商隐诗"金徽本是无情物，不许文君忆故夫"二句用意极相似，然彼近尖刻，此则深厚，乃中晚之判也。

《瓯北诗话》：古来咏明妃者，石崇诗："我本汉家子，将适单于庭。昔为匣中玉，今为粪上英。"语太村俗。惟唐人"今日汉宫人，明朝胡地妾"二句，不着议论，而意味无穷，最为绝唱。其次则杜少陵"千载琵琶作胡语，分明怨恨曲中论"，同此意味也。又次则白香山"汉使若回凭寄语，……"就本事设想，亦极清隽。

欲与元八卜邻先有是赠

平生心迹最相亲，欲隐墙东不为身。
明月好同三径夜，绿杨宜作两家春。
每因暂出犹思伴，岂得安居不择邻！
何独终身数相见，子孙长作隔墙人？

【汇评】

《唐诗别裁》：两家意，语语夹写，一步深是一步。

《唐诗近体》：为有邻（首二句下）。　　前写卜邻之契（"明月好同"二句下）。 又深一层（末二句下）。

《唐宋诗醇》：句句细贴，一层深一层。

《昭昧詹言》："不为身"三字终未亮。

《唐诗评注读本》：起句"最相亲"三字，是通首主脑，以下言卜邻之美，及所以卜邻之故，皆从此三字生出。

《诗境浅说》：此诗论句法则层层推进，论交情则愈转愈深，在七律中格甚少，词句亦流转而雅切也。

题王侍御池亭

朱门深锁春池满，岸落蔷薇水浸莎。
毕竟林塘谁是主，主人来少客来多？

得微之到官后书备知通州之事
怅然有感因成四章（选二首）

其一

来书子细说通州，州在山根峡岸头。
四面千重火云合，中心一道瘴江流。
虫蛇白昼拦官道，蚁蚋黄昏扑郡楼。
何罪遣君居此地，天高无处问来由。

其二

匼匝巅山万仞馀，人家应似甑中居。
寅年篱下多逢虎，亥日沙头始卖鱼。
衣斑梅雨长须熨，米涩畲田不解锄。
努力安心过三考，已曾愁杀李尚书。[1]

【原注】

① 李实尚书先贬此州，身殁于彼处。

【汇评】

《韵语阳秋》：元微之谪通州，白乐天有诗云："寅年篱下多逢虎，亥日沙头始卖鱼。"后人有《东南行》云："亥日饶虾蟹，寅年足虎貔。"张籍云："江村亥日长为市。"山谷亦有"鱼收亥日妻到市"之句。

《瀛奎律髓》：元注："李实尚书先贬此州，身没于彼处。"予读至此，乃知古人初无忌讳。元微之贬移通州司马，今蜀之开州也；未为甚恶，乐天在江州乃引死人事寄诗，足见前辈直情。

《瀛奎律髓汇评》：纪昀：(其一)结亦太直。

白　鹭

人生四十未全衰，我为愁多白发垂。
何故水边双白鹭，无愁头上亦垂丝。

【汇评】

《柳亭诗话》：香山诗："何故水边双白鹭，无愁头上亦垂丝。"杨诚斋全用其意，曰："君道愁多头易白，鹭丝从小鬟成丝。"宋子虚亦云："吴霜两鬓早先秋，闻道愁多会白头。溪上鹭丝浑似雪，想应无那一身愁。"

红藤杖

交亲过沪别，车马到江回。
唯有红藤杖，相随万里来。

【汇评】

《唐风怀》：张(南邨)曰：藤杖竟如好友，真得咏物之趣。

浦中夜泊

暗上江堤还独立,水风霜气夜棱棱。

回看深浦停舟处,芦荻花中一点灯。

【汇评】

《札璞》:七绝诗喜深而不宜浅,喜婉曲而不宜平直。乐天《浦中夜泊》,……自家泊舟之景,却是自家从堤上回看得之,船中人不知也。此意最婉曲。

舟中读元九诗

把君诗卷灯前读,诗尽灯残天未明。

眼痛灭灯犹暗坐,逆风吹浪打船声。

【汇评】

元稹《酬乐天舟泊夜读微之诗》:知君暗泊西江岸,读我闲诗欲到明。今夜通州还不睡,满山风雨杜鹃声。

《诗辩坻》:太白"杨花落尽",与乐天"残灯无焰",体同题类,而风趣高卑,自觉天壤。

《唐宋诗醇》:字字沉着,二十八字中无限层折。元微之《闻乐天左降江州诗》云:"残灯无焰影幢幢,此夕闻君谪九江。垂死病中惊坐起,暗风吹雨入寒窗。"居易以为"此句他人尚不可闻,况仆心哉"! 此诗其可谓同调。

雨中题衰柳

湿屈青条折,寒飘黄叶多。

不知秋雨意,更遣欲如何?

《唐诗分类绳尺》:结句悲壮可恨。

岁晚旅望

朝来暮去星霜换,阴惨阳舒气序牵。
万物秋霜能坏色,四时冬日最凋年。
烟波半露新沙地,鸟雀群飞欲雪天。
向晚苍苍南北望,穷阴旅思两无边。

【汇评】

《唐宋诗醇》:倚天拔地,字字奇警,与杜甫《阁夜》诗极相似。

放言五首并序（其三）

元九在江陵时,有《放言》长句诗五首,韵高而体律,意古而
词新。予每咏之,甚觉有味。虽前辈深于诗者,未有此作。唯
李颀有云"济水自清河自浊,周公大圣接舆狂",斯句近之矣。
予出佐浔阳,未届所任,舟中多暇,江上独吟,因缀五篇,以续其
意耳。

赠君一法决狐疑,不用钻龟与祝蓍。
试玉要烧三日满,①辨才须待七年期。②
周公恐惧流言后,王莽谦恭未篡时。
向使当初身便死,一生真伪复谁知?

【原注】

① 真玉烧三日不热。　② 豫章木生七年而后知。

《吹剑录》：作文援经须对经，史须对史，三代须对三代，汉唐须对汉唐。荆公诗："一水护田将绿绕，两山排闼送青来。"护田、排闼皆汉事。……若乐天诗："周公恐惧流言日，王莽谦恭下士时。"则非类矣。

《诗源辩体》：（白乐天七律）如"试玉要烧三日后，辨材须待七年期"，"松树千年终是朽，槿花一日自为荣"，……"当君白首同归日，是我青山独往时"，"尽离文字非中道，长往虚空是小乘"等句，亦大人议论。

《唐诗快》：真正千古名言。佛说真经，不过如是。

《瀛奎律髓汇评》：纪昀：俚词野调。乃以此传世，实所未喻。

《随园诗话》：白香山诗云："周公恐惧流言日，……"宋人反其意，曰："少年胯下安无忤，老父圯边愕不平。人物若非观岁暮，淮阴何必减文成？"

读李杜诗集因题卷后

翰林江左日，员外剑南时。
不得高官职，仍逢苦乱离。
暮年逋客恨，浮世谪仙悲。
吟咏留千古，声名动四夷。
文场供秀句，乐府待新词。
天意君须会，人间要好诗。[①]

【原注】

① 贺监知章目李白为谪仙人。

东南行一百韵寄通州元九侍御澧州李十一舍人果州崔二十二使君开州韦大员外庚三十二补阙杜十四拾遗李二十助教员外窦七校书

南去经三楚,东来过五湖。

山头看候馆,水面问征途。

地远穷江界,天低极海隅。

飘零同落叶,浩荡似乘桴。

渐觉乡原异,深知土产殊。

夷音语嘲哳,蛮态笑睢盱。

水市通阛阓,烟村混舳舻。

吏征渔户税,人纳火田租。

亥日饶虾蟹,寅年足虎貙。

成人男作巫,事鬼女为巫。

楼暗攒倡妇,堤长簇贩夫。

夜船论铺赁,春酒断瓶酤。

见果皆卢橘,闻禽悉鹧鸪。

山歌猿独叫,野哭鸟相呼。

岭徼云成栈,江郊水当郭。

月移翘柱鹤,风泛飐樯乌。

鳌碨潮无信,蛟惊浪不虞。

鼍鸣江擂鼓,蜃气海浮图。

树裂山魈穴,沙含水弩枢。

喘牛犁紫芋,羸马放青菰。

绣面谁家婢,鸦头几岁奴。

泥中采菱芡,烧后拾樵苏。

鼎腻愁烹鳖，盘腥厌脍鲈。
钟仪徒恋楚，张翰浪思吴。
气序凉还热，光阴旦复晡。
身方逐萍梗，年欲近桑榆。
渭北田园废，江西岁月徂。
忆归恒惨淡，怀旧忽踟蹰。
自念咸秦客，尝为邹鲁儒。
蕴藏经国术，轻弃度关繻。
赋力凌鹦鹉，词锋敌辘轳。
战文重掉鞅，射策一弯弧。
崔杜鞭齐下，元韦辔并驱。
名声逼扬马，交分过萧朱。
世务轻摩揣，周行窃觊觎。
风云皆会合，雨露各沾濡。
共遇升平代，偏惭固陋躯。
承明连夜直，建礼拂晨趋。
美服颁王府，珍羞降御厨。
议高通白虎，谏切伏青蒲。
柏殿行陪宴，花楼走看酺。
神旗张鸟兽，天籁动笙竽。
戈剑星芒耀，鱼龙电策驱。
定场排越伎，促坐进吴歈。
缥缈疑仙乐，婵娟胜画图。
歌鬟低翠羽，舞汗堕红珠。
别选闲游伴，潜招小饮徒。
一杯愁已破，三盏气弥粗。
软美仇家酒，幽闲葛氏姝。

十千方得斗,二八正当垆。

论笑杓胡律,谈怜巩嗫嚅。

李酤犹短窭,庚醉更蘦迂。

鞍马呼教住,骰盘喝遣输。

长驱波卷白,连掷采成卢。①

筹并频逃席,觥严列置盂。

满巵那可灌,颓玉不胜扶。

入视中枢草,归乘内厩驹。

醉曾冲宰相,骄不揖金吾。

日近恩虽重,云高势却孤。

翻身落霄汉,失脚倒泥涂。

博望移门籍,浔阳佐郡符。②

时情变寒暑,世利算锱铢。

即日辞双阙,明朝别九衢。

播迁分郡国,次第出京都。③

秦岭驰三驿,商山上二邘。④

岘阳亭寂寞,夏口路崎岖。

大道全生棘,中丁尽执殳。

江关未撤警,淮寇尚稽诛。⑤

林对东西寺,山分大小姑。⑥

庐峰莲刻削,溢浦带萦纡。⑦

九派吞青草,⑧孤城覆绿芜。⑨

黄昏钟寂寂,清晓角呜呜。

春色辞门柳,秋声到井梧。

残芳悲鶗鴂,暮节感茱萸。

蕊坼金英菊,花飘雪片芦。

波红日斜没,沙白月平铺。

几见林抽笋，频惊燕引雏。

岁华何倏忽，年少不须臾。

眇默思千古，苍茫想八区。

孔穷缘底事，颜夭有何辜？

龙智犹经醢，龟灵未免刳。

穷通应已定，圣哲不能逾。

况我身谋拙，逢他厄运拘。

漂流随大海，锤锻任洪炉。

险阻尝之矣，栖迟命也夫。

沉冥消意气，穷饿耗肌肤。

防瘴和残药，迎寒补旧襦。

书床鸣蟋蟀，琴匣网蜘蛛。

贫室如悬磬，端忧剧守株。

时遭人指点，数被鬼揶揄。

兀兀都疑梦，昏昏半是愚。

女惊朝不起，妻怪夜长吁。

万里抛朋侣，三年隔友于。

自然悲聚散，不是恨荣枯。

去夏微之疟，今春席八姑。

天涯书达否，泉下哭知无？⑩

谩写诗盈卷，空盛酒满壶。

只添新怅望，岂复旧欢娱。

壮志因愁减，衰容与病俱。

相逢应不识，满颔白髭须。

【原注】

　　① 骰盘、卷白波、莫走、鞍马，皆当时酒令。　　② 予自太子赞善大夫，出为江州司马。　　③ 十年春，微之移佐通州。其年

秋，予出佐浔阳。明年冬，杓直出牧澧州，崔二十二出牧果州，韦大出牧开州。　　④ 商山险道，中有东西二邢。　　⑤ 时淮西未平，路经襄、鄂二州界，所见如此。　　⑥ 东林、西林寺在庐山北，大姑、小姑在庐山南彭蠡湖中。　　⑦ 莲花峰在庐山北，溢水在江城南。何逊诗云："溢城对溢水，溢水萦如带。"　　⑧ 浔阳江九派，南通青草、洞庭湖。　　⑨ 南方城壁多以草覆。　　⑩ 去年闻元九瘴疟，书去竟未报。今春闻席八殁，久与还往，能无恸哭。

【汇评】

《许彦周诗话》："春色辞门柳，秋色到井梧"，此语未易及也。

《唐音审体》：冯班曰：长诗有叙置次第，此文章自然之势，其妙正不在此。起承转合，不可不知，却拘不得，须变化飞动为佳。《品汇》之作，高棅不解声病，妄以长诗为"排律"，今人"排"字已入骨矣。板拙不贯串，只是一"排"字误之。此诗匀整之至，却细腻明净，无叠词累句，无妃紫媲红之病，可为大诗之式。

《二冯评点〈才调集〉》：冯舒云：《东南行一百韵》先叙东南行情景，因情景追念前时，以见题之后先轻重，与前篇（按指《代书一百韵寄微之》）体势殊甚，各致其情。文章变化，因物赋形，多类此也。

《唐宋诗醇》：波澜壮阔，笔力沉雄，较《代书一百韵》更胜，杜甫而下罕与为俪。　　"图"字一韵重押，以字义不同也，唐宋人往往有之。

《读雪山房唐诗序例》：白傅百韵律诗三首，字字调和，铢两悉称。学者未能骤窥少陵门径，且从此置力，亦犹七律从大历诸公入也。元微之次韵一首，亦同声之应焉。

庾楼晓望

独凭朱槛立凌晨，山色初明水色新。

竹雾晓笼衔岭月，蘋风暖送过江春。

子城阴处犹残雪，衙鼓声前未有尘。

三百年来庾楼上，曾经多少望乡人。

【汇评】

《唐宋诗醇》：中两联写景，一远一近。结十四字，如生铁铸成，有千钧之力。

《昭昧詹言》：按此诗笔路，诚开俗人作俗诗一派，不可入选。

《唐诗近体》：切"晓望"（"竹雾晓笼"句下）。　结更感慨情深（末二句下）。

晚春登大云寺南楼赠常禅师

花尽头新白，登楼意若何？

岁时春日少，世界苦人多。

愁醉非因酒，悲吟不是歌。

求师治此病，唯劝读楞伽。

【汇评】

《瀛奎律髓汇评》：查慎行：三、四至理名言。　纪昀：起得峭拔，收得清楚，题中字字俱到。第四句近俚，不可效。

题元八谿居

溪岚漠漠树重重，水槛山窗次第逢。

晚叶尚开红踯躅，秋芳初结白芙蓉。

声来枕上千年鹤，影落杯中五老峰。

更愧殷勤留客意，鱼鲜饭细酒香浓。

《唐宋诗醇》：通首娟静，腹联对句更超妙。

百花亭

朱槛在空虚，凉风八月初。

山形如岘首，江色似桐庐。

佛寺乘船入，人家枕水居。

高亭仍有月，今夜宿何如？

【汇评】

《瀛奎律髓》：此贬江州司马时作。大抵中唐以后人多善言风土，如西北风沙，酪浆毡幄之区；东南水国，蛮岛夷洞之外，亦无不曲尽其妙。乐天《送人游岭南》有云："河陵国分界，交阯郡为邻。"……而结之曰："须防杯里蛊，莫受囊中珍。"亦可谓尽南中之俗矣。学诗者不可不深造黄、陈，摆落膏艳；而趋于古淡，亦不可无此等一二语也。

《瀛奎律髓汇评》：陆贻典：乐天诗于淡素之中有意议者为妙。太枯率者不足读。此首尚可也。　　纪昀：清浅可诵。

《养一斋诗话》：近人好看白诗，乃学其率易之至者。试随意举其五律，如"寻泉上山远，看笋出林迟"，"松湾随棹月，桃浦落船花"，"雨埋钓舟小，风飐酒旗斜"，"早梅迎夏结，残絮送春飞"，"佛寺乘船入，人家枕水居"，"江暗管弦急，楼明灯火高"，"近海江弥阔，迎秋夜更长"，……此例一二十句，皆灵机内运，锻炼自然，何等慎重落笔！专以率易为白之流派者，试参之。

送客之湖南

年年渐见南方物，事事堪伤北客情。

山鬼趫跳唯一足,峡猿哀怨过三声。

帆开青草湖中去,衣湿黄梅雨里行。

别后双鱼难定寄,近来潮不到溢城。

【汇评】

《唐诗选脉会通评林》:周珽曰:"山鬼吹灯灭"、"山鬼迷春竹",老杜频用怕语入诗,说得实有形影声响,的的惊人。乐天"山鬼趫跳唯一足",用事更实,然作记事语,不得不如此,而后见使幻之妙。

《碛砂唐诗》:虽句句情景,亦句句比意。

《唐宋诗醇》:"青草湖"、"黄梅雨",时、地一并醒出,属对工切浑成。

西　楼

小郡大江边,危楼夕照前。

青芜卑湿地,白露沆寥天。

乡国此时阻,家书何处传?

仍闻陈蔡戍,转战已三年。

【汇评】

《唐宋诗醇》:神似杜甫。

庾楼新岁

岁时销旅貌,风景触乡愁。

牢落江湖意,新年上庾楼。

【汇评】

《唐诗解》:此登楼而感谪宦也。羁旅之貌,随时而销,怀乡之

愁,触景而发,人情之常也。若乃牢落江湖之意,则于新年登庾楼
而益甚焉。

《唐诗选脉会通评林》:唐孟庄曰:三句言情,一句收之,五绝
中别是一法。

《唐诗笺注》:"新年上庾楼",位置此五字在末句,是五绝擅
场处。

《唐人万首绝句选评》:客中佳节,转触乡愁,写得邈然意远。

大林寺桃花并序

余与河南元集虚……凡十七人,自遗爱、草堂,历东西二林,抵
化城,憩峰顶,登香炉峰,宿大林寺。大林穷远,人迹罕到。环寺多
清流苍石、短松瘦竹,寺中唯板屋木器。其僧皆海东人。山高地
深,时节绝晚。于时孟夏月,如正二月天,梨桃始华,涧草犹短,人
物风候,与平地聚落不同,初到恍然若别造一世界者。因口号绝句
云:"人间四月芳菲尽,……"时元和十二年四月九日乐天序。

人间四月芳菲尽,山寺桃花始盛开。

长恨春归无觅处,不知转入此中来。

【汇评】

《梦溪笔谈》:古法采草药多用二月、八月,此殊未当。……用
花者取花初敷时,用实者成实时采,皆可不限以时月。缘土气有早
晚,天时有愆伏。如平地三月花者,深山中则四月花。白乐天《游
大林寺》诗云:"人间四月芳菲尽,山寺桃花始盛开。"盖常理也。此
地势高下之不同也。

《柳亭诗话》:白香山与元集虚十七人游庐山大林寺,时已孟
夏,见桃花盛开,乃作诗曰:"人间四月芳菲尽,……"梅花尼子行脚
归,有诗曰:"着意寻春不见春,芒鞋踏破岭头云。归来笑撚梅花

嗅,春花枝头已十分。"二绝可谓得禅机三昧矣。

《唐诗快》:只恐"此中"亦不能久驻,奈何!

《唐人绝句精华》:此诗亦以见诗人所感有与常人不同者。苏
轼《望江南》词有"百舌无言桃李尽,柘林深处鹁鸪鸣,春色属芜菁"
之句,辛弃疾《鹧鸪天》词亦有"城中桃李愁风雨,春在溪头荠菜花"
之句,皆与白氏此诗用意相同,可以互参。

重题香炉峰下新卜山居草堂东壁(其三)

日高睡足犹慵起,小阁重衾不怕寒。
遗爱寺钟欹枕听,香炉峰雪拨帘看。
匡庐便是逃名地,司马仍为送老官,
心泰身宁是归处,故乡何独在长安!

【汇评】

《贯华堂选批唐才子诗》:日高犹慵起,此是闲客常理,今出睡
足而犹慵起,此便是南郭子虚仰天长啸,嗒焉自丧境界,固非心未
降伏人所得冒滥也。三、四倚枕听钟,拨帘看雪,须知不是夸语新
堂好景,便是此老身心放倒、得大快活之实在供据,看后解自知之
(首四句下)。前解本写得好,何意后解又睹伧父?至于"心泰身
宁"等字,凡雅盖复尽情矣(末四句下)。

《唐宋诗醇》:触境怡情,及时行乐,迁谪之感毫不挂怀,全是
一团真趣流露笔墨间。

编集拙诗成一十五卷因题卷
末戏赠元九李二十

一篇长恨有风情,十首秦吟近正声。

每被老元偷格律，^①苦教短李伏歌行。^②

世间富贵应无分，身后文章合有名。

莫怪气粗言语大，新排十五卷诗成。

【原注】

① 元九向江陵日，尝以拙诗一轴赠行，自后格变。　　② 李二十常自负歌行，近见予乐府五十首，默然心伏。

【汇评】

《韵语阳秋》：元、白齐名，有自来矣。元微之写白诗于阆州西寺；白乐天写元诗百篇，合为屏风，更相倾慕如此。而乐天必言微之诗得己格律更进，所谓"每被老元偷格律"是也。然微之《江陵放言》与《送客岭南》诗，乐天皆拟其作，何也？东坡尝效山谷体作"江"字韵诗，山谷谓东坡收敛光芒，入此窄步。余于乐天亦云。

《唐宋诗醇》：自负语实是苦心语，末学诋诃居易，殆杜甫所谓"尔曹身与名俱裂，不废江河万古流"也。

《唐诗快》：直得卖弄，不差，不差！

问刘十九

绿蚁新醅酒，红泥小火炉。

晚来天欲雪，能饮一杯无？

【汇评】

《唐诗快》：岂非天下第一快活人。

《精选评注五朝诗学津梁》：气盛言直，所谓白诗"妇孺都解"也。

《唐诗三百首》：信手拈来，都成妙谛，诗家三昧，如是如是。

《唐诗评注读本》：用土语不见俗，乃是点铁成金手段。

《诗境浅说续编》：寻常之事，人人意中所有，而笔不能达者，得生花江管写之,便成绝唱,此等诗是也。　　末句之"无"字,妙作问语,千载下如闻声口也。

《唐人绝句精华》:读此二诗(按指本诗与《招东邻》),知白居易之好客,有酒则呼友同饮。

醉中对红叶

临风杪秋树,对酒长年人。
醉貌如霜叶,虽红不是春。

【汇评】

《冷斋夜话》:乐天诗曰:"……醉貌如霜叶,虽红不是春。"东坡南中作诗云:"儿童误喜朱颜在,一笑那知是酒红。"凡此之类,皆夺胎法也。学者不可不知。

《王直方诗话》:白乐天有诗云:"醉貌如红叶,虽红不是春。"东坡有诗云:"儿童误喜朱颜在,一笑那知是酒红。"郑谷有诗云:"衰鬓霜供白,愁颜借酒红。"老杜有诗云:"发少何劳白,颜衰肯更红?"无己诗云:"发短愁催白,颜衰酒借红。"皆相类也。

《瓯北诗话》:《对红叶》云:"醉貌如霜叶,虽红不是春。"与刘明府共饮云"貌偷花色老暂看",此意凡两见。

《唐诗真趣编》:言老迈之迥非少年也,感慨欲绝。　　奇情至理,得之眼前,此亦所谓会心处初不在远也。

夜送孟司功

浔阳白司马,夜送孟功曹。
江暗管弦急,楼明灯火高。
湖波翻似箭,霜草杀如刀。

且莫开征棹，阴风正怒号。

【汇评】

《唐宋诗醇》：一气旋折，全以神行，不知是情是景，笔墨之痕俱化。五律中此种境界开自老杜，意到笔随，非可以规仿而得者也。

《诗式》：送孟司功有一"夜"字，须从"夜"字写去，然后切题。发句上句先写主人，下句入孟司功，即出"夜送"二字。颔联写景，不特切"夜"字，且切浔阳，又非有意刻划，而自得神味。颈联写景兼写情。盖送司功而湖波正翻，以似箭状之，言其险恶也；霜草欲杀而以如刀状之，言其萧瑟也。对司功言俾戒于行也，已起落句。落句"且莫"二字承上意来，言姑漫前去，下句却明言风色正恶矣。此结法含情不尽格也。　　〔品〕雅健。

赠江客

江柳影寒新雨地，塞鸿声急欲霜天。
愁君独向沙头宿，水绕芦花月满船。

【汇评】

《唐诗笺注》："愁君"句不止说江客，连自己亦在内。

题岳阳楼

岳阳城下水漫漫，独上危楼倚曲栏。
春岸绿时连梦泽，夕波红处近长安。
猿攀树立啼何苦，雁点湖飞渡亦难。
此地唯堪画图障，华堂张与贵人看。

【汇评】

《梁溪漫志》：张芸叟词云："回首夕阳红尽处，应是长安。"人喜诵之。乐天《题岳阳楼》诗云:"春岸绿时连梦泽,夕波红处近长安。"盖芸叟用此换骨也。

《唐宋诗醇》:结语振竦,洞庭之险更不待写。

入峡次巴东

不知远郡何时到? 犹喜全家此去同。

万里王程三峡外,百年生计一舟中。

巫山暮足沾花雨,陇水春多逆浪风。

两片红旌数声鼓,使君舲艓上巴东。

【汇评】

《容斋随笔》:杜子美诗"夜足沾沙雨,春多逆水风",乐天"巫山暮足沾花雨,陇水春多逆浪风"全用之。

《近体秋阳》:晐而怆,下句浅语至境("万里王程"联下)。

《唐宋诗醇》:量移涉险,非乐境也。中两联写舟行之苦,落句偏结得有气色。

夜入瞿唐峡

瞿唐天下险,夜上信难哉!

岸似双屏合,天如匹帛开。

逆风惊浪起,拔筶暗船来。

欲识愁多少,高于滟滪堆。

【汇评】

《野客丛书》:《后山诗话》载王平甫子游谓秦少游"愁如海"之句,出于江南李后主"问君还有几多愁,恰似一江春水向东流"之意。仆谓李后主之意又有所自。乐天诗曰:"欲识愁多少,高于滟澦堆。"刘禹锡诗曰:"蜀江春水拍山流,水流无限似侬愁。"得非祖此乎? 则知好处前人皆已道过,后人但翻而用之耳。

《滹南诗话》:乐天《望瞿塘》诗云:"欲识愁多少,高于滟澦堆。"萧闲《送高子文》词云:"归兴高于滟澦堆。"雷溪漫注,盖不知此出处耳。然乐天固望瞿塘,故即其所见而言;泛用之,则不切矣。

初到忠州赠李六

好在天涯李使君,江头相见日黄昏。
吏人生梗都如鹿,市井疏芜只抵村。
一只兰船当驿路,百层石磴上州门。
更无平地堪行处,虚受朱轮五马恩。

【汇评】

《瀛奎律髓》:元和末自江州司马移忠州刺史。此等迁谪作太守,未为恶也,而气象遽如此!

《瀛奎律髓汇评》:查慎行:一味条畅。   纪昀:三句香山习径。

郡斋暇日忆庐山草堂兼寄二林僧社三十韵多叙贬官已来出处之意

谏诤知无补,迁移分所当。
不堪匡圣主,只合事空王。
龙象投新社,鹓鸾失故行。
沉吟辞北阙,诱引向西方。
便住双林寺,仍开一草堂。
平治行道路,安置坐禅床。

手版支为枕，头巾阁在墙。

先生乌几舄，居士白衣裳。

竟岁何曾闷，终身不拟忙。

灭除残梦想，换尽旧心肠。

世界多烦恼，形神久损伤。

正从风鼓浪，转作日销霜。①

吾道寻知止，君恩偶未忘。

忽蒙颁凤诏，兼谢剖鱼章。

莲静方依水，葵枯重仰阳。

三车犹夕会，五马已晨装。

去似寻前世，来如别故乡。

眉低出鹫岭，脚重下蛇冈。②

渐望庐山远，弥愁峡路长。

香炉峰隐隐，巴字水茫茫。

瓢挂留庭树，经收在屋梁。

春抛红药圃，夏忆白莲塘。

唯拟捐尘事，将何答宠光？

有期追永远，③无政继龚黄。

南国秋犹热，西斋夜暂凉。

闲吟四句偈，静对一炉香。

身老同丘井，心空是道场。

觅僧为去伴，留俸作归粮。

为报山中侣，凭看竹下房。

会应归去在，松菊莫教荒。

【原注】

　　① 佛经云："此生死无休已，如风鼓海浪。"又云："烦恼如霜露，慧日能消除。"　　② 庐山冈名。　　③ 晋时永、远二法师，曾

居此寺。

【汇评】

《唐宋诗醇》：一路顺叙，熨帖中针线细密，宛转斡旋，无一毫痕迹。此种长律，正不易得。

种桃杏

无论海角与天涯，大抵心安即是家。
路远谁能念乡曲，年深兼欲忘京华。
忠州且作三年计，种杏栽桃拟待花。

【汇评】

《瓯北诗话》：至如六句成七律一首，青莲集中已有之。香山最多，而其体又不一。如《忠州种桃杏》云："无论海角与天涯，大抵心安即是家……"前后单行，中间成对，此六句律正体也。

种荔枝

红颗珍珠诚可爱，白须太守亦何痴。
十年结子知谁在？自向庭中种荔枝。

【汇评】

《唐诗别裁》：达甚，亦多情甚。

《精选评注五朝诗学津梁》：题本平庸，第三句写得旷达，故佳。

冬至夜

老去襟怀常濩落，病来须鬓转苍浪。

心灰不及炉中火，鬓雪多于砌下霜。

三峡南宾城最远，一年冬至夜偏长。

今宵始觉房栊冷，坐索寒衣托孟光。

【汇评】

《瀛奎律髓》："心灰"、"鬓霜"，引喻亦佳。"一年冬至夜偏长"，前未有人道也。

《瀛奎律髓汇评》：纪昀：三、四殊俚，不得云佳。五、六自可。

竹枝词四首（选二首）

其一

瞿唐峡口水烟低，白帝城头月向西。

唱到竹枝声咽处，寒猿暗鸟一时啼。

【汇评】

《唐诗解》：冷烟斜月之景，《竹枝》悲咽之声，即寒猿暗鸟尚不胜情，况可使愁人听之耶？

《唐贤小三昧集》：浓至语不让梦得。

《古唐诗合解》：斜月向西，风景凄然之候（"白帝城头"句下）。

猿鸟闻其悲唱，俱不胜情而一时啼唤，然则愁人听之，当何如凄怆乎（末句下）？　《竹枝》宜质而不俚，方入古调。

《历代诗发》：当前领悟最切。

《诗式》：首句"冷烟低"，言不朝即暮之时也；二句"月向西"，言风景凄然之候也。两句为三句伏根，盖此时唱《竹枝》，其声不能不悲凉矣。三句拍上故自然，"咽"字炼。四句言猿鸟闻此悲声，犹且欲啼，人听之更何以堪。具此两层意思，但说猿鸟一层，不必明言人何以堪一层，而自含在其中。此因物以寄兴，最能含蓄者也。按《竹枝》宜质而不俚，此为古调。　［品］悲凉。

《诗境浅说续编》：此诗乃专咏竹枝词之声。首句唱"竹枝"之地。次句唱"竹枝"之时。后二句言唱至最凄咽处，峡口之寒猿暗鸟，同时惊起而啼，异类皆为感动，极言其音调之悲。王渔洋诗"断雁哀猿和竹枝"，殆本此诗也。

其三

巴东船舫上巴西，波面风生雨脚齐。

水蓼冷花红簇簇，江蓠湿叶碧凄凄。

闺怨词三首（选二首）

其二

珠箔笼寒月，纱窗背晓灯。

夜来巾上泪，一半是春冰。

【汇评】

《而庵说唐诗》：虽然心中万种思量，口中无数暗语，乐天心孔如丝，故能写到。

《养一斋诗话》：《唐人万首绝句》，其原本不为不富，渔洋选之，每遗佳作。随意简出，如右丞"相送临高台"、"吹箫凌极浦"，太白"天下伤心处"、"铲却君山好"、"渌水明秋月"，……香山"珠箔笼寒月"，义山"向晚意不适"，……皆天下之奇作，而悉屏而不登，何也？

其三

关山征戍远，闺阁别离难。

苦战应憔悴，寒衣不要宽。

【汇评】

《唐宋诗醇》：二诗（按指前首与本诗）意在言外，有盛唐人遗意。

《唐人绝句精华》：唐人闺怨词作者甚多，大抵各出新意。此诗为闺人设想，因念征人苦辛，必然瘦减，故有"寒衣不要宽"之句。

南浦别

南浦凄凄别，西风袅袅秋。
一看肠一断，好去莫回头。

【汇评】

《诗境浅说续编》：首句凄凄南浦，为江淹恨别之乡。次句袅袅西风，乃宋玉悲秋之际。寄语征人，不若掉头竟去，强制离情，差胜于留恋长亭，赢得相看肠断也。皇甫曾送友诗云："相望知不见，终是屡回头。"一言行者好去莫回头，一言送行者屡回头，皆情至之语。

后宫词

泪湿罗巾梦不成，夜深前殿按歌声。
红颜未老恩先断，斜倚薰笼坐到明。

【汇评】

《诗人玉屑》：诗有句含蓄者，老杜曰："勋业频看镜，行藏独倚楼"。……有句意俱含蓄者，如《九日》诗曰："明年此会知谁健，更把茱萸子细看"，……又白乐天云："泪满罗巾梦未成，……"

《唐诗选脉会通评林》：徐用吾曰：浅易中有思致。　　何仲德为富艳体。周珽曰：色衰宠弛，情之常也。红颜未老而恩先断，非有夺爱在中，即为谗妒使然也。闻歌而泪尽，梦不成而坐到明，一腔幽思，谁得知之？怀才未试，贬黜旋及，何以异此！

《唐人万首绝句选评》：极直致而味不减，所以妙也。

《精选评注五朝诗学津梁》：十分幽怨，十分寂寞，禁宫中辄唤奈何。

《诗境浅说续编》：作宫词者，多借物以寓悲。此诗独直书其事，四句皆倾怀而诉，而无穷幽怨皆在"坐到明"三字之中。

《唐人绝句精华》：白诗每喜作快语、尽语，如前首（按即本首）之"红颜"句，后首（指"雨露由来"一首）之"几个春来"句，皆嫌快，嫌尽，不免刻露。

妻初授邑号告身

弘农旧县授新封，钿轴金泥诰一通。
我转官阶常自愧，君加邑号有何功！
花笺印了排窠湿，锦褾装来耀手红。
倚得身名便慵堕，日高犹睡绿窗中。

【汇评】

《唐七律选》：解颐处不厌轻薄。

《唐诗成法》：一、二初授诰身，三横插一句，四到本题，法活。　　结带谐谑，正是喜处，然诗到趣极处，便有小说家气，故不足贵。

《唐七律隽》：毛秋晴云：只儿女龌龊语，妙在齐习，且原有书卷气，非庸笔可效。

旧　房

远壁秋声虫络丝，入檐新影月低眉。
床帷半故帘旌断，仍是初寒欲夜时。

【汇评】

《唐宋诗醇》：平平写景,凄然欲绝,此种意境非三唐以后所能到。

久不见韩侍郎戏题四韵以寄之

近来韩阁老,疏我我心知。
户大嫌甜酒,才高笑小诗。
静吟乘月夜,闲醉旷花时。
还有愁同处,春风满鬓丝。

【汇评】

《藏海诗话》:"量大嫌甜酒,才高笑小诗"、"卑枝低结子,接叶暗巢莺",双声字对。

《临汉隐居诗话》:世言韩愈、白居易无往来之诗,非也。退之《招乐天》诗云:"曲江水满花千树,有底忙时不肯来?"……又有"放朝曾不报,半夜踏泥归"之句。乐天和云:"仍闻放朝夜,误出到街头。"乐天有《寄退之》诗云:"近来韩阁老,疏我我先知。量大嫌甜酒,才高笑小诗。"

《北江诗话》:白太傅何尝不倾倒昌黎!然仅云"户大嫌甜酒,才高厌小诗"而已。盖韩、白诗派不同,故所言止如此也。

勤政楼西老柳

半朽临风树,多情立马人。
开元一株柳,长庆二年春。

【汇评】

《唐宋诗醇》:不著一字,尽得风流。

《唐人万首绝句选评》：语似率易，而"开元"、"长庆"四字中，寓无限俯仰悲感。

《诗境浅说续编》：四句皆作对语，而不异单行，由于语气贯注也。首二句言勤政楼乃当日紫禁朝天之地，今衰柳临风，驻马徘徊，怆然怀旧。后二句言自开元至长庆，其间国运之隆替，耆旧之凋临，等于无痕春梦，剩有当年垂柳，依依青眼，阅尽沧桑。诗仅言开元之树、长庆之人，不着言诠，而含凄无限也。

喜张十八博士除水部员外郎

老何殁后吟声绝，虽有郎官不爱诗。

无复篇章传道路，空留风月在曹司。

长嗟博士官犹屈，亦恐骚人道渐衰。

今日闻君除水部，喜于身得省郎时。

【汇评】

《瀛奎律髓》：何逊以诗名，老杜颂之曰："能诗何水曹。"张籍是除，乐天贺之，五十六字如一直说话，自然条畅。

《初白庵诗评》：八句一气呵成，章法亦本于杜。"今日闻君除水部"二句，足见交谊真切。

《瀛奎律髓汇评》：冯班：白体如此。　　纪昀：此诗便嫌薄弱。虚谷评白诗"似一直说话，自然条畅"，白诗好处在此，病处亦在此。首句称呼杜撰，次句及中二联凡五用虚字装头，未免犯复。且气各亦因之不健，凡七律须有健句撑住。三、四承次句而衍之，殊为支缀。此处自应拍合文昌，乃紧健。　　无名氏（甲）：香山诗笔健而神远者为贵，此其一也。　　无名氏（乙）：踊跃善写喜意，古人之真挚如此。

暮江吟

一道残阳铺水中,半江瑟瑟半江红。

可怜九月初三夜,露似真珠月似弓。

【汇评】

《对床夜话》:唐人绝句,有意相袭者,有句相袭者。王昌龄《长信宫》云:"玉颜不及寒鸦色,犹带昭阳日影来。"孟迟《长信宫》亦云:"自恨轻身不如燕,春来还绕御帘飞。"……又杜牧《沈下贤》云:"一夕小敷山下路,水如环佩月如襟。"白乐天《暮江吟》云:"可怜九月初三夜,露似真珠月似弓。"刘长卿《送朱放》云:"莫道野人无外事,开田凿井白云中。"韩偓《即日》云:"须信闲中有忙事,晓来冲雨觅渔师。"此皆意相袭也。

《升庵诗话》:诗有丰韵。言"残阳铺水",半江之碧,如"瑟瑟"之色;"半江红",日所映也。可谓工微入画。

《唐宋诗醇》:写景奇丽,是一幅着色秋江图。

《唐人万首绝句选评》:丽绝韵绝,令人神往。

《诗境浅说续编》:上二句写江天晚景入妙。后二句言一至深宵,新月如弓,正初三之夕;其时露气渐浓,如珠光的皪,正九月之时。夜色清幽,诵之觉凉生袖角。通首皆写景,惟第三句"谁怜"二字,略见惆怅之思,如水清愁,不知其着处也。

思妇眉

春风摇荡自东来,折尽樱桃绽尽梅。

惟馀思妇愁眉结,无限春风吹不开。

空闺怨

寒月沉沉洞房静,真珠帘外梧桐影。

秋霜欲下手先知,灯底裁缝剪刀冷。

采莲曲

菱叶萦波荷飐风,荷花深处小船通。

逢郎欲语低头笑,碧玉搔头落水中。

【汇评】

《唐人绝句精华》:善于体会人情,故读来如见其人,如闻其声。

闺　妇

斜凭绣床愁不动,红绡带缓绿鬟低。

辽阳春尽无消息,夜合花前日又西。

【汇评】

《江行杂录》:白乐天诗"倦倚绣床愁不动……"好事者绘为《倦绣图》。

《唐诗笺注》:上二句写其态,下二句写其情。"夜合花前日又西"脱得妙,此亦是白描手法。

《唐人绝句精华》:此三首(按指《思妇眉》、《空闺怨》及本诗)皆代思妇抒情之词。三首各从一点着想,各用一种语言,各极其致。

夜泊旅望

少睡多愁客，中宵起望乡。

沙明连浦月，帆白满船霜。

近海江弥阔，迎秋夜更长。

烟波三十宿，犹未到钱唐。

【汇评】

《唐诗近体》：律法严整，尚与盛唐相近。

舟中晚起

日高犹掩水窗眠，枕簟清凉八月天。

泊处或依沽酒店，宿时多伴钓鱼船。

退身江海应无用，忧国朝廷自有贤。

且向钱唐湖上去，冷吟闲醉二三年。

【汇评】

《贯华堂选批唐才子诗》：前解写舟中晚起。佳处在起句自听，三、四承写，次句乃别自抽手轻衬七字，此为唐人佳笔。后解写舟中晚起之故。唐人有如此五、六，却不是用力语，只为引出"湖上去"三字也。

《唐宋诗醇》：前四句即目之景，皆"退身""无用"实事也。第六句忽接云"忧国朝廷自有贤"，此岂无意于国，悻悻然漫诿之他人者？既不用，乞身远出，系心不忘，触境生感，不觉冲口而出，既而思之，无可如何，且唯冷吟闲醉而已。命意深厚，直与杜甫同调，非刘禹锡辈轻薄者所及。

夜　归

半醉闲行湖岸东,马鞭敲镫辔珑璁。

万株松树青山上,十里沙堤明月中。

楼角渐移当路影,潮头欲过满江风。

归来未放笙歌散,画毂门开蜡烛红。

【汇评】

《唐七律选》:景次之细,身历始解("万株松树"四句下)。

《唐诗近体》:次联已尽西湖之景,五、六从空中摹拟而得"潮头"句,较许浑"山雨欲来风满楼"句更阔大。

《昭昧詹言》:起句平点,三、四远景。五、六警妙非常,以归后事收。　　只八句说去,往复一气中,层次情事,有如一幅画图,令人一一可按而见,固非小才能办。

钱唐湖春行

孤山寺北贾亭西,水面初平云脚低。

几处早莺争暖树,谁家新燕啄春泥。

乱花渐欲迷人眼,浅草才能没马蹄。

最爱湖东行不足,绿杨阴里白沙堤。

【汇评】

《唐诗评选》:大历之诗变为长庆,自如出黔中溪箐,入滇南佳地。元、白同以一往风味,流荡天下心脾,雅可以韵相赏;檃括微至,自非所长,不当以彼责此。

《贯华堂选批唐才子诗》:前解先写湖上。横开则为寺北亭西,竖展则为低云平水,浓点则为早莺新燕,轻烘则为暖树春泥。

写湖上,真如天开图画也。　　后解方写春行。花迷、草没,如以戥子称量此日春光之浅深也。"绿阳阴里白沙堤"者,言于如是浅深春光中,幅巾单裯款段闲行,即此杭州太守白居士也。

《唐律偶评》:平平八句,自然清丽,小才不知费多少妆点。

《唐诗绎》:首领笔,言自孤山北贾亭西行起,下五句历写绕湖行处春景,七、八以行不到之湖东结,遥望犹有馀情。

《唐诗贯珠》:三、四灵活之极,"争"字既佳,而"谁家"更有情。

《山满楼笺注唐诗七言律》:何言乎上半首专写湖上?察他口气所重,只在"寺北"、"亭西"、"几处"、"谁家",见其间佳丽不可胜纪,而初不在"水平"、"云低"、"早莺"、"新燕"、"暖树"、"春泥"之种种布景设色也。何言乎下半首专写春行?察他口气所重,只在"渐欲迷"、"才能没"绿杨阴之一路行来,细细较量春光之浅深,春色之浓淡,而初不在"湖东"、"白沙堤"几个印板上之衬贴字也。要之,轻重既已得宜,风情又复宕漾,最是中唐佳调。谁谓先生之诗近于俗哉!

《网师园唐诗笺》:娟秀无比。

《昭昧詹言》:章法意匠,与前诗(按指《西湖留别》)相似,而此加变化。佳处在象中有兴,有人在,不比死句。

《唐宋诗举要》:方植之曰:佳处在象中有兴,有人在,不比死句。　　又曰:句句回旋,曲折顿挫,皆从意匠经营而出。

西湖晚归回望孤山寺赠诸客

柳湖松岛莲花寺,晚动归桡出道场。
卢橘子低山雨重,棕榈叶战水风凉。
烟波澹荡摇空碧,楼殿参差倚夕阳。
到岸请君回首望,蓬莱宫在海中央。

【汇评】

《贯华堂选批唐才子诗》：前解如写美人，后解如写美人影。　　　金雍补注：五是海，六是宫，然而皆写影也。

《唐诗别裁》：孤山一路风景，即名画家亦不能到（"烟波澹荡"两句下）。

《唐诗笺注》：此篇章法又妙。上半是写"西湖晚归"，下半是写"回望孤山"；只"请君"二字是"赠诸客"也。其妙处在第八句与第一句相应，化实为虚；第七句与第二句相应，化板为活。　　　五、六"烟波"即"柳湖"也，"楼殿"即"松岛莲花寺"也。以"澹荡摇空碧"之烟波，映"参差倚夕阳"之楼殿，即所谓"蓬莱宫在水中央"也。然此二句，乃是到岸以后回首望中所见之景，却先举在前，用"请君"字面轻轻倒结，不费半点笔墨，便觉空濛无际。呜呼！诗律至此，微矣，妙矣，岂复老姬之所能解哉！

《唐宋诗醇》：句法挺健，由字法生新也。"重"字、"战"字、"摇"字、"倚"字俱下得警拔，遂觉全首生动，故曰炼句不如炼字。

《网师园唐诗笺》：有声画。

《五七言今体诗钞》：非至西湖，不知此写景之工。

《昭昧詹言》：此题已如画，诗写景工而真，所以为佳。　　　起二句点题。中四句小、大、远、近分写，皆回望中所见。却以结句回掉点明，复总写一句收足，所谓加倍起棱也。起不过叙点"归"字，而以密字攒炼出之。

杭州春望

望海楼明照曙霞，^①护江堤白蹋晴沙。
涛声夜入伍员庙，柳色春藏苏小家。
红袖织绫夸柿蒂，^②青旗沽酒趁梨花。^③

谁开湖寺西南路，草绿裙腰一道斜。④

【原注】

①　城东楼名望海楼。　　②　杭州出柿，蒂花者尤佳。
③　其俗酿酒，趁梨花时熟，号为梨花春。　　④　孤山寺路在湖洲
中，草绿时，望如裙腰。

【汇评】

《升庵诗话》："无端春色上苏台，郁郁芊芊草不开。无风自偃
君知否？西子裙裾拂过来。"此初唐人诗也。白乐天诗"草绿裙腰
一道斜"，祖其意也。

《唐诗评选》：韵度自非老妪能省，世人莫浪云"元轻白俗"。

《西河诗话》：杭州钱塘湖中，有一堤穿于湖心。作志者初称
白堤，后称白公堤，谓白乐天为刺史时所筑。及读乐天《杭州春望》
诗有云："谁开湖寺西南路，草绿裙腰一道斜。"则并非白筑。未有
己所开堤，而反曰"谁开"者。且诗下自注云："孤山寺路在湖洲中，
草绿时望如裙腰。"是必前有此堤，而故注以证己诗，其非初开可
知也。

《唐诗笺注》：涛声夜入，何等悲壮！柳色春藏，何等妩媚！有
此妩媚，不可无此悲壮；有此悲壮，不可无此妩媚。若一味悲壮，或
一味妩媚，吾不欲观之矣。

《唐诗成法》：八句皆写春望，不用承接照应，一直排去，此一
法也。　　"夜"字不妥，易"晓"字方与首句相应（"涛声夜入"句
下）。　　写时间不浮，况又雅甚。末亦常语，竟成故事。

《唐贤小三昧集》：竟体绵丽。

《唐宋诗醇》："入"字、"藏"字，极写望中之景。落句结足春意。

《瀛奎律髓汇评》：冯班：春望结。　　纪昀："涛声夜入"、"红
袖织绫"，虽俱是杭州事，然皆非春望之景，此亦口颂而不觉其非
者。六句自然，五句终是凑泊。　　无名氏（甲）：乐天诗自得春

气,然根源故不及柳州之深。

《北江诗话》:唐白傅"草绿裙腰一道斜",纤巧而俗。

《蓉塘诗话》:白乐天《杭州春望》诗,有"红袖织绫夸柿蒂,青旗沽酒趁梨花"之句,所谓"柿蒂",指绫之纹也。《梦粱录》载杭土产绫曰"柿蒂"、"狗脚",皆指其纹而言,后人不知,改为"柿业",妄矣。

《精选五七言律耐吟集》:具有远致,自然冶丽,自尔不俗。

馀杭形胜

馀杭形胜四方无,州傍青山县枕湖。

绕郭荷花三十里,拂城松树一千株。

梦儿亭古传名谢,教妓楼新道姓苏。①

独有使君年太老,风光不称白髭须。

【原注】

① 州西灵隐山,上有梦谢亭,即是杜明浦梦谢灵运之所,因名客儿也。苏小小本钱塘妓人也。

【汇评】

《贯华堂选批唐才子诗》:"绕郭"二句,写尽馀杭。　　　上解三、四承州县句,已写尽馀杭,此五、六止为翻出"风光不称"也,真不走律诗原样也。

《唐诗快》:足以敌微之之"四面屏障"、"一家楼台"矣。文人之幸耶?抑山川之幸耶?

《山满楼笺注唐诗七言律》:如此诗固自条直疏畅,无不能解,然其中脉理不可不一一疏出。首句提纲在"形胜"二字,次句注之。其所以"四方无"之故,端不出此。三顶湖,四顶山,杭州佳丽只二语足以尽之。下别换笔,借梦儿亭,教妓楼边之无数风光,以衬起白须使君耳,不必再是写杭州形胜也。

《瀛奎律髓汇评》：冯舒：如面语。　冯班：起句似质，太直。　陆贻典：白诗总之如面语。　纪昀：此所谓长庆体也，学之易入浅滑。第四句"一千株"凑泊。

江楼夕望招客

海天东望夕茫茫，山势川形阔复长。
灯火万家城四畔，星河一道水中央。
风吹古木晴天雨，月照平沙夏夜霜。
能就江楼销暑否？比君茅舍较清凉。

【汇评】

《侯鲭录》：东坡云："白公晚年诗极高妙。"余请其妙处，坡云："如'风生古木晴天雨，月照平沙夏夜霜'，此少时不到也。"

《唐宋诗醇》：高瞻远瞩，坐驰可以役万景也。他人有此眼力，无此笔力。

《五七言今体诗钞》：白傅俚俗不可耐，其佳处自不相掩。

《养一斋诗话》：东坡谓白诗晚年极高妙。或问之，曰："风生古木晴天雨，月照平沙夏夜霜。"余按此二语殊平浅，非白诗之妙者，不解东坡何以赏之？至如"不知皇甫七，池上兴何如"，"南檐纳日冬天暖，北户迎风夏日凉"，"松排山面千重翠，月点波心一颗珠"，"无奈娇痴三岁女，绕腰啼哭觅银鱼"，弥浅而俚矣。学之必成村巷盲词，不可不慎。

霓裳羽衣歌

原注：和微之。

我昔元和侍宪皇，曾陪内宴宴昭阳。

千歌百舞不可数，就中最爱霓裳舞。
舞时寒食春风天，玉钩栏下香案前。
案前舞者颜如玉，不著人家俗衣服：
虹裳霞帔步摇冠，钿璎累累佩珊珊。
娉婷似不任罗绮，顾听乐悬行复止。
磬箫筝笛递相挽，击擫弹吹声逦迤。①
散序六奏未动衣，阳台宿云慵不飞。②
中序擘騞初入拍，秋竹竿裂春冰拆。③
飘然转旋回雪轻，嫣然纵送游龙惊。
小垂手后柳无力，斜曳裾时云欲生。④
烟蛾敛略不胜态，风袖低昂如有情。
上元点鬟招萼绿，王母挥袂别飞琼。⑤
繁音急节十二遍，跳珠撼玉何铿铮。⑥
翔鸾舞了却收翅，唳鹤曲终长引声。⑦
当时乍见惊心目，凝视谛听殊未足。
一落人间八九年，耳冷不曾闻此曲。
溢城但听山魈语，巴峡唯闻杜鹃哭。⑧
移领钱唐第二年，始有心情问丝竹。
玲珑箜篌谢好筝，陈宠觱篥沈平笙。
清弦脆管纤纤手，教得霓裳一曲成。⑨
虚白亭前湖水畔，前后只应三度按。
便除庶子抛却来，闻道如今各星散。
今年五月至苏州，朝钟暮角催白头。
贪看案牍常侵夜，不听笙歌直到秋。
秋来无事多闲闷，忽忆霓裳无处问。
闻君部内多乐徒，问有霓裳舞者无。
答云七县十万户，无人知有霓裳舞。

唯寄长歌与我来,题作霓裳羽衣谱。

四幅花笺碧间红,霓裳实录在其中。

千姿万状分明见,恰与昭阳舞者同。

眼前仿佛睹形质,昔日今朝想如一。

疑从魂梦呼召来,似著丹青图写出。

我爱霓裳君合知,发于歌咏形于诗。

君不见,我歌云:"惊破霓裳羽衣曲。"⑩

又不见,我诗云:"曲爱霓裳未拍时。"⑪

由来能事皆有主,杨氏创声君造谱。⑫

君言此舞难得人,须是倾城可怜女。

吴妖小玉飞作烟,⑬越艳西施化为土。

娇花巧笑久寂寥,娃馆苎萝空处所。

如君所言诚有是,君试从容听我语。

若求国色始翻传,但恐人间废此舞。

妍媸优劣宁相远,大都只在人抬举。

李娟张态君莫嫌,⑭亦拟随宜且教取。

【原注】

①凡法曲之初,众乐不齐。唯金石丝竹次第发声。霓裳序初,亦复如此。　②散序六遍无拍,故不舞也。　③中序始有拍,亦名拍序。　④四句皆霓裳舞之初态。　⑤许飞琼、萼绿华,皆女仙也。　⑥霓裳破凡十二遍而终。　⑦凡曲将毕,皆声拍促速;唯霓裳之末,长引一声也。　⑧予自江州司马转忠州刺史。　⑨自玲珑以下,皆杭之妓名。　⑩《长恨歌》云。⑪《钱唐》诗云。　⑫开元中,西凉府节度杨敬述造。　⑬夫差女小玉死后,形见于王,其母抱之,霏微若烟雾散空。　⑭娟、态,苏妓之名。

【汇评】

《韵语阳秋》：《霓裳羽衣舞》，始于开元，盛于天宝，今寂不传矣。白乐天作歌和元微之云："今年五月至苏州，朝钟晨鼓催白头，……惟寄长歌与我来，题作《霓裳羽衣谱》。"想其千姿万状，缀兆音声，具载于长歌，按歌而谱可传也。今元集不载此，惜哉！赖有白诗，可见一二尔。"虹裳霞披步摇冠，钿璎累累佩珊珊"者，言所饰之服也。又曰："散序之奏未动衣，中序擘騞初入拍。繁音急节十二遍，跳鹤曲终长引声。"言所奏之曲也。而《唐会要》谓：《破阵乐》、《赤白桃李花》、《望瀛》、《霓裳羽衣》，总名法曲。今世所传《望瀛》亦十二遍，散离元拍曲，终亦长引声。若乐奏《望瀛》，亦可仿佛其遗意也。

《碧鸡漫志》：《霓裳羽衣曲》，说者多异，予断之曰：西凉创作，明皇润色，又为易美名；其他饰以神怪者，皆不足也。唐史云：河西节度使杨敬述献，凡十二遍。白乐天和元微之《霓裳羽衣曲歌》云："由来能事各有主，杨氏创声君造谱。"自注云："开元中，西凉节度使杨敬述造。"……宣和初，普府守山东人王平，词学华赡。自言得夷则商《霓裳羽衣》谱，取陈鸿、白乐天《长恨歌传》，并乐天寄元微之《霓裳羽衣曲歌》，又杂取唐人小诗长句及明皇太真事，终以微之《连昌宫词》补缀成曲，刻板流传。曲十一段，起第四遍、第五遍、第六遍、正擪、入破、虚催衮、实催衮、歇拍、杀衮，音律节奏与白乐（《霓裳羽衣曲》）歌、注大异，则知唐曲今不复见，亦可恨也。

《西河诗话》：白乐天工声吕，故诗中每寓歌格、舞法。如《霓裳羽衣舞曲》，此世人所最难响象者。

《唐宋诗醇》："我昔元和侍宪皇"至"跳鹤曲终长引声"，叙《霓裳羽衣》之节奏声容也。"当时乍见惊心目"至"闻道如今各星散"，叙自己之仕途迁移而选伎以教《霓裳》也。"今年五月至苏州"至"似著丹青图写出"，叙微之之寄《霓裳羽衣》谱也。"我爱《霓裳》君合知"至末,以和诗意作结,而言此舞之不可失其传也。……叙次分明,层层照应,可当一篇《霓裳羽衣》记;情致缠绵往复,极一唱三叹之妙。

《石洲诗话》:白公之为《长恨歌》、《霓裳羽衣曲》诗篇,自是不得不然,不但不蹈杜公、韩公之辙也,是乃"浏漓顿挫,独出冠时",所以为豪杰耳。始悟后之欲复古者,真强作解事。

小童薛阳陶吹觱栗歌

原注:和浙西李大夫作。

剪削干芦插寒竹,九孔漏声五音足。
近来吹者谁得名?关璀老死李衮生。
衮今又老谁其嗣?薛氏乐童年十二。
指点之下师授声,含嚼之间天与气。
润州城高霜月明,吟霜思月欲发声。
山头江底何悄悄?猿声不喘鱼龙听。
翕然声作疑管裂,诎然声尽疑刀截。
有时婉软无筋骨,有时顿挫生棱节。
急声圆转促不断,轹轹辚辚似珠贯。
缓声展引长有条,有条直直如笔描。
下声乍坠石沉重,高声忽举云飘萧。
明旦公堂陈宴席,主人命乐娱宾客。
碎丝细竹徒纷纷,宫调一声雄出群。
众音觊缕不落道,有如部伍随将军。
嗟尔阳陶方稚齿,下手发声已如此。
若教头白吹不休,但恐声名压关李。

【汇评】

《桂苑丛谈》：咸通中，承相姑臧公，……自大梁移镇淮海。……一朝命于戏马亭西连玉钩斜道，开创池沼，构葺亭台。挥斥既毕萃其所，芳春九旬，都人士女，得以游观。一旦闻浙右小校薛阳陶监押度支，运米入城。公喜其姓同曩日朱崖左右者，遂令询之，果是其人矣。公愈喜，似获古物，乃命衙庭小将代押，留止别馆。一日，公召陶游目其所，问及往日芦管之事，陶因献朱崖、陆邕、元、白所选歌一轴。公益喜之，次于兹亭。奏之，声如天际自然而来，情思宽闲。公大佳赏，于是赐赉甚丰，出其二子，皆授牢盆碎职。初公构池亭毕，未名，因名赏心亭。

《初白庵诗评》：节节变，声声换，无意不透，无笔不灵（"翕然声作"十句下）。

《唐宋诗醇》：全是摹老杜《观舞剑器行》而变化出之，笔力峭劲，词意奇警，在集中又高一格。

双　石

苍然两片石，厥状怪且丑。
俗用无所堪，时人嫌不取。
结从胚浑始，得自洞庭口。
万古遗水滨，一朝入吾手。
担舁来郡内，洗刷去泥垢。
孔黑烟痕深，罅青苔色厚。
老蛟蟠作足，古剑插为首。
忽疑天上落，不似人间有。
一可支吾琴，一可贮吾酒。
峭绝高数尺，坳泓容一斗。

五弦倚其左，一杯置其右。

洼樽酌未空，玉山颓已久。

人皆有所好，物各求其偶。

渐恐少年场，不容垂白叟。

回头问双石，能伴老夫否？

石虽不能言，许我为三友。

【汇评】

《唐诗镜》：白乐天于水石之趣，言之津津，知其中于膏肓深矣。

《唐宋诗醇》：触手明通，游戏自在，此种诗境开自居易，而苏
轼效之，轼集中《杨康功石》一首本此。

中　隐

大隐住朝市，小隐入丘樊。

丘樊太冷落，朝市太嚣喧。

不如作中隐，隐在留司官。

似出复似处，非忙亦非闲。

不劳心与力，又免饥与寒。

终岁无公事，随月有俸钱。

君若好登临，城南有秋山。

君若爱游荡，城东有春园。

君若欲一醉，时出赴宾筵。

洛中多君子，可以恣欢言。

君若欲高卧，但自深掩关。

亦无车马客，造次到门前。

人生处一世，其道难两全。

贱即苦冻馁，贵则多忧患。

唯此中隐士，致身吉且安。

穷通与丰约，正在四者间。

【汇评】

《见闻搜玉》：白乐天诗曰："大隐在朝市，小隐在丘樊。不如作中隐，隐在留司间。"则隐又有三者之不同矣。

《唐宋诗醇》：胸中无罣碍，乃得此空明洒脱之境。

崔十八新池

爱君新小池，池色无人知。

见底月明夜，无波风定时。

忽看不似水，一泊稀琉璃。

玩止水

动者乐流水，静者乐止水。

利物不如流，鉴形不如止。

凄清早霜降，淅沥微风起。

中面红叶开，四隔绿萍委。

广狭八九丈，湾环有涯涘。

浅深三四尺，洞彻无表里。

净分鹤翅足，澄见鱼掉尾。

迎眸洗眼尘，隔胸荡心滓。

定将禅不别，明与诚相似。

清能律贪夫，淡可交君子。

岂唯空狎玩？亦取相伦拟。

欲识静者心，心源只如此。

《唐宋诗醇》：见理透，体物精，晋人无此分寸，宋人无此洒脱。

馀思未尽加为六韵重寄微之

海内声华并在身，箧中文字绝无伦。①
遥知独对封章草，忽忆同为献纳臣。
走笔往来盈卷轴，②除官递互掌丝纶。③
制从长庆辞高古，④诗到元和体变新。⑤
各有文姬才稚齿，⑥俱无通子继馀尘。⑦
琴书何必求王粲，与女犹胜与外人。

【原注】

① 美微之也。　　② 予与微之前后寄和诗数百篇，近代无如此多有也。　　③ 予除中书舍人，微之撰制词，微之除翰林学士，予撰制词。　　④ 微之长庆初知制诰，文格高古；始变俗体，继者效之也。　　⑤ 众称元、白为千字律诗，或号"元和格"。　　⑥ 蔡邕无儿，有女琰，字文姬。　　⑦ 陶潜小儿名通子。

【汇评】

《兰丛诗话》：余尝觉文格前一代高一代，文心后一代进一代。香山云："诗到元和体变新"，岂元和前腐臭邪？但日益求新耳。

春题湖上

湖上春来似画图，乱峰围绕水平铺。
松排山面千重翠，月点波心一颗珠。
碧毯线头抽早稻，青罗裙带展新蒲。
未能抛得杭州去，一半勾留是此湖。

《唐七律选》:物态新出("碧毯线头"二句下)。　万千赞叹,尽此二句(末二句下)。

《唐宋诗醇》:"画图"二字是诗眼,下五句皆实写画图中景;以不舍意作结,而曰"一半勾留",言外正有馀情。

《古唐诗合解》:以"湖"字起结,奇极。"一半勾留",湖未尝留人,而人自不能抛舍。兴之所适也;然亦只得"一半",那一半当别有瞻恋君国去处,若说全被勾留,岂不是个游春郎君,不是白傅口中语矣(末二句下)。　前解写山月之胜,后解写物色之胜,总写得"湖上春"三字。

别州民

> 耆老遮归路,壶浆满别筵。
> 甘棠无一树,那得泪潸然!
> 税重多贫户,农饥足旱田。
> 唯留一湖水,与汝救凶年。①

【原注】

① 今春增筑钱唐湖堤,贮水以防天旱,故云。

【汇评】

《唐宋诗醇》:后四句,经济政绩,具见其中,慈惠之意,蔼然言表。必如此留心民事,方许诗酒;彼"长日惟一局棋"者,那得借口风流也!

西湖留别

> 征途行色惨风烟,祖帐离声咽管弦。

翠黛不须留五马，皇恩只许住三年。

绿藤阴下铺歌席，红藕花中泊妓船。

处处回头尽堪恋，就中难别是湖边。

【汇评】

《唐七律选》：此首刻意作初唐调，不事佻子，观首二句便见。 "未能抛得杭州去"，以迟回见留意；"皇恩只许留三年"，以促速见留恋：才人用意，两面皆见其妙。

《唐诗成法》：题是"西湖留别"，却先写行色管弦之惨咽，已含不忍别意。三写翠黛之留，四写不得留，五、六方写西湖。以"回头"结五、六，"难别"结前四。白公雅爱西湖，迁官亦所不愿也。

《昭昧詹言》：起二句叙题，字字锤炼而出之，不觉其为对起。三、四跌出，空圆警妙，盥脑运虚为实。五、六周旋题面。收句倒转拍题。用笔用意，不肯使一直笔，句句回旋曲折顿挫，皆从意匠经营锤炼而出，不似梦得、子厚但放笔直下也。先敛后放，变化沈约浮声切响，此等足取法矣，然犹是"经营地上"语耳。杜公包有梦得、子厚、乐天，而有精深华美不测之妙。

忆杭州梅花因叙旧游寄萧协律

三年闲闷在馀杭，曾为梅花醉几场。

伍相庙边繁似雪，孤山园里丽如妆。

蹋随游骑心长惜，折赠佳人手亦香。

赏自初开直至落，欢因小饮便成狂。

薛刘相次埋新垅，沈谢双飞出故乡。[1]

歌伴酒徒零散尽，唯残头白老萧郎。

【原注】

[1] 薛、刘二客，沈、谢二妓，皆当时歌酒之侣。

《瀛奎律髓》："赏自初开直至落"一句最佳。

《瀛奎律髓汇评》：纪昀：五、六二句自可，然亦不必定是梅花。

《见闻搜玉》：孤山梅花虽以和靖得名，然白乐天《寄萧协律》诗云："三年闲闷在馀杭，曾与梅花醉几场。……"则自唐已赏鉴矣。

春　老

欲随少年强游春，自觉风光不属身。

歌舞屏风花障上，几时曾画白头人？

【汇评】

《唐诗镜》：愈浅愈真。

除苏州刺史别洛城东花

乱雪千花落，新丝两鬓生。

老除吴郡守，春别洛阳城。

江上今重去，城东更一行。

别花何用伴，劝酒有残莺。

【汇评】

《唐宋诗举要》：香山晚年之作，多近颓唐，此首特觉风格遒上。

渡　淮

淮水东南阔，无风渡亦难。

孤烟生乍直,远树望多圆。

春浪棹声急,夕阳帆影残。

清流宜映月,今夜重吟看。

【汇评】

《瀛奎律髓》:三、四尖新。

《瀛奎律髓汇评》:纪昀:第三句本右丞"大漠孤烟直"句,犹是恒语,四句乃是刻意造出。此种可偶一为之,专意效之,则坠入竟陵、公安鬼趣。末句用何水部语。　　妙在出语浑成,不伤大雅,与"武功派"之琐屑不同。

答客问杭州

为我踟蹰停酒盏,与君约略说杭州。

山名天竺堆青黛,湖号钱唐泻绿油。

大屋檐多装雁齿,小航船亦画龙头。

所嗟水路无三百,官系何因得再游。

【汇评】

《韵语阳秋》:钱塘风物湖山之美,自古诗人标榜为多,如谢灵运云:"定山缅云雾,赤亭无滞薄",郑谷云:"潮来无别浦,木落见他山"……皆钱塘城外江湖之景,盖行人客子于解鞍系缆顷刻所见尔。城中之景,惟白乐天所赋最多,所谓"潮声夜入伍员庙,柳色春藏苏小家"、"大屋檐多装雁齿,小航船亦画龙头"、"灯光万家城四畔,星河一道水中央",至今尚有可考。

《西河诗话》:唐人七字诗,每句必四字一住,此不易之法。……如杜甫"且看欲尽"、"莫厌伤多",虽直下不断,而仍自可断。自元和以后,竞作变调,白傅称变之尤者,然其七字句犹是旧法。即狡狯如"就荷叶上包鱼鲜"、"荣先生老何妨乐",仍不能变。

惟有"声早鸡先知夜短"、"大屋檐多装雁齿",则直以"声早"一住,"大屋檐"一住,则"先知"、"多装"自不能以"先"、"多"跕足,以为大巧。然此成何语?以为此佳诗乎?

《瀛奎律髓汇评》:陆贻典:五、六自是乐天句法。　　纪昀:亦浅滑。

登阊门闲望

阊门四望郁苍苍,始觉州雄土俗强。
十万夫家供课税,五千子弟守封疆。
阖闾城碧铺秋草,乌鹊桥红带夕阳。
处处楼前飘管吹,家家门外泊舟航。
云埋虎寺山藏色,月耀娃宫水放光。
曾赏钱唐嫌茂苑,今来未敢苦夸张。

故　衫

暗淡绯衫称老身,半披半曳出朱门。
袖中吴郡新诗本,襟上杭州旧酒痕。
残色过梅看向尽,故香因洗嗅犹存。
曾经烂漫三年著,欲弃空箱似少恩。

【汇评】

《兰丛诗话》:感怀诗必有点眼处,然有点眼不觉者。如白香山《故衫》七律,点眼在"吴郡"、"杭州"两地名。故衫本不足以作诗,作故衫诗,非古人裘敝履穿之意,盖慨身世耳。斥外以来,已迁忠州,苟邀眷顾,可以召还。乃忠州不已,又转杭州;杭州不已,又转苏州。是则衫为故物,而人亦故物矣。如此推求,乃得诗之神理。

《唐宋诗醇》：所咏止一衫，而衫之色香襟袖，衫之时地岁月，历历清出；并著衫之人身分性情，亦曲曲传出，却又浑成熨贴，无一点安排痕迹，亦绝不假一字纤巧雕琢。此香山擅长处，李商隐辈岂能办此！

《唐体馀编》：暗藏"故"字，笔亦洒落（"袖中吴郡"二句下）。

东城桂三首并序（选一首）

苏之东城，古吴都城也。今为樵牧之场。有桂一株，生乎城下。惜其不得地，因赋三绝句以唁之。

其三

遥知天上桂花孤，试问嫦娥更要无？
月宫幸有闲田地，何不中央种两株！

【汇评】

《诚斋诗话》：诗有惊人句。杜《山水障》："堂上不合生枫树，怪底江山起烟雾。"又："斫却月中桂，清光应更多。"白乐天云："遥怜天上桂华孤，为问姮娥更寡无？月中幸有闲田地，何不中央种两株？"

《西湖诗话》：唐乐人歌《桂华曲》，亦法曲之一，其词系白乐天所作。乐天每有诗云："桂花词意苦丁宁"，谓其曲韵怨切，动能感人，初不知其词如何？及考其词，甚俚鄙。如云："月中幸有闲田地，何不中央种两株？"是底语！先子尝论乐，谓此诗本咏《吴城桂》三首之一。前二首但伤名材多弃地耳，此一首则有风朝廷应用贤意。观此，则"月中"二句正是佳语，且恍然悟风人之旨，即唐人乐府犹然，今人昧此矣。

早发赴洞庭舟中作

阊门曙色欲苍苍，星月高低宿水光。
棹举影摇灯烛动，舟移声拽管弦长。
渐看海树红生日，遥见包山白带霜。
出郭已行十五里，唯消一曲慢霓裳。

【汇评】

《唐七律选》：又是一境界。苏、杭名胜，旧云"不得刊置他处"是也（"棹举影摇"二句下）。　　与颈句不复者，彼写舟驰，此形曲慢也（末二句下）。

宿湖中

水天向晚碧沉沉，树影霞光重叠深。
浸月冷波千顷练，苞霜新橘万株金。
幸无案牍何妨醉，纵有笙歌不废吟。
十只画船何处宿？洞庭山脚太湖心。

【汇评】

《云麓漫钞》："十只画船何处宿？洞庭山脚太湖心。"此白乐天游太湖诗，想见当时气象。至绍兴初，金人犯江浙，苏守移守洞庭，前后守臣孙仲益觌、胡茂老松年，皆罢守寓彼。胡有诗曰："白萍风静碧波沉，画舸来游着意深。……畴昔光阴费行乐，中原鼙鼓正伤心。"时节不同如此。

《瓯北诗话》：香山出身贫寒，故易于知足。……追历守杭、苏，无处不挟妓出游，李娟、张态、商玲珑、谢好、陈宠、沈平、心奴、胡容等，见于吟咏者，不一而足。游虎丘则云："摇曳双红旆，娉婷十翠娥。"游洞庭则云："十只画船何处宿，洞庭山脚太湖心。"俱不觉沾沾自喜，鸣其得意。

泛太湖书事寄微之

烟渚云帆处处通，飘然舟似入虚空。

玉杯浅酌巡初匝，金管徐吹曲未终。

黄夹缬林寒有叶，碧琉璃水净无风。

避旗飞鹭翩翻白，惊鼓跳鱼拨剌红。

涧雪压多松偃蹇，岩泉滴久石玲珑。

书为故事留湖上，^①吟作新诗寄浙东。

军府威容从道盛，江山气色定知同。

报君一事君应羡，五宿澄波皓月中。

【原注】

① 所见胜景，多记在湖中石上。

【汇评】

《酉阳杂俎》：荆州街子葛清，勇不肤挠，自颈以下，遍刺白居易舍人诗。成式尝与荆客陈至呼观之，令其自解，背上亦能暗记。反手指其札处，至"不是此花偏爱菊"，则有一人持杯临菊丛。又"黄夹缬林寒有叶"，则指一树，树上挂缬，缬窠锁胜绝细。凡刺三十馀首，体无完肤。陈至呼为白舍人行诗图也。

《升庵诗话》："黄夹缬林寒有叶"，白居易诗也。集中不收。"夹缬"，锦之别名。"黄夹缬林"句甚工。杜诗所谓"霜凋碧树作锦树"，同意。

《古唐诗合解》：以初至湖中起。湖中烟渚甚多，处处可以通帆，水天浩渺，舟行似入虚空中，何其旷也！于此玉杯传饮，浅斟细酌，以领歌意，遍席迎送，已周一匝，而金管倚曲徐吟未终，真泛湖之胜事也（首四句下）。　　此以下，书事寄微之也。此时是秋，见寒林黄叶，如染彩而系之者。缬，系彩也。秋水色如琉璃之碧，无风更觉明净可爱。……鹭以飞而见白，鱼以跃而知红，波中幽事，举目而得之（"黄夹缬叶"四句下）。　　松雪泉石，亦湖中之幽胜，松偃塞于雪压，石玲珑于泉滴，可见事必有渐，积久而成自然。今日湖中胜游，不妨留题，为他日之故事。寄此新诗与浙东，令我微之当神往湖中矣（"涧雪压多"四句下）。

正月三日闲行

黄鹂巷口莺欲语，乌鹊河头冰欲销。①
绿浪东西南北水，红栏三百九十桥。②
鸳鸯荡漾双双翅，杨柳交加万万条。
借问春风来早晚，只从前日到今朝。

【原注】

　　① 黄鹂，坊名；乌鹊，河名。　　② 苏之官桥大数。

【汇评】

　　《老学庵笔记》：故都里巷闲人，言利之小者，曰"八文十二"，谓"十"为"谌"，盖语急，故以平声呼之。白傅诗曰："绿浪东西南北路，红栏三百九十桥。……"则诗亦以"十"为"谌"矣。

　　《升庵诗话》：唐人诗句，不厌雷同，绝句尤多，试举其略，如……白乐天诗："绿浪东西南北水，红阑三百九十桥。"刘禹锡云："春城三百九十桥，夹岸朱楼隔柳条。"

　　《师友诗传续录》：问：诗中用古人及数目，病其过多，若偶一用之，亦谓之"点鬼簿"、"算博士"耶？答：唐诗如"故乡七十五长亭"、"红阑四百九十桥"皆妙，虽"算博士"何妨？但勿呆相耳。所云"点鬼簿"，亦忌堆垛。高手驱使，自不觉耳。

《瀛奎律髓汇评》：纪昀：此亦乐天纯熟之境，然效之易成一种浅薄敷衍之格。

《石园诗话》：香山《初到忠州》云："吏人生硬都如鹿，市井萧疏只抵村。"《馀杭形胜》云："绕郭荷花三千里，拂城松树一千株。"《正月三日闲行》云："绿浪东西南北水，红栏三百九十桥。"忠州、杭州、苏州之风景，两句包括，如在目前。

六月三日夜闻蝉

荷香清露坠，柳动好风生。
微月初三夜，新蝉第一声。
乍闻愁北客，静听忆东京。
我有竹林宅，别来蝉再鸣。
不知池上月，谁拨小船行？

【汇评】

《老学庵笔记》：白乐天云："微月初三夜，新蝉第一声。"晏元献云："绿树新蝉第一声。"王荆公云："去年今日青松路，忆似闻蝉第一声。"三用而愈工，信诗之无穷也。

《唐宋诗醇》：一片空明。诗境至此，才许当一"清"字；直是天分高绝，钝根人何从学步？

解苏州自喜

自喜天教我少缘，家徒行计两翩翩。
身兼妻子都三口，鹤与琴书共一船。
僮仆减来无冗食，资粮算外有馀钱。
携将贮作丘中费，犹免饥寒得数年。

《瀛奎律髓》：道是白诗平易，三、四都如此，奇哉异哉？出律破格，本是自然胸怀，无粉饰也。

《瀛奎律髓汇评》：查慎行：第二联，有对句，则出句不觉其浅易。　　纪昀：已全是宋调，然不俗。后四句不成语。

太湖石

烟翠三秋色，波涛万古痕。
削成青玉片，截断碧云根。
风气通岩穴，苔文护洞门。
三峰具体小，应是华山孙。

【汇评】

《唐宋诗醇》：律法浑成。腹联刻画绝警，结句陡健有力。

履道春居

微雨洒园林，新晴好一寻。
低风洗池面，斜日拆花心。
暝助岚阴重，春添水色深。
不如陶省事，犹抱有弦琴。

【汇评】

《瀛奎律髓》：中四句皆下句好，“春添水色深”尤好。尾句翻案尤佳。

《瀛奎律髓汇评》：冯班：次联名句，体物入微。　　查慎行：谁谓香山浅易？皆耳食而不味其藏者也。　　纪昀：三句纤而拙，六句好，七句不成文。

寄殷协律

原注：多叙江南旧游。

五岁优游同过日，一朝消散似浮云。

琴诗酒伴皆抛我，雪月花时最忆君。

几度听鸡歌白日，亦曾骑马咏红裙。①

吴娘暮雨萧萧曲，自别江南更不闻。②

【原注】

① 予在杭州日，有歌云："听唱黄鸡与白日。"又有诗云："著红骑马是何人？"　② 江南《吴二娘曲》词云："暮雨萧萧郎不归。"

【汇评】

《带经堂诗话》：白乐天诗："吴娘暮雨潇潇曲，自别江南久不闻。"极是佳句。虞山钱牧翁宗伯诗："东风谁唱吴娘曲，暮雨潇潇暗禁城。"予亦有二绝句云："波绕雷塘一带流，至今水调怨扬州。年来惯听吴娘曲，暮雨潇潇水阁头。""七载离筵唤奈何，玉壶红泪敛青蛾。潇潇暮雨南阳驿，重听吴娘一曲歌。"

《唐诗别裁》：追忆佳冶，转觉凄凉。

《昭昧詹言》：起以叙事为点题，"浮云"自比。三句与殷为一类，跌出四句如今寄诗，往复一气。五、六又回应首句。收句又应次句。此等犹见章法，用笔用意，随手宛转变化之妙，不比作死诗。

杏园花下赠刘郎中

怪君把酒偏惆怅，曾是贞元花下人。

自别花来多少事，东风二十四回春。

《唐诗选脉会通评林》：周敬曰：乐天语尚真率，浅中风韵自多。　　敖英曰："多少"二字，甚有含蓄。　　周珽曰：一别二十四年，其间迁使忧乐等事，不堪备举，但记得当年同为花下之人耳。所以"把酒"不觉"偏惆怅"也。"怪君"二字，直贯终篇，彼此深情，依然言表。

华州西

> 每逢人静慵多歇，不计程行困即眠。
> 上得篮舆未能去，春风敷水店门前。

《带经堂诗话》：白古诗，晚岁重复，什而七八；绝句作眼前景语，却往往入妙。如"上得篮舆未能去，春风敷水店门前"、"可怜八月初三夜，露似珍珠月似弓"之类，似出率易，而风趣复非雕琢可及。敷水在华州东，水出罗敷谷。郦注：敷水又北径集灵宫西。予过其地，忆白诗，亦为之流连而不发也。

《唐人万首绝句选评》：情景俱绝，流连无尽。

春　词

> 低花树映小妆楼，春入眉心两点愁。
> 斜倚栏干背鹦鹉，思量何事不回头。

《唐诗镜》：每觉浅处藏情。

《唐宋诗醇》：艳体妙于蕴藉。

送敏中归幽宁幕

六十衰翁儿女悲，傍人应笑尔应知。
弟兄垂老相逢日，杯酒临欢欲散时。
前路加餐须努力，今宵尽醉莫推辞。
司徒知我难为别，直过秋归未讶迟。

【汇评】

《唐宋诗醇》：情景一涌而出，清空如话，倍觉沉着深挚，恻恻动人。棣华雁影，浮词不扫自去。

《初白庵诗评》：只消直叙，自尔情到（"弟兄垂老"句下）。

宴　散

小宴追凉散，平桥步月回。
笙歌归院落，灯火下楼台。
残暑蝉催尽，新秋雁带来。
将何迎睡兴，临卧举残杯。

【汇评】

《归田录》：晏元献公善评诗，尝曰："'老觉腰金重，慵使枕玉凉'，未是富贵语；不如'笙歌归院落，灯火下楼台'，此善言富贵者也。"人皆以为知言。

《后山诗话》：白乐天云："笙歌归院落，灯火下楼台。"又云："归来未放笙歌散，画戟门前蜡烛红。"非富贵语，看人富贵者也。　黄鲁直谓白乐天云"笙歌归院落，灯火下楼台"，不如杜子美云"落花游丝白日静，鸣鸠乳燕青春深"也。

《二老堂诗话》：白乐天集第十五卷《宴散》诗云："小宴追凉

散……"此诗殊未睹富贵气象,第二联偶经晏元献公拈出,乃迥然不同。

《瀛奎律髓》:三、四人所共知。

《唐诗别裁》:三、四传出富贵气象。

《网师园唐诗笺》:实景即是佳景("笙歌"二句下)。

《瀛奎律髓汇评》:查慎行:三、四即俗所云无不散之筵席也,虚谷引此谓是富贵语,失其旨矣。 纪昀:五、六警。前人讥三、四非富贵语,乃看富贵语,此就句论耳。此诗原是看富贵也。 许印芳:三、四善写贵人事,本是传句,是看与否,勿关得失,何足深辩耶? 无名氏:上四句不过叙事,却得力于"残暑"二句,方有归结。

《精选评注五朝诗学津梁》:"笙歌"二句从热闹中写冷静之趣,句法则先动后静。"来"字韵,用"催"字、"带"字,沉着之至。

《葚原诗说》:诗句中有眼,须炼一实字,句便雅健。如"行云星隐见,叠浪月光芒"、"古砌碑横草,阴廊画杂苔"……"残暑蝉催尽,新秋雁带来"。

《王闿运手批唐诗选》:主人去而客独醒,无限凄凉,非富贵语也。

人　定

人定月胧明,香消枕簟清。
翠屏遮烛影,红袖下帘声。
坐久吟方罢,眠初梦未成。
谁家教鹦鹉,故故语相惊。

【汇评】

《唐风怀》:瑞符曰:温柔语,字字静细中来。

《唐诗别裁》：与前一首（按指《宴散》）相似。

听曹刚琵琶兼示重莲

拨拨弦弦意不同，胡啼番语两玲珑。
谁能截得曹刚手，插向重莲衣袖中。

【汇评】

《履斋示儿编》：杜诗《戏题画山水图》云："焉得并州快剪刀，剪取吴松半江水。"即白乐天《听曹纲琵琶示重莲》云："谁能截得曹纲手，插向重莲红袖中。"

《侯鲭录》：白乐天《琵琶行》云："曲罢曾令善才伏。"而善才不知出处。《琵琶录》云："元和中，王芬，曹保保有子善才，其孙曹纲，皆习此艺。次有裴兴奴，与曹同时，其曹纲善为运拨，若风雷，不长于提弦；兴奴则长于拢撚，下拨稍软。时人谓纲有右手，兴奴有左手。"乐天又有《听曹纲琵琶示重莲》诗云："拨拨弦弦意不同，……"

过元家履信宅

鸡犬丧家分散后，林园失主寂寥时。
落花不语空辞树，流水无情自入池。
风荡宴船初破漏，雨淋歌阁欲倾欹。
前庭后院伤心事，唯是春风秋月知。

【汇评】

《瀛奎律髓》：元微之身后如此。友宦官，攻裴晋公，所得几何，而竟以惭愤卒于武昌。白公虽平生深交，不忍言其短，而亦可见矣。

《瀛奎律髓汇评》：情真而格调太卑，五句尤俚。

魏王堤

花寒懒发鸟慵啼，信马闲行到日西。

何处未春先有思，柳条无力魏王堤？

【汇评】

《诗境浅说续编》：岁暮凄寒，鸟慵花懒，斜日西沉之际，在魏王堤上，信马行吟，其时春气已萌，虽枯干萧森，而堤柳已含有回青润意，万缕垂垂。自来诗家，鲜有咏及者。乐天以"无力"二字，状柳意之含春，与刘梦得之"秋水清无力"状水势之衰，皆体物之工者。

《唐人绝句精华》：杜甫有"漏泄春光有柳条"之句，白氏诗言"未春先有思"则更进一层。"花懒"、"鸟慵"、"柳条无力"，皆是未春景象，然而柳之春思，乃为诗人所觉，正以见诗人之敏感，不必待"漏泄"而已知。诗人之所以异于常人者即在此。

晚桃花

一树红桃亚拂池，竹遮松荫晚开时。

非因斜日无由见，不是闲人岂得知？

寒地生材遗校易，贫家养女嫁常迟。

春深欲落谁怜惜？白侍郎来折一枝。

【汇评】

《唐宋诗醇》：比意深婉，总从一"晚"字生情。"寒地生材"句自是主意，以"贫家养女"句更切"桃花"，故仍以上句作陪，律法极细。

《香石诗话》：白太傅《晚桃花》，……手腕柔和，极层折吞吐之妙。与王右丞《酌酒与裴迪》,皆七律中进一格者。

阿 崔

谢病卧东都,羸然一老夫。

孤单同伯道,迟暮过商瞿。

岂料鬓成雪,方看掌弄珠。

已衰宁望有,虽晚亦胜无。

兰入前春梦,桑悬昨日弧。

里闾多庆贺,亲戚共欢娱。

腻剃新胎发,香绷小绣襦。

玉芽开手爪,酥颗点肌肤。

弓冶将传汝,琴书勿坠吾。

未能知寿夭,何暇虑贤愚。

乳气初离壳,啼声渐变雏。

何时能反哺,供养白头乌?

【汇评】

《瀛奎律髓》:元、白皆苦无子,乐天晚得此子,后亦夭也。诗人穷相,形容无所不至,晚乃所以妨此子欤?

《瀛奎律髓汇评》:查慎行:"腻剃"以下四联,熨贴细腻。
纪昀:起八句极老健。白诗最患敷衍,惟此为生平得意诗,故不嫌于细写,所谓言各有当也。若论诗法,则当以"腻剃"二句接"虽晚"二句,以"何时"二句接"腻剃"二句足矣。"乳气"、"啼声"二句俱不佳。   许印芳:学者于此当知诗文总贵简练,不尚繁缛。

《唐宋诗醇》:写小儿初生,端详入细。一结喜报,不觉虑其将来。软语心酸,逼真老人情景,此种自让香山独步。

桥亭卯饮

卯时偶饮斋时卧,林下高桥桥上亭。
松影过窗眠始觉,竹风吹面醉初醒。
就荷叶上包鱼鲊,当石渠中浸酒瓶。
生计悠悠身兀兀,甘从妻唤作刘伶。

【汇评】

《蔡宽夫诗话》:吴中作鲊,多用龙溪池中莲叶包为之,后数日取食,此瓶中气味特妙。乐天诗:"就荷叶上包鱼鲊,当石渠中浸酒尊。"盖昔人已有此法也。

《瀛奎律髓》:五、六新异。

《瀛奎律髓汇评》:纪昀:五、六句调太野,格亦太卑。

履道池上作

家池动作经旬别,松竹琴鱼好在无。
树暗小巢藏巧妇,渠荒新叶长慈姑。
不因车马时时到,岂觉林园日日芜?
犹喜春深公事少,每来花下得踟蹰。

【汇评】

《贯华堂选批唐才子诗》:前解:一、二自问,三、四自答。如树,如雀,如草,如菇,即其所问"好在";如暗,如藏,如荒,如长,即其所怨"经旬"也。此固律诗样也(首四句下)。　　"犹喜"、"每来",即上"时时"、"日日"也。虽寒陋之极,然是律诗原样也(末四句下)。

新制绫袄成感而有咏

　　水波文袄造新成,绫软绵匀温复轻。

　　晨兴好拥向阳坐,晚出宜披蹋雪行。

　　鹤氅氄疏无实事,木棉花冷得虚名。

　　宴安往往欢侵夜,卧稳昏昏睡到明。

　　百姓多寒无可救,一身独暖亦何情?

　　心中为念农桑苦,耳里如闻饥冻声。

　　争得大裘长万丈,与君都盖洛阳城。

【汇评】

　　《庚溪诗话》:白乐天有《新制绫袄》诗曰:“水波文袄造新成,绫暖绵匀温复轻”、“百姓多寒无可救,一身独暖亦何情?”卒章曰:“争得大裘长万丈,与君都盖洛阳城。”可谓善推其所为之心矣。又观《新制布裘》诗曰:“挂布白似雪,吴绵软于云。……稳暖皆如我,天下无寒人!”后诗正与杜子美《茅屋为秋风所破歌》曰“安得广厦千万间,大庇天下寒士俱欢颜,风雨不动安如山”同。观乐天前诗,则与“楚人亡弓,楚人得之”相类;观乐天后诗,及子美诗,可与“人亡弓,人得之”其意同也。

　　《南濠诗话》:老杜诗云:“安得广厦千万间,大贮天下寒士俱欢颜。”白乐天诗云:“安得大裘长万丈,与君都盖洛阳城。”二公其先天下之忧而忧者与!

咏兴五首并序(选二首)

　　七年四月,予罢河南府,归履道第。庐舍自给,衣储自充;无欲无营,或歌或舞。颓然自适,盖河洛间一幸人也。遇兴发咏,偶成五章。各以首句，命为题目。

池上有小舟

池上有小舟，舟中有胡床。
床前有新酒，独酌还独尝。
熏若春日气，皎如秋水光。
可洗机巧心，可荡尘垢肠。
岸曲舟行迟，一曲进一觞。
未知几曲醉，醉入无何乡。
寅缘潭岛间，水竹深青苍。
身闲心无事，白日为我长。
我若未忘世，虽闲心亦忙。
世若未忘我，虽退身难藏。
我今异于是，身世交相忘。

小庭亦有月

小庭亦有月，小院亦有花。
可怜好风景，不解嫌贫家。
菱角执笙簧，谷儿抹琵琶。
红绡信手舞，紫绡随意歌。[①]
村歌与社舞，客哂主人夸。
但问乐不乐，岂在钟鼓多。
客告暮将归，主称日未斜。
请客稍深酌，愿见朱颜酡。
客知主意厚，分数随口加。
堂上烛未秉，座中冠已峨。
左顾短红袖，右命小青娥。
长跪谢贵客，蓬门劳见过。

客散有馀兴,醉人独吟哦。

幕天而席地,谁奈刘伶何!

【原注】

　　① 菱、谷、紫、红,皆小臧获名也。

【汇评】

　　《容斋随笔》:世言白乐天侍儿,唯小蛮、樊素二人。予读集中《小庭亦有月》一篇云:"菱角执笙簧,谷儿抹琵琶。红绡信手舞,紫绡随意歌。"自注:"菱、谷、紫、红皆小臧获名。"若然,则红、紫二绡亦女奴也。

代　鹤

我本海上鹤,偶逢江南客。

感君一顾恩,同来洛阳陌。

洛阳寡族类,皎皎唯两翼。

貌是天与高,色非日浴白。

主人诚可恋,其奈轩庭窄。

饮啄杂鸡群,年深损标格。

故乡渺何处? 云水重重隔。

谁念深笼中,七换摩天翮。

【汇评】

　　《唐宋诗醇》:比意深远。

小　台

新树低如帐,小台平似掌。

六尺白藤床,一茎青竹杖。

风飘竹皮落，苔印鹤迹上。

幽境与谁同，闲人自来往。

【汇评】

《唐宋诗醇》：似王，亦似韦。

罢府归旧居

陋巷乘篮入，朱门挂印回。

腰间抛组绶，缨上拂尘埃。

屈曲闲池沼，无非手自开。

青苍好竹树，亦是眼看栽。

石片抬琴匣，松枝阁酒杯。

此生终老处，昨日却归来。

【汇评】

《瀛奎律髓》：第三、四韵自作隔对，亦一体也。罢河南尹归家，故云尔。

《瀛奎律髓汇评》：冯班：别是一体。　　纪昀：通体浅滑。

酬李十二侍郎

笋老兰长花渐稀，衰翁相对惜芳菲。

残莺著雨慵休啭，落絮无风凝不飞。

行掇木芽供野食，坐牵萝蔓挂朝衣。

十年分手今同醉，醉未如泥莫道归。

【汇评】

《升庵诗话》：《诗》："肤如凝脂。""凝"音"佞"。唐诗："日照凝红香。"白乐天诗："落絮无风凝不飞。"……今多作平音，失之；音律亦不协也。

《唐诗评选》：汉人不为透脱语，所谓珠涵玉韫，自媚山泽。西晋始倡，则有"蝴蝶飞南园"之句；谢客踵之，"池塘生春草"遂为绝唱。玄晖一往，每拾清响；李侯佳句，见许杜陵。其宗风相嗣如云门，一二字照天焲地，吟咏不废，此不可泯。"落絮无风凝不飞"，其来远矣。结联亦自《湛露》诗出，引伸旖旎，尤为动人，所以贵有七言。

衰　荷

白露凋花花不残，凉风吹叶叶初干。

无人解爱萧条境，更绕衰丛一匝看。

【汇评】

《诗式》：首句、二句写衰荷，俱有层次。三句、四句就"衰"字咏叹，大有惜物之致。此种题未宜轻率读过，古人往往有所感托。如李益《看花诸君子》云"玄都观里桃千树，尽是刘郎去后栽"，讽执政也。如李商隐《汉宫词》云"侍臣最有相如渴，不赐金茎露一杯"，讽穆宗也。大凡文字不可无含蓄，诗为甚。太史公曰："《诗三百篇》，大抵圣贤所为发愤作也。"诗之义：一曰兴，一曰比，一曰赋。后人作诗，解赋而已，不解兴者多也，读者要不可不知。　　［品］含蓄。

初冬早起寄梦得

起戴乌纱帽，行披白布裘。

炉温先暖酒，手冷未梳头。

早起烟霜白，初寒鸟雀愁。

诗成遣谁和？还是寄苏州。

《瀛奎律髓》：白诗由衷，故胜微之。

《瀛奎律髓汇评》：纪昀：好在由衷，病亦在是。　　又云：终是率易。　　无名氏(甲)：妙在末句，足振通篇。

香山寺二绝（其一）

空山寂静老夫闲，伴鸟随云往复还。
家酝满瓶书满架，半移生计入香山。

【汇评】

《诗境浅说续编》：此乐天晚年自述也。先言以闲人爱此空门，唯孤云野鸟，伴我往还。后言香山寺为其生计所在，佳酿满瓶，良书满架，已占其生计之半。第三句即其自号"醉吟先生"之本意。

杨柳枝词八首（选五首）

其一

六幺水调家家唱，白雪梅花处处吹。
古歌旧曲君休听，听取新翻杨柳枝。

【汇评】

《碧鸡漫志》：《杨柳枝》，《鉴戒录》云："《柳枝》歌，亡隋之曲也。"……则知隋有此曲，传至开元。《乐府杂录》云："白傅作《杨柳枝》。"予考乐天晚年，与刘梦得唱和此曲词，白云："古歌旧曲君休听，听取新翻《杨柳枝》。"又作《杨柳枝二十韵》云："乐童翻怨调，才子与妍词。"注云："洛下新声也。"刘梦得亦云："请君莫奏前朝曲，听唱新翻《杨柳枝》。"盖后来始变新声；而所谓乐天作《杨柳枝》者，称其别创词也。今黄钟商有《杨柳枝》曲，仍有七字四句，诗与刘、白及五代诸子所制并同，但每句下各增三字一句，此乃唐时和声，如《竹枝》、《渔父》，今皆有和声也。　　又：六幺，一名绿腰，一名乐世，一名录要。……唐史《吐蕃传》云：奏《凉州》、《胡渭》、《录要》杂曲。段安节《琵琶录》云："绿腰，本录要也，乐工进曲，上令录其要者。"白乐天《杨柳枝》词云："六幺水调家家唱，白雪梅花处处吹。"又听歌六绝句内《乐世》一篇云："管急弦繁拍渐稠，绿腰宛转曲终头，诚知乐世声声乐，老病人听未免愁。"注云："《乐世》一名《六幺》。"王建《宫词》云："琵琶先抹六幺头。"故知唐人以"腰"作"幺"者，惟乐天与王建耳。或云：此曲拍无过六字者，故曰"六幺"。

其二

陶令门前四五树，亚夫营里百千条。
何似东都正二月，黄金枝映洛阳桥。

【汇评】

《对床夜语》：白乐天《杨柳枝》云："陶令门前四五树，亚夫营里百千条。何似东都正二月，黄金枝映洛阳桥。"刘禹锡云："金谷园中莺乱啼，铜驼陌上好风吹。城东桃李须臾尽，争似垂杨无限时。"张祜云："凝碧池边敛翠眉，景阳楼下绾青丝。那胜妃子朝元阁，玉手和烟弄一枝。"薛能云："和风烟树九重城，夹路春阴十万营。惟向边头不堪望，一株憔悴少人行。"三诗皆仿白。

其三

依依袅袅复青青，勾引春风无限情。
白雪花繁空扑地，绿丝条弱不胜莺。

其四

红板江桥青酒旗，馆娃宫暖日斜时。

可怜雨歇东风定，万树千条各自垂。

【汇评】

《容斋随笔》：薛能者，晚唐诗人，格调不能高，而妄自尊大。……别有《柳枝词》五首，最后一章曰："刘白苏台总近时，当初章句是谁推。纤腰舞尽春杨柳，未有侬家一首诗。"自注云："刘、白二尚书继为苏州刺史，皆赋《杨柳枝》词，也多传唱，虽有才语，但文字太僻，宫商不高耳。"能之大言如此；但稍推杜陵，视刘、白以下蔑如也。今读其诗正堪一笑。……白之词云："红板江桥清酒旗……"其风流气概，岂能所仿佛哉！

《唐诗摘钞》：咏杨柳未有不咏其舞风者，此独以风定着笔，另一种风致。只写景，不入情，情自无限。

《初白庵诗评》：无意求工，自成绝调（"可怜雨歇"二句下）。

《唐人万首绝句选评》：于闲冷处传神，情味悠然。

《唐人绝句精华》：诗人作《柳枝词》多有寓意，非纯粹咏物也。此二首（按指前首与本诗），前首讥之，后首怜之也。前首首二句写其得意之态，后二句则讥其无可贵处。后首以红板桥比卑微者，馆娃宫比尊贵者。末二句见盛时一过，则同样无聊，故皆可怜也。于此知白居易盖有庄子"齐物"之思想。

其七

叶含浓露如啼眼，枝袅轻风似舞腰。

小树不禁攀折苦，乞君留取两三条。

【汇评】

《初白庵诗评》：楚楚动人怜（"小树不禁"二句下）。

《石洲诗话》：白公《杨柳枝词》"叶含浓露如啼眼……"于咏柳之中，寓取风情，此当为《杨柳枝词》本色。

池上二绝（其二）

小娃撑小艇，偷采白莲回。

不解藏踪迹，浮萍一道开。

【汇评】

《而庵说唐诗》："不解藏踪迹"，"不解"妙。乐天心中正喜其不解，若解则不采莲，浮萍中又安得有此一道天光哉！此种诗，着不得一些拟议，犹之西子面上着不得一些脂粉。今人胸中不干净，那有此好诗作出来？

《精选评注五朝诗学津梁》：清新俊逸，见胸中垒块全消。

《唐人绝句精华》：此二十字写小娃天真如在眼前，有画笔所不到者。

九年十一月二十一日感事而作

原注：其日独游香山寺。

祸福茫茫不可期，大都早退似先知。

当君白首同归日，是我青山独往时。

顾索素琴应不暇，忆牵黄犬定难追。

麒麟作脯龙为醢，何似泥中曳尾龟！

【汇评】

《仇池笔记》：白乐天为王涯所谮，谪江州司马。甘露之祸，乐天有诗云："当君白首同归日，是我青山独往时。"不知者以为幸祸，乐天岂幸人之祸者哉？盖悲之也。

《蔡宽夫诗话》：刘禹锡、柳子厚与武元衡素不叶，二人之贬，元衡为相时也。禹锡为《靖共（安）佳人怨》以悼元衡之死，其实盖快之。子厚《古东门行》云:"赤丸夜语飞电光,徼巡司隶眠如羊。当街一叱百吏走,冯敬胸中函匕首。"虽不著所以,当亦与禹锡同意。《古东门》用袁盎事也。乐天江州之谪,王涯实为之,故甘露之祸,乐天亦有"当君白首同归日,是我青山独往时"之句。

《诗人玉屑》:沈存中谓乐天诗不必皆好,然识趣可尚。章子厚谓不然,乐天识趣最浅狭,谓诗中言甘露事处,几如幸灾。虽私仇可快,然朝廷当此不幸,臣子不当形歌咏也,如"当公白首同归日,是我青山独往时"之类。

《白香山诗集》:按"白首同所归"乃阮籍、石崇临刑时语。太和九年甘露事,李训、郑注、舒元舆、王涯、贾𫗦皆被害。味诗中"同归"句,本就事而言,不专指王涯也。公自苏州召还,秩位渐崇,见机引退,宦官之祸,早计及者,何至追憾王涯?况公之迁谪,本由宦官恶之,附宦官者成之,岂反以中人诛夷士大夫为快?幸祸之说,盖出于章惇,谚所谓"以小人心度君子腹"耳。

从同州刺史改授太子少傅分司

承华东署三分务,履道西池七过春。

歌酒优游聊卒岁,园林萧洒可终身。

留侯爵秩诚虚贵,疏受生涯未苦贫。

月俸百千官二品,朝廷雇我作闲人。①

【原注】

① 张良、疏受并为太子少傅。

【汇评】

《瓯北诗话》:香山历官所得俸入多少,往往见于诗。为校书郎云:"俸钱万六千,月给亦有馀。"盩厔尉云:"吏禄三百石,岁晏有馀粮。"京兆户曹参军云:"俸钱四五万,月可奉晨昏;廪禄二百石,岁可盈仓困。"江州司马云:"官品至第五,俸钱四五万。"太子宾客分司云:"俸钱七八万,给受无虚月。"刑部侍郎云:"秋官月俸八九万。"太子少傅云:"月俸百千官二品,朝廷雇我作闲人。"刑部尚书致仕云:"半俸资身亦有馀。"又云:"俸随日计钱盈贯,禄逐年支岁满困。"又有诗云:"寿及七十五,俸沾五十千。"此可当《职官》、《食货》二志也。

酬梦得穷秋夜坐即事见寄

> 焰细灯将尽,声遥漏正长。
> 老人秋向火,小女夜缝裳。
> 菊悴篱经雨,萍销水得霜。
> 今冬暖寒酒,先拟共君尝。

【汇评】

《瀛奎律髓》:三、四有情味。

《瀛奎律髓汇评》:查慎行:五、六有作意。　　　纪昀:却雅健。

东城晚归

> 一条邛杖悬龟榼,双角吴童控马衔。
> 晚入东城谁识我,短靴低帽白蕉衫。

与梦得沽酒闲饮且约后期

> 少时犹不忧生计,老后谁能惜酒钱?
> 共把十千沽一斗,相看七十欠三年。

闲征雅令穷经史,醉听清吟胜管弦。

更待菊黄家酝熟,共君一醉一陶然。

【汇评】

《蔡宽夫诗话》:唐人饮酒必为令以佐欢,其变不一。乐天所谓"闲征雅令穷经史",韩退之"令征前事为"者,今犹有其遗习也。

《唐诗笺注》:诗境自然,不假雕镂,而写来总异凡俗。

《昭昧詹言》:起得突兀老气,挥斥奇警,可比杜公矣。妙在第四句,自外来招之入伴,而融洽成一片,故妙。后半平衍而已,却本色。

前有别杨柳枝绝句梦得继和云春尽絮飞留不得随风好去落谁家又复戏答

柳老春深日又斜,任他飞向别人家。

谁能更学孩童戏,寻逐春风捉柳花。

【汇评】

《诗源辩体》:乐天七言绝,如……"欲上瀛洲"、"花纸瑶瑊"、"小树山榴"、"紫房日照"、"我梳白发"、"柳老春深"等篇,亦大人游戏;如"老去将何"、"墙西明月"、"酒后高歌"、"莫嫌地窄"等篇,亦大人议论;如"狂夫与我"、"少年怪问"、"重袭暖帽"、"目昏思寝"、"纱巾草屦"、"自出家来"等篇,亦快心自得。此亦以文为诗,亦开宋人之门户耳。

达哉乐天行

达哉达哉白乐天,分司东都十三年。

七旬才满冠已挂,半禄未及车先悬。

或伴游客春行乐,或随山僧夜坐禅。

二年忘却问家事,门庭多草厨少烟。

庖童朝告盐米尽,侍婢暮诉衣裳穿。

妻孥不悦甥侄闷,而我醉卧方陶然。

起来与尔画生计,薄产处置有后先。

先卖南坊十亩园,次卖东都五顷田。

然后兼卖所居宅,仿佛获缗二三千。

半与尔充衣食费,半与吾供酒肉钱。

吾今已年七十一,眼昏须白头风眩。

但恐此钱用不尽,即先朝露归夜泉。

未归且住亦不恶,饥餐乐饮安稳眠。

死生无可无不可,达哉达哉白乐天!

【汇评】

《诗源辩体》:乐天七言古,《长恨》、《琵琶》及《新乐府》虽成变体,然尚有唐人音调,至"一日日"、"一年年"及《达哉乐天行》,则全是宋人声口,始为大变矣。

池上寓兴二绝(其二)

水浅鱼稀白鹭饥,劳心瞪目待鱼时。

外容闲暇中心苦,似是而非谁得知。

池鹤八绝句并序(选四首)

池上有鹤,介然不群;乌鸢鸡鹅,次第嘲噪。诸禽似有所诮,鹤亦时复一鸣。予非冶长,不通其意,因戏与赠答,以意斟酌之,聊亦自取笑耳。

鸡赠鹤

一声警露君能薄，五德司晨我用多。

不会悠悠时俗士，重君轻我意如何？

鹤答鸡

尔争优俪泥中斗，吾整羽仪松上栖。

不可遣他天下眼，却轻野鹤重家鸡。

乌赠鹤

与君白黑大分明，纵不相亲莫见轻。

我每夜啼君怨别，玉徽琴里忝同声。[1]

【原注】

① 琴曲有《乌夜啼》、《别鹤怨》。

鹤答乌

吾爱栖云上华表，汝多攫肉下田中。

吾音中羽汝声角，琴曲虽同调不同。[1]

【原注】

①《别鹤怨》在羽调，《乌夜啼》在角调。

哭刘尚书梦得二首（其一）

四海齐名白与刘，百年交分两绸缪。

同贫同病退闲日，一死一生临老头。

杯酒英雄君与操，[1]文章微婉我知丘。[2]

贤豪虽殁精灵在，应共微之地下游。

【原注】

① 曹公曰："天下英雄，唯使君与操耳。" ② 仲尼云："后世知丘者。"《春秋》又云："《春秋》之旨，微而婉也。"

【汇评】

《新唐书·白居易传》：（居易）初与元稹酬咏，故号"元白"。稹卒，又与刘禹锡齐名，号"刘白"。

《唐诗别裁》：大历后诗，梦得高于文房，与白傅唱和，故称"刘白"。实刘以风格胜，白以近情胜，各自成家，不相肖也。

开龙门八节石滩诗二首 并序（选一首）

东都龙门潭之南，有八节滩、九峭石。船筏过此，例及破伤。舟人楫师，推挽束缚。大寒三月，裸跣水中，饥冻有声，闻于终夜。予尝有愿，力及则救之。会昌四年，有悲智僧道遇，适同发心，经营开凿。贫者出力，仁者施财。於戏！从古有碍之险，未来无穷之苦，忽乎一旦尽除去之。兹吾所用适愿快心拔苦施乐者耳，岂独以功德福报为意哉？因作二诗，刻题石上。以其地属寺，事因僧，故多引僧言见志。

其二

七十三翁旦暮身，誓开险路作通津。

夜舟过此无倾覆，朝胫从今免苦辛。

十里叱滩变河汉，八寒阴狱化阳春。①

我身虽殁心长在，暗施慈悲与后人。

【原注】

① 八寒地狱，见《佛名》及《涅槃经》，故以八节滩为比。

《瀛奎律髓汇评》：纪昀：鄙俚至极,殆于不足掊摘。 　　无名氏(甲)："叱滩",过此叱咤其险,今如"河汉"之直。"阴狱",如寒门有八节,今皆变为"阳春"也。

杨柳枝词

一树春风千万枝,嫩于金色软于丝。
永丰西角荒园里,尽日无人属阿谁?

【汇评】

《本事诗》：白尚书姬人樊素善歌,妓人小蛮善舞。尝为诗曰："樱桃樊素口,杨柳小蛮腰。"年既高迈,而小蛮方丰艳,因为《杨柳》之词以托意。……及宣宗朝,国乐唱是词,上问谁词,永丰在何处?左右具以对之。遂因东使,命取永丰柳两枝,植于禁中。

《唐诗选脉会通评林》：周珽曰："一树春风"四字,便为杨柳写神;嫩、软、金丝,极状其容态之妖娜。后二语乃"君王行幸少,闲却舞时衣"之意。

《唐宋诗醇》：风致翩翩。

《诗式》：《诗·葛覃》一篇,托于时物起兴。诗须能兴,为合于《三百篇》之旨。假如此题直写己年已高迈,小蛮方丰艳,则索然兴尽,全失诗人之旨。惟寄托于杨柳。首句、二句写杨柳之盛时,即言小蛮之丰艳。三句"永丰西角"与"荒园",即言乐天之年迈。四句总收,合小蛮、乐天都到,仍跟三句来,题意、题面无不关照。昔称乐天诗老妪都解,谓乐天诗之平易近人则可,谓乐天率意写意、全不斟酌则不可。　　[品]含蓄。

《诗境浅说续编》：王渔洋《秋柳》七律,怀古而兼擅神韵,传诵一时。乐天以二十八字写之,柳色之娇柔,旧坊之寥落,裙屐之凋零,感怀无际,可见诗格之高。乐天尚有《杨柳枝》诗云:"红板江桥青酒旗,馆娃宫暖日斜时。可怜雨歇东风定,万树千条各自垂。"专咏柳枝,不若《永丰》篇之有馀味也。

《唐人绝句精华》:此喻贤才不得地也。如此婀娜之柳,乃在荒园无人知之地,岂不可惜。但诗只言"尽日无人属阿谁",而惜之之意自在言外。《本事诗》谓为放樊素而作,非也。

禽虫十二章 并序（选四首）

庄列寓言,风骚比兴,多假虫鸟,以为筌蹄。故诗义始于《关雎》《鹊巢》,道说先乎鲲鹏蜩鸴之类,是也。予闲居乘兴,偶作一十二章,颇类志怪放言,每章可致一哂。一哂之外,亦有以自警其衰耄封执之惑焉。顷如此作,多与故人微之、梦得共之。微之、梦得尝云:"此乃九奏中新声,八珍中异味也。"有旨哉,有旨哉!今则独吟,想二君在目,能无恨乎?

其五

阿阁鹓鸾田舍乌,妍蚩贵贱两悬殊。

如何闭向深笼里,一种摧颓触四隅。[1]

【原注】

① 有所感也。

其六

兽中刀枪多怒吼,鸟遭罗弋尽哀鸣。

羔羊口在缘何事? 暗死屠门无一声。[1]

【原注】

① 有所悲也。

其七

蟭螟杀敌蚊巢上，蛮触交争蜗角中。

应是诸天观下界，一微尘内斗英雄。①

【原注】

① 自照也。

其八

螟蛸网上罥蜉蝣，反复相持死始休。

何异浮生临老日，一弹指顷报恩仇。①

【原注】

① 诚报也。

【汇评】

《唐人绝句精华》：唐自安史乱后，朝政极纷扰。错综其间者，有两种势力：一为藩镇，一为宦官。帝皇之废立，宰臣之进退，视此两势力之消长而定。宦官、藩镇之间，又各分派别，互相倾轧，互相争战。于是政权转易无定，人民痛苦更深。其最著者，有牛僧孺、李宗闵与李德裕之争，史家所谓牛李党也；有文宗李昂与宰相李训、郑注等之谋杀宦官，反为宦官所杀，史家所谓甘露之变也。当事变之初，虽智者不易辨其是非；及事定之后，虽贤者往往以成败论人。因而贤智之士，常陷入其中而不自觉。白居易早鉴于此，故当牛李党争之初，即移病以分司东都闲散之地，而甘露变起之前，则以病免退居。其《咏怀》诗有"人间祸福愚难料，世人风波老不禁"之句，畏祸避嫌之心，昭然若揭。此《禽虫八章》之作，盖皆寓言以抒怀。虽未能一一指实，要与上述两事有关。"蟭螟"章自注："自照也。"即诗中所谓"诸天观下界"也。"阿阁"章自注："有所感也。""兽中"章自注："有所悲也。"其所感、所悲，以上述两事证之，当无大误。"螟蛸"章虽无自注，而两虫相持，至死方休，非指牛李党争而何？后人每以白诗多知足之言,病其千篇一律,不知居易之所以如此,不但自述,且以警世也。

白云泉

天平山上白云泉,云自无心水自闲。
何必奔冲山下去,更添波浪向人间。

【汇评】

《精选评注五朝诗学津梁》：小小题目,说得高超,唤醒热中人不少。

《唐诗近体》：四皓亦未免多事("何必奔冲"二句下)。

寄韬光禅师

一山门作两山门,两寺原从一寺分。
东涧水流西涧水,南山云起北山云。
前台花发后台见,上界钟声下界闻。
遥想吾师行道处,天香桂子落纷纷。

【汇评】

《东坡题跋》：唐韬光禅师自钱塘天竺来住此山,乐天守苏日以此诗答之。庆历中,先君游此山,犹见乐天真迹。

《柳亭诗话》："一山门作两山门,两寺原从一寺分。"此香山为韬光灵隐而作。然于越州之云门、广孝尤切,以韬光尚踞山颠也。

《唐诗成法》：韬光诗此为第一,最切最真。但重字一连六句,嫌于急口令,离之则双美,合之则两伤,信哉!

《石洲诗话》：白公《天竺》诗,本皇甫孝常《秋夕寄怀契上人》诗,而出以连珠体,自令人不觉。此等处,皆足见古人之脱化。

惜 花

可怜天艳正当时，刚被狂风一夜吹。

今日流莺来旧处，百般言语泥空枝。

【汇评】

《唐诗分类绳尺》：浅易卑弱，一览即尽。

《近体秋阳》：潇洒出脱，此非真得有文字之乐者必不能。

杨　衡

杨衡,生卒年不详,字中师,凤翔宝鸡(今陕西宝鸡)人,郡望弘农(今河南灵宝南)。初与符载、王简言、李元象同隐蜀中青城山,后又同隐庐山,号"山中四友"。贞元五年(789),登进士第,客荆州。七年,为桂管观察使齐映幕从事。八年,入岭南节度使薛珏幕。王锷代薛珏镇广州,衡仍居幕职。又为郴州仓曹参军。十六年尚存。后不知所终。《全唐诗》存诗一卷。

【汇评】

合淝李郎中群,始与杨衡、符载等同隐庐山,号"山中四友"。……杨衡后因中表盗衡文章及第,诣阙寻其人,遂举,亦及第。或曰:见衡业古调诗,其自负者,有"一一鹤声飞上天"之句。初遇其人颇愤怒,既而问曰:"且'一一鹤声飞上天'在否?"前人曰:"此句知君最惜,不敢辄偷。"衡笑曰:"犹可恕矣。"(《唐摭言》)

杨衡、雍裕之见《十贤集》中,往往皆律诗,盖小才也。(《吴礼部诗话》)

衡诗工,苦于声韵,奇拔非常格,无敢窥其涯涘。尝吟罢,自赏其作,抵掌大笑,长谣曰:"一一鹤声飞上天。"谓其响彻如此,人亦

叹服。(《唐才子传》)

卢十五竹亭送侄俱归山

落叶寒拥壁,清霜夜沾石。

正是忆山时,复送归山客。

殷勤一尊酒,晓月当窗白。

【汇评】

《竹庄诗话》:送人有怀归之思。

《对床夜语》:高适诗云:"林稀落日行人少,醉后无心怯路歧",老杜有"前村山路险,归醉每无愁",词简意工,孰臻其妙?学造语者宜知之。又如杨衡诗云"正是忆山时,复送归山客",张籍云"长因送人处,忆得别家时",……语益换而益佳,善脱胎者宜参之。 又:杨衡诗云:"落叶寒拥壁,清霜夜沾石,……"语意清脱,略无尘土纷华之气。

白纻歌二首

其一

玉缨翠佩杂轻罗,香汗微渍朱颜酡,

为君起唱白纻歌。

清声袅云繁思多,凝筋哀瑟时相和。

金壶半倾芳夜促,梁尘霏霏暗红烛。

令君安坐听终曲,坠叶飘花难再复。

【汇评】

《唐诗选脉会通评林》:陆时雍曰:殊有艳情。

其二

蹑朱履,步琼筵,轻身起舞红烛前。

芳姿艳态妖且妍,回眸转袖暗催弦。

凉风萧萧漏水急,月华泛艳红莲湿。

牵裙揽带翻成泣。

【汇评】

《唐诗归》:诉出声泪(第二首末)。

《汇编唐诗十集》:唐云:诗似六朝艳体。

《诗辩坻》:杨衡《白纻》,唐乐府之佳绝者,然自齐梁人视之,便词色轻露矣。

【总评】

《对床夜语》:读其《白纻词》,则有云"蹑珠履,步琼筵,轻身起舞红烛前",又"凉风萧萧漏水急,月华泛滟红莲湿,牵裙揽带翻成泣",又"金壶半倾芳夜促,梁尘霏霏暗红烛",全类长吉。谓与前诗(按指《卢十五竹亭送侄偶归山》)同出一喙,吾不信也。

《唐诗选脉会通评林》:周敬曰:萧粹可谓:李青莲《白纻辞》,句意字面,皆与鲍明远相出入,意此曲体制当如是耶?余读杨衡二首,若并拟明远者。时张、王两称乐府名手,而《白纻歌》各立意见,固亦佳,可观,但不若杨作情深而旨正,格调各饶香艳。

题花树

都无看花意,偶到树边来。

可怜枝上色,一一为愁开。

【汇评】

《对床夜语》:其《看花》小句亦佳,诗云:"都无看花意……"

《唐诗品汇》:刘云:来得惨淡("偶到"句下)。

牛僧孺

牛僧孺(780—848),字思黯,陇西狄道(今甘肃临洮)人。贞元二十一年(805)登进士第,元和三年(808)举贤良方正能直言极谏科,对策第一,授伊阙尉。以对策直言时政,久不调。后除河南尉,迁监察御史,历礼部、考功员外郎、库部郎中知制诰、御史中丞、户部侍郎。长庆三年拜相。宝历初,出为武昌军节度使。大和四年,复相;六年,出镇淮南。开成二年,为东都留守,征拜左仆射,复出镇襄州,累进司徒。会昌中,李德裕用事,罢为太子少师,复留守东都。三贬为循州长史。宣宗即位,量移衡、汝二州长史,复迁太子少师。卒。僧孺与令狐楚、李宗闵交厚,史称"牛党",与李德裕党交恶,史称"牛李党争"。著有《玄怪录》(一作《幽怪录》)十卷,今存残本。《全唐诗》存诗四首。

【汇评】

奇章公始举进士,致琴书于灞浐间,先以所业谒韩文公、皇甫员外。……二公披卷,卷首有《说乐》一章,未阅其词,遽曰:"斯高文,且以拍板为什么?"对曰:"谓之乐句。"二公相顾大喜曰:"斯高文必矣!"……复诲之曰:"某日可游青龙寺,薄暮而归。"二公其日

联镳至彼,因署其门曰:"韩愈、皇甫湜同谒几官前辈,不遇。"翌日,辇毂名士,咸往观焉,奇章之名由是赫然矣。(《唐摭言》)

乐天梦得有岁夜诗聊以奉和

惜岁岁今尽,少年应不知。
凄凉数流辈,欢喜见孙儿。
暗减一身力,潜添满鬓丝。
莫愁花笑老,花自几多时。

【汇评】

《近体秋阳》:惨在一"今"字,一字尽呈怜惜之无用。文章以少言疏多理,以无言疏有理,此五字可见。

席上赠刘梦得

粉署为郎四十春,今来名辈更无人。
休论世上升沉事,且斗樽前见在身。
珠玉会应成咳唾,山川犹觉露精神。
莫嫌恃酒轻言语,曾把文章谒后尘。

【汇评】

《云溪友议》:襄阳牛相公赴举之秋,为同袍见忽。及至升超,诸公悉不如也。尝投贽于刘补阙禹锡,对客展卷,飞笔涂窜其文,且曰:"必先辈未期至矣!"然拜谢奢砺,终为怏怏乎。历廿馀载,刘转汝州,陇西公镇汉南,枉道驻旌旆。信宿,酒酣,直笔以诗喻之。刘公承诗意,方悟往年改张牛公文卷。因诫子弟咸元、承雍等曰:"吾立成人之志,岂料为非!况汉上尚书,高识达量,罕有其比。昔主父偃家为孙弘所夷,嵇叔夜身死钟会之口。是以魏武诫其子云:

'吾大忿怒(于)小过失,慎勿学焉。'汝辈修进守忠为上也。"《席上赠汝州刘中丞》,襄州节度使牛僧孺诗,曰:"粉署为郎四十春,今来名辈更无人。……"《奉和牛尚书》,汝州刺史刘禹锡:"昔年曾忝汉朝臣,晚岁空馀老病身。初见相如成赋日,后为丞相扫门人。追思往事咨嗟久,幸喜清光笑语频。犹有当时旧冠剑,待公三日拂埃尘。"牛公吟和诗,前意稍解,曰:"三日之事,何敢当焉。"(宰相三朝后,主印,所以升降百司也。)于是,移宴竟夕,方整前驱也。

李宣远

李宣远，生卒年不详，澧阳(今湖南澧县)人。贞元间，登进士第。与兄宣古俱以诗名。《全唐诗》存诗二首。

【汇评】

(宣古)弟宣远，亦以诗鸣，今传者可数也。(《唐才子传》)

并州路

秋日并州路，黄榆落故关。

孤城吹角罢，数骑射雕还。

帐幕遥临水，牛羊自下山。

征人正垂泪，烽火起云间。

【汇评】

《瀛奎律髓》：八句俱整峭。

《唐诗评选》：眉宇清安，有生人色。此种诗迫元和以降，始复有之。自大历之末，为十才子破裂已尽，相对皆如梦寐；秉烛夜阑，其功不小也。

《历代诗发》：雄伟。

《唐诗笺注》：塞下悲凉,又当寥落,吹角声传,射雕人返,则又将暮矣。"帐幕"、"牛羊",塞外景物,行人触目不堪,况复烽烟忽起,读之凄警异常。

《瀛奎律髓汇评》：纪昀：三、四写穷边日暮惨淡之气,如在目前。

王 播

王播(759—830)，字明敭，祖籍太原(今属山西)，后迁居扬州(今属江苏)。贞元十年(795)，登进士第，又登贤良方正能直言极谏科。授集贤校理，再迁监察御史。贞元末，为三原令。元和中，历御史中丞、京兆尹、刑部侍郎、礼部尚书，出为剑南西川节度使。长庆中，征还，为刑部尚书，领盐铁转运使。旋拜相，出镇淮南，仍领盐铁。大和中，拜尚书左仆射、同平章事。卒。播与弟炎、起皆有文名。《全唐诗》存诗三首。

题木兰院二首

其一

三十年前此院游，木兰花发院新修。

如今再到经行处，树老无花僧白头。

【汇评】

《唐摭言》：王播少孤贫，尝客扬州惠昭寺木兰院，随僧斋餐。诸僧厌怠，播至，已饭矣。后二纪，播自重位出镇是邦，因访旧游，向之题已皆碧纱幕其上。播继以二绝句。

《唐诗笺注》：旧游之感，恻恻动人。

《诗境浅说续编》：播虽贵显，诗句笼纱，而旧院花凋，山僧老去。三十年禅院重来，觉人似秋鸿，事如春梦矣。

其二

上堂已了各西东，惭愧阇黎饭后钟。

三十年来尘扑面，如今始得碧纱笼。

【汇评】

《诗境浅说续编》：王播投斋之事，著传词苑。昔则饭后闻钟，今则碧纱笼句。此诗写尽炎凉世态。

沈传师

> 沈传师(777—835),字子言,湖州武康(今浙江德清)人。贞元十九年(803),登进士第。元和元年(806),登才识兼茂明于体用科。授太子校书,累迁至翰林学士、中书舍人。长庆三年为湖南观察使,后召入为尚书右丞。大和二年又出任江西观察使,转宣歙观察使,入为吏部侍郎。卒。工书,隶楷行草,有名于时。《全唐诗》存诗五首。

【汇评】

　　(传师)材行有馀,能治《春秋》,工书,有楷法。……权德舆门生七十人,推为颜子。(《新唐诗》本传)

次潭州酬唐侍御姚员外游道林岳麓寺题示

承明年老辄自论,乞得湘守东南奔。
为闻楚国富山水,青嶂逦迤僧家园。
含香珥笔皆眷旧,谦抑自忘台省尊。
不令执简候亭馆,直许携手游山樊。
忽惊列岫晓来逼,朔雪洗尽烟岚昏。

碧波回屿三山转，丹槛缭郭千艘屯。

华镳躞蹀绚砂步，大旆彩错辉松门。

槎枝竞惊龙蛇势，折干不灭风霆痕。

相重古殿倚岩腹，别引新径萦云根。

目伤平楚虞帝魂，情多思远聊开樽。

危弦细管逐歌飘，画鼓绣靴随节翻。

镂金七言凌老杜，入木八法蟠高轩。

嗟余潦倒久不利，忍复感激论元元。

【汇评】

《侯鲭录》：长沙道林岳麓寺，老杜所赋诗者，沈传师有诗碑见于世。其序云"奉酬唐侍御、姚员外道林寺题示"。姚员外诗不复见之，今传唐侍御诗，……二诗均附载《杜工部集》。

《竹庄诗话》：六一居士云：沈传师《道林岳麓寺》诗题云"酬唐侍御姚员外"，而二人之诗不见，不知何人也。独此诗以字画传于世，而诗亦自佳。　　《诗事》云：黄鲁直尤喜沈传师《岳麓寺诗碑》，尝为之说曰："沈传师字画皆遒劲，真楷笔势可学；唯《道林岳麓》诗殊不相类，似有神助。其间架纵夺偏正、肥瘦长短各有体。忽若龙起沧溟，凤翔青汉；又如花开秀谷，松偃幽岑；或似枯木倒悬，怪石高坠。千变万态，冥发天机，与其诗之气焰往往勍敌。即韩择木、蔡有邻，不是过也。"此鲁直不特爱其书，又爱其诗如此。

《升庵诗话》：长沙道林、岳麓二寺之胜，闻于天下，盖因杜工部之一诗也。杜公之后，有沈传师二诗，崔珏一诗，韦蟾一诗，皆效工部之体。余旧见家藏石刻有之，近阅《长沙志》，已失其半。今具录于此。……韦蟾《道林寺》诗曰："沈裴笔力斗雄壮，宋杜词源两风雅。……"四诗佳句层出，而体制一揆。所称"沈裴"、"宋杜"，裴乃裴休，宋乃宋之问也；二诗失传，杜诗见本集。

牟 融

牟融,生卒年里贯均未详。《旧唐书·经籍志》有牟融,著《牟子》,为开元中期以前人。《全唐诗》存牟融诗一卷,有赠韩翃、欧阳詹、张籍、杨处厚等人诗,则又为代宗至宪宗朝人。诗人牟融,未见于唐宋典籍,其集亦未见公私著录,诗歌风格亦不类唐诗,疑为明代书贾取元、明人诗所伪造。

有感二首(其一)

何事离怀入梦频,贫居寂寞四无邻。
诗因韵险难成律,酒为愁多不顾身。
眼底故人惊岁别,尊前华发逐时新。
十年飘泊如萍迹,一度登临一怅神。

刘言史

刘言史(? —812),赵(今河北邯郸)人。建中中,镇冀节度使王武俊辟为幕宾,奏请官,诏授枣强令,辞疾不就,世称刘枣强。贞元中,游泽潞、荆南、虔州、潇湘。元和初居洛中,六年,山南节度使李夷简辟为参军,日与谈燕,歌诗唱答。岁馀,奏请升秩,诏下之日,不恙而卒。言史善诗,与孟郊、穆赞交往唱和。有《刘言史歌诗》六卷,已佚。《全唐诗》存诗一卷。

【汇评】

歌诗之风,荡来久矣。……吾唐来有是业者,言出天地外,思出鬼神表,读之则神驰八极,测之则心怀四溟,磊磊落落,真非世间语者,有李太白。百岁有是业者,雕金篆玉,牢奇笼怪,百锻为字,千炼成句,虽不追躅太白,亦后来之佳作也,有与李贺同时,有刘枣强焉。先生姓刘氏,名言史,不详其乡里。所有歌诗千首,其美丽恢赡,自贺外,世莫得比。(皮日休《刘枣强碑》)

大历以后,我所深取者:李长吉、柳子厚、刘言史、权德舆、李涉、李益耳。(《沧浪诗话》)

(言史)少尚气节,不举进士。工诗,美丽恢赡,世少其伦。

（《唐才子传》）

刘言史歌诗美丽恢赡，世以比之李贺。（《唐音癸签》）

潇湘游

夷女采山蕉，缉纱浸江水。

野花满髻妆色新，闲歌欸乃深峡里。

欸乃知从何处生，当时泣舜肠断声。

翠华寂寞婵娟没，野筱空馀红泪情。

青烟冥冥覆杉桂，崖壁凌天风雨细。

昔人幽恨此地遗，绿芳红艳含怨姿。

清猿未尽鼯鼠切，泪水流到湘妃祠。

北人莫作潇湘游，九疑云入苍梧愁。

【汇评】

《升庵诗话》：刘言史《潇湘舟中听夷女唱暖迺歌》云：“夷女采山蕉，缉纱浸江水。……”“暖迺”，楚人歌也。元结集作“欸乃”，字不同而义一。此诗世亦罕传，且录之。

《唐诗选脉会通评林》：周珽曰：意兴鼓舞，风致超忽。哀怨之情，与歌声俱长。

放萤怨

放萤去，不须留，聚时年少今白头。

架中科斗万馀卷，一字千回重照见。

青云杳渺不可亲，开囊欲放增馀怨。

且逍遥，还酩酊，仲舒漫不窥园井。

那将寂寞老病身，更就微虫借光影。

欲放时,泪沾裳;冲篱落,千点光。

【汇评】
《五朝诗善鸣集》:哀怨极矣,不知武子当日亦有此情否?

观绳伎

原注:潞府李相公席上作。

泰陵遗乐何最珍? 彩绳冉冉天仙人。
广场寒食风日好,百夫伐鼓锦臂新。
银画青绡抹云发,高处绮罗香更切。
重肩接立三四层,著屐背行仍应节。
两边丸剑渐相迎,侧身交步何轻盈。
闪然欲落却收得,万人肉上寒毛生。
危机险势无不有,倒挂纤腰学垂柳。
下来一一芙蓉姿,粉薄钿稀态转奇。
坐中还有沾巾者,曾见先皇初教时。

【汇评】
《娱书堂诗话》:唐刘言史《观绳伎》一篇,末联云:"坐中还有沾巾者,曾见先皇初教时。"盖谓玄宗遗乐。近时高九万赋《观思陵御制墨本》绝句,正用此意。诗云:"淡黄越纸打残碑,尽是先皇御制诗。白发内人和泪看,为曾亲见写诗时。"

买花谣

杜陵村人不田穑,入谷经溪复缘壁。
每至南山草木春,即向侯家取金碧。
幽艳凝华春景曙,林夫移得将何处?

蝶惜芳丛送下山,寻断孤香始回去。

豪少居连鸤鹊东,千金使买一株红。

院多花少栽未得,零落绿娥纤指中。

咸阳亲戚长安里,无限将金买花子。

浇红湿绿千万家,青丝玉轳声哑哑。

长门怨

独坐炉边结夜愁,暂时思去亦难留。

手持金箸垂红泪,乱拨寒灰不举头。

【汇评】

《唐诗镜》:虽乏高华,当亦有致。

《唐人绝句精华》:一种怨抑之情涌现纸上,亦宫怨中另一种写法。

春游曲(其二)

喷沫团香小桂条,玉鞭兼赐霍嫖姚。

弄影便从天禁出,碧蹄声碎五门桥。

【汇评】

《唐诗选脉会通评林》:周珽曰:骨力雄悍。

泊花石浦

旧业丛台废苑东,几年为梗复为蓬。

杜鹃啼断回家梦。半在邯郸驿树中。

【汇评】

《唐诗选脉会通评林》:周珽曰:言史困贫自负,不安小就,其

诗多慷慨凄楚之辞。如《乐府杂词》、《泊花石浦》、《闻崔生旅葬》等
作俱有深思。

夜入简子古城

远火荧荧聚寒鬼,绿焰欲销还复起。
夜深风雪古城空,行客衣襟汗如水。

北原情三首（其三）

卜地起孤坟,全家送葬去。
归来却到时,不复重知处。
叠叠葬相续,土干草已绿。
列纸泻壶浆,空向春云哭。

长孙佐辅

长孙佐辅,生卒年里贯均未详。本籍北方,客居于吴。举进士不第。弟公辅,贞元间为吉州刺史,遂往依之。后竟不仕,隐居终生。有《古调集》,已佚。《全唐诗》存诗十七首。

【汇评】

瑰奇美丽主:武元衡。……入室三人:赵嘏、长孙佐辅、曹唐。(《诗人主客图》)

文章尚论其世。长孙佐辅贞元前人,要为有一种风气。(《吴礼部诗话》引时天彝《唐百家诗选评》)

(佐辅)诗格词情,繁缛不杂,卓然有英迈之气。每见其《拟古乐府》数篇,极怨慕伤感之心,如水中月,如镜中相,言可尽而理无穷也。(《唐才子传》)

拟古咏河边枯树

野火烧枝水洗根,数围孤树半心存。
应是无机承雨露,却将春色寄苔痕。

《竹庄诗话》：此诗哀怨而不伤，有风人之梗概。

别友人

愁多不忍醒时别，想极还寻静处行。

谁遣同衾又分手，不如行路本无情。

【汇评】

《注解选唐诗》：此诗意味悠远。古诗云："相思极处反相恨，何似当初莫识君！"不如此诗后两句之妙。

南中客舍对雨送故人归北

猿声啾啾雁声苦，卷帘相对愁不语。

几年客吴君在楚，况送君归我犹阻。

家书作得不忍封，北风吹断阶前雨。

【汇评】

《网师园唐诗笺》：言短情长，音韵凄切。

陇西行

阴云凝朔气，陇上正飞雪。

四月草不生，北风劲如切。

朝来羽书急，夜救长城窟。

道隘行不前，相呼抱鞍歇。

人寒指欲堕，马冻蹄亦裂。

射雁旋充饥，斧冰还止渴。

宁辞解围斗，但恐乘疲没。

早晚边候空，归来养羸卒。

寻山家

独访山家歇还涉，茅屋斜连隔松叶。

主人闻语未开门，绕篱野菜飞黄蝶。

【汇评】

《苕溪渔隐丛话》：余尝居村落间，食饱楮笔纵步，款邻家之扉，小立待之：眼前景物悉如诗中之语，然后知其工也。

《戒庵老人漫笔》：长孙佐辅"独行山家歇还涉，……"柳子厚"南州溽暑醉如酒，……"皆昔人所称七言仄韵之胜者，今载《三体》中。间诵一过，如披图画，尝欲得善丹青者写之，姑记以俟。

《对床夜语》：七言仄韵，尤难于五言。长孙佐辅有诗云："独访山家歇还涉，……"好事者或绘为图。

《鹤林玉露》：农圃家风，渔礁乐事，唐人绝句模写精矣。余摘十首题壁间，每菜羹豆饭饱后，啜苦茗一杯，偃卧松窗竹榻间，令儿童吟诵数过，自谓胜如吹竹弹丝。今记于此：韩偓云："闻说经旬不启关，药窗谁伴醉开颜。夜来雪压村前竹，剩看溪南几尺山。"……长孙佐辅云："独访山家歇还涉，……"

《唐诗选脉会通评林》：周敬曰：好一幅访山家图。　　周珽曰：淡中布色，野趣酣然。

《网师园唐诗笺》：山家风景宛然（末二句下）。

《唐贤清雅集》：闲细入情，心眼俱慧。

《唐诗真趣编》：题曰"寻"，自说不到访见后，非但门外烘染法也。

山行经村径

一径有人迹,到来唯数家。
依稀听机杼,寂历看桑麻。
雨湿渡头草,风吹坟上花。
却驱羸马去,数点归林鸦。

【汇评】

《升庵诗话》:"一径有人迹,到来惟数家。……"长孙左辅,开元以前人,其诗与李适齐名。今刻本"左"作"佐",非。

张　碧

张碧,生卒年里贯均未详,字太碧。贞元中累举进士不第。慕李白为诗,名字亦拟之,诗风略近李白,为孟郊所激赏。然今人因其集曾载与贯休诗,又有读李贺集诗,又其子仕五代南汉,疑碧非贞元时人;孟郊(字东野)《读张碧集》亦疑为五代徐仲雅(亦字东野)所作。有《歌行集》二卷,已佚。《全唐诗》存诗十六首。

【汇评】

天宝太白没,六义已消歇。大哉《国风》本,丧而王泽竭。先生今复生,斯文信难缺。下笔证兴亡,陈辞备风骨。高秋数奏琴,澄潭一轮月。谁作采诗官,忍之不挥发。(孟郊《读张碧集》)

碧,字太碧,贞元中人,自序其诗云:碧尝读李长吉集,谓春拆红翠,霹开蛰户,其奇峭者不可及也。及览李太白词,天与俱高,青且无际;鹏触巨海,澜涛怒翻,则观长吉之篇,若陟嵩之颠视诸阜者耶!余尝锐志,狂勇心魄,恨不得摊文阵以交锋,睹拔戟挟矟而已矣。(《唐诗纪事》)

(碧)天才卓绝,气韵不凡,委兴山水,投闲吟酌,言多野意,俱状难摹之景焉。(《唐才子传》)

野田行

风昏昼色飞斜雨,冤骨千堆髑髅语。
八纮牢落人物悲,是个田园荒废主。
悲嗟自古争天下,几度乾坤复如此。
秦皇矻矻筑长城,汉祖区区白蛇死。
野田之骨兮又成尘,楼阁风烟兮还复新。
愿得华山之下长归马,野田无复堆冤者。

农 父

运锄耕斸侵星起,陇亩丰盈满家喜。
到头禾黍属他人,不知何处抛妻子。

【汇评】

《容斋五笔》:张碧《农父》诗云:"运锄耕斸侵星起,……"杜荀
鹤《田翁》诗云:"白发星星筋骨衰,种田犹自伴孙儿。官苗若不平
平纳,任是丰年也受饥。"读之使人怆然。

古 意

銮舆不碾香尘灭,更残三十六宫月。
手执纨扇独含情,秋风吹落横波血。

秋日登岳阳楼晴望

三秋倚练飞金盏,洞庭波定平如划。

天高云卷绿罗低，一点君山碍人眼。

漫漫万顷铺琉璃，烟波阔远无鸟飞。

西南东北竟无际，直疑侵断青天涯。

屈原回日牵愁吟，龙宫感激致应沉。

贾生憔悴说不得，茫茫烟霭堆湖心。

【汇评】

《唐诗纪事》：《秋日登岳阳楼晴望》云："三秋倚练飞金盏，……茫茫烟霭堆湖心。"又云："范蠡帆张一掌风，无人来往继其中。"

鸿　沟

毒龙衔日天地昏，八纮暧礴生愁云。

秦园走鹿无藏处，纷纷争处蜂成群。

四溟波立鲸相吞，荡摇五岳崩山根。

鱼虾舞浪狂鳅鲲，龙蛇胆战登鸿门。

星旗羽镞强者尊，黑风白雨东西屯。

山河欲拆人烟分，壮士鼓勇君王存。

项庄愤气吐不得，亚父斗声天上闻。

玉光堕地惊昆仑，留侯气魄吞太华。

舌头一寸生阳春，神农女娲愁不言。

蛇枯老媪啼泪痕，星曹定秤秤王孙。

项籍骨轻迷精魂，沛公仰面争乾坤。

须臾垓下贼星起，歌声缭绕凄人耳。

吴娃捧酒横秋波，霜天月照空城垒。

力拔山兮忽到此，骓嘶懒渡乌江水。

新丰瑞色生楼台，西楚寒蒿哭愁鬼。

三尺霜鸣金匣里，神光一掉八千里。

汉皇骤马意气生,西南扫地迎天子。

美人梳头

玉堂花院小枝红,绿窗一片春光晓。
玉容惊觉浓睡醒,圆蟾挂出妆台表。
金盘解下丛鬟碎,三尺巫云绾朝翠。
皓指高低寸黛愁,水精梳滑参差坠。
须臾拢掠蝉翼生,玉钗冷透冬冰明。
芙蓉拆向新开脸,秋泉慢转眸波横。
鹦鹉偷来话心曲,屏风半倚遥山绿。

【汇评】

《王闿运手批唐诗选》:纤艳。

题祖山人池上怪石

寒姿数片奇突兀,曾作秋江秋水骨。
先生应是厌风云,著向江边塞龙窟。
我来池上倾酒尊,半酣书破青烟痕。
参差翠缕摆不落,笔头惊怪黏秋云。
我闻吴中项容水墨有高价,邀得将来倚松下。
铺却双缯直道难,掉首空归不成画。

【汇评】

《韵语阳秋》:黄庶字亚夫,尝有《怪石》一绝传于世,云:“山鬼水怪著薜荔,天禄辟邪眼莓苔。钩帘坐对心语口,曾见汉家池馆来。”人士脍炙,以为奇作。唐张碧诗亦不多见,尝有《池上怪石》诗云:“寒姿数片奇突兀,曾作秋江秋水骨。……”二诗殆未易甲乙也。

卢 殷

卢殷(746—810),范阳(今河北涿县)人。曾任登封尉。与孟简、孟郊、冯宿友善,期相推挽,终以病不能为官。家贫,元和中献诗东都留守郑馀庆,屡得周济,书荐宰相,不能用,竟贫病而卒。有诗千馀首,多佚。《全唐诗》存诗十三首。

长安亲故

楚兰不佩佩吴钩,带酒城头别旧游。
年事已多筋力在,试将弓箭到并州。

庄南杰

庄南杰,生卒年里贯均未详。登进士第。工乐府杂歌,有《杂歌行》一卷,已佚。《全唐诗》存诗五首。

【汇评】

(南杰)工乐府杂歌,诗体似长吉,气虽遒壮,语过镌凿,盖其天资本劣,未免按抑,不出自然,亦一好奇尚僻之士耳。(《唐才子传》)

湘弦曲

楚云铮铮戛秋露,巫云峡雨飞朝暮。
古磬高敲百尺楼,孤猿夜哭千丈树。
云轩碾火声珑珑,连山卷尽长江空。
莺啼寂寞花枝雨,鬼啸荒郊松柏风。
满堂怨咽悲相续,苦调中含古离曲。
繁弦响绝楚魂遥,湘江水碧湘山绿。

红蔷薇

九天碎霞明泽国，造化工夫潜剪刻。
浅碧眉长约细枝，深红刺短钩春色。
晴日当楼晚香歇，金带盘空已成结。
谢豹声催麦陇秋，熏风吹落猩猩血。

王鲁复

　　王鲁复,生卒年不详,字梦周,连江(今属福建)人。曾为邕管经略使府从事。《全唐诗》存诗四首。

故白岩禅师院

能师还世名还在,空闭禅堂满院苔。
花树不随人寂寞,数枝犹自出墙来。

雍裕之

雍裕之,生卒年不详,蜀(今四川)人,一说楚人。贞元后,数举进士不第,飘零四方。工诗,有《雍裕之诗》一卷。《全唐诗》编诗一卷。

【汇评】

(裕之)有诗名……为乐府,极有情致。(《唐才子传》)

杨衡、雍裕之见《十贤集》中,往往皆律诗,盖小才也。(《吴礼部诗话》)

唐世蜀之诗人,陈子昂、李白、李馀、雍陶、裴廷裕、刘蜕、唐球、陈咏、岑伦、符载、雍裕之,……若张蠙、韦庄、牛峤、欧阳炯,皆他方流寓而老于蜀者。(《升庵诗话》)

五杂组

五杂组,刺绣窠。

往复还,织锦梭。

不得已,戍交河。

《唐音癸签》：五杂俎（"组"一作"俎"），始于汉，颜真卿与昼公诗人有拟。

《诗法火传》：五杂俎体，亦载汉杂曲中。按是体始于汉，其古词云："五杂俎，冈头草。往复还，车马道。不获已，人妆老。"齐王融《代五杂俎》一首，同其"五杂俎"、"往复还"、"不获已"三句不换。

宫人斜

几多红粉委黄泥，野鸟如歌又似啼。

应有春魂化为燕，年来飞入未央栖。

【汇评】

《笺注唐贤绝句三体诗法》：以死乐反出真悲。

宋　济

宋济,生卒年里贯均未详。德宗时人。始与符载、杨衡栖青城山以习业,后屡试不第,布衣以终。《全唐诗》存诗二首,其《塞上闻笛》乃高适诗误入者。

【汇评】

宋济老于词场,举止可笑。尝试赋,误落官韵,抚膺曰:"宋五坦率矣!"由此大著。后礼部上甲乙名,明皇先问曰:"宋五坦率否?"或曰:"有客讥宋济曰:'白袍何纷纷?'答曰:'为朱袍、紫袍纷纷耳。'"(《唐摭言》)

东邻美人歌

花暖江城斜日阴,莺啼绣户晓云深。
春风不道珠帘隔,传得歌声与客心。

【汇评】

《注解选唐诗》:此是连日闻歌声。"道"字、"传"字、"与"字,三字下得巧。"花暖"、"莺啼",亦模写此女之情状,以见歌声之只入耳,今云"与客心",最妙。

《增定评注唐诗正声》:郭云:次句填词,俗。"春风"句独妙,落句浅直。

《唐诗选脉会通评林》:徐子扩谓:首二句,言自斜日而至晓,盖达旦思之也。"莺啼",喻歌声之妙。　　吴山民曰:前二句,好光景,第三句一转语,见有情;末句想象语,正由情来。　　唐汝询曰:前联装点闻歌地步,末下一"心"字,便有无限桑间之思。

《唐诗摘钞》:诗本艳情,故首二句以艳语装点。　　"孤舟微月对枫林,分付鸣筝与客心",语带悲,意专自道;此二句,语带谑,意属其人。

符 载

> 　　符载（760—822 以后），字厚之。凤翔（今属陕西）人，郡望武都
> （今属甘肃）。大历末与杨衡、王简言、李元象栖于青城山，建中初又
> 同隐于庐山，称"山中四友"。后屡充幕职。贞元十九年依西川节度
> 使韦皋，以协律郎摄监察御史为节度支使。元和四年为荆南节度使
> 赵宗儒记室。有集十四卷，《全唐诗》存诗二首。

【汇评】

　　合淝李郎中群，始与杨衡、符载等同隐庐山，号"山中四友"。
（《唐摭言》）

　　唐武都符载，字厚之，本蜀人，有奇才。始与杨衡、宋济栖青城
山以习业。杨衡擢进士第。宋济先死，无成。符公以王霸自许，耻
于常调，怀会之望。韦南康镇蜀，辟为支使，虽曰受知，尚多偃蹇。
韦公于二十四化设醮，请撰斋词。于时陪饮于摩诃之池，符公离席
盥漱，命使院小吏十二人捧砚，人分两题，绕步池滨，各授口占，其
敏速如此。（《北梦琐言》）

甘州歌

月里嫦娥不画眉，只将云雾作罗衣。
不知梦逐青鸾去，犹把花枝盖面归。

【汇评】

《升庵诗话》：此诗飘飘欲仙。乐府以为《甘州歌》，而禅宗颂古引之。盖名作众所脍炙也。

李 赤

李赤，生卒年里贯均未详。江湖浪人也。自谓歌诗类李白，故自号曰李赤。游宣州，病心，卒。柳宗元为之传。有集，宋时尚存秘阁，《全唐诗》存其《姑苏杂咏》十首，一作李白诗，王安国、苏轼、陆游皆以为当属赤。

【汇评】

（李）赤，见柳子厚集，自比李白，故名赤。卒为厕鬼所惑而死。（《东坡志林》）

姑熟杂咏（选二首）

谢公宅

青山日将暝，寂寞谢公宅。

竹里无人声，池中虚月白。

荒庭衰草遍，废井苍苔积。

唯有清风闲，时时起泉石。

望夫山

颙望临碧空,怨情感离别。

芳草不知愁,岩花但争发。

云山万重隔,音信千里绝。

春去秋复来,相思几时歇?

【汇评】

《东坡志林》:过姑熟堂下,读李白《十咏》,疑其语浅陋,不类太白。孙邈云:"闻之王安国:此李赤诗。秘阁下有赤集,此诗在焉。白集中无此。"

陆游《入蜀记》:(太平)州正据姑熟溪北,土人但谓之姑溪。水色正绿而澄澈如镜,纤鳞往来可数。溪南皆渔家,景物幽奇。……李太白集《姑熟十咏》。予族伯父彦远尝言:东坡自黄州还,过当涂,读之抚手大笑曰:"赝物败矣!岂有李白作此语者。"

刘 皂

刘皂，生卒年不详，咸阳（今属陕西）人。贞元间在世，尝客并州。工诗，元和十二年令狐楚进呈《御览诗》，皂诗入选四首。《全唐诗》存诗五首。

长门怨三首（其二）

宫殿沈沈月欲分，昭阳更漏不堪闻。
珊瑚枕上千行泪，不是思君是恨君。

徐　凝

徐凝，生卒年不详，睦州分水（今浙江桐庐西北）人，与施肩吾同里友善。长庆中，白居易刺杭，凝与张祜同往取解，凝得解元，后竟无成。元稹观察浙东，凝尝投谒。大和中，白居易为河南尹，复至洛，与唱和，后归江南，竟以布衣终身。凝工诗，受知于元、白，方干亦曾师事之。有《徐凝诗》一卷。《全唐诗》编诗一卷。

【汇评】

广大教化主：白居易。……及门十人：费冠卿、皇甫松、殷尧藩、施肩吾、周光范、祝天膺、徐凝、朱可名、陈标、童翰卿。（《诗人主客图》）

凝之操履不见于史，然方干学诗于凝，赠之诗曰："吟得新诗草里论"，戏反其辞，谓"村里老"也。方干，也所谓简古者，且能讥凝，则凝之朴略稚鲁，从可知矣。乐天方以实行求才，荐凝而抑祜，其在当时，理其然也。（皮日休《论白居易荐徐凝屈张祜》）

（凝）始游长安，不忍自炫鬻，竟不成名。将归，以诗辞韩吏部曰："一生所遇惟元白，天下无人重布衣。欲别朱门泪先尽，白头游子白身归。"知者怜之。（《唐才子传》）

徐侍郎（凝）《奉陪相公看花宴会》二绝，胜于《杭州开元寺牡丹》诗，白香山赏之，以其末句见誉耳。……洪容斋以为诸绝如《辞韩侍郎》、《相思林》、《忆扬州》，亦皆有情致。今观侍郎诸诗，固皆以情致胜者也。或较之于（张）祜，则实不如。白之抑祜，或出于退轻薄而进朴略之心。而元稹谓"祜雕虫小技，或奖励之，恐变风教"，则实怀妒才之心矣。世不咎元而但咎白，何也？（《石园诗话》）

盛唐雄浑宏阔气象，一变而为韩愈之奇险，再变而成为白居易之刻露。奇险之极，则有卢仝之怪僻；刻露之极，则有徐凝之粗率。其间复有浮艳与冗漫之作，而唐诗遂衰矣。（《唐人绝句精华》）

汉宫曲

水色帘前流玉霜，赵家飞燕侍昭阳。
掌中舞罢箫声绝，三十六宫秋夜长。

【汇评】

《升庵诗话》：徐凝诗多浅俗，《瀑布》诗为东坡所鄙，独此诗有盛唐风格。

《唐诗笺注》：一人承宠，各院凄凉，只"秋夜长"三字已足。

《唐人万首绝句选评》：妙在直叙而不下断语，怨意愈见。

《问花楼诗话》：徐凝诗俗劣，《瀑布》诗为髯苏所呵。余独爱其宫词一首："水色帘前流玉霜，……"

庐山瀑布

虚空落泉千仞直，雷奔入江不暂息。
今古长如白练飞，一条界破青山色。

【汇评】

《唐摭言》：白乐天典杭州，江东进士多奔杭取解。时张祜自负诗名，以首冠为己任，既而徐凝后至。会郡中有宴，乐天讽二子矛盾。祜曰："仆为解元宜矣。"凝曰："君有何嘉句？"祜曰："《甘露寺》诗有'日月光先到，山河势尽来'，又《金山寺》诗有'树影中流见，钟声两岸闻'。"凝曰："善则善矣，奈无野人句云：'千古长如白练飞，一条界破青山色。'"祜愕然不对。于是一座尽倾，凝夺之矣。

《观林诗话》：孙兴公《天台山赋》有"赤城霞起而建标，瀑布飞流而界道"之语，为当时所推。……至徐凝作《庐山瀑布》诗云"一条界破青山色"，盖亦用瀑布"界道"之语，乃尔鄙恶。

《归田诗话》：太白《庐山瀑布》诗后，徐凝有"一条界破青山色"之句。东坡云："帝遣银河一派垂，古今唯有谪仙词。飞流溅沫知多少，不与徐凝洗恶诗。"

《芥隐笔记》：凝"一条界破青山色"句，白公称之，东坡以为尘陋，至称为恶诗。《天台山赋》："瀑布飞流而界道。"目为恶诗，无所自耶？

《四溟诗话》：诗有简而妙者，若刘桢"仰视白日光，皎皎高且悬"，不若傅玄"日月光太清"。……徐凝"千古还同白练飞，一条界破青山色"，不如刘友贤"飞泉界石门"。

《唐诗笺注》：与太白"疑是银河落九天"同一刻画。

《石洲诗话》：徐凝《庐山瀑布》诗："千古长如白练飞，一条界破青山色。"白公所称，而苏公以为恶诗。《芥隐笔记》谓本《天台赋》"飞流界道"之句。然诗与赋，自不相同，苏公固非深文之论也。至白公称之，则所见又自不同。盖白公不于骨格间相马，唯以奔腾之势论之耳。阮亭先生所以与白公异论者，其故亦在此。

《东目馆诗见》：徐凝新隽，多摆脱处。自东坡憎其《庐山瀑布》"一条界破青山色"，谓是恶诗，人遂劣之。此诗只平直，何便至恶？乐天置张承吉取为解首,固独有心赏。

忆扬州

萧娘脸下难胜泪,桃叶眉头易得愁。
天下三分明月夜,二分无赖是扬州。

【汇评】

《容斋随笔》:唐世盐铁转运使在扬州,尽榷利权,判官多至数十人,商贾如织,故谚称:"扬一益二",谓天下之盛,扬为一而蜀次之也。杜牧之有"春风十里珠帘"之句,……徐凝诗云:"天下三分明月夜,二分无赖是扬州",其盛可知矣。

《唐诗笺注》:极言扬州之淫侈,令人留恋,语自奇辟。

《唐人万首绝句选评》:月明无赖,自是佳句,与扬州尤切。

《石园诗话》:洪容斋以为诸如《辞韩侍郎》、《相思林》、《忆扬州》亦皆有情致。

相思林

游客远游新过岭,每逢芳树问芳名。
长林遍是相思树,争遣愁人独自行。

【汇评】

《容斋随笔》:徐凝以《瀑布》"界破青山"之句,东坡指为恶诗。故不为诗人所称说。予家有凝集,观其馀篇,亦自有佳处,今漫纪数绝于此:《汉宫曲》云:"水色帘前流玉霜,……"《忆扬州》云:"萧娘脸下难胜泪,……"《相思林》云:"游客远游新过岭,……"皆有情致,宜其见知于微之、乐天也。

二月望日

长短一年相似夜，中秋未必胜中春。

不寒不暖看明月，况是从来少睡人。

【汇评】

《拜经楼诗话》:《青梅轩诗话》:徐凝绝句殊有佳者，不尽恶诗
也。如"娟娟水宿初三夜，曾伴愁蛾到语儿"，及"不寒不暖看明月，
况是从来少睡人"，极似香山。

古 树

古树欹斜临古道，枝不生花腹生草。

行人不见树少时，树见行人几番老。

【汇评】

《养一斋诗话》乐天荐徐凝而抑承吉，心实不公。计敏夫乃谓
乐天以实行取人，殆喜凝之朴略稚鲁，而以祜之宫体艳诗为轻薄。
不知凝诗如"恃赖倾城人不及，檀妆惟约数条霞"，"一日新妆抛旧
样，六宫争画黑烟眉"，"忆得倡门人送客，深红衫子影门时"，何尝
非宫体，何尝非艳诗耶? 且凝诗无语不拙，……只《古树》一绝云:
"古树欹斜临古道，……"历落有姿致。

题缙云山鼎池二首 (其一)

黄帝旌旗去不回，空馀片石碧崔嵬。

有时风卷鼎湖浪，散作晴天雨点来。

【汇评】

《唐诗纪事》：潘若冲《郡阁雅谈》云：凝官至侍郎，多吟绝句。曾吟《庐山瀑布》，脍炙人口。又题处州缙云山黄帝上升之所鼎湖，盖黄帝铸鼎处也，有池在山顶。诗云："黄帝旌旗去不回，……"自后无敢题者。

李德裕

李德裕(787—850),字文饶,赵郡(今河北赵县)人。宰相李吉甫
之子。元和初,以荫补校书郎,避嫌,求出为方镇从事。十四年,入朝
除监察御史。穆宗即位,擢为翰林学士、中书舍人。出为浙西观察
使。大和中,召为兵部侍郎,旋出为义成节度使,移镇西川。入为兵
部尚书。七年拜相。复出为浙西节度使,贬袁州长史。开成中,由滁
州刺史迁太子宾客分司。再领浙西。又移镇淮南。武宗即位,拜相,
屡进太尉,封卫国公。宣宗即位,出为荆南节度使,改东都留守,贬潮
州司马,再贬崖州司户。卒。德裕仕历六朝,出将入相,有政声于时。
善诗文。有《会昌一品集》二十卷,今存。其他著述,大多散佚。《全
唐诗》编诗一卷。

【汇评】

李太尉德裕颇为寒酸开路。及谪官去,或有诗曰:"八百孤寒
齐下泪,一时南望李崖州。"(《唐摭言》)

李德裕、武元衡律诗胜古诗,五字句又胜七字。(《临汉隐居
诗话》)

李赞皇(德裕)诗亦轶伦,虽不敌香山,亦权、武二相之匹也。

（《石洲诗话》）

长安秋夜

内宫传诏问戎机，载笔金銮夜始归。
万户千门皆寂寂，月中清露点朝衣。

【汇评】

　　《王闿运手批唐诗选》：是得意语，有擅权之意。

　　《诗境浅说续编》：唐人早朝诗皆典丽之作，且赋晓景者为多。此诗言召对夜归，天街人静，惟觉零露瀼瀼，点朝衣而欲湿。写夜景如画，并见临政宵衣之瘁，廷臣退食之迟。

秋日登郡楼望赞皇山感而成咏

昔人怀井邑，为有挂冠期。
顾我飘蓬者，长随泛梗移。
越吟因病感，潘鬓入秋悲。
北指邯郸道，应无归去期。

【汇评】

　　《唐诗别裁》：一气直下，以行文之法成诗，小家数不解办此。

汉州月夕游房太尉西湖

丞相鸣琴地，何年闭玉徽。①
偶因明月夕，重敞故楼扉。
桃柳溪空在，芙蓉客暂依。②
谁怜济川楫，长与夜舟归。

【原注】

　　①　房公以好琴闻于四海。　　②《南史》：安陆侯《与王仲宝长史庾杲之书》称："泛渌水,依芙蓉,何其丽也?"

【汇评】

　　《唐诗选脉会通评林》：周敬曰：感慨语调,清丽便美。　　周珽曰：房太尉罢相,贬汉州刺史,广德元年赴召,卒于阆州,湖乃刺史时所凿。李文饶亦遭贬,因游其治。诗谓以丞相政化罩敷之地,德声今或绝调,馀有故楼,犹为后人乘月重启也,能不怅然怀感耶？五、六见房之善迹空存,己之美游虚附。结应起联,意悲其相才不得尽展。怜房实以自怜也。不刻不浮。自然成响。

谪岭南道中作

岭水争分路转迷,桄榔椰叶暗蛮溪。

愁冲毒雾逢蛇草,畏落沙虫避燕泥。

五月畲田收火米,三更津吏报潮鸡。

不堪肠断思乡处,红槿花中越鸟啼。

【汇评】

　　《瀛奎律髓》：李卫公不读《文选》而诗奇健,谪海外时一二诗尤酸楚。……此诗于岭南风土甚切,词又工。

　　《唐诗选脉会通评林》：周弻列为前虚后实体。　　周珽曰：唐人之诗,切于体物,盖随地随事,援入笔端,非摭拾陈言,图为塞白,如李德裕云："五月畲田收火米,三更津吏报朝鸡",白居易诗"山鬼跳踯惟一足,谷猿哀怨过三声"是也。　　又曰：宗元以附叔文被罪,德裕以同列相挤致祸,二公之才、之行皆有定论。顾柳之贬死炎荒,人不之惜,哀哉！若李有功而无罪者也,而君相以私喜怒黜之,则唐之不竞宜矣。千载而下,读其诗句,想见其触景皆畏途,悲吟堪断肠也。

《瀛奎律髓汇评》:冯舒:工致。　　陆贻典:起句不亲至岭南,不知其妙。通篇工致,结句紧。　　纪昀:与《柳州峒氓》诗序蛮乡风土意同,而精神气韵相去远矣,此由才分不同。

《唐诗成法》:三、四既有比兴,又有惧心。结亦有意味。

《唐诗别裁》:时为白敏中辈排挤,贬潮州司马,又贬崖州司户。故三、四语双关,犹柳州诗之"射工"、"飓母"也。

《东岩草堂评订唐诗鼓吹》:水分树暗,则路若迷矣。夫路岂真有所迷哉?只为人心中时时有愁,刻刻有畏,望之若为畏途,思之若无生路,此其路之所以"转迷"也。三、四皆写"路转迷"也。"收火米"、"报潮鸡","红槿"、"越鸟",总极写岭南风土景物之异,以逼出"肠断思乡"耳。

《精选五七言律耐吟集》:说得出荒僻惨怪之状来。

登崖州城作

独上高楼望帝京,鸟飞犹是半年程。

青山似欲留人住,百匝千遭绕郡城。

【汇评】

《归田诗话》:柳子厚诗:"海畔尖山似剑铓,秋来处处割愁肠。若为化得身千亿,散上峰头望故乡。"或谓子厚南迁,不得为无罪,盖虽未死而身已上刀山矣。此语虽过,然造作险浑,读之令人惨然不乐。未若李文饶云:"独上高楼望帝京……"虽怨而不迫,且有恋阙之意。

《唐诗选脉会通评林》:周珽曰:恋阙虽殷,而对景聊能自慰。逐臣渊然丹恼,何如帷灯匣剑?

《王闿运手批唐诗选》:无可奈何,却不切崖州。

春暮思平泉杂咏二十首（选一首）

竹 径

野竹自成径，绕溪三里馀。

檀栾被层阜，萧瑟荫清渠。

日落见林静，风行知谷虚。

田家故人少，谁肯共焚鱼。

【汇评】

《唐诗观澜集》：萧散处尚有初盛气体，不堕中、晚人蹊径。

忆平泉杂咏（选一首）

忆茗芽

谷中春日暖，渐忆掇茶英。

欲及清明火，能销醉客酲。

松花飘鼎泛，兰气入瓯轻。

饮罢闲无事，扪萝溪上行。

【汇评】

《石园诗话》：文饶《忆茗芽》云："松花飘鼎泛，兰气入瓯轻。"《故人寄茶》云："碧流霞脚碎，香泛乳花轻。"两联俱善于言茶，押"轻"字俱不费力。

盘陀岭驿楼

嵩少心期杳莫攀，好山聊复一开颜。

明朝便是南荒路，更上层楼望故关。

熊孺登

熊孺登，生卒年不详，钟陵（今江西南昌）人。贞元中，居洪州郭北龙沙，李兼、戴叔伦、权德舆均与之游宴唱和。元和中，累辟使府。八年，府罢归钟陵。过朗州，刘禹锡有诗送之。后复为剑南西川节度府从事，归江西过九江，与白居易相遇。后不知所终。孺登工诗，《全唐诗》存诗一卷。

【汇评】

熊孺登……有诗名，与白乐天、刘梦得相唱和。白有《洪州逢孺登》诗云："靖安院里辛夷下，醉笑狂吟气最粗。"刘有《送孺登归钟陵》诗云："箧留马卿赋，袖有刘宏书。"（《江西通志》引《豫章书》）

赠侯山人

一见清容惬素闻，有人传是紫阳君。

来时玉女裁春服，剪破湘山几片云。①

【原注】

① 湘山在泉州郡治后。

《唐诗绝句类选》：唐人诗亦有宋句，以通篇观之却是唐；宋人诗亦有唐句，以通篇观之却是宋。如此诗首句即似宋，下三句宋人是不得。

湘江夜泛

江流如箭月如弓，行尽三湘数夜中。

无那子规知向蜀，一声声似怨春风。

【汇评】

《唐才子传》：（孺登）有诗名，……凡下笔，言语妙天下。如"江流如箭月如弓，……"又《经古墓》云："碑折松枯山火烧，夜台曾闭不曾朝。那将逝者比流水，流水东流逢上潮。"类此极多。

青溪村居二首（其二）

深树黄鹂晓一声，林西江上月犹明。

野人早起无他事，贪绕沙泉看笋生。

李　涉

> 李涉，生卒年不详，自号清溪子，洛阳（今属河南）人。初，与弟渤同隐庐山。贞元末，辟为陈许节度府从事，累迁太子通事舍人。元和六年，投匦言吐突承璀出为淮南监军事，贬峡州司仓参军。居峡十年，遇赦，执政荐以为太学博士。宝历元年，坐武昭事流配康州。赴贬所途经桂州，时其弟渤官桂管观察使，为撰隐山元岩铭并序。其后行迹无考。涉工诗善文，尤工七绝，有名于时。有《李涉诗》一卷。《全唐诗》编诗一卷。

【汇评】

高古奥逸主：孟云卿。……入室六人：李贺、杜牧、李馀、刘猛、李涉、胡幽贞。（《诗人主客图》）

唐人李涉善为歌行，如《才调集》所载《鸡鸣曲》，荆公大喜，选载"燕王好贤筑金台"诗之类，皆全篇有思致，而词近古。（《艇斋诗话》）

大历以后，我所深取者：李长吉、柳子厚、刘言史、权德舆、李涉、李益耳。（《沧浪诗话》）

涉工为诗，词意卓荦，不群世俗。长篇叙事，如行云流水，无可

牵制,才名一时钦动。(《唐才子传》)

李涉为人倾斜,无大异。《井栏》、《君子》诸绝,间有可观。古风概多疏莽。严沧浪深取之,不知何解。(《唐音癸签》)

山　中

无奈牧童何,放牛吃我竹。

隔林呼不应,叫笑如生鹿。

欲报田舍翁,更深不归屋。

【汇评】

《后村诗话》:李涉《山中无奈何》云:"无奈落叶何,纷纷满衰草。疾来无气力,拥户不能扫。欲访云外人,都迷上山道。"又云:"无奈涧水何,喧喧夜鸣石。疏林透斜月,散乱金光滴。欲访涧底人,路穷潭水碧。"又云:"无奈牧童何,……"涉诗见于半山诗选者三十馀首,其绝句已别选,古体三首,又《鹤林》一绝,皆有意味,存之以备一家。

《王闿运手批唐诗选》:偶然作此亦可,多则伤雅。

六　叹并序（选一首）

《五噫》、《四愁》、《九歌》、《七启》,皆创文者立意之终,纪其数而名之也。清江、白云、孤山、远屿,皆得时之人吟咏性情耳,余无暇于是焉。穷居岁阴,偶怀无悰,因追感闻见,成文六篇,目曰《六叹》。惧质文之不备,复何全于比兴乎? 录之私斋,以示同道;格韵枯缺,多惭见知。

其一

绮罗香风翡翠车,清明独傍芙蓉渠。

上有云鬟洞仙女，垂罗掩縠烟中语。

风月频惊桃李时，沧波久别鸳鸿侣。

欲传一札孤飞翼，山长水远无消息。

却锁重门一院深，半夜空庭明月色。

【汇评】

《唐诗选脉会通评林》：周珽曰：造语多有含蓄。

春山三朅来（其一）

钓鱼朅来春日暖，沿溪不厌舟行缓。

野竹初栽碧玉长，澄潭欲下青丝短。

昔人避世兼避仇，暮栖云外朝悠悠。

我今无事亦如此，赤鲤忽到长竿头。

泛泛随波凡几里，碧莎如烟沙似砥。

瘦壁横空怪石危，山花斗日禽争水。

有时带月归扣舷，身闲自是渔家仙。

牧童词

朝牧牛，牧牛下江曲。

夜牧牛，牧牛度村谷。

荷蓑出林春雨细，芦管卧吹莎草绿。

乱插蓬蒿箭满腰，不怕猛虎欺黄犊。

【汇评】

《批点唐音》：此篇虽晚唐语，却有可观。

《唐风定》：风气直上，高于文昌之作。

《唐诗笺要》：末三语描画儿戏行状，浮动如生。

竹枝词（选二首）

其一

荆门滩急水溅溅，两岸猿啼烟满山。

渡头少年应官去，月落西陵望不还。

【汇评】

《批点唐诗正声》：悲婉，别调可念。

其四

十二峰头月欲低，空聆滩上子规啼。

孤舟一夜东归客，泣向东风忆建溪。

题鹤林寺僧舍

终日昏昏醉梦间，忽闻春尽强登山。

因过竹院逢僧话，又得浮生半日闲。

【汇评】

《北梦琐言》：唐狄归昌右丞，爱与僧游，每诵前辈诗云："因过竹林逢僧话，略得浮生半日闲。"其有服紫裂袈裟者，乃疏之。

《批点唐音》：此篇自近中唐，又非懵然无觉者。

《唐诗选脉会通评林》：周弼列为虚接体。　　何仲德为清新体。　　徐用吾曰：实情近语，甜淡可人。

春晚游鹤林寺寄使府诸公

野寺寻花春已迟，背岩唯有两三枝。

明朝携酒犹堪赏,为报春风且莫吹。

【汇评】

《唐诗品汇》谢云:此诗有爱惜人才之意。

《唐诗绝句类选》:徐子扩曰:此诗见流连爱物之情。"已"、"惟"、"犹"、"且"四字著立字眼,发挥春晚甚力。

《唐诗选脉会通评林》:胡次焱曰:此与杨巨源《杨柳》诗同,但彼云"殷勤更向手中吹",此云"为报春风且莫吹"。"吹",一也,有吹而发生之者,有吹而摧落之者。《淮南子》云:"或吹火而燃,或吹火而灭。""吹"同,而所以"吹"则异也。

过襄阳上于司空𬱩

方城汉水旧城池,陵谷依然世自移。

歇马独来寻故事,逢人唯说岘山碑。

【汇评】

《唐诗品汇》:谢云:于公镇襄阳,为政苛刻。此诗以羊祜之仁,襄阳人思之无穷,劝于公当以羊祜为法,词婉而妙。

《唐诗绝句类选》:此诗只咏故实,绝无赞颂,盖风之也,亦可见其人非苟于栖栖者。

《增定评注唐诗正声》:杨云:劝于公师法羊公,辞婉而妙。

《四溟诗话》:诗有四格:曰兴,曰趣,曰意,曰理。太白《赠汪伦》曰:"桃花潭水深千尺,不及汪伦送我情。"此兴也。……李涉《上于襄阳》曰:"下马独来寻故事,逢人惟说岘山碑。"此理也。悟者得之,庸心以求,或失之矣。

《唐诗选脉会通评林》:吴山民曰:理语。　周珽曰:江山如故,人事已非,独宽仁博爱之德,人人者深,垂誉者久,于公何不以羊公为法也?……此诗讽语愈于法言,其为后世执政者垂箴亦殷矣。

《围炉诗话》：于頔官襄阳，颇酷虐。李涉工诗。以"逢人惟说岘山碑"为讽，如是足矣。若欧阳公于晏元献，不免寻闹。

《载酒园诗话》：若此诗，真所为主文谲谏者，闻之者不怒，而有以感发其善心。余谓此二十八字，尚胜昌黎胜许郢州、崔复州两篇大文。李绝句多佳，此篇尤为可法。

《而庵说唐诗》：此诗效《左传》法，诗人不可不读书也。

送魏简能东游二首（其二）

燕市悲歌又送君，目随征雁过寒云。
孤亭宿处时看剑，莫使尘埃蔽斗文。

【汇评】

《唐诗品汇》：谢云：此诗勉魏生坚志养气，勿以穷困而销阻也。如宝剑当时淬厉，思立功名，不可与尘埃俱汩没也。

《唐诗选脉会通评林》：周珽曰：切切偲偲，古人赠人以言，诵之不觉深情无际。　　胡次焱曰：前篇（按指"献赋论兵命未通"一首）勉其安天命，不可狂躁；此篇勉其尽人事，不可颓塌。二诗益相须也。

润州听暮角

江城吹角水茫茫，曲引边声怨思长。
惊起暮天沙上雁，海门斜去两三行。

【汇评】

《唐人万首绝句选评》：在博士集中，此作可称高调。

《唐人绝句精华》：诗不言人惊而言雁惊，所谓"不犯正位"写法也。然有第二句"怨思长",则人惊可知。

再宿武关

远别秦城万里游,乱山高下出商州。
关门不锁寒溪水,一夜潺湲送客愁。

【汇评】

《批点唐音》:顾云:晚唐人只能作此七言绝句一体。

《唐诗选脉会通评林》:周弼为实接体。　何仲德为推敲体。　唐汝询曰:调响气雄,中唐中之超者。　周珽曰:前二句述从秦城回之景,后二句咏宿武关之情。好句调,好语意。

《唐诗别裁》:一夜不寐意,写来偏曲。

《诗境浅说续编》:戴叔伦诗言湘水东流,不为愁人少住;此诗言武关之水但送客愁,皆因一片乱愁更无着处,但能怨流水无情耳。

井栏砂宿遇夜客

暮雨萧萧江上村,绿林豪客夜知闻。
他时不用逃名姓,世上如今半是君。

【汇评】

《云溪友议》:李博士涉,谏议渤海之兄。尝适九江看牧弟,临袂,凡有囊装,悉分匡庐隐士,唯书籍薪米存焉。至浣口之西,忽逢大风,鼓其征帆,数十人皆驰兵仗,而问是何人。从者曰:"李博士船也。"其间豪首曰:"若是李博士,吾辈不须剽他金帛;自闻诗名日久,但希一篇,金帛非贵也。"李乃赠一绝句。豪首饯赂且厚,李亦不敢却。……(后,番愚举子李汇征路遇韦叟)重咏赠豪客诗,韦叟愀然变色曰:"老身弱龄不肖,游浪江湖,交结奸徒,为不平之事。后遇李涉博士,蒙简此诗,因而踉迹。李公待愚,拟陆士衡之荐戴若思共主晋室,中心藏焉。远隐罗浮山,经于一纪。李即云亡,不复再游秦楚。"追惋今昔,因乃潸然。或持觞而酹,反袂而歌云:"春雨萧萧江上树,……"

《蔗山笔麈》:李涉江上遇盗诗,煞有风致。

《唐诗选脉会通评林》:杨慎曰:李涉赠盗诗云"相逢不用相回避,世上如今半是君",可谓婉切。刘伯温咏梁山泊分赃台诗云……《汉书》云:"吏皆虎而冠。"《史记》云:"此皆劫盗而不操戈矛者也。"二诗之意皆祖此。   周珽曰:晦庵云:"为文必如酷吏案狱,直是勘问到底,不恕他请。"请以评此诗。

《王闿运手批唐诗选》:怕人语,是受惊后情景。

陆　畅

陆畅,生卒年不详,字达夫,吴郡(今江苏苏州)人。贞元中,客游西蜀,作《蜀道易》称美西川节度使韦皋,皋礼遇之。元和元年(806)登进士第。为太子府僚属。长庆初,为江西观察使从事。大和初,入段文昌淮南幕,官监察御史,后历秘书丞,观察判官。九年,因斩郑注功,自前凤翔少尹授凤翔行军司马。畅工诗,才思敏捷。有《陆畅集》一卷(《宋史·艺文志》)。《全唐诗》存诗一卷。

【汇评】

(畅)初为西江王大夫仲舒从事,终日长吟,不亲公牍。府公微言,拂衣而去。……及登兰省,遇云阳公主下降刘都尉,百僚举为傧相诗题之者,顷刻而成,其诗亦丽也。……内人以陆君吴音,才思敏捷,凡所调戏,应对如流;复以诗嘲之,陆亦酬和。六宫大咍,凡十馀篇,嫔娥皆讽诵之。(《云溪友议》)

陆畅字达夫,尝为韦南康作《蜀道易》,首句曰:"蜀道易,易于履平地。"南康大喜,赠罗八百匹。(《尚书故实》)

畅,字达夫,吴郡人。韦皋雅所厚礼。天宝时,李白为《蜀道难》以斥严武;畅更为《蜀道易》以美皋。(《唐诗纪事》)

陆畅作《蜀道易》以谀韦皋,翻案太白,辞义粗浅。(《四溪诗话》)

陆畅《贵主催妆》句,捷成得誉;观他绝,兼亦兴豪。(《唐音癸签》)

惊　雪

怪得北风急,前庭如月辉。
天人宁许巧,剪水作花飞。

【汇评】

《云溪友议》:陆郎中畅,早耀才名,辇毂不改于乡音。自贺秘书知章、贾相耽、顾著作况,讥调秦人,至于陆君者矣。贡举之年,和群公对雪,落句云:“天人宁底巧,剪水作花飞。”

云安公主出降杂咏催妆二首

其一

天上琼花不避秋,今宵织女嫁牵牛。
万人惟待乘鸾出,乞巧齐登明月楼。

其二

少妆银粉饰金钿,端正天花贵自然。
闻道禁中时节异,九秋香满镜台前。

柳公权

柳公权（778—865），字诚悬，京兆华原（今陕西耀县东南）人。元和三年（808），以状元登进士第，又登博学宏词科，释褐秘书省校书郎。辟夏州节度掌书记。长庆中，官右拾遗、右补阙。大和中，为司封员外郎，充翰林学士。后累迁中书舍人、谏议大夫、工部侍郎，均兼内职。武宗立，罢为右散骑常侍，左授太子詹事，改宾客。后累进至太子少师。咸通初，以太子太保致仕，卒。公权博贯经术，通音律，工诗文，其书法体势劲媚，自成一家，极为时重，与颜真卿并称"颜柳"。《全唐诗》存诗五首。

【汇评】

文宗夏日与学士联句。帝曰："人皆苦炎热，我爱夏日长。"公权续曰："薰风自南来，殿阁生微凉。"时丁、袁五学士皆属继，帝独讽公权两句，曰："词清意足，不可多得。"（《旧唐书》本传）

文宗时，（公权）充翰林学士，从幸永安宫，苑中驻跸，谓公权曰："我有一喜事，边上衣赐，久不及时，今年二月给春衣讫。"公权前奉贺。上曰："可贺我以诗。"宫人迫其口进，公权应声曰："去岁虽无战，今年未得归。皇恩何以报？春日得春衣。"上悦，激赏之。

（《唐诗纪事》）

唐文宗夏日联句，东坡谓宋玉对楚王雄风，讥其知己不知人也；公权小子，有美而无规。为续之曰："一为居所移，苦乐永相忘。愿言均所施，清阴及四方。"或谓："五弦之薰风，解愠阜财。"已有陈善责难意。愚谓不然。凡规谏之辞，须切直分明，乃可以感悟人主。故盗言孔甘，良药苦口。若以"薰风自南"为陈善闭邪，但恐后世导谀侧媚、说持两可者，皆得以冒敢谏之名矣。（《碧溪诗话》）

柳公权"殿阁生微凉"之句，东坡罪其有美而无箴，乃为续成之。其意固佳，然责人亦已甚矣。……规讽虽臣之美事，然燕闲无事，从容谈笑之暂，容得顺适于一时，何必尽以此而绳之哉！（《滹南诗话》）

应制为宫嫔咏

不分前时忤主恩，已甘寂寞守长门。

今朝却得君王顾，重入椒房拭泪痕。

【汇评】

《唐摭言》：柳公权，武宗朝在内庭。上尝怒一宫嫔久之，既而复召，谓公权曰："朕怪此人，然若得学士一篇，当释然矣。"目御前，有蜀笺数十幅，因命授之。公权略不伫思而成一绝曰："不忿前时忤主恩，……"上大悦，赐锦彩二十四。令宫人拜谢之。

《艺苑卮言》：柳诚悬"泪痕"之咏，与虞永兴"调憨"诗绝相类，不惟见人主亲狎词臣，迩时秘密，亦所不避。

《春酒堂诗话》：余少谓公权此诗殊太浅薄，岂急就御前，《清平》已不免耶？

杨敬之

杨敬之,生卒年不详,字茂孝,虢州弘农(今河南灵宝南)人。元和二年(807),登进士第。平判入等,为右卫胄曹参军。元和十年,坐王承系事贬吉州司户参军。长庆中,曾佐湖南幕。后累迁屯田、户部二郎中。大和九年,坐李宗闵党,贬连州刺史。开成初,召为国子司业,历太常少卿、大理卿、国子祭酒,约会昌末卒。敬之善文能诗,早年著《华山赋》,为韩愈、李德裕称赏,传诵一时。《全唐诗》存诗二首。

【汇评】

清奇雅正主:李益。……入室十人:刘畋、僧清塞、卢休、于鹄、杨洧美、张籍、杨巨源、杨敬之、僧无可、姚合。(《诗人主客图》)

敬之尝为《华山赋》示韩愈,愈称之,士林一时传布,李德裕尤咨赏。(《新唐书》本传)

姚合《寄杨祭酒》云:"日日新诗出,城中写不禁。清高宜对竹,闲雅胜闻琴。门户饶秋景,儿童解冷吟。云山持管尽,莫惜别人寻。"(《唐诗纪事》)

赠项斯

　　几度见诗诗总好,及观标格过于诗。
　　平生不解藏人善,到处逢人说项斯。

【汇评】

　　《刘宾客嘉话录》:杨祭酒爱才公心,尝知江表之士项斯,赠诗曰:"几度见诗诗总好,……"项斯由此名振,遂登高科。

　　《韵语阳秋》:刘禹锡《嘉话录》载杨祭酒《赠项斯》诗……斯集中绝少佳句。如《晚春花》云:"疏与香风会,细将泉影移。"《别张籍》云:"子城西并宅,御水北同渠。"拙恶有馀,宜祭酒公谓"标格胜于诗"也。祭酒乃敬之也。其赠斯诗鄙俗如此,与斯亦奚远哉!

张又新

张又新,生卒年不详,字孔昭,深州陆泽(今河北深县西)人。元和九年(814)状元及第,十二年登博学宏词科。应辟为广陵从事,历补阙,迁祠部员外郎。大和元年,贬汀州刺史。后回朝任刑部郎中,转申州刺史。会昌年间曾任江州刺史。有《煎茶水记》一卷及诗文行世。《全唐诗》存诗十七首。

【汇评】

(又新)善为诗,恃人多辅藉。其淫荡之行,率见于篇。(《唐才子传》)

赠广陵妓

云雨分飞二十年,当时求梦不曾眠。

今来头白重相见,还上襄王玳瑁筵。

【汇评】

《本事诗》:张(又新)尝为广陵从事,有酒妓,尝好致情,而终不果纳。至是二十年,犹在(李绅)席,目张悒然,如将涕下。李起更衣,张以指染酒。题词盘上,妓深晓之。李既至,张持杯不乐。李觉之,即命妓歌以送酒,遂唱是词:"云雨分飞二十年,……"张醉归,李令妓夕就张郎中。

李　廓

李廓(? —约851),陇西成纪(今甘肃秦安)人。宰相李程之子。元和十三年(818),登进士第。授司经局正字。宝历中,为鄠县尉。大和三年,以监察御史为剑南西川节度从事。又曾佐夏州节度使幕。后官颍州刺史。入朝,累迁刑部侍郎。大中初,除武宁军节度使、检校工部尚书。三年五月,军乱被逐。贬澧、唐二州司马,卒。廓工诗,与贾岛、姚合、无可、雍陶交游唱和。《全唐诗》存诗十八首。

【汇评】

廓进士登第,以诗名闻于时。(《旧唐书》本传)

(廓)工诗,极绮致,与贾岛相友善。(《唐才子传》)

钟云:便娟隽爽,艳情侠骨,心口足以兼之,别具灵慧。(《唐诗归》)

李武宁,宰相子,才藻翩翩。《少年行》字字取新,冶游趣事,碎小皆备,老人读之亦狂。(《唐音癸签》)

李廓乐府,视张、王大减。不知《才调集》何以舍仲初而独取之? 此自是好恶各别。(《石洲诗话》)

鸡鸣曲

星稀月没入五更,胶胶角角鸡初鸣。
征人牵马出门立,辞妾欲向安西行。
再鸣引颈檐头下,楼中角声催上马。
才分曙色第二鸣,旌旆红尘已出城。
妇人上城乱招手,夫婿不闻遥哭声。
长恨鸡鸣别时苦,不遣鸡栖近窗户。

【汇评】

《唐贤小三昧集续集》:直截得妙,语意亦近张、王。

《唐诗归》:钟云:直写节次,无限情事委折其中("才分曙色"句下)。　　谭云:乐府妙想。

镜听词

匣中取镜辞灶王,罗衣掩尽明月光。
昔时长著照容色,今夜潜将听消息。
门前地黑人来稀,无人错道朝夕归。
更深弱体冷如铁,绣带菱花怀里热。
铜片铜片如有灵,愿照得见行人千里形。

【汇评】

《唐诗归》:钟云:"错道"二字如何入想("无人错道"句下)。　　谭云:悲苦在一"热"字("绣带菱花"句下)。　　钟云:"镜听"说向"照"上,无聊之甚("愿得照见"句下)。　　钟云:王建亦有此词,说向喜边,此专说向悲边。苦情则一,而此诗入景更深婉。

《唐风定》：与仲初作，俱连城之璧。　　别生一意作结，妙绝（末句下）。

《王闿运手批唐诗选》：苦语实景，想系曾怀镜来（"更深弱体"二句下）。

送振武将军

叶叶归边骑，风头万里干。

金装腰带重，铁缝耳衣寒。

芦酒烧蓬暖，霜鸿撚箭看。

黄河古戍道，秋雪白漫漫。

【汇评】

《唐诗摘钞》：昔人画射猎图，但作弯弓引满之状，评者谓相其神力，真有应弦而倒之势，此论画三昧也。今六句云："霜鸿撚箭看"，亦是写令中神理，觉老杜"赤羽千夫膳"句笨钝之甚。　　只绘一幅出塞图，不加题跋，笔意最佳。

《增订唐诗摘钞》：七、八句法雄浑，求之初盛，亦不可多得。"秋雪"字更妙，非塞上早寒，何以有此？

《近体秋阳》：格变更律肃，体平而气高。

《唐贤小三昧集续集》：英拔语不可多得（"芦酒"句下）。

落　第

榜前潜制泪，众里自嫌身。

气味如中酒，情怀似别人。

暖风张乐席，晴日看花尘。

尽是添愁处，深居乞过春。

【汇评】

《唐诗归》：钟云：入想甚远，说来却甚切（"气味"二句下）。   此诗愁苦极矣。要是胸中高兴人所为，不然不如是之趣。

《唐诗快》：描绘落第苦况，无如此诗。首二语尤极悲痛。

《唐贤小三昧集续集》：非身受者不知其妙（"气味"句下）。

《石园诗话》：李颍州廓《长安少年行》警句云："晓日寻花去，春风带酒归。"……《落第》云："榜前潜制泪，众里自嫌身。气味如中酒，情怀似别人。"写得意及失意情景皆肖。

李 绅

　　李绅(772—846),字公垂,亳州谯县(今安徽亳县)人,郡望赵郡
(今河北赵县)。少时父仕江南,遂寓居无锡。幼孤,曾读书于慧山
寺。元和元年(806)登进士第。浙西节度使李锜辟掌书记。锜反,迫
令草檄,不从,几遇害。锜败,复佐浙西李元素幕。入为校书郎,迁国
子助教,又为山南西道节度使崔从判官。元和末,自右拾遗充翰林学
士,累迁中书舍人。长庆二年,改御史中丞。四年,为李逢吉陷,自户
部侍郎贬端州司马。宝历中,量移江州长史,滁、寿二州刺史,迁太子
宾客,分司东都。大和七年,出为浙东观察使。开成中,历河南尹、宣
武军节度使。武宗即位,为淮南节度使。会昌中,拜相,复出镇淮南,
卒。绅工诗,早年多反映现实之作。元和中所作《新题乐府》二十首,
元、白俱有继作,对新乐府创作有开启作用,已佚。开成中,曾自编
《追昔游诗》三卷,记其平生所游历,今存。《全唐诗》编诗四卷。

【汇评】

　　李绅,字公垂,……为人短小精悍,于诗最有名,时号"短李"。
(《新唐书·李绅传》)

　　乐天赠绅诗云:"一篇《长恨》有风情,十首《秦吟》近正声。刚

被老元偷格律,苦教短李伏歌行。"注云:李二十尝自负歌行,近见余乐府五十首,默然心伏。(《唐诗纪事》)

元微之《和乐天东南行》云:"李多嘲螳蜓,窦数集蜘蛛。"注云:李二十雅善歌诗,固多咏物之作。(同上)

开成间,绅集其诗为《追昔游》,盖叹逝感时,发于凄恨而作也。或长句、或五言、或杂言、或歌、或吟、或乐府齐梁,不一其辞,乃由牵思所属尔。起梁汉,归谏垣,升翰苑,感恩遇,歌帝京风物;遭逢邪播越,历荆楚,涉湘沅,逾岭峤,抵荒陬,止高安;移九江,泛五湖,过钟陵,溯荆江,守滁阳,转寿春;改宾客,留洛阳,历会稽,过梅里;遭逢者再为宾客分务,归东周;擢川守,镇大梁。词有所怀,兴生于怨。故或隐或显,不常其言,冀知音于异时而已。(同上)

(绅)与李文饶、元微之齐名,人号"元和三俊"。……忆游述怀,俯仰感慨,一洗唐人小赋柔靡风气云。(《汲古阁书跋〈追昔游集〉》)

李公垂《追昔游诗》,大是宦梦难醒;然其揽笔写兴,曲备一生穷泰之感,亦令披卷者代为怃然。(《唐音癸签》)

短李以歌行自负,乐天亦称之。又少以《悯农》诗见赏于吕温,今二绝盛传,吕之鉴赏真是不谬。歌行遂不可复见,惟有《追昔游集》耳,颇有体格。(《载酒园诗话又编》)

绅与李德裕、元稹号"三俊"。白居易亦有"笑劝迂辛酒,闲吟短李诗"句。今观此集(按指《追昔游集》),音节噌缓,似不能与同时诸人角争强弱。然春容恬雅,无雕琢细碎之习,其格究在晚唐诸人刻划纤巧之上也。(《四库全书总目》)

五言其源出于谢惠连,惟炼蓄未深,时多泛滥;七言托体初唐,加以纵横,格律已疏,颇嫌墨障。长歌则《苏台》一篇,短歌则《莺莺》一曲,容姿朗秀,顾盼生情。里谣七字,古风五言,不减张、王,渊然足讽。(《三唐诗品》)

过荆门

荆江水阔烟波转,荆门路绕山葱蒨。
帆势侵云灭又明,山程背日昏还见。
青青麦陇啼飞鸦,寂寞野径棠梨花。
行行驱马万里远,渐入烟岚危栈赊。
林中有鸟飞出谷,月上千岩一声哭。
肠断思归不可闻,人言恨魄来巴蜀。
我听此鸟祝我魂,魂死莫学声衔冤。
纵为羽族莫栖息,直上青云呼帝阍。
此时山月如衔镜,岩树参差互辉映。
皎洁深看入涧泉,分明细见樵人径。
阴森鬼庙当邮亭,鸡豚日宰闻膻腥。
愚夫祸福自迷惑,魍魉凭何通百灵。
月低山晓问行客,已酹椒浆拜荒陌。
惆怅忠贞徒自持,谁祭山头望夫石。

悲善才并序

余守郡日,有客游者善弹琵琶。问其所传,乃善才所授。顷在
内庭日,别承恩顾,赐宴曲江,敕善才等二十人备乐。自余经播迁,
善才已没,因追感前事,为悲善才。

穆王夜幸蓬池曲,金銮殿开高秉烛。
东头弟子曹善才,琵琶请进新翻曲。
翠蛾列坐层城女,笙笛参差齐笑语。
天颜静听朱丝弹,众乐寂然无敢举。

衔花金凤当承拨,转腕拢弦促挥抹。
花翻凤啸天上来,裴回满殿飞春雪。
抽弦度曲新声发,金铃玉珮相瑳切。
流莺子母飞上林,仙鹤雌雄唳明月。
此时奉诏侍金銮,别殿承恩许召弹。
三月曲江春草绿,九霄天乐下云端。
紫髯供奉前屈膝,尽弹妙曲当春日。
寒泉注射陇水开,胡雁翻飞向天没。
日曛尘暗车马散,为惜新声有馀叹。
明年冠剑闭桥山,万里孤臣投海畔。
笼禽铩翮尚还飞,白首生从五岭归。
闻道善才成朽骨,空馀弟子奉音徽。
南谯寂寞三春晚,有客弹弦独凄怨。
静听深奏楚月光,忆昔初闻曲江宴。
心悲不觉泪阑干,更为调弦反覆弹。
秋吹动摇神女佩,月珠敲击水晶盘。
自怜淮海同泥滓,恨魄凝心未能死。
惆怅追怀万事空,雍门感慨徒为尔。

【汇评】

《唐诗别裁》:从赐宴曲江说入(首句下)。　　兼言二十人备乐("九霄天乐"句下)。　　穆皇晏驾,绅亦播迁("明年冠剑"二句下)。　　此言善才殁后,听其指授者所弹("有客弹弦"二句下)。　　回环赐宴曲江("忆昔初闻"句下)。　　题系守郡说入,诗却先写赐宴曲江,婉曲淋漓,然后转入播迁,复听善才弟子弹弦凄怨,末路双收两层,神情无限。

寿阳罢郡日有诗十首与追怀不殊今
编于后兼纪瑞物（选一首）

初出泚口入淮

东风百里雪初晴，泚口冰开好濯缨。
野老拥途知意重，病夫抛郡喜身轻。
人心莫厌如弦直，淮水长怜似镜清。
回首夕岚山翠远，楚郊烟树隐襄城。

【汇评】

《唐七律隽》：毛秋晴：以"老元"、"短李"同称，于"短李"诗则尽汰之，其意盖以"短李"为最下也。然"老元"七律不及"短李"远甚，此等诗较之乐天，梦得，殊有气骨，况老元乎？甚矣，知音之难也！

宿扬州

江横渡阔烟波晚，潮过金陵落叶秋。
嘹唳塞鸿经楚泽，浅深红树见扬州。
夜桥灯火连星汉，水郭帆樯近斗牛。
今日市朝风俗变，不须开口问迷楼。

【汇评】

《唐贤小三昧集续集》：一幅着色图。国朝王渔洋有"绿杨城郭是扬州"之句，传诵人口，妙处不减此语（"浅深红树"句下）。

过吴门二十四韵

烟水吴都郭，阊门架碧流。

绿杨深浅巷,青翰往来舟。
朱户千家室,丹楹百处楼。
水光摇极浦,草色辨长洲。
忆作麻衣翠,曾为旅棹游。
放歌随楚老,清宴奉诸侯。①
花寺听莺入,春湖看雁留。
里吟传绮唱,乡语认歈讴。
桥转攒虹饮,波通斗鹢浮。
竹扉梅圃静,水巷橘园幽。
缝堵荒麋苑,穿岩破虎丘。
旧风犹越鼓,馀俗尚吴钩。
故馆曾闲访,遗基亦遍搜。
吹台山木尽,香径佛宫秋。
帐殿菰蒲掩,云房露雾收。
苎萝妖覆灭,荆棘鬼包羞。
风月俄黄绶,经过半白头。②
重来冠盖客,非复别离愁。③
堠火分通陌,前旌驻外邮。
水风摇彩旆,堤柳引鸣驺。
问吏儿孙隔,呼名礼敬修。
顾瞻殊宿昔,语默过悲忧。
义感心空在,容衰日易偷。
还持沧海诏,从此布皇猷。

【原注】

① 贞元中,余以布衣多游吴郡中,韦夏卿首为知遇,常陪宴席段平仲、李季何、刘从周、綦毋咸十馀辈,日同杯酒。及余以太和七年领镇会稽,则当时宾客、群吏、乐徒、寺僧、里客无一人存者,至于

韦公子,凋丧略尽。　　②元和七年,余以校书郎从役,再至苏州。时范十五传正为郡,而贞元中宾客散落,半已殂谢。及宴,而伶人、酒徒悉往日者。问僧,唯令起二人,已疾。　　③太和七年,余镇会稽,刘禹锡为郡,则元和中苏州相识,知与不知,索然皆尽。河柳衰谢,邑居更易,乃甚令威之叹也。

【汇评】

《载酒园诗话又编》:《追昔游集》……颇有体格。如《石泉》诗"微度竹风涵淅沥,细浮松月透轻明",《翡翠》诗"莲茎触散莲叶敧,露滴珠光似还浦",皆秀句也。又"花寺听莺入,春湖看雁留"、"桥转攒虹饮,波通斗鹢浮",深肖吴中风景。又《水寺》诗"坐看鱼鸟沉浮远,静见楼台上下同",《宿瓜洲》"冲浦回风翻宿浪,照沙低月敛残潮",写景处亦有静观之妙。

新楼诗二十首并序（选一首）

　　到越州日,初引家累登新楼,望镜湖,见元相微之题壁诗云:"我是玉京天上客,谪居犹得小蓬莱。四面寻常对屏障,一家终日在楼台。"微之与乐天,此时只隔江津,日有酬和相答。时余移官九江,各乖音问,顷在越之日,荏苒多故,未能书壁,今追思为新楼诗二十首。

晏安寺

原注:寺在城东北隅,越中谓之小北邙。

寺深松桂无尘事,地接荒郊带夕阳。
啼鸟歇时山寂寂,野花残处月苍苍。
绛纱凝焰开金像,清梵销声闭竹房。

丘垅渐平连茂草,九原何处不心伤。

【汇评】

《贯华堂选批唐才子诗》:"寺深松桂",早已气尽,何况又是"地接郊原",此真使人眼底心头,无刻不带夕阳者,固不独是日先生到寺之日,正值日暮也。三、四,"啼鸟歇"写"寂寂",妙!"野花开"写"苍苍",妙!盖正啼初歇,此是"寂寂"妙理,开不算花,此是"苍苍"妙理。若写作鸟不啼、无花开,便是俗杀世上人也。五、六,写废寺便如在眼,三宝犹尚如此,何况九原哉!七、八句法,言丘垅渐平,连天茂草,人谓九原真可心伤,殊不知不惟九原而已。试思九原之外,复有此寺,此寺之外,复有普天下,曾见何处不如此丘陇也者!

回望馆娃故宫

江云断续草绵连,云隔秋波树覆烟。
飘雪荻花铺涨渚,变霜枫叶卷平田。
雀愁化水喧斜日,鸿怨惊风叫暮天。
因问馆娃何所恨,破吴红脸尚开莲。

【汇评】

《贯华堂选批唐才子诗》:回望故宫诗,看他前解且不写故宫,反先写回望,有此灵妙之笔! "江云断续草连绵"者,言江云续处是云,江云断处却是草也。"云隔秋波树覆烟"者,言此断续之云,只是平复于下,若夫平复于上,则又有轻烟如练也。此二句如画家烘染,墨气已定,下更以朱粉点缀之。三,言白铺者为涨渚之荻花,四,言红卷者为平田之枫叶,盖言如此四句之尽头,则不写馆娃故宫,而居然馆娃故宫如睹也。后解乃深致感于此娃也。五、六雀喧、雁叫,犹言娃欲破吴,共见吴已破矣;今娃尚怀何恨,而又嫣然红脸,呈娇于此地耶?深畏色荒入骨,而遂至见怪红莲,此亦暗

李绅 / 3371

用"草木皆兵"文法也。

却望无锡芙蓉湖（其二）

丹橘村边独火微，碧流明处雁初飞。
萧条落叶垂杨岸，隔水寥寥闻捣衣。

【汇评】

《唐人万首绝句选评》：闲淡自佳，唐人固有此一种，阮亭所
赏也。

《王闿运手批唐诗选》：写得明艳。

毗陵东山

原注：东山在毗陵驿，南连水西馆，馆即独孤及在郡所置，荒
废已久。至孟公简重修，植以花木松竹等，可玩。孟公在郡日，余
以校书郎从役，同宴于此，今则荒废仍旧。

昔人别馆淹留处，卜筑东山学谢家。
丛桂半空摧枳棘，曲池平尽隔烟霞。
重开渔浦连天月，更种春园满地花。
依旧秋风还寂寞，数行衰柳宿啼鸦。

【汇评】

《唐体徐编》：两番兴废，仍分作两段写，前无此格。

却入泗口

洪河一派清淮接，堤草芦花万里秋。
烟树寂寥分楚泽，海云明灭满扬州。
望深江汉连天远，思起乡间满眼愁。

惆怅路歧真此处，夕阳西没水东流。

【汇评】

《贯华堂选批唐才子诗》：看他一头"洪河"，一头"清淮"，忽然巨笔如杠，信手下一"接"字。只谓其指陈南北控带，发出何等议论，却不谓其双眼单单正看接处。要写"蔓草芦花"已"秋"，再加"万里"字者，言此处秋，即天下皆秋，固不止是大淮大河秋也。三、四承上"万里秋"，再言"烟树苍茫"，即楚泽亦秋，"海云明灭"即扬州亦秋也。"望深江汉"者，意欲经略中原；"思起乡关"者，意欲归来田园。此即"路歧"也。"惆怅"者，人生或出或处，其事动关千古，直须用尽全力，始得做成一件，如何光阴如电，而尚两端徘徊，岂真镔铁为躯，故欲徐徐相试耶？

江南暮春寄家

雒阳城见梅迎雪，鱼口桥逢雪送梅。
剑水寺前芳草合，镜湖亭上野花开。
江鸿断续翻云去，海燕差池拂水回。
想得心知近寒食，潜听喜鹊望归来。

【汇评】

《贯华堂选批唐才子诗》：此诗只是将归家中，而先寄家书。一解，看他平用"洛阳城"、"鱼口桥"、"剑水寺"、"镜湖亭"四处地名，小儒见之，又谓不可；殊不知先生正是逐递纪程，逐日纪景。纪程则自北而渐至南，纪景则自冬而渐过春，真为最明白、最精细之家书也。　　上解写客中归程，此解写家中克期也。五，言正月候雁北；六、言二月玄鸟至；七、八言然则三月寒食前后，游子必归。又添写"喜鹊"者，欲与"江鸿"、"海燕"为伴也。

《诗辩坻》：李绅《过钟陵》之作，三、四"江"、"郭"承上，与杜公

《吹笛》篇法相似，然非佳格。《江南暮春》又学"去岁荆南梅似雪"，"短李"殊未精悍。

《甚原诗说》：七字为句，中二联最忌重调。句法则有上四下三，上三下四，上二下五，上五下二，上一下六，上六下一，上二中二下三，上一中三下三，上二中四下一，上一中四下二，上四中一下二，上三中一下三，此十二法尽之。上四下三，如"九天阊阖开宫殿，万国衣冠拜冕旒"（王维），"龙武新军深驻辇，芙蓉别殿漫焚香"（杜甫）。上三下四。如"洛阳城见梅迎雪，鱼口桥逢雪送梅"（李绅），"斑竹冈连山雨暗，枇杷门向楚天秋"（韩翃）。……此皆以七言成句，句中有读者也。

悯农二首

其一

春种一粒粟，秋成万颗子。
四海无闲田，农夫犹饿死。

其二

锄禾日当午，汗滴禾下土。
谁知盘中餐，粒粒皆辛苦。

【汇评】

《唐诗选脉会通评林》：吴山民曰：由仁爱中写出，精透可怜，安得与风月语同看？　知稼穑之艰难，必不忍以荒淫尽民膏脂矣。今之高卧水殿风亭，犹苦炎燠者，设身"日午汗滴"当何如？

《围炉诗话》：诗苦于无意；有意矣，又苦于无辞。如"锄禾日当午"云云，诗之所以难得也。

《而庵说唐诗》：种禾偏在极热之天，赤日杲杲，当正午之际，锄者在田里做活,真要热杀人。……及至转成四糙,煮饭堆盘,白如象齿,尽意大嚼,那知所餐之米,一粒一粒,皆农人肋骨上汗雨中锄出来者也！公垂作此诗,宜乎克昌其后。此题"悯"字,自必点出,若说得透彻,则"悯"字在其中矣。

《唐诗笺要》:至情处莫非天理。暴弃天物者不怕霹雳,却当感动斯语。

【总评】

《云溪友议》:初,李公(绅)赴荐,常以《古风》求知吕光化,温谓齐员外煦及弟恭曰:"吾观李二十秀才之文,斯人必为卿相。"果如其言。

《载酒园诗话》:"诗有别趣,非关理也。"然理原不足以碍诗之妙。如元次山《春陵行》、孟东野《游子吟》、韩退之《拘幽操》、李公垂《悯农》(按即《古风》)诗,真六经鼓吹。

《诗法易简录》:此种诗纯以意胜,不在言语之工,《豳》之变风也。

《唐人绝句精华》:此二诗说尽农民遭剥削之苦,与剥削阶级不知稼穑艰难之事,而王士禛(《唐人万首绝句选》)乃不入选,但以肤廓为空灵、以缥缈为神韵,宜人多有不满之论。

端州江亭得家书二首 (其二)

长安别日春风早,岭外今来白露秋。
莫道淮南悲木叶,不闻摇落更堪愁。

鲍　溶

鲍溶，生卒年里贯均未详，字德源。贞元中，北游太原，献诗严绶。元和四年(809)，登进士第。后飘蓬南方，游宣州、越州，与范传正、孟简等游宴唱和。十三年客病淮南，后一、二年中卒。溶与韩愈、孟郊、李正封、李夷简、殷尧藩、许浑等均有交往，与李益交谊尤深。善诗，以古乐府见长。有《鲍溶集》五卷，已佚。后人辑有《鲍溶诗集》六卷、外集一卷行世。《全唐诗》编诗三卷。

【汇评】

博解宏拔主：鲍溶。(《诗人主客图》)

盖自先王之泽息而诗亡，晚周以来，作者嗜文辞、抒情思而已。然亦往往有可采者。溶诗尤清约谨严，而违理者少，亦近世之能言者也。(曾巩《鲍溶诗集目录序》)

欧阳文忠公酷爱鲍溶诗，《山中寒思》一篇最佳，云：“山深多悲风，败叶与秋齐。……”文忠晚得，恨见之迟。(《诗话总龟》)

张荐谓溶诗气力宏赡，博识清度，雅正高古，众才无不备具。曾子固亦爱其诗清约谨严，而违理者少。(《郡斋读书志》)

溶，登元和进士第，与韩愈、李正封、孟郊友善。(《唐诗纪事》)

古诗乐府,可称独步。盖其气力宏赡,博识清度,雅正高古,众才无不备具云。(《唐才子传》)

周先生画洞庭歌

江南客,水为乡,舟为宅。
能以笔锋知地脉,闲分楚水入丹青。
不下此堂临洞庭,水文不浪烟不动。
木末棱棱山碧重,帝子应哀窈窕云。
客人似得婵娟梦,六月火光衣上生。
斋心寂听潺湲声,林冰摇镜水拂簟。
尽日独卧秋风清,因游洞庭不出户。
疑君如有长生路,玉壶先生在何处。

【汇评】

《唐贤小三昧集续集》:戛戛生造,题画诗中别调也。

感　怀

宿心不觉远,事去劳追忆。
旷古川上怀,东流几时息。
门前青山路,眼见归不得。
晓梦云月光,过秋兰蕙色。

【汇评】

《养一斋诗话》:鲍溶诗云:"门前青山路,眼见归不得。"姚合诗则云:"门外青山路,因循自不归。"愤婉各尽其妙。

姑苏宫行

姑苏宫,九层金台半虚空。

雕楹璇题斗皎洁,中有妖姬似明月。

西见洞庭秋镜开,水华百里盘宫来。

越王采女能水戏,仙舟如龙旌曳翠。

羽盖晴翻橘柚香,玉笙夜送芙蓉醉。

归帆平静君无劳,还从下下上高高。

【汇评】

《唐诗快》:"似明月",奇创("中有妖姬"句下)。　　用《国语》,妙(末句下)。

途中旅思二首(其二)

星出方问宿,睡眼始朦胧。

天光见地色,上路车幢幢。

时物既老大,众山何枯空。

青冥见古柏,寥朗闻疏鸿。

独步天地间,无因为君忠。

白毛寻人忧,生此头发中。

跃马非壮岁,报恩无高功。

斯言化为火,日夜焚深衷。

【汇评】

《唐诗纪事》:溶有《途中》句云:"跃马非壮岁,报恩无高功。斯言化为火,日夜焚深衷。"又《上太原王尚书》云:"天王委管龠,开闭秦北门。顶戴日月光,口宣雨露言。"又《秋怀》句云:"万里歧路多，一身天地窄。"右张为《主客图》取溶为"工用博解宏拔主"。

隋　宫

柳塘烟起日西斜，竹浦风回雁弄沙。

炀帝春游古城在，坏宫芳草满人家。

【汇评】

《对床夜语》：唐人绝句，有意相袭者，有句相袭者。王昌龄《长信宫》云："玉颜不及寒鸦色，犹带昭阳日影来。"孟迟《长信宫》亦云："自恨轻身不如燕，春来还绕御帘飞。"王建《绮岫宫》云："武帝去来红袖尽，野花黄蝶领春风。"鲍溶《隋宫》："炀帝春游古城在，坏宫芳草满人家。"……此皆袭其句而意别者。若定优劣，品高下，则亦昭然矣。

《唐诗选脉会通评林》：周弼为实接体。　　周珽曰：亡国故宫之感，读之令人伤思。

《删订唐诗解》：吴昌祺曰："坏宫"句与"王谢堂"相似而又异。

《历代诗发》：数语无限悲凉。

《唐人绝句精华》：此诗于渲染景色之中见凭吊古迹之意，较他作但以一二物色表今昔盛衰者不同。

采莲曲二首

其一

弄舟揭来南塘水，荷叶映身摘莲子。

暑衣清净鸳鸯喜，作浪舞花惊不起。

殷勤护惜纤纤指，水菱初熟多新刺。

其二

采莲朅来水无风,莲潭如鉴松如龙,
夏衫短袖交斜红。
艳歌笑斗新芙蓉,戏鱼往听莲叶东。

【汇评】

《汇编唐诗十集》:唐云:不作冶词,独得采莲真本色。

陇头水

陇头水,千古不堪闻。
生归苏属国,死别李将军。
细响风凋草,清哀雁落云。

【汇评】

《唐才子传》:(鲍溶)家苦贫,劲气不挠。羁旅四方,登临怀昔,皆古今绝唱。过陇头古天山大阪,泉水呜咽,分流四下,赋诗曰:"陇头水,千古不堪闻。……"其警绝大概如此。

《五朝诗善鸣集》:好章法,好铺叙,好渲染。

寄薛膺昆季

楚山清洛两无期,梦里春风玉树枝。
何况芙蓉楼上客,海门江月亦相思。

【汇评】

《唐诗摘钞》:曰"清风玉树",则薛之得意可知;曰"海门江月",则己之寂寞可知。此即景中见意法。……"何况"字接得紧,"亦"字落得甚悲,意似难为二薛,然语特浑浑不觉。

寄峨嵋山杨炼师

道士夜诵蕊珠经，白鹤下绕香烟听。

夜移经尽人上鹤，仙风吹入秋冥冥。

【汇评】

《诗境浅说续编》：此诗用拗韵，觉音调有古逸之趣。昔有道士慕冲举，欲骑鹤升空，而鹤压毙。陈沆嘲以诗云："弯腰鹤背无多力，传语麻姑借大鹏。"见郑文宝《南唐近事》。此道士果能使白鹤听经，且骑鹤上天耶？作者殆嘲讽之。

采珠行

东方暮空海面平，骊龙弄珠烧月明。

海人惊窥水底火，百宝错落随龙行。

浮心一夜生奸见，月质龙躯看几遍。

攀波下去忘此身，迢迢谓海无灵神。

海宫正当龙睡重，昨夜孤光今得弄。

河伯空忧水府贫，天吴不敢相惊动。

一团冰容掌上清，四面人入光中行。

腾华乍摇白日影，铜镜万古羞为灵。

海边老翁怨狂子，抱珠哭向无底水。

一富何须龙颔前，千金几葬鱼腹里。

鳞虫变化为阴阳，填海破山无景光。

拊心仿佛失珠意，此土为尔离农桑。

饮风衣日亦饱暖，老翁掷却荆鸡卵。

汉宫词二首（其二）

月映东窗似玉轮，未央前殿绝声尘。
宫槐花落西风起，鹦鹉惊寒夜唤人。

舒元舆

舒元舆（？—835），婺州东阳（今浙江东阳）人。元和八年（813），登进士第，调鄠县尉。长庆中，裴度表兴元节度掌书记。大和初，召拜监察御史，再迁刑部员外郎。为宰相李宗闵所抑，五年，改著作郎，分司东都，复入为尚书郎。九年，李训用事，骤迁右司郎中、御史中丞、刑部侍郎，遂为相。其年冬，与李训谋诛宦官，事败，被杀。元舆能诗善文，名盛于时。有《舒元舆集》一卷，已佚。《全唐诗》存诗一卷。

【汇评】

大和九年，诛王涯、郑注后，仇士良专权恣意，上颇恶之，或登临游幸，虽百戏骈罗，未尝为乐。……上于内殿前看牡丹，翘足凭栏，忽吟舒元舆《牡丹赋》云："俯者如愁，仰者如语，含者如咽。"吟罢，方省元舆词，不觉叹息良久，泣下沾臆。（《杜阳杂编》）

桥山怀古

轩辕厌代千万秋，渌波浩荡东南流。

今来古往无不死，独有天地长悠悠。

我乘驿骑到中部，古闻此地为渠搜。

桥山突兀在其左，荒榛交锁寒风愁。

神仙天下亦如此，况我戚促同蜉蝣。

谁言衣冠葬其下，不见弓剑何人收。

哀喧叫笑牧童戏，阴天月落狐狸游。

却思皇坟立人极，车轮马迹无不周。

洞庭张乐降玄鹤，涿鹿大战摧蚩尤。

知勇神天不自大，风后力牧输长筹。

襄城迷路问童子，帝乡归去无人留。

崆峒求道失遗迹，荆山铸鼎馀荒丘。

君不见黄龙飞去山下路，断鬐成草风飗飗。

【汇评】

《唐诗镜》：气魄掀揭。

赠李翱

湘江舞罢忽成悲，便脱蛮靴出绛帷。

谁是蔡邕琴酒客，魏公怀旧嫁文姬。

【汇评】

《云溪友议》：李八座翱，潭州席上有舞柘枝者，匪疾而颜色忧悴。殷尧藩侍御当筵而赠诗，曰："姑苏太守青娥女，流落长沙舞柘枝。满座绣衣皆不识，可怜红脸泪双垂。"明府诘其事，乃故苏台韦中丞爱姬所生之女也。曰："妾以昆弟夭丧，无以从人，委身于乐部，耻辱先人。"言讫涕咽，情不能堪。亚相为之吁叹，且曰："吾与韦族，其姻旧矣。"速命更其舞服，饰以袿襦，延与韩夫人相见。顾其言语清楚，宛有冠盖风仪，抚念如其所腠，遂于宾榻中选士而嫁之也。舒元舆侍郎闻之，自京驰诗赠李公曰："湘江舞罢忽成悲，……"

《升庵诗话》：舒元舆《咏妓女从良》诗云："湘江舞罢却成悲，……"可考唐时妓女舞饰也。……今之乐部舞妆，皆出四夷。唐人舞妓皆着靴，犹有此意。

陈去疾

　　陈去疾，生卒年不详，字文医，侯官（今福建福州西北）人。元和十四年（819），登进士第。开成中，官江州司户参军。会昌中，自前蔡州司马权知州事，为义武军节度判官。终邕管观察副使。《全唐诗》存诗十四首。

西上辞母坟

高盖山头日影微，黄昏独立宿禽稀。
林间滴酒空垂泪，不见丁宁嘱早归。

【汇评】

　　《唐人绝句精华》：读此诗末句，使人恻然。此等语乃从人子心腑中流出者。唐人绝句，此类作品不多见。

张萧远

张萧远,生卒年不详,和州乌江(今安徽和县乌江镇)人,一说吴郡(今江苏苏州)人。张籍从弟。元和八年(813),登进士第。曾自长安西游蜀,后归,籍有诗记其事。萧远善诗,与舒元舆声价俱美。《全唐诗》存诗三首。

【汇评】

瑰奇美丽主:武元衡。……升堂四人:卢频、陈羽、许浑、张萧远。(《诗人主客图》)

萧远,元和进士登第。与舒元舆声价俱美。(《唐诗纪事》引《唐摭言》)

送宫人入道

舍宠求仙畏色衰,辞天素面立阶墀。

金丹拟驻千年貌,玉指休匀八字眉。

师主与收珠翠后,君王看戴角冠时。

从来宫女皆相妒,闻向瑶台尽泪垂。

【汇评】

《存馀堂诗话》：唐人《送宫人入道》诗,《文苑英华》共载五首,中有张萧远一首云："舍宠求仙畏色衰,……"尤觉婉切可诵。

滕　迈

　　滕迈,生卒年不详,婺州东阳(今属浙江)人。元和十年(815),登进士第,累官至吉州刺史。开成四年转台州刺史。历刑部郎中,终睦州刺史。与诗人赵嘏、章孝标友善。《全唐诗》存诗二首。其中《杨柳枝词》为晚唐著名歌手周德华传唱,与贺知章、杨巨源、刘禹锡诸人咏柳之什并称为"名流之咏"。

【汇评】

　　汉署有《艳歌行》,匪为桑间濮上之音也。偕以雪月松竹,杂咏《杨柳枝词》,作者虽多,鲜睹其妙。……滕(迈)郎中又云:"陶令门前罥接离,亚夫营里拂朱旗",但不言"杨柳"二字,最为妙也。(《云溪友议》)

　　滕仉苦心为新诗,嘉声早播。远之吉州,谒宗人太守郎中迈。迈每吟其句云:"白发不能容相国,也同闲客满头生。"又题《鹭鸶障子》云:"映水有深意,见人无惧心。"迈曰:"魏文惜陈思之学,潘岳褒正叔之文,贵集一家之盛如此。"(《全唐诗话》)

杨柳枝词

三条陌上拂金羁,万里桥边映酒旗。

此日令人肠欲断,不堪将入笛中吹。

【汇评】

《云溪友议》:湖州崔郎中勾言,初为越副戎。宴席中有(官妓)周德华。德华者,乃刘采春女也。虽罗唝之歌不及其母,而《杨柳枝》词采春难及。……温(庭筠)、裴(诚)所称歌曲,请德华一陈音韵,以为浮艳之美,德华总不取焉。二君深有愧色。所唱者七八篇,乃近日名流之咏也。滕迈郎中一首:"三条陌上拂金羁,……"

殷尧藩

殷尧藩，生卒年不详，苏州嘉兴（今属浙江）人。累举进士不第。元和九年（814），登进士第。为福州从事，入为侍御史。宝历中授永乐令。大和七八年间，为湖南观察使李翱幕僚。后不知所终。尧藩工诗，与姚合、贾岛、沈亚之、鲍溶、马戴、许浑、雍陶、无可等为诗友。白居易称赏其诗，曾和其《忆江南》三十首。有《殷尧藩诗》一卷，已佚。《全唐诗》编诗一卷，羼入元人虞集诗，馀亦有可断为南宋、明初人所作者。

【汇评】

广大教化主：白居易。……及门十人：费冠卿、皇甫松、殷尧藩、施肩吾、周光范、祝天膺、徐凝、朱可名、陈标、童翰卿。（《诗人主客图》）

尧藩登第，许浑赠诗云："几载闻名翰墨林，为从知己信浮沉。青山有雪谙松性，碧落无云称鹤心。带月独归萧寺远，玩花频醉庾楼深。寻思一见如琼树，空把新诗尽日吟。"（《唐诗纪事》）

（尧藩）工诗文，耽丘壑之趣。尝曰："吾一日不见山水，与俗人谈，便觉胸次尘土堆积，急呼浊醪浇之，聊解秽耳。"……今有集一

卷传世,皆铿锵蕴藉之作也。(《唐才子传》)

殷尧藩诗有葩艳,微嫌肉丰。(《唐音癸签》)

和赵相公登鹳雀楼

危楼高架泬寥天,上相闲登立彩旍。
树色到京三百里,河流归汉几千年。
晴峰耸日当周道,秋谷垂花满舜田。
云路何人见高志,最看西面赤阑前。

【汇评】

《唐体肤诠》:不难于空阔,而难于深细。一句是横看,一句是竖看,与少陵"江山有巴蜀,栋宇自齐梁"同法("树色到京"联下)。虚映鹳雀,隐寓自况意,冀助吹嘘之力。与"上相"句暗中联络,或云即指相公亦通("云路何人"句下)。

《唐音癸签》:《鹳鹊楼》一律,独茂硕而婉,不愧初盛遗则。

送刘禹锡侍御出刺连州

遐荒迢递五羊城,归兴浓消客里情。
家近似忘山路险,土甘殊觉瘴烟轻。
梅花清入罗浮梦,荔子红分广海程。
此去定知偿隐趣,石田春雨读书耕。

【汇评】

《唐诗近体》:刘,彭城人,楚地;连州,属桂阳,在岭南("家近似忘"句下)。　　细切,却不作激楚之音。以此送迁谪人,心气都平矣("梅花清入"四句下)。

赠歌人郭婉二首（其一）

石家金谷旧歌人，起唱花筵泪满巾。
红粉少年诸弟子，一时惆怅望梁尘。

【汇评】

《诗境浅说续编》：郭婉为旧宅之歌姬，身经桑海，故重唱花
筵，不觉罗中泪湿。其教曲弟子中，比红少女、惨绿诸郎，方在盛
年，焉知感旧？而为其哀所动，亦同时惆怅，望绕梁三日之尘，与穆
宫人云间忆歌、感怀织女、柳依依阳关按拍、怨入落花，同是紫霞凄
调，不堪说与春知也。

沈亚之

沈亚之（781—832），字下贤，吴兴（今属浙江）人。元和十年（815），登进士第，泾原节度使李汇辟掌书记。入为秘书省正字。长庆初，补栎阳尉，四年，为福建团练副使。入为殿中侍御史。大和三年，为沧德宣慰使柏耆判官，柏耆擅斩李同捷，亚之亦坐贬虔州南康尉。量移郢州掾，卒。亚之尝游韩愈门，工古文，为中唐传奇作者。亦擅诗名，杜牧、李商隐俱有《拟沈下贤》诗。有《沈亚之集》九卷。今有《沈下贤集》十二卷行世。《全唐诗》编诗一卷。

【汇评】

（亚之）工为情语，有窈窕之思。（阙名《沈下贤文集序》）

广大教化主：白居易。……升堂三人：卢仝、顾况、沈亚之。（《诗人主客图》）

今但取以文自名者为《文艺篇》，若韦应物、沈亚之、阎防、祖咏、薛能、郑谷等，其能尚多，皆班班有文在人间，史家逸其行事，故弗得而述焉。（《新唐书·文艺传序》）

沈亚之意尚新奇，风骨未就。以当时有学其体者，故论之。（《唐音癸签》）

按下贤有集不传，宋人至取稗史梦中诗附丽成集，最可笑。
（《载酒园诗话又编》）

春色满皇州

何处春辉好，偏宜在雍州。

花明夹城道，柳暗曲江头。

风软游丝重，光融瑞气浮。

斗鸡怜短草，乳燕傍高楼。

绣毂盈香陌，新泉溢御沟。

回看日欲暮，还骑似川流。

【汇评】

《唐诗合选详解》：郑云峰曰：着眼题中一"满"字，自能点染得皇州春色，环合棼缊，盘盘囷囷，万象克殷，欲指数而不能尽。

村　居

有树巢宿鸟，无酒共客醉。

月上蝉韵残，梧桐阴绕地。

独出村舍门，吟剧微风起。

萧萧芦荻丛，叫啸如山鬼。

应缘我憔悴，为我哭秋思。

【汇评】

《载酒园诗话又编》：沈亚之《村居》诗曰："月上蝉韵残，梧桐阴满地"，二语清绝，然上语曰"无树栖宿鸟，无酒共客醉"，梧阴既已满地，则树亦不小，鸟不堪宿耶？此语病也。

春词酬元微之

黄莺啼时春日高,红芳发尽井边桃。
美人手暖裁衣易,片片轻花落剪刀。

施肩吾

施肩吾,生卒年不详,字希圣,睦州(今浙江建德)人。世家严陵七里濑,少习《礼记》,能诗。慕神仙轻举。元和十五年(820),登进士第。未待除授,即东归,张籍有诗送之。后隐于洪州之西山,习定神静气之法。肩吾工诗,早年亦有艳情之作。著有《辨疑论》等道教著作多种,存于《道藏》中。有《施肩吾诗集》十卷,今佚。《全唐诗》存诗一卷。

【汇评】

广大教化主:白居易。……及门十人:费冠卿、皇甫松、殷尧藩、施肩吾、周光范、祝天膺、徐凝、朱可名、陈标、童翰卿。(《诗人主客图》)

施肩吾,元和十年及第,以洪州之西山,乃十二真君羽化之地,灵迹具存,慕其真风,高蹈于此。尝赋闲居遣兴诗一百韵,大行于世。(《唐摭言》)

(肩吾)为诗奇丽,著《百韵山居诗》,才情富赡。(《唐诗纪事》)

七言排律,唐人仅数篇,而施肩吾乃有百韵者。其诗必不能佳,然亦异矣。(《诗薮》)

施肩吾学道西山,自诧群真之一,而章句尚艳硕,乏韵致,未稔

何以御风？（《唐音癸签》）

施希圣绝句多拗体，格律清矫，有意拔俗。晚年高蹈洪州西山，亦足征其性之僻也。（《唐诗笺注》）

施肩吾七言绝见《万首唐人绝句》，凡一百五十馀首。中有艳词三十馀篇。语多新巧，能道人意中事，较微之艳诗远为胜之。（《诗源辩体》）

施希圣（肩吾）登元和进士，慕仙迹隐豫章西山，有《西山集》。其自序云："二十年辛苦烟萝松月之下，或时学龟息，饮而不食，肠胃无滓，形神益清，见天地六合之奥。凡奇兆异状，阅乎心目者，锐思一搜，皆落我文字网中。"今读其诗，奇丽果如所自序。然其诗如"只言众口铄千金，不信独愁销片玉"、"长短艳歌君不解，浅深更漏妾偏知"，……皆善于言情，哀艳宛转，绝不类隐者之语。施尝有诗曰："若数西山得道者，连予便是十三人。"岂学仙不违言情，而情之浅者，亦不足以成仙欤？（《石园诗话》）

人但知"三十六体"始于温、李，不知李贺是其所宗，而元和时施肩吾实已先之。肩吾……为诗奇丽，以近体名于时。（《诗学渊源》）

及第后过扬子江

忆昔将贡年，抱愁此江边。
鱼龙互闪烁，黑浪高于天。
今日步春草，复来经此道。
江神也世情，为我风色好。

【汇评】

《唐诗纪事》：肩吾有"年来如抛梭，不老应不得"之句。又《及第后过扬子江》诗云："忆昔将贡年，抱愁此江边。……"右，张为取作《主客图》。

《韵语阳秋》：唐曹邺《及第》诗云："白日探得珠，不待骊龙睡。匆匆出九衢，僮仆颜色异。"是生敬于僮仆也。施肩吾《及第》诗云："今日步春早，复来经此道。江神也世情，为我风光好。"是改观于江神也。盖其心之喜自生疑尔，僮仆、江神岂遽如是哉！

《四溟诗话》：凡作诗要知变俗为雅，易浅为深，则不失正宗矣。因观于濆《沙场》诗："士卒浣征衣，交河水流血。"施肩吾《及第后过江》诗："江神亦世情，为我风色好。"二作如此。胡不云"战士浣征衣，忽变交河色"、"尚忆布衣归，江神亦风浪"，庶得稳帖。

夜宴曲

> 兰缸如昼晓不眠，玉堂夜起沉香烟。
> 青娥一行十二仙，欲笑不笑桃花然。
> 碧窗弄娇梳洗晚，户外不知银汉转。
> 被郎嗔罚琉璃盏，酒入四肢红玉软。

【汇评】

《竹庄诗话》：方干与杭牧于郎中为砚席之知，因夜宴，与"飞"字韵，请赋一章。又李先辈宣古于澧阳陪杜悰司空宅宴，席上赋得"桃"字诗。又杜公镇荆渚日，夜宴，出歌姬送酒，李群玉校书飞笔献诗。又卢延让冬夜宴柳驸马陟宅，得"更"字诗。章先辈孝标于李使君筵赠歌妓刘小小，得"娘"字诗。（并词多不录）已上五公之诗，虽绮靡富艳，皆不及施肩吾《夜宴曲》云云。

效古兴

> 金雀无旧钗，缃绮无旧裙。
> 唯有一寸心，长贮万里夫。

南轩夜虫织已促，北牖飞蛾绕残烛。

只言众口铄千金，谁信独愁销片玉。

不知岁晚归不归，又将啼眼缝征衣。

【汇评】

《唐诗选脉会通评林》：周敬曰：饶有古韵。

《唐风定》：思理入微，他人从未道及。

赠边将

轻生奉国不为难，战苦身多旧箭瘢。

玉匣锁龙鳞甲冷，金铃衬鹘羽毛寒。

皂貂拥出花当背，白马骑来月在鞍。

犹恐犬戎临虏塞，柳营时把阵图看。

【汇评】

《鉴诫录》：《赠边将》诗曰："轻生奉国不为难，战苦身多旧箭瘢。……"又《上礼部侍郎陈情》云："九重城里无亲识，八百人中独姓施。弱羽飞时攒箭险，蹇驴行处薄冰危。晴天欲照盆难反，贫女如花镜不知。却向从来受恩地，再求青律变寒枝。"又《赠友人下第闲居》云："花眼绽红斟酒看，药心抽绿带烟锄。"如是之类，皆轻巧之极。

幼女词

幼女才六岁，未知巧与拙。

向夜在堂前，学人拜新月。

【汇评】

《诗薮》：（五绝）开元以后，句格方超。如崔国辅《流水曲》、

《采莲曲》、……施肩吾《幼女词》,皆酷得六朝意象,高者可攀晋宋,平者不失齐梁。唐人五言绝句佳者,大半此矣。

《唐诗选脉会通评林》:吴山民曰:细景。　顾璘曰:意新。　幼女无知,学人拜月。天然景趣,自觉悦人。于鹄有《古词》,俱述小儿女行径,语似古,殊不如此词浅而有致。

《唐风定》:古调,与(王)仲初"三日入厨下"同。

《诗辩坻》:胡明瑞举唐五言绝句凡十六首云:佳者大半于此。余观权德舆《玉台体》二首,语意佻浅;至王建《新嫁娘》、施肩吾《幼女词》,摹事太入情,便落卑格。

《唐诗笺注》:真情真景,无斧凿痕。"学人"二字,所谓"道是无情却有情"也。

《唐诗笺要》:总是一气流出,无可安排,摘一句不得。

《唐诗真趣编》:本色如话,此诗中太羹元酒也。徒事粉饰雕琢者那知此味?"拜新月"见形巧,"学"字并性巧都画出。

古相思

十访九不见,甚于菖蒲花。

可怜云中月,今夜堕我家。

【汇评】

《唐诗快》:此真古相思也。若置之汉魏集中,不复知为唐诗矣。

望夫词

手蒸寒灯向影频,回文机上暗生尘。

自家夫婿无消息,却恨桥头卖卜人。

《唐诗笺注》：眼前语说来情事弥挚。"向影频"，言顾影自怜也。"暗生尘"，是不情不绪光景。

《唐诗真趣编》：婉转曲折。

《葵青居七绝诗三百纂释》：不怨夫婿而怨卖卜人，温厚之旨可谓怨而不怒。

秋夜山居二首（其二）

去雁声遥人语绝，谁家素机织新雪。
秋山野客醉醒时，百尺老松衔半月。

折柳枝

伤见路边杨柳春，一重折尽一重新。
今年还折去年处，不送去年离别人。

【汇评】

《唐诗别裁》：清思回折（末二句下）。

夜笛词

皎洁西楼月未斜，笛声寥亮入东家。
却令灯下裁衣妇，误剪同心一半花。

【汇评】

《唐人绝句精华》：此诗言东家妇闻笛而生念远戍之情，遂误剪同心之花。设想甚工，闺怨诗之别开生面者。

江南织绫词

卿卿买得越人丝,贪弄金梭懒画眉。

女伴能来看新簧,鸳鸯正欲上花枝。

佳人览镜

每坐台前见玉容,今朝不与昨朝同。

良人一夜出门宿,减却桃花一半红。

【汇评】

《石园诗话》:其诗如"只言众口铄千金,不信独愁销片玉"、"长短艳歌君不解,浅深更漏妾偏知"、"向夜在堂前,学人拜新月"、"自家夫婿无消息,却恨桥头卖卜人"、"明朝欲饮还来此,只怕春风却在前"、"绣衣年少朝欲归,美人犹在青楼梦"、"莫愁今夜无诗思,已听秋猿第一声"、"乱山重叠云相掩,君向乱山何处行"、"良人一夜出门宿,减却桃花一半红",皆善于言情,哀艳宛转,绝不类隐者之语。

刘虚白

刘虚白,生卒年不详,竟陵(今湖北天门)人。大中十四年(860),登进士第。《全唐诗》存诗一首。

【汇评】

刘虚白擢进士第,嗜酒。有诗云:"知道醉乡无户税,任他荒却下丹田。"(《北梦琐言》)

献主文

二十年前此夜中,一般灯烛一般风。

不知岁月能多少,犹著麻衣待至公。

【汇评】

《唐摭言》:刘虚白与太平裴公早同砚席。及公主文,虚白犹是举子。试杂文日,帘前献一绝句曰:"二十年前此夜中,……"

《容斋随笔》:唐进士入场举得用烛。故或者以为自平旦至通宵。刘虚白有"二十年前此夜中,一般灯烛一般风"之句,及"三条烛尽"之说。

姚　合

　　姚合(约777—843)，字大凝，吴兴(今属浙江)人，姚崇曾侄孙。元和初，父卒相州临河令任，因寄家河朔。十一年(816)，登进士第，授校书郎。参魏博节度使田弘正幕。调武功主簿，历万年、富平尉。宝历二年，授监察御史，旋分司东都。入朝为殿中侍御史、户部员外郎，出为金州刺史。大和八年，自刑部郎中出守杭州。开成中，历左谏议大夫、给事中、陕虢观察使。会昌中，为秘书监，二年十二月二十五日卒。世称姚武功。合有诗名，提掖后进，时人以为"文宗"。曾选王维、祖咏、钱起等人诗百首，为《极玄集》，鉴赏甚精。有《姚合诗集》十卷、《诗例》一卷，宋人重加编次为《姚少监集》十卷行世。《全唐诗》编诗七卷。

【汇评】

　　清奇雅正主：李益。……入室十人：刘畋、僧清塞、卢休、于鹄、杨洄美、张籍、杨巨源、杨敬之、僧无可、姚合。(《诗人主客图》)

　　(姚合)与马戴、费冠卿、殷尧藩、张籍游。李频师之。合有《极玄集》，取王维等念一人诗百篇，曰："此诗中射雕手也。"(《唐诗纪事》)

晚唐诗姚秘监为最清妙。(姚勉《赞府兄诗稿序》)

亡友赵紫芝选姚合、贾岛诗为《二妙集》,其诗语往往有与姚、岛相犯者。按贾太雕隽,姚差律熟,去韦、柳尚争等级。(《后村诗话》)

(宋诗)至东坡、山谷始自出己意以为诗,唐人之风变矣。山谷用工尤为深刻,其后法席盛行,海内称为江西宗派。近世赵紫芝、翁灵舒辈,独喜贾岛、姚合之诗,稍稍复就清苦之风,江湖诗人多效其体,一时自谓之唐宗,不知止入声闻辟支之果,岂盛唐诸公大乘正法眼者哉!(《沧浪诗话》)

四灵,倡唐诗者也,就而求其工者,赵紫芝也。然具眼犹以为未尽者,盖惜其立志未高而止于姚、贾也。(《对床夜语》)

姚少监合,初为武功尉,有诗声,世称为姚武功,与贾岛同时而稍后,似未登昌黎之门。白乐天送知杭州有诗。凡刘、白以后诗人集中皆有姓名,诗亦一时新体也。而格卑于岛,细巧则或过之。(《瀛奎律髓》)

予谓诗家有大判断,有小结裹。姚之诗专在小结裹,故"四灵"学之,五言八句皆得其趣,七言律及古体则衰落不振。又所用料不过花、竹、鹤、僧、琴、药、茶、酒,于此几物,一步不可离,而气象小矣。是故学诗者必以老杜为祖,乃无偏僻之病云。(同上)

(姚合)与贾岛同时,号"姚贾",自成一法。岛难吟,有清冽之风;合易作,皆平淡之气。兴趣俱到,格调少殊,所谓方拙之奥,至巧存焉。盖多历下邑,官况萧条,山县荒凉,风景凋弊之间,最工模写也。(《唐才子传》)

贾岛、姚合后出,格力犹有一二可取。(《唐诗品汇》)

唐诗前以李、杜,后以韩、柳为最。姚合而下,君子不取焉。(《归田诗话》)

姚秘监诗洗濯既净,挺拔欲高。得趣浪仙之僻,而运以爽气;

取材于籍、建之浅，而媚以蒨芬：殆兼同时数子，巧撮其长者。但体似尖小，味亦微醨，故品局中驷尔。(《唐音癸签》)

胡元瑞云："晚唐二家：一家学贾岛，一家学姚合。"方虚谷云："合诗有左无右，有右无左，前联佳矣，或后不称，起句是矣，缴句或非，有小结裹无大涵容，其才与学殊不及浪仙也。"予考《才调》、《三体》、《律髓》、《品汇》、《类苑》诸书，合诸体仅得四五十篇，五言律如"马随山鹿放，鸡杂野禽栖"、"移花兼蝶至，买石得云饶"、"移山入院宅，种竹上城墙"、"棋罢嫌无月，眼迟听尽砧"、"马为赊来贵，僮因借得顽"、"裁衣延野客，剪翅养山鸡"、"嚼花香满口，书竹粉粘衣"、"无竹载芦看，思山叠石为"等句，仅入晚唐纤巧，中亦间有近岛者。但其人既在元和间，先已逗入晚唐纤巧，故晚唐诸家实多类之，非有意学之耳。(《诗源辩体》)

合为诗刻意苦吟，工于点缀小景，搜求新意。而刻画太甚，流于纤仄者，亦复不少。宋末江湖诗派，皆从是导源者也。(《四库全书总目》)

纪昀：武功诗语僻意浅，大有伧气，惟一二新异之句，时有可采，然究非正声也。　　(司空图)固是苦吟有悟，亦由骨韵本清。姚武功搜尽枯肠，终是酸馅气。　　武功诗欲求诡僻，故多琐屑之景，以避前人蹊径。佳处虽有，而小样处太多。　　"武功派"所以不佳，正坐着力都在没紧要处。若盛唐大家却在紧要处用力，其象外传神，空中烘托之笔，亦必与本位秘响潜通，神光离合，必不是抛落正意，另自刻画小景。(《瀛奎律髓汇评》)

姚武功诗，恬淡近人，而太清弱，抑又太尽，此后所以渐靡靡不振也。然五律时有佳句，七律则庸软耳。大抵此时诸贤七律，皆不能振起，所以不能不让樊川、玉溪也。(《石洲诗话》)

武功诗集，古今体存遗甚多。其五言律朴茂新奇，酷似王仲初。仲初故与水部合体，而姚君与水部为友，其得于渐摩者深矣。

佳篇美不胜收，然无逾《县居诗》者，且君以武功得名，未必不由此诗起也。次为升堂第四。(《中晚唐诗主客图》)

姚武功五律，脱洒似不作意，而含蕴不尽。七律亦新脆可喜。(《东目馆诗见》)

其源盖出左太冲，而驰骋害体，已开宋派。律体典润，故得名重当时。武功三十首，特见清华，然方之孟从事、刘随州，则神情顿减。(《三唐诗品》)

送李侍御过夏州

酬恩不顾名，走马觉身轻。
迢递河边路，苍茫塞上城。
沙寒无宿雁，虏近少闲兵。
饮罢挥鞭去，旁人意气生。

【汇评】

《瀛奎律髓》：此诗以"虏近少闲兵"一句能道边塞间难道之景，故取之。上联"迢递河边路，苍茫塞上城"两句似泛，亦无深病也。大抵姚少监诗不及浪仙，有气格卑弱者，如"瘦马寒来死，羸童饿得痴"、"马为赊来贵，童因借得顽"，皆晚辈之所不当学。……其细润而甚工者，亦不可泯没。

《瀛奎律髓汇评》：冯舒：必流水对，决弱而小矣。"两句一般无造化"，此言半是半不是，应细参而得之，则纵横如意矣。　　纪昀：此诗佳在末二句。"虏近少闲兵"句殊不见工。边塞诗如此者甚多，不必写出地名方为切题。必以此论，则第六句临边之地，何处不可用？(方回)评摘武功疵病皆是；所谓细润而工者，则不尽然。　　又云：武功诗之极浑成者。落句得神。

送喻凫校书归毗陵

主人庭叶黑，诗稿更谁书。
阙下科名出，乡中赋籍除。
山春烟树众，江远晚帆疏。
吾亦家吴者，无因到弊庐。

【汇评】

《瀛奎律髓》：姚少监合诗选入《二妙》者百二十一首，比浪仙为多。此"四灵"之所深嗜者。送人诗三十馀首，以余再选，仅得三首（按指前诗、本诗及《送韦瑶校书赴越》）。为武功尉时诗八首最佳。

《瀛奎律髓汇评》：纪昀：评武功是，而以浪仙压之则非。浪仙亦有小结裹，无大涵容也。　　又云：起二句野调，三、四鄙恶至极。

送张宗原

东门送客道，春色如死灰。
一客失意行，十客颜色低。
住者既无家，去者又非归。
穷愁一成疾，百药不可治。
子贤我且愚，命分不合齐。
谁开寒踬门，日日同游栖。
子行何所之，切切食与衣。
谁能买仁义，令子无寒饥。
野田不生草，四向生路岐。

士人甚商贾，终日须东西。

鸿雁春北去，秋风复南飞。

勉君向前路，无失相见期。

【汇评】

《汇编唐诗十集》：唐云：浅直而拙，是此君本色。

《唐诗归》：钟云：此语苦甚（"住者"二句下）。

送源中丞赴新罗

赤墀赐对使殊方，官重霜台紫绶光。

玉节在船清海怪，金函开诏拜夷王。

云晴渐觉山川异，风便那知道路长。

谁得似君将雨露，海东万里洒扶桑。

【汇评】

《围炉诗话》：盛唐不巧；大历以后，力量不及前人，欲避陈浊麻木之病，渐入于巧。刘长卿云"身随敝履经残雪"，皇甫冉云"菊为重阳冒雨开"，巧矣。柳子厚之"惊风乱飐芙蓉水"、"桂岭瘴来云似墨"，更著色相。姚合送使新罗者云"玉节在船清海怪"，则更险急，为避陈浊麻木不惜也。

送陈倜赴江陵从事

荆州胜事众皆闻，幕下今朝又得君。

才子何须藉科第，男儿终久要功勋。

江村竹树多于草，山路尘埃半是云。

新什定知饶景思，不应一向赋从军。

《唐诗成法》:"江树"二句入化。

《随园诗话》:四十年前,余读钟伯敬《慰人落第》云:"似子何须论富贵,旁人未免重科名",以为佳绝。不料甲寅七月,偶翻唐诗,姚合《送江陵从事》云:"才子何须藉富贵,男儿终竟要功名。"钟先生如此偷诗,伤事主矣。

寄贾岛

漫向城中住,儿童不识钱。

瓮头寒绝酒,灶额晓无烟。

狂发吟如哭,愁来坐似禅。

新诗有几首,旋被世人传。

【汇评】

《石园诗话》:姚《赠刘叉》云:"避时曾变姓,救难似嫌身。"《寄贾岛》云:"狂发吟如哭,愁来坐似禅。"《赠张籍》云:"多见愁连晓,稀闻债尽时。"《寄白居易》云:"诗中得意应千首,海内嫌官只一人。"皆能各肖其实。

春日早期寄刘起居

九衢寒雾敛,双阙曙光分。

彩仗迎春日,香烟接瑞云。

珮声清漏间,天语侍臣闻。

莫笑冯唐老,还来谒圣君。

【汇评】

《唐诗品汇》:刘须溪云:自在("珮声"二句下)。

《唐诗选脉会通评林》：周敬曰：有同盛（唐）风流。　　徐用吾曰：清语整整。　　蒋一梅曰：庄雅沉雄，五言擅场。　　吴山民曰：整而暇。　　前六句，写春日早朝景事，结自言老得觐君，见不若起居郎密迩御侧之荣；相寄之意，却在言外。杜诗"天颜有喜近臣知"，此诗"天语侍臣闻"，见天子声色，非疏逖之，臣可得亲炙。"知"字、"闻"字，又不无深浅之别。

寄无可上人

十二门中寺，诗僧寺独幽。
多年松色别，后夜磬声秋。
见世虑皆尽，来生事更修。
终须执瓶钵，相逐入牛头。

【汇评】

《瀛奎律髓》："见世虑皆尽"，固人之所难；"来生事更修"，此理恐不然也。此诗却自可观。

《瀛奎律髓汇评》：冯班：起好。末联"寄"结。　　纪昀：五、六平近而不佳，武功转不直作平近语。　　又云：寄僧诗与论儒理，唐人诗与论宋人理，岂复可与（按指方批）言诗？

山居寄友人

独在山阿里，朝朝遂性情。
晓泉和雨落，秋草上阶生。
因客始沽酒，借书方到城。
诗情聊自遣，不是趁声名。

《瀛奎律髓》：五、六好。比贾岛斤两轻，一不逮；对偶切，二不逮；意思浅，三不逮。却有一可取，曰清新。

《瀛奎律髓汇评》：盛唐人诗语和平，而高逸身份，自于言外见之，无诡激清高之习。武功以后，始多撑眉努目之状，所谓外有馀者中不足也。此诗四句自佳，末二句有多少火气在。

赠张籍太祝

绝妙江南曲，凄凉怨女诗。
古风无手敌，新语是人知。
飞动应由格，功夫过却奇。
麟台添集卷，乐府换歌词。
李白应先拜，刘祯必自疑。
贫须君子救，病合国家医。
野客开山借，邻僧与米炊。
甘贫辞聘币，依选受官资。
多见愁连晓，稀闻债尽时。
圣朝文物盛，太祝独低眉。

【汇评】

《唐诗纪事》：（张）籍乐府词清丽深婉，五言律诗亦平淡可喜。……姚合读籍诗，有诗云："妙绝《江南曲》，凄凉怨女诗。古风无敌手，新语是人知。"

《戴酒园诗话又编》："妙绝《江南曲》，凄凉怨语词"，姚秘书之评张司业也，此言甚当。

武功县中作三十首（选七首）

其一

县去帝城远，为官与隐齐。

马随山鹿放，鸡杂野禽栖。

绕舍惟藤架，侵阶是药畦。

更师嵇叔夜，不拟作书题。

【汇评】

《瀛奎律髓》：三、四好，五、六似张司业而太易，太易则浅。

《载酒园诗话》：凡摹拟最忌入俗。姚合形容山邑荒僻，官况萧条，曰"马随山鹿放，鸡杂野禽栖"，真刻画而不伤雅。至"县古槐根出"犹可，下云"官清马骨高"，"官清"字太着痕迹，"马骨高"尤入俗诨。梅圣俞乃言胜前二语，真是颠倒。

《瀛奎律髓汇评》：纪昀：武功诗语僻意浅，大有伧气，惟一、二新异之句，时有可采，然究非正声也。

《重订中晚唐诗主客图》：此等随哭之什，初无先后伦次，但于起首、结首略加勾勒而已。

其三

微官如马足，只是在泥尘。

到处贫随我，终年老趁人。

簿书销眼力，杯酒耗心神。

早作归休计，深居养此身。

【汇评】

《历代诗发》：设想最超异，而措词明净恰当。

《重订中晚唐诗主客图》：绝肖王丞（"到处"联下）。

其四

薄书多不会,薄俸亦难销。

醉卧慵开眼,闲行懒系腰。

移花兼蝶至,买石得云饶。

且自心中乐,从他笑寂寥。

【汇评】

《瀛奎律髓》:五、六最工。

《瀛奎律髓汇评》:纪昀:五、六自好,三、四太俚。　　　无名氏(甲):姚监诗亦无大气局,比之浪仙亦浅,但稍觉开明耳。

其八

一日看除目,终年损道心。

山宜冲雪上,诗好带风吟。

野客嫌知印,家人笑买琴。

只应随分过,已是错弥深。

【汇评】

《观林诗话》:世所传"一日看除目,终年损道心"之语,乃姚合《武功县》诗也。

《瀛奎律髓》:起句旧改"终年"作"三年",读之遂成话柄。

《瀛奎律髓汇评》:纪昀:起二句不贯通篇。

《王闿运手批唐诗选》:"风"即狂也,俗语入诗("诗好"句下)。

其十四

作吏荒城里,穷愁欲不胜。

病多唯识药,年老渐亲僧。

梦觉空堂月,诗成满砚冰。

故人多得路,寂寞不相称。

《近体秋阳》：刻仄孤空，千古独辟。"空"、"满"二字，从何处结撰，是何等确当（"梦觉"二句下）！　　妙在绝不讳忌俗情，知一经说破，不特心头言下，毫不觉有绝望意。此正是其品情高亮处，豁达高清，终唐独出。"梦觉空堂月，诗成满砚水"，别矣，绝矣。

《重订中晚唐诗主客图》：名句。此自与仲初近，与乐天殊（"病多"二句下）。　　苦搜可想（"梦觉"二句下）。

其二十二

门外青山路，因循自不归。

养生宜县僻，说品喜官微。

净爱山僧饭，闲披野客衣。

谁怜幽谷鸟，不解入城飞。

【汇评】

《唐诗快》：此等人岂是官料！却教他为簿尉，冤屈，冤屈！

《养一斋诗话》：鲍溶诗云："门前青山路，眼见归不得。"姚合诗则云："门外青山路，因循自不归。"愤婉各尽其妙。合诗体气清整，人以为宋末四灵之开山，恐不尽然。

《王闿运手批唐诗选》：言鸟不如官也（末二句下）。

其二十八

长忆青山下，深居遂性情。

垒阶溪石净，烧竹灶烟轻。

点笔图云势，弹琴学鸟声。

今朝知县印，梦里百忧生。

【汇评】

《瀛奎律髓》：曾以簿权邑来，自唐已苦作邑之难也。　　　　又：

武功有官况三十首,赵紫芝多选取配贾岛,以为《二妙集》,盖"四灵"之所宗也。 三十诗中选此十二首,"四灵"之所学也。此可学也,学贾岛不可及矣。

《瀛奎律髓汇评》:冯班:知言。 纪昀:此评最确。

李光垣:十二首中,凡用马、鸡、药、酒、琴、竹、花、石、诗、书、风、雨、山、水、病、贫字样,多复。

《重订中晚唐诗主客图》:三十首中,皆放谐处见胸次骨格,所以见重处正在此耳。

《石园诗话》:姚《武功县中作》多至二十七首,不能免重复之累。"到处贫随我,终年老趁人"、"小市柴薪贵,贫家砧杵闲"、"爱闲求病假,因醉弃官方"、"一日看除目,终年损道心"、"秋凉送客远,夜静咏诗多"、"竟日无多食,连宵不闭门"、"病多惟识药,年老渐亲僧"、"养生宜县僻,说品喜官微"、"久贫还易老,多病懒能医"、"道友怜蔬食,吏人嫌草书"、"印朱沾墨砚,户籍杂经书",皆佳句也。

罢武功县将入城(其二)

青衫脱下便狂歌,种薤栽莎斸古坡。
野客相逢添酒病,春山暂上著诗魔。
亦知官罢贫还甚,且喜闲来睡得多。
欲与九衢亲故别,明朝拄杖始经过。

闲居晚夏

闲居无事扰,旧病亦多瘥。
选字诗中老,看山屋外眠。
片霞侵落日,繁叶咽鸣蝉。

对此心还乐，谁知乏酒钱。

【汇评】

《瀛奎律髓》：姚合学贾岛为诗。虽贾之终穷，不及姚之终达，然姚之诗小巧而近乎弱，不能如贾之瘦劲高古也。当以此二公之诗细味观之，又于其集中深考，斯可矣。三、四疑颇偏枯。"选字"者，殆于拣择诗眼耳；下句未称。

《瀛奎律髓汇评》：冯班：后四句直下，妙。　　纪昀：三句小样，不及对句。虚谷谓对句未称，非是。五、六稍有致，七、八浅率。

闲　居

不自识疏鄙，终年住在城。

过门无马迹，满宅是蝉声。

带病吟虽苦，休官梦已清。

何当学禅观，依止古先生。

【汇评】

《瀛奎律髓》：中四句皆佳。"四灵"亦学到此地，但却学贾岛，未升其堂，况入其室乎？

《载酒园诗话又编》：秘书与阆仙善，兼效其体。古诗不唯气格近之，尚无其酸言。至近体如"酒熟听琴酌，诗成削树题"、"过门无马迹，满宅是蝉声"、"看月嫌松密，垂纶爱水深"、"弄日莺狂语，迎风蝶倒飞"，俱为宋人所尊，观之果亦警策。

《瀛奎律髓汇评》：纪昀：武功诗之雅驯者。

将归山

野人惯去山中住，自到城来闷不胜。

宫树蝉声多却乐,侯门月色少于灯。

饥来唯拟重餐药,归去还应只别僧。

闻道旧溪茅屋畔,春风新上数枝藤。

山中述怀

为客久未归,寒山独掩扉。

晓来山鸟散,雨过杏花稀。

天远云空积,溪深水自微。

此情对春色,尽醉欲忘机。

【汇评】

《瀛奎律髓》:此诗相传为周贺作。检贺集无之,自是欧公《诗话》误。

《瀛奎律髓汇评》:纪昀:此诗气韵闲雅,无撑眉努目之丑态,不类武功手笔,欧公则或有所据。三、四天然有韵。末句费解,或有讹。　许印芳:首句用古调,非拗调。六句亦佳,晓岚密圈之。"山"字复。

游春十二首（选二首）

其一

正月一日后,寻春更不眠。

自知还近僻,众说过于颠。

看水宁依路,登山欲到天。

悠悠芳思起,多是晚风前。

【汇评】

《瀛奎律髓》:武功《游春》诗十二首,今选取二,……有云:"正月一日后,寻春更不眠",如"看水闲依路,登山欲倒天",如"未晓冲寒起,迎春忍病行。树枝风掉软,菜甲土浮轻",如"趁暖檐前坐,寻芳树底行。土融凝野色,水败满池声",如"爱花林下饮,恋草野中眠",如"向阳倾冷酒,看影试新衣",皆可喜,而其病在乎矜夸无感慨。

其十

卑官还不恶,行止得逍遥。
晴野花侵路,春陂水上桥。
尘埃生暖色,药草长新苗。
看却烟光散,狂风处处飘。

【汇评】

《瀛奎律髓汇评》:纪昀:武功诗欲求诡僻,故多琐屑之景,以避前人蹊径。佳处虽有,而小样处太多。如此诗三、四自好,五、六尚不伤雅。次首(按指"身被春光引"一首)中四句则下劣甚矣。学者不可不知。

赏　春

闲人只是爱春光,迎得春来喜欲狂。
买酒怕迟教走马,看花嫌远自移床。
娇莺语足方离树,戏蝶飞高始过墙。
颠倒醉眠三数日,人间百事不思量。

【汇评】

《瀛奎律髓》:中四句皆工,起句(按当为"起结")皆散诞放旷。然只是器局小,无感慨隽永味。

《瀛奎律髓汇评》:冯舒:题是赏春,何须感慨?此语盖为"四灵"而发。然如此亦可谓隽永矣。　　　冯班：腹联绝妙。"江西"人岂能如此隽永？大抵诗粗则少味，疲则味涩也。　　　查慎行：此之谓浅易。　　　纪昀：伧气。中四句是碎，非工。

扬州春词三首（选二首）

其一

广陵寒食天，无雾复无烟。

暖日凝花柳，春风散管弦。

园林多是宅，车马少于船。

莫唤游人住，游人困不眠。

其三

江北烟光里，淮南胜事多。

市廛持烛入，邻里漾船过。

有地惟栽竹，无家不养鹅。

春风荡城郭，满耳是笙歌。

【汇评】

《石园诗话》：姚《扬州春词》云："园林多是宅，车马少于船"、"春风荡城郭，满耳是笙歌。"二十字中，胜画一幅扬州图也。

晦日送穷三首

其一

年年到此日，沥酒拜街中。

万户千门看，无人不送穷。

其二

送穷穷不去,相泥欲何为?

今日官家宅,淹留又几时。

其三

古人皆恨别,此别恨消魂。

只是空相送,年年不出门。

【汇评】

《唐人绝句精华》：此虽文人游戏之作,然亦可见古时风俗。

题金州西园九首（选一首）

蔓　径

药院径亦高,往来踏蔓影。

方当繁暑日,草屏微微冷。

爱此不能行,折薪坐煎茗。

杏溪十首（选一首）

莲　塘

方塘菡萏高,繁艳相照耀。

幽人夜眠起,忽疑野中烧。

晓寻不知休,白石岸亦峭。

买太湖石

我尝游太湖,爱石青嵯峨。

波澜取不得，自后长咨嗟。

奇哉卖石翁，不傍豪贵家。

负石听苦吟，虽贫亦来过。

贵我辨识精，取价复不多。

比之昔所见，珍怪颇更加。

背面淙注痕，孔隙若琢磨。

水称至柔物，湖乃生壮波。

或云此天生，嵌空亦非他。

气质偶不合，如地生江河。

置之书房前，晓雾常纷罗。

碧光入四邻，墙壁难蔽遮。

客来谓我宅，忽若岩之阿。

【汇评】

《唐诗归》：谭云：以此一句，为作诗本领，便不是单咏太湖石矣（"奇哉"句下）。　　钟云：高人行径，亦须略带些痴气，极俗人决不肯痴（"负石"句下）。　　谭云：千古好名，感知人情如此（"贵我"二句下）。　　钟云：大道理（"或云"四句下）。

题李频新居

赁居求贱处，深僻任人嫌。

盖地花如绣，当门竹胜帘。

劝僧尝药酒，教仆辨书签。

庭际山宜小，休令著石添。

【汇评】

《瀛奎律髓》：予谓学姚合诗，如此亦可到也。必进而至于贾岛，斯可矣，又进而至老杜，斯无可无不可矣。或曰：老杜如何可学？曰自贾岛幽微入,而参以岑参之壮,王维之洁,沈佺期、宋之问之整。

《瀛奎律髓汇评》:冯舒:"壮"、"整"、"洁"三字尚未圆通,诸公妙处不在此。 纪昀:全是欺人语,学杜从贾岛入,所谓北行而适越。中四句小样之甚,末二句尤僻而无味。

过张邯郸庄

客行长似病,烦热束四肢。
到君读书堂,忽若逢良医。
堂前水交流,堂下树交枝。
两门延风凉,洗我昏浊肌。
与子还往熟,坐卧恣所宜。
时时相献酬,文字当酒卮。
野饭具藜藿,永日亦不饥。
苟餐非其所,鲙炙为蒹葭。
时清士人闲,耕作唯文词。
岂独乡里荐,当取四海知。

【汇评】

《石园诗话》:姚武功诗多名言。如"客行长似病,烦热束四肢。到君读书堂,忽若逢良医。时时相献酬,文字当酒卮"、"尝闻朋友惠,赠言始为恩。金玉日消费,好句长相存"、"人生须气健,饥冻缚不得"、……"懒拜腰肢硬,慵趋礼乐生"、"因客始沽酒,借书方到城"、"诗书愁触雨,店舍喜逢山"、"静者多便夜,豪家不见秋",皆耐人寻味。

过无可上人院

寥寥听不尽,孤磬与疏钟。

烦恼师长别,清凉我暂逢。

蚁行经古藓,鹤毳落深松。

自想归时路,尘埃复几重。

【汇评】

《瀛奎律髓》:五、六参入贾浪仙也。

《瀛奎律髓汇评》:冯舒:首句"上人院"起。末联"过"结。如此结法,刊定板榜矣。 纪昀:"武功派"内之雅音。

过天津桥晴望

闲立津桥上,寒光动远林。

皇宫对嵩顶,清洛贯城心。

雪路初晴出,人家向晚深。

自从王在镐,天宝至如今。

【汇评】

《瀛奎律髓汇评》:纪昀:三、四极切而笨滞。五句是真景,然小样。六句则意境深微,能写难状之景。结亦无味。 无名氏(甲):天津桥,在洛阳。末言天宝之乱,王止居镐京,不复东巡也。

县中秋宿

鼓绝门方掩,萧条作吏心。

露垂庭际草,萤照竹间禽。

棋罢嫌无月,眠迟听尽砧。

还知未离此,时复更相寻。

【汇评】

《瀛奎律髓》:老杜"月明垂叶露",此句古今无敌。今此句非有意窃取之,亦佳句也。详味合诗轻而浅,颇有沾沾自喜之意,实有爱官职之心焉。

《瀛奎律髓汇评》:查慎行:"月明垂叶露",因垂叶之露,非月明不见,且夜景晶荧,恍在言外。若此诗"露垂庭际草",单薄无意味。 纪昀:三、四有幽致。末句不解,恐题有脱字。

杨柳枝词五首（选二首）

其二

叶叶如眉翠色浓,黄莺偏恋语从容。

桥边陌上无人识,雨湿烟和思万重。

【汇评】

《唐人绝句精华》:玩三、四句,似有士不遇之感。

其五

江亭杨柳折还垂,月照深黄几树丝。

见说隋堤枯已尽,年年行客怪春迟。

【汇评】

《载酒园诗话又编》:凡作熟题,须得新意乃佳。《杨柳枝》曰:"江亭杨柳折还垂,……"此诗颇脱窠臼。

拾得古砚

僻性爱古物,终岁求不获。

昨朝得古砚,黄河滩之侧。

念此黄河中,应有昔人宅。

宅亦作流水,斯砚未变易。

波澜所激触，背面生罅隙。

质状朴且丑，今人作不得。

捧持且惊叹，不敢施笔墨。

或恐先圣人，尝用修六籍。

置之洁净室，一日三磨拭。

大喜豪贵嫌，久长得保惜。

【汇评】

《唐诗归》：想头奇（"念此"二句下）。　　老古董在行，在行（末二句下）！

穷边词二首（其一）

将军作镇古汧洲，水腻山春节气柔。

清夜满城丝管散，行人不信是边头。

【汇评】

《唐诗品汇》：谢云：此诗颂边城贤守，有风人法度；与"云黄知塞近，草白见边秋"者异矣。

《唐诗选脉会通评林》：描写靖边之功，不落色相。　　焦竑曰：此与"玉帛朝回望帝乡"篇语意，皆言边境净谧。　　胡次焱曰：满城弦管，山水光辉，有中州所无者；边城有此，德政可知。不颂其严明，不颂其仁恕，第举风俗气象言之，举影见表，举效见本，此格最高。

《唐人绝句精华》：此美边将能安边也，故不为寒苦之词。

剑器词三首（其二）

昼渡黄河水，将军险用师。

雪光偏著甲，风力不禁旗。

阵变龙蛇活，军雄鼓角知。

今朝重起舞，记得战酣时。

【汇评】

《唐贤小三昧集续集》：三、四可称警策。

哭贾岛二首（其二）

杳杳黄泉下，嗟君向此行。

有名传后世，无子过今生。

新墓松三尺，空阶月二更。

从今旧诗卷，人觅写应争。

【汇评】

《瀛奎律髓》：岛无子，于此可见。又有"稚子哭胜猿"之句，疑岛有子，存此诗以证之。"松三尺"、"月二更"，予谓尚可改。

《瀛奎律髓汇评》：冯舒："松三尺"，谓新种也。　　冯班：新松三尺，何可改耶？　　纪昀：结句意好而语鄙。

周　贺

周贺,生卒年不详,字南卿,东洛(今四川广元西北)人。初为僧,法名清塞,居庐山,后客居润州。大和末,谒杭州刺史姚合,合爱赏其诗,延待甚异。遂命还俗。后曾为官,然仕历不详。有《周贺诗》(一作《清塞集》)一卷。《全唐诗》编诗一卷。

【汇评】

清奇雅正主:李益。……入室十人:刘畋、僧清塞(按即周贺)、卢林、于鹄、杨洄美、张籍、杨巨源、杨敬之、僧无可、姚合。(《诗人主客图》)

周贺,少从浮图,法名清塞,遇姚合而反初,诗格清雅,与贾长江、无可上人齐名。(《唐摭言》)

清塞字南卿,……俗性周,名贺,工为近体诗,格调清雅,与贾岛、无可齐名。(《唐才子传》)

贺少为僧,号清塞。姚合爱其诗,加以冠帻。今选中有清塞,即贺也。贺诗沉郁有格力,写象痛切,意旨融变,多可采录。如"帝业空城在,民田坏冢多。"又"樯烟离浦色,芦雨入船声",又"孤鸟背林色,远帆开浦烟",又"石水生茶味,松风减扇声",又"折花林影

动,移石洞云回",皆有深致,读之洒洒。(《唐诗品》)

钟云:贺诗清奥,有异气,有孤响。(《唐诗归》)

周贺与贾岛同时,其五言律多学岛。(《诗源辩体》)

周贺诗颇多清刻之句,然终嫌未脱僧气。(《载酒园诗话又编》)

周贺五律,颇有意味,在中末、晚初诸人五律之上,尚可颉颃温岐。(《石洲诗话》)

南卿无古体,七言亦不多。五律六十馀篇,皆学贾长江,工力悉敌。周、贾同时,其出身由浮屠并同无本,或亦犹水部之与司马也。检选诸贤,定为入室。(《中晚唐诗主客图》)

送康绍归建业

南朝秋色满,君去意如何?
帝业空城在,民田坏冢多。
月圆台独上,粟绽寺频过。
篱下西江阔,相思见白波。

【汇评】

《瀛奎律髓》:三、四眼前,亦不可少。

《瀛奎律髓汇评》:冯舒:第六句新。　　纪昀:起有远神,颇见气格,惜六句太凑。

暮冬长安旅舍

湖外谁相识,思归日日频。
遍寻新住客,少见故乡人。
失计空知命,劳生耻为身。

惟看洞庭树,即是旧山春。

【汇评】

《重订中晚唐诗主客图》:此学其(按指贾岛)"旧国别多日,故人无少年"等句("遍寻"一联下)。　　此等见唐人安身立命处,乃作诗之骨也。陶渊明之诗独高千古,亦于此等求之("失计"一联下)。

山居秋思

一从云水住,曾不下西岑。
落木孤猿在,秋庭积雾深。
泉流通井脉,虫响出墙阴。
夜静溪声彻,寒灯尚独吟。

【汇评】

《重订中晚唐诗主客图》:此清塞真也("落木"一联下)。意似有意袭"虫响出秋蔬"句("虫响"句下)。　　清寒在目(末二句下)。

哭闲霄上人

林径西风急,松枝讲钞馀。
冻髭亡夜剃,遗偈病时书。
地燥焚身后,堂空著影初。
吊来频落泪,曾忆到吾庐。

【汇评】

《唐摭言》:(贾)岛哭柏岩禅师籍甚,及贺赋(《哭闲霄上人》)一篇,与岛不相上下。岛曰:"苔覆石床新,师曾占几春。写留行道影,焚却坐忘身。塔院关松雪,房廊露隙尘。自嫌双泪下,不是解空人。"贺曰:"林径西风急,松枝讲法馀。……"

《瀛奎律髓》:哭僧诗,贾岛于柏岩、宗密二人至矣。此诗三、四亦可佳,第五句颇险,夫然后知诗之难也。

《瀛奎律髓汇评》:纪昀:第五句景真而句不佳。　　无名氏(甲):次句言诸经疏抄,可捉松枝而读。

《重订中晚唐诗主客图》:哭僧诗至此已到极处,蔑以尚矣,然不能不让阆师《柏岩》之篇者,彼得圆寂之理,甚妙,身外有身,化而不化也,此则和尚真死矣。　　惨(首句下)。　　怵刿逼真,乃至于此("地燥"二句下)。

春喜友人至山舍

鸟鸣春日晓,喜见竹门开。
路自高岩出,人骑大马来。
折花林影断,移石洞阴回。
更欲留深语,重城暮色催。

【汇评】

《唐诗选脉会通评林》:周敬曰:周贺诗亦晚唐之铮铮者,出语多精细雅逸,如《过郭涯书堂》与《喜友人至山舍》等篇,妙由费思,却似不费思者。

长安送人

上国多离别,年年渭水滨。
空将未归意,说向欲行人。
雁度池塘月,山连井邑春。
临岐惜分手,日暮一沾巾。

《后村诗话》：周贺"空将未归意，说向欲行人"，张蟾"共看今夜月，独作异乡人"，善状离别者。贺又云"雨雪生中路，干戈阻后期"，蟾云"塞深行客少，家远识人稀"，善状边地者。

《石园诗话》：（周贺）五言皆有深致，警句为多："树寒稀宿鸟，山回少来僧"、"眠客闻风觉，飞虫入独来"、"归人值落叶，远路入寒山"、"野渡人初过，前山雪未开"、"空将未归意，说向欲行人"。当时与浪仙、无可齐名，而清雅更过之也。

《重订中晚唐诗主客图》：此却与张水部相近（"雁度"一联下）。

晚题江馆

病寄曲江居带城，傍门孤柳一蝉鸣。
澄波月上见鱼掷，晚径叶多闻犬行。
越岛夜无侵阁色，寺钟凉有隔原声。
故园尽卖休官去，潮水秋来空自平。

【汇评】

《唐诗归》：钟云：清傲，可避七言律熟径。

宿隐静寺上方

一宿五峰杯度寺，虚廊中夜磬声分。
疏林未落上方月，深涧忽生平地云。
幽鸟背泉栖静境，远人当烛想遗文。
暂来此地歇劳足，望断故山沧海濆。

【汇评】

《汇编唐诗十集》：唐云：此较前二篇（按指《送石协律还吴》、《晚题江馆》）殊胜，要亦铁之铮铮者。

《唐诗归》：钟云：此七字，人知其境之幽静，不知其意之曲折（"幽鸟背泉"句下）。

《近体秋阳》：高空蹴踽，极文章酣适之乐，而法森气泄，其中唐佳作乎？

杪秋登江楼

平楚起寒色，长沙犹未还。
世情何处淡，湘水向人闲。
空翠隐高鸟，夕阳归远山。
孤云万馀里，惆怅洞庭间。

【汇评】

《唐诗归》：钟云："超"（按《全唐诗》作"起"）字甚奇，甚真，人用不得（首句下）。

《唐风定》：与"湘水向君深"同工而意自别（"世情"二句下）。

《唐诗笺要》：三、四句有静观自得意。"夕阳归远山"，似胜何水部"天暮远山青"。

郑　巢

郑巢,生卒年不详,钱塘(今浙江杭州)人。大和末,姚合刺杭州,巢献诗游门下,大得奖重。性耽山水,与两浙名僧交往,终生未仕。《全唐诗》存诗一卷。

【汇评】

时,姚合号诗宗,为杭州刺史,(郑)巢献所业,日游门馆,累陪登览燕集,大得奖重,如门生礼然。体效格法,能伏膺无致,句意且清新。(《唐才子传》)

郑巢诗,以浅易近水部,或即水部之徒也。附之及门,以便初学。(《重订中晚唐诗主客图》)

泊灵溪馆

孤吟疏雨绝,荒馆乱峰前。

晓鹭栖危石,秋萍满败船。

溜从华顶落,树与赤城连。

已有求闲意,相期在暮年。

《唐诗选脉会通评林》：周弼为四实体。   徐充曰：第四句
佳（"秋萍"句下）。   前四句咏溪馆之荒凉，见客情之凄楚。后
四句，即馆前山水之胜，起老年求闲之思。盖鹭水鸟而栖危石，见
处不得所，寓意在鹭；船载物而为萍满，见由败所致，寓意在船；句
虽属对，而作想不可不知。末，果有意求闲，何必暮年？观其《楚城
秋夕》一诗，想欲闲而有不可得者。

瀑布寺贞上人院

> 林疏多暮蝉，师去宿山烟。
> 古壁灯熏画，秋琴雨润弦。
> 竹间窥远鹤，岩上取寒泉。
> 西岳沙房在，归期更几年。

【汇评】

《瀛奎律髓》：司空图有"山雨慢琴弦"之句，此亦暗合，其联
甚佳。

《瀛奎律髓汇评》：纪昀：亦是小样范。   又云：此上人出
而巢题其所居，故有首尾四句。

《重订中晚唐诗主客图》：纯是水部《和秋居》气味（"秋琴"
句下）。

送人赴举

> 篇章动玉京，坠叶满前程。
> 旧国与僧别，秋江罢钓行。
> 马过隋代寺，墙出楚山城。

应近嵩阳宿,潜闻瀑布声。

【汇评】

《重订中晚唐诗人主客图》:插此句,水部法("坠叶"句下)。　气味确是张公派("旧国"二句下)。　后世作此题者,不知多少"擢桂"、"鹿鸣"泛语,又或多作兴旺勉戒语,只成俗气。选此隔反。　此等诗学水部却高。

送琇上人

古殿焚香外,清羸坐石棱。
茶烟开瓦雪,鹤迹上潭冰。
孤磬侵云动,灵山隔水登。
白云归意远,旧寺在庐陵。

【汇评】

《唐诗归》:钟云:有清痕。

《唐诗选脉会通评林》:亦见冥搜,有清癖。

《唐诗摘钞》:前六句俱预写到寺时之景之事。而以七、八倒缴出之,不必更作赠别语,只"白云归意远"五字,便是一篇送琇上人还庐山序也。

《唐贤清雅集》:清绝妙用,加一倍写法。

《王闿运手批唐诗选》:眼前景,无人道("茶烟"二句下)。

题崔中丞北斋

湖近草侵庭,秋来道兴生。
寒潮添井味,远漏带松声。
放卷听泉坐,寻僧踏雪行。

何年各无事，高论宿青城。

【汇评】

《重订中晚唐诗主客图》：向水部《和秋居》十首，讨其韵味所自。

崔　涯

崔涯，生卒年不详，吴楚人。失意游江淮，自命侠士。能诗，与张祜齐名。《全唐诗》存诗八首。

【汇评】

崔涯者，吴楚之狂生也，与张祜齐名，每题一诗于倡肆，无不诵之于衢路。誉之，则车马继来；毁之，则杯盘失错。（《云谿友议》）

同时崔涯亦工诗，与祜齐名，颇自放行乐。或乘兴北里，每题诗倡肆，誉之则声价顿增，毁之则车马扫迹。（《唐才子传》）

侠士诗

太行岭上二尺雪，崔涯袖中三尺铁。

一朝若遇有心人，出门便与妻儿别。

【汇评】

《桂苑丛谈》：进士崔涯、张祜下第后，多游江淮，常嗜酒，侮谑时辈，或乘饮兴，即自称豪侠。二子好尚既同，相与甚洽。崔因醉作侠士诗云："太行岭上三尺雪，……"由是往往播在人口，崔、张真侠士也。以此人多设馔待之，得以互相推许。

《五朝诗善鸣集》：豪而带粗，亦复可取。

别　妻

陇上泉流陇下分，断肠呜咽不堪闻。

嫦娥一入月中去，巫峡千秋空白云。

【汇评】

《云溪友议》：崔生之妻雍氏者，乃扬州揔效之女也，仪质闲雅，夫妇甚睦。雍族以崔郎甚有诗名，资赡每厚。崔生常于饮食之处，略无惮敬之颜，但呼妻父"雍老"而已。雍久之而不能容，勃然仗剑，呼女而出崔秀才，曰："其河朔之人，唯袭弓马，养女合嫁军门，徒慕士流之德。小女违公，不可别醮，便令出家。汝若不从，吾当挥剑。"立令涯妻剃发为尼。涯方悲泣悔过，雍亦不听分疏。亲戚挥恸，别易会难，涯不得已，裁诗留赠。至今江浦离愁，莫不吟讽是诗而惜别也。诗曰："陇上流泉陇下分，……"

王 叡

　　王叡,生卒年里贯均未详。元和后诗人。自号炙毂子。著有《炙
毂子杂录注解》五卷,《炙毂子诗格》一卷,已佚。《全唐诗》存诗九首。

祠渔山神女歌二首（其二）

　　枨枨山响答琵琶,酒湿青莎肉饲鸦。
　　树叶无声神去后,纸钱灰出木绵花。

崔　郊

崔郊，生卒年里贯均未详。贞元末、元和初，尝寓居汉上。《全唐诗》存诗一首。

赠去婢

公子王孙逐后尘，绿珠垂泪滴罗巾。
侯门一入深如海，从此萧郎是路人。

【汇评】

《云溪友议》：崔郊秀才者，寓居于汉上，蕴积文艺而物产罄悬。无何，与姑婢通，每有阮咸之从。其婢端丽，饶彼音律之能，汉南之最也。姑贫，鬻婢于连帅。连帅爱之，以类无双，给钱四十万，宠眄弥深。郊思慕无已，即强亲府署，愿一见焉。其婢因寒食来从事家，值郊立于柳阴，马上连泣，誓若山河。崔生赠之以诗曰："公子王孙逐后尘，……"或有嫉郊者，写诗于座，公睹诗，令召崔生，左右莫之测也。郊则忧悔而已，无处潜遁也。及见郊，握手曰："'侯门一入深似海，从此萧郎是路人'，便是公制作也？四百千，小哉？何靳一书，不早相示？"遂命婢同归。至于帏幌奁匣，悉为增饰之，小阜崔生矣。

何希尧

何希尧,生卒年不详,字唐臣,分水(今浙江桐庐西)人。《全唐诗》存诗四首。

海 棠

著雨胭脂点点消,半开时节最妖娆。
谁家更有黄金屋,深锁东风贮阿娇。

章孝标

章孝标，生卒年不详，字道正，钱塘（今浙江杭州）人。元和十四年（819），登进士第，授秘书省正字，迁校书郎。长庆中归杭，投谒白居易。长庆、宝历间，又至越州投谒元稹。大和中，为山南西道节度府从事，试大理评事。会昌中游淮南，与节度使李绅交往唱酬。孝标善诗，与白居易、元稹、李绅、杨巨源、无可、朱庆馀等人交往唱和。有《章孝标诗》一卷。《全唐诗》编诗一卷。

【汇评】

瑰奇美丽主：武元衡。……及门十人：张陵、章孝标、雍陶、周祚、袁不约……（《诗人主客图》）

前辈有章八元，后有章孝标，皆桐庐人，名虽远而位俱不达。（《云溪友议》）

短李镇扬州，请章孝标赋《春雪》诗，命题于台盘上。孝标唯然，索笔一挥云："六出飞花处处飘，粘窗拂砌上寒条。朱门到晚难盈尺。尽是三军喜气消。"（《唐摭言》）

孝标，钱塘人，与朱庆馀同时。其诗喜用浑成字，遂伤俗拙。《长安春夜》一首，田家情景，颇似中唐人语。（《唐诗品》）

章孝标殊有蒨饰,七字尤爽朗。"云领浮名去,钟撞大梦醒",何其伟也!(《唐音癸签》)

孝标父子,俱以诗名。张洎称孝标为水部门人。水部名盛于元和中,孝标元和进士,必应亲受水部律格。今检其集,诸体凌乱,多他家窜入。聊抄数篇,以见其概,仍多率句,恐非庐山真面目也。(《中晚唐诗主客图》)

上浙东元相

婺女星边喜气频,越王台上坐诗人。
雪晴山水勾留客,风暖旌旗计会春。
黎庶已同狩顿富,烟花却为相公贫。
何言禹迹无人继,万顷湖田又斩新。

【汇评】

《唐诗快》:有气概("越王台上"句下)。 "勾留"、"计会",浅语俱妙("雪晴山水"二句下)。 自是奇语("烟花却为"句下)。

《唐诗成法》:他人将治绩多先写,此写后,别致且简洁。誉得雅绝,不必言,而"勾留"、"计会"、"富"、"贫"、"斩新"等字,全首俱用生料,最醒人眼。

《近体秋阳》:唐作家最喜以方言入律绝,子美颇多,而盛行于中、晚。然子美之"斩新花蕊未曾开",则又远不如此句矣。呜呼!此近体之所以不如古体也(末句下)。

古行宫

瓦烟疏冷古行宫,寂寞朱门反锁空。

残粉水银流砌下，堕环秋月落泥中。

莺传旧语娇春日，花学严妆妒晓风。

天子时清不巡幸，只应鸾凤集梧桐。

【汇评】

《诗人玉屑》：眼用活字："孤灯燃客梦，寒杵捣乡愁"、……"莺传旧语娇春日，花学严妆妒晓风"。

《唐诗摘钞》：结处一振，不作衰飒语，甚得体，方与吊前朝者有别。八句分明取《卷阿》诗意点景，却是反映"不巡幸"字。

归燕词辞工部侍郎

旧垒危巢泥已落，今年故向社前归。

连云大厦无栖处，更望谁家门户飞。

【汇评】

《云溪友议》：元和十三年，（孝标）下第。时辈多为诗以刺主司，独章君为《归燕》诗，留献庾侍郎承宣。小宗伯得诗，展转吟讽，诚恨遗才，仍候秋期，必当荐引。庾果秉礼曹，孝标来年擢第。群议以为二十八字而致大科，则名路可遵递相砻砺也。

《四溟诗话》：章孝标下第曰："连云大厦无栖处，更傍谁家门户飞？"后及第，曰："马头渐入扬州路，为报时人洗眼看。"其量狭大类孟郊。

闻　角

边秋画角怨金微，半夜对吹惊贼围。

塞雁绕空秋不下，胡云著草冻还飞。

关头老马嘶看月，碛里疲兵泪湿衣。

餘韵裊空何处尽,戍天寥落晓星稀。

【汇评】

《近体秋阳》:八句一气注下,起于是而结于是,此又一格也。然亦是咏物作,不妨如此象意尔。

田　家

田家无五行,水旱卜蛙声。
牛犊乘春放,儿童候暖耕。
池塘烟未起,桑柘雨初晴。
岁晚香醪熟,村村自送迎。

【汇评】

《瀛奎律髓》:题云《长安秋夜》,而前六句自言春意,止末后两句系秋意。今不敢轻改古题,附"秋"诗中。亦只起句十字新异。

《唐诗选脉会通评林》:周珽曰:随时作息,起结有"不识不知,帝力何有"之趣。

《近体秋阳》:清浅真逸,颇不似集中诸作,然《百家》诸选类云孝标诗,亦仍之而已。此等诗,大历以还便不得多见。

《唐诗别裁》:首句"无"字,作"不识"意解。通体村朴称题。

《网师园唐诗笺》:质朴近储太祝。("牛犊"一联下)

《瀛奎律髓汇评》:冯舒:不似说秋。第五句春景,"岁晚"亦非秋。　冯班:题应作《田家》。　纪昀:自是春诗,"岁晚"字或讹耳。　又云:"岁晚"二句作预拟之词,亦可通。

《重订中晚唐诗主客图》:古味纯是张、王(首二句下)。

破山水屏风

时人嫌古画,倚壁不曾收。

雨滴胶山断,风吹绢海秋。

残云飞屋里,片水落床头。

尚胜凡花鸟,君能补缀休。

【汇评】

《柳亭诗话》:章孝标咏《破山水屏风》,颈联曰:"雨滴胶山断,风吹绢海秋。"二句以生造出奇。

《重订中晚唐诗主客图》:可叹(首二句下)。 此等近俗("雨滴"二句下)。 颇有语妙("残云"二句下)。 此诗出入诸家(按:一作姚合诗),竟不知为谁作也。

八　月

徙倚仙居绕翠楼,分明宫漏静兼秋。

长安夜夜家家月,几处笙歌几处愁。

【汇评】

《云溪友议》:近日举场为诗清切,而鄙元和风格,用高往式乎?然由工用之不同矣。章正字孝标《对月》落句云:"长安一夜千家月,几处笙歌几处愁。"有类乎秦交云:"一种蛾眉明月夜,南宫歌吹北宫愁。"章君此题之中,颇得声称也。

《优古堂诗话》:唐章孝标《八月》诗云:"徙倚仙居绕翠楼,……"唐裴交泰《长门怨》诗云:"自闭长门经几秋,罗衣湿尽泪还流。一种蛾眉明月夜,南宫歌管北宫愁。"与前诗绝相类。

陈 标

陈标,生卒年里贯均未详。长庆二年(822),登进士第。官终侍御史。《全唐诗》存诗十二首。

【汇评】

广大教化主:白居易。……及门十人:费冠卿、皇甫松、殷尧藩、施肩吾、周光范、祝天膺、徐凝、朱可名、陈标、童翰卿。(《诗人主客图》)

元和十三年,进士陈标献诸先辈诗曰:"春宫南院院墙东,晓色初分日色红。文字一千重马拥,喜欢三十二人同。眼前鱼变辞凡水,心逐莺飞出瑞风。莫怪云泥从此别,总曾惆怅去年中。"(《唐摭言》)

《啄木谣》云:"丁丁向晚急还稀,啄遍庭槐未肯归。终日与君除蠹害,莫嫌无事不平飞。"《寄友人》云:"杜甫在时贪入蜀,孟郊生处却归秦。如今始会麻姑意,借问山川与后人。"右张为取二诗作《主客图》。(《唐诗纪事》)

晚唐之诗分为二派:一派学张籍,则朱庆馀、陈标、任蕃、章孝标、司空图、项斯其人也。(《升庵诗话》)

蜀　葵

眼前无奈蜀葵何,浅紫深红数百窠。

能共牡丹争几许,得人嫌处只缘多。

【汇评】

《刘宾客嘉话录》:人言鹤胎生,所以赋云"胎化仙禽"也。今鸬鹚亦是胎生。《抱朴子》、《本草》说同此,岂亦仙禽者乎? ……绚曰:鹤难见也,鸬鹚易见也。世人贵耳而贱目之故也;若使鸾凤如鹤之长见,即鹤亦鸬鹚矣。以少为贵,世不以见为圣、为瑞而贵之也。所以进士陈标咏《蜀葵》诗云:"能共牡丹争几许? 得人憎处只缘多。"

《优古堂诗话》:刘禹锡《嘉话》载陈标《蜀葵》诗:"能共牡丹争几许? 得人憎处只缘多。"《杂俎》载:贞元中,牡丹已多,柳浑善言:"近来无奈牡丹何,数十千钱买一窠。今朝始得分明见,也共戎葵较几多。"二诗意相似。

李 馀

李馀,生卒年不详,蜀(今四川)人。元和十二年前后为梁州贡进士。长庆三年(823),登进士第。尝宦游湖南。馀工乐府,尝赋古乐府诗数十首,元稹有和作。与张籍、姚合、贾岛、朱庆馀交往。《全唐诗》存诗二首。

【汇评】

梁州见进士刘猛、李馀,各赋古乐府诗数十首,其中一二十章咸有新意。(元稹《乐府古题序》)

高古奥逸主:孟云卿。……入室六人:李贺、杜牧、李馀、刘猛、李涉、胡幽贞。(《诗人主客图》)

唐时蜀之诗人,陈子昂、於季子、间邱均、李白、阮咸、雍陶、刘湾、何兆、李馀、刘猛,人皆知之。(《升庵诗话》)

古乐府命题俱有主意,后之作者直当因其事、用其题始得。往往借名,不求其原,则失之矣。如刘猛、李馀辈,赋《出门行》不言离别,《将进酒》乃叙烈女事,至于太白名家,亦不能免此病。(《存馀堂诗话》)

临邛怨

藕花衫子柳花裙,多著沉香慢火熏。

惆怅妆成君不见,空教绿绮伴文君。

【汇评】

　　《唐诗选脉会通评林》:周启琦曰:化旧为新,高人一着。

　　此亦怀才见弃之词。上二句正是"妆成"处,末句乃是"惆怅"处。"君不见",即所谓"山岳起面前"也。浓妆本欲媚君,而君不之顾,如有"绿绮"不遇知音,空伴"文君"耳。高调何由得见也。

李敬方

李敬方（？—855？），字中虔，并州文水（今山西文水）人，郡望陇西（今属甘肃），长庆三年（823），登进士第。大和三年，为楚州营田判官。开成中，为长安令。累官金、户二部员外郎、户部郎中、谏议大夫。会昌末，因事贬台州长史。大中初，历明、歙二州刺史，卒。有《李敬方诗》一卷，已佚。《全唐诗》存诗八首。

【汇评】

李歙州敬方，才力周备，兴比之间，独与前辈相近，家集三百首，简择律韵八篇而已。虽前后复绝，或畏多言，而典刑具存，非敢避弃。（顾陶《唐诗类选序》）

唐李敬方《欢醉》诗云："不向花前醉，花应解笑人，……若非杯里酒，何以寄天真。"杜子美绝句云："二月已破三月来，渐老逢春能几回？莫悲身外无穷事，且进生前有限杯。"二诗虽相沿，而杜则尤工者也。世所传"相逢不饮空归去，洞口桃花也笑人"之句，盖出于敬方云。（《优古堂诗话》）

汴河直进船

汴水通淮利最多,生人为害亦相和。

东南四十三州地,取尽脂膏是此河。

【汇评】

《碧溪诗话》:尝爱李敬方《汴河直进船》诗……此等语皆可为炙背之献也。

《唐人绝句精华》:诗言汴水通淮固有利,然人民遭害亦相和。……水运之时,强征民船,滥用民夫,穷年累月,不得休歇,弊民亦甚。故言东南各州人民之脂膏皆从此河吞食已尽,其为害生民与有利于国用亦正相同。

韦楚老

韦楚老，生卒年里贯均未详。长庆四年(824)，登进士第。开成二年，任左拾遗，与同官连章劾李德裕妄奏钱帛倾陷牛僧孺事。及李德裕入相，遂辞官东归，寄居金陵。楚老工乐府，风格类李贺。《全唐诗》存诗二首，残句一。

【汇评】

高古奥逸主：孟公卿。……及门二人：陈润、韦(一作"常")楚老。(《诗人主客图》)

(楚老)工诗，气既沉雄，语亦豪健。众作古乐府居多。(《唐才子传》)

祖龙行

黑云兵气射天裂，壮士朝眠梦冤结。

祖龙一夜死沙丘，胡亥空随鲍鱼辙。

腐肉偷生三千里，伪书先赐扶苏死。

墓接骊山土未干，瑞光已向芒砀起。

陈胜城中鼓三下，秦家天地如崩瓦。

龙蛇撩乱入咸阳，少帝空随汉家马。

【汇评】

《诗薮》：韦楚老《祖龙行》，雄迈奇警，……长吉诸篇全出此，而诸选皆不录。

《诗源辩体》：韦楚老乐府七言有《祖龙行》，正效长吉体也。楚老，长庆进士，开成间为拾遗，奏李德裕倾牛僧孺，而贺则卒于太和五年，元瑞乃谓"长吉诸篇出于楚老"，则失考矣。

江上蚊子

飘摇挟翅亚红腹，江边夜起如雷哭。

请问贪婪一点心，臭腐填腹几多足。

越女如花住江曲，嫦娥夜夜凝双睩。

怕君撩乱锦窗中，十轴轻绡围夜玉。

顾非熊

顾非熊(约797—?),苏州(今属江苏)人。顾况之子。幼颖悟。弱冠应进士试,困举场三十年。会昌五年(845),登进士第。累佐使府。大中中,授盱眙主簿,不乐吏事,因弃官归隐。非熊工吟咏,同时名流姚合、贾岛、王建、朱庆馀、雍陶、马戴,咸与之交游唱和。有《顾非熊诗》一卷。《全唐诗》编诗一卷。

【汇评】

(非熊)少俊悟,一览辄能成诵。工吟,扬誉远近。性滑稽好辩,颇杂笑言。凌轹气焰子弟,既犯众怒,挤排者纷然。……会昌五年,谏议大夫陈商放榜。初,上洽闻非熊诗价,至是怪其不第,勒有司进所试文章,追榜放令及第。刘得仁贺以诗曰:"愚为童稚时,已解念君诗。及得高科早,须逢圣主知。"(《唐才子传》)

非熊诗体不备,不及乃父广博。然其五言近体,易朴茂为清永,似胜逋翁。或自更有宗承,不尽家学也。以诗体列之水部门下。(《重订中晚唐诗主客图》)

秋日陕州道中作

孤客秋风里，驱车入陕西。
关河午时路，村落一声鸡。
树势标秦远，天形到岳低。
谁知我名姓，来往自栖栖。

【汇评】

《瀛奎律髓》：起句悲壮，中四句称之，末句酸楚，乃旅中真味，不容掩也。

《瀛奎律髓汇评》：查慎行：结太卑弱。

《重订中晚唐诗主客图》：此等句能匠千古之情，勿以浅而易之（首四句下）。

送马戴入山

古木乱重重，何人识去踪。
斜阳收万壑，圆月上三峰。
云里泉萦石，窗间鸟下松。
唯应采药客，时与此相逢。

【汇评】

《近体秋阳》：上句浩而杰，下句浑而迥。以字论，"收"字实倍于"上"字；然以句论，对句且十倍于出句矣（"斜阳"一联下）。

天津桥晚望

晴登洛桥望，寒色古槐稀。

流水东不息,翠华西未归。

云收中岳近,钟出后宫微。

回首禁门路,群鸦度落晖。

【汇评】

《重订中晚唐诗主客图》:真水部(首二句下)。　　此盖德宗西幸之时,故登桥而伤感,亦老杜《曲江》之意。

下第后送友人不及

失意经寒食,情偏感别离。

来逢人已去,坐见柳空垂。

细雨飞黄鸟,新蒲长绿池。

自倾相送酒,终不展愁眉。

【汇评】

《重订中晚唐诗主客图》:此等笔格,不读水部无从下手,并无从着眼。噫!水部尚难着眼,何况学水部者!　　学唐人,须是于似无可着眼处着眼,似无可涉想处涉想,似无可着笔处着笔("来逢"二句下)。　　此等接落,亦非后人所知("细雨"二句下)。　　真觉情无尽也(末句下)。

题马儒乂石门山居

寻君石门隐,山近渐无青。

鹿迹入柴户,树身穿草亭。

云低收药径,苔惹取泉瓶。

此地客难到,夜琴谁共听。

《瀛奎律髓》：顾况之子。其诗甚工。三、四奇矣,第六句小巧中有味。

《唐诗成法》：六句小巧,比曹松"云湿煎茶火,冰封汲井绳"更妙。

《瀛奎律髓汇评》：冯班：次句妙。 查慎行：第六句不自然。 纪昀：其细已甚。 又云：亦是"武功派"。次句景真而句不佳,第四句拙。

《重订中晚唐诗主客图》："身"字对得拙而巧（"树身"句下）。

落第后赠同居友人

有情天地内,多感是诗人。
见月长怜夜,看花又惜春。
愁为终日客,闲过少年身。
寂寞正相对,笙歌满四邻。

【汇评】

《重订中晚唐诗主客图》：四句是一部全唐诗诀（首四句下）。

瓜洲送朱万言

渡头风晚叶飞频,君去还吴我入秦。
双泪别家犹未断,不堪仍送故乡人。

【汇评】

《批点唐诗正声》：诗似好,调卑。后之作者效之,遂晚唐矣。

张　祜

张祜(约791—约852)，字承吉，南阳(今属河南)人，一说清河
(今属河北)人。初寓居苏州。元和、长庆中，漫游大河南北及江南各
地。尝以诗投谒节帅李愿、李愬、田弘正、名公韩愈、裴度等，求汲引。
长庆末，赴杭州取解，受抑。大和五年，令狐楚表荐之，至京献诗三百
首，无成而归。会昌五年，往谒池州刺史杜牧，游宴唱和，甚为相得。
会昌末大中初，经楚州北游河阳、滑州等地。归丹阳，卒。祜工诗，元
和中，即以宫体小诗得名。同辈及后辈诗人令狐楚、杜牧、皮日休、陆
龟蒙等均极钦重。有《张承吉文集》十卷行世。《全唐诗》编诗二卷，
遗佚甚多。

【汇评】

祜元和中作宫体诗，词曲艳发，当时轻薄之流重其才，合噪得
誉。及老大，稍窥建安风格，诵乐府录，知作者本意，讲讽怨谲，时
与六义相左右，此为才之最也。……祜在元、白时，其誉不甚持重。
杜牧之刺池州，祜且老矣，诗益高，名益重。(皮日休《论白居易荐
徐凝屈张祜》)

广大教化主：白居易。……入室三人：张祜、羊士谔、元稹。

（《诗人主客图》）

张祜，元和、长庆中深为令狐文公所知。公镇天平日，自草荐表，令以新旧格诗三百篇表进。献辞略曰：“凡制五言，苞含六义，近多放诞，靡有宗师。前件人久在江湖，早工篇什，研机甚苦，搜象颇深，辈流所推，风格罕及”云云。谨令录新旧格诗三百首，自光顺门进献，望请宣付中书门下。祜至京师，方属元江夏偃仰内庭，上因召问祜之词藻上下，積对曰：“张祜雕虫小巧，壮夫耻而不为者，或奖激之，恐变陛下风教。”上颔之，由是寂寞而归，祜以诗自悼，略曰：“贺知章口徒劳说，孟浩然身更不疑。”（《唐摭言》）

张祜素藉诗名，凡知己者皆当世英儒。故杜牧之云：“谁人得似张公子，千首诗轻万户侯。”祜有《华清宫》诗，为世所称。（《诗话总龟》）

张祜喜游山而多苦吟，凡历僧寺，往往题咏，……信知僧房佛寺赖其诗以标榜者多矣。（《韵语阳秋》）

张祜诗有“天下三分明月夜，二分无赖是扬州”及“人生只合扬州死，禅智山冈好墓田”之句，其放浪如此，然五言如“断桥荒藓”、“空院落花”之语，林和靖有“妙入神”之褒。（《后村诗话》）

张祜乐府，时有美丽。（《吴礼部诗话》引时天彝《唐百家诗选评》）

处士诗长于模写，不离本色，故览物品游，往往超绝，可谓五言之匠也。其宫体小诗，声唱流美，颇谐音调。中唐以后诗人，如处士者裁思精利，安可多得？但龟蒙序略，谓之稍窥建安风格，则泯乎未之有见。（《唐诗品》）

张承吉五言律诗，善题目佳境，不可刊置他处。当时以乐府得名，未是定论。（《唐音癸签》）

张祜元和中作宫体七言绝三十馀首，多道天宝宫中事，入录者较王建工丽稍逊，而宽裕胜之。其外数篇，声调亦高。（《诗源

辩体》)

张祜绝句,每如鲜葩飏滟,焰水泊浮,不特"故国三千里"一章见称于小杜也。(《石洲诗话》)

张祜喜咏天宝遗事,合者亦自婉绝可思。(《读雪山房唐诗序例》)

承吉作宫词绝句,韵味风情不下王仲初;乐府长歌,亦各成格调。独五言近体,刻入处太通阆仙,或亦私淑贾氏者也。断为及门一人。(《重订中晚唐诗主客图》)

承吉初不遇于乐天,后见抑于微之,独见知于杜牧之,故牧之赠诗,有"睫在眼前犹不见"之句,盖讥元、白也。(《唐七律隽》)

不详其源所出。七言构体生新,劲过张、王而同其风味,琢词洗骨在东野、长吉之间,"雁门思归"尤推高唱。五律蹇涩之中时生俊采,其雅琴之变曲,隐士之幽音乎?(《三唐诗品》)

张祜……以《宫词》名,然别作亦有大历风格。与徐凝齐名,为元、白所重。凝诗多绝句,其律诗已是晚唐,祜胜凝多矣。(《诗学渊源》)

车遥遥

东方晲晲车轧轧,地色不分新去辙。
闺门半掩窗半空,斑斑枕花残泪红。
君心若车千万转,妾身如辙遗渐远。
碧川迢迢山宛宛,马蹄在耳轮在眼。
桑间女儿情不浅,莫道野蚕能作茧。

【汇评】

《唐诗选脉会通评林》:周珽曰:志慨,气亦流走。 心似车轮莫定,安免行之不远,床之不空,枕之不斑也?"马蹄在耳轮在眼",别后恍惚如在之想,说得有情。末二句,见交以形迹者,鲜克有终。自古桑间儿女,谁谓情不深耶!君臣、朋友,总之心孚道合为贵。

观徐州李司空猎

晓出郡城东,分围浅草中。
红旗开向日,白马骤迎风。
背手抽金镞,翻身控角弓。
万人齐指处,一雁落寒空。

【汇评】

《云溪友议》:白公(居易)曰:"张三作《猎》诗,以较王右丞,予则未敢优劣也。"王维诗曰:"风劲角弓鸣,将军猎渭城。草枯鹰眼疾,雪尽马蹄轻。忽过新丰市,还归细柳营。回看射雕处,千里暮云平。"张祜诗曰:"晓出禁城东,分围浅草中。……"

《近体秋阳》:嬉戏庄雅,两擅其胜。真而不村俗,小而有情。

《围炉诗话》:张祜《观李司空猎》诗,精神不下右丞,而丰采迥不同。

《蝶斋诗话》:白尚书以祜《观猎》诗,谓张三较王右丞未敢优劣,似尚非笃论。祜诗……细读之,与右丞气象全别。

《重订中晚唐诗主客图》:二诗(另一首指《残猎》)无大好处,但取其写兴逼真。   "开"字,炼("红旗"句下)。   "骤"字炼("白马"句下)。   声色俱到(末句下)。

寄迁客

万里南迁客,辛勤岭路遥。

溪行防水弩,野店避山魈。

瘴海须求药,贪泉莫举瓢。

但能坚志义,白日甚昭昭。

【汇评】

《柳亭诗话》:刘邵《人物志》云:"好奇之人,横逸而求异。"须知横而逸,方可言诗,方可立异。沈云卿《驩州》诗"岁贷胸穿老,朝飞鼻饮头",张道济《岳州竞渡》诗"齐歌迎孟姥,独舞送阳侯",白乐天《海南》诗"天黄生飓风,雨黑生枫人",张祜《迁客》诗"溪行逢水弩,野店避山魈",……于南荒风景,写得险怪逼人。此种笔仗,自鲍明远《苦热行》始。

题樟亭

晓霁凭虚槛,云山四望通。

地盘江岸绝,天映海门空。

树色连秋霭,潮声入夜风。

年年此光景,催尽白头翁。

【汇评】

《近体秋阳》:感浑中有沉挚气。

《重订中晚唐诗主客图》:状得出,妙!下"绝"字、"空"字,意在写真,非力求阔大("地盘"一联下)。　　炼在"入"字、"风"字("潮声"句下)。

登广武原

广武原西北,华夷此浩然。

地盘山入海,河绕国连天。

远树千门邑，高樯万里船。

乡心日云暮，犹在楚城边。

【汇评】

《唐诗归》：钟云：旷而浑（首二句下）。

《汇编唐诗十集》：唐云：通篇浑雅，不独首联。

《唐诗矩》：尾联见意格。　　"浩然"二字写尽登临眼界，句法却是"此"字安得老。　　三、四句法作两折腰，谓之双折句。

《唐诗别裁》：有气魄，有笔力。

《瀛奎律髓汇评》：许印芳：气魄笔力，亦近盛唐。

《小清华园诗谈》：何谓健？曰："广武原西北，华夷此浩然。……"暨少陵之"风急天高猿啸哀，渚清沙白鸟飞回。……"是也。　　又：何谓奇？曰：语之奇者，如……少陵之"路危行木杪，身远宿云端"、张祜之"地盘山入海，河绕国连天"。

晚秋江上作

万里穷秋客，萧条对落晖。

烟霞山鸟散，风雨庙神归。

地远蛩声切，天长雁影稀。

那堪正砧杵，幽思想寒衣。

【汇评】

《唐贤小三昧集续集》：神味逼杜。

晚夏归别业

古岸扁舟晚，荒园一径微。

鸟啼新果熟，花落故人稀。

宿润侵苔凳,斜阴照竹扉。

相逢尽乡老,无复话时机。

【汇评】

《唐贤小三昧集续集》:对更活脱("鸟啼"句下)。

江西道中作三首（其二）

西江江上月,远远照征衣。

夜色草中网,秋声林外机。

渚田牛路熟,石岸客船稀。

无复是乡井,鹧鸪聊自飞。

【汇评】

《唐诗归》:钟云:悲淡之极("鹧鸪"句下)。

题万道人禅房

何处凿禅壁,西南江上峰。

残阳过远水,落叶满疏钟。

世事静中去,道心尘外逢。

欲知情不动,床下虎留踪。

【汇评】

《唐诗归》:钟云:二语之妙,全在"去"字,"逢"字,落得无痕
("世事"二句下)。

《近体秋阳》:其理甚真,然而气平。气高即不真者,可以望
奇;气平则真者,便有实病,故诗文以养气为第一。

《唐诗摘钞》:唐人以钟声入诗,语辄入妙。如"钟过白云来"、
"钟声和白云"、"晨钟云外湿"及"落叶满疏钟",皆以虚境作实境,

灵活幽幻,无理而有趣者也。

题松汀驿

山色远含空,苍茫泽国东。
海明先见日,江白迥闻风。
鸟道高原去,人烟小径通。
那知旧遗逸,不在五湖中。

【汇评】

《唐诗直解》:三、四景妙,馀亦平。

《唐诗选》:玉遮曰:"海明"句彩绝、警绝。

《汇编唐诗十集》:唐云:质净浑雄,结更含蓄,大历以前语。

《唐诗选脉会通评林》:李梦阳曰:此作音响协而神气
王。　　蒋一梅曰:似金山寺作较胜。　　唐汝询曰:次联峻爽,
在四虚字。结更含蓄,大历以前语。唐解驿之所在未详,疑必依枕
山陵,襟带江海,其高原险绝,小径幽僻,斯固隐沦之所也。因想世
人,皆以五湖为栖逸之所,殊不知古之遗逸,乃有不居五湖而在此
中者。其意必有所指,地既无考,人亦宜阙。

《历代诗发》:庄雅有盛唐风格。

题润州金山寺

一宿金山寺,微茫水国分。
僧归夜船月,龙出晓堂云。
树影中流见,钟声两岸闻。
因悲在朝市,终日醉醺醺。

【汇评】

《唐摭言》：白乐天典杭州，江东进士多奔杭取解。时张祜自负诗名，以首冠为己任。既而徐凝后至。会郡中有宴，乐天讽二子矛盾。祜曰："仆为解元，宜矣。"凝曰："君有何嘉句？"祜曰："《甘露寺》诗有'日月光先到，山河势尽来'；又《金山寺》诗有'树影中流见，钟声两岸闻'。"

《唐诗纪事》：润州金山寺，张祜、孙鲂留诗，为第一。山居大江中，迥然孤秀，诗意难尽。……孙生句云："谁言张处士，题后更无人。"

《瀛奎律髓》：此诗金山绝唱。　　大历十才子以前，诗格壮丽悲感。元和以后，渐尚细润，愈出愈新。而至晚唐，以老杜为祖，而又参此细润者，时出用之，则诗之法尽矣。

《升庵诗话》：此唐人韩垂《题金山寺》诗也，当为第一。张祜诗虽佳，而结句"终日醉醺醺"已入"张打油"、"胡钉铰"矣。

《雪涛小书》：唐人登眺之诗，皆与山川相称，中间联句，真是移动不得。如《题杭州天竺寺》二语云："楼观沧海日，门对浙江潮。"《题金山寺》云："树影中流见，钟声两岸闻。"……后人摘为对联，绝与景称。

《四溟诗话》：律诗无好结句，谓之虎头鼠尾。即当摆脱常格，复出不测之语，若天马行空，浑然无迹。张祜《金山寺》之作，则有此失也。

《诗薮》：晚唐有一首之中，世共传其一联，而其所不传反过之者。如张祜"树影中流见，钟声两岸闻"，虽工密，气格故不如"僧归夜船月，龙出晓堂云"也。

《唐诗选脉会通评林》：何新之为奇隽体。　　刘辰翁曰："微茫水国分"便似。　　陈继儒曰：张处士山寺诸什，皆神于诗，非工于诗者能及也。　　三、四写朝夜幽隐之奇，五、六摹见闻清远之异。金山寺,古今最号胜景,得此诗而益显。自后诗人搁笔,岂我欺哉!

《唐风定》:后人不复能措手,几同崔颢《黄鹤》矣。

《唐风怀》:王山阴曰:结句允入打油、钉铰,然前六句可以鼻祖此山。而予极爱其"微茫"一语,声到界破,明沈石田"过江如隔世"惚恍敌之矣。

《诗辩坻》:张承吉风流之士,而《金山寺》诗"因悲在城市,终日醉醺醺",村鄙乃尔,不脱善和坊题帕手段。

《唐三体诗评》:三、四清迥,五、六工秀。　　"悲"字从"钟声"生下,细深。　　破题"一宿",中二连一昏一晓,此昔人诗律之细。

《载酒园诗话又编》:《金山寺》作真佳,祜自谓可敌綦毋潜《灵隐寺禅院》诗,余则谓正与王湾《北固山下》作并驱耳。结语稍凑,不能损价也。升庵又以韩垂作胜之。垂中二联曰:"盘根大江底,插影浮云间。"金山一拳,苦不甚高,安能插影云间?此可言匡庐耳。下曰"雷霆常间作,风雨时往还",又可移入罗浮矣。

《碛砂唐诗》:谦曰:中二联独切金山,移易不动,仍有妙极自然、无迹可求处。

《初白庵诗评》:妙处在自然,他人未免有意铺张。

《唐诗摘钞》:写景真确不易,第结欠佳,然此韵颇窘。凡寓窘韵,虽有佳语,无所可用,当为作者恕之。

《唐诗成法》:胜地名作,后无及者,一结何草草乃尔!

《说诗晬语》:张承吉以《金山寺》折服徐凝,然中唯颔联稍胜。"树影中流见,钟声两岸闻",写景太窄。结语"因悲在城市,终日醉醺醺",何村俗也!

《瀛奎律髓汇评》:冯舒:中二联极重难结,故以"一宿"结之,非凑语也。冯班:第七句紧应"一宿"。落句直似换不得,然格调颇俗。　　　陆贻典：五、六更切景，"因悲"二句遥映"一宿"句，言非此一宿，则终日城市耳，安能得此情景乎？　　　查慎行：妙处在自然，他人未免有意铺张。　　　纪昀：沈归愚谓此诗庸下，所见最高。末二句殆不成语。　　　无名氏（乙）：次句尤发露金山之胜。

《重订中晚唐诗主客图》：四语加力刻削。　　　常游金山寺，流览古今人题什，无如二句之高妙，方叹此诗真不可及也（"僧归"二句下）。　　　祜自谓此诗可敌綦毋潜《灵隐寺禅院》诗，按綦句"塔影挂清汉，钟声和白云"，与此有盛衰之分，不可强也。

《王闿运手批唐诗选》：亦未见切金山，而自负何也（"树影"二句下）？

题杭州孤山寺

楼台耸碧岑，一径入湖心。
不雨山长润，无云水自阴。
断桥荒藓涩，空院落花深。
犹忆西窗月，钟声在北林。

【汇评】

《竹庄诗话》：《西清诗话》云：《百家诗选》余读之，见其取张祜《惠山寺》诗"泉声到坡尽，山色上楼多"，而不取《孤山寺》诗，……不知意果如何耳？

《瀛奎律髓》：此诗可谓细润，然太工、太偶。

《唐诗选脉会通评林》：周弼列为四实体。　　　何新之为奇隽体。　　　徐用吾曰：三、四移易不动。　　　斑幸生长其（按指杭州）郡，常读书寺中，登临啸望，无分晴雨朝昏，泓澄掩映，葱翠回合，每吟"不雨山长润，无云水自阴"，始信非熟炙其景说不出也。晋人谓："山阴千岩竞秀，万壑争流"，然未有山水会归毕集如孤山者。则西湖山水妙语,承吉实先东坡而尽其真矣。

《唐诗摘钞》:尾联宽宕格。　　三、四确是湖中山寺之景,移用它处不得。七、八乃追忆未到以前语。未到闻钟,已自神往,今幽胜果如前云云,其赏心可胜道耶? 无限说话,俱在言外。

《唐诗成法》:足令后人搁笔。

《瀛奎律髓汇评》:何义门:三、四清切。　　纪昀:此一首亦尚未至太工、太偶。

《重订中晚唐主客图》:此句匠易("不雨"句下)。　　此句匠难,难在入微,却能逼真("无云"句下)。

题惠山寺

旧宅人何在? 空门客自过。
泉声到池尽,山色上楼多。
小洞生斜竹,重阶夹细莎。
殷勤望城市,云水暮钟和。

【汇评】

《瀛奎律髓》:此诗同前(按指《孤山寺》诗),三、四尤工,五、六则工而窘于冗矣。以前联不可废也,故取之。

《唐诗选脉会通评林》:周弼为四实体。　　何新之为警策体。　　三、四实景至理,晚唐妙语。《玉屑》为变动句法,诚人所未能道也。结"钟"与"云水"相谐应,静机清思,到此有不醒然?

《碛砂唐诗》:谦曰:"尽"字必着"到"字上,方见"多"字。次句尤觉天然有馀味("泉声"二句下)。　　谦曰:昔人谈诗,谓中二联赋景物者,有大小,有远近。如此次联,所谓大也,远也;三联所谓小也,近也。其前后位置,虽各变化,总要大处、远处分出小处、近处,小处、近处合得上大处、远处耳。……此君五言,天分最优,人工亦细。

《唐贤小三昧集续集》：到其地知其诗之佳,信不可刊置别处也。

洛阳感寓

扰扰都城晓四开,不关名利也尘埃。
千门甲第身遥入,万里铭旌死后来。
洛水暮烟横莽苍,邙山秋日露崔嵬。
须知此事堪为镜,莫遣黄金漫作堆。

【汇评】

《唐诗选脉会通评林》：周珽曰:此见洛阳人且起奔兢名利,而英雄富贵终归泯灭,甲第属人,坟冢相望,故戒言当以此为鉴,不必苦营营于名利,虽积金成堆何用也? 达人醒世之语,不胜沉痛,所嫌太率露耳。所以为晚唐。

感王将军柘枝妓殁

寂寞春风旧柘枝,舞人休唱曲休吹。
鸳鸯钿带抛何处,孔雀罗衫付阿谁?
画鼓不闻招节拍,锦靴空想挫腰肢。
今来座上偏惆怅,曾是堂前教彻时。

【汇评】

《本事诗》：诗人张祜未尝识白公。白公刺苏州,祜始来谒。才见白,白曰:"久钦籍,尝记得君款头诗。"祜愕然曰:"舍人何所谓?"白曰:"'鸳鸯钿带抛何处,孔雀罗衫付阿谁?'非款头何邪?"张顿首微笑,仰而答曰:"祜亦尝记得舍人目连变。"白曰:"何也?"祜曰："'上穷碧落下黄泉，两处茫茫皆不见'，非目连变何邪?"遂与欢宴竟日。

《唐诗快》：此二语(按指"鸳鸯钿带"一联)，乐天所谓款头诗也。然能令人伤神进泪，正惟恐其不款头耳。

宫词二首（其一）

故国三千里，深宫二十年。
一声河满子，双泪落君前。

【汇评】

《乐府诗集》：白居易曰：何满子，开元中沧州歌者，临刑进此曲以赎死，竟不得免。

《王直方诗话》：张祜有《观猎诗》并《宫词》，白傅称之。《宫词》云："故国三千里，……"小杜守秋浦，与祜为诗友，酷爱祜《宫词》，赠诗曰："如何故国三千里，虚唱歌词满六宫。"

《韵语阳秋》：张祜诗云："故国三千里，深宫二十年。"杜牧赏之，作诗云："可怜故国三千里，虚唱歌词满六宫。"故郑谷云："张生故国三千里，知者惟应杜紫薇。"诸贤品题如是，祜之诗名安得不重乎?

《唐诗纪事》：二章，祜所作《宫词》也，传入宫禁。武宗疾笃，目孟才人曰："吾即不讳，尔何为哉?"指笙囊泣曰："请以此就缢。"上悯然。复曰："妾尝艺歌，请对上歌一曲，以泄其愤。"上许。乃歌一声《何满子》，气亟立殒。上令医候之，曰："脉尚温而肠已绝。"

《批点唐诗正声》：衷情苦韵。

《载酒园诗话又编》：宫体诸诗，实皆浅淡，即"故国三千里，深宫二十年"，亦甚平常，不知何以合誉至此!

《历代诗发》：一气奔注。

《唐人万首绝句选评》:《何满子》其声最悲,乐天诗云:"一曲四词歌八叠,从头便是断肠声。"此诗更悲在上二句,如此而唱悲歌,那禁泪落!

苏小小歌三首（其三）

登山不愁峻,涉海不愁深。
中擘庭前枣,教郎见赤心。

【汇评】

《容斋随笔》:自齐梁以来,诗人作乐府《子夜四时歌》之类,每以前句比兴引喻,而后句实言以证之。至唐,张祜、李商隐、温庭筠、陆龟蒙亦多此体,或四句皆然。今略书十数联于策:……"玉作弹棋局,中心最不平"、"剪刀横眼底,方觉泪难裁"、"中擘庭前枣,教郎见赤心"。

上巳乐

猩猩血彩系头标,天上齐声举画桡。
却是内人争意切,六宫红袖一时招。

【汇评】

《容斋随笔》:唐开元、天宝之盛,见于传记歌诗多矣;张祜所咏尤多,皆他诗人所未尝及者。如《正月十五夜灯》云:"千门开锁万灯明,正月中旬动帝京。三百内人连袖舞,一时天上着词声。"《上巳乐》云:"猩猩血染系头标,……"《春莺啭》云:"兴庆池南柳未开,……"又有《大酺乐》、《邠王小管》、《李谟笛》、《宁哥来》、《邠娘羯鼓》、《退宫人》、《耍娘歌》、《悖拏儿舞》、《阿鸭汤》、《雨霖铃》、《香囊子》等诗,皆可补开、天遗事,弦之乐府也。

春莺啭

兴庆池南柳未开,太真先把一枝梅。

内人已唱春莺啭,花下偻偻软舞来。

【汇评】

《带经堂诗话》:唐人咏明皇、太真事者,不可枚举。如元、白《连昌宫词》、《长恨歌》二篇其最著者,又如李义山"如何四纪为天子,不及卢家有莫愁"之类亦多矣,岂皆同时目击者耶?即祜乐府《春莺啭》、《雨霖铃》等作,皆追咏天宝间事。

集灵台二首(其二)

虢国夫人承主恩,平明骑马入宫门。

却嫌脂粉污颜色,淡扫蛾眉朝至尊。

【汇评】

《杨太真外传》:(天宝)七载,加钊御史大夫,权京兆尹,赐名国忠。封大姨为韩国夫人,三姨为虢国夫人,八姨为秦国夫人。同日拜命,皆月给钱十万,为脂粉之资。然虢国不施妆粉,自炫美艳,常素面朝天。当时杜甫(一作张祜)有诗云:"虢国夫人承主恩,……"

《增定评注唐诗正声》:王云:词寓感慨,更有箴规。 郭云:就事起兴,妙。

《唐诗训解》刺时还以蕴藉为尚。

《唐诗解》:此赋事实,讽刺自见。

《诗辩坻》:"虢国夫人"一首,张承吉之作,又见杜集。然调既不类杜绝句,且拾遗诗发语忠爱,即使讽时,必不作此佻语,应属祜作无疑。

《碛砂唐诗》：谦曰：具文见意,中蕃不可道矣。

《增订唐诗摘钞》：只言虢国以美自矜,而所以蛊惑人主者自在言外。"承主恩"三字,乃《春秋》之笔也。真正美人自不烦脂粉,真正才士自不买声名,真正文章自不假枝叶,以此律之,世间之"淡扫蛾眉"者寡也。

《唐贤小三昧集续集》：如睹其人。

《说诗晬语》：诗有当时盛称而品不贵者,……张祜之"淡扫蛾眉朝至尊",李商隐之"薛王沉醉寿王醒",此轻薄派也。

《而庵说唐诗》：虢国既为贵妃之妹,玄宗贵之可也,何至"平明骑马入金门"以承主恩? 大是丑事。后即云："却嫌脂粉污颜色,淡扫蛾眉朝至尊",则承恩竟以貌矣。不事脂粉,天然妙丽,若说"却嫌",虢国隐然要胜过其姊矣。……此讥刺太甚,因诗佳绝,殊不为觉。

《古唐诗合解》：此诗讥刺太甚,然却极佳。

《养一斋诗话》：前谓刺讥诗贵含蓄,论异代事犹当如此。臣子于其本朝,直可绝口不作诗耳。张祜《虢国夫人》诗："却嫌脂粉污颜色,淡扫蛾眉朝至尊。"李商隐《骊山》诗："平明每幸长生殿,不从金舆惟寿王。"唐人多犯此恶习。

《诗境浅说续编》：宫禁森严之地,虢国夫人纵骑而入,言其宠之渥也;脂粉转嫌污面,蛾眉不费黛螺,言其色之丽也。

雨霖铃

雨霖铃夜却归秦,犹见张徽一曲新。
长说上皇和泪教,月明南内更无人。

【汇评】

《碧鸡漫志》：《明皇杂录》及《杨妃外传》云："帝幸蜀初入斜

谷,霖雨弥旬,栈道中闻铃声。帝方悼念贵妃,采其声为《雨霖铃》曲以寄恨。时梨园弟子惟张野狐一人善觱篥,因吹之,遂传于世。"……张祜诗云:"雨淋铃夜却归秦,……"张徽,即张野狐也。或谓:祜诗言上皇出蜀时曲,与《明皇杂录》、《杨妃外传》不同。祜意明皇入蜀时作此曲,至雨淋铃夜却又归秦,犹是张野狐向来新曲,非异说也。

《增定评注唐诗正声》:顾云:悲辛可痛。　　三字(按指"和泪教")真。

《唐诗直解》:"和泪教"三字,写尽上皇肠断处。

《唐诗训解》:南内无人,思妃之意弥切。此诗足占太上之落莫,非独玄宗然也。

《删订唐诗解》:吴昌祺曰:意在末句,即乐天"西宫南内"数语,意教者又教宫人也。

《唐诗别裁》:情韵双绝。

《而庵说唐诗》:夫玄宗既为天子父,何至南内无人?肃宗不得辞其责。玄宗制此曲时,是悼妃子;在望京楼令张徽奏此曲时,其意不止悼妃子,于父子间有说不得处。张祜是诗得之矣。

《精选评注五朝诗学津梁》:繁华如梦,往事消沉,未免有情不堪回首,读之我亦欷歔。

《古唐诗合解》:今居南内,乃至月明之夜,岂不远殊于栈道铃声?而侍御更无旧人,使帝之悲怆流涕,是谁之责哉!诗意甚曲,有说不出处(末句下)。

《唐诗笺要》:"柳色未饶秦地绿,花光不减上阳红",太白意带肃穆,尚属变雅。此与梦得《杨柳枝》,却似旄垎下泉矣。

《唐人万首绝句选评》:此作情调,直追李益、刘禹锡诸人。

《诗境浅说续编》:张祜此诗,音调凄婉欲绝。若玄宗见之,如闻落叶哀蝉之曲矣。

赠内人

禁门宫树月痕过，媚眼唯看宿燕窠。
斜拔玉钗灯影畔，剔开红焰救飞蛾。

折杨柳枝二首（其二）

凝碧池边敛翠眉，景阳楼下绾青丝。
那胜妃子朝元阁，玉手和烟弄一枝。

【汇评】

《唐贤小三昧集续集》：七字情绝（末句下）。

《诗境浅说续编》：诗言柳枝披拂，或在凝碧池头，效深颦之翠黛，或在景阳楼下，作细绾之青丝，皆寻常景物耳。一入朝元阁畔，妃子手中，玉纤亲把，同是柔条一缕，倍觉婀娜有情。此诗咏柳，固有新意，且用两层逼写法，作他题亦可类推，不独咏杨柳也。

华清宫四首（选二首）

其二
天阙沉沉夜未央，碧云仙曲舞霓裳。
一声玉笛向空尽，月满骊山宫漏长。

其三
红树萧萧阁半开，上皇曾幸此宫来。
至今风俗骊山下，村笛犹吹阿滥堆。

《碧鸡漫志》:《中朝故事》云:骊山多飞禽,名阿滥堆。明皇御玉笛采其声,翻为曲子名,左右皆传唱之,播之远近,人竞以笛效吹。故张祜诗云:"红树萧萧阁半开,……"

《韵语阳秋》:《后庭花》,陈后主之所作也。主与幸臣各制歌词,极于轻荡。男女倡和,其音甚哀,故杜牧之诗云:"烟笼寒水月笼沙,夜泊秦淮近酒家。商女不知亡国恨,隔江犹唱《后庭花》。"《阿滥堆》,唐明皇之所作也。骊山有禽名"阿滥堆",明皇御玉笛,将其声翻为曲,左右皆能传唱。故张祜诗云:"红叶萧萧阁半开,……"二君骄淫侈靡,耽嗜歌曲,以至于亡乱。世代虽异,声音犹存,故诗人怀古,皆有"犹唱"、"犹吹"之句。呜呼,声音之入人深矣!

《竹庄诗话》:《雅言杂载》云:张祜素以诗名,而《华清宫》诗尤为世所称。

听　筝

十指纤纤玉笋红,雁行轻过翠弦中。

分明似说长城苦,水咽云寒一夜风。

【汇评】

《升庵诗话》:唐世乐府,多取当时名人之诗唱之,而音调名题各异。……张祜"十指纤纤似笋红"为《氏州第一》。

《唐贤小三昧集续集》:沉至有韵。

《唐诗笺注》:"轻遏"二字形容妙。"水咽云寒一夜风",读之吾不能知其笔墨所指,觉懊恢情味,恻恻动人。

《唐人万首绝句选评》:犹见中唐名手风格。

题金陵渡

金陵津渡小山楼，一宿行人自可愁。

潮落夜江斜月里，两三星火是瓜州。

【汇评】

《唐人万首绝句选评》：情景悠然。

《精选评注五朝诗学津梁》：江中夜景如画。

《养一斋诗话》：吾独惜以承吉之才，能为"晴空一鸟渡，万里秋江碧"、"河流出郭静，山色对楼寒"、"海明先见日，江白迥闻风"、"地盘山入海，河绕国连天"、"仰砌池光动，登楼海气来"、"风帆彭蠡疾，云水洞庭宽"、"人行中路月生海，鹤语上方星满天"、"潮落夜江斜月里，两三星火是瓜洲"诸句，可以直跨元、白之上，而竟为微之所短，又为乐天所遗也。

纵游淮南

十里长街市井连，月明桥上看神仙。

人生只合扬州死，禅智山光好墓田。

【汇评】

《郡斋读书志》：（张祜）尝作《淮南》诗，有"人生只合扬州死，禅智山光好墓田"之句。大中中，果终丹阳隐舍，人以为谶。

《后村诗话》：扬州在唐时最繁盛，故张祜云"人生只合扬州死"；蜀都在本朝最繁盛，故放翁云："不死扬州死剑南"。

《恬致堂诗话》：隋唐以后之扬州，秦汉以前之邯郸，皆大贾走集，笙歌粉黛繁丽之地。古语云："骑鹤上扬州"，以骑鹤神仙事，而扬州又人间佳丽之地也。唐张祜诗曰："十里长街市井连，……"其盛如此。

《诗境浅说续编》：扬州之繁丽，以亭台花月著称；若论山川之秀，远逊江南。作者独爱"禅智山光"，至欲为百岁魂游之地，亦人各有好也。

欧阳衮

　　欧阳衮,生卒年不详,字希甫,福州闽县(今福建福州)人。宝历元年(825),登进士第。仕终侍御史。有《欧阳衮集》二卷,已佚。《全唐诗》存诗九首。

田　家

黯黯日将夕,牛羊村外来。
岩阿青气发,篱落杏花开。
草木应初感,鸧鹒亦已催。
晚间春作好,行乐不须猜。

裴夷直

　　裴夷直，生卒年不详，字礼卿，吴（今江苏南部）人，郡望河东（今江西永济）。元和十年（815），登进士第。大和末，为宣歙观察使王质从事。入朝，历右拾遗、吏部、左司员外郎，迁中书舍人、御史中丞。武宗立，坐刘弘逸、薛季棱党，出为杭州刺史，再贬驩州司户。宣宗立，内徙为江州刺史。后归朝。大中十年自兵部郎中出为苏州刺史，迁华州刺史、潼关防御、镇国军等使。终散骑常侍。有《裴夷直诗》一卷。《全唐诗》编诗一卷。

【汇评】

　　（程子齐）与堂舅李信州虔，相知最深；交契最厚，有裴公夷直。皆士林之望也。（《因话录》）

　　（李）逢吉与令狐楚有唱和诗，曰《断金集》，裴夷直为之序。（《唐诗纪事》"李逢吉"条）

　　（夷直）工诗，有盛名。集一卷，今传于世。（《唐才子传》）

席上夜别张主簿

红烛剪还明，绿尊添又满。
不愁前路长，只畏今宵短。

夜 意

萧疏尽地林无影，浩荡连天月有波。
独立空亭人睡后，洛桥风便水声多。

访刘君

扰扰驰蹄又走轮，五更飞尽九衢尘。
灵芝破观深松院，还有斋时未起人。

【汇评】

《唐人绝句精华》：此诗以喧、寂对写以见意。

朱庆馀

朱庆馀，生卒年不详，名可久，以字行，越州（今浙江绍兴）人。长庆中，入京应试，谒水部员外郎张籍，籍爱其诗作，置之怀袖而推赞之，由是知名。宝历二年（826），登进士第。授秘书省校书郎，迁协律郎。尝西游洞庭，北历边塞。与贾岛、姚合、无可、顾非熊、李馀、章孝标等交游唱酬，与白居易、王建、令狐楚、蒋防亦有交往。有《朱庆馀诗》一卷。《全唐诗》存诗二卷。

【汇评】

清奇雅正主：李益。……及门八人：僧良乂、潘诚、于武陵、詹雄、卫准、僧志定、俞凫、朱庆馀。（《诗人主客图》）

吴中张水部为律格诗，尤工于匠物，字清意远，不涉旧体，天下莫能窥其奥，唯朱庆馀一人亲授其旨。源流而下，则有任蕃、陈标、章孝标、倪胜、司空图等，咸及门焉。（张洎《项斯诗集序》）

庆馀绝句，为世所称赏，然他作皆不如此。（《后村诗话》）

（庆馀）得张水部诗旨，气平意绝，社中哲匠也。有名当时。（《唐才子传》）

朱庆馀诗，王荆公《百家选》多取之。（《升庵诗话》）

朱生文有精思，词有调发，意匠所遣，纵横得意。亲承张水部意旨，遂擅名场，不能更扬其志，上窥"大雅"，岂非抱玉握珠而更有彬彬之叹者耶！（《唐诗品》）

朱庆馀学诗于张籍，具体而微。"旅雁捉孤岛，长天下四维"，猛句亦水部所少。（《唐音癸签》）

敬夫云：庆馀受知于文昌，而得交阆仙，仍其选句亦兼岛之刻深、藉之娟秀而有之。（《唐诗归折衷》）

朱庆馀不能为古诗，即近体亦唯工于绝句。（《载酒园诗话又编》）

庆馀无古体，律格专学水部，表里浑化，他人鲜能及者。断推上入室。（《重订中晚唐诗主客图》）

庆馀学杜，寝追大历，晚唐诗人中殊不多见。间有累句，是其所学过当之敝。（《诗学渊源》）

庆馀诗思清意深，步趋王、孟。（《唐诗概说》）

泛　溪

曲渚回花舫，生衣卧向风。
鸟飞溪色里，人语棹声中。
馀卉才分影，新蒲自作丛。
前湾更幽绝，虽浅去犹通。

【汇评】

《唐诗归》：谭云："分"字细（"馀卉"句下）。　　钟云：四句皆幽然，俱作景语亦是一碍（"鸟飞"四句下）。

宿陈处士书斋

结茅当此地，下马见高情。

菰叶寒塘晚，杉阴白石明。

向炉新茗色，隔雪远钟声。

闲得相逢少，吟多寐不成。

【汇评】

《唐诗归》：钟云：真而爽（首二句下）。　　钟云："新"字跟"向"字，妙景妙理（"向炉"句下）。　　谭云："隔雪"二字有景。

《唐诗归折衷》：唐云：五字浑成一气者，盛唐也。五字判然两截者，晚唐也。读此可想（"杉阴"句下）。

《唐诗笺要》：谭友夏谓"'隔雪'二字有景"，予谓更有奇致，又不在写景也。朱君开此一派清远法门，与盛唐迥别，亦拔戟中唐钱、郎诸家之外。竟陵极赏此种，正为平肋曼肤者砭。

《重订中晚唐诗主客图》：只就所居赋咏，足见其高，唐人定法。俗手则必向实事铺排。　　二字（按指"隔雪"）妙（"隔雪"句下）。　　意竭便不必强为有馀，唐人好处所以胜于宋人（末句下）。

宫　词

寂寂花时闭院门，美人相并立琼轩。

含情欲说宫中事，鹦鹉前头不敢言。

【汇评】

《批点唐音》：不老成。

《唐诗选脉会通评林》：唐汝询曰：美人相并，正宜私语，乃畏鹦鹉而不敢言。花前事，必有不可使外人知者。　　钟惺曰：纤而深。

《五朝诗善鸣集》：宫词中最新妙者。

《载酒园诗话又编》：朱庆馀《闺意》："妆罢低声问夫婿，画眉深浅入时无?"《宫词》:"含情欲说宫中事,鹦鹉前头不敢言。"真妙于比拟。《宫词》深妙,更在《闺意》之上。

《说诗晬语》:诗有当时盛称而品不贵者,……朱庆馀之"鹦鹉前头不敢言",此纤小派也。

《而庵说唐诗》:好个花时,宫门紧闭,不得君王信息,无以消此岑寂,女伴相逢,两两并立于琼轩之下。"相并",好说话些。胸中所含之情,定是长门买赋、昭阳娇妒之事,不可传诸于人口者。正欲提起,而无奈举头见鹦鹉之在前。鹦鹉是能言之鸟,故亦避忌他。此不是言美人谨慎,是言其有苦无道处。庆馀之怜美人至矣。

《唐诗笺注》:此诗可作白圭三复,而宫中忧谗畏讥,寂寞心事,言外味之可见。

《精选评注五朝诗学津梁》:意颇机警,寄怨特深。

《历代诗发》:鹦鹉能言,即欲防之,聪慧深心如见。

《诗境浅说续编》:此诗善写宫人心事,宜为世所称。凡写宫怨者,皆言独处含愁。此则幸逢采伴,正堪一诉衷情,奈鹦鹉当前,欲言又止,……对锁蛾眉,一腔幽怨。宜宫中事秘,世莫能详矣。

《唐人绝句精华》:玩诗意似有所讽。恐鹦鹉泄人言语,鹦鹉当有所指。

公子行

闲从结客冶游时,忘却红楼薄暮期。
醉上黄金堤上去,马鞭捎断绿杨丝。

【汇评】

《载酒园诗话又编》:《公子行》虽无比兴,亦酷肖游冶儿之态。……末句正与次句相应,写匆匆急归之景,何止颊上三毛!

送陈摽

满酌劝童仆，好随郎马蹄。

春风慎行李，莫上白铜鞮。

【汇评】

《唐诗归》：钟云：此诗笃情重义，远胜"欲别牵郎衣"一首者，以"满酌劝僮仆"五字，意头不同故也。　又云：厚在五字，不必终篇（"满酌"句下）。

《唐诗选脉会通评林》："劝僮仆"，正是深爱主人也。赠别之言，谆谆入骨。此与《送萧宝》俱见友道厚处。唐仲言曰：《送陈摽》诗，勉；《送萧宝》诗，惜。意此君于交情不泛。

《增订唐诗摘钞》：只是劝其莫恋异乡花草，若直说煞是无味，须看其用笔之婉妙。语意是爱中藏妒，方见妇人之情。不可单就妒一边看。

《载酒园诗话》：钟曰："此诗笃情重义，远胜'欲别牵郎衣'一首，……"余意孟（郊）诗亦自佳。孟题曰《古别离》，乃是拟作；此题曰《送陈摽》，乃是自写胸怀。孟诗乃伉俪之言，故语中半含娇妒；此诗乃友朋之语，故言外寓有箴规。同床各梦，不足相形。

上张水部

出入门阑久，儿童亦有情。

不忘将姓字，常说向公卿。

每许连床坐，仍容并马行。

恩深转无语，怀抱甚分明。

《重订中晚唐诗主客图》：凄然（首二句下）。　　生我者父母，知我者鲍叔（末二句下）。

《唐贤小三昧集》：感极语，写得浑然（"恩深"句下）。

与贾岛顾非熊无可上人宿万年姚少府宅

莫厌通宵坐，贫中会聚难。

堂虚雪气入，灯在漏声残。

役思因生病，当禅岂觉寒。

开门各有事，非不惜馀欢。

【汇评】

《唐诗归》：钟云：情词到极真处，虽不深，亦妙。亦有真而不尽妙者，笔不活故也。诗可以不深，不可以不活，于此诗起、结悟其法。　　谭云：正是深情，与首二句呼应（末二句下）。

《唐诗归折衷》：唐云：真、活是矣，俚、雅二字亦须看明。"无食无儿一妇人"，非不真、活，终落下乘。　　又云：此作中二联虽平平，即就起结，亦晚唐中第一首。

《围炉诗话》：朱庆馀《宿姚少府宅》诗，起、结大妙，惜中二联不浃洽。

《唐诗快》："当禅"二字生创（"当禅"句下）。　　纯是冷淡之趣（末二句下）。

《唐诗成法》：起句即陈思"清时难屡得，佳会不可常"意，而精警过之。

送顾非熊下第归

但取诗名远,宁论下第频。

惜为今日别,共受几年贫。

听雨宿吴寺,过江逢越人。

知从本府荐,秋晚又辞亲。

【汇评】

《重订中晚唐诗主客图》:逆叙便觉深情,顺则无味,此格律之妙处("惜为"一联下)。　　妙在不废俗情(末二句下)。

自萧关望临洮

玉关西路出临洮,风卷边沙入马毛。

寺寺院中无竹树,家家壁上有弓刀。

惟怜战士垂金甲,不尚游人著白袍。

日暮独吟秋色里,平原一望戍楼高。

【汇评】

《贯华堂选批唐才子诗》:前解写临洮风景,永兴南人所及。　　后解写白袍行吟,永非北人所习。

《唐七律隽》:中、晚好结,良不易得。此结独有初唐遗响。

羽林郎

紫髯年少奉恩初,直阁将军尽不如。

酒后引兵围百草,风前驻旆领边书。

宅将公主同时赐,官与中郎共日除。

大笑鲁儒年四十，腰间犹未识金鱼。

【汇评】

《贯华堂选批唐才子诗》：前解写羽林意气。言睹其鬐，则紫也；问其年，则少也；述其奉恩，则初也。直阁为文臣一品，将军为武臣一品，乃此少年见之，曾不肯让道也。"引兵围百草"，只算是其使酒；"驻旆领边书"，只算是其戏事。皆极写旁无一人、目无一事也。　　　后解写羽林宠遇，易知。忽然捎带"鲁儒"，用"大笑"二字，便知羽林不识一丁字也。

《唐诗笺注》：年少而紫鬐，其人之粗豪可知。"直阁将军"何至不如一郎？但此一郎者，既少年，又初承恩，正是目中无人之时，故自以为举朝之上曾莫我如也。只七字写尽粗豪气象。下再细写。三视游猎只同儿戏也，四视军机亦只同儿戏也，其粗豪如此。五、六补写"奉恩初"，自是题中所有。奇在一结，忽然出其不意，于直阁将军、公主、中郎而外，请一老大无官之鲁儒，资其大笑。夫以鲁儒之硁硁自守，既迂且腐，或诚有足笑；而彼之笑鲁儒者，又何其不自量耶！噫，人之粗豪，一至于此！

《唐七律隽》：此亦俗调，取其紧健，能一气贯成，与熟滑者不同。

塞下曲

万里去长征，连年惯野营。

入群来择马，抛伴去擒生。

箭撚雕翎阔，弓盘鹊角轻。

问看行近远，西过受降城。

【汇评】

《五朝诗善鸣集》：诗亦有快马砍阵之势。

《重订中晚唐诗主客图》：此等处纯是水部家法。　人不知此等皆学水部（首句下）。　写边塞情事如见（"入群"二句下）。

湖中闲夜遣兴

钓艇同琴酒，良宵背水滨。
风波不起处，星月尽随身。
浦迥湘烟卷，林香岳气春。
谁知此中兴，宁羡五湖人。

【汇评】

《唐诗归》：钟云：偶获奇语，作者不知（"风波"二句下）。

《唐诗选脉会通评林》：钟惺曰：首句趣事。　起二语即见湖中闲夜极乐之兴。风波不起，星月随身，正琴酒得以尽兴处。五、六即良宵之景。结言何必更羡遗名远游为乐。此可谓得"春风沂水"之趣者。

《围炉诗话》：《湖中》之"风波不起处，星月尽随身"，平常而妙。

《唐诗摘钞》：因风波不起，故水底星月明净。此意亦在眼前，却是"尽随身"三字未说到，故见奇创。

《唐诗快》：静言思之，是何境界（"风波"二句下）！

《碛砂唐诗》：谦曰："风波不起处，星月尽随身"，连诵方有味。此即诗中流水对法也。至于"浦迥湘云卷，林香岳气春"，非极细心人，不能道。无论初、盛、中、晚，总是唐贤之对景造句自有别致，不可以文字求之。

《唐诗成法》：三、四流水对，写景超然。通篇有气概。

过洞庭

帆挂狂风起,茫茫既往时。

波涛如未息,舟楫亦堪疑。

旅雁投孤岛,长天下四维。

前程有平处,谁敢与心期。

【汇评】

《重订中晚唐诗主客图》:此等用力太狠处,却近曹松、裴说一辈人,乃是张门变相。

闺意献张水部

洞房昨夜停红烛,待晓堂前拜舅姑。

妆罢低声问夫婿:画眉深浅入时无?

【汇评】

《云溪友议》:朱庆馀校书既遇水部郎中张籍知音,遍索庆馀新制篇什数通,吟改后,只留二十六章,水部置于怀抱而推赞之。清列以张公重名,无不缮录讽咏,遂登科第。朱君尚为谦退,作《闺意》一篇以献张公,公明其进退,亦和焉。诗曰:"洞房昨夜停红烛,……"张籍郎中酬曰:"越女新妆出镜心,自知明艳更沉吟。齐纨未足人间贵,一曲菱歌敌万金。"朱公才学,因张公一诗,名流海内矣。

《后村诗话》:世称朱庆馀"妆罢低声问夫婿,画眉深浅入时无"之句,却不入选,岂嫌其自鬻耶? 放翁云:"谁言田家不入时? 小姑画得城中眉。"比庆馀尤工。

《唐诗选脉会通评林》:洪容斋曰:此诗不言美丽,而味其词意,非绝色第一,不足以当之。 后二句,审时证己,敛德避妒,可谓善藏其用。与王仲初"三日入厨下,携手作羹汤。未谙姑食性,先遣小姑尝",一不恃才妄作,一不敢轻试违时,俱有无限深意。

《唐贤小三昧集》:托喻既深,何嫌近亵!

《唐人绝句精华》:此托之新妇见舅姑,以比举子见考官。籍有酬朱庆馀诗曰:"越女新妆出镜心,……"其称许特甚,可见古人爱士之心。

过耶溪

春溪缭绕出无穷,两岸桃花正好风。

恰是扁舟埋入处,鸳鸯飞起碧流中。

【汇评】

《寰宇记》:若耶溪在会稽东二十八里。

杨　发

杨发(?—约859),字至之,同州冯翊(今陕西大荔)人。父遗直客苏州,因家于吴。大和四年(830),登进士第,又登书判拔萃科,释褐校书郎。累佐湖南、西蜀使府。入朝为监察御史,转侍御史,累迁礼部郎中。大中三年,改左司郎中、太常少卿。出为苏州刺史,迁福建观察使。均有善政。十二年,迁岭南节度使,以严为理,军乱,贬婺州刺史,卒于治所。发善诗,与弟假、收、严及子乘皆有名于时。《全唐诗》存诗十三首。

【汇评】

杨维直四子,发、假、收、严。发以春为义,其子以祝以乘为名。假以夏为义,其子以晃为名。收以秋为义,其子以钜、镳、鉴为名。严以冬为义,其子以注、涉、洞为名。皆以文学登第,时号"修行杨家",与靖恭诸杨比于华盛。(《唐诗纪事》"杨乘"条)

(发)工诗,亦当时声韵之伟者。(《唐才子传》)

宿黄花馆

孤馆萧条槐叶稀,暮蝉声隔水声微。

年年为客路无尽，日日送人身未归。

何处迷鸿离浦月，谁家愁妇捣霜衣。

夜深不卧帘犹卷，数点残萤入户飞。

【汇评】

《唐才子传》：《宿黄花馆》云："孤馆萧条槐叶稀，……"俱浏亮清新，颇惊凡听。

杨 乘

杨乘,生卒年不详,同州冯翊(今陕西大荔)人,居吴(今江苏苏州)。大中元年(847),登进士第,官终殿中侍御史。《全唐诗》存诗五首。

【汇评】

广大教化主:白居易。上入室一人:杨乘。(《诗人主客图》)

(发)子乘,亦登进士第,有俊才,尤能为歌诗,历显职。(《旧唐书·杨发传》)

吴中书事

十万人家天堑东,管弦台榭满春风。

名归范蠡五湖上,国破西施一笑中。

香径自生兰叶小,响廊深映月华空。

尊前多暇但怀古,尽日愁吟谁与同。

【汇评】

《唐诗笺注》:"十万人家",生齿不可谓(不)繁,封疆不可谓不广;"天堑东",即子胥所谓,三江环之,民无所移。有吴则无越,有越则无吴者也。君兹土者,宜如何忧勤,如何惕励,乃至于"管弦台榭满春风",其尚可与图治哉?于是而"名归范蠡",范蠡者,越臣也;"国破西施",西施者,越女也。祸则吴当之,利则越收之,有由然矣。"五湖上",写范蠡之得名在功成身退,为千古人臣贪恋爵禄者戒;"一笑中",写西施之破国在惑志丧心,为千古人君晏安鸩毒者戒。以上写往年。以下写今日:虽"香径"尚存,"屧廊"犹在,然兰叶自生而已矣,月华深映而已矣。试问"管弦台榭"其果可为治国之具否耶?殆不得不动怀古之心,而费我愁吟也已。

雍　陶

雍陶，生卒年不详，字国钧，成都（今属四川）人。少贫。大和三年，南诏侵蜀，攻陷成都，掳子女工匠数万人，陶在蜀中，有诗记其事。后入京，大和八年（834），登进士第。曾以侍御佐充海幕。大中中，授国子毛诗博士。八年，出刺简州，世称雍简州。陶工于词赋，长于律绝，自比谢朓、柳恽。与白居易、王建、贾岛、姚合、刘得仁、殷尧藩、李廓、章孝标、无可、广宣等交往唱酬。有《雍陶诗集》十卷，已佚。《全唐诗》存诗一卷。

【汇评】

（陶）为简州牧，自比谢宣城、柳吴兴也，宾至则折挫之。……有冯道明下第，请谒，云："与员外故旧。"阍者以道明言启之。及引进，陶诃曰："与公昧平生，何方相识矣？"道明曰："诵员外之言，仰员外之德，诗集中日得相见，何隔平生也。"遂吟曰："立当青草人先见，行近白莲鱼未知。"又曰："江声秋入寺，雨气夜侵楼。"又曰："闭门客到常疑病，满院花开不似贫。"陶闻吟，欣狎，待道明如曩昔之友。（《云溪友议》）

（陶）工于词赋。少贫，遭蜀中乱后，播越羁旅，有诗云："贫当

多病日,闲过少年时。"大和八年陈宽榜进士及第,一时名辈,咸伟
其作。然恃才傲睨,薄于亲党。……与贾岛、殷尧藩、无可、徐凝、
章孝标友善,以琴樽诗翰相娱。(《唐才子传》)

雍简州矜负好句,为客所窥。此公工于造联,奈屡于送结,落
晚调不振。(《唐音癸签》)

(雍陶)诗情景俱到,晚唐本色也。(《诗学渊源》)

送裴璋还蜀因亦怀归

客在剑门外,新年音信稀。
自为千里别,已送几人归。
陌上月初落,马前花正飞。
离言殊未尽,春雨满行衣。

【汇评】

《重订中晚唐诗主客图》:情遥味永,非水部而何("自为"一联
下)?　　留不尽,是水部(末二句下)。

和刘补阙秋园寓兴六首（其一）

水木夕阴冷,池塘秋意多。
庭风吹故叶,阶露净寒莎。
愁燕窥灯语,情人见月过。
砧声听已别,虫响复相和。

【汇评】

《瀛奎律髓》:六诗皆工而可观,荆公所取者。刘补阙为谏官,
而家园有山水之乐,唐人之仕于东、西都者皆然。

《瀛奎律髓汇评》:何义门:风致极似姚合。　　纪昀:"庭风"

二字生。燕不夜语。

塞上宿野寺

塞上蕃僧老,天寒疾上关。
远烟平似水,高树暗如山。
去马朝常急,行人夜始闲。
更深听刁斗,时到磬声间。

【汇评】

《五朝诗善鸣集》:"山"、"水"皆作虚用,使"烟"、"树"非复寻常景色。

《唐诗成法》:三、四写景切绝,七从夜间生出。刁斗、磬声、寒寺合写有法,得全题之神。　　塞上诗多壮丽,此独清新,意言边境不宁也。

《唐诗笺要》:"远烟"、"高树"一联,工写景物,馀不甚佳。陶尝有"江声秋入寺","雨气夜侵楼"之句,为冯道明所颂,因定交焉。

《网师园唐诗笺》:妙切"塞"、"夜",仍不脱寺。(末二句下)

寒食夜池上对月怀友

人间多别离,处处是相思。
海内无烟夜,天涯有月时。
跳鱼翻荇叶,惊鹊出花枝。
亲友皆千里,三更独绕池。

【汇评】

《重订中晚唐诗主客图》:声情韵味,全是水部(首二句下)。

咏双白鹭

双鹭应怜水满池,风飘不动顶丝垂。

立当青草人先见,行傍白莲鱼未知。

一足独拳寒雨里,数声相叫早秋时。

林塘得尔须增价,况与诗家物色宜。

【汇评】

《瀛奎律髓》:议者谓:"行傍白莲鱼未知",此句最佳,上一句未称。然着题诗难句句好也。第二句亦未可忽。

《麓堂诗话》:唐律多于联上著工夫,如雍陶《白鹭》、郑谷《鹧鸪》二联,皆学究之高者。至于起、结,即不成语矣。如杜子美《白鹰》起句,钱起《湘灵鼓瑟》结句,若奏金石以破蟋蟀之鸣,岂易得哉!

《瀛奎律髓汇评》:冯班:第三胜,第四造意未活。　　查慎行:咏物落色相,便不超妙。　　纪昀:此诗及郑谷《鹧鸪》、崔珏《鸳鸯》,皆词意凡近,而格调卑靡。虽以此得名,要是流俗之论,非作者之定评也。

《唐诗笺注》:见双鹭不动,遂疑双鹭为爱池水;以我之心度鹭之腹,妙矣。又妙在顺便带出"顶丝垂"之三字,觉双鹭如画。三,承写不动;四,忽又写动。要之,此二句所重,只在写白也。五、六再用曲笔细写:五是写双鹭两样立法,六是写双鹭一样叫法。然后,"得尔"一顿,"况与"一宕,以赞美之,欣赏之,双鹭于此亦价增十倍矣。

《小清华园诗谈》:从来咏物之诗,能切者未必能工,能工者未必能精,能精者未必能妙。……《咏双白鹭》精矣,而未妙也。

晴　诗

晚虹斜日塞天昏，一半山川带雨痕。

新水乱侵青草路，残烟犹傍绿杨村。

胡人羊马休南牧，汉将旌旗在北门。

行子喜闻无战伐，闲看游骑猎秋原。

【汇评】

《增定评注唐诗正声》：郭云：晚唐中有此自佳，结语便懈。

《批选唐诗》：新晴之景，宛然在目。

《贯华堂选批唐才子诗》：此虽写晴，然言外实是寓意边事。言晚虹在东，斜日在西，独有"塞天"其色未快，因特出大判云：一半未放人意也。"新水"句亦寓新恩已沛，"残烟"句又寓馀忧未靖，此皆"一半山川"四字中之深忧远虑也（首四句下）。　　此诗题是咏晴，乃前解因带有"塞天昏"之三字，人亦遂窥其是安边新喜，然实则笔笔皆细写晴色也。至此后解则竟忍俊不住，一口直吐出来。看他前解犹写忧，此解纯写喜，固已更忍不住也（末四句下）。　　金雍补注：五写远望荡荡，六写近望森森，毕竟画来是新晴风色。

《五朝诗善鸣集》：与牧之《晚晴赋》争妍角秀。

《唐诗成法》："一半山川"写初晴，神妙。三、四写景真切，承二。五、六边境清宁。七、八之从五托下，写太平气象，行人安稳如在眼中。

《网师园唐诗笺》：得体（"胡人羊马"一联下）。

《历代诗发》：前四句说晴景，后四句说喜晴心事，通首灵变乃尔。

到蜀后记途中经历

剑峰重叠雪云漫,忆昨来时处处难。
大散岭头春足雨,褒斜谷里夏犹寒。
蜀门去国三千里,巴路登山八十盘。
自到成都烧酒熟,不思身更入长安。

【汇评】

《贯华堂选批唐才子诗》:此"重叠白云漫",乃是既过栈去,回指剑峰而叹。言今但见其重叠如此,不知其中间乃有千崎万岖,如大散岭、褒斜谷,真非一崎一岖而已;今但望见其白云如此,不知其中间乃有异样节气,如春足雨,夏犹寒,真非寻常节气而已。"处处难"之为言,其难非可悉数,非可名状,在事后思之,犹尚通身寒噤者也(首四句下)。　　后又言已后直是不愿更出,此特别换笔法,再诉人来之至难也。言人来既是三千里、八十盘,后如出去,则照旧三千里,八十盘,人身本非金铁,堪受如此剧苦耶?"成都烧酒熟"者,并非逢车流涎之谓,如云任他水土敝恶,我已决计安之也(末四句下)。

《唐诗笺注》:此题若落常手,即将"忆昨来时"作起句,亦未为不可,然径直少致矣。今偏要兀然先装得"剑峰重叠白云漫"之七字,写置身南国,回首北都,惟见青峰插天、白云匝地而已,殊不知其中则有无数艰难,无数险阻,直是不堪追忆也。以为七、八之"自到""不思"伏案,古人之严于审局如此。

经杜甫旧宅

浣花溪里花多处,为忆先生在蜀时。

万古只应留旧宅,千金无复换新诗。

沙崩水槛鸥飞尽,树压村桥马过迟。

山月不知人事变,夜来江上与谁期?

【汇评】

《贯华堂选批唐才子诗》:浣花溪里只添"花深处"三字,便是此日加倍眼色。只因此三字,便知其不止忆杜先生,直是忆杜先生爱人心地,忆杜先生冠世才学,忆杜先生心心朝廷、念念民物,忆杜先生流离辛苦、饥寒老病,一时无事不到心头也。三,万古应留,四,千金难得,便只是一句话,犹言即使国步可改,必须此宅长留,只看文人代有,到底杜诗莫续也(首四句下)。　此沙崩树压,即七之所谓"人事变"也。"夜来江月与谁期"者,此月经照杜先生后,更照何人始得?则自不能不有此问也(末四句下)。

《唐诗笺注》:浣花溪里,居人不少,故特添出"花多处"三字以旌异之,曰:此方是杜少陵故居也。……三承一,其人不朽,其宅亦不朽;四承二,其人虽无,其诗必不可无。以上只是见物怀人。五、六,然后细写旧宅:五写宅以内,六写宅以外。先生在日,以严武还朝,暂去成都,其宅不免荒芜,读《将赴草堂先寄郑公》五作可见,况身后乎?沙崩鸥去,树压马惊,所必然矣。七,忽然举山月而斥之,一似先生既死,此月便不应再照旧宅也者,大奇!八,又忽然向山月而问之,一似旧宅既荒,此月便不应更照他家也者,大奇!

题情尽桥

从来只有情难尽,何事名为情尽桥。

自此改名为折柳,任他离恨一条条。

《鉴诫录》：雍使君陶典阳安日，送客至桥，离情未已，揖让既久，欲更前车。客曰："此处呼为'情尽桥'，向来送迎，至此礼毕。"陶下马命笔，题其桥楹，改为"折柳"。自兹送别，咸吟是诗。简郡风情，不革义路矣。诗曰："从来只有情难尽，……"

韦处士郊居

满庭诗境飘红叶，绕砌琴声滴暗泉。

门外晚晴秋色老，万条寒玉一溪烟。

【汇评】

《唐诗选脉会通评林》：写处士隐兴，得趣亦极。

《唐诗摘钞》：亦只写所居之景，而处士之高自见。

《增订唐诗摘钞》："秋色"一作"秋已"。作"色"字，句法始老。

题君山

风波不动影沉沉，翠色全微碧色深。

应是水仙梳洗处，一螺青黛镜中心。

【汇评】

《鉴诫录》：刘（禹锡）尚书有《望洞庭》之句，雍使君陶有咏《君山》之诗，其如作者之才，往往暗合。刘《望洞庭》诗曰："湖光秋月两相和，潭面无风镜未磨。遥望洞庭山翠色，白银盘里一青螺。"雍咏《君山》诗曰："烟波不动影沉沉，……"

和孙明府怀旧山

五柳先生本在山，偶然为客落人间。

秋来见月多归思，自起开笼放白鹇。

【汇评】

《唐诗归》：钟云：见月放鹇，与归思何干？其妙可想。　　谭云：深淡。

《唐诗选脉会通评林》：周弻为实接体。　　唐汝询曰：此从"羁鸟恋旧林"生出想头。　　周珽曰：无中生有，变出归山情思，奇矣！

《唐诗摘钞》：因己思归，知物亦有故乡之思，故放之。此不必实有其事，特装点此语，妙尽思归之情，诗人不妨以无为有也。

《五朝诗善鸣集》：萧然高致。

《唐诗别裁》：动归思而放鹇，见物我同情也。

《网师园唐诗笺》：推己度物（末二句下）。

《诗境浅说续编》：因思归而放白鹇，推己及物，与"剔开红焰救飞蛾"，同一慈惠之思。

城西访友人别墅

沣水桥西小路斜，日高犹未到君家。
村园门巷多相似，处处春风枳壳花。

【汇评】

《笺注唐贤三体诗法》：遍地枳棘，谁可结交？所以不辞远访也。然极蕴藉。

《唐诗选脉会通评林》：焦竑曰：如画。　　陆时雍曰：风味自足。　　王右丞《访吕逸》云："门外青山如屋里，东家流水入西邻"，与此后联，俱尽别墅之景，妙妙。

哀蜀人为南蛮俘虏五章（选二首）

过大渡河蛮使许之泣望乡国

大渡河边蛮亦愁，汉人将渡尽回头。

此中剩寄思乡泪，南去应无水北流。

【汇评】

《唐诗纪事》：杜元颖为西川节度使，治无状。文宗大和三年，南诏蛮嵯巅乃悉众掩邛、戎、嶲三州，陷之。入成都，止西郛十日，掠子女工技数万而南。至大渡河，谓华人曰："此吾南境，尔去国当哭。"众号恸，赴水死者十三。故陶赋《哀蜀人为南蛮俘虏五章》。

入蛮界不许有悲泣之声

云南路出陷河西，毒草长青瘴色低。

渐近蛮城谁敢哭，一时收泪羡猿啼。

【汇评】

《升庵诗话》：去乡离家，俘于犬羊，苦已极矣。又畏死吞声而不敢哭，所以羡猿声之啼也。一"羡"字妙。或改作"听"，非知诗者。

《唐诗快》：自古有"羡啼"者乎？哭者羡不啼者，不敢哭者乃反羡啼者。哀哉！哀哉！

过南邻花园

莫怪频过有酒家，多情长是惜年华。

春风堪赏还堪恨，才见开花又落花。

《笺注唐贤三体诗法》：下三句总只"莫怪频过"四字。"赏"、"恨"二字，透出多情。

《唐诗绝句类选》：徐子扩曰：后二句自相承应。

《唐诗选脉会通评林》：周弼列为实接体。　　周敬曰：达者之见，悟道之言。"莫怪"、"多情"、"频过"、"长是"、"还堪"、"才见"、"赏"、"恨"、"开"、"落"等字，俱以虚摹转合承接成章，天孙巧思。

天津桥望春

津桥春水浸红霞，烟柳风丝拂岸斜。
翠辇不来金殿闭，宫莺衔出上阳花。

【汇评】

《批点唐诗正声》：有思致，有风韵。

《唐诗选脉会通评林》：陆士钪曰：丽语，兴感自倍。

《删订唐诗解》：吴昌祺曰：简州多巧思，宜其自喜。

《而庵说唐诗》：唐以洛阳为东京，全盛之时，数尝游幸。至是阉宦用事，天子不能复游，宫殿空闭。此诗单写寂寥景观。天津桥下，春水如前，映红霞如前，烟中杨柳如前，风中游丝如前，独是不见天子之翠辇。金殿久闭，上阳宫中花，莺时衔出，望去能无感伤哉！上阳宫，在洛城外。

《网师园唐诗笺》：凄然（末二句下）。

《唐诗近体》：含情无限（末句下）。

《历代诗发》：岑寂不忍见。

《诗境浅说续编》：极写津桥烟景之美，益见故宫荒寂之悲。宫花无主，付与流莺，句殊凄恻。

李 远

李远，生卒年不详，字求古，蜀（今四川）人，郡望陇西（今属甘肃）。大和五年（831），登进士第。开成中，为监察御史，佐福建幕。入朝，会昌元年，为尚书司门员外郎。大中十二年，宰相令狐绹荐为杭州刺史。又曾任岳、忠、建、江诸州刺史，终御史中丞。远善棋工诗，情地闲雅，与杜牧友善。有《李远诗集》一卷。《全唐诗》编诗一卷。

【汇评】

世谓"浑诗远赋，不如不做"，言其无才藻，鄙其无教化也。（《北梦琐言》）

许浑诗格清丽，然不干教化。又有李远以赋名，伤于绮靡不涉道。故当时号"浑诗远赋"。（《诗史》）

李远体物缘情，皆为臻妙。尝有《赠筝妓伍卿》诗云："轻轻没后更无筝，玉腕红纱到五卿。坐客满筵都不语，一行哀雁十三声。"《咏鸳鸯》云："鸳鸯离别伤，人意似鸳鸯。试取鸳鸯看，多应共寸肠。"（《诗话总龟》引《郡阁雅言》）

少有大志，夸迈流俗，为诗多逸气，五彩成文。早历下邑，词名

卓然。(《唐才子传》)

李求古《赠写御史客李长史》一篇,法律井井,不减开宝时人。
(《一瓢诗话》)

送人入蜀

蜀客本多愁,君今是胜游。
碧藏云外树,红露驿边楼。
杜宇呼名语,巴江学字流。
不知烟雨夜,何处梦刀州。

【汇评】

《瀛奎律髓》:"呼名"、"学字"一联精切。

《唐三体诗评》:"杜宇"一联,正将他人愁处,翻出"胜"字。落
句烟雨,亦带愁意。

《瀛奎律髓汇评》:冯舒:此大历以后手笔。第二句出"入蜀",
醒便。   陆贻典:此大历以后体格。   查慎行:第三联锻炼
亦见苦心,然格稍卑矣。   何义门:下六句浅深次第,方是入
蜀。以吉梦收足胜游。   纪昀:中四句好。红楼、碧树,以拆用
见工夫。"杜宇"一联,以细切见思致。然巴江实学字,杜宇未尝呼
名,亦微瑕也。   许印芳:此评(按指纪评)细。

听话丛台

有客新从赵地回,自言曾上古丛台。
云遮襄国天边去,树绕漳河地里来。
弦管变成山鸟哢,绮罗留作野花开。
金舆玉辇无行迹,风雨惟知长绿苔。

【汇评】

《瀛奎律髓》：平熟，但颇近套。不收，或谓遗材也。

《唐诗选脉会通评林》：周弼列为四实体。　　周珽曰：起是"听话丛台"。中即人所说昔时山川之胜，与今日改易之迹。结深致怀感凭吊之思，见豪华终于尽时，人主何苦为穷奢极欲也。造语不纤不诡，意味远隽。

《贯华堂选批唐才子诗》：无端听人闲话，遇客正说丛台，满怀赵武灵王，甚欲闻其下落。乃见此客舒手指点，恣口论说，却纯是云遮巨鹿，河来宁晋，并不闻其略有一言半语说及此台也。　　于是听之而不胜太息也。昔者武灵梦得吴娃，特筑此台，数年不出，一时弦管绮罗，试思何等妖丽！而今细听客话，直是更无消息。然则惟馀山鸡，尽变野花，风风雨雨，苔痕无数，真不必亲至其地，而如见悲凉满目也。

《初白庵诗评》：五、六"变成"、"留作"四字，有稚气，有俗韵。

《唐诗贯珠笺释》：上半首直赋其事，三、四乃台上南北望出之景。下半首咏叹当年之盛、今日荒凉也，流利有气。中二联骨肉停匀。

《唐三体诗评》：破题即是听话。次联全赵形胜在指掌中，而武灵雄心霸略亦仿佛可见。　　转落后半，极俯仰凭吊之致。

《山满楼笺注唐诗七言律》：一、二是题之来脉。下六句皆出自客中口，而先抽二句写此台之高及形势之胜。至后半四句，然后以昔日之妖艳与今日之荒凉配合成文者。

《网师园唐诗笺》：言中绮丽，言外凄凉。

《瀛奎律髓汇评》：冯舒：首联是"听人话"。　　冯班：次联惟登丛台，始知其妙。　　纪昀：其平熟处在首句顺笔叙入失势，故以下再振拔不起。

《唐诗笺注》：昔赵武灵王梦得吴娃，因筑丛台，数年不出，其一时声色之盛，当莫有过之。此后人之想象焉，而恨不得亲至其地者。乃自客言之,殊不其然。夫自古及今,无盛不衰,无兴不废,即此而见,可为一叹:此作诗之大旨也。

失 鹤

秋风吹却九皋禽,一片闲云万里心。
碧落有情应怅望,遥台无路可追寻。
来时白雪翎犹短,去日丹砂顶渐深。
华表柱头留语后,更无消息到如今。

【汇评】

《瀛奎律髓》:尽可讽咏,八句皆佳。

《贯华堂选批唐才子诗》:写失鹤,只云"秋风吹却",便已安之若命,不曾怨尤。又接云"一片闲云万里心",真乃欲忘固不能忘,欲想却不敢想。必如此,方是失鹤诗。诗入他人手,且不知所失乃是何物也。三"碧落有情",是承写"万里心"。四"遥台无路",是承写"一片闲云",章法最为整净也。

《五朝诗善鸣集》:似有寄托之言,语气俊爽。

《唐诗快》:此亦视胎禽如手足矣。

《唐七律选》:拈题无迹(首二句下)。　　彼此俱见("碧落有情"二句下)。

《山满楼笺注唐诗七言律》:写失鹤不比写他物,写得太认真不可,写得毫无系恋又不可。此适在浅深之间,最为活泼可喜。章法更尔奇妙。

《瀛奎律髓汇评》:何义门:第五接得变化。　　纪昀:总不脱凡近之意。

《唐七律隽》:深于皮、陆悼鹤之作。皮、陆手笔俱笨,此却隽。

杜　牧

杜牧(803—853),字牧之,京兆万年(今陕西西安)人。杜佑之孙。大和二年(828),登进士第,又登贤良方正能直言极谏科,授弘文馆校书。沈传师廉察江西,辟为团练巡官;沈徙镇宣歙,牧亦从之。府罢,淮南节度使牛僧孺辟为掌书记,颇好游宴,纵情声色。九年,入朝为监察御史,旋分司东都。开成中,历宣州团练判官、左补阙、史馆修撰、膳部员外郎等职。会昌二年,出守黄州,历池、睦二州刺史。大中二年,入为司勋员外郎、史馆修撰,复出为湖州刺史,终官中书舍人。牧知兵,善古文。工诗,尤擅七言近体,清丽俊爽,自成一家,与李商隐齐名,亦称"李杜"。其甥裴延翰集其诗文为《樊川文集》二十卷,今存。后人复撷拾集外诗文为《外集》、《别集》、《补遗》各一卷,多杂他人作品。《全唐诗》编诗八卷,其第七卷几全为许浑诗。

【汇评】

某苦心为诗,唯求高绝,不务奇丽,不涉习俗,不今不古,处于中间。(杜牧《献诗启》)

窃观仲舅(按指杜牧)之文,高骋复厉,旁绍曲摭,洁简浑圆,劲出横贯,涤濯滓窳,支立欹倚。呵磨鞍瘃,如火照焉;爬梳痛痒,如水洗焉。其抉剔挫偃，敢断果行，若誓牧野，前无有敌；其正视严听，前衡后銮，如整冠裳，祗谒宗庙；其眎蛰爆聋，迅发不慄，若大吕劲鸣，洪钟横撞，撑裂噎喑，戛切《韶》、《濩》；其砭熨嫉恶，堤障初终，若濡槁于未焚，膏痈于未穿。栽培教化，翻正治乱，变醨养瘠，尧酾舜薰，斯有意趋贾、马、刘、班之藩墙者耶！……其馀述喻赞诚，兴讽愁伤，易格异状，机键杂发，虽绵远穷幽，酴腴魁垒，笔酣兴健，窕眇碎细，包诗人之轨宪，整扬、马之衔阵，耸曹、刘之骨气，掇颜、谢之物色，然未始不拨氩治本，缅幅道义，钩深于经史，舣御于理化也。（裴延翰《樊川文集后序》）

高古奥逸主：孟云卿。……入室六人：李贺、杜牧、李馀、刘猛、李涉、胡幽贞。（《诗人主客图》）

牧于诗，情致豪迈，人号为"小杜"，以别杜甫云。（《新唐书》本传）

牧善属文，刚直有奇节，敢论列大事，指陈利病。为诗情致豪迈，人号"小杜"。（《郡斋读书志》）

牧才高，俊迈不羁，其诗豪而艳，有气概，非晚唐人所能及也。（《直斋书录解题》）

杜牧之风味极不浅，但诗律少严；其属辞比事殊不精致，然时有自得为可喜也。（《风月堂诗话》）

杜牧之诗风调高华，片言不俗，有类新及第少年，略无少退藏处，固难求一唱而三叹也。（《蔡伯衲诗评》）

杜牧之如铜丸走坂，骏马注坡。（《臞翁诗评》）

郊、岛、元、白下世之后，张祜、赵嘏诸人皆不及牧之，盖颇能用老杜句律，自为翘楚，不卑卑于晚唐之酸楚凑砌也。（《瀛奎律髓》）

牧之郗杜遗风，名家远绍。其诗含思悲凄，流情感慨，下语精切，含声圆整，而抑扬顿挫之节尤其所长。然以时风委靡，独持拗峭，虽云矫其流弊，而持情亦巧。或者比之许浑，两人之作，南北异调，了了可辨，岂风气囿诸情性，不能自达于中声者乎？初唐先辈，西北居多，而含宫调徵，各谐其节，未有如牧之者。（《唐诗品》）

律诗至晚唐，李义山而下，唯杜牧之为最，宋人评其诗豪而艳，宕而丽，于律诗中特寓拗峭，以矫时弊，信然。（《升庵诗话》）

（牧之）主才，气俊思活。（《骚坛秘语》）

中唐绝，如刘长卿、韩翃、李益、刘禹锡，尚多可讽咏。晚唐则李义山、温庭筠、杜牧、许浑、郑谷，然途轨纷出，渐入宋、元。多歧亡羊，信哉！（《诗薮》）

杜牧之门第既高，神颖复隽，感慨时事，条划率中机宜，居然具宰相作略。……自牧之后，诗人擅经国誉望者概少，唐人材益寥落不振矣。（《唐音癸签》）

杜牧才力或优于浑，然奇僻处多出于元和。五七言古恣意奇僻，且多失体裁，不能如韩之工美，援引议论处益多以文为诗矣。其仄韵亦多上、去二声杂用。（《诗源辩体》）

杜牧亦尚奇尚意而又以老硬为主，实僻涩怪恶也。宋人之法多出于此。（同上）

杜牧七言律用意虽深，而造语实僻。（同上）

樊川笔健调响，而绝少全璧。如《早雁》诗前半绝唱，而后幅殊劣，岂非恨事。（《唐音审体》）

晚唐诗多柔靡，牧之以拗峭矫之。人谓之"小杜"，以别于少陵。配以义山，时亦称"李杜"。（《唐诗别裁》）

杜牧之作诗，恐流于平弱，故措词必拗峭，立意必奇僻，多作翻案语，无一平正者。方岳《深雪偶谈》所谓"好为议论，大概出奇立异，以自见其长"也。（《瓯北诗话》）

牧诗冶荡甚于元、白，其风格则实出元、白之上。（《四库全书总目》）

杜牧之诗轻倩秀艳，在唐贤中另是一种笔意。故学诗者不读

小杜,诗必不韵。(《雨村诗话》)

中唐以后,小杜才识,亦非人所能及。文章则有经济,古近体诗则有气势,倘分其所长,亦足以了数子。宜其薄视元、白诸人也!(《北江诗话》)

杜牧之与韩、柳、元、白同时,而文不同韩、柳,诗不同元、白,复能于四家外,诗文皆别成一家,可云特立独行之士矣!(同上)

樊川真色真韵,殆欲吞吐中晚千万篇,正亦何必效杜哉!(《石洲诗话》)

杜紫微天才横逸,有太白之风,而时出入于梦得。七言绝句一体,殆尤专长。观玉溪生“高楼风雨”云云,倾倒之者至矣。(《读雪山房唐诗序例》)

元、白而下,牧之较有气骨,然七律多随笔而出,于锻炼之功殊缺也,实开宋人生涩一派。宋人评其诗豪而艳、宕而丽,……盖以气味相近故也。虽与熟滑卑调不同,而初盛典型荡然矣。(《唐七律隽》)

山谷学杜公,七律专以单行之气,运于偶句之中。东坡学太白,则以长古之气,运于律句之中。樊川七律,亦有一种单行票姚之气。余尝谓小杜、苏、黄,皆豪士而有侠客之风者。(曾国藩《大潜山房诗题语》)

牧之五言浩灏,却仍是白描。虽题咏好异于人,而识解既大,风调高华,笔如辖辂,亦无懈可击。熟于军计,洞知形势,故其议论利弊,胸开眼大。发于吟咏,焉得无寄托?数诗人治才,牧之实第一。诚斋曰:“不是樊川珠玉句,日长淡杀个衰翁。”亦谓其味耐寻也。(《东目馆诗见》)

其出与元、白同源,古风愈况,时伤浮露,无复春容。律诗、绝句情韵覃渊,足以方驾龙标,囊括温、李。(《三唐诗品》)

晚唐唯小杜诗纵横排宕,得大家体势。其诗大抵取材汉赋,而极于骚，遣词用字，绝不沿袭六朝人语，所谓"高摘屈宋艳，浓熏班马香"者，可以知其祇响矣。独是才多为患，其性又能刚而不能柔，遂未能一洗凌杂粗悍之病。（《瓶粟斋诗话》）

其诗情致豪迈，而造语精密，不落粗疏。七言歌行，风调尤胜，唯古诗声调未化耳。（《诗学渊源》）

感怀诗一首

原注：时沧州用兵。

高文会隋季，提剑徇天意。
扶持万代人，步骤三皇地。
圣云继之神，神仍用文治。
德泽酌生灵，沈酣薰骨髓。
旄头骑箕尾，风尘蓟门起。
胡兵杀汉兵，尸满咸阳市。
宣皇走豪杰，谈笑开中否。
蟠联两河间，烬萌终不弭。
号为精兵处，齐蔡燕赵魏。
合环千里疆，争为一家事。
逆子嫁虏孙，西邻聘东里。
急热同手足，唱和如宫徵。
法制自作为，礼文争僭拟。
压阶螭斗角，画屋龙交尾。
署纸日替名，分财赏称赐。
刳隍歀万寻，缭垣叠千雉。
誓将付屏孙，血绝然方已。
九庙仗神灵，四海为输委。

如何七十年,汗骍含羞耻。
韩彭不再生,英卫皆为鬼。
凶门爪牙辈,穰穰如儿戏。
累圣但日吁,阃外将谁寄。
屯田数十万,隄防常慑惴。
急征赴军须,厚赋资凶器。
因隳画一法,且逐随时利。
流品极蒙龙,网罗渐离弛。
夷狄日开张,黎元愈憔悴。
邈矣远太平,萧然尽烦费。
至于贞元末,风流恣绮靡。
艰极泰循来,元和圣天子。
元和圣天子,英明汤武上。
茅茨覆宫殿,封章绽帷帐。
伍旅拔雄儿,梦卜庸真相。
勃云走轰霆,河南一平荡。
继于长庆初,燕赵终舁襁。
携妻负子来,北阙争顿颡。
故老抚儿孙,尔生今有望。
茹鲠喉尚隘,负重力未壮。
坐帷无奇兵,吞舟漏疏网。
骨添蓟垣沙,血涨滹沱浪。
祗云徒有征,安能问无状?
一日五诸侯,奔亡如鸟往。
取之难梯天,失之易反掌。
苍然太行路,剪剪还榛莽。
关西贼男子,誓肉房杯羹。

请数系房事,谁其为我听!
荡荡乾坤大,瞳瞳日月明。
叱起文武业,可以豁洪溟。
安得封域内,长有扈苗征?
七十里百里,彼亦何尝争?
往往念所至,得醉愁苏醒。
韬舌辱壮心,叫阍无助声。
聊书感怀韵,焚之遗贾生。

【汇评】

　　《石洲诗话》:小杜《感怀》诗,为沧州用兵作,宜与《罪言》同读。《郡斋独酌》诗,意亦在此。王荆公云:"末世篇章有逸才。"其所见者深矣。

　　《王闿运手批唐诗选》:牧好言兵,故为此长篇;殊可不必,不若流连风月之愈。

杜秋娘诗 并序

　　杜秋,金陵女也。年十五为李锜妾,后锜叛灭,籍之入宫,有宠于景陵。穆宗即位,命秋为皇子傅姆。皇子壮,封漳王。郑注用事,诬丞相欲去己者,指王为根,王被罪废削,秋因赐归故乡。予过金陵,感其穷且老,为之赋诗。

京江水清滑,生女白如脂。
其间杜秋者,不劳脂粉施。
老濞即山铸,后庭千双眉。
秋持玉斝醉,与唱金缕衣。①
濞既白首叛,秋亦红泪滋。
吴江落日渡,灞岸绿杨垂。

联裾见天子,盼眄独依依。
椒壁悬锦幕,镜奁蟠蛟螭。
低环认新宠,窈袅复融怡。
月上白璧门,桂影凉参差。
金阶露新重,闲捻紫箫吹。②
莓苔夹城路,南苑雁初飞。
红粉羽林仗,独赐辟邪旗。
归来煮豹胎,餍饫不能饴。
咸池升日庆,铜雀分香悲。
雷音后车远,事往落花时。
燕禖得皇子,壮发绿绥绥。
画堂授傅姆,天人亲捧持。
虎睛珠络褓,金盘犀镇帷。
长杨射熊罴,武帐弄哑咿。
渐抛竹马剧,稍出舞鸡奇。
嶷嶷整冠佩,侍宴坐瑶池。
眉宇俨图画,神秀射朝辉。
一尺桐偶人,江充知自欺。
王幽茅土削,秋放故乡归。
舳舻拂斗极,回首尚迟迟。
四朝三十载,似梦复疑非。
潼关识旧吏,吏发已如丝。
却唤吴江渡,舟人那得知?
归来四邻改,茂苑草菲菲。
清血洒不尽,仰天知问谁!
寒衣一匹素,夜借邻人机。
我昨金陵过,闻之为歔欷。

自古皆一贯，变化安能推？
夏姬灭两国，逃作巫臣姬。
西子下姑苏，一舸逐鸱夷。
织室魏豹俘，作汉太平基。
误置代籍中，两朝尊母仪。
光武绍高祖，本系生唐儿。
珊瑚破高齐，作婢春黄糜。
萧后去扬州，突厥为阏氏。
女子固不定，士林亦难期。
射钩后呼父，钓翁王者师。
无国要孟子，有人毁仲尼。
秦因逐客令，柄归丞相斯。
安知魏齐首，见断箦中尸？
给丧蹶张辈，廊庙冠峨危。
珥貂七叶贵，何妨戎虏支。
苏武却生返，邓通终死饥。
主张既难测，翻覆亦其宜。
地尽有何物，天外复何之？
指何为而捉，足何为而驰？
耳何为而听，目何为而窥？
己身不自晓，此外何思唯？
因倾一樽酒，题作杜秋诗。
愁来独长咏，聊可以自怡。

【原注】

①"劝君莫惜金缕衣，劝君须惜少年时。花开堪折直须折，莫待无花空折枝。"李锜长唱此辞。　②《晋书》："盗开凉州张骏塚，得紫玉箫。"

【汇评】

《太平广记》引《本事诗》：李锜之擒也，侍婢一人随之。锜夜自裂衣襟，书己冤，箓槿之功，言为张子良所卖。教侍婢曰："结之于带。吾若从容赐对，当为丞相、扬、益节度使；若不从容，受极刑矣。我死，汝必入内，上必问汝，汝当以是进。"……按李锜宗属，亟居重位，颇以尊豪自奉。声色之选，冠绝于时。乃浙西之败，配掖庭者，曰郑、曰杜。郑得幸于宪宗，是生宣宗皇帝，实为孝明皇太后。次即杜，杜名秋，亦建康人也，有宠于穆宗。穆宗即位，以为皇子漳王傅姆。太和中，漳王得罪，国除。诏赐秋归老故乡。或曰：系帛书者，即杜秋也。而宫闱事秘，世莫得知。夫秋，女婢也。而能以义申锜之冤，且逮事累朝，用物殚极。及其被弃于家也，朝饥不给，故名士闻而伤之，中书舍人杜牧为诗以唁之。

《艺苑卮言》：杜紫薇掊击元、白，不减霜台之笔，至赋《杜秋》诗，乃全法其遗响，何也？

《诗筏》：杜牧之作《杜秋娘》五言长篇，当时脍炙人口，李义山所谓"杜牧司勋字牧之，清秋一首《杜秋诗》。前身应是梁江总，名总还会字总持"是也。余谓牧之自有佳处，此诗借秋娘以叹贵贱盛衰之倚伏，虽亦感慨淋漓，然终嫌其语意太尽。层层引喻，层层议论，仍是作《阿房宫赋》本色，遂使汉魏浑涵之意，渐至澌灭，是亦五言古之一变。有知者，不以余言为河汉也。

《载酒园诗话又编》：杜紫微诗，唯绝句最多风调，味永趣长，有明月孤映、高霞独举之象，馀诗则不能尔。昔人多称其《杜秋诗》，今观之，真如暴涨奔川，略少渟泓澄澈。如叙秋入宫，漳王自少及壮，以至得罪废削，如"一尺桐偶人，江充知自欺"，语亦可观。但至"我昨金陵过，闻之为歔欷"，诗意已足。后却引夏姬、西子、薄后、唐儿、吕、管、孔、孟，滔滔不绝，如此作诗，十纸难竟。至后"指何为而捉，足何为而驰。耳何为而听，目何为而窥"，所为雅人深致何在？此诗不敢攀《琵琶行》之踵。或曰以备诗史，不可从篇章论，则前半吾无敢言，后终不能不病其衍。

《带经堂诗话》：幼读杜牧之《杜秋娘》诗，考其始末略记之：文宗太和五年春，上与宰相宋申锡谋诛宦官。申锡引吏部侍郎王璠为京兆尹，以密旨谕之。璠泄其谋，郑注、王守澄阴为之备。上弟漳王凑贤，有人望，注令豆卢著诬告申锡谋立漳王。上怒，罢申锡为右庶子，命守澄捕著所告晏敬则、王师文等，于禁中鞠之，诬服。……初，李德裕为浙西观察使，漳王傅母杜仲阳坐宋申锡事，放归金陵，诏德裕存处之，会德裕离浙西，牒留后李蟾如诏旨。至是，王璠、李汉奏德裕厚赂仲阳，阴结漳王，图为不轨。上怒甚……乃以德裕为宾客分司。秋娘，即仲阳也。"燕禖得皇子"，谓漳王也；"江充"，喻郑注、豆卢著辈也；"王幽茅土削"，凑贤自漳王贬巢公也；"四朝三十载"，自宪宗元和二年诛李锜，历穆、敬、文，凡四朝也。

《养一斋诗话》：王新城谓姚氏《唐文粹》别裁具眼，其书颇贵重于世，犹惜其雅俗杂糅，未尽刊削。因加删定，自称千载一快。然如牧之《杜秋娘》诗："联裾见天子，盼盼独依依"、"低鬟认新宠，窈窕复融怡"。夫杜秋本李锜之妾，籍之入宫，宪宗宠之，实累盛德。牧之既不为先帝讳，又作此亵狎语耶？中间比以夏姬、西施、薄后、萧后，尤为失伦。后幅"地尽有何物，……且何为而窥"，此等于题何义？于诗何法？累累五六百言，不如废纸。姚于《英华》千卷中选此，已可怪；新城知姚氏之杂而犹选此，尤可怪也。

《瓶粟斋诗话》：《杜秋诗》不过咏一欢场失意之儿女子，以身寄慨而已。诗中杂引多少妇人，已是费事；乃复援用李斯、魏齐、范雎、周勃之徒，甚云"射钩后呼父，钓翁王者师。无国要孟子，有人毁仲尼"，尤觉不伦不类。此种诗使乐天为之，必无此失。

郡斋独酌

原注：黄州作。

前年鬓生雪，今年须带霜。
时节序鳞次，古今同雁行。
甘英穷西海，四万到洛阳。
东南我所见，北可计幽荒。
中画一万国，角角棋布方。
地顽压不穴，天迥老不僵。
屈指百万世，过如霹雳忙。
人生落其内，何者为彭殇？
促束自系缚，儒衣宽且长。
旗亭雪中过，敢问当垆娘。
我爱李侍中，标标七尺强。
白羽八扎弓，胜压绿檀枪。
风前略横阵，紫髯分两旁。
淮西万虎士，怒目不敢当。
功成赐宴麟德殿，猿超鹘掠广毬场。
三千宫女侧头看，相排踏碎双明珰。
旌竿标标旗煌煌，意气横鞭归故乡。
我爱朱处士，三吴当中央。
罢亚百顷稻，西风吹半黄。
尚可活乡里，岂唯满囷仓？
后岭翠扑扑，前溪碧泱泱。
雾晓起凫雁，日晚下牛羊。
叔舅欲饮我，社瓮尔来尝。

伯姊子欲归，彼亦有壶浆。
西阡下柳坞，东陌绕荷塘。
烟亲骨肉舍，烟火遥相望。
太守政如水，长官贪似狼。
征输一云毕，任尔自存亡。
我昔造其室，羽仪鸾鹤翔。
交横碧流上，竹映琴书床。
出语无近俗，尧舜禹武汤。
问今天子少，谁人为栋梁？
我曰天子圣，晋公提纪纲。
联兵数十万，附海正诛沧。
谓言大义小不义，取易卷席如探囊。
犀甲吴兵斗弓弩，蛇矛燕戟驰锋芒。
岂知三载几百战，钩车不得望其墙。
答云此山外，有事同胡羌。
谁将国伐叛，话与钓鱼郎。
溪南重回首，一径出修篁。
尔来十三岁，斯人未曾忘。
往往自抚己，泪下神苍茫。
御史诏分洛，举趾何猖狂。
阙下谏官业，拜疏无文章。
寻僧解忧梦，乞酒缓愁肠。
岂为妻子计，未去山林藏。
平生五色线，愿补舜衣裳。
弦歌教燕赵，兰芷浴河湟。
腥膻一扫洒，凶狠皆披攘。
生人但眠食，寿域富农桑。

孤吟志在此，自亦笑荒唐。

江郡雨初霁，刀好截秋光。

池边成独酌，拥鼻菊枝香。

醺酣更唱太平曲，仁圣天子寿无疆。

【汇评】

《韵语阳秋》：杜牧之《郡斋独酌》诗云："屈指百万世，过如霹雳忙。人生落其内，何者为彭殇？"非心地明了，贯穿道释者，不能道也。及观其自撰墓志，又忍死作别裴相之章，则知《独酌》之咏，岂空言哉！

《石园诗话》：史称杜牧之自负才略，喜论兵事，拟致位公辅，以时无右援者，怏怏不平而终。为人疏隽不拘细行。其诗情致豪迈，人号为"小杜"，以别于少陵。……读其《冬至日寄小侄阿宜》诗云："经书刮根本，史书阅兴亡。高摘屈宋艳，浓薰班马香。李杜泛浩浩，韩柳摩苍苍。近者四君子，与古争强梁。"可以知其用功之深醇。读其"平生五色线，愿补舜衣裳"、"谁知我亦轻生者，不得君王丈二殳"诸诗，可以知其立志之远大。若但赏其"高人以饮为忙事，浮世除诗尽强名"诸句，则犹是诗人而已。

张好好诗 并序

牧太和三年，佐故吏部沈公江西幕。好好年十三。始以善歌来乐籍中。后一岁，公移镇宣城，复置好好于宣城籍中。后二岁，为沈著作述师以双环纳之。后二岁，于洛阳东城，重睹好好，感旧伤怀，故题诗赠之。

君为豫章姝，十三才有馀。

翠茁凤生尾，丹叶莲含跗。

高阁倚天半，章江联碧虚。

此地试君唱,特使华筵铺。
主人顾四座,始讶来踟蹰。
吴娃起引赞,低徊映长裾。
双环可高下,才过青罗襦。
盼盼乍垂袖,一声雏凤呼。
繁弦迸关纽,塞管裂圆芦。
众音不能逐,袅袅穿云衢。
主人再三叹,谓言天下殊。
赠之天马锦,副以水犀梳。
龙沙看秋浪,明月游朱湖。
自此每相见,三日已为疏。
玉质随月满,艳态逐春舒。
绛唇渐轻巧,云步转虚徐。
旌旆忽东下,笙歌随舳舻。
霜凋谢楼树,沙暖句溪蒲。
身外任尘土,樽前极欢娱。
飘然集仙客,^①讽赋欺相如。
聘之碧瑶珮,载以紫云车。
洞闭水声远,月高蟾影孤。
尔来未几岁,散尽高阳徒。
洛城重相见,婥婥为当垆。
怪我苦何事,少年垂白须。
朋游今在否,落拓更能无。
门馆恸哭后,水云秋景初。
斜日挂衰柳,凉风生座隅。
洒尽满襟泪,短歌聊一书。

① 著作尝任集贤校理。

【汇评】

《后村诗话》：杜牧罪元、白诗歌传播，使子父女母交口诲淫，且曰："恨吾无位，不得以法绳之。"余谓此论合是元鲁山、阳道州辈人口中语，牧风情不浅，如《杜秋娘》、《张好好》诸篇，"青楼薄幸"之句，街吏平安之报，未知去元、白几何？ 以燕伐燕，元、白岂肯心服！

独　酌

长空碧杳杳，万古一飞鸟。
生前酒伴闲，愁醉闲多少？
烟深隋家寺，殷叶暗相照。
独佩一壶游，秋毫泰山小。

【汇评】

《养一斋诗话》：唐喻凫以诗谒杜牧之不遇，曰："我诗无绮罗铅粉，安得售？"然牧之非徒以"绮罗铅粉"擅长者。史称其刚直有大节，余观其诗，亦伉爽有逸气，实出李义山、温飞卿、许丁卯诸公上。如"楼倚霜树外，镜天无一毫。南山与秋色，气势两相高"、"长空碧杳杳，万古一飞鸟。……独佩一壶游，秋毫泰山小"、"寒空动高吹，月色满清砧。残梦夜魂断，美人边思深。孤鸿秋出塞，一叶暗辞林。又寄征衣去，迢迢天外心"、"长空澹澹孤鸟没，万古销沉向此中。看取汉家何事业，五陵无树起秋风"，皆竟体超拔，俯视一切。乌可以"玉箸凝时红粉和"、"满街含笑绮罗春"等句尽其生平耶？

题安州浮云寺楼寄湖州张郎中

去夏疏雨馀,同倚朱阑语。
当时楼下水,今日到何处?
恨如春草多,事与孤鸿去。
楚岸柳何穷,别愁纷若絮。

过骊山作

始皇东游出周鼎,刘项纵观皆引颈。
削平天下实辛勤,却为道旁穷百姓。
黔首不愚尔益愚,千里函关囚独夫。
牧童火入九泉底,烧作灰时犹未枯。

题宣州开元寺

原注:寺置于东晋时。

南朝谢朓城,东吴最深处。
亡国去如鸿,遗寺藏烟坞。
楼飞九十尺,廊环四百柱。
高高下下中,风绕松桂树。
青苔照朱阁,白鸟两相语。
溪声入僧梦,月色晖粉堵。
阅景无旦夕,凭栏有今古。
留我酒一樽,前山看春雨。

《养一斋诗话》：杜牧《题宣州开元寺》云："南朝谢朓城，东吴最深处。……"牧之雄直如此，而人第以艳。

大雨行

原注：开成三年宣州开元寺作。

东垠黑风驾海水，海底卷上天中央。
三吴六月忽凄惨，晚后点滴来苍茫。
铮栈雷车轴辙壮，矫躩蛟龙爪尾长。
神鞭鬼驭载阴帝，来往喷洒何颠狂。
四面崩腾玉京仗，万里横亘羽林枪。
云缠风束乱敲磕，黄帝未胜蚩尤强。
百川气势苦豪俊，坤关密锁愁开张。
太和六年亦如此，我时壮气神洋洋。
东楼耸首看不足，恨无羽翼高飞翔。
尽召邑中豪健者，阔展朱盘开酒场。
奔觥槌鼓助声势，眼底不顾纤腰娘。
今年阉茸鬓已白，奇游壮观唯深藏。
景物不尽人自老，谁知前事堪悲伤！

【汇评】

《观林诗话》：牧又多以竹、雨比"羽林"。《栽竹》诗云："历历羽林行"，又"竹冈森羽仗"。《大雨行》："万里横亘羽林枪"、又"云林寺外逢猛雨，……分明抧抧羽林枪"。

《韵语阳秋》：诗人比雨，如丝如膏之类甚多；至为此，恐未尽其形似。《念昔游》云："云门寺外逢猛雨，林里山高雨脚长。曾奉郊宫为近侍，分明抧抧羽林枪。"《大雨行》云："四面崩腾玉京仗,万里横亘羽林枪。"岂去国凄断之情,不能忘鸡翘豹尾中邪?

《中晚唐诗叩弹集》:庭珠按:《古今注》:黄帝与蚩尤战于涿鹿,蚩尤作大雾,兵士皆迷("黄帝未胜"句下)。

《唐贤小三昧集续集》:极写大字("铮栈雷车"句下)。　　得此四语,通体生色("尽召邑中"四句下)。

华清宫三十韵

绣岭明珠殿,层峦下缭墙。
仰窥丹槛影,犹想赭袍光。
昔帝登封后,中原自古强。
一千年际会,三万里农桑。
几席延尧舜,轩墀接禹汤。
雷霆驰号令,星斗焕文章。
钧筑乘时用,芝兰在处芳。
北扉闲木索,南面富循良。
至道思玄圃,平居厌未央。
钧陈裹岩谷,文陛压青苍。
歌吹千秋节,楼台八月凉。
神仙高缥缈,环珮碎丁当。
泉暖涵窗镜,云娇惹粉囊。
嫩岚滋翠葆,清渭照红妆。
帖泰生灵寿,欢娱岁序长。
月闻仙曲调,霓作舞衣裳。
雨露偏金穴,乾坤入醉乡。
玩兵师汉武,回首倒千将。

鲸鬣掀东海，胡牙揭上阳。

喧呼马嵬血，零落羽林枪。

倾国留无路，还魂怨有香。

蜀峰横惨澹，秦树远微茫。

鼎重山难转，天扶业更昌。

望贤馀故老，花萼旧池塘。

往事人谁问？幽襟泪独伤。

碧檐斜送日，殷叶半凋霜。

迸水倾瑶砌，疏风罅玉房。

尘埃羯鼓索，片段荔枝筐。

鸟啄摧寒木，蜗涎蠹画梁。

孤烟知客恨，遥起泰陵旁。

【汇评】

《岁寒堂诗话》：往年过华清宫，见杜牧之、温庭筠二诗，俱刻石于浴殿之侧，必欲较其优劣而不能。近读庭筠诗，乃知牧之之工；庭筠小子，无礼甚矣。……庭筠语皆新巧，初似可喜，而其意无礼，其格至卑，其筋骨浅露，与牧之诗不可同日而语也。……牧之才豪华，此诗初叙事甚可喜，而其中乃云："泉暖涵窗镜，……清渭照红妆。"是亦庭筠语耳。　　又：杜牧之《华清宫三十韵》铿锵飞动，极叙事之工。

《彦周诗话》：小杜作《华清宫》诗云："雨露偏金穴，乾坤入醉乡。"如此天下，焉得不乱？

《竹坡诗话》：杜牧之《过华清宫三十韵》无一字不可人意。其叙开元一事，意直而词隐，晔然有骚雅之风。至"一千年际会，三万里农桑"之语，置此诗中，如伶优与稽、阮并席而谈，岂不败人意哉！

长安杂题长句六首（选二首）

其三

雨晴九陌铺江练，岚嫩千峰叠海涛。

南苑草芳眠锦雉，夹城云暖下霓旄。

少年羁络青纹玉，游女花簪紫蒂桃。

江碧柳深人尽醉，一瓢颜巷日空高。

【汇评】

《唐诗评选》：琢处见情，率处见真。

《东岩草堂评订唐诗鼓吹》：朱东岩曰：一、二言长安何等胜地。三、四言长安何等良辰。五写及少年，六又写游女，深讥如此都会之地，风俗淫乱，却浑而不露。七、八即"人醉我醒"之意。

《贯华堂选批唐才子诗》："江练"、"海涛"，写出胜地；"草芳"、"云暖"，写出良辰。又及"南苑"、"夹城"者，盖其意之所指乃独在斯也。五、六又写少年，又写游女，言长安以天子辇毂之下，而其男女风俗如此，此谁实开之乎？七、八自言屹然独不为淫风之所渐染也。

《山满楼笺注唐诗七言律》："九陌"也而有似于铺江练，以雨初晴故；"千峰"也而有似于叠海涛，以岚方嫩故；二句写出长安胜境，可谓善于形容。"南苑"、"夹城"，又独提天子家说；"眠锦雉"是陪笔，"下霓旄"是主笔，盖深有不足于一人之游行无度也。五、六，上之所好，下必甚焉，于是而男事骄奢，女耽艳冶，至于如此，可不悲哉！七承上启下，八言我于斯时，只是安贫守困而已，断不敢随波逐流丧其生平也。读者或以为慕繁华、伤幽独，则大失作者一段苦心矣。

其五

洪河清渭天池浚,太白终南地轴横。
祥云辉映汉宫紫,春光绣画秦川明。
草妒佳人钿朵色,风回公子玉衔声。
六飞南幸芙蓉苑,十里飘香入夹城。

【汇评】

《瀛奎律髓》:诗人于四方风土皆能言之,至于长安、洛阳、邺都、金陵帝王建都之地,则多见于怀古之作,而述今者少。牧之长安六诗,于五诗之末,各寓闲中自静之意。独此诗前夸形势,后叙侈丽,亦足以形容天府之盛,故取之。五诗内如"韩嫣金丸莎覆绿,许公鞯汗杏妆红"、"投钓谢家池正雨,醉吟隋寺日沉钟"、"白鹿原头回猎骑,紫云楼下醉江花",又《街西长句》云"游骑偶同人斗酒,名园相倚杏交花",皆艳冶而不流。当其时,郊、岛、元、白下世之后,张祜、赵嘏诸人皆不及牧之,盖颇能用老杜句律,自为翘楚,不卑卑于晚唐之酸楚凑砌也。

《贯华堂选批唐才子诗》:一,写长安如此水,二,写长安如此山,三、四却于如此山、水中间,写长安如此宫阙迤逦。五,写长安如此佳丽,六,写长安如此游侠。自一、二、三、四,渐渐写至五、六,而后七、八方始直写"六飞南幸"、"十里闻香"。言长安如此流风遗俗,皆是上行下效也。

《瀛奎律髓汇评》:何义门:浑成精妙。如此山川,宜孕毓英贤,乃唯见纷纷游童妖女,所以刺也。此篇不减工部。　　纪昀:风格自遒。　　许印芳:愚观牧之《樊川集》,古体常病猥杂率易,唯近体可取。近体中七言最工,七绝佳篇尤夥,七律亦多可采者。……此诗三、四分之皆拗句,合之则上下不粘,乃古调也。牧之七律每有此格,所谓寓拗峭以矫时弊者,即此可见。

《唐诗笺注》:对起工而奇。二句写出长安胜境,可谓善于形容（首二句下）。

河　湟

元载相公曾借箸，宪宗皇帝亦留神。

旋见衣冠就东市，忽遗弓剑不西巡。

牧羊驱马虽戎服，白发丹心尽汉臣。

唯有凉州歌舞曲，流传天下乐闲人。

【汇评】

《藏海诗话》："元载相公曾借箸，宪宗皇帝亦留神。"此联甚陋，唐人多如此。……子苍云：小杜《河湟》一篇第二联"旋见衣冠就东市，忽遗弓剑不西巡"极佳，为"借箸"一联累耳。

《升庵诗话》："元载相公曾借箸，宪宗皇帝亦留神。旋见衣冠就东市，忽遗弓剑不西巡。"观此则载曾谋复河湟，史亦不言其事。

题永崇西平王宅太尉愬院六韵

天下无双将，关西第一雄。

授符黄石老，学剑白猿翁。

矫矫云长勇，恂恂郤縠风。

家呼小太尉，国号大梁公。[①]

半夜龙骧去，中原虎穴空。

陇山兵十万，嗣子握珊弓。[②]

【原注】

①　太尉季弟司徒德，亦封梁国公。　　②　今凤翔李尚书，太尉长子。

《网师园唐诗笺》：此谓清真（"家呼"二句下）。

过勤政楼

千秋令节名空在，承露丝囊世已无。

唯有紫苔偏称意，年年因雨上金铺。

【汇评】

《新唐书·礼乐志》：明皇以马百匹，盛饰分左右，每千秋节舞于勤政楼下，后赐宴设酺于勤政楼。

《唐诗选脉会通评林》：周弼为虚接体。夫苔必以无人行地始生，"年年因雨"，至上于金铺，则比"楼台深锁无人到"更深矣。回想千秋宴庆之盛时，能不起后人凭吊之悲感乎？"偏称"二字，借无情之苔，为有意描写凄凉，构思甚奇。

《诗境浅说续编》：开元之勤政楼，在长庆时白乐天过之，已驻马徘徊，及杜牧重游，宜益见颓废。诗言问其名则空称佳节，求其物已无复珠囊，昔年壮丽金铺，经春雨年年，已苔花绣满矣。后人过萤苑诗云："闪闪寒磷犹得意，夜深来往豆花丛。"与此诗后二句同意。因废苑荒凉，为萤火、苍苔滋生之地，客子所伤心者，正萤与苔所称意，其荒寂可知矣。

念昔游三首（其一）

十载飘然绳检外，樽前自献自为酬。

秋山春雨闲吟处，倚遍江南寺寺楼。

【汇评】

《唐人万首绝句选评》：含情言外，悠然神远。

《唐人绝句精华》：此诗可作《遣怀》诗之自注。

过华清宫绝句三首（选二首）

其一

长安回望绣成堆，山顶千门次第开。

一骑红尘妃子笑，无人知是荔枝来。

【汇评】

《苕溪渔隐丛话》：《遁斋闲览》云：杜牧《华清宫》诗云："长安回望绣成堆，……"尤脍炙人口。据《唐纪》：明皇以十月幸骊山，至春即还宫，是未尝六月在骊山也。然荔枝盛暑方熟。词意虽美而失事实。

《注解选唐诗》：明皇天宝间，涪州贡荔枝，到长安，色香不变，贵妃乃喜。州县以邮传疾走称上意，人马僵毙，相望于道。"一骑红尘妃子笑，无人知是荔枝来"，形容走传之神速如飞，人不见其何物也。又见明皇致远物以悦妇人，穷人之力，绝人之命，有所不顾。如之何不亡？

《增定评注唐诗正声》：郭云："无人知"，写得忽然，又讽得婉。俗（首句下）。　　妙（末句下）。

《唐诗绝句类选》：此赋当时女宠之盛，而今日凄凉之意于言外见之，太白"吴王美人"篇同意。

《四溟诗话》：鲍防《杂感》诗曰："五月荔支初破颜，朝离象郡夕函关。"此作托讽不露。杜牧之《华清宫》诗曰："一骑红尘妃子笑，无人知是荔枝来。"二绝皆指一事，浅深自见。

《唐诗归》：钟云：可见可思。

《唐诗选脉会通评林》：陆时雍曰：似记事语。

《唐人万首绝句选评》：此因过华清宫追思往事而作。末二句谓红尘劳攘,专奉内宠,感慨殊深。

《诗境浅说续编》:首二句赋本题,宫在骊山之上,楼台花木,布满一山,亦称绣岭,故首句言"绣成堆"也。后二句言回想当年,滚尘一骑西来,但见贵妃欢笑相迎,初不料为驰送荔枝,历数千里险道蚕丛,供美人之一粲也。

其二

新丰绿树起黄埃,数骑渔阳探使回。[①]

霓裳一曲千峰上,舞破中原始下来。

【原注】

① 帝使中使辅璆琳探禄山反否,璆琳受禄山金,言禄山不反。

【汇评】

《唐诗笺注》:"舞破中原始下来",造句惊人,奇绝,痛绝!

《唐贤小三昧集续集》:语带诙谐,妙绝千古。

登乐游原

长空澹澹孤鸟没,万古消沉向此中。

看取汉家何事业,五陵无树起秋风。

【汇评】

《注解选唐诗》:"看取"二字最妙,其意欲人主观之而动心也。

《唐诗品汇》:谢云:汉家基业之广大为何如,今日登原一望,五陵变为荒田野草,无树木可以起秋风矣。盛衰无常,废兴有时,有天下者观此,亦可以慄慄危惧。

《批点唐音》:晚唐唯杜牧之绝句稍温丽,有可法者。

《批点唐诗正声》:极悲感,然"长空""孤鸟"起兴尤是傲绝。

《唐诗选脉会通评林》:何仲德为豪放体。　　刘辰翁曰:诗有侠气,正在此。　　吴山民曰:次句含下联意。"看取"二字,承上转下。结无嘉州"汾水"一联,此为绝唱。　　徐子扩谓:"长空澹澹",空阔之境;孤鸟飞没,萧条之象:皆当时所见景物之凄怆。

《五朝诗善鸣集》:牧之绝句,中唐中《广陵散》也,篇篇熟于人口,其意弥新,真是曲高和寡。

《唐诗别裁》:树树起秋风,已不堪回首,况于无树耶?

《诗法易简录》:寄慨深远,借汉家说法,即殷鉴不远之意。

《唐人万首绝句选评》:沉郁顿挫,感慨不尽。

《岘佣说诗》:小杜"看取汉家何事业,五陵无树起秋风",是加一倍写法。陵树秋风,已觉凄惨,况无树耶?用意用笔甚曲。

《诗境浅说续编》:诗后二句言汉家盛业,青史烂然,而五陵寂寞,只馀老树吟风,已可深慨,今并树无之,其荒寒为何等耶!前二句尤佳,有包扫一切之概。犹岑参《登慈恩塔》诗"五陵北原上,万古青濛濛",若置身阊风之颠,俯视万象,类泡影之明灭也。宋人词"消沉今古意无穷,尽在长空淡淡鸟飞中",即袭用此诗。

《唐人绝句精华》:此诗第三句为一篇之主,盖就汉代言,亦与万古同其消沉,故曰"看取汉家何事业"。言试看今日汉家尚馀何事可供凭吊,即五陵亦已残破不堪,则他何可问?

闻庆州赵纵使君与党项战中箭身死辄书长句

> 将军独乘铁骢马,榆溪战中金仆姑。
> 死绥却是古来有,骁将自惊今日无。
> 青史文章争点笔,朱门歌舞笑捐躯。
> 谁知我亦轻生者,不得君王丈二殳。

【汇评】

《吴礼部诗话》:杜牧之《闻庆州赵纵使君与党项战死》诗云:

"将军独乘铁骢马,榆溪战中金仆姑。……"侬智高陷康州,守臣曹觐死之,元厚之哀诗云:"转战谯门日欲晡,空拳独自把戈铁。……空馀三尺英雄气,不愧山西士大夫。"刘后村谓二诗可以并驱。

《唐诗鼓吹笺注》:通篇只首二句叙题,馀俱以议论成诗,另出手眼。

《唐诗评选》:当知其蕴藉浃洽处。此等题于"丹心碧血"、"日月山河"、"衰草斜阳"外,自有无限。劣者置彼不用,则更无下笔处,如优人作老态,但赖白髯。

《东岩草堂评订唐诗鼓吹》:朱东岩曰:三、四,文章深一步法。夫死绥之臣,当今所无;勇敢之将,从古所有。却用反笔倒换,顿令赵公勇悍之气,奕奕生动,虽死犹生也。

街西长句

碧池新涨浴娇鸦,分锁长安富贵家。
游骑偶同人斗酒,名园相倚杏交花。
银鞦骎骎嘶宛马,绣鞦璁珑走钿车。
一曲将军何处笛?连云芳草日初斜。

【汇评】

《唐诗鼓吹笺注》:首句先写出"新涨浴娇鸦"五字,衬起"碧池"。文章点染,鲜妍可喜。

《贯华堂选批唐才子诗》:前解写池上大家各自叠山疏沼,种树栽花,起楼筑台,征歌选舞,一一门有一一锁,一一园属一一姓。于是而引他都人相逢斗酒,共夸墙树十里交花,举国如狂,不可化诲也。通解四句,须知最妙是起句之"新涨浴娇鸦"五字。独有此五字不入一解中来,今先生则正注意于此,以见自己眼色只看碧池新水,不看名园杏花,以自表人醉独醒也(首四句下)。　　　此写一时流连荒亡，马则正嘶，车则正走，笛则正发，日则正未斜也（后四句下）。　　金雍补注："日初斜"，妙。终有必斜之日，而彼意中乃殊未觉其斜，便写尽流连荒亡人之可悯可笑。

《唐诗近体》：佳句，比"绿杨宜作两家春"尤妙（"名园相倚"句下）。

读韩杜集

杜诗韩集愁来读，似倩麻姑痒处抓。

天外凤凰谁得髓？无人解合续弦胶。

【汇评】

《苕溪诗话》：谢玄晖善为诗，任彦昇工于笔，又云"任笔沈诗"。刘孝绰称弟仪与威云"三笔六诗"。故牧之云："杜诗韩笔愁来读，似倩麻姑痒处抓。"近人兼用之，临川云："闲中用意归诗笔，静定安身比泰山。"

《韵语阳秋》：杜甫、李白以诗齐名。……杜牧云："杜诗韩笔愁来读，似倩麻姑痒处搔。……"则杜甫诗，唐朝以来一人而已，岂白所能望耶！

《载酒园诗话又编》：紫微尝有句云："杜诗韩集愁来读，似倩麻姑痒处抓。"此正一生所得力处，故其诗文俱带豪健。"天外凤凰谁得髓，无人解合读弦胶。"虽隐然自负，未之敢许也。

《唐人绝句精华》：三、四句叹无人能继起杜、韩后也。

送国棋王逢

玉子纹楸一路饶，最宜檐雨竹萧萧。

羸形暗去春泉长，猛势横来野火烧。

守道还如周柱史，鏖兵不羡霍嫖姚。

浮生七十更万日，与子期于局上销。

【汇评】

《竹庄诗话》：《嬾真子》云：此杜牧之《赠国手王逢》诗也。或云：此真赠国手诗也。棋贪必败，怯又无功。"赢形暗去"，则不贪也；"猛势横来"，则不怯也。故曰：高棋诗也。魏收尝云："棋于贪、勇之际，所得多矣。""七十更万日"者，牧之时年四十二三，得至七十，犹有万日云。

沈下贤

斯人清唱何人和？草茎苔芜不可寻。

一夕小敷山下梦，水如环珮月如襟。

【汇评】

《对床夜语》：唐人绝句有意相袭者，有句相袭者……杜牧《沈下贤》云："一夕小敷山下梦，水如环珮月如襟。"白乐天《暮江吟》云："可怜九月初三夜，露似珍珠月似弓。"……此皆意相袭者。

《唐人万首绝句选评》：小杜之咏下贤，犹义山之咏小杜，皆自有暗合意。

《诗境浅说续编》：前二句言独行苔径，清咏无人，乃怀沈下贤也。后言重过小敷山下，明月堕襟，水声鸣珮，凝想悠然。诗意若有微波通辞之感，不类《停云》怀友之诗。何风致绰约乃尔！其有哀窈窕、思贤才之意乎！

出宫人二首（其一）

闲吹玉殿昭华管，醉折梨园缥蒂花。

十年一梦归人世，绛缕犹封系臂纱。

《唐诗选脉会通评林》：周珽曰：热极者肠，冷极者意。热极令人欲叫，冷极令人自叹。　　前追思昔时之虚宠，后叹想今日之空花。盖人生幻世，荣瘁喧寂，总属梦中，何独宫人然？退而犹恋系臂之纱，尤是世人常态。刘得仁有《旧宫人》诗，敖子发谓其托喻，有风刺……杜之此诗，自谓乎？讽人乎？

长安秋望

楼倚霜树外，镜天无一毫。

南山与秋色，气势两相高。

【汇评】

《后山诗话》：世称杜牧"南山与秋色，气势两相高"为警绝。而子美才用一句，语益工，曰"千崖秋气高"也。

《休斋诗话》：予初喜杜紫微"南山与秋色，气势两相高"语，已乃知出于老杜"千崖秋气高"，盖一语领略尽秋色也。然二家言岩崖间秋气耳，犹未及江天水国气象宏阔处。

《石洲诗话》：诗不但因时，抑且因地。如杜牧之云："南山与秋色，气势两相高"，此必是陕西之终南山。若以咏江西之庐山、广东之罗浮，便不是矣。

将赴吴兴登乐游原一绝

清时有味是无能，闲爱孤云静爱僧。

欲把一麾江海去，乐游原上望昭陵。

【汇评】

《石林诗话》：此盖不满于当时，故末有"望昭陵"之句。……

（宋人江辅之被贬）谢表有云："清时有味，白首无能。"蔡持正为侍御史，引杜牧诗为证，以为怨望，遂复罢。

《嬾真子》："清时有味是无能，……"右杜牧之自尚书郎出为郡守之作，其意深矣。盖乐游原者，汉宣帝之寝庙在焉。昭陵，即唐太宗之陵也。牧之之意，盖自伤不遇宣帝、太宗之时，而远为郡守也。藉使意不出此，以景趣为意，亦自不凡，况感寓之深乎？此所以不可及也。

《唐诗绝句类选》：前二句乏逸俊。

《唐音戊签》：旧史云：牧自负才略，兄憬隆盛于时，而牧居下位，心不乐。"望昭陵"者，不得志于时而思明君之世，盖怨也。首云"清时"，反辞也。

《唐诗快》：遂成名言（首二句下）。　　　此岂得意人语耶（末句下）？

《唐贤清雅集》：昭陵为唐创业守成英主，后世子孙陵夷不振，故牧之于去国时登高寄慨，词意浑含，得风人遗意。

《诗境浅说续编》：司勋将远宦吴兴，登乐游原而遥望昭陵，追怀贞观，有江湖魏阙之思。前二句诗意尤深。

洛阳长句二首（其一）

草色人心相与闲，是非名利有无间。
桥横落照虹堪画，树锁千门鸟自还。
芝盖不来云杳杳，仙舟何处水潺潺？
君王谦让泥金事，苍翠空高万岁山。

【汇评】

《瀛奎律髓》：唐自天宝以后，不复驾幸东都，此诗有望幸之意。"树锁千门"一句极佳。"芝盖"、"仙舟"乃指缑氏山王乔事及李、郭事,亦切。

《初白庵诗评》:结句得体,词亦典赡风华。

《瀛奎律髓汇评》:纪昀:写盛衰之感则有之,不见望幸之意。中四句近丁卯。 陆贻典:落句妙,盖伤久不见天宝承平时事也。通首皆是此意。虚谷以为"有望幸之意",失之迂矣。

扬州三首 (其一)

炀帝雷塘土,迷藏有旧楼。
谁家唱水调,明月满扬州。[①]
骏马宜闲出,千金好旧游。
喧阗醉年少,半脱紫茸裘。

【原注】

① 炀帝凿汴渠成,自造水调。

【汇评】

《唐贤清雅集》:绝世风调。

润州二首 (其一)

句吴亭东千里秋,放歌曾作昔年游。
青苔寺里无鸟迹,绿水桥边多酒楼。
大抵南朝皆旷达,可怜东晋最风流。
月明更想桓伊在,一笛闻吹出塞愁。

【汇评】

《东岩草堂评订唐诗鼓吹》:朱东岩曰:润州南枕大江,东连吴会,一起曰"千里秋",便将润州写得分外出色;亭东一望,千里清光,不觉有感于昔年之游也。三、四承之,是因昔年而有感于目前,言寺犹昔日之寺,桥犹昔日之桥,"无鸟迹"是感其衰,"多酒楼"是志其盛,数年之内,盛衰在目,良可慨也。……杜公一生不拘细行,意气闲逸,观其胸中眼底,必深有旨乎晋人风味矣!月明江上,感慨良深,故以"更想桓伊"作结也。

《山满楼笺注唐诗七言律》:"大抵"、"可怜",一开一合,薄责南朝,重罪东晋,自是千秋定论。此二句,其意则侧卸,其法则倒装,其中神理则融成一片也("大抵南朝"二句下)。　　结仍归到现在。月明,秋也。先闻笛,后想桓伊,此却又用倒落法,以取姿致,笔端便觉洒然(末二句下)。

题扬州禅智寺

雨过一蝉噪,飘萧松桂秋。

青苔满阶砌,白鸟故迟留。

暮霭生深树,斜阳下小楼。

谁知竹西路,歌吹是扬州。

【汇评】

《石园诗话》:杜司勋诗"谁家唱水调,明月满扬州"、"谁知竹西路,歌吹是扬州"、"扬州尘土试回首,不惜千金借与君"、"二十四桥明月夜,玉人何处教吹箫"、"春风十里扬州路,卷上珠帘总不如"、"十年一觉扬州梦,赢得青楼薄幸名",何其善言扬州也!

《唐宋诗举要》:结笔写寺之幽静,尤为得神。

西江怀古

上吞巴汉控潇湘,怒似连山净镜光。

魏帝缝囊真戏剧,符坚投箠更荒唐。

千秋钓艇歌明月，万里沙鸥弄夕阳。

范蠡清尘何寂寞，好风唯属往来商。

【汇评】

《贯华堂选批唐才子诗》：前解写西江，后解写怀古。分别读之，始知先生乃怀范蠡，非怀魏帝、苻坚。不然，既已怀之，又切讥其"戏剧"、"荒唐"，岂有是哉！　　吞汉控楚，写西江要害；"连山"、"镜光"，写西江不测；"魏帝"、"苻坚"，写江上当时头等英雄。四句四七二十八字，皆是写"西江"，并未写到"怀古"，再读之（首四句下）。　　便从江上放宽眼界，竖看"千秋"，横看"万里"。言如此西江，彼魏帝、苻坚，真无奈之何也！乃如此明月钓舟、夕阳鸥鸟，西江又真无奈之何也！人诚莫妙于不生世间，人而不免或生世间，则我仪图古人，其唯范蠡实获我心。何则？世上事毕竟做不尽，莫如撒手一去，所益实多。七、八语气，是切叹世无范蠡，可惜满江好风，总吹财奴耳（末四句下）。

《载酒园诗话又编》：杜长律极有佳句。如"深秋帘幕千家雨，落日楼台一笛风"、"蒲根水暖鸭初浴，梅径香寒蜂未知"、"千里暮山重叠翠，一溪寒水浅深清"，又"江碧柳青人尽醉，一瓢颜巷日空高"，俱洒落可诵。至《西江怀古》"千秋钓艇歌明月，万里沙鸥弄夕阳"，尤有江天浩荡之景。

江南春绝句

千里莺啼绿映红，水村山郭酒旗风。

南朝四百八十寺，多少楼台烟雨中。

【汇评】

《珊瑚钩诗话》：杜牧诗云："南朝四百八十寺，多少楼台烟雨中。"帝王所都而四百八十寺，当时已为多，而诗人侈其楼阁台殿焉。

《升庵诗话》："千里莺啼"，谁人听得？千里"绿映红"，谁人见得？若作"十里"，则莺啼绿红之景，村郭、楼台、僧寺、酒旗皆在其中矣。

《唐诗选脉会通评林》：周弼为实接体。　　　周敬曰：小李将军画山水人物，色色争妍，真好一幅江南春景图。　　　大抵牧之好用数目字。如"南朝四百八十寺"、"二十四桥明月夜"、"故乡七十五长亭"是也。

《唐音戊签》：杨用修欲改"千里"为"十里"。诗在意象耳，"千里"毕竟胜"十里"也。

《唐诗摘钞》：曰"烟雨中"，则非真有楼台矣，感南朝遗迹之湮灭而语，特不直说。许浑亦云："鸟下绿芜秦苑夕，蝉鸣黄叶汉宫秋。"窦牟云："满目山阳笛里人"，言人已不存也。……不曰楼台已毁，而曰"多少楼台烟雨中"，皆见立言之妙。

《唐三体诗评》：缀以"烟雨"二字，便见春景，古人工夫细密。

《唐诗快》：若将此诗画作锦屏，恐十二扇铺排不尽。

《唐贤小三昧集续集》：字字着色画。此种风调，樊川所独擅。

《网师园唐诗笺》：江南春景，描写莫尽，能以简括，胜人多许。

《唐人万首绝句选评》：二十八字中写出江南春景，真有吴道子于大同殿画嘉陵山水手段，更恐画不能到此耳。

《历代诗发》："四百八十寺"，无景不收入结句，包罗万象，真天地间惊人语也。

《历代诗话考索》："千里莺啼绿映红"云云，此杜牧《江南春》诗也。升庵谓"千"应作"十"。盖"千里"已听不着、看不见矣，何所云"莺啼绿映红"耶？余谓即作"十里"，亦未必听得着、看得见。题云《江南春》，江南方广千里。千里之中，莺啼而绿映焉，水村山郭，无处无酒旗，四百八十寺，楼台多在烟雨中也。此诗之意既广，不得专指一处,故总而名曰《江南春》,诗家善立题者也。

《诗境浅说续编》:前二句言江南之景。渡江梅柳、芳信早传,袁随园诗所谓"十里烟笼村店晓,一枝风压酒旗偏",绝妙惠崇图画也。后言南朝寺院多在山水胜处,有四百八十寺之多,况空濛烟雨之时,罨画楼台,益增佳景。小杜曾有"倚遍江南寺寺楼"句,刘梦得有"偏上南朝寺"句,可见琳宫梵宇随处皆是。

《唐人绝句精华》:按杨慎之说,拘泥可笑,何文焕驳之是也。但谓为诗家善立题,则亦浅之夫视诗人矣。盖古诗人非如后世作者先立一题,然后就题成诗,多是诗成而后立题。此诗乃杜牧游江南时,感于景物之繁丽,追想南朝盛日,遂有此作。"千里"之词,亦概括言之耳,必欲以听得着、看得见求之,岂不可笑!

题宣州开元寺水阁阁下宛溪夹溪居人

六朝文物草连空,天淡云闲今古同。
鸟去鸟来山色里,人歌人哭水声中。
深秋帘幕千家雨,落日楼台一笛风。
惆怅无因见范蠡,参差烟树五湖东。

【汇评】

《四溟诗话》:此上三句落脚字,皆自吞其声,韵短调促,而无抑扬之妙。

《唐音戊签》:《冷斋夜话》云:看似秀整,熟视无神气("深秋帘幕"一联下)。

《贯华堂选批唐才子诗》:"去"、"来"、"歌"、"哭"字,是再写一;"山色"、"水声"字,是再写二。妙在鸟、人平举,夫天澹云闲之中,真乃何人何鸟("鸟去鸟来"二句下)? 金雍补注:"帘幕"五字是画"深秋","楼台"五字是画"落日",切不得谓是写"雨"写"笛"。

唐人法如此。

《碛砂唐诗》：敏曰：每于此等句法，最爱其全无衬字，而其中自具神通（"深秋帘幕"二句下）。

《初白庵诗评》：第二联不独写眼前景，含蓄无穷。

《唐三体诗评》：寄托高远，不是逐句写景，若为题所谩，便无味矣。　"今古"二字，已暗透后半消息。五、六正为结句蓄势也。

《唐诗快》：奇语镌刻（"人歌人哭"句下）。　可想可画（"深秋帘幕"句下）。

《唐诗绎》：此诗言人事有变易，而清景则古今不变易。"今古同"三字，诗旨点眼，全身提笔。

《唐诗成法》：一、二从宣州今古慨叹而起，有飞动之势。闲适题诗，却吊古。胸中眼中，别有缘故。气甚豪放，晚唐不易得也。

《一瓢诗话》：杜牧之晚唐翘楚，名作颇多，而恃才纵笔处亦不少。如《题宣州开元寺水阁》直造老杜门墙，岂特人称小杜已哉！

《山满楼笺注唐诗七言律》：七、八用感慨作结，生必有死，盛必有衰，此自然之理。

《历代诗发》：藻思蕴蓄已久，偶与境会，不禁触绪而来。

《唐诗笺注》：此伤唐末之乱，因念六朝，曰"今古同"。

《网师园唐诗笺》：三、四无穷寄慨。五、六写景处，可以步武青莲。

《唐贤小三昧集续集》：高调秀韵，两擅其胜（"深秋帘幕"联下）。

《西圃诗说》：唐人句如"一千里色中秋月，十万军声半夜潮"、"胡蝶梦中家万里，杜鹃枝上月三更"、"深秋帘幕千家雨，落日楼台一笛风"，人争传之。然一览便尽，初看整秀，熟视无神气，以其字露也。

《瀛奎律髓汇评》：何义门：六朝不过瞬息，人生那可不乘壮盛立不朽之功！然而此怀谁可与语？"风""雨"二句，思同心而莫之致也。我思古人之功成身退如范子者，虽为执鞭，所欣慕焉。五、六正为结句。　纪昀：赵饴山极赏此诗，然亦只风调可观耳，推之未免太过。　无名氏（甲）：此诗妙在出新，绝不沾溉玄晖、太白剩语。　许印芳：此诗全在景中写情，极洒脱，极含蓄，读之再三，神味益出，与空讲风调者不同。学者须从运实于虚处求之，乃能句中藏句，笔外有笔。若徒揣摩风调，流弊不可胜言矣。赵熙：风调好。

《唐宋诗举要》：吴北江曰：起四句极奇，小杜最喜琢制奇语也。

宣州送裴坦判官往舒州时牧欲赴官归京

> 日暖泥融雪半销，行人芳草马声骄。
> 九华山路云遮寺，清弋江村柳拂桥。
> 君意如鸿高的的，我心悬旆正摇摇。
> 同来不得同归去，故国逢春一寂寥。

【汇评】

《贯华堂选批唐才子诗》：杜与裴俱为宣州判官，是时杜拜殿中侍御史、内供奉，将归京，裴却弃官游舒州，故杜送之以是诗。一写时，二写别，三写舒州路，四写归京路，甚明（首四句下）。
问：杜、裴既称一色，然则诗何不用弹冠事耶？因此一问，忽然悟其五、六之妙。言裴去志高如冥鸿，既是杜所甚明，杜又初归，心如悬旌，未必遂容论荐，所以欲同归而且不得也。末句反明宣州官中连岁欢握可知（末四句下）。

《唐宋诗举要》：格调既高,语皆隽拔。

句溪夏日送卢霈秀才归王屋山将欲赴举

野店正纷泊,茧蚕初引丝。
行人碧溪渡,系马绿杨枝。
苒苒迹始去,悠悠心所期。
秋山念君别,惆怅桂花时。

【汇评】

《唐诗归》：谭云：借事纪时,是古诗法(首二句下)。　　　钟云：淡然深情。

《唐诗归折衷》：唐云：点明应举,不作期望语,妙(末句下)。

《唐诗评选》：于生新取光响,自有风味。此种亦不自晚唐始。中唐人尽弃古体,以笺疏尺牍为诗,六义之流风凋丧尽矣。樊川力回古调,以起百年之衰,虽气未盛昌,而摆脱时蹊,自正始之遗泽也。顾华玉称其温厚,洵为知言。

自宣城赴官上京

潇洒江湖十过秋,酒杯无日不淹留。
谢公城畔溪惊梦,苏小门前柳拂头。
千里云山何处好？几人襟韵一生休。
尘冠挂却知闲事,终拟蹉跎访旧游。

【汇评】

《贯华堂选批唐才子诗》：传称牧之豪迈有奇节,不为龊龊小谨,此诗见之。盖十年为宣州团练判官,而自言无日不酒杯,则是三千六百酒杯也。"谢公城外溪"、"苏小门前柳",俱五字成文,"留坐"、"拂头",写尽"淹留",写尽"潇洒"矣(首四句下)。　　"何处好",言独宣城好也;"一生休",言除宣城人更无有人也。"知闲事",言欲挂冠即挂冠,又有何官之必赴,何京之必上也?看他一片徘徊恋慕,心头、眼头、口头,真乃啧啧不已(末四句下)!

登池州九峰楼寄张祜

百感中来不自由,角声孤起夕阳楼。
碧山终日思无尽,芳草何年恨即休?
睫在眼前长不见,道非身外更何求!
谁人得似张公子,千首诗轻万户侯。

【汇评】

《王直方诗话》:小杜守秋浦,与祜为诗友,酷爱祜《宫词》,赠诗曰:"如何故国三千里,虚唱歌词满六宫。"又寄诗云:"睫在眼前长不见,道非身外更何求! 谁人得似张公子,千首诗轻万户侯。"

《东岩草堂评订唐诗鼓吹》:朱东岩曰:入手劈将有感于中"不自由"作起,真有一段登高望远、触景兴怀、情不自已之况。楼曰"夕阳",声曰"孤起",则所感愈不堪言矣。三、四皆写"不自由"也。……后四句皆写寄张祜也。

《载酒园诗话》:"信腕信口,皆成律度",亦终无是理也。即如石公所称:"古有以平而佳者,如'睫在眼前人不见'之类是也……"虽传,正传其丑耳,如西施与嫫姆并传,遂谓嫫姆与西施并美耶?

《唐诗快》:天地不坏,此恨长存("芳草何年"句下)。

齐安郡晚秋

柳岸风来影渐疏,使君家似野人居。

云容水态还堪赏,啸志歌怀亦自如。

雨暗残灯棋散后,酒醒孤枕雁来初。

可怜赤壁争雄渡,唯有蓑翁坐钓鱼。

【汇评】

《贯华堂选批唐才子诗》:此诗写尽世间无味,三复读之,不胜叹息!此解先写景物亦渐尽,意气亦渐平也。言当三春盛时,柳阴如幄,风暖如醉,使君戟门,高牙大角,此是何等盛事!乃曾几何时,而风高柳疏,影落门静,使君萧索遂同野人,可怜也!"还堪",妙!虽曰不过残山剩水,然亦何至遂尽人意。"亦自",妙!然而见为行歌坐啸,实则已是聊尔应酬也(首四句下)。   此解再写成大名,显当世,实与彼草木同腐,更无异也。雨正暗时,恰是灯又残时、棋又散时、酒又醒时、馆又孤时、雁又来时,于此一时十四字中,斗然悟出七句之"可怜"二字。   金雍补注:"蓑翁坐钓鱼"五字,字字入妙!言受无多,求亦有限,便将通篇文字叫应。

《桐城吴先生评点唐诗鼓吹》:大断大续。

九日齐安登高

江涵秋影雁初飞,与客携壶上翠微。

尘世难逢开口笑,菊花须插满头归。

但将酩酊酬佳节,不用登临叹落晖。

古往今来只如此,牛山何必泪沾衣!

【汇评】

《瀛奎律髓》:此以"尘世"对"菊花",开合抑扬,殊无斧凿痕,又变体之俊者。后人得其法,则诗如禅家散圣矣。

《批点唐音》:此一意下来,近似中唐,盖晚唐之可学者。

《批选唐诗》:豪爽真率,不用雕饰,可想其人。

《唐诗鼓吹笺注》：起句极妙。江涵秋影，俯有所思也；新雁初飞，仰有所见也。此七字中，已具无限神理，无限感慨。

《贯华堂选批唐才子诗》：一句七字，写出当时一俯一仰，无限神理。异日东坡《后赤壁赋》"人影在地，仰见明月"，便是一付印板也。只为此句起得好时，下便随意随手，任从承接。或说是悲愤，或说是放达，或说是傲岸，或说是无赖，无所不可。东坡《后赤壁赋》通篇奇快疏妙文字，亦只是八个字起得好也（首四句下）。得醉即醉，又何怨乎？"只如此"三字妙绝。醉也只如此，不醉亦只如此，怨亦只如此，不怨亦只如此（末四句下）。

《五朝诗善鸣集》：用旧事只当未用一般，善翻新法。

《唐律偶评》：发端却暗藏一"怨"字。

《唐三体诗评》：此句（按指"尘世难逢"句）妙在不实接登高，撇开"怨"字。后半却一气贯注。

《唐诗绎》：通体浑灏流转，挥洒自然，犹见盛唐风格。

《唐七律选》：真正宋调之祖。只以三、四脍炙人口，故录之，然熟滑气满行间矣。

《唐诗贯珠》：起赋景，次写事，下六句议论，另一气局。格亦俊朗松灵。

《中晚唐诗叩弹集》：诏按《风月堂诗话》谓：结语用景公故事，泛言古今共尽，非重九故实。愚谓：此正影切齐山登高，亦非泛言也。

《山满楼笺注唐诗七言律》：中二联亦只是自发其一种旷达胸襟，然未必非千秋万世卖菜佣、守钱虏之良药也。至其抑扬顿挫，一气卷舒，真能化板为活，洗尽庸腔俗调，在晚唐中岂宜得乎？七，一笔束住；"只如此"者，言古往今来，任从何人，断不能翻此局面也。

《唐诗成法》："难逢"、"须插"，"但将"、"不用"，"只如此"、"何必"相呼应。三、四分承一、二，五、六合承三、四。六就今说，八就古事说,虽似分别,终有复意。 "尘世"二句,时人多诵者,口吻亦太熟滑。

《唐诗别裁》:末二句影切齐山,非泛然下笔。

《唐诗笺注》:通幅气体豪迈,直逼少陵。

《历代诗发》:明润如玉。

《唐诗选胜直解》:通篇赋登高之景,而寓感慨之意。

《瀛奎律髓汇评》:冯舒:牧之才大,对偶收拾不住,何变之有!
查慎行:第四句少陵成语。 何义门:此诗变幻不测,体自浑成。 纪昀:前四句自好,后四句却似乐天。"不用"、"何必",字与意并复,尤为碍格。 无名氏(乙):次联名句不磨,胸次豁然。

《唐贤小三昧续集》:通首流转如弹丸,起句尤画手所不到。

《桐城吴先生评点唐诗鼓吹》:此等诗,自杜公外,盖不多见,当为小杜七律中第一。

《唐诗近体》:抚时生感("尘世难逢"句下)。 对句忽拍合"九日",自然连属,故妙("菊花须插"句下)。

《养一斋诗话》:晚唐于诗非胜境,不可一味钻仰,亦不得一概抹杀。予尝就其五七律名句,摘取数十联,剖为三等:……上者风力郁盘,次者情思曲挚,又次者则筋骨尽露矣。以此法更衡七律,如"江涵秋影雁初飞,与客携壶上翠微",……七言之上也。

《唐宋诗举要》:吴曰:感慨苍茫,小杜最佳之作。

《诗境浅说》:极写其清狂之态耳("菊花须插"句下)。

齐安郡中偶题二首

其一

两竿落日溪桥上,半缕轻烟柳影中。

多少绿荷相倚恨,一时回首背西风。

【汇评】

《唐诗绝句类选》:末二句风刺婉然,似指世变淡靡,不能自振者。

《唐贤清雅集》:极失意时极有趣景,极无理话极入情诗,胸中别有天地。俊健有婉致。

其二

秋声无不搅离心,梦泽蒹葭楚雨深。

自滴阶前大梧叶,干君何事动哀吟?

【汇评】

《石洲诗话》:小杜诗"自滴阶前大梧叶,干君何事动哀吟",亦在南唐"吹皱一池春水"语之前,可证杜《黑白鹰》语。

齐安郡后池绝句

菱透浮萍绿锦池。夏莺千啭弄蔷薇。

尽日无人看微雨,鸳鸯相对浴红衣。

题齐安城楼

呜咽江楼角一声,微阳潋潋落寒汀。

不用凭栏苦回首,故乡七十五长亭。

【汇评】

《苕溪渔隐丛话》:《复斋漫录》云:牧之《齐安城楼》诗:"呜咽江楼角一声,……"盖用李太白《淮阴书怀》诗:"沙墩至梁苑,二十五长亭。"苕溪渔隐云:鲁直《竹枝词》"鬼门关外莫言远,五十三驿是皇州",皆沿袭也。

《唐贤小三昧集续集》：言故乡之远，虽望而难即也。"不用"二字，下得直而妙。

《唐诗笺注》：角声初动，微阳将落，登楼盼望，能无故乡之思？乃曰"不用凭栏苦回首，故乡七十五长亭"，则别绪茫茫，不堪回首矣。

《唐贤清雅集》：此诗须善会，若无渠气骨，更是算博士。

《唐人万首绝句选评》：情景俱远。

《诗境浅说续编》：凡客子登高，乡山遥望，已情所难堪。今言料无归计，不用回头，其心愈苦矣。

忆齐安郡

平生睡足处，云梦泽南州。
一夜风欺竹，连江雨送秋。
格卑常泊泊，力学强悠悠。
终掉尘中手，潇湘钓漫流。

【汇评】

《唐贤清雅集》：唐贤佳处尤在对句圆足，试看"连江雨送秋"五字是何等力量！

兰　溪

兰溪春尽碧泱泱，映水兰花雨发香。
楚国大夫憔悴日，应寻此路去潇湘。

【汇评】

《千首唐人绝句》：富寿荪：兰溪为古楚地，又因兰花而念及屈原,杜牧怀才不遇,远守江郡,故借以抒慨。

睦州四韵

　　州在钓台边,溪山实可怜。
　　有家皆掩映,无处不潺湲。
　　好树鸣幽鸟,晴楼入野烟。
　　残春杜陵客,中酒落花前。

【汇评】

　　《瀛奎律髓》:轻快俊逸。

　　《瀛奎律髓汇评》:冯舒:平平八句,不使才气。中二联俱是春暮,故落句好。　　何义门:溪山岂不佳? 只韦、杜才地不堪,常置闲处耳。"残春"、"中酒",比年事蹉跎,作用既微,笔力尤横。

　　纪昀:风致宜人。三、四今已成套,然初出自佳。六句不自然。结得浅淡有情。

初冬夜饮

　　淮阳多病偶求欢,客袖侵霜与烛盘。
　　砌下梨花一堆雪,明年谁此凭栏干?

【汇评】

　　《逸老堂诗话》:"梨花淡白柳深青,柳絮飞时花满城。惆怅东阑一林雪,人生看得几清明?"陆放翁谓东坡此诗本杜牧之"砌下梨花一堆雪,明年谁此凭栏干"。

　　《诗境浅说续编》:淮南雪夜,小饮一杯,聊遣客中情况,玉砌飞花,暂娱此夕。明岁之倚栏吟赏者,知属何人? 杜少陵诗:"明年此会知谁健? 醉把茱萸子细看。"张梦晋诗:"高楼明月清歌夜,此是生平第几回?"明知胜会不常,未免有情难遣。

梅

轻盈照溪水,掩敛下瑶台。

妒雪聊相比,欺春不逐来。

偶同佳客见,似为冻醪开。

若在秦楼畔,堪为弄玉媒。

【汇评】

《瀛奎律髓》:牧之诗才高,此小诗若不介意,五、六却淡靓有味。

《瀛奎律髓汇评》:冯舒:高雅奇峭。　　冯班:唐人只平平做去,自然力大气雄。　　陆贻典:高雅。　　查慎行:五、六二句,不必粘题,自成佳句。　　何义门:似齐、梁人小诗,气力极大。落句自喻宜在天子左右也。　　纪昀:四句不爽亮。

早　雁

金河秋半虏弦开,云外惊飞四散哀。

仙掌月明孤影过,长门灯暗数声来。

须知胡骑纷纷在,岂逐春风一一回。

莫厌潇湘少人处,水多菰米岸莓苔。

【汇评】

《艺苑卮言》:其咏物,如"仙掌月明孤影过,长门灯暗数声来",亦可观。

《求阙斋读书录》:雁为虏弦所惊而来,落想奇警,辞亦是以达人。

《诗源辩体》：七言《早雁》一篇，声气甚胜。

《唐诗鼓吹笺注》：言外有相教慎出入意。

《贯华堂选批唐才子诗》：此诗慰谕流客，且安侨寓，时方艰难，未可谋归也。前解追叙其来，后解婉止其去。

《五朝诗善鸣集》：牧之之咏早雁，如郑谷之咏鹧鸪，都是绝唱。

《载酒园诗话又编》：《早雁》诗曰："仙掌月明孤影过，长门灯暗数声来"，光景真是可思。但全篇唯"金河秋半"四字稍切"早"字，馀皆言矰缴之惨，劝无归还，似是寄托之作。

《唐诗绎》：此借雁而伤流寓也。

《唐诗贯珠》：三、四绝佳，承"四散"来。

《山满楼笺注唐诗七言律》：此慰谕避难流落之人，欲其缓作归计而托言之也。……先生之于羁旅，可谓情深而意切矣。

《网师园唐诗笺》：思家怨别。

《唐诗笺注》："仙掌"一联，语在景中，神游象外，真名句也。

《唐贤小三昧集续集》：咏雁诗多矣，终无见逾者。

《咏物七言律诗偶记》：此五六"须知"、"岂逐"，七句"莫厌"，皆提起之笔，不得以后人作七律多用虚字者藉口也。

《唐诗近体》：前半写雁之来，后半挽雁之去，立格用意，犹有老杜风骨。

村舍燕

汉宫一百四十五，多下珠帘闭琐窗。

何处营巢夏将半，茅檐烟里语双双。

【汇评】

《升庵诗话》：此杜牧《燕子》诗也。"一百四十五"见《文选》

注。大抵牧之诗好用数目垛积,如"南朝四百八十寺"、"二十四桥明月夜"、"故乡七十五长亭"是也。

《唐诗快》:牧之多用数目字,尽饶别趣,算博士何尝不妙!

《唐人绝句精华》:此诗似有李义府《咏鸟》诗所谓"上林无限树,不借一枝栖"之意,但末句写得有情,不作失意语。昔人谓牧之俊爽,如此诗是也。

题禅院

觥船一棹百分空,十岁青春不负公。
今日鬓丝禅榻畔,茶烟轻飏落花风。

【汇评】

《笺注唐贤三体诗法》:若云负青春,却又了无意味。　　正为壮盛虚掷醉乡悲悔无及,及题此篇,妄加"醉后"二字(按本诗一题《醉后题禅院》),真愦愦也。

《古欢堂杂著》:樊川"鬓丝禅榻",翩翩才致。

《诗法易简录》:前二句写昔日,第三句以"今日"划清界限,末句景中有情,感慨系之。

《唐人万首绝句选评》:写出才人迟暮不遇,措语蕴藉。

《唐贤小三昧集续集》:亦是神来之作。

《石洲诗话》:小杜之才,自王右丞以后,未见其比;其笔力回斡处,亦与王龙标、李东川相视而笑。"少陵无人谪仙死",竟不意观此人。只如"今日鬓丝禅榻旁,茶烟轻飏落花风"、"自说江湖不归事,阻风中酒过年年",直自开、宝以后百馀年无人能道,而五代、南北宋以后,亦更不能道矣。此真悟彻汉魏六朝之底蕴者也。

《唐绝诗钞注略》:潘氏云:小杜此诗,洵晚唐佳语。

怀钟陵旧游四首（其三）

十顷平湖堤柳合，岸秋兰芷绿纤纤。

一声明月采莲女，四面朱楼卷画帘。

白鹭烟分光的的，微涟风定翠沾沾。

斜辉更落西山影，千步虹桥气象兼。

【汇评】

《唐诗镜》：语气铮铮，叠字三见。

《唐诗笺注》：此赋湖上景色，宛成图画，风流俊逸，真是牧之本色。"斜辉"一结，炼句亦奇。

商山麻涧

云光岚彩四面合，柔柔垂柳十馀家。

雉飞鹿过芳草远，牛巷鸡埘春日斜。

秀眉老父对樽酒，蒨袖女儿簪野花。

征车自念尘土计，惆怅溪边书细沙。

【汇评】

《贯华堂选批唐才子诗》：一写四面，二写中间，三写闲静，四写丰乐，便较陶令《桃花源记》为烦矣。   五、六忽然写一父老樽酒、女儿衣袖，以深显自家形秽。"书细沙"者，无颜自明，而又不能含糊付之也。

《山满楼笺注唐诗七言律》：此诗字字古朴，字字新颖，又字字美丽；披之如身入桃源，虽竟日坐卧其中，不厌也。

《唐贤清雅集》：朴而弥雅，源出《国风》，非后人好书琐事可比。

商山富水驿

原注：驿本名与阳谏议同姓名，因此改为富水驿。

益懋由来未觉贤，终须南去吊湘川。
当时物议朱云小，后代声华白日悬。
邪佞每思当面唾，清贫长欠一杯钱。
驿名不合轻移改，留警朝天者惕然。

【汇评】

《梦溪笔谈》："厨人具鸡黍，稚子摘杨梅"、"当时物议朱云小，后代声名白日长"，以"鸡"对"杨"，以"朱云"对"白日"，如此之类，皆为假对。

《观林诗话》：杜牧之云："杜若芳州翠，严光钓濑喧"，此以"杜"与"严"为人姓相对也。又有"当时物议朱云小，后代声名白日悬"，此乃以"朱云"对"白日"。皆为假对。虽以人姓名偶物，不为偏枯，反为工也。

汉　江

溶溶漾漾白鸥飞，绿净春深好染衣。
南去北来人自老，夕阳长送钓船归。

【汇评】

《批点唐音》：晚唐用字虽浓丽，不甚温厚，唯杜牧之似优柔，此作是也。

《唐诗选脉会通评林》：周弼为实接体。　　何仲德为警策体。　　刘辰翁曰：前二句来得慷慨。　　徐充曰："人自老"三字最为感切。钓船常在，而南去北来之人，为名为利，则无定踪，皆汩没于此，真可叹也！

《历代诗发》：夕阳影里，烟波淼淼。

赤　壁

折戟沉沙铁未销，自将磨洗认前朝。
东风不与周郎便，铜雀春深锁二乔。

【汇评】

《彦周诗话》：杜牧之作《赤壁》诗，……意谓赤壁不能纵火、为曹公夺二乔置之铜雀台上也。孙氏霸业系此一战，社稷存亡、生灵涂炭都不问，只恐捉了二乔，可见措大不识好恶。

《注解选唐诗》：后二句绝妙。众人咏赤壁，只喜当时之胜，杜牧之咏赤壁独忧当时之败。其意曰：东风若不助周郎，黄盖必不以火攻胜曹操，使曹操顺流东下，吴必亡，孙仲谋必虏，大小乔必为俘获，曹操得二乔必以为妾，置之铜雀台矣。

《诗薮》：晚唐绝"东风不与周郎便，铜雀春深锁二乔"、"可怜夜半虚前席，不问苍生问鬼神"，皆宋人议论之祖。

《唐诗选脉会通评林》：周弼为用事体。　　胡云轩云：（学究论诗）益不知诗家播弄圆融之妙矣。盖"东风不与"、"春深"数字，含蓄深窈。人不识牧之以滑稽弄辞，每每雌黄之。

《诗筏》：牧之此诗，盖嘲赤壁之功出于侥幸，若非天与东风之便，则周郎不能纵火，城亡家破，二乔且将为俘，安能据有江东哉？牧之诗意，……唯借"铜雀春深锁二乔"说来，便觉风华蕴藉，增人百感，此正风人巧于立言处。

《春酒堂诗话》：杜牧之咏赤壁诗云："东风不与周郎便，铜雀春深锁二乔"，今古传诵。容少时，大人尝指示曰："此牧之设词也，死案活翻。"

《围炉诗话》：古人咏史，但叙事而不出己意，则史也，非诗也；出己意，发议论，而斧凿铮铮，又落宋人之病。如牧之《赤壁》……用意隐然，最为得体。……许彦周乃曰："此战系社稷兴亡，只恐捉了二乔，措大不识好恶。"宋人不足与言诗如此。

《载酒园诗话》：小杜《赤壁》诗，古今脍炙，渔隐独称其好异。……详味诗旨，牧之实有不满公瑾之意。牧尝自负知兵，好作大言，每借题自写胸怀，尺量寸度，岂所以阅神骏于牝牡骊黄之外！（黄白山评：唐人妙处，正在随拈一事，而诸事俱包括其中。若如许（彦周）意，必要将"社稷存亡"等字面真正写出，然后赞其议论之纯正。具此诗解，无怪宋诗远隔唐人一尘耳！）

《而庵说唐诗》：《道山清话》云："此诗正佳，但颇费解说。"此诗有何难解？既解不出，又在何处见其佳？正是说梦。"折戟沉沙"，言魏、吴昔日相战于此。"铁未销"，见去唐不远。何必要认，乃自将折戟磨洗乎？牧之春秋，在此七个字内。意中谓："魏武精于用兵，何至大败？周郎才算，未是魏武敌手，又何获此大胜？"一似不肯信者，所以要认。子细看来，果是周郎得胜。虽然是胜魏武，不过一时侥幸耳。下二句，言周郎当时，亏煞了东风，所以得施其火攻之策，若无东风，则是不与便，见不惟不能胜魏，江东必为魏所破，连妻子俱是魏家的，大乔、小乔贮在铜雀台上矣。牧之盖精于兵法者。

《唐诗别裁》：牧之绝句，远韵远神。然如《赤壁》诗"东风不与周郎便，铜雀春深锁二乔"，近轻薄少年语，而诗家盛称之，何也？

《一瓢诗话》："春深"二字，下得无赖，正是诗人调笑妙语。

《唐诗笺注》："认"字妙。怀古深情，一字传出；下二句翻案，亦以"认"字生出。

《四库全书总目》：（许）颇议论多有根柢，品题亦具有别裁。唯讥杜牧《赤壁》诗不说社稷存亡，唯说二乔，不知大乔孙策妇，小乔周瑜妇，二人入魏，即吴亡可知。此诗人不欲质言，变其词耳。颉遽诋为"不识好恶"，殊失牧意。

《精选评注五朝诗学津梁》：意思翻新，可当《史记》。

《历代诗话考索》：彦周诮杜牧之《赤壁》诗"社稷存亡都不问，……"夫诗人之词微以婉，不同论言直遂也。牧之之意，正谓幸而成功，几乎家国不保。彦周未免错会。

《唐人绝句精华》：大抵诗人每喜以一琐细事来指点大事。即如此诗，二乔不曾被捉去，固是一小事，然而孙氏霸权，决于此战，正与此小事有关。家国不保，二乔又何能安然无恙？二乔未被捉去，则家国巩固可知。写二乔正是写家国大事。且以二乔立意，可以增加诗之情趣，其非翻案，好异以及滑稽弄辞，断然可知。至叠山所谓死中求活，盖论《乌江》诗则合，《乌江》诗谓项羽尚可回江东以图再起，乃于万无可为之中犹谓有可为，故曰"死中求活"，但不可以论此诗。

泊秦淮

烟笼寒水月笼沙，夜泊秦淮近酒家。
商女不知亡国恨，隔江犹唱后庭花。

【汇评】

《唐诗正声》：吴逸一曰：国已亡矣，而靡靡之音深入人心，孤泊骤闻，自然兴慨。

《批点唐诗正声》：写景命意俱妙，绝处怨体反言，与诸作异。

《增定评注唐诗正声》：周云：亡国之音，自不堪听，又当此景。

《唐诗选脉会通评林》：周弼为用事体。 何仲德为熔意体。

《唐诗绎》：首句写景荒凉，已为"亡国恨"钩魂摄魄。三四推原亡国之故,妙就现在所闻犹是亡国之音感叹,索性用"不知"二字,将"亡国恨"三字扫空,文心幻曲。

《而庵说唐诗》:"烟笼寒水",水色碧,故云"烟笼"。"月笼沙",沙色白,故云"月笼"。下字极斟酌。夜泊秦淮,而与酒家相近,酒家临河故也。商女,是以唱曲作生涯者,唱《后庭花》曲,唱而已矣,那知陈后主以此亡国,有恨于其内哉! 杜牧之隔江听去,有无限兴亡之感,故作是诗。

《唐诗别裁》:绝唱。

《网师园唐诗笺》:后之咏秦淮者,更从何处措词?

《诗法易简录》:首句写秦淮夜景。次句点明夜泊,而以"近酒家"三字引起后二句。"不知"二字感慨最深,寄托甚微。通首音节神韵,无不入妙,宜沈归愚叹为绝唱。

《唐诗笺要》:盱目刺怀,含毫不尽。"千里枫树烟雨深,无朝无暮听猿吟",凄不过此。

《读雪山房唐诗序例》:王阮亭司寇删定洪氏《唐人万首绝句》,以王维之《渭城》、李白之《白帝》、王昌龄之"奉帚平明"、王之涣之"黄河远上"为压卷,踬于前人之举"葡萄美酒"、"秦时明月"者矣。近沈归愚宗伯亦效举数首以续之。今按其所举,惟杜牧"烟笼寒水"一首为当。

《唐绝诗钞注略》:何焯云:发端一片亡国恨。   王尧衢云:"近酒家",歌声所由来矣。

《诗式》:首句状景起。烟、水色青,故"烟笼水";月、沙色白,故"月笼沙":此秦淮景色也。次句点"泊秦淮"。泊近酒家,为下商女唱曲之所从来处,已伏三句之根。三句变换,四句发之,谓杜牧听隔江歌声。知《玉树后庭花》曲系陈后主亡国之音,足动兴亡之感,而商女不知曲中有恨,但唱曲而已。

《诗境浅说续编》:《后庭》一曲,在当日琼枝璧月之场,狎客传笺,纤儿按拍,无愁之天子,何等繁荣! 乃同此珠喉清唱,付与秦淮寒夜,商女重唱,可胜沧桑之感? ……独有孤舟行客,俯仰兴亡,不堪重听耳。

《唐人绝句精华》:首二句写夜泊之景。三句非责商女,特借商女犹唱《后庭花》曲以叹南朝之亡耳。六朝之局,以陈亡而结束,诗人用意自在责陈后主君臣轻荡,致召危亡也。

题桃花夫人庙

细腰宫里露桃新,脉脉无言度几春。
至竟息亡缘底事? 可怜金谷坠楼人。

【汇评】

《彦周诗话》:仆谓此诗为二十八字史论。

《珊瑚钩诗话》:杜牧之《息夫人》诗曰:"细腰宫里露桃新,……"与所谓"莫以今朝宠,能忘旧日恩。看花满眼泪,不共楚王言",语意远矣。盖学有浅深,识有高下,故形于言者不同矣。

《唐诗绝句类选》:敖云:此以议论为诗,订千古是非,却与宋人声调自别。

《围炉诗话》:用意隐然,最为得体。息妫庙,唐时称为桃花夫人庙,故诗用"露桃"。

《渔洋诗话》:益都孙文定公咏《息夫人》云:"无言空有恨,儿女粲成行。"谐语令人颐解。杜牧之:"至竟息亡缘底事? 可怜金谷坠楼人。"则正言以大义责之。王摩诘:"看花满眼泪,不共楚王语。"更不著判断一语,此盛唐所以为高。

《瓯北诗话》:杜牧之作诗,恐流于平弱,故措辞必拗峭,立意必奇辟,多作翻案语,无一平正者,方岳《深雪偶谈》所谓"好为议论,大概出奇立异,以自见其长"也。如《赤壁》云:"东风不与周郎便,铜雀春深锁二乔。"《题四皓庙》云:"南军不祖北军祖,四老安刘是灭刘。"《题乌江亭》云:"胜败兵家事不期,……卷土重来未可知。"此皆不度时势,徒作异论,以炫人耳,其实非确论也。唯《桃花夫人庙》,……以绿珠之死,形息夫人之不死,高下自见,而词语蕴藉,不显露讥讪,尤得风人之旨耳。

《养一斋诗话》:大义责责,词色凛凛。真西山谓牧之《息妫》作能订千古是非,信然。余尤爱其掉尾一波,生气远出,绝无酸腐态也。王(维)虽不著议论,究无深味可耐咀含,鄙意转舍盛唐而取晚唐矣。

题乌江亭

胜败兵家事不期,包羞忍耻是男儿。
江东子弟多才俊,卷土重来未可知。

【汇评】

《苕溪渔隐丛话》:苕溪渔隐曰:牧之于题咏好异于人,如《赤壁》云:"东风不与周郎便,铜雀春深锁二乔。"《题商山四皓》云:"南军不祖左边祖,四皓安刘是灭刘。"皆反说其事。至《题乌江亭》则好异而叛于理。诗云:"胜负兵家不可期,……"项氏以八千人渡江,败亡之馀,无一还者,其失人心为甚,谁肯复附之?其不能卷土重来,决矣。

《围炉诗话》:诗贵有含蓄不尽之意,尤以不着意见、声色、故事、议论者为上。义山"夜半宴归宫漏永,薛王沉醉寿王醒"是也。……露圭角者,杜牧之《题乌江亭》诗之"胜负兵家未可期,……"是也。然已开宋人门径矣。

吴景旭《历代诗话》:牧之数诗(按指本诗及《赤壁》、《四皓庙》),俱用翻案法,跌入一层,正意益醒,谢叠山所谓"死中求活"也。

寄扬州韩绰判官

青山隐隐水迢迢,秋尽江南草木凋。
二十四桥明月夜,玉人何处教吹箫?

【汇评】

《注解选唐诗》:情虽切而辞不露。

《唐诗品汇》:刘云:韩之风致可想,书记薄幸自道耳。

《升庵诗话》:唐诗绝句,今本多误字。……《寄扬州韩绰判官》云"秋尽江南草未凋",俗本作"草木凋"。秋尽而草木凋,自是常事,不必说也;况江南地暖,草本不凋乎!此诗杜牧在淮南而寄扬州者,盖厌淮南之摇落,而羡江南之繁华。若作"草木凋",则与"青山明月"、"玉人吹箫"不是一套事矣。余戏谓此二诗(另一指《江南春》)绝妙。"十里莺啼",俗人添一撇坏了;"草未凋",俗人减一画坏了。甚矣,士俗不可医也!

《批点唐音》:优柔平实,有似中唐。

《唐诗选脉会通评林》:胡次焱曰:对草木凋谢之秋,思月桥吹箫之夜,寂寞之恋喧哗,始不胜情。"何处"二字最佳。　陆时雍曰:杜牧七言绝句,婉转多情,韵亦不乏,自刘梦得以后一人。

牧之诗有"十年一觉扬州梦"之句,素恋其景物奇美。此不过谓韩判官当此零落之候,教箫于月中,不知"二十四桥"之夜在于何处?含无限意绪耳。

《唐诗摘钞》:作"草未凋",本句始有意;若作"木"字,读之索然矣。……扬州本行乐之地,故以此(按指"玉人"句)讯韩,言外有羡之意。

《唐诗笺注》:"十年一觉扬州梦",牧之于扬州缱绻久矣。"二十四桥"二句,有神往之致,借韩以发之。

《精选评注五朝诗字津梁》：风流秀曼，一片精神。

《历代诗发》：丰神摇曳。

《唐贤小三昧集续集》：只此七字，便已妙绝（末句下）。

《唐人万首绝句选评》：深情高调，晚唐中绝作，可以媲美盛唐名家。

《唐诗三百首》：二语与谪仙"烟花三月"七字，皆千古丽句（末二句下）。

《唐绝诗钞注略》：《天禄识馀》："教"、"学"，古文通用。唐人"玉人"云云，乃学吹箫也。唐诗中"教"字皆平用，无去声字；且"学吹箫"煞有风致，"教吹箫"有何意味耶？

郑瓘协律

广文遗韵留樗散，鸡犬图书共一船。

自说江湖不归事，阻风中酒过年年。

【汇评】

《唐人万首绝句选评》：极状落魄，语意沉至。

早　秋

疏雨洗空旷，秋标惊意新。

大热去酷吏，清风来故人。

尊酒酌未酌，晚花嚬不嚬。

铢秤与缕雪，谁觉老陈陈。

【汇评】

《瀛奎律髓》：大暑如酷吏之去，清风如故人之来。倒装一字，便极高妙。晚唐无此句也。牧之才高，意欲异众，心鄙元、白，良有以哉！尾句怪。

《初白庵诗评》：自牧之以前，不曾有此句法（"大热"一联下）。

《瀛奎律髓汇评》：冯班："铢秤"未解。　　纪昀：次句生硬。
"清风"句自好，"大暑"句终不雅，五、六调劣，结亦不佳。

寄题甘露寺北轩

曾向蓬莱宫里行，北轩阑槛最留情。

孤高堪弄桓伊笛，缥缈宜闻子晋笙。

天接海门秋水色，烟笼隋苑暮钟声。

他年会著荷衣去，不向山僧说姓名。

【汇评】

《贯华堂选批唐才子诗》：此写甘露北轩旧是熟游。三，非真
欲弄笛；四，非真欲闻笙，只是极写此轩之孤高、飘渺如此（首四句
下）。　　此是寄题之一段胸中缘故也。"海门秋水"，横去者滔滔
无极；"隋苑暮钟"，竖去者浩浩焉终？人生世上，建大功，垂大名，
自是偶然游戏之事。乃真因此而铜架铁锁，牢不自脱，皮里有血，
眼里有筋，即果胡为而至此乎？他年不道姓名，真摆断索头，自在
而去矣（末四句下）。

《五朝诗善鸣集》：此诗佳处在骨力，不在字句之间。

题木兰庙

弯弓征战作男儿，梦里曾经与画眉。

几度思归还把酒，拂云堆上祝明妃。

【汇评】

《临汉隐居诗话》：古乐府中，《木兰诗》、《焦仲卿诗》皆有高

致。……杜牧之《木兰庙》诗云:"弯弓征战作男儿,……"殊有美思也。

送隐者一绝

无媒径路草萧萧,自古云林远市朝。

公道世间唯白发,贵人头上不曾饶。

【汇评】

《碧溪诗话》:牧之有"公道世间唯白发,贵人头上不曾饶",尝爱其语奇怪,似不蹈袭。后读子美"苦遭白发不相放",为之抚掌。

《注解选唐诗》:后二句理到之言。

《唐诗选脉会通评林》:周弼为实接体。   周敬曰:真而不伤于俚。   刘辰翁曰:反语,谓世道不公,负此隐者。

《五朝诗善鸣集》:不磨之作,混入许浑集中。苍深之气,断知非浑是牧。

赠别二首

其一

娉娉袅袅十三馀,豆蔻梢头二月初。

春风十里扬州路,卷上珠帘总不如。

【汇评】

《升庵诗话》:杜牧之诗:"娉娉袅袅十三馀,豆蔻梢头二月初。"刘孟熙谓:《本草》云:"豆蔻未开者,谓之含胎花。言少而娠也。"……牧之诗本咏娼女,言其美而且少,未经事人,如豆蔻花之未开耳。此为风情言,非为求嗣言也。若娼而娠,人方厌之,以为"绿叶成阴"矣,何事入咏乎?

吴景旭《历代诗话》：嵇含《南方草木状》云：荳蔻花，其苗如芦，其叶似姜，其花作穗，嫩叶卷之而生。花微红，穗头深色；叶渐舒，花渐出。……《本草》亦状其花之吐而尚含蕴于叶间，有如人之娠耳。孟熙正引此意，非直谓少女之娠也。升庵误会"少而娠"之语，添出"求嗣"一案，可笑。

《因树屋书影》：杜牧之诗："婷婷袅袅十三馀，豆蔻梢头二月初。"……此花无实，不与草荳蔻同种。每蕊心有两瓣相并，词人托兴曰比目、连理云（《桂海虞衡志》云），读此，始知诗人用"豆蔻"之目。

其二

多情却似总无情，唯觉尊前笑不成。

蜡烛有心还惜别，替人垂泪到天明。

【汇评】

《岁寒堂诗话》：杜牧之云："多情却似总无情，……"意非不佳，然而词意浅露，略无馀蕴。元、白、张籍，其病正在此：只知道得人心中事，而不知道尽则又浅露也。

《唐诗笺注》：曰"却似"，曰"唯觉"，形容妙矣。下却借蜡烛托寄，曰"有心"，曰"替人"，更妙。宋人评牧之诗：豪而艳，宕而丽，其绝句于晚唐中尤为出色。

《精选评注五朝诗学津梁》：不言人而言烛，衬笔绝佳。

【总评】

《诗源辩体》：杜牧少年风流放荡，见于他书可考。其诗有"落魄江湖"、"华堂今日"、"自恨寻芳"等篇，今皆不见本集者何？按《唐书》："牧刚直有奇节，敢论列大事。临终，悉取所为文章焚之。"斯岂临终而焚之耶？中复有"婷婷袅袅"、"多情却似"二绝，疑后人增入也。

《唐人绝句精华》：此二诗为张好好作也。杜别有赠好好五言古诗一首,诗前有小序曰:"牧大和三年佐故吏部沈公江西幕。好好年十三,始以善歌来乐籍中。后一岁,公移镇宣城,复置好好于宣城籍中。后二岁,为沈著作述师以双环纳之。后二岁,于洛阳东城重睹好好,感旧伤怀,故题诗赠之。"按此诗有"娉娉袅袅十三馀"句,当是初与好好别时所作。前首言其美丽,后首叙别。"似无情"、"笑不成"正十三龄女儿情态。

有　寄

云阔烟深树,江澄水浴秋。
美人何处在？明月万山头。

南陵道中

南陵水面漫悠悠,风紧云轻欲变秋。
正是客心孤迥处,谁家红袖凭江楼！

【汇评】

《画禅室随笔》：杜樊川诗,时堪入画。"南陵水面漫悠悠,……"陆瑾、赵千里皆图之。余家有吴兴小册,故临于此。江南顾大中,尝于南陵画杜樊川诗意。予曾见文征仲画此诗意。

《载酒园诗话又编》：杜紫微"南陵水面漫悠悠,……"罗邺曰:"别离不独恨蹄轮,……"每读此二诗,忽忽如行江上。

《唐贤小三昧集续集》：近人有以诗意入画者,恐未能尽其风景之妙。

《唐人万首绝句选评》：恼人客思,每每有此,妙能写出。

《唐绝诗钞注略》：《寄远》第三首云:"只影随惊雁,单栖锁画笼。向春罗袖薄，谁念舞台风?"按此与前诗(即本诗)同意。

《诗境浅说续编》：此诗纯以轻秀之笔，达宛转之思。首句咏南陵，已有慢橹开波之致。次句咏江上早秋，描写入妙。后二句尤神韵悠然。(意谓客怀孤寂之时，彼美谁家，红楼独倚，因红袖之当前，忆绿窗之人远，遂引起乡愁。云鬟玉臂，遥念伊人，客心更无以自聊矣。)

宫词二首

其一

蝉翼轻绡傅体红，玉肤如醉向东风。

深宫锁闭犹疑惑，更取丹砂试辟宫。

其二

监官引出暂开门，随例须朝不是恩。

银钥却收金锁合，月明花落又黄昏。

【汇评】

《苕溪渔隐丛话》：此绝句极佳，意在言外，而幽怨之情自见，不待明言之也。诗贵乎如此，若使人一览而意尽，亦何足道哉!

《唐诗绝句类选》：徐子扩曰："暂"字、"又"字意切。　顾东桥曰：怨意自深。

《唐诗选脉会通评林》：周弼为实接体。　何仲德为富艳体。　"暂"字凄，"又"字苦。后二句隐隐含情，怨意可想。

《近体秋阳》：辞极琐细，然不觉其小，转觉其雅，非深有得于盛气者不能。

《唐三体诗评》：随牒远郡，暂朝集而至，柄用终无期也。

《唐诗摘钞》：情在景中。眼中看不得，在"银钥却收金锁合"

七字；心下过不得，在"月明花落又黄昏"七字。可谓极尽怨女之情者矣。时诸刺史朝正者，事毕复归本任，故托兴。观《登乐游原》之作，意自可见。

《而庵说唐诗》：夫不见可欲，使心不乱。宫人而锁于长门，闭门寂寂，与女伴或可相忘。牧之特于此盘旋，以为不见君王，亦不成怨，乃寻出"监宫引出"一事来，何其思之深且曲也。宫人虽退守长门，有出来朝君王之例，若开门出来，必须监宫引出。"暂"字妙，惟闭门是常，故开门云"暂"也。开门虽暂时，毕竟是得见天光，宫人必相私冀曰：吾今番得见君王，或重承宠渥不可知。于是即急急回绝他云：此朝是例，不是恩也。恩与怨对，反弄出怨来，故不是恩也。须臾朝过，依旧重入长门，监宫却将银钥收管，金锁早已合上矣。不消更说到下句，此句已极难堪。此门既入，不知于何日再出来。出一出，笑一笑，合一合，恼一恼，一出一合，使宫人老到白头便了。可怜可怜！"月明花落又黄昏"，平素凄凉景况，已消受得惯矣，独是今日朝君，无穷妄想，竟成虚话，又得见君王一面，越形出凄凉不堪。日里夜间，一总不论，乃于欲睡未睡之际，满宫明月，一院落花，上天下地，团团怨海。向之所最苦者此境，今又依然在此矣。妙极！

《唐诗笺要》：明明是恩，硬心翻案，攫而深，婉而媮。

《删订唐诗解》：吴昌祺曰：下联蕴藉，但以"银"、"金"为嫌耳。

遣　怀

落魄江湖载酒行，楚腰纤细掌中轻。
十年一觉扬州梦，赢得青楼薄幸名。

【汇评】

《唐阙史》：牧少隽，性疏野放荡，虽为检刻，而不能自禁。会丞相牛僧孺出镇扬州,辟节度掌书记。牧供职之外,唯以宴游为事。……又自以年渐迟暮,常追赋《感旧》诗曰:"落魄江湖载酒行,……"

《唐诗镜》:情至,语自耿耿。

《精选评注五朝诗学津梁》:亦风流,亦落拓。后人谓小杜忆妓,多于忆民,大约指此。

《唐贤小三昧集续集》:韵事绝调。

《诗境浅说续编》:此诗着眼在"薄幸"二字。以扬郡名都,十年久客,纤腰丽质,所见者多矣,而无一真赏者。不怨青楼之萍絮无情,而反躬自嗟其薄倖,非特忏除绮障,亦待人忠厚之旨。

《唐人绝句精华》:才人不得见重于时之意,发为此诗,读来但见其傲兀不平之态。世称杜牧诗情豪迈,又谓其不为龊龊小谨,即此等诗可见其概。

山　行

远上寒山石径斜,白云生处有人家。
停车坐爱枫林晚,霜叶红于二月花。

【汇评】

《归田诗话》:予为童子时,十月朝从诸长上拜南山先垅,行石磴间,红叶交坠。先伯元范诵杜牧之"停车坐爱枫林晚,霜叶红于二月花"之句。……至今每见红叶与飞落,辄思之。

《唐诗归折衷》:唐云:妙在冷落中寻出佳景。

《唐三体诗评》:"白云"即是炊烟,已起"晚"字;"白"、"红"二字,又相映发。"有人家"三字下反接"停车","爱"字方有力。

《碛砂唐诗》:敏曰:味此诗,似与"老马反为驹,不顾其后"之语同义。

《唐诗摘钞》:次句承上"远"字说,此未上时所见。三四则既上之景。诗中有画,此秋山行旅图也。

《唐诗笺注》:"霜叶红于二月花",真名句。诗写山行,景色幽邃,而致也豪荡。

《历代诗发》:结句写得秋光绚烂。

《唐绝诗钞注略》:敖(英)云:次句与卢纶"几家松火隔秋云"同意。

《诗境浅说续编》:诗人之咏及红叶者多矣,如"林间暖酒烧红叶"、"红树青山好放船"等句,尤脍炙词坛,播诸图画。唯杜牧诗专赏其色之艳。谓胜于春花。当风劲霜严之际,独绚秋光,红黄绀紫,诸色咸备,笼山络野,春花无此大观,宜司勋特赏于艳李秾桃外也。

《唐人绝句精华》:读此可见诗人高怀逸致。霜叶胜花,常人所不易道出者。一经诗人道出,便留诵千口矣。

方　响

数条秋水挂琅玕,玉手丁当怕夜寒。

曲尽连敲三四下,恐惊珠泪落金盘。

早春题真上人院

清赢已近百年身,古寺风烟又一春。

寰海自成戎马地,唯师曾是太平人。

【汇评】

《演繁露续集》:程大昌:唐天宝间,有真上人者,至杜牧之时,其人年已近百岁,故题其寺云云。此意最远,不言其道行,独以其年多尝见天宝时事也。

《千首唐人绝句》：刘拜山：国家治乱盛衰之感，借真上人发之耳。程说未透。

怀吴中冯秀才

长洲苑外草萧萧，却算游程岁月遥。

唯有别时今不忘，暮烟秋雨过枫桥。

【汇评】

《唐诗选脉会通评林》：周启琦曰：晚唐杜牧之，（七绝）得其正变。如《开元寺》、《贵池亭子》、《登乐游原》、《齐安城楼后池》、《寄韩绰判官》、《怀冯秀才》、《洛阳秋夕》、《醉后书寺壁》、《闻笛》等作，俱绝句之佳者。

《碛砂唐诗》：敏曰：怀人之作，不过念彼行旅之艰或睽违之久，皆属钝置。此独还念别时，而无数相思，一笔拈出矣。下更"不忘"二字，宛然在目，曰：暮烟之际，秋雨之馀，过枫桥而握别，情钟吾辈，谁能念此？当与"昔我往矣，杨柳依依；今我来思，雨雪霏霏"同诵。

《历代诗发》：枫桥不过经过之地，增上"暮烟秋雨"四字，便觉别时耿耿难忘。

《唐人万首绝句选评》：此等布置意味，真是绝句中神品，以后唯明高季迪有此耳。

《诗境浅说续编》：唐人送友诗，大抵把酒牵裾，临歧送目，写黯然南浦之怀。此独追忆昔年临别情景，烟雨枫桥，宛然在目，深情积思，等于久要不忘之谊也。

秋 夕

银烛秋光冷画屏，轻罗小扇扑流萤。

天阶夜色凉如水,坐看牵牛织女星。

【汇评】

《冷斋夜话》:(诗)有意含蓄者,如《宫词》曰:"银烛秋光冷画屏,……"

《艇斋诗话》:小杜《秋夜》宫词云:"银烛秋光冷画屏,……"含蓄有思致。星象甚多,而独言牛女,此所以见其为宫词也。

《注解选唐诗》:此诗为宫中怨女作也。牵牛织女,一年一会,秦宫人望幸,至有三十六年不得见者。"卧看牵牛织女星",隐然说一生不蒙幸,愿如牛女一夕之会,亦不可得。怨而不怒,真风人之诗。

《唐诗正声》:吴逸一评:词亦浓丽,意却凄婉。末句玩"看"字。

《增定评注唐诗正声》:杨云:幽怨自见。　　郭云:小妆点,入诗馀便为佳境。落句似浅。

《唐诗镜》:冷然情致。"坐看"不若"卧看"佳。

《唐诗选脉会通评林》:周弼为直接体。

《删订唐诗解》:吴昌祺曰:隽而小。

《三体唐诗评》:崔颢《七夕》后四句云:"长信秋深夜转幽,瑶阶金阁数萤流。班姬此夕愁无限,河汉三更看斗牛。"此篇点化其意。次句再用团扇事,亦浑成无迹。

《唐诗摘钞》:《苕溪渔隐》云:此诗断句极佳,意在言外,其幽怨之情不待明言而自见也。　　敖清江云:落句即牛女会合之难,喻君臣际会之难。

《增订唐诗摘钞》:烛光屏冷,情之所由生也。扑萤以戏,写忧也。看牛女,羡之也。

《载酒园诗话又编》:亦即"参昴衾裯"之义。但古人兴意在前,此倒用于后,昔人感叹中犹带庆幸,故情辞悉露,此诗全写凄凉,反多含蓄。

《精选评注五朝诗学津梁》:细腻熨贴,善写秋夕家庭。

《唐人万首绝句选评》:诗中不着一意,言外含情无限。

《唐诗三百首》:层层布景,是一幅着色人物画。只"坐看"二字逗出情思,便通身灵动。

《唐诗评注读本》:此宫中秋怨诗也,自初夜写至夜深,层层绘出,宛然为宫人作一幅幽怨图。

《诗境浅说续编》:为秋闺咏七夕情事。前三句写景极清丽,宛若静院夜凉,见伊人逸致。结句仅言坐看双星,凡离合悲欢之迹,不着毫端,而闺人心事,尽在举头坐看之中。

《唐人绝句精华》:此亦闺情诗也。不明言相怨之情,但以七夕牛女会合之期,坐看不睡,以见独处无郎之意。

华清宫

> 零叶翻红万树霜,玉莲开蕊暖泉香。
> 行云不下朝元阁,一曲淋铃泪数行。

【汇评】

《唐诗镜》:"行云"二字,取《高唐赋》。末正不必切,语自堪咏。

《诗境浅说续编》:前二句赋骊山秋色及华清池。三句追忆杨妃,用空灵之笔:画阁犹开,而巫云梦断,张徽一曲,南内无人,宜元宗之挥泪也。

《唐人绝句精华》:前《过华清宫》诗(按指"长安回望绣成堆"一绝)写天宝未乱前之华清宫,后一首(按指本诗)则乱后归来之华清宫也。"行云"指贵妃,借用宋玉《高唐赋》"旦为行云"也。诗言妃子之灵不下朝元阁,玄宗但听《淋铃》之曲而伤感也。

长安晴望

翠屏山对凤城开，碧落摇光霁后来。

回识六龙巡幸处，飞烟闲绕望春台。

【汇评】

《批点唐诗正声》：或问：杜牧《长安晴望》诗如何？曰：气格甚好，但断句"飞烟闲绕"字少骨力耳。曰：试易之若此："紫云深锁望春台"，似好。盖"紫云深锁"，以见此晴时君王不事游幸，以应"回首"句；"飞烟闲绕"恐非沉着。或曰："深锁"不如"低拂"字又佳。

《删订唐诗解》：吴昌祺曰：思昔所以伤今。

边上闻笳三首（其一）

何处吹笳薄暮天，塞垣高鸟没狼烟。

游人一听头堪白，苏武争禁十九年？

【汇评】

《升庵诗话》：唐人诗句，不厌雷同，绝句尤多。……杜牧《边上闻胡笳》诗云："何处吹笳薄暮天，……"胡曾诗曰："漠漠黄沙际碧天，问人云此是居延。停骖一顾犹魂断，苏武争消十九年！"

《唐诗归折衷》：敬夫云：特为闻笳下一转语，可谓一往有深情。虽然，持节牧羝苦矣，所可慰者，陷没止一身，而回首中朝，正当令盛；使神州陆沉，哀笳遍野，其凄楚更当何如？请为此诗再下一转语。

《网师园唐诗笺》：沉刻（末二句下）。

《精选评注五朝诗学津梁》："苏武"句深一层着想，能诗者往往如是。

《诗境浅说续编》：诗有咏正面难于出色，而侧击旁敲，更为得力者，此类诗是也。苏武，绝域羁臣，备尝艰苦。作者既咏悲笳感人，复借笳声以咏苏武，用"一听头白"四字，以见十九年中历人所难堪之境；况悠长岁月，所闻者宁止胡笳！此二句，所谓力透纸背矣。

春日寄许浑先辈

蓟北雁初去，湘南春又归。

水流沧海急，人到白头稀。

塞路尽何处？我愁当落晖。

终须接鸳鹭，霄汉共高飞。

【汇评】

《五朝诗善鸣集》：沧海急而不急，人更急于沧海。中两联皆是一开一合，句法甚高。

长安夜月

寒光垂静夜，皓彩满重城。

万国尽分照，谁家无此明？

古槐疏影薄，仙桂动秋声。

独有长门里，蛾眉对晓晴。

【汇评】

《五朝诗善鸣集》：日月无私照，写得广大。如此杰作，足以笼罩群英！

金谷园

繁华事散逐香尘,流水无情草自春。

日暮东风怨啼鸟,落花犹似堕楼人。

【汇评】

《唐诗选脉会通评林》:何仲德为清新体。　　徐充曰:末句喻意精切。

《唐诗三百首》:二句十三层(末二句下)。

《唐人万首绝句选评》:落句意外神妙,悠然不尽。

《诗境浅说续编》:前三句景中有情,皆含凭吊苍凉之思。四句以花喻人,以"落花"喻"坠楼人",伤春感昔,即物兴怀,是人是花,合成一凄迷之境。

游　边

黄沙连海路无尘,边草长枯不见春。

日暮拂云堆下过,马前逢着射雕人。

【汇评】

《诗源辩体》:杜牧七言绝,如"黄沙连海"、"青塚前头"、"翠屏山对"、"银烛秋光"、"监宫引出"五篇,声气尚胜。"清时有味"以下,尽入晚唐,而韵致可观。开成以后,当为独胜。

江　楼

独酌芳春酒,登楼已半醺。

谁惊一行雁,冲断过江云。

【汇评】

《唐诗笺注》：独酌伤春，登楼自遣，忽惊断雁，又触愁肠，神随远望，情绪弥深。只以"独酌"二字领起，妙。

《唐人万首绝句选评》：小杜绝句豪俊，而此得之五字，其气格尤难。

《唐诗近体》："惊"字、"断"字俱炼，亦有含蓄。

《诗境浅说续编》：以"独酌"二字开篇，知其后二句之惊寒断雁，乃喻独客之飘零。赵嘏《寒塘》诗云："晓发梳临水，寒塘坐见秋。乡心正无限，一雁过南楼。"则明言见雁而动乡心。此二诗皆因雁写怀，而有寥落之思也。

晚　泊

帆湿去悠悠，停桡宿渡头。
乱烟迷野岸，独鸟出中流。
篷雨延乡梦，江风阻暮秋。
倘无身外事，甘老向扁舟。

【汇评】

《唐诗成法》："乱烟"承"湿"字，"中流"承"渡头"。"延"字、"阻"字吊七八意，不失作法。七妙，千古游客无不在此五字中。

题水西寺

三日去还住，一生焉再游？
含情碧溪水，重上粲公楼。

【汇评】

《竹坡诗话》：杜牧之尝为宣城幕，游泾溪水西寺，留二小诗。……其一云："三日去还住,……"此诗今榜壁间,而集中不载,乃知前人好句零落多矣。

《唐人万首绝句选评》:与朱放《题竹林寺》同意,而此更为含蓄。

《诗境浅说续编》:首二句言欲去还留,恐胜游之不再,与朱放《题竹林寺》云:"殷勤竹林寺,更得几回过。"意境极相似。但朱诗言再来不易,即截然而止。杜诗后二句更申其意,谓碧溪无情之水,若为我含情,登临吟眺,馀兴未尽,乃更上高楼:写足其恋恋之意。

怅　诗

自是寻春去校迟,不须惆怅怨芳时。

狂风落尽深红色,绿叶成阴子满枝。

【汇评】

《唐阙史》:(杜牧)闻吴兴郡有长眉纤腰貌类神仙者,罢宛陵从事,专往观焉。使君籍甚其名,迎待颇厚。至郡旬日,继以洪饮,睋观官妓曰:"善则善矣,未称所传也。"览私选曰:"美则美矣,未惬所望也。"将离去,使君敬请所欲。曰:"愿泛彩舟,许人纵视,得以寓目,愚无恨焉。"使君甚悦,择日大具戏舟讴棹较捷之乐。以鲜华夸尚得人。纵观两岸如堵,紫微则循泛肆目,竟迷所得。及暮将散,俄于曲岸见里妇携幼女,年怜小稔,紫微曰:"此奇色也。"遽命接致彩舟,欲与之语,女幼惶惧,如不自安。紫微曰:"今未必去,第存晚期耳。"遂赠罗缬一篚为质,妇人辞曰:"他日无状,恐为所累。"紫微曰:"不然,余今西航祈典此郡,汝待我十年不来而后嫁。"遂笔于纸盟,而后别。紫微到京,常意雪上。厥后十四载,出刺湖州。之郡三日,即命搜访,女适人已三载,有子二人矣。紫微召母及嫁者诘之,其夫虑为所掠,携子而往,紫微渭曰:"且纳我贿,何食前言。"母即出留翰少示之,复白曰:"待十年不至而后嫁之,三载有子二人。"紫微熟视旧札,俯首逾刻,曰:"其词也直。"因赠诗少导其志,诗曰:"自是寻春去较迟,……"翌日,遍闻于好事者。

清　明

清明时节雨纷纷,路上行人欲断魂。
借问酒家何处有? 牧童遥指杏花村。

【汇评】

《千家诗》:此清明遇雨而作也。游人遇雨,巾履沾湿,行倦而兴败矣。神魂散乱,思人酒家暂息而未能也。故见牧童而问酒家,遥望杏花深处而指示之也。

许　浑

许浑(？—约858)，字用晦，一云字仲晦，润州丹阳(今江苏丹阳)人。武后时宰相许圉师六世孙。大和六年(832)，登进士第。开成中，任当涂尉，摄当涂、太平二县令。后佐岭南幕。大中初，入朝为监察御史。三年，谢病东归润州丁卯桥别墅。起为润州司马，以虞部员外郎分司东都，官终睦、郢二州刺史。浑工诗，尤长律体，属对精切，声律谐婉，以整密称。大中四年居丁卯桥时，曾自编诗为《丁卯集》。今有《丁卯集》二卷行世。《全唐诗》编诗十一卷，尚有部分诗作混入杜牧诗中，本集反失收。

【汇评】

瑰奇美丽主：武元衡。……升堂四人：卢频、陈羽、许浑、张萧远。(《诗人主客图》)

江南才子许浑诗，字字清新句句奇。十斛明珠量不尽，惠休虚作碧云词。(韦庄《题许浑诗卷》)

世言许浑诗不如不做，言其无才藻。鄙其无教化也。(《唐音癸签》引孙光宪语)

许用晦居于丹阳之丁卯桥，故其诗名《丁卯集》，在大中以后亦

可为杰作。自是而后,唐之诗益衰矣,悲夫!（陆游《跋许用晦〈丁卯集〉》）

七言律诗极不易,唐人以诗名家者,集中十仅一二,且未见其可传。盖语长气短者易流于卑,而事实意虚者又几乎塞,用物而不为物所赘,写情而不为情所牵,李、杜之后,当学者许浑而已。（《对床夜语》）

许浑绝句亦佳,但句法与律诗相似,是其所短耳。（同上）

其诗如天孙之织,巧匠之斫,尤善用古事以发新意。（《后村诗话》）

杜牧、许浑同时,然各为体。牧于唐律中常寓拗峭,浑则不然,……律切丽密或过牧,而抑扬顿挫不及也。（同上）

诗出于元、白之后,体格太卑,对偶太切。（《瀛奎律髓》）

浑句联多重用,其诗似才得一句便擎捉一句为联者,所以无自然真味。（同上）

许用晦工为七言。（《吴礼部诗话》引时天彝《唐百家诗选评》）

浑乐林泉,亦慷慨悲歌之士,登高怀古,已见壮心。故其格调豪丽,犹强弩初张,牙浅弦急,俱无留意耳。至今慕者极多,家家自谓得骊龙之照夜也。（《唐才子传》）

人但知律诗起结之难,而不知转语之难,第五、第七句尤宜著力。如许浑诗,前联是景,后联又说,殊乏意致耳!（《麓堂诗话》）

元和以后,专事声偶,文藻疏薄而神气委靡,无足取者。许浑之在当时,独以精密俊丽见称。今观其集,旨趣物理,研穷意象,天然秀出,不可变动。如"湘潭云尽暮山出,巴蜀雪消春水来",如"石燕拂云晴亦雨,江豚吹浪夜还风",如"溪云初起日沉阁,山雨欲来风满楼",为世传诵,不但披沙见宝而已。后来时作,往往祖尚郢州,虽未登于珪璋之列,而烟云风鸟之思,形容揉弄殆已尽其华态,亦何可少耶!（《唐诗品》）

唐诗至许浑,浅陋极矣,而俗喜传之,至今不废。高棅编《唐诗品汇》,取至百馀首,甚矣,棅之无目也!棅不足言,而杨仲弘选《唐音》,自谓详于盛唐而略于晚唐,不知浑乃晚唐之尤下者,而取之极多。仲弘之赏鉴,亦羊质而虎皮乎?陈后山云:"近世无高学,举俗爱许浑。"斯卓识矣。孙光宪云:"许浑诗,李远赋,不如不做。"当时已有公论,惜乎伯谦辈之懵于此也!(《升庵诗话》)

丁卯诗,浅陋诚有之,而俊语亦自不减,在晚唐较铮铮。(《少室山房笔丛》)

晚唐诸子体格虽卑,然亦是一种精神所注。浑五七言律工巧衬贴,便是其精神所注也。(《诗源辩体》)

许浑五七言律体格渐卑者,特以情浅而词胜,工巧衬贴,而多见斧凿痕耳。(同上)

取景从人取之,自然生动。许浑唯不如此,是以费尽巧心,终得恶诗之誉。(王夫之《古诗评选》)

许浑以才情赡迈,雄眂晚朝,每拈一题,如泉涌云蒸,视张、郑辈几区区不屑,而不知一种不受烟火之气,飘萧遥越,虽百浑身,要不能一得矣。(《近体秋阳》)

许浑诗有力量,而当时以为"不如不作",无比兴,说死句也。(《围炉诗话》)

许诗情好景好,特意少事少。愚意西昆过于征实,丁卯迹于空虚,俱是一病。若节取之,则秦缔赵縠,均可适体。必弘大帛之风,咸归并黜,好尚虽端,亦有目胶离朱、指捩工倕之叹。(《载酒园诗话》)

许丁卯格甚凝炼,气未深厚。(《贞一斋诗说》)

许丁卯思正气清,诗中君子,但苦声调低哑有之,在当时韦端己、杜牧之皆有诗推许可证。杨诚斋诋其浅陋,竟似道听途说,不曾亲读此公诗者。(《一瓢诗话》)

丁卯集多选声设色工作，如"风吹药蔓迷樵径，水暗芦花失钓船"、"一樽酒尽青山暮，千里书回碧树秋"，皆律度可仿，胜枯木湿鼓之音远矣。（《唐诗笺要》）

丁卯诗格律匀称，工夫极细，而天分稍庸，较之玉溪、牧之，仙凡判矣。（《唐贤小三昧集续集》）

余于三唐诸家，李、杜外，古诗嗜岑嘉州，近体嗜许丁卯，以神清骨秀也。丁卯佳句，色韵尤胜，……五雀六燕，铢两悉称，全篇何尝不浑成！学者于此种究心，必无浮滑粗豪之病。（陈文述《书许丁卯诗后》）

纪昀：用晦五律胜七律，然终是意境浅狭，如老于世故人，言动衣冠毫无圭角，而有一种说不出可厌处……用晦之病在格意凡近，不尽在句法也。（《瀛奎律髓汇评》）

用晦诗丰润有馀，清瘦不足，故格少降。然韵远情长，工于近物，撩力不在朱庆馀下，或起结少逊耳。其宗水部，虽无明文，而渊源可寻。……特著为升堂第二，以为学古先路。（《重订中晚唐诗主客图》）

许丁卯五律，在杜牧之下、温岐之上，固知此事不尽关涂泽也。七律亦较温清迥矣。（《石洲诗话》）

大抵浑之绝句、五律，绰有家法；若必推重其七律，则久将以熟套为诗，而无独得之妙。（《养一斋诗话》）

浑七律工稳流丽，但出之流便，故数见不鲜，若汰去熟调，存其精英，不在李义山、温飞卿、杜牧之诸人下，亦晚唐一大作手，未必如升庵所云也。（《唐七律隽》）

其源出于柳恽。新隽有馀，浑坚不足，颉颃中、盛，弥近晚唐。五律清腴，特饶风韵。"残云太华"、"疏雨中条"，"山开殿响"、"水卷帘寒"，俱一时之隽。（《三唐诗品》）

（浑）思致清切典雅，有大历风格。（《诗学渊源》）

早秋三首（其一）

遥夜泛清瑟，西风生翠萝。

残萤委玉露，早雁拂银河。

高树晓还密，远山晴更多。

淮南一叶下，自觉老烟波。

【汇评】

《重订中晚唐诗主客图》：全是韵胜（"残萤"二句下）。　　此等处景真，尤在理足（"高树"二句下）。

《唐诗三百首》：字字切"早"。

洛东兰若夜归

一衲老禅床，吾生半异乡。

管弦愁里老，书剑梦中忙。

鸟急山初暝，蝉稀树正凉。

又归何处去，尘路月苍苍。

【汇评】

《瀛奎律髓》：丁卯诗格颇卑，句太偶。此二诗（按另一首为《下第寓居崇圣寺感事》）各有一联佳，亦不可废。

《瀛奎律髓汇评》：何义门：以兰若为归，无可归也。"何处"二字好。　　纪昀：结二句好。

示 弟

自尔出门去，泪痕长满衣。

家贫为客早，路远得书稀。

文字何人赏，烟波几日归？

秋风正摇落，孤雁又南飞。

【汇评】

《对床夜语》：人知许浑七言，不知许五言亦自成一家。……全篇如《示弟》，……措思削词皆可法。馀则珠联玉映，尤未易遍述也。　　又：老杜《得弟信》诗云："浪传乌鹊喜，深负鹡鸰诗。"……别之则云："数杯巫峡酒，百丈内江船。"又止于尽忆别之意，未尝用事也，亦何害其不为忆弟、别弟之诗。其他与子侄之诗亦然。近因举许浑《示弟》诗，有云："家贫为客早，路远得书稀。"或谓不见示弟之意，不足为佳；似未尝读杜诗也。

《五朝诗善鸣集》：至性至情，谁谓晚唐中不有老杜？

《秋窗漫笔》："君问归期未有期，……"全不似玉溪生手笔。"自尔出门去，泪痕长满衣。……"亦不类丁卯作。二诗皆妙绝，通人真无所不可也。

《唐诗成法》：许丁卯本典丽笔，此诗骨肉情怀，真诚恳挚，一字一泪，与他作如出两手，古人不可测也。

《重订中晚唐诗主客图》：此起所以不及朱庆馀、项斯（首二句下）。　　绝似水部（"家贫"二句下）。　　水部（末二句下）。

行次潼关题驿后轩

飞阁极层台，终南此路回。

山形朝阙去，河势抱关来。

雁过秋风急，蝉鸣宿雾开。

平生无限意，驱马任尘埃。

《优古堂诗话》：荆公诗云："一水护田将绿绕，两山排闼送青来。"盖本五代沈彬诗："地隈一水巡城转，天约群山附郭来。"彬又本唐许浑"山形朝阙去，河势抱关来"之句。

《诗源辩体》：(许浑)五言如"雁过秋风急，蝉鸣宿雾开"、"云识潇湘雨，风知鄠杜秋"、"雨中耕白水，云外剧青山"、"山色和云暮，湖光共月秋"、"高窗云外树，疏磬雨中山"、"云起客眠处，月残僧定中"、"晴山疏雨后，秋树断云中"、"云带雁门雪，水连渔浦风"……对皆工巧，语皆衬贴。

游维山新兴寺宿石屏村谢叟家

晚过石屏村，村长日渐曛。

僧归下岭见，人语隔溪闻。

谷响寒耕雪，山明夜烧云。

家家扣铜鼓，欲赛鲁将军。①

【原注】

① 村有鲁肃庙。

【汇评】

《五朝诗善鸣集》：第六句神思似杜。

《网师园唐诗笺》：精炼中新义独辟("谷响"二句下)。

《重订中晚唐诗主客图》：运笔工绝，几于天成。韵味亦近水部。

题韦隐居西斋

剧药去还归，家人半掩扉。

山风藤子落，溪雨豆花肥。

寺远僧来少，桥危客到稀。

不闻砧杵动，应解制荷衣。

【汇评】

《唐诗近体》：韦处士起（首句下）。　　所居（"家人"句下）。幽绝（"山风"二句下）。　　副药制衣，皆隐居事，一实一虚（末二句下）。

春日题韦曲野老村舍二首（其二）

北岭枕南塘，数家村落长。

莺啼幼妇懒，蚕出小姑忙。

烟草近沟湿，风花临路香。

自怜非楚客，春望亦心伤。

【汇评】

《瀛奎律髓》：大抵（许浑诗）工有馀而味不足，即如人之为人，形有馀而韵不足，诗岂在专对偶声病而已哉！……如此诗"幼妇"、"小姑"，工则工矣，而病太工。草近沟而湿，花临路而香，多却"烟"、"风"二字，亦未为甚高。以荆公尝选此诗，予亦不弃。且就是发明，以开晚进之未透者。

《五朝诗善鸣集》：村舍中情景俱至。

《瀛奎律髓汇评》：冯舒：草带烟所以湿，花遇风所以香，何为病其不高？　　冯班："东去"、"北来"四字甚稳，非拘也。"烟"、"风"二字妙。许诗多佳句，新丽可爱，后山酷不喜之，正由工夫太细耳。后山恨粗。　　陆贻典：近沟之草带烟而湿，临路之花因风而香，意曲理直，方公以为多"烟"、"风"二字何也？　　查慎行：五、六"香"字从"风"字来，出句"烟"字、"湿"字都不相关。　　钱湘灵：许诗太整，是其一病。然句话利，学者不及。　　纪昀：三句有思致而不自然。

秋日赴阙题潼关驿楼

红叶晚萧萧，长亭酒一瓢。

残云归太华，疏雨过中条。

树色随山迥，河声入海遥。

帝乡明日到，犹自梦渔樵。

【汇评】

《唐诗镜》：语虽浅近，致各自成。

《五朝诗善鸣集》：仲晦如此诗，虽与刘文房分据"长城"可也，何拙鲁？若陈后山者，亦复疵之太过。

《历代诗发》：景近趣遥。

《唐贤小三昧集续集》：亦阔大、亦高华，晚唐中之近开、宝名句也（"残云"二句下）。

《重订中晚唐诗主客图》：博大，得登眺意（"残云"二句下）。与许文化又自不同。

《唐诗三百首》：格、意直追初盛。

《精选评注五朝诗字津梁》：此诗神味秾郁，"条"、"遥"两韵，非后学所能几。

《小清华园诗谈》：唐人之诗，有清和纯粹可诵而可法者，如许浑之"红叶晚萧萧，……"

《养一斋诗话》：五律之"红叶晚萧萧"，全局俱动，为晚唐之翘秀也。

《唐宋诗举要》：吴北江曰：高华雄浑，丁卯压卷之作。

《诗境浅说》：凡作客途风景诗者，山川形势，最宜明了；笔气能包扫一切，而句法复雄宕高超，斯为上乘：许诗其佳选也。开篇从秋日说起，若仙人跨鹤，翩然自空而降；首句即押韵，神味尤隽。三四句皆潼关左右之名山：太华在关西，中条在关东，皆数百里而近；残云挟雨，自东而西，应过中条而归太华，地望固确，诗句弥工。五句以雍州为积高之壤，入关以后迤逦而登，故树色亦随关而迥。余曾在风陵渡河望潼关树色，高入云中，深叹其"迥"字之妙。六句言大河横亘关前，浩浩黄流，遥通沧海，表里山河之险，涌现毫端。以上皆纪客途风景。篇终始言赴阙，舻棱在望，而故乡回首，犹梦渔樵，知其荣利之淡也。

将赴京师蒜山津送客还荆渚

尊前万里愁，楚塞与皇州。
云识潇湘雨，风知鄂杜秋。
潮平犹倚棹，月上更登楼。
他日沧浪水，渔歌对白头。

【汇评】

《唐诗选脉会通评林》：徐中行曰：终篇不露筋力，起结更自高浑。　蒋一梅曰：结有胜情，不似晚唐。　京师荆渚相去万里，樽前一别，风雨空怀，岂不生愁？三四分顶次一句言，五六即蒜山津送时情景。末相期幽隐，有白首同归之愿。比"满天风雨下西楼"情思更切。

潼关兰若

来往几经过，前轩枕大河。
远帆春水阔，高寺夕阳多。

蝶影下红药，鸟声喧绿萝。

故山归未得，徒咏采芝歌。

【汇评】

《重订中晚唐诗主客图》：名句（"远帆"二句下）。

《石园诗话》：韦庄读浑诗云："江南才子许浑诗，字字清新句句奇。十斛真珠量不尽，惠休空作碧云词。"《丁卯集》中"孤枕易为客，远书难到家"、"林繁树势直，溪转水纹斜"、"远帆春水阔，高寺夕阳多"、……"两岸晓烟千里草，半帆斜日一江风"、"溪云初起日沉阁，山雨欲来风满楼"之句，《寄房千里》、《金陵怀古》、《凌歊台》、《骊山》、《四皓庙》诸诗，字字清新，果不愧乎为"江南才子"也！

金陵怀古

玉树歌残王气终，景阳兵合戍楼空。

松楸远近千官冢，禾黍高低六代宫。

石燕拂云晴亦雨，江豚吹浪夜还风。

英雄一去豪华尽，唯有青山似洛中。

【汇评】

《瀛奎律髓》："禾黍高低六代宫"，此一句好，上句所谓"松楸远近千官冢"，非也，大抵亡国之馀，乌有松楸蔽千官冢者？五、六却切于江上之景。

《四溟诗话》：许用晦《金陵怀古》，颔联简，板对尔；颈联当赠远游者，似有戒慎意。若删其两联，则气象雄浑，不下太白绝句。

《批点唐音》：此篇前四句稍雄浑，而意象不合；次联粗硬；结语独急，如唱断头。然就其他作，又不及此矣。

《删订唐诗解》：吴昌祺曰：言石能作雨，豚亦兴风，而英雄一死则无复豪华也。"洛中"王气不终，反应起句意。

《东岩草堂评订唐诗鼓吹》：朱东岩曰：许公此篇，单论陈后主事，只一起"王气终"三字，已括尽六朝，尤为另出手眼。"玉树歌残"与"景阳兵合"作对，直将鼎革改命大事，视同儿戏，真可慨也！

《贯华堂选批唐才子诗》：此先生眼看一片楸梧禾黍，而悄然追叹其事也。一、二，"玉树歌残"、"景阳兵合"，对写最妙，言后庭之拍板初擎，采石之暗兵已上；宫门之露刃如雪，学士之馀歌正清。分明大物改命，却作儿戏下场。又加"王气终"、"戍楼空"，对写又妙，言天之既去，人皆不应，真为可骇可悯也。于是合殿千官，尽成瓦散；六宫台殿，咸委积莽。如此楸梧禾黍，皆是当时朝朝琼树、夜夜璧月之地之人也（首四句下）！　　此又快悟而痛说之也。言当时英雄有英雄之事，今日石燕亦有石燕之事，江豚有江豚之事。当时英雄有事，而极一代之豪华；今日石燕江豚有事，而成一日之风雨。前者固不知后，后者亦不知前也。"青山似洛中"，掉笔又写王气仍旧未终。妙！妙（末四句下）！

《五朝诗善鸣集》：此诗三、四对得微板，五、六一联变出比意，遂非寻常格律。金陵怀古诗中，岂易见此杰作？

《唐三体诗评》：一歌未阕，王气遽终，发端自警。起连从陈事，将古迹一笔提过。以下只就目击处感叹，势亦空阔。

《载酒园诗话》：《金陵怀古》诗曰："玉树歌残王气终，景阳兵合戍楼空"，咏金陵而独举陈事者，自此南北不分也。"松楸远近千官冢，禾黍高低六代宫"，即太白"吴宫花草埋幽径，晋代衣冠成古丘"意。"石燕拂云晴亦雨，江豚吹浪夜还风"，尝见宋僧圆至注周弼《三体唐诗》，引《湘州记》"零陵有石燕，遇雨则飞"解此句，大谬。金陵有燕子矶俯临江岸，此专咏其景耳，何暇远及零陵！"英雄一去豪华尽，唯有青山似洛中"，语稍未练，亦自结得住。此诗在晚唐亦为振拔，顾璘称其"前四句雄浑而意象不合"，正不知何者为意象？又云"次联粗硬"，粗硬者如是乎？顾贬李贬温，又贬许不遗力。至如邵谒,虽略涉东野藩篱,而语多平直,又称"词意俱到"。此犹见衣褐者尊之,衣组者訾之,不知相马以瘦,亦犹相马以肥耳。

《唐诗贯珠》：此诗以神致悠扬取胜,是凭吊之音也。

《唐体肤诠》：并慨洛阳,寄兴甚远。

《唐诗别裁》：六朝建都金陵,至陈后主始灭,故以此发端。

《历代诗发》：音响遏云。

《唐诗笺注》：此诗似不及刘梦得《西塞山怀古》。盖刘从孙吴说起,虚带六朝,凭吊深情,自有上下千古之慨,气魄宏阔,诗亦深厚。此诗叹陈后主为南朝之终,追溯六朝,立局亦妙。

《瀛奎律髓汇评》：陆贻典：丁卯诗着意多在中四间,此篇起结皆有力。　　查慎行：此论(按指方回评"松楸远近"句)太滞,且金陵多降王,则松楸无恙,亦常理耳。　　纪昀："松楸"句本意指林莽蔽翳而言,非指旧日所插。但松楸乃蔽冢之木,似乎旧植之犹存,语意不明,故为虚谷所摘。

《唐七律隽》：乐天见梦得诗而阁笔,而浑敢为之。此诗虽不及梦得之自然,然亦甚刻炼,不教梦得独步。

《五七言今体诗钞》：第二句不稳贴。

《唐诗三百首续选》：直追盛唐体格。

凌歊台

原注：台在今当涂县北,宋高祖所筑。

宋祖凌高乐未回,三千歌舞宿层台。
湘潭云尽暮山出,巴蜀雪消春水来。
行殿有基荒荠合,寝园无主野棠开。
百年便作万年计,岩畔古碑空绿苔。

【汇评】

《瀛奎律髓》：刘裕起于布衣，节俭之主，"三千歌舞"之句不近诬否？第四句最玄，上一句似牵强。至如"有基"、"无主"一联近于熟套而格卑。

《麓堂诗话》：律诗对偶最难，如贾浪仙"独行潭底影，数息树边身"，至有"两句三年得"之句。许用晦"湘潭云尽暮山出，巴蜀雪消春水来"，皆有感而后得者也。

《升庵诗话》：许浑《凌歊台》诗曰："宋祖凌歊乐未回，三千歌舞宿层台。"此宋祖乃刘裕也。《南史》称宋祖清简寡欲，俭于布素，嫔御至少。……浑非有意于诬前代，但胸中无学，目不观书，徒弄声律以侥幸一第。机关用之既熟，不觉于怀古之作亦发之。而后之浅学如杨仲弘、高棅、郝天挺之徒，选以为警策，而村学究又诵以教蒙童，是以流传至此不废耳。　　又：许浑诗，刘巨济泾曾得其手书"湘潭云尽暮烟出"，"烟"字极妙，兼是许之手笔无疑也。后人改"烟"作"山"，无味。大抵湘中烟色与他方异。张泌诗"中流欲暮见湘烟"，……颇中湘中晚景。

《艺苑卮言》："湘潭云尽暮烟出，巴蜀雪消春水来"，大是妙境。然读之，便知非长庆以前语。

《唐诗选脉会通评林》：周弼列为四实体。　　顾璘曰：此篇中联虽急，而赋景切实，有可取者。却作一结，如此粗浊，缘兴意已竭，勉作拦截耳。　　胡应麟曰：佳句如次二语，虽晚唐格调，而清新自得。

《姜斋诗话》：诗文俱有主宾。无主之宾，谓之乌合。……"湘潭云尽暮烟出，巴蜀雪消春水来"，于许浑奚涉？皆乌合也。

《东岩草堂评订唐诗鼓吹》：朱东岩曰："乐未回"三字是一篇主意。言宋祖长夏畏暑，筑台纳凉。当夫暑去凉生，自应还朝听政，乃三千歌舞，流荡忘返，荒游极矣。三四即咏"乐未回"也。"云尽山出"，言夏徂秋尽，犹在台端也；"雪消水来"，言腊尽春初，犹在台端也。人知此二句，是写登台远望景色，亦知唐人写景，必有所指乎？

《贯华堂选批唐才子诗》：歊，暑气也。凌，高出层表以破除之也。乐，暑去凉生则心乐也。通解写宋祖纵心肆志，只一"未"字已尽。言祖初因长夏畏暑，故筑层台纳凉。然则暑去凉生，自应还朝听政，乃因三千歌舞，乐此不欲复去，于是更月改岁，遥遥只住台端。三、四，正极写之也。云尽烟出，言天下已见夏徂秋尽也；雪消水来，言天下又见腊尽春回也。若问行在何在，则还在凌歊台上避暑未归，是可发一大笑也（前四句下）。　夫宋祖代晋，初有天下，其百凡创业垂统，岂不自谓我为始皇帝哉！他日子孙代立，而自一世、二世至于千世、万世，人有同情，畏暑唯均，则于此处能无行殿！此固其岩畔丰碑，自叙斯志，其文现在可扪而读者也。其又乌料身死之后，不唯后人不成坐殿，连自家亦已无主。嗟乎，嗟乎！荒茅野棠，一春事毕；豪人远计，万载无休！人不云乎：后之视今，犹今视昔。登斯台者，夫亦可以少悟矣（后四句下）。

《五朝诗善鸣集》：学盛唐人格律者好作远大之句，往往入于痴肥。此诗三四一联，远矣不觉其远，大矣不见其大，另开生面，正是善变化盛唐处。不唯善变，只是写实景真确耳。

《唐三体诗评》：二联写台之高固妙，尤觉三联叹古今之变好。

《瀛奎律髓汇评》：冯舒：第三不可谓之牵强。五六熟矣，亦未必不合。　　冯班：方君极诋丁卯为格卑，为俗套，不知用晦诗极工细，与"江西"格正相反，宜方君之不喜也。　　何义门："三千歌舞"，不觉嚣烦，唯其旷绝，如次联所云也。第二变化曲折，有此句方顶接得首句气脉足，五六亦有照应。"高高"含"层"字，"乐未回"反呼后四句。　　查慎行：除却"宋祖凌歊"四字，以后无一语切题者,且三四于起句神气不浃。

《五七言今体诗钞》:薖按:用晦此诗,大为杨升庵诋斥,赖遯
叟升其屈。然"湘潭"一联与上二句如何接下?要不免有句无章之
病。"寝园"二字,亦凑用不的当。此等诗姑以句取可耳。"百年"
句无著。

咸阳城东楼

一上高城万里愁,蒹葭杨柳似汀洲。

溪云初起日沉阁,^①山雨欲来风满楼。

鸟下绿芜秦苑夕,蝉鸣黄叶汉宫秋。

行人莫问当年事,故国东来渭水流。

【原注】

① 南近磻溪,西对慈福寺阁。

【汇评】

《瀛奎律髓》:一作"行人莫问前朝事,渭水寒光昼夜流"。尾
句合用此十四字为佳。　　中四句与前诗(按指《骊山》诗)一同,
皆装景而已。

《批点唐音》:此篇虽亦稍急,然下句均停,初学可入手。

《唐诗镜》:《凌歊台》、《咸阳城东楼》,三、四俱作仄调,以取轻
俊,此其病与盛唐人好雄浑同。雄浑则气易不清,轻俊则格多不
正,诗家要道,雅归中正。

《唐诗选脉会通评林》:周弼列为四实体。　　周珽曰:创识
由眼锐,创局由腕活。可怪读唐律者,多横据"晚唐"二字在胸,致
使读晦辈此等诗便用卑调概视,吹毛索瘢,徒烦饶舌。

《删订唐诗解》:吴昌祺曰:拗句最为有致,然当时长安何至如
此?诗人语多太过也。

《贯华堂选批唐才子诗》：仲晦，东吴人。蒹葭杨柳，生性长习，醉中梦中，不忘失也。无端越在万里，久矣形神不亲。今日独上高城，忽地惊心入眼。二句七字，神理写绝。不知是咸阳西门，真有此景？不知是高城晚眺，忽地游魂？三四极写独上"独"字之苦，言云起日沉，雨来风满，如此怕杀人之十四字中，却是万里外之一人，独立城头，可哭也！二句只是一景，有人乃言山雨句胜于溪云句，一何可笑（前四句下）。 秦苑也，秦人其何在？吾徒见鸟下耳，然而日又夕矣。汉宫也，汉人其何在？吾徒闻蝉鸣耳，然而叶又黄矣。孔子曰：逝者如斯，不舍昼夜。今人问前人，后人且将问今人，后人又复问后人，人生之暂如斯，而我犹羁万里耶（后四句下）？

《五朝诗善鸣集》：此等诗是最上乘。

《唐诗快》：如此凭吊，亦何可少！

《东岩草堂评订唐诗鼓吹》：朱东岩曰：许公，吴人也。蒹葭杨柳，习见有素，怀想已深。无端于千里之外，独上高楼，忽地惊心入眼，大可愁也。三四皆晚眺时景色，亦皆晚眺时愁思，云初起，日沉阁，雨欲来，风满楼，如此光景，高城晚眺，见之大可怕人也。"秦苑"、"汉宫"俱切咸阳，……下一"夕"字、"秋"字，景况倍觉凄凉，感时怀古之意，岂能已乎！

《唐诗摘钞》：首尾全是思乡，却插入五、六、七三句纵横出入，全不碍手，唯老杜有此笔力。许，润州人，润州水乡，故有"似汀洲"语，犹言无端登水阁，有处似家山也。此时愁绪正在万里，况云起雨来，是增一倍凄切也。五、六则尽其晚眺所至而极言之。

《唐三体诗评》：惨淡满目，晚唐所处之会然也。

《初白庵诗评》：吾于《丁卯集》中只取"溪云初起日沉阁，山雨欲来风满楼"，二语工于写景，而无板重之嫌。

《分甘馀话》：唐人拗体律诗，……其一出句拗第几字，则偶句亦拗第几字,抑扬抗坠,读之如一片宫商,如许浑"溪云初起日沉阁,山雨欲来风满楼"是也。

《唐七律选》:只七字,写得到,惜上句景次不甚嘹亮,且"楼"、"阁"杂出不妥("山雨欲来"句下)。

《唐诗成法》:次联名句,"阁"、"楼"相犯,又重楼宇。唐人往往有之,终是一病,在今日则不可。

《唐诗别裁》:恐落吊古套语,少陵怀古诗,每章各有结束。

《一瓢诗话》:悠扬细腻之至。

《网师园唐诗笺》:荒凉如绘("溪云初起"二句下)。　　　即其写景运笔,足使人爱不忍释。

《此木轩唐五言律七言律读本》:三、四可匹赵"残星"、"长笛"一联。

《龙性堂诗话续集》:许浑"溪云初起日沉阁,山雨欲来风满楼",刘沧"半夜秋风江色动,满山寒叶雨声来",语意工妙相似,亦相敌。

《瀛奎律髓汇评》:冯班:清妙。　　何义门:五六言秦亡于赵高,汉衰于石显,今何乃兼之也?　　纪昀:若专摘此二句(按指"溪云初起"一联),原自不恶。

《唐贤小三昧集续集》:三、四绘景生动,自是名句,但"楼"、"阁"二字作对,殊觉草草。

《历代诗法》:三四机神凑合。

《五七言今体诗钞》:"溪云"一联固警句,然必当是咸阳景色耶?大抵用晦诗,似先得句,而后加题附合者然,此其病也。

《精选五七言律耐吟集》:一片铿锵,如金铃千百齐鸣。

《诗境浅说》:上句因云起而日沉,为诗心所易到。下句善状骤雨欲来,风先雨至之景,可谓绝妙好词("溪云初起"二句下)。

凌歊台送韦秀才

云起高台日未沉，数村残照半岩阴。
野蚕成茧桑柘尽，溪鸟引雏蒲稗深。
帆势依依投极浦，钟声杳杳隔前林。
故山迢递故人去，一夜月明千里心。

【汇评】

《贯华堂选批唐才子诗》：五犹望见帆，六乃但闻钟矣，妙妙！故山迢递，故人独去，一夜月明，思人乎，抑自思乎（末四句下）？

《五朝诗善鸣集》：每一句中有几层情景，看得进，说得出，隽永无穷，吾为沉吟终日。

《唐诗鼓吹评注》：第七将一事剔多层意，收尽前后瞻望弗及神理。　此诗前四句即目前景以起送别之意，后四句言别后相思之情。

《桐城吴先生评点唐诗鼓吹》：此忧乱之诗，前六句皆兼比兴。

沧浪峡

缨带流尘发半霜，独寻残月下沧浪。
一声溪鸟暗云散，万片野花流水香。
昔日未知方外乐，暮年初信梦中忙。
红虾青鲫紫芹脆，归去不辞来路长。

【汇评】

《贯华堂选批唐才子诗》：一，可谓本利已失。二，可谓赖复有此。若三、四之一声溪鸟，万片花香，则譬如恶梦斗醒，揩眼叩齿，咒"《乾》，元亨利贞"时也。千古万古后，何人解官日，胸前眼前，无此妙诗（首四句下）。　　　"暮年初悔"，此自实悟语。"昔日未知"，此真大忏文。实悟语，他人肯道；大忏文，他人不肯道也。"红虾"七字，流唾津津。"不辞来路长"，妙妙！反言以明昔日着何干忙来此长路（末四句下）！

《五朝诗善鸣集》：行云流水之言，何尝有意对偶？

故洛城

禾黍离离半野蒿，昔人城此岂知劳？

水声东去市朝变，山势北来宫殿高。

鸦噪暮云归古堞，雁迷寒雨下空壕。

可怜缑岭登仙子，犹自吹笙醉碧桃。

【汇评】

《桐江诗话》：许浑集中佳句甚多，然多用"水"字，故国初士人云"许浑千首湿"是也，谓如《洛中怀古》诗云："水声东去市朝变，山势北来宫殿高。"若其他诗无"水"字，则此句当无愧于作者。

《唐诗品汇·七律叙目》：元和后律体屡变，其间有卓然成家者，皆自鸣所长，若……用晦之《凌歊台》、《洛阳城》、《骊山》、《金陵》诸篇，与乎蕴灵之《长洲》、《咸阳》、《邺都》等作，其今古废兴，山河陈迹、凄凉感慨之意，读之可为一唱而三叹矣。三子（按另一为李商隐）者虽不足以鸣乎大雅之音，亦变风之得其正者矣。

《批点唐音》：此篇无大疵病，只是粗浅硬，不优游，不知者以为雄健。

《贯华堂选批唐才子诗》：若云昔人城此，岂知今日？其辞便大径露。今只云"岂知劳"，彼唯不知今日，故不自以为劳也。便得无数含咀不尽：哭昔人亦有，笑昔人亦有；吊昔人亦有，戒后人亦有。三、四便承"城此""此"字，水声山势，是登者瞪目所睹，市朝宫殿,是登者冥心所会。虚实离即之外,真是绝世妙文(首四句下)。

上"市朝"、"宫殿",俱从故城周遭虚写。此"古堞"、"空壕",方实写故城也。"鸦噪"、"雁迷",妙！将谓写满眼纷纷,却正写空无一人。七,"可怜"字,满怀欲说仍住,却反接一缑岭仙人,曰"独自吹笙",绝世妙文,岂馀子所得临摹乎(末四句下)！

《唐诗鼓吹笺注》:于极感慨中却又写得极艳丽,真绝妙文章也。

《唐诗鼓吹评注》:鸦归古堞,雁下空壕,此景凄凉,能忘伤感哉！此地唯缑山仙子,吹笙上登,至今千年后,犹自食碧桃而醉,为可乐也。人胡不思学仙哉！

《五朝诗善鸣集》:不落一实迹字面,结意更高。

《唐诗摘钞》:起手劈空,托出"故"字。……三、四"市朝"曰"变",却是实有;"宫殿"曰"高",却是已无。市朝、宫殿是带写,五六复折入本题。七八不言人世之可哀,止言仙家之可乐,是谓妙于立言。不因人世短促,故羡仙家长生。不言羡,反言"怜",是谓反言见意。晚唐七律结法之妙,独"天子时清"及此二语。

《山满楼笺注唐诗七言律》:通首筋节,全在次句……先写荒景,倒落此句,笔势矫健。三承一言,自来天运,定有变迁;四承二言,若论地形,居然据胜;亦是一低一昂之笔,矫健之甚。五、六再写目前荒凉之状,与首句不同;首句是乍见,此二句是久而后见者也。一结忽然掉开,欲其长久不变,除非学道登仙。

《唐宋诗举要》:用晦览古之作,后人多病其落套。此作风格独高,胜于他作。

南海府罢南康阻浅行侣稍稍登陆
而迈主人燕饯至频暮宿东溪

暗滩水落涨虚沙,滩去秦吴万里赊。

马上折残江北柳，舟中开尽岭南花。

离歌不断如留客，归梦初惊似到家。

山鸟一声人未起，半床春月在天涯。

【汇评】

《贯华堂选批唐才子诗》：一，言水落沙涨，故阻浅也。二，忽折笔出题，言便不阻浅，而此滩到家尚馀万里，然则岂堪于此又更阻浅耶？三、四仍折入题，言乃今于此骑马下舟，都无定策，朝饯南康，暮饯南康。四句诗真是归客心头一盆炭火也（首四句下）。　　　五、六，"不断还留客"，是"还"字，好笑！"频惊已到家"，是"频"字，好笑！末句半床春月天涯，须知仍是连日宴饯之处也（末四句下）。　　　金雍补注：插入第二句最是唐人本事，须知。

《五朝诗善鸣集》：艳而动，炼而活。"马上"一联，尤非推敲可及。

《围炉诗话》：许浑诗甚多，七律唯爱《南康阻浅》篇，五律唯《寓怀》虚灵。

《唐诗别裁》：阻浅（首句下）。　　　登陆（"滩去秦吴"句下）。燕饯。见留滞滞久（"马上折残"二句下）。　　　暮宿（"归梦初惊"句下）。

《养一斋诗话》：（许浑）虽圆密稳顺，一时可喜，而盛唐之气魄，中唐之情韵，杳然尽矣。必求浑之名语，唯"山鸟一声人未起，半床春月在天涯"、"湘潭云尽暮山出，巴蜀雪消春水来"、"潮生水国兼葭响，雨过山城橘柚疏"稍能振作，自成一队。

伤虞将军

白首从军未有名，近将孤剑到江城。

巴童戍久能番语，胡马调多解汉行。

对雪夜穷黄石略，望云秋计黑山程。

可怜身死家犹远，汴水东流无哭声。

【汇评】

《晚唐诗善鸣集》：虞将军有此一哭，千古为之堕泪，当时虽无哭声可也。　　　前六句描写生前，便不入衰飒一路。

《唐诗鼓吹评注》：第四比其沉抑既久，无复难驭之气，如新羁之马耳，今马经中犹有汉步之语。　　　三、四叙其从军之久，五六则伤其赍志以殁也。

晚自朝台津至韦隐居郊园

秋来凫雁下方塘，系马朝台步夕阳。

村径绕山松叶暗，野门临水稻花香。

云连海气琴书润，风带潮声枕簟凉。

西下磻溪犹万里，可能垂白待文王。

【汇评】

《归田诗话》：（郁鲁珍）见予诵许仲晦诗"村径绕山松叶滑，柴门临水稻花香"、"牛羊晚食铺平地，鹳鹤晴飞磨远天"、"日落远波惊宿雁，风吹轻浪起眠鸥"等句，谓写村居之景，曲尽其妙，今不复见矣。

《东岩草堂评订唐诗鼓吹》：朱东岩曰：海气潮声，郊园之景；琴书枕簟，郊园之物。人皆谓以海气潮声写"琴书润"、"枕簟凉"耳，不知郊园之中，琴书、枕簟有何异处？睹其柴门流水，一望汪洋，水天一色，觉琴声枕簟、顿然改观；直以"琴书润"写海气，"枕簟凉"写潮声也。

《山满楼笺注唐诗七言律》：起手先着一笔布置，次句落题，唐人手法往往如此。此诗须要看其次序：一专写秋；二带写晚；三写路上，以绕山，故多松叶；四写门前，既临水，又有稻花：幽之至也。

《诗境浅说》：许有《朝台韦氏郊园》诗云："云连海气琴书润，风带潮声枕簟冷。"亦善写海南情状。《郊园》诗第三句"柴门临水稻花香"，为时人传诵，但此景在江乡皆有之，不独粤东耳。

汴河亭

广陵花盛帝东游，先劈昆仑一派流。
百二禁兵辞象阙，三千宫女下龙舟。
凝云鼓震星辰动，拂浪旗开日月浮。
四海义师归有道，迷楼还似景阳楼。

【汇评】

《贯华堂选批唐才子诗》：如此诗三、四、五、六，人又欲疑都是一色写他豪侈，如何又非中四句耶？殊不知此解乃是立向汴河岸上，说他汴河当时，言彼隋炀帝者。只因小小题目，做起大大文章。如何小小题目？不过止为广陵花盛是也。如何大大文章？此河一开之后，且举全隋所有百二禁兵、三千宫女，一夜启行，空国尽下。真乃天摇地动，不但鬼哭神号也。然则此三与四，只承二句之一"先"字。写开河，只是轻轻弄起，却直至于如此也（首四句下）。　　　　后解五六，则写财富兵强，驾秦跨汉，纵心肆志，何虑何忧。而不谓人之所去，天亦同之，曾不转烛，便为亡陈之续，偏要引他景阳楼以痛鉴之也（末四句下）。

《唐体馀编》：中联实写汴河。起句先点广陵，以著凿汴河之故。末以迷楼相应，天然结构。

村舍二首（其一）

自剪青莎织雨衣，南峰烟火是柴扉。

菜妻早报蒸藜熟，童子遥迎种豆归。

鱼下碧潭当镜跃，鸟还青嶂拂屏飞。

花时未免人来往，欲买严光旧钓矶。

【汇评】

《四溟诗话》：意巧则浅，若刘禹锡"遥望洞庭湖水面，白银盘里一青螺"是也。句巧则卑，若许用晦"鱼下碧潭当镜跃，鸟还青嶂拂屏飞"是也。

《贯华堂选批唐才子诗》：此如王摩诘秋归辋川诗。何必村中定无此人，然而何必村中定有此人，只是一片高情高品，忽从胸中笔下，蓦地自然流出，所谓天地间固有之真诗也。通解只写得起手第一"自"字，犹言莎是自剪，衣是自织，妻是自娶，童子是自育，藜是自蒸，豆是自种。《击壤歌》云："帝力何有于我？"便果然有此妙理。乃分外又加"早起"、"遥迎"字者，犹言便使圣王费尽心力制为尊卑迎送，然亦是我本分心地中自有之节文，亦不曾向外来（首四句下）。　　五、六不知是鱼在碧潭中，鸟在青嶂中，人在鱼鸟中？七、八便如《史记》言海上神山，去人不远，当且至，则船风引而去，终莫能至矣（末四句下）。

《东岩草堂评订唐诗鼓吹》：朱东岩曰：读前四句，宛然"自耕自织，帝力何有"气象。读后四句，宛然"鸢飞鱼跃，耽静自得"光景。

郑秀才东归凭达家书

欲寄家书少客过，闭门心远洞庭波。

两岩花落夜风急,一径草荒春雨多。

愁泛楚江吟浩渺,忆归吴岫梦嵯峨。

贫居不问应知处,溪上闲船系绿萝。

【汇评】

《贯华堂选批唐才子诗》:前解,为欲凭达,先道积闷。看他只是起句七字,将来一唱三叹,便成一解好诗。此另是唐人一法也。二之"心远洞庭波"便是"欲寄家书"。"闭门"便是"少客过"也。三之七字,又便是"欲寄家书",四之七字,又便是"少客过"也。四句诗,只如向郑喃喃连诉欲寄家书。"欲寄家书少客过","少客过",此是凭达家书妙绝神理。未作客人,不知道也(首四句下)。楚江、吴岫,是其家中。"谁泛",妙!妙!"昨归",妙!妙!全副呓语也,谵语也,离魂语也。末又补写凭达字,真诗中有画矣。

鹤林寺中秋夜玩月

待月东林月正圆,广庭无树草无烟。

中秋云尽出沧海,半夜露寒当碧天。

轮彩渐移金殿外,镜光犹挂玉楼前。

莫辞达曙殷勤望,一堕西岩又隔年。

【汇评】

《贯华堂选批唐才子诗》:前后二解,皆写当天宝月。然前解是写"待",后解是写"惜",待在未当天前,惜在正当天后,此理本自面前,而并无一人猛省,偶因读此,不胜太息。二句七字,写尽"待月中庭"四字神理。三、四十四字,写尽"月正圆"三字神理。唐人每用先唱七字,而后以三句了之,此其法也(首四句下)。 "端挂"前,遽写渐移,使人心惊。"渐移"下,仍写"端挂",使人心慰。若在俗笔,必将换转,写"端挂"在前,"渐移"在后,便是满纸衰飒,灭尽无限神理。一将"渐移"字换转"端挂"字下,便心笔都竭矣。偏将"端挂"字转换"渐移"字下,而反觉心头眼底有事忽忽,恐失信知;"一堕西岩",正是天生妙结(末四句下)。

《东岩草堂评订唐诗鼓吹》:朱东岩曰:题是《中秋玩月》,通首只写"月正圆"三字。……五六须看其换笔之妙,如先写"犹挂",后写"渐移",顺笔也;先写"渐移",后写"犹挂",倒笔也:一经转换,便觉生气灵动,意味无穷,于此可分雅俗之别。

《诗学纂闻》:(彭荼江)先生曰:此诗意境似平,格律实细。首云"待月东林月正圆",月从东出,"待"在未出之时;既出,则"月正圆"也。次曰"广庭无树草无烟",写月之明,一句尽矣。三曰"中秋云净出沧海",此特补点中秋,以别于他月之望。四云"午夜露凉当碧天",半夜月正当头也。五云"轮影渐移金殿外",月昃而西移矣。六云"镜光犹挂玉楼前",将落而犹未落也。结云"不辞达旦殷勤望,一堕西岩又隔年",隔年又以醒"中秋"之意。八句次第写尽达旦之景,此唐律所以胜于后人。不然,轮影镜光玉楼金殿,抑何尘容俗状欤?

《山满楼笺注唐诗七言律》:题是玩月,诗却从月未出以前写起,故先著一"待"字。既言"东林",又补出东林之"广庭",言此寺中最好玩月也。三,月初出;四,月已中:此二句只写中秋夜月。以下方是写"玩"。五,影渐移,惜之;六,光端挂,幸之。一捺一抬,恰好翻起。七之"莫辞",八之"一堕",回翔婉转,最为有情有趣之笔也。

题卫将军庙并序

将军名邈,阳美人。少习诗书,学弓剑,有武略。二十七游并汾间,遇神尧皇帝始建义旗。邈以勇艺进,备行列,洎擒窦建德,邈时挟枪剑，前突后翼，太宗顾而奇之。天下既定，录其功，拜将军宿卫，以母老且病，乞归侍残年，辞旨哀激，诏许之。既而以孝敬睦闺门，以然信居乡里。及卒，邑人怀其贤，庙于荆溪之湄。以平生弓甲，悬东西庑下，岁时祠祭，颇福其土焉。文士王敖撰碑，辞实详备。惜乎国史阙书其人，因题是诗于庙壁。

> 武牢关下护龙旗，挟槊弯弧马上飞。
>
> 汉业未兴王霸在，秦军才散鲁连归。
>
> 坟穿大泽埋金剑，庙枕长溪挂铁衣。
>
> 欲奠忠魂何处问？荻花枫叶雨霏霏。

【汇评】

《对床夜语》：用物而不为物所赘，写情而不为情所牵，李杜之后，当学者许浑而已。周伯弼以唐诗自鸣，亦唯以许集谆谆诲人。今撷其警句可以为法者书于后，云："风传鼓角霜侵戟，云卷笙歌月上楼"、"山殿日斜喧鸟雀，石潭波动戏鱼龙"，……《卫将军庙》云："汉业未兴王霸在，秦军才散鲁连归"，皆妙。其起结尤非中唐人可及。

《诗源辩体》：（许浑）七言律如"坟穿大泽埋金剑，庙枕长溪挂铁衣"、"对雪夜穷黄石略，望云秋计黑山程"、"旧精鸟篆谙书体，新授龙韬识禅机"三联，乃晚唐俊调。

《东岩草堂评订唐诗鼓吹》：朱东岩曰："护龙旗"、"马上飞"，写将军神勇如画。三写其功也，四写其功成身退也。以将军如此之功而能急流勇退，此所以成其大勇也。后四句虽寓感慨之意，然"穿大泽"、"枕长流"、"埋金剑"、"挂铁衣"，如此写将军庙貌，赫赫然有生气。

《围炉诗话》：首联言战功，次联言高蹈，三联言坟庙，四联以情景结之，题中之意自足，措词无一虚壳。但许诗俱无远神，故当时不重之耳。

《山满楼笺注唐诗七言律》：此卫将军生平大节，无过"护龙旗"一事，故首举之，而"挟槊弯弧"七字，写将军勇略盖世，觉千载下犹奕奕有生气。三承上，以王霸之辅光武称之；四侧下，以平原之不能留鲁仲连惜之：可谓重之至矣。五将言"庙挂铁衣"，六先用"坟埋金剑"作陪笔，得宾主法。七一顿，八一缴；"何处问"之为言，无处问也，非欲问之细雨之中、荇花枫叶之间。可知脉络井然，其气格一何高爽！

韶州韶阳楼夜宴

待月西楼卷翠罗，玉杯瑶瑟近星河。
帘前碧树穷秋密，窗外青山薄暮多。
鹦鹉未知狂客醉，鹧鸪先让美人歌。
使君莫惜通宵饮，刀笔初从马伏波。

【汇评】

《唐贤小三昧集续集》：三、四佳句，开放翁一派。

卧　病

原注：时在京都。

寒窗灯尽月斜晖，珮马朝天独掩扉。
清露已凋秦塞柳，白云空长越山薇。
病中送客难为别，梦里还家不当归。
唯有寄书书未得，卧闻燕雁向南飞。

【汇评】

《唐诗评选》：于浑集中，唯此有须眉气。

《贯华堂选批唐才子诗》：卧病人至后半夜，灯尽月落，悄然无眠,已是无边剧苦。乃又静闻街中佩声钑铮,马蹄笃速,口虽不言,心固明知此是合城官人早起朝天。我虽不病,亦只掩扉独卧,并不兴于其间者也。嗟乎!此虽欲不因甸柳,想到山薇,又岂可得哉(首四句下)。　　此五、六,只是极写卧病万不能归,以逼出七句之"唯有寄书",而又以病甚,不能作书,因哭无数北雁向南空去也(末四句下)。　　金雍补注:五六言病尚不能送人归,又安望自归。

《五朝诗善鸣集》:方回论许浑诗,谓"工有馀而味不足",如此种诗正如谏果,咀味无穷。彼方回者岂其性与人殊,为此食而不知其味之语!

《东岩草堂评订唐诗鼓吹》:朱东岩曰:三、四写卧病之时,即写思归之情。五、六是极言病不得归之苦,以逼出七之病不能作书也。卧闻燕雁,遥向南飞,读之当为下泪。

《山满楼笺注唐诗七言律》:想先生尔时,卧病邸中,朝天既无其分,还家又无其缘,至于音问难通,梦魂徒接,听珮马之声,则中心躁热;闻燕雁之飞,则五内醉辛;人生若此,诚何以堪?读是诗,千载下犹觉凄凉满目。

《诗境浅说》:诗家体格,清词丽句,各擅其长。此诗因卧病有怀而作,前半首稍用字面,馀皆婉转言情,清而有味,胜于丽而无则也。首二句言月斜灯暗,病榻易醒,正早朝车马、晨摇玉佩之时,而己则掩关寂寂,只自悲耳。三、四言滞迹秦关,已秋寒杨柳,遥忆乡山薇蕨,空待归人;用"已"字、"空"字,动荡其句法,语气仍开合生姿。五、六言送客已难为别,况是病中;还家方遂素心,乃在梦中;皆推进一层写法,弥觉可伤。收句言乡书欲寄,而驿使稀逢,感春燕秋鸿之来去,枕上闻声,唯有以一片乡心,托南飞之羽耳。

岁暮自广江至新兴往复中
题峡山寺四首（其四）

月在行人起，千峰复万峰。
海虚争翡翠，溪逻斗芙蓉。①
古木高生槲，阴池满种松。②
火探深洞燕，香送远潭龙。③
蓝坞寒先烧，禾堂晚并舂。④
更投何处宿？ 西峡隔云钟。

【原注】

① 南方呼市为"虚"，呼戍为"逻"，新州有翡翠虚、芙蓉逻。
② 木槲花生于他树槎枒，池沼多松，谓之水松。 ③ 南方持火于
乳洞中，取燕而食。康州悦城县有温媪龙，即蛇也，随水往舟船至人
家，或千里外，皆以香酒果送之。 ④ 种蓝多在坞中，先烧其地，
人以木槽舂禾，谓之禾堂。

【汇评】

《瀛奎律髓》：许丁卯此四首诗题峡山寺，其实广东风土也。
诗句句工，但太工则形胜于神耳。

《瀛奎律髓汇评》：冯班：丁卯诗句句清新，大略少萧散之致。

纪昀：此乃纪程之诗，题之峡山寺中耳，非题峡山寺也。虚
谷……云形胜于神，则诚为确论。 李光垣：四首中凡用云、
月、风、雨、树、石、山、溪等字，俱复。 无名氏（甲）：此诗言广
东风土甚备，可存典故。至于铺陈排比，未能血脉贯串，眼目玲珑，
自工部而外，希风者鲜，未可独苛丁卯也。

塞　下

夜战桑乾北，秦兵半不归。

朝来有乡信，犹自寄征衣。

【汇评】

《增定评注唐诗正声》：顾云：言外有死生之意。

《唐诗解》：此与陈陶《陇西行》意同。陈语神，许语质，非蹈袭也。

《唐诗摘钞》：与"可怜无定河边骨，犹是深闺梦里人"同一苦语，此处较不忍读者，以实境比虚情更惨也。

《唐诗别裁》：黯然魂消（末句下）。

《网师园唐诗笺》：刺骨语（末二句下）。

《诗法易简录》：借寄寒衣一事，写出征人死别之苦，却妙不犯尽。

《删正二冯先生评阅才调集》：纪昀：此首却浑健，"犹是深闺梦里人"意。

《唐绝诗钞略》：许培荣云："夜"字、"朝"字、"犹"字、"自"字，写得酸楚不可言。

《养一斋诗话》：（许浑七律）全篇又不尽老成，未能如五绝之"夜战桑乾北"、七绝之"劳歌一曲解行舟"、五律之"红叶晚萧萧"全局俱动，为晚唐之翘楚也。

《诗式》：首句言战。二句承首句，言战未已。三句"朝"字应上"夜"字，此句意义全在下句。四句写足上句意，虚神又在"犹自"二字。　　［品］浑雄。

《诗境浅说续编》：唐代回纥、吐蕃迭扰西北，征戍频频。诗言沙场雪满，深夜鏖兵，迨侵晓归营，损折已近半数；而秦中少妇，犹预量寒意，远寄衣裘，不知梦里征人，已埋骨桑乾河畔矣。若张籍诗"欲祭疑君在"，韦庄诗"犹是春闺梦里人"，则全军皆墨，诗尤沉痛。

夜泊永乐有怀

莲渚愁红荡碧波，吴娃齐唱采莲歌。
横塘一别已千里，芦苇萧萧风雨多。

【汇评】

《诗式》：许丁卯丹阳人，有怀故指吴地。首句"荡碧波"起。次句采莲。三句点题，"别已千里"，所以有怀也。四句"芦苇"应上"莲"字，亦切"泊"字。[品]清丽。

谢亭送别

劳歌一曲解行舟，红叶青山水急流。
日暮酒醒人已远，满天风雨下西楼。

【汇评】

《唐诗品汇》：谢云：醉中送别，见红叶青山，景象可爱，必不瞻望涕泣矣。日暮酒醒，行人已远，不能无惜别之怀，兼之满天风雨，离思又当何如耶！

《唐诗正声》：吴逸一评：《阳关》诸作，多为行客兴慨，此独申己之凄况，故独妙于诸作。

《唐诗绝句类选》：后二句可与《阳关》竞美。盖"西出阳关"写行者不堪之情，"酒醒人远"写送者不堪之情，大抵送别诗妙在写情。

《汇编唐诗十集》：唐云：唐人长于送别，而《阳关》称最。他若

"雪晴云散"、"蓟庭萧飒",转相步骤,几成套语。此独舍却行子,写居人之思,立意既新,调复清逸,堪与盛唐争雄。

《唐诗选脉会通评林》:胡次焱注:第三句言"酒醒",则曲罢解舟,隐然见在醉中;水急流则舟行速,所以"人易远":三句意脉相串。第四不言别愁,而但言其景象,缱绻之意见于言外,至今读之,犹使人凄然,此诗家之妙。　　玼意:曲罢舟行,酒醒人远,红叶青山,忽为"满天风雨",皆含思无穷。盖舟因水急,有不可暂挽之行;去当人醉,有不忍醒时之别。至于酒醒之后,对"风雨下西楼",情之难堪,必有甚于别时者矣。

《删订唐诗解》:酒醒之后,对风雨下西楼,情之难堪,有甚于别时者。

《唐诗摘钞》:此诗全写别后之情。首二句正从倚楼目送中见出,却倒接"下西楼"三字,情景笔意俱绝。

《历代诗发》:中晚唐人送别截句最多,无不尽态极妍;而不事尖巧,浑成一气,应推此为巨擘。

《网师园唐诗笺》:凄凉欲绝(末二句下)。

《唐人万首绝句选评》:写出分手之易,怅望之切。

《精选评注五朝诗学津梁》:"满天"句妙造自然,非浅学所能窥见。

《诗境浅说续编》:唐人送别诗,每情文兼至,凄音动人,如"君向潇湘我向秦"、"明朝相忆路漫漫"、"西出阳关无故人"、"不及汪伦送我情"及此诗皆是也。曲终人远,江上峰青,倘令柳枝娘凤鞋点拍,曼声歌之,当怨入落花深处矣。

《唐人绝句精华》:通首不叙别情,而末句七字中别后之情,殊觉难堪,此以景结情之说也。

客有卜居不遂薄游汧陇因题

海燕西飞白日斜,天门遥望五侯家。

楼台深锁无人到,落尽春风第一花。

【汇评】

《唐诗品汇》:谢云:英雄以宇宙为家,所到等是逆旅,何必以无家为忧?彼五侯有楼台而无人到,殆与寒士无家者等,此篇用解其卜居不遂之郁郁也。

《诗薮》:许浑"海燕西飞白日斜,……"若但咏园亭之类,未见其工。今题云《客有卜居不遂薄汧陇者因赠》,夫以逆旅无家之客,望五侯第宅深锁落花之内,一段寂寥情况,更不忍言。罗隐《下第》诗:"帘卷残阳鸣鸟鹊,花飞何处好楼台",意正此同。而许作全不道破,尤为超妙,第失之太巧,故不免晚唐。

《唐诗选脉会通评林》:唐孟庄曰:以有居无身慰有身无居者。此诗用解卜居不遂者之郁结也。胡济鼎云:当就燕说,惜其不遇也。意谓燕自海来,每依人舍安巢,又必择楼台突兀处,奈今五侯之家不许人到,无由得栖。夫当春社来时,花未发;今花已落,则时光已晚,而楼台深锁,与卷帘者异矣。因引梁武帝《乐词》,谓此说颇切于燕。   敖子发曰:首托喻薄游者日暮途穷,下接句言:五侯门却多少楼台,而薄游者不遂鹡鸰之愿,盖怜之也。此即谚语"厨中有剩饭,路上有饥人"也。

《五朝诗善鸣集》:为卜居不遂者作,此语用意远甚。

《而庵说唐诗》:许浑此作是立在闲地里人说闲话,妙不可思议,而词气明媚犹如朝霞花朵,不易得也。

途经秦始皇墓

龙盘虎踞树层层,势入浮云亦是崩。

一种青山秋草里,路人唯拜汉文陵。

【汇评】

《对床夜语》:《始皇墓》云:"一种青山秋草里,路人唯拜汉文陵。"曹邺亦有"行人上陵过,却拜扶苏墓",扶苏非有德于人者,意亦不如许。

《注解选唐诗》:汉文霸陵与秦始皇墓相近,秦皇墓极其机巧,汉文陵极其朴略,千载之后,衰草颓坟,无异也。然行路之人拜汉文陵,而不拜秦皇墓,为君仁不仁之异,至是有定论矣。

《唐诗选脉会通评林》:胡次焱曰:此与李涉《上襄阳于司空》诗相并,末句首用"唯"字最有味,称美一人,彼不足称者自见于言外。　　敖英曰:此谓题外引证。

《载酒园诗话》:昔人称退之"一间茅屋祭昭王"为晚唐第一,余以不如许浑《经始皇墓》远甚:"龙蟠虎踞树层层,……"本咏秦始,却言汉文。韩原咏昭王庙,此则于题外相形,意味深长多矣。

《龙性堂诗话》:同题始皇陵,王维"星辰七曜隔,河汉九泉开",许浑"一种青山秋草里,路人唯拜汉文陵",元好问"无端一片云亭石,杀尽苍生有底功",侈语、冷语、谩骂语,各有其妙。

《养一斋诗话》:《始皇墓》云:"一种青山秋草里,路人唯拜汉文陵",亦森竦而无发露痕也。

《诗境浅说续编》:始皇墓自牧火宵焚,久已沙沉白骨,汉文帝去唐时未远,尚有夕阳下马之人:仁暴之悬殊若此。伊古以来,万乘尊荣,而一抔埋灭者,何止登封之七十二君耶!

缑山庙

王子吹箫月满台,玉箫清转鹤裴回。

曲终飞去不知处,山下碧桃春自开。

【汇评】

《唐诗品汇》:谢云:此诗末句与钱起《湘灵鼓瑟》诗"曲终人不
见,江上数峰青"意度相似。

《唐诗摘钞》:王子仙去不啻千载,此诗说来如在昨日。唐人
手法之妙,只在境象玲珑耳。

秋　思

琪树西风枕簟秋,楚云湘水忆同游。

高歌一曲掩明镜,昨日少年今白头。

【汇评】

《对床夜语》:许浑绝句亦佳,但句法与律诗相似,是其所短
耳。……《缑山庙》云:"曲终飞去不知处,山下碧桃春自开。"《秋
思》云:"高歌一曲掩明镜,昨日少年今白头。"皆无衰靡之气。

《增定评注唐诗正声》:郭云:"昨日"语,千古至感。

《唐诗直解》:"掩"字有意,恐见发而惊感耳。落句忆少年如
昨,而伤今之"白头",与太白《将进酒》"君不见高堂明镜悲白发,朝
如青丝暮成雪"同意。

《唐诗选脉会通评林》:周弼为实接体。　　何仲德为豪放
体。　　末句从阮诗翻出,更简捷,妙于太白"君不见高堂明镜悲
白发,朝如青丝暮如雪"矣。

《唐风定》:晚唐"昨日少年今白头"亦自工。

《删订唐诗解》：吴昌祺曰："今白头"，谓不能追旧日之游也。句拗而愈有致。

《唐诗摘钞》：四句指光阴迅速，妙在硬说"昨日少年今白头"。诗人多以巫山云雨比男女之事，此以"楚云湘月"隐约言之，雅甚。

送宋处士归山

卖药修琴归去迟，山风吹尽桂花枝。

世间甲子须臾事，逢着仙人莫看棋。

【汇评】

《唐诗归》：钟云：荒诞而有至理，有异情（末句下）。

《唐诗选脉会通评林》：上二句以来归前言，下一句以既归后言。"山风落尽桂花枝"，有鹤怨猿惊之意；"逢着仙人莫看棋"，恐出山多"人民已非"之感也。

《唐诗归折衷》：唐云：如此托意方远，要以晤期便肤（末句下）。

《唐诗摘钞》：诗人言隐者，多用"桂花"事，本《楚辞·招隐士》云"桂花丛生兮山之幽"来，意言"后会难期"耳，却见立言之妙。

《五朝诗善鸣集》：后人出脱此意，云："不将世上无穷事，只换山中一局棋。"佳矣，未若此意更佳。

《网师园唐诗笺》：明张以宁题《烂柯山图》云："人说仙家日月迟，仙家日月转堪悲。谁将百岁人间事，只换山中一局棋。"与此诗俱翻新得妙。

《诗境浅说续编》：处士解卖药、修琴，当非俗客。而作者戏嘲之，谓莫看仙棋，恐烂柯重到，城郭人民有"鹤归"之感；盖因其留连城市，秋老未归，故讽以诗也。

楚宫怨二首（其一）

十二山晴花尽开，楚宫双阙对阳台。

细腰争舞君沉醉，白日秦兵天上来。

【汇评】

《批点唐诗正声》：诗格虽立议论，然气爽。

《唐诗选脉会通评林》：吴山民曰：忽然不测，可畏。　　唐汝询曰：咏史妙作。　　荒于酒色，至不知国亡于眉睫也。此诗可为千古炯鉴。后二句即《长恨歌》"渔阳鼙鼓动地来，惊破霓裳羽衣曲"意。

学仙二首（其二）

心期仙诀意无穷，采画云车起寿宫。

闻有三山未知处，茂陵松柏满西风。

【汇评】

《网师园唐诗笺》：可叹可慨（末二句下）。

《养一斋诗话》：义山讥汉武云："侍臣最有相如渴，不赐金茎露一杯。"意无关系，聪明语耳。许丁卯则云："闻有三山未知处，茂陵松柏满西风。"隽不伤雅，又足唤醒痴愚。

紫　藤

绿蔓秾阴紫袖低，客来留坐小堂西。

醉中掩瑟无人会，家近江南罨画溪。

【汇评】

《唐诗笺注》：对花忆家，思致渺然。

《唐人万首绝句选评》：坡公云："作诗必此诗，定非知诗人。"而于咏物，尤妙在似有意似无意，贵有此种笔墨。

《诗境浅说续编》：此作句秀而音婉，其命意所在，可就第三句观之。当藤花盛放，紫云翠幄中，留宾欢醉，而忽悠然掩瑟，感会意之无人；盖忆罨画溪边往事，风景依稀，未得逢人而语，故罢弹惆怅耳。

李商隐

　　李商隐(813—858)，字义山，号玉谿生，怀州河内(今河南沁阳)人。大和中，令狐楚为天平节度使，爱其才，署为巡官，亲授骈文。开成二年(837)登进士第。令狐楚卒，入泾原节度使王茂元幕，茂元以女妻之。时党争方炽，令狐父子属牛党，茂元属李党，牛党以为背恩，故坎壈终身。四年，授校书郎，调弘农尉。会昌二年，登书判拔萃科，授秘书省正字。大中初，为桂管观察使郑亚掌书记。郑亚贬循州，还京，补盩厔尉，摄京兆参军，典章奏。又佐卢弘止徐州幕，为判官。府罢，入朝为太学博士。复佐柳仲郢东川幕。仲郢入朝，奏为盐铁推官。罢还郑州，病卒。商隐工骈文及近体诗，尤长七律，与杜牧齐名，亦称“李杜”，又与温庭筠齐名，称“温李”。其诗构思新巧，想象丰富，属对精切，色彩绮丽，音律谐婉，精于用典，后人效之。有《玉谿生诗》三卷。又有《樊南甲集》、《乙集》各二十卷，《赋》、《文》各一卷，多佚。今有《李义山诗集》六卷及后人所辑《樊南文集》、《樊南文集补编》行世。《全唐诗》编诗三卷。

【汇评】

　　商隐初为文，瑰迈奇古，及在令狐楚府，楚本工章奏，因授其

学。商隐俪偶长短，而繁缛过之。时温庭筠、段成式俱用是相夸，号"三十六体"。(《新唐书》本传)

李义山诗，字字锻炼，用事婉约，仍多近体，唯有《韩碑》诗一首是古体。(《彦周诗话》)

义山诗世人但称其巧丽，至与温庭筠齐名，盖俗学只见其皮肤，其高情远意，皆不识也。(《潜溪诗眼》)

王荆公晚年亦喜称义山诗，以为唐人知学老杜而得其藩篱，唯义山一人而已。……义山诗合处信有过人，若其用事深僻，语工而意不及，自是其短。(《蔡宽夫诗话》)

唐人学老杜，唯商隐一人而已，虽未尽造其妙，然精密华丽，亦自得其仿佛。(《石林诗话》)

李义山、刘梦得、杜牧之三人，笔力不能相上下，大抵工律诗而不工古诗，七言尤工，五言微弱，虽有佳句，然不能如韦、柳、王、孟之高致也。(《岁寒堂诗话》)

公(按指杨亿)尝论义山诗，以谓包蕴密致，演绎平畅，味无穷而炙愈出，镇弥坚而酌不竭，使学者少窥其一斑，若涤肠而洗骨。(《韵语阳秋》)

李义山如百宝流苏，千丝铁网，绮密瑰妍，要非适用。(《瞿翁诗评》)

义山诗感事托讽，运意深曲，佳处往往逼杜，非飞卿所可比肩。(《瀛奎律髓》)

望帝春心托杜鹃，佳人锦瑟怨华年。诗家总爱西昆好，独恨无人作郑笺。(元好问《论诗三十首》)

玉谿生往学草堂诗，久而知其力不能逮，遂别为一体，然命意深切，用事精远，非止于浮声切响而已。(袁桷《书汤西楼诗后》)

商隐工诗，为文瑰迈奇古，辞难事隐，及从楚学俪偶长短，而繁缛过之。每属缀多检阅书册，左右鳞次，号"獭祭鱼"。而旨能感

人，人谓其横绝前后。(《唐才子传》)

李商隐家数微密闲艳，学者不察，失于细碎。(《木天禁语》)

元和后，律体屡变，其间有卓然成家者，皆自鸣所长。若李商隐之长于咏史，……其造意幽深，律切精密，有出常情之外者。(《唐诗品汇》)

李商隐七言律，气韵香甘。唐季得此，所谓枇杷晚翠。(《诗镜总论》)

李商隐丽色闲情，雅道虽漓，亦一时之胜。(同上)

商隐七言古，声调婉媚，大半入诗馀矣。(《诗源辩体》)

商隐律诗较古诗稍显易，而七言为胜。(同上)

商隐七言绝，……较古、律艳情尤丽。(同上)

义山诗寓意俱远，以丽句影出，实自楚辞来。宋初诸人，得其衣被，遂使西昆与香奁并目。(《唐诗评选》)

义山之诗，宋初为词馆所宗，优人内燕，至于"掉攃商隐"之谑。元季作者惩西江学杜之弊，往往跻义山，祧少陵，流风迨国初未变。……少陵当杂种作逆，藩镇不庭，疾声怒号，如人之疾病而呼天呼父母也，其志直，其词危。义山当南北水火，中外箝结，若暗而欲言也，若餍而求瘳也，不得不纤曲其指，诞谩其辞，婉娈托寄，谲谜连比，此亦风人之遐思，《小雅》之寄位也。(钱谦益《注李义山诗集序》)

世之称诗者，易言律，尤易言七言律。义山造意幽邃，感人尤深，学者皆宜寻味。(《漫堂说诗》)

义山五言出于庾开府，七言出于杜工部，不深究本源，未易领其佳处也。七言句法兼学梦得。(《义门读书记》)

晚唐中，牧之与义山俱学子美。然牧之豪健跌宕，而不免过于放……不如义山顿挫曲折，有声有色，有情有味，所得为多。(同上)

义山始虽取法少陵，而晚能规模屈、宋，优柔敦厚，为此道瑶草

琪花。凡诸篇什,莫不深远幽折,不易浅窥。(吴乔《西昆发微序》)

于李、杜、韩后,能别开生路、自成一家者,唯李义山一人。既欲自立,势不得不行其心之所喜深奥之路。义山思路既自深奥,而其造句也,又不必使人知其意,故其诗七百年来知之者尚鲜也。高棅以为隐辞,又以为属对精切,陆游辈谓《无题》为艳情,杨孟载亦以艳情和之,能不使义山失笑九原乎?(《围炉诗话》)

王荆公言学杜当自义山入。余初得荆公此论,心不谓然,后读《山谷集》,粗硬槎牙,殊不耐看,始知荆公此言正以救江西派之病也。若从义山入,便都无此病。山谷用事琐碎,更甚于昆体;然温、李、杨、刘用事,皆有古法,比物连类,妥贴深稳。山谷疏硬,如食生物未化,如吴人作汉语,读书不熟之病也。昆体诸人甚有壮伟可敬处,沈、宋不可也。(《才调集补注》引冯班语)

义山七律逐首擅场,特须郑笺耳。盖义山诸体之工,唐人实无出其右者,不独七律也,又不独香奁也。(《古欢堂集杂著》)

义山(七绝)佳处不可思议,实为唐人之冠,一唱三弄,馀音袅袅,绝句之神境也。(同上)

义山七绝,使事尖新,设色浓至,亦是能手。间作议论处,似胡曾《咏史》之类,开宋恶道。(《诗辩坻》)

玉谿咏物,妙能体贴,时有佳句,在可解不可解之间。(《唐诗观澜集》)

唐至太和以后,阉人暴横,党祸蔓延。义山阨塞当涂,沉沦记室。其身危,则显言不可而曲言之;其思苦,则庄语不可而谩语之。莫若瑶台璚宇、歌筵舞榭之间,言之可无罪,而闻之足以动。其《梓州吟》曰:"楚雨含情皆有托",早已自下笺解矣。吾故为之说曰:义山之诗,乃风人之绪音,屈、宋之遗响,盖得子美之深而变出之者也。岂徒以征事奥博、撷采妍华,与飞卿、柯古争霸一时哉!(朱鹤龄《笺注李义山诗集序》)

李义山、陆渭南皆祖述少陵者。李之蕴藉,陆之排奡,皆能寓变化于规矩之中。李去其靡,陆汰其粗,其于大历、元和也何有?(《柳亭诗话》)

李商隐七绝,寄托深而措词婉,实可空百代无其匹也。(叶燮《原诗》)

义山近体,襞绩重重,长于讽谕,中有顿挫沉着可接武少陵者,故应为一大宗。后人以温、李并称,只取其秾丽相似,其实风骨各殊也。(《唐诗别裁》)

义山长于风谕,工于征引,唐人中另开一境。顾其中讥刺太深,往往失于轻薄。(同上)

人皆谓杜陵殁后,义山可为肖子。吁!何弗思之甚耶?彼之浑厚在作气,此之浑厚在填事;彼之讽谕必指实,此之讽谕动涉虚;彼则意无不正,此则思无不邪。风马之形,大相径庭,奚待一一量较,而后知其伪哉!(《野鸿诗的》)

李商隐诗,明暗参半。然欲取一人备晚唐之数,定在此君。(《小澥草堂杂论诗》)

唐自元和以后,五七言古体靡然不振,即义山亦非所长。至其七言律体,瓣香少陵,独探秘钥,晚唐人罕有其敌,读者无仅与牧之、飞卿诸公同类而并观之也。(姚培谦《李义山七律会意例言》)

少陵七律,格法精深,而取势最多奇变,此秘唯义山得之。其脱胎得髓处,开出后贤多少门户!(同上)

义山远追汉魏,近仿六朝,而后诣力所成,直于浣花翁可称具体,细玩全集自见,毋专以七律为言。其终不如杜者,十之三学为之,十之七时为之也。(冯浩《玉谿生诗集笺注》发凡)

晚唐以李义山为巨擘,余取而诵之,爱其设采繁艳,吐韵铿锵,结体森密,而旨趣之遥、深者未窥焉。(冯浩《玉谿生诗集笺注》序)

玉谿诗绮密瑰妍,然首首生动,绝无板重之嫌,故令读者不厌。

（《历代诗发》）

义山诗高华典丽，音韵缠绵，宜荆公叹其善学老杜也。八叉同时，瞠乎后矣。（陈明善《唐八家诗钞》例言）

商隐诗与温庭筠齐名，词皆缛丽。然庭筠多绮罗脂粉之词，而商隐感时伤事，尚颇得风人之旨。……自宋杨亿、刘子仪等沿其流波，作《西昆酬唱集》，诗家遂有"西昆体"，致伶官有挦撦之讥，刘攽载之《中山诗话》，以为口实。元祐诸人起而矫之，终宋之世，作诗者不以为宗，胡仔《渔隐丛话》至摘其《马嵬》诗、《浑河中》诗诋为浅近。后江西一派渐流于生硬粗鄙，诗家又返而讲温、李。（《四库全书总目》）

玉谿生虽晚出，而才力实为卓绝。七律佳者几欲远追拾遗，其次者犹足近掩刘、白。第以矫敝滑易，用思太过，而僻晦之敝又生。要不可不谓之诗中豪杰士矣。（《五七言今体诗钞》）

微婉顿挫，使人荡气回肠者，李义山也。自刘随州而后，渐就平坦，无从睹此丰韵。七律则远合杜陵，五律、七绝之妙则更深探乐府。晚唐自小杜而外，唯有玉谿耳，温岐、韩偓何足比哉！（《石洲诗话》）

善学少陵七言律，终唐之世，唯义山一人，胎息在神骨之间，不在形貌，《蜀中离席》一篇，转非其至也。义山当朋党倾危之际，独能乃心王室，便是作诗根源。其《哭刘蕡》、《重有感》、《曲江》等诗，不减老杜忧时之作。组织太工，或为挦撦家藉口。然意理完足，神韵悠长，异时西昆诸公，未有能学而至者也。（《读雪山房唐诗序例》）

李义山用意深微，使事稳惬，直欲于前贤之外，另辟一奇。绝句秘藏，至是尽泄，后人更无可以展拓处也。（同上）

余极喜义山诗，非爱其用事繁缛，盖其诗外有诗，寓意深而托兴远，其隐奥幽艳，于诗家别开一洞天，非时贤所能摸索也。（《射

鹰楼诗话》）

玉谿专工近体,清峭中含感怆,用事婉约,学少陵得其藩篱者。后人近体必先从之入手。五言长律亦以温丽芊绵胜。（《东目馆诗见》）

愚谓七律除杜公、辋川两正宗外,大历十子、刘文房及白傅亦足称宗,尚皆不及义山。义山别为一派,不可不精择明辨。（《昭昧詹言》）

诗有借色而无真色,虽藻缋实死灰耳。李义山却是绚中有素。敫器之谓其“绮密瑰妍,要非适用”,岂尽然哉！至或因其《韩碑》一篇,遂疑气骨与退之无二,则又非其质矣。（《艺概·诗概》）

义山七律,得于少陵者深。故称丽之中,时带沉郁。……飞卿华而不实,牧之俊而不雄,皆非此公敌手。（《岘傭说诗》）

义山七绝以议论驱驾书卷,而神韵不乏,卓然有以自立,此体于咏史最宜。（同上）

其源导漾吴、何,讨澜徐、庾。炼藻温腴,寄情婉约,拾其香草,仍有内心。诸体相宜,七言专胜。本陈宫之新体,而离合生奇,自成高格。律诗缠绵顽艳,陆士衡所谓缘情绮丽,斯足当之。（《三唐诗品》）

锦　瑟

锦瑟无端五十弦,一弦一柱思华年。
庄生晓梦迷蝴蝶,望帝春心托杜鹃。
沧海月明珠有泪,蓝田日暖玉生烟。
此情可待成追忆,只是当时已惘然。

【汇评】

《中山诗话》：李商隐有《锦瑟》诗,人莫晓其意,或谓是令狐楚家青衣名也。

《缃素杂记》：东坡云：此出《古今乐志》，云："锦瑟之为器也，其弦五十，其柱如之，其声也适、怨、清、和。"案李诗，"庄生晓梦迷蝴蝶"，适也；"望帝春心托杜鹃"，怨也；"沧海月明珠有泪"，清也；"蓝田日暖玉生烟"，和也。一篇之中，曲尽其意。

《艺苑卮言》：中二联是丽语，作"适、怨、清、和"解甚通。然不解则涉无谓，既解则意味都尽，以此知诗之难也。

《批点唐音》：此诗自是闺情，恐不泥在锦瑟耳。

《诗薮》：锦瑟是青衣名，见唐人小说，谓义山有感作者。观此诗结句及晓梦、春心、蓝田、珠泪等，大概无题中语，但首句略用锦瑟引起耳。宋人认作咏物，以适、怨、清、和字面附会穿凿，遂令本意懵然。且至"此情可待成追忆"处，更说不通。学者试尽屏此等议论，只将题面作青衣，诗意作追忆读之，自当踊跃。

《唐音癸签》：以锦瑟为真瑟者痴。以为令狐楚青衣，以为商隐庄事楚，狎绹，必绹青衣，亦痴。商隐情诗，借诗中两字为题者尽多，不独《锦瑟》。

《五朝诗善鸣集》：义山晚唐佳手，佳莫佳于此矣。意致迷离，在可解不可解之间，于初盛诸家中得未曾有。三楚精神，笔端独得。

《义门读书记》：此悼亡诗也。首特借素女鼓五十弦之瑟而悲，泰帝禁不可止，发端言悲思之情有不可得而止者。次联则悲其遽化为异物。腹联又悲其不能复起之九泉也。曰"思华年"，曰"追忆"，旨趣晓然，何事纷纷附会乎？

《李义山诗集辑评》：朱彝尊曰：此悼亡诗也。意亡者善弹此，故睹物思人，因而托物起兴也。瑟本二十五弦，一断而为五十弦矣，故曰"无端"也，取断弦之意也。"一弦一柱"而接"思华年"三字，意其人年二十五而殁也。胡蝶、杜鹃，言已化去也；"珠有泪"，哭之也；"玉生烟"，葬之也，犹言埋香瘗玉也。此情岂待今日"追忆"乎？只是当时生存之日，已常忧其至此，而预为之"惘然"，意其人必婉然多病，故云然也。　　何焯曰：此篇乃自伤之词，骚人所谓美人迟暮也。"庄生"句言付之梦寐，"望帝"句言待之来世；"沧海"、"蓝田"言埋而不得自见；"月明"、"日暖"则清时而独为不遇之人，尤可悲也。　　又：感年华之易迈，借锦瑟以发端。"思华年"三字，一篇之骨。三、四赋"思"也。五、六赋"华年"也。末仍结归思之。　　纪昀曰：以"思华年"领起，以"此情"二字总承。盖始有所欢，中有所恨，故追忆之而作。中四句迷离惝恍，所谓"惘然"也。韩致光《五更》诗云："光景旋消惘怅在，一生赢得是凄凉。"即是此意，别无深解。

《唐诗鼓吹评注》：此义山有托而咏也。……顾其意言所指，或忆少年之艳冶，而伤美人之迟暮，或感身世之阅历，而悼壮夫之晼晚，则未可以一辞定也。

《围炉诗话》：诗意大抵出侧面。郑仲贤《送别》云："亭亭画舸系春潭，只待行人酒半酣。不管烟波与风雨，载将离恨过江南。"人自别离，却怨画舸。义山忆往事而怨锦瑟，亦然。

《中晚唐诗叩弹集》：杜诏云：诗以锦瑟起兴，"无端"二字便有自诒自怜之意，此瑟之弦遂五十邪？瑟之柱如其弦，而人之年已历历如其柱矣。

《初白庵诗评》：此诗借题寓感，解者必从锦瑟着题，遂苦苦牵合。读到结句，如何通得去？

《重订李义山诗集笺注》：程梦星曰：旧说适、怨、清、和之穿凿，令狐青衣之附会，前人已辞而辟之。朱长孺定为悼亡，归于一是矣。……三、四谓生者辗转结想，唯有迷晓梦于蝴蝶；死者魂魄能归，不过托春心于杜鹃。五、六谓其容仪端妍，如沧海之珠，今深沉泉路，空作鲛人之泪矣；性情温润如蓝田之玉，今销亡冥漠，不啻紫玉之烟矣……"此情"二字，紧承上二句，谓不堪追忆其人亡事在。"当时"二字，缴回"华年"，谓不堪悲悼其年远日湮。起"思"字，结"忆"字，一篇之呼应也。

《玉谿生诗意》：以"无端"吊动"思华年"。中四紧承。七"此情"紧收"可待"字、"只是"字，遥应"无端"字。　一，兴也。二，一篇主句。中四皆承"思华年"。七、八总结。　诗面与"无题"同，其意或在君臣朋友间，不可知也。

《一瓢诗话》：此诗全在起句"无端"二字，通体妙处，俱从此出。意云：锦瑟一弦一柱，已足令人怅望年华，不知何故有此许多弦柱，令人怅望不尽；全似埋怨锦瑟无端有此弦柱，遂使无端有此怅望。即达若庄生，亦迷晓梦；魂为杜宇，犹托春心。沧海珠光，无非是泪；蓝田玉气，恍若生烟。触此情怀，垂垂追溯，当时种种，尽付惘然。对锦瑟而兴悲，叹无端而感切。如此体会，则诗神诗旨，跃然纸上。

《唐贤小三昧集续集》：得此结语，全首翻作烟波（末二句下）。

《唐诗笺注》：此义山年登五十，追溯平生而作也。

《唐诗笺要》：即用黄帝命素女鼓五十弦，悲不自止之意。中四句曲尽情致。

《龙性堂诗话》：细味此诗，起句说"无端"，结句说"惘然"，分明是义山自悔其少年场中，风流摇荡，到今始知其有情皆幻，有色皆空也。次句说"思华年"，懊悔之意毕露矣。此与香山《和微之梦游》诗同意。"晓梦"、"春心"、"月明"、"日暖"，俱是形容其风流摇荡处，着解不得。义山用事写意，皆此类也。　义山《锦瑟》诗之佳，在"一弦一柱"中思其"华年"，心绪紊乱，故中联不伦不次，没首没尾，正所谓"无端"也。而以"清和适怨"当之，不亦拘乎？

《诗学纂闻》：《锦瑟》乃是以古瑟自况。……世所用者，二十五弦之瑟,而此乃五十弦之古制,不为时尚。成此才学,有此文章,即己亦不解其故,故曰"无端",犹言无谓也。

《北江诗话》:《锦瑟》一篇,皆比体也。

《桐城吴先生评点唐诗鼓吹》:此诗疑为感国祚兴衰而作。

《隋唐史》:余颇疑此诗是伤唐室之残破,与恋爱无关。(元)好问金之遗民,宜其特取此诗以立说。

《选玉谿生补说》:心华结撰,工巧天成,不假一毫凑泊。

重过圣女祠

> 白石岩扉碧藓滋,上清沦谪得归迟。
> 一春梦雨常飘瓦,尽日灵风不满旗。
> 萼绿华来无定所,杜兰香去未移时。
> 玉郎会此通仙籍,忆向天际问紫芝。

【汇评】

《紫微诗话》:东莱公深爱义山"一春梦雨常飘瓦,尽日灵风不满旗"之句,以为有不尽之意。

《唐诗选脉会通评林》:周珽曰:首谓祠宇闲封者,由圣女被谪上清,留滞人间也。"雨常飘瓦"、"风不满旗",正"归迟"虚寂之景。"来无定所"、"去未移时",乃仙伴疏旷之象。末谓己之姓名倘在仙籍之中,当会此相问飞升不死之药也。

《贯华堂选批唐才子诗》:此则又托圣女以抒迁谪之怨也。

《五朝诗善鸣集》:"梦雨"、"灵风",大有《离骚》之致。"萼绿华"、"杜兰香",此亦《湘君》、《山鬼》之遗。

《义门读书记》:次联乃是圣女祠,移向别仙鬼庙不得。"玉郎"疑是自谓。

《载酒园诗话又编》:长吉、义山皆善作神鬼诗。《神弦曲》有幽阴之气,《圣女祠》多缥缈之思,……至"一春梦雨常飘瓦,尽日灵风不满旗",又似可亲而不可望,如曹植所云"神光离合,乍阴乍阳"也。

《玉谿生诗意》:此《圣女祠》与《锦瑟》、《无题》皆自寄托,不必认真。起以"碧藓滋"吊动"归迟"。下"一春"、"尽日",正应"归迟"。五、六以"萼绿华"、"杜兰香"逼出"玉郎",以"无定所"、"未移时"逼出"会此通仙籍"。以"忆向"遥应首句,言所会皆仙女,且不能长也。

《唐诗别裁》:圣女以形似得名,非果有其神,故以萼绿华、杜兰香比之。

《绁斋诗谈》:《重过圣女祠》云:"一春梦雨常飘瓦,尽日灵风不满旗。"思人微妙。夫朝云暮雨,高唐神女之精也。今经春梦中之雨,历历飘瓦,意者其将来耶?来则风肃然,上林神君之迹也,乃尽日祠前之风尚未满旗,意者其不来耶?恍惚缥缈,使人可想而不可即。鬼神文字如此做,真是不可思议。

《山满楼笺注唐诗七言律》:此借题以发抒己意也。从来才人失志,其一种无聊不平之思,必有所托,或托诸美人,或托诸香草,或托诸神仙鬼怪之事,如屈子之《离骚》是也。……"得归迟"三字是通篇眼目。

《玉谿生诗集笺注》:"沦谪"二字,一篇之眼,义山自慨由秘省清资而久外斥也。

《玉谿生诗说》:前四句写圣女祠,后四句写重过。盖于此有所遇,而托其词于圣女。

《唐诗近体》:"一春梦雨常飘瓦,尽日灵风不满旗",写得迷离恍惚。

《岘佣说诗》:"一春梦雨常飘瓦,尽日灵风不满旗",作飘缈幽思之语,而气息自沉,故非鬼派。

《诗境浅说》：玉谿此篇，借以寓身世之感，起结皆表明其意。……收笔承第二句"上清沦谪"之意，言曾侍玉皇香案，采芝往事，长忆天阶。全篇皆空灵缥缈之词，极才人之能事矣。

霜　月

初闻征雁已无蝉，百尺楼高水接天。

青女素娥俱耐冷，月中霜里斗婵娟。

【汇评】

《诚斋诗话》：五七字绝句最少而最难工，虽作者亦难得四句全好者，晚唐人与介甫最工于此。如李义山忧唐之衰，云："夕阳无限好，其奈近黄昏。"如"青女素娥俱耐冷，月中霜里斗婵娟"，如"芭蕉不展丁香结，同向春风各自愁"，如"莺花啼又笑，毕竟是难春"，……皆佳句也。

《二老堂诗话》：唐李义山《霜月》绝句："青女素娥俱耐冷，月中霜里斗婵娟。"本朝石曼卿云："素娥青女原无匹，霜月亭亭各自愁。"意相反而句皆工。

《李义山诗集辑评》：何焯云：第二句先写霜月之光，最接得妙，下二句是常语。

《玉谿生诗说》：首二句极写摇落高寒之意，则人不耐冷可知。却不说破，只以青女、素娥对照之，笔意深曲。

《玉谿生诗集笺注》：艳情也。

《唐贤清雅集》：托兴幽渺，自见风骨。

《精选评注五朝诗学津梁》：次句极写摇落高寒之意，则人不耐冷可知，妙不说破，只以对面衬映之。

异俗二首（其一）

原注：时从事岭南。

鬼疟朝朝避，春寒夜夜添。
未惊雷破柱，不报水齐檐。
虎箭侵肤毒，鱼钩刺骨铦。
鸟言成谍诉，多是恨彤幨。

【汇评】

《李义山诗集辑评》：朱彝尊曰：句句赋异俗，纪事体如是。
"未惊"、"不报"，言习以为常也。

《李义山诗集笺注》：姚培谦曰：一、二时令之乖。三、四见闻
之异；"未惊"、"不报"，言皆见惯也。"虎箭"、"鱼钩"，残忍性生。
"鸟言谍诉"，反怨其上，岂堪化诲耶？

《玉谿生诗说》：中晚唐诗，不难于新巧，而难于朴老；不难于
情韵，而难于气骨。二诗（按指《异俗二首》）不为佳作，然于中晚之
中，为尚有典型也。

《玉谿生诗集笺注》：田兰芳曰：声格似杜，不必于工处求之。

蝉

本以高难饱，徒劳恨费声。
五更疏欲断，一树碧无情。
薄宦梗犹泛，故园芜已平。
烦君最相警，我亦举家清。

【汇评】

《汇编唐诗十集》：唐云：堪与骆临海、张曲江并驰。

《唐诗归》：钟云：五字名士赞(首句下)。　　钟云：三字冷极，幻极("一树"句下)。　　钟云：自处不苟(末句下)。

《唐诗选脉会通评林》：周敬云：虞世南云"居高声自远"，骆宾王"清畏人知"、义山"本以高难饱"语，皆善言蝉之德。

《唐诗快》：说得有品有操，竟似虫中夷齐("本以"句下)。

《唐律消夏录》：首二句写蝉之鸣，三、四写蝉之不鸣；"一树碧无情"，真是追魂取气之句。五、六先作"清"字地步，然后借"烦君"二字折出结句来，法老笔高，中晚一人也。

《五朝诗善鸣集》：清绝。

《围炉诗话》：义山《蝉》诗，绝不描写用古，诚为杰作。

《唐音审体》：神句非复思议可通，所谓不宜释者是也("一树"句下)。

《唐诗成法》：三、四流水对，言蝉声忽断忽续，树色一碧。五、六说目前客况，开一笔，结方有力。

《李义山诗集笺注》：姚培谦曰：此以蝉自况也。蝉之自处既高矣，何恨之有？三承"声"字，四承"恨"字。五、六言我今实无异于蝉。听此声声相唤，岂欲以警我耶？不知我举家清况已惯，毫无怨尤，不劳警得也。

《唐诗观澜集》：追魂之笔，对句更可思而不可言("五更"二句下)。

《历代诗发》炉锤极妙，此题更无敌手。

《唐诗别裁》：取题之神("五更"句下)。

《唐贤小三昧集续集》：十字神妙("五更"二句下)。

《玉谿生诗说》：起二句斗入有力，所谓意在笔先。　　前半写蝉，即自喻；后半自写，仍归到蝉。隐显分合，章法可玩。

《网师园唐诗笺》：咏物而揭其神，乃非漫咏("五更"二句下)。

《唐贤清雅集》：比体，末点明正意。"一树碧无情"，比孟襄阳

"空翠落庭阴"更微妙,玩起结自见。

《唐诗三百首》:无求于世,不平则鸣;鸣则萧然,止则寂然。上四句借蝉喻己,以下直抒己意。

《岘傭说诗》:三百篇比兴为多,唐人犹得此意。同一咏蝉,虞世南"居高声自远,端不藉秋风",是清华人语;骆宾王"露重飞难进,风多响易沉",是患难人语;李商隐"本以高难饱,徒劳恨费声",是牢骚人语。比兴不同如此。

《诗境浅说》:学作诗者,读宾王《咏蝉》,当惊为绝调;及见玉谿诗,则异曲同工,可见同此一题,尚有馀义,若以他题咏物,深思善体,不患无着手处也。

潭　州

潭州官舍暮楼空。今古无端入望中。
湘泪浅深滋竹色,楚歌重叠怨兰丛。
陶公战舰空滩雨,贾傅承尘破庙风。
目断故园人不至,松醪一醉与谁同?

【汇评】

《李义山诗集辑评》:朱彝尊曰:颔联古,腹联今。　何焯曰:"无端"二字,从空楼写出,绝妙章法。"无端"二字有怨意。要知只是自己无聊,与古人原无与。唯其意有未得,故无端所见,皆增悲感,观首末可知。

《唐诗贯珠》:此义山平铺直叙之作。中间四句皆用望中本地风光,是承古;结句是承今也。

《五朝诗善鸣集》:次句作领,中四句所谓"今古无端",无叠床架屋之迹。

《山满楼笺注唐诗七言律》:触物思人,抚今追昔,不觉一时俱到眼前,此所谓"无端入望中"也。然而何以遣之？意唯是呼朋把酒,庶可一消其寂寞,而今则安可得哉！玩"目断故园",一醉谁同,见潭州并无一人可语。

《昭昧詹言》：按义山于会昌四年至潭州,从杨嗣复也。此亦是咏怀古迹,以第二句为主,而下俱即潭之事景言之。

《王闿运手批唐诗选》：起句非潭州不称,不可移咸阳。

赠刘司户蕡

> 江风吹浪动云根,重碇危樯白日昏。
> 已断燕鸿初起势,更惊骚客后归魂。
> 汉廷急诏谁先入？楚路高歌自欲翻。
> 万里相逢欢复泣,凤巢西隔九重门。

【汇评】

《李义山诗集辑评》：朱彝尊曰：上半首兴而比也,取"白日昏"之义。又曰：四句直下,故对不甚工。

《唐诗贯珠》：首二句比也。风浪动云根,阉人之势狂横；"重碇危樯"比蕡,"白日昏"言朝廷。……结言目前远谪相逢。欢者,难遇而得遇；泣者,悲其屈抑,而凤巢遥隔君门耳。

《李义山诗集笺注》：姚培谦曰：此恨忠直之不见容也。风浪奔腾,有滔天翳日之势,不但进用无由,而且放逐堪惊,世运可知矣。

《玉谿生诗意》：一、二写时景,以风喻中人,以日喻朝庭。三比初对策被放,四比被贬。五,贤良无出其右者,彼先登高第,果何人哉？犹言刘蕡下第,我辈登科也。六,相逢柳州。七、八总结上六句,言君门万里,无可诉冤也。

《玉谿生诗说》：起二句赋而比也。不待次联承明,已觉冤气抑塞,此神到之笔。七句合到本位,只"凤巢西隔九重门"一句竟住,不消更说,绝好收法。

悼伤后赴东蜀辟至散关遇雪

剑外从军远,无家与寄衣。

散关三尺雪,回梦旧鸳机。

【汇评】

《义门读书记》:通首不离"悼伤后"三字。

《李义山诗集笺注》:姚培谦曰:悲在一"旧"字。

《李义山诗集辑评》:纪昀曰:盛唐馀响。"回梦旧鸳机",犹作有家想也。"可怜无定河边骨,犹是春闺梦里人",是此诗对面。

《唐人万首绝句选评》:此悼亡诗也。情深语婉,意味不尽,义山五绝中压卷之作。

《诗境浅说续编》:此玉谿悼亡之意也。昔年砧杵西风,恐寒到君边,征衣先寄。今则客子衣单,散关立马,风雪漫天,回首鸳鸯机畔,长簟床空,当日寒闺刀尺,怀远深情,徒萦梦想耳。

《选玉谿生诗补说》:一呼三应,二呼四应。机上无人,故无衣可寄;积雪散关,益增梦想,凄绝!

《唐人绝句精华》:无家之人于远方雪夜中,忽作有家之梦,情已可伤,况当悼亡之后,何以为怀?"鸳机"二字中含有无限温暖在。

乐游原

向晚意不适,驱车登古原。

夕阳无限好,只是近黄昏。

【汇评】

《彦周诗话》：觉范作《冷斋夜话》，有曰："诗至李义山，为文章一厄。"仆读至此，蹙额无语。渠再三穷诘，仆不得已曰："夕阳无限好，只是近黄昏。"觉范曰："我解子意矣！"即时删去。今印本犹存之，盖已前传出者。

《唐诗品汇》：杨诚斋云：此诗忧唐祚将衰也。

《删订唐诗解》：吴昌祺云：二句似诗馀，然亦首选。宋人谓喻唐祚，亦不必也。

《李义山诗集辑评》：何焯曰：迟暮之感，沉沦之痛，触绪纷来，悲凉无限。　又曰：叹时无宣帝可致中兴，唐祚将沦也。朱彝尊曰：言值唐家衰晚也。　纪昀曰：百感茫茫，一时交集，谓之悲身世可，谓之忧时事亦可。　又曰：末二句向来所赏，实妙在第一句倒装而入，乃字字有根。或谓"夕阳"二句近小词，此充类至义之尽语，要不为无见，赖起二句苍劲足相救耳。

《李义山诗集笺注》：姚培谦曰：销魂之语，不堪多诵。

《玉谿生诗意》：时事遇合，俱在个中，抑扬尽致。

《诗法易简录》：以末句收足"向晚"意，言外有身世迟暮之感。

《唐贤小三昧集续集》；怆怀欲绝（末二句下）。

《读雪山房唐诗钞序例》：李义山《乐游原》诗，消息甚大，为绝句中所未有。

《网师园唐诗笺》：爱惜景光，仍收到"不适"（末二句下）。

《岘佣说诗》：义山"向晚意不适，……"叹老之意极矣，然只说夕阳，并不说自己，所以为妙。五绝、七绝，均须如此，此亦比兴也。

《小匏庵诗话》：李义山诗"夕阳无限好，只是近黄昏"，宋程伯子诗"未须愁日暮，天际是轻云"，寥寥十字，两朝兴废之迹寓焉。……孰谓诗人吟风嘲月，无当于辀轩之采乎？

《选玉谿生诗补说》："向晚"二字，领起全神。

《诗境浅说续编》：诗言薄暮无聊，藉登眺以舒怀抱。烟树人家，在微明夕照中，如天开图画；方吟赏不置，而无情暮景，已逐步逼人而来，一入黄昏，万象都灭，玉谿生若有深感者。

《唐人绝句精华》：作者因晚登古原，见夕阳虽好而黄昏将至，遂有美景不常之感。此美景不常之感，久蕴积在诗人意中，今外境适与相合，故虽未明指所感，而所感之事即在其中。

北齐二首

其一

一笑相倾国便亡，何劳荆棘始堪伤！
小怜玉体横陈夜，已报周师入晋阳。

【汇评】

《李义山诗集辑评》：朱彝尊曰：故用极亵昵字，末句接下方有力。　　何焯曰：此篇最警切，用意可谓反复深至。　　纪昀曰：议论以指点出之，神韵自远。若但议论而乏神韵，则周昙、胡曾之流仅有名论矣。诗固有理足意正而不佳者。

《李义山诗集笺注》：姚培谦曰：沉痛得《正月》诗人遗意。

《玉谿生诗意》："一"字、"便"字，"何劳"字、"始堪"字、"已报"字，相呼相应。

《诗法易简录》："便亡"字，"已报"字，令人读之竦然，垂戒深矣。

《秋窗随笔》："横陈"二字见宋玉赋，古今以为艳语。《楞严经》有云："于横陈时，味如嚼蜡。"作此注脚，亦稍寓微意。

其二

巧笑知堪敌万几，倾城最在着戎衣。

晋阳已陷休回顾，更请君王猎一围。

【汇评】

《李义山诗集辑评》：朱彝尊曰：有案无断，其旨更深。　　何
焯曰：上篇叹其不知不见是图，下篇叹其至死不悟。　　纪昀曰：
此首较有含蓄，妙于不纤不佻，唯起句稍滞相耳。　　又曰：四家
评曰："警快"。廉衣评曰：芥舟云二诗太快，然病正在前二句欠深
浑，后二句必如此快写始妙。

《重订李义山集笺注》：程梦星曰：以托北齐以慨武宗、王才人
游猎之荒淫也。

《诗法易简录》：只叙其事，不着议论，而荒淫沉迷，写得可笑
可哀。

《绅斋诗谈》：不说他甚底，罪案已定，此咏史体。

《唐人万首绝句选评》：二首案而不断，意味无尽，视咏史好为
议论者，不如此之深切也。

《射鹰楼诗话》：诗但述其事，不溢一词，而讽谕蕴藉，格律极
高。此唐人擅长处。

《李义山诗辨正》：前篇首二句语虽朴质，而神味极自然。此
篇起句亦笔力苍劲，警策异常。纪氏谓其"欠浑"、"滞相"，盖未统
会全篇气息观之耳。

《诗境浅说续编》：名都已失，戎马生郊，而犹羽猎戎装，掷金
瓯而不顾。后二句神采飞扬，千载下诵之，声口宛然，词人妙笔也。

南　朝

玄武湖中玉漏催，鸡鸣埭口绣襦回。
谁言琼树朝朝见，不及金莲步步来。
敌国军营漂木柿，前朝神庙锁烟煤。

满宫学士皆颜色，江令当年只费才。

【汇评】

《义门读书记》：此等诗须细味其高情远识。起连便是南朝国势必为北并，况又加之陈叔宝乎？二十八字中叙四代兴亡，全不费力，又其馀事也。

《唐音审体》：罗列故实，其意盖本《玉台》艳体作咏史诗也。义山创此格，遂为西昆诸公之祖。

《李义山诗解》：此讥南朝皆以荒淫覆国，而叹陈之后主为尤甚也。起二语叙宋、齐事，随写随撇。三四用反语转出陈来，句法最为跌宕；曰"谁言"，曰"不及"，是殆有加焉之意。下半言咎不独在君也。

《重订李义山诗集笺注》：程梦星曰：南朝偏安江左，历代皆事荒淫。……首举宋、齐，则梁、陈可知；末举梁、陈，则宋、齐概见：此行文参错交互之法也。

《玉谿生诗意》：起二句写时、地。下以"谁言"、"不及"四字调笑之。五、六写亡国。七、八又追写未亡事，以见安得不亡意。

《唐诗别裁》：题概说南朝，而主意在陈后主。

《玉谿生诗集笺注》：首二句志旧地而纪新游，三、四跌重陈朝，下半纯是陈事。案而不断，荒淫败亡一一毕露，真善于措词矣。

《李义山诗集辑评》：纪昀曰：三、四言叔宝之荒淫过于东昏也；"谁言"、"不及"，弄姿以取瞽脱耳。五、六提笔振起，七、八冷掉作收，是义山法门。

《小清华园诗谈》：吊古之诗，须褒贬森严，具有《春秋》之义，使善者足以动后人之景仰，恶者足以垂千秋之炯戒……读刘禹锡《西塞山怀古》前半篇暨义山"敌国军营"二句，令人凛然知忧来之无方，祸至之无日，而思预防之心，不可不日加惕也，吁，至矣！

《昭昧詹言》：先君云：此专为陈后主而作，吐属绞而婉，叙致错综变化。前四句中，叙四代兴亡，全不费力，却又宾主跌宕变化，不可方物，咏古极则也。

《选玉谿生诗补说》：用一"催"字，"回"字，已撇过两朝矣，精细乃尔。

听　鼓

城头叠鼓声，城下暮江清。

欲问渔阳掺，时无祢正平。

【汇评】

《李义山诗集辑评》：何焯曰：正为身似正平耳。

《李义山诗集笺注》：姚培谦曰：借鼓声抒愤懑也。

《玉谿生诗集笺注》：此游江乡作，未定前后何时也。祢衡遇害于江夏，得毋于武昌感叹而作欤！

《玉谿生诗说》：有清壮之音，以气格胜。次句着"城下暮江清"五字，益觉萧瑟空旷，动人远想。此渲染之法。

浑河中

九庙无尘八马回，奉天城垒长春苔。

咸阳原上英雄骨，半向君家养马来。

【汇评】

《李义山诗集笺注》：程梦星：此诗追述浑瑊，与《复京》诗追述李晟，皆借往日之名将，以叹今日之无人。

《李义山诗集辑评》：纪昀：后二句言当时厮役皆是英雄，则瑊之为人可知矣。

夜雨寄北

君问归期未有期，巴山夜雨涨秋池。
何当共剪西窗烛，却话巴山夜雨时？

【汇评】

《对床夜语》：贾岛《渡桑乾》云："客舍并州已十霜，归心日夜忆咸阳。无端更渡桑乾水，却望并州是故乡。"李商隐《夜雨寄人》云："君问归期未有期，……"此皆袭其句而意别者。若定优劣，品高下，则亦昭然矣。

《增定评注唐诗正声》：郭云：两叠"巴山夜雨"，无聊之甚。

《唐诗绝句类选》：蒋仲舒曰：末二句又翻出一层。

《唐诗选脉会通评林》：李梦阳曰：唐诗如贵介公子，风流闲雅，观此信然。唐汝询曰：题曰"寄北"，此必私暱之人。就景生意，为后人话旧长谈。　　以今夜雨中愁思，冀为他日相逢话头，意调俱新。第三句应转首句，次句生下落句，有情思。盖归未有期，复为夜雨所苦，则此夕之寂寞，唯自知之耳。得与共话此苦于剪烛之下，始一腔幽衷，或可相慰也。"何当"、"却话"四字妙，犁犁云树之思可想。

《李义山诗集辑评》：何焯曰：水精如意玉连环，荆公屡仿此。纪昀曰：探过一步作结，不言当下云何，而当下意境可想。　　又曰：作不尽语每不免有做作态，此诗含蓄不露，却不似一气说完，故为高唱。

《唐诗绎》：首是寄诗缘起，一句内含问答。二写寄诗时景、时、地，俱显。三、四于寄诗之夜，预写归后追叙此夜之情，是加一倍写法。

《玉谿生诗意》：即景见情，清空微妙，玉谿集中第一流也。

《李义山诗集笺注》：姚培谦曰：白居易"料得家中夜深坐，还应说着远行人"，是魂飞到家里去。此诗则又预飞到归家后也，奇绝！

《唐诗别裁》：此寄闺中之诗。

《唐诗笺注》：滞迹巴山，又当夜雨，却思剪烛西窗，将此夜之愁细诉，更觉愁绪缠绵，倍为沉挚。

《古唐诗合解》：此诗内复用"巴山夜雨"，一实一虚。

《历代诗发》：圆转如铜丸走阪，骏马注坡。

《唐人万首绝句选评》：婉转缠绵，荡漾生姿。

《玉谿生诗集笺注》：语浅情深，是寄内也。然集中寄内诗皆不明标题，仍当作"寄北"。

《精选评注五朝诗学津梁》：句意蕴藉。

《札朴》：义山"君问"云云，眼前景反作日后怀想，意最婉曲。

《岘佣说诗》：李义山"君问归期"一首，贾长江"客舍并州"一首，曲折清转，风格相似；取其用意沉至，神韵尚欠一层也。

《诗境浅说续编》：清空如话，一气循环，绝句中最为擅胜。诗本寄友，如闻娓娓清谈，深情弥见。此与"客舍并州已十霜"诗，皆首尾相应，同一机轴。

《选玉谿生诗补说》：只一转换间，慧舌慧心。

《唐人绝句精华》：如此作法，笔势非常矫健，且可省却许多语言，诗家谓之顿挫者是也。

陈后宫

茂苑城如画，阊门瓦欲流。
还依水光殿，更起月华楼。
侵夜鸾开镜，迎冬雉献裘。

从臣皆半醉,天子正无愁。

【汇评】

《李义山诗集辑评》:朱彝尊曰:与《南朝》诗同。

《义门读书记》:此诗极深于作用,自觉味在咸酸之外。

《李义山诗集笺注》:姚培谦曰:茂苑闾门,见一隅之地;依殿起楼,见工役不休。五句,是无朝暮;六句,是无冬夏。君臣都在醉梦中,焉得不亡?

《玉谿生诗意》:一二城郭之壮丽,三四宫殿之华美。五女色之妍,六衣服之赊。臣醉而君无愁,荒淫如此,安得不亡?

《重订李义山诗集笺注》:程梦星曰:题为《陈后宫》,结句乃用北齐事。合观全篇,又不切陈,盖借古题以论时事也……若作怀古,则陈、齐踳驳,了无义理。

《李义山诗说》:此种尖俏之笔,作小诗则耐人寻味,作律诗则嫌于剽而不留,非大方气体,虽有馀意,终乏厚味也。

《李义山诗辨正》:不说出方有馀味,方得讽刺体,此比兴所以高于赋也。

忆 梅

定定住天涯,依依向物华。
寒梅最堪恨,常作去年花。

【汇评】

《李义山诗集辑评》:何焯曰:得名最早,却不值荣进之期,此比体也。　　纪昀曰:意极曲折。

《李义山诗集笺注》:姚培谦曰:自己不能去,却恨寒梅,妙绝。

《玉谿生诗意》:"定定"字,俚语入诗却雅。一忆之由,二忆之时,三、四忆之反词。

《玉谿生诗集笺注》：梅寒大堪恨，忍令我定定天涯，恨之，故忆之，与下章（按指《天涯》）意同。

《唐诗笺注》："定定"字新。"长作去年花"，"定定"意出，又妙在"依依"二字，如画家皴法，再即"定定"烘染，说得可怜。

《玉谿生诗说》：末二句用意极曲折可味，但篇幅少狭耳。

初　起

想象咸池日欲光，五更钟后更回肠。
三年苦雾巴江水，不为离人照屋梁。

【汇评】

《李义山诗集辑评》：何焯曰：因（固）是两川实事，亦自诉戴盆之怨也。又曰：深曲。

《李义山诗集笺注》：姚培谦曰：此寓见弃于时之意。"日"喻君恩，"苦雾"喻排摈者。

《玉谿生诗意》：五更即望日出，乃日出而不照屋梁三年于兹矣。

《重订李义山诗集笺注》：程梦星曰：此在东川幕中感叹流滞之作。……玩起语"想象咸池"四字，则寄情遥远可知，非专为蜀中漏天之谚也。

柳

柳映江潭底有情，望中频遣客心惊。
巴雷隐隐千山外，更作章台走马声。

【汇评】

《李义山诗集辑评》：何焯曰：此亦思北归而不得也。　　纪昀曰：深情忽触，不复在迹象之间。

《李义山诗集笺注》：姚培谦曰：此春去夏来之景。"巴雷"隐隐，非复"章台走马"之时，悲在"更作"二字。

《玉谿生诗意》：客心思乡，望江潭柳色已自心惊，况"巴雷隐隐"更作"章台走马"之声乎？

《玉谿生诗集笺注》：走马章台，乃官于京师者也。今雷在巴山，声偏相类，益惊远客之心矣。意曲而挚。

《选玉谿生诗补说》：言旅况难堪也。　　义山绝句，多用推进一层法。

韩　碑

元和天子神武姿，彼何人哉轩与羲。

誓将上雪列圣耻，坐法宫中朝四夷。

淮西有贼五十载，封狼生䝙䝙生罴。

不据山河据平地，长戈利矛日可麾。

帝得圣相相曰度，^①贼斫不死神扶持。

腰悬相印作都统，阴风惨澹天王旗。

愬武古通作牙爪，仪曹外郎载笔随。

行军司马智且勇，十四万众犹虎貔。

入蔡缚贼献太庙，功无与让恩不訾。

帝曰汝度功第一，汝从事愈宜为辞。

愈拜稽首蹈且舞，金石刻画臣能为。

古者世称大手笔，此事不系于职司。

当仁自古有不让，言讫屡颔天子颐。

公退斋戒坐小阁，濡染大笔何淋漓！

点窜尧典舜典字，涂改清庙生民诗。

文成破体书在纸,清晨再拜铺丹墀。

表曰臣愈昧死上,咏神圣功书之碑。

碑高三丈字如斗,负以灵鳌蟠以螭。

句奇语重喻者少,谗之天子言其私。

长绳百尺拽碑倒,粗砂大石相磨治。

公之斯文若元气,先时已入人肝脾。

汤盘孔鼎有述作,今无其器存其辞。

呜呼圣皇及圣相,相与烜赫流淳熙。

公之斯文不示后,曷与三五相攀追?

愿书万本诵万过,口角流沫右手胝。

传之七十有二代,以为封禅玉检明堂基。

【原注】

①《晏子春秋》:仲尼,圣相也。

【汇评】

《艇斋诗话》:李义山诗雕镌,唯《咏平淮西碑》一篇,诗极雄健,不类常日作。如"点窜《尧典》《舜典》字,涂改《清庙》《生民》诗"及"帝得圣相相曰度,贼斫不死神扶持"等语,甚雄健。

《彦周诗话》:李义山诗,字字锻炼,用事婉约,仍多近体,唯有《韩碑》诗一首是古体。有曰:"涂改《尧典》《舜典》字,点窜《清庙》《生民》诗。"岂立段碑时躁词耶?

《唐诗镜》:宏达典雅,其品不在《淮西碑》下。

《唐诗归》:钟云:特识("此事不系"句下)。 钟云:二语是此诗大主意("点窜《尧典》"二句下)。 钟云:文章定价,说得帝王无权("公之斯文"二句下)。 谭云:比例甚妙("汤盘孔鼎"二句下)。 钟云:一篇典谟、雅颂大文字,出自纤丽手中,尤为不测。 谭云:文章语作诗,毕竟要看来是诗,不是文章。

《诗源辩体》:(义山)七言唯《韩碑》、《安平公》二诗稍类退之,而《韩碑》为工。

《李义山诗集辑评》：朱彝尊曰：题赋《韩碑》，诗定学韩文，神物之善变如此。　　纪昀：笔笔挺拔，步步顿挫，不肯作一流易语。

《五朝诗善鸣集》：此大手笔也，出之纤浓艳丽之人，令人不测，非唯晚唐，亦初、盛、中有数文字。

《义门读书记》：可继《石鼓歌》，字字古茂，句句典雅，颂美之体，讽刺之遗也。

《唐音审体》：诗咏韩碑，即用韩文叙事笔法。然是学韩文，非学韩诗也，识者辨之。

《载酒园诗话又编》：《韩碑》诗亦甚肖韩，仿佛《石鼓歌》气概，造语更胜之。

《中晚唐诗叩弹集》：义山古诗奇丽，有酷似长吉处，独此篇直追退之，荆公谓其得老杜藩篱，亦以近体言之耳。

《古欢堂集杂著》：李商隐《韩碑》一首，媲杜凌韩，音声节奏之妙，令人含咀无尽。每怪义山用事隐僻，而此诗又别辟一境，诗人莫测如此。

《野鸿诗的》：（李商隐）唯《韩碑》一首乃为可取，惜"彼何人哉轩与羲"句，恶劣不堪颂耳。

《消寒诗话》：义山《韩碑》，在其诗中另自一体，直拟退之，殆复过之。

《古诗选·七言诗凡例》：杜七言千古标准，自钱、刘、元、白以来无能步趋者。贞元、元和间，学杜者唯韩文公一人耳……李义山《韩碑》一篇，直追昌黎。

《唐诗观澜集》：玉谿诗以纤丽胜，此独古质，纯以气行，而句奇语重，直欲上步韩碑，乃全集中第一等作。　　"封狼生貙貙生罴"，句奇。

《唐诗别裁》：晚唐人古诗，秾鲜柔媚，近诗馀矣。即义山七古，亦以辞胜。独此篇，意则正正堂堂，辞则鹰扬凤翙，在尔时如景星庆云，偶然一见。

《唐诗易简录》：七仄句作提笔，倍见峭劲。叠用"相"字，其和转筋脉在此，其古趣横生亦在此（"帝得圣相"句下）。

《唐贤清雅集》：义山自负杜诗韩文，此篇即本碑体成诗。渔洋山人谓直追昌黎，愚意有过之无不及也。　叙事简明，极似碑文。　一路烟云缭绕，至此三峰连合，脱卸到作碑着重司马一层（"行军司马"句下）。　写得十分郑重，与后"拽碑倒"相激射点窜，确亦可谓大笔淋漓，句奇语重（"濡染大笔"句下）。　大段排宕，至此"一落千丈强"；故意用"长绳"、"粗砂"、"大石"等字，增其气焰，亦自学韩得来（"长绳百尺"二句下）。　仍用总束回应成章法，归重碑文作结。余尝言不熟《史记》法，不能作七古大篇。观此知非臆说，作七古最要紧是气，最好熟读千万遍，自然异人。

《唐贤小三昧集续集》：星心月口，忽变为伟调雄文，才人固不可测。

《网师园唐诗笺》：昌黎出人头地，正在句奇语重，咏韩诗便似韩笔，才人能事，无所不可。

《七言诗平仄举隅》：中间顿宕纡回，于此第五字用平处见之（"帝曰汝度"句下）。　第四字变换者二句，皆极力摹仿韩公之撑住也。而前句以二"貅"字相磨戛出之，尚不自觉；后句以"功"字撑出，又以"书"字硬接，则劲势到二十分矣。此句内五平间以二仄，而其势较前句之七平者更劲：是岂得以七仄、七平之例泥之乎（"咏神圣功"句下）！

《读雪山房唐诗序例》：李义山《韩碑》，句奇语重，追步退之。

《选玉谿生诗补说》：淮西之役，晋公以宰相督师，则功罪系焉。韩碑归美天子，推重晋公，《春秋》法也，况碑文于愬功原未尝略,前人论之详矣。义山此摩昌黎酷肖。或云义山与段文昌之子成式交,故不敢贬段。愚谓诗取蕴藉,极力推重韩碑,则段碑自见,义山原未尝有讳也。若侈口诋段,岂复成风雅乎!

宿骆氏亭寄怀崔雍崔衮

竹坞无尘水槛清,相思迢递隔重城。

秋阴不散霜飞晚,留得枯荷听雨声。

【汇评】

《义门读书记》:寓情之意,全在言外。

《李义山诗集辑评》:何焯曰:下二句暗藏永夜不寐,相思可以意得也。　　纪昀曰:不言雨夜无眠,只言枯荷聒耳,意味乃深。直说则尽于言下矣。　　又曰:"相思"二字,微露端倪,寄怀之意,全在言外。

《李义山诗集笺注》:姚培谦曰:秋霜未降,荷叶先枯,多少身世之感!

《玉谿生诗意》:一骆氏亭,二寄怀,三见时,四情景,写"宿"字之神。

《玉谿生诗说》:分明自己无聊,却就枯荷雨声渲出,极有馀味;若说破雨夜不眠,转尽于言下矣。"秋阴不散"起"雨声","霜飞晚"起"留得枯荷",此是小处,然亦见得不苟。

风　雨

凄凉宝剑篇,羁泊欲穷年。

黄叶仍风雨,青楼自管弦。

新知遭薄俗,旧好隔良缘。

心断新丰酒,消愁斗几千。

【汇评】

《唐诗镜》：三四语极自在。诗以不做为佳。中、晚刻核之极，有翻入自然者，然未易多摘耳。

《李义山诗集笺注》：姚培谦曰：凄凉羁泊，以得意人相形，愈益难堪。风雨自风雨，管弦自管弦，宜愁人之肠断也。夫新知既日薄，而旧好且终暌，此时虽十千买酒，也消此愁不得，遑论新丰价值哉！

《玉谿生诗意》：当凄凉羁泊时，风雨之夕，听青楼管弦，因感新知旧好，而思斗酒消愁，情甚难堪。

《玉谿生诗说》：神力完足。"仍"字、"自"字，多少悲凉！

《唐诗三百首》："仍"字、"自"字诗眼（"黄叶"二句下）。

梦　泽

梦泽悲风动白茅，楚王葬尽满城娇。

未知歌舞能多少，虚减宫厨为细腰。

【汇评】

《李义山诗集辑评》：朱彝尊曰：题不曰"楚宫"，而曰"梦泽"，亦借用也。　　纪昀曰："满城娇"三字太鄙。

《李义山诗集笺注》：姚培谦曰：普天下揣摩逢世，才人读此，同声一哭矣。

《玉谿生诗意》：此因梦泽宫娃之坟，而兴叹当时之歌舞也。制艺取士，何以异此，可叹！

《玉谿生诗说》：繁华易尽，却从当日希宠者一边落笔，便不落吊古窠臼。

《选玉谿生诗补说》：一笼罩全神，二点明题旨，三、四则申明其义也。"虚减",宫人自减之,亦楚王减之也,二意并到。

七月二十八日夜与王郑二秀才听雨后梦作

初梦龙宫宝焰然,瑞霞明丽满晴天。
旋成醉倚蓬莱树,有个仙人拍我肩。
少顷远闻吹细管,闻声不见隔飞烟。
逡巡又过潇湘雨,雨打湘灵五十弦。
瞥见冯夷殊怅望,鲛绡休卖海为田。
亦逢毛女无憀极,龙伯擎将华岳莲。
恍惚无倪明又暗,低迷不已断还连。
觉来正是平阶雨,独背寒灯枕手眠。

【汇评】

《李义山诗集辑评》:朱彝尊曰:律诗而无对偶,古诗而叶今调,此格仅见。 何焯曰:述梦即所以自寓。 又曰:诗是七古而声调合律,仅见此篇。 纪昀曰:《杜秋诗》、《桐叶诗》亦是此格,意必当时有此别体,然究不可训,故后人罕为之。

《李义山诗集笺注》:姚培谦曰:六句况人间得意事,六句况人间失意事,末四句况得意失意同归于尽也。托意与少陵《渼陂行》略同。

《玉谿生诗意》:一段仙会甚明。二段云雨分明。三段又换一境。四段上二句结梦,下二句以阶雨结梦雨。不唯梦中仙人冯夷、毛女、龙伯不见,并二秀才亦去也。

《重订李义山诗集笺注》:程梦星曰:通篇首尾以"梦"、"觉"二字照应,盖寓言半生如梦似幻也。

《玉谿生诗集笺注》:假梦境之变幻,喻身世之遭逢也。

《诗学纂闻》:唐人五言四韵之律多不对者,七言无之。乃有七言长律而不对者,如李义山《七月二十八日夜与王郑二秀才听雨后作》,此诗调谐响协,若编入古体,则凡笔力孱弱者皆得援以藉口矣,故断其为长律而无疑也。

《李义山诗辨正》:此诗本事未详,语太迷幻,故阅者不见其佳处。唯桐乡冯氏谓自叙生平,似为得之。

寄令狐郎中

嵩云秦树久离居,双鲤迢迢一纸书。
休问梁园旧宾客,茂陵秋雨病相如。

【汇评】

《唐诗绝句类选》:义山此诗落句以相如自况,此是用古事为今事,用死事为活事。

《增定评注唐诗正声》:以死事为活事,妙妙(首句下)。俗甚("双鲤迢迢"句下)。　　于鳞七绝多此句法(末句下)。

《唐诗解》:嵩云秦树,天各一方,所可达者唯书耳。然我秋雨抱疴,无足问也。

《唐诗选脉会通评林》:义山才华倾世,初见重于时相,每以梁园宾客自负,后因被斥,所向不如其志,故此托卧病茂陵以致慨。

《玉谿生诗意》:求荐达之意在言外。

《玉谿生诗笺注》:杨守智云:其词甚悲,意在修好。

《李义山诗集辑评》:纪昀曰:一唱三叹,格韵俱高。

《唐人万首绝句选评》:布置工妙,神味隽永,绝句之正鹄也。

《诗境浅说续编》:义山与令狐相知久。退闲以后,得来书而却寄以诗,不作乞怜语,亦不涉觖望语,鬓丝病榻,犹回首前尘,得诗人温柔悲悱之旨。

哭刘蕡

上帝深宫闭九阍,巫咸不下问衔冤。
广陵别后春涛隔,溢浦书来秋雨翻。
只有安仁能作诔,何曾宋玉解招魂?
平生风义兼师友,不敢同君哭寝门。

【汇评】

《贯华堂选批唐才子诗》:一解四句,便有搏胸叫天、奋颅击地、放声长号、涕泗纵横之状。

《唐诗快》:才人衔冤之魂多矣,巫咸可胜问,宋玉可胜招乎?

《唐诗贯珠》:虽用《离骚》,实赋当时之事,比既切当,而上帝亦可双夹。…阔大典雅,所以为妙。 此二句不同寻常格调,是倒插之意,然弥见其疏宕耐味("黄陵别后"二句下)。

《李义山诗集笺注》:姚培谦曰:此痛忠直之不容于世也。……举声一哭,盖直为天下恸,而非止哀我私也。

《玉谿生诗意》:上帝深居,已不可见,又闭九阍,更难通矣。巫阳下问,犹可鸣冤,今又不然,冤死宜矣。……七、八终不敢改平日之交情。

《唐诗别裁》:上帝不遣巫咸问冤,言既阨于人,并阨于天也。

《唐贤小三昧集续集》:情至之语,不假雕饰(末二句下)。

《玉谿生诗说》:一气鼓荡,字字沉郁。

《读雪山房唐诗序例》:不知其人视其友,观义山《哭刘蕡》诗,知非仅工词赋者。

《精选五七言律耐吟集》:五、六句暗切当时情事。

《昭昧詹言》:一起沉痛,先叙情。三、四追溯。五、六顿转。收亲切沉着。先将正意作棱,次融叙,而三、四又每句用棱,此秘法也。

杜司勋

高楼风雨感斯文,短翼差池不及群。

刻意伤春复伤别,人间惟有杜司勋。

【汇评】

《李义山诗集辑评》:朱彝尊曰:意以自比。

《义门读书记》:高楼风雨,短翼差池,玉谿方自伤春伤别乃尔,有感于司勋之文也。

《唐诗快》:伤春伤别,寻常语耳。苦切在"刻意"二字。

《李义山诗集笺注》:姚培谦曰:天下唯有至性人,方解"伤春伤别"。茫茫四海,除杜郎外,真是不晓得伤春,不晓得伤别也。

《玉谿生诗意》:三即首句"斯文",言司勋之诗当世第一人也。

《重订李义山诗集笺注》:程梦星曰:义山于牧之凡两为诗,其倾倒于小杜者至矣。然"杜牧司勋字牧之"律诗,专美牧之也,此则借牧之慨己也。盖以牧之之文词,三历郡而后内迁,已可感矣,然较于己短翼雌伏者,不犹愈耶!此等伤心,唯杜经历,差池铩羽,不及群飞,良可叹也。玩上二语,伤己意多而颂杜意少,味之可见。

《玉谿生诗集笺注》:"伤春"谓宦途,"伤别"谓远去。　　杨守智曰:极力推重樊川,正是自作声价。

《玉谿生诗说》:起二句义山自道,后二句乃借司勋对面写照,诗家弄笔法耳。"杜司勋"三字摘出为题,非咏杜也。

《唐人万首绝句选评》:借以自比,含思悠然。

《唐绝诗钞注略》:晚唐之初,牧之、义山,体格不同,而文采相敌,观《樊南乙集》可知,故曰"人间唯有"云云。

《唐人绝句精华》:伤春伤别而曰"刻意",曰"人间唯有",则知伤春伤别者亦非易得也。

杜工部蜀中离席

人生何处不离群？世路干戈惜暂分。

雪岭未归天外使，松州犹驻殿前军。

座中醉客延醒客，江上晴云杂雨云。

美酒成都堪送老，当垆仍是卓文君。

【汇评】

《四溟诗话》：（诗）亦有简而弗佳者，若……李义山"江上晴云杂雨云"，不如刘梦得"东边日出西边雨，道是无情还有情"。

《贯华堂选批唐才子诗》：起手七字，便是工部神髓。其突兀而起，淋漓而下，真乃有唐一代无数巨公曾未得闯其篱落者。

《李义山诗集笺注》：朱鹤龄云：乃拟杜工部体也。

《围炉诗话》：（杜甫）"童稚情亲"篇，只前二联诗意已足，后二联无意，以兴完之。义山《蜀中离席》诗正仿此篇之体。

《答万季野诗问》：介甫谓义山深有得于少陵，而止赞"雪岭未归"一联，是见其炼句，而未见其炼局也。

《义门读书记》：一则干戈满路，一则人丽酒浓，两路夹写出惜别，如此结构，真老杜正嫡也。诗至此，一切起承转合之法，何足绳之？然"离席"起，"蜀中"结，仍是一丝不走也。此等诗须合全体观之，不可以一字一句求其工拙。荆公只赏他次联，犹是皮相。

《唐律偶评》：起句用反喝，便顿挫曲折，杜诗笔势也。"暂分"二字反呼"堪送"，老杜诗脉络也。

《唐诗绎》：此拟杜工部体也。首点"离"字，却作开势；二方是一篇主句。

《缄斋诗谈》："雪岭未归天外使，松州犹驻殿前军。"分明是老杜化身。回鹘之骄,吐蕃之横,至今可想,岂止徒作壮语。

《李义山诗解》:义山拟为是诗,直如置身当日,字字从杜甫心坎中流露出来,非徒求似其声音笑貌也。

《玉谿生诗意》:虽无工部之深厚曲折,而声调颇似之。

《唐贤清雅集》:义山最善学杜,此是拟作,气格正相肖,非但袭面貌者。

《唐诗别裁》:应是拟杜。

《野鸿诗的》:《蜀中离席》诗,上半酷仿少陵。颈联云:"座中醉客延醒客,江上晴云杂雨云。"此乳臭语耳;虽从"桃花细逐杨花落,黄鸟时兼白鸟飞"二句脱来,薰莸判然。若"美酒成都堪送老,当垆仍是卓文君",又入魔道矣。

《唐诗笺注》:"座中"二句即景形情,"醒客"谓自己。一结言成都犹有可乐,当垆仍是文君,盖自遣之词。

《玉谿生诗说》:起二句大开大合,极龙跳虎卧之观。颔联顶次句,颈联正写离席。

《昭昧詹言》:先君云:此拟杜体也,然深厚曲折处不及,声调似之。

《唐诗近体》:句亦沉着,真能瓣香老杜("雪岭"二句下)。

《李义山诗辨正》:首句点离席。"雪岭"二句以工部之时况今日,言天使仍稽雪岭,前军犹驻松州,言外见世路干戈,自己不能赞画,翻使无才者排笮,所谓"惜暂分"也。后联一醉一醒,或晴或雨,比喻显然。结言成都美酒可以送老,奈之何离群而去哉!

隋　宫

紫泉宫殿锁烟霞,欲取芜城作帝家。
玉玺不缘归日角,锦帆应是到天涯。

于今腐草无萤火，终古垂杨有暮鸦。

地下若逢陈后主，岂宜重问后庭花。

【汇评】

《对床夜语》：前辈云：诗家病使事太多，盖皆取其与题合者类之，如此乃是编事，虽工何益？……若《隋宫》诗云："玉玺不缘归日角，锦帆应是到天涯。"又《筹笔驿》云："管乐有才真不忝，关张无命欲何如！"则融化斡旋，如自己出，精粗顿异也。

《瀛奎律髓》："日角"、"天涯"巧。

《吴礼部诗话》："日角"、"锦帆"、"萤火"、"垂杨"是实事，却以他字面交蹉对之，融化自称，亦其用意深处，真佳句也。

《批点唐音》：此篇句句用故实，风格何在？况又俗，且用小说语，非古作者法律。初联、结语亦俗，大抵晚唐起结少有好语。

《唐诗选脉会通评林》：周弼以此为四虚体。　　周秉伦曰：通篇以虚意挑剔讥意。即结语，不曰难面阴灵于文帝，而曰岂宜问淫曲于后主，见殷鉴不远，致覆成业于前车。可笑、可哭之甚，殊有深思。评者病其风格不雅，则可；如谓其用小说语，彼稗官野史，何者非古今人文赋中料耶！

《贯华堂选批唐才子诗》："于今"妙！只二字，便是冷水兜头蓦浇。"终古"妙！只二字，便是傀儡通身线断，直更不须"腐草"、"垂杨"之十字也（"于今腐草"联下）。

《五朝诗善鸣集》：五、六是他人结语，用在诗腹，别以新奇之意作结，机杼另出，义山当日所以独步于开成、会昌之间。

《二冯先生评点才调集》：冯班云：腹联慷慨，专以巧句为义山，非知义山者也。

《义门读书记》：无句不佳，三、四尤得杜家骨髓。前半展拓得开，后半发挥得足，真大手笔。　　后半讽刺更觉有力。

《载酒园诗话又编》：义山《隋宫》诗："玉玺不缘归日角，锦帆应是到天涯。"飞卿《春江花月夜》曰："十幅锦帆风力满,连天展尽金芙蓉。"虽竭力描写豪奢,不及李语更能状其无涯之欲。

《唐诗贯珠》:按诗情乃凭吊凄凉之事,而用事取物却一片华润。本来西昆出笔不宜淡薄,加以炀帝始终以风流淫荡灭亡,非关时危运尽之故,故作者犹带脂粉,即以诮之耳,最为称题。

《唐诗绎》:此诗全以议论驱驾事实,而复出以嵌空玲珑之笔,运以纵横排宕之气,无一笔呆写,无一句实砌,斯为咏史怀史之极。

《野鸿诗的》:《隋宫》诗:"玉玺不缘归日角,锦帆应是到天涯。""日角"非太宗然也,前代之君亦有之;况二字究未有稳贴,明知先有下句,不得已借以强对。然只此一联,语虽工,而作意何在?

《唐诗别裁》:言天命若不归唐,游幸岂止江都而已!用笔灵活,后人只铺叙故实,所以板滞也。

《唐诗笺注》:五十六字中以议论运实事,翻空排宕,与《南朝》诗同一笔意。

《唐贤清雅集》:参用活法夹写,便动荡有情,古今凭吊绝作。

《诗法易简录》:言外有无限感叹,无限警醒。

《辍锻录》:李商隐之"于今腐草无萤火,终古垂杨有暮鸦",不过写景句耳,而生前侈纵,死后荒凉,一一托出,又复光彩动人,非惊人语乎?

《历代诗发》:风华典雅,真可谓百宝流苏,千丝铁网。

《葚原诗说》:其造语幽深,律法精密,有出常情之外者。

《瀛奎律髓汇评》:钱湘灵云:此首以工巧为能,非玉谿妙处。查慎行:前四句中转折如意。三、四有议论,但"锦帆"事实,"玉玺"字凑。 纪昀:中四句步步逆挽,句句跌脱。结句佻甚,盛唐人决不如此。

《玉谿生诗说》:纯用衬贴活变之笔,一气流走,无复排偶之迹。首二句一起一落,上句顿,下句转,紧呼三、四句。"不缘"、"应是"四字,跌宕生动之极。无限逸游,如何铺叙？三、四只作推算语,便连未有之事,一并托出,不但包括十三年中事也,此非常敏妙之笔。结句是晚唐别于盛唐处。

《昭昧詹言》：先君云："寓议论于叙事,无使事之迹,无论断之迹,妙极妙极。"又曰："纯以虚字作用,五、六句兴在象外,活极妙极,可谓杰作。"

《李义山诗辨正》：结以冷刺作收,含蓄不尽,金觉味美于回,律诗寓比兴之意,玉谿惯法也。

《诗境浅说续编》：凡作咏古诗,专咏一事,通篇固宜用本事,而须活泼泼出之；结句更须有意,乃为佳构。玉谿之《马嵬》、《隋宫》二诗,皆运古入化,最宜取法。首句总写隋宫之景。次句言芜城之地何足控制宇内,而欲取作"帝家",言外若讥其无识也。三、四言天心所眷,若不归日角龙颜之唐王,则锦帆游荡,当不知其所止。五六言于今腐草江山,更谁取流萤十斛；怅望长堤,唯有流水栖鸦,带垂杨萧瑟耳。萤火垂杨,即用隋宫往事,而以感叹出之。句法复摇曳多姿。末句言亡国之悲,陈、隋一例,与后主九原相见,当同伤宗稷之沦亡,玉树荒嬉,岂宜重问耶!

二月二日

二月二日江上行,东风日暖闻吹笙。
花须柳眼各无赖,紫蝶黄蜂俱有情。
万里忆归元亮井,三年从事亚夫营。
新滩莫悟游人意,更作风檐夜雨声。

【汇评】

《唐诗评选》：何所不如杜陵! 世人悠悠,不足齿。

《贯华堂选批唐才子诗》：看他"无赖"、"有情"上加"各"字、

"俱"字,犹言物犹如此,人何以堪也("花须柳眼"一联下)。

《义门读书记》:两路相形,夹写出忆归精神,合通首反复咀咏之,其情味自出。   前半逼出忆归,如此浓至,却使人不觉,所谓《国风》好色而不淫"也。   同一江上行也,耳目所接,万物皆爽,不免引动归思。及忆归不得,则江上滩声顿有凄凄风雨之意。笔墨至此,字字化工。

《载酒园诗话》:全篇俱摹仿少陵,然在集中殊不见佳。

《玉谿生诗意》:偶行江上,日暖闻笙,花柳蜂蝶,皆呈春色,独客游万里,从军数载,睹此春光,能不怀乡?故嘱令今夜新滩莫作风雨之声,令人思家不寐也。

《贞一斋诗说》:拗体律诗亦有古近之别。如老杜《玉山草堂》一派,黄山谷纯用此体,竟用古体音节,但式样仍是律耳。如义山《二月二日》等类,许丁卯最善此种,每首有一定章法,每句有一定字法,乃拗体中另自成律,不许凌乱下笔。

《唐诗笺注》:上四句写春游,言风和人乐,物色妍华,以兴起思归旅况。

《昭昧詹言》:此即事即景诗也。五、六阔大。收妙出场。起句叙,下三句景,后半情。此诗似杜公。

筹笔驿

猿鸟犹疑畏简书,风云常为护储胥。
徒令上将挥神笔,终见降王走传车。
管乐有才终不忝,关张无命欲何如。
他年锦里经祠庙,梁父吟成恨有馀。

【汇评】

《潜溪诗眼》:"管乐有才真不忝,关张无命欲何如",属对亲切,又自有议论，他人亦不能及也。

《瀛奎律髓》：起句十四字，壮哉！五、六痛恨至矣。

《批点唐音》：此篇八句匀停，略成晚唐诗一体。

《唐诗选脉会通评林》：周弼列为四虚体。　　苏轼曰：诵首二句，使人凛然复见孔明风烈。　　周珽曰：此追忆武侯而深致感伤之意。谓其法度忠诚，本足感天人，垂后世，然筹划虽工，汉祚难移，盖才高而命不在也。他年经武侯祠庙，而恨功之徒劳，与武侯赋《梁父吟》所以恨三良者更有馀也。联属清切又有意，他人不能及。

《唐诗快》：少陵之叹武侯"诸葛大名"一首，正可与此诗相表里。

《唐诗贯珠》：起得凌空突兀。……猿鸟无知，用"疑"；风云神物，直用"长为"矣，有分寸。

《初白庵诗评》："管乐"、"关张"皆实事，胜前者（按指《隋宫》）"玉玺"、"锦帆"。

《山满楼笺注唐诗七言律》：鱼鸟风云，写得诸葛武侯生气奕奕。"徒令"一转，不禁使人嗒焉欲丧……此诗一二擒题。三四感事。五承一、二、六承三、四，尚论也。七、八总收，以致其惓惓之意焉。

《唐诗成法》：一二壮丽，意亦超脱。以下四句是武侯论，非筹笔驿诗。七、八犹有馀意。

《唐体馀编》：为驿作衬，兼入凭吊意。首尾相映有笔力。

《唐诗别裁》：瓣香老杜，故能神完气足，边幅不窘。

《网师园唐诗笺》：起势突兀，通首一气呵成。

《唐贤小三昧集续集》：千锤百炼，乃有此起（首二句下）。五六跌荡有神。

《瀛奎律髓汇评》：冯舒：荆州失，益德死，蜀事终矣。第六句是巨眼。　　冯班：好议论。　　何焯：议论固高，尤当观其抑扬顿挫处，使人一唱三叹，转有馀味。　　纪昀：起二句斗然抬起，三、四句斗然抹倒，然后以五句解首联，六句解次联，此真杀活在手之本领，笔笔有龙跳虎卧之势。　　许印芳：沉郁顿挫，意境宽然有馀，义山学杜，此真得其骨髓矣。笔法之妙，纪批尽之。

《历代诗评注》：运用故事，操纵自如，而意亦曲折尽达，此西昆体之最上乘者。

《昭昧詹言》：义山此等诗，语意浩然，作用神魄，真不愧杜公。前人推为一大家，岂虚也哉！

《唐诗近体》：武侯威灵，十四字写得满足（首二句下）。接笔一转，几将气焰写尽。五、六两层折笔，末仍收归本事，非有神力者不能。

武侯庙古柏

蜀相阶前柏，龙蛇捧閟宫。

阴成外江畔，老向惠陵东。

大树思冯异，甘棠忆召公。

叶凋湘燕雨，枝折海鹏风。

玉垒经纶远，金刀历数终。

谁将出师表，一为问昭融！

【汇评】

《瀛奎律髓》：五、六善用事，"玉垒"、"金刀"之偶尤工。

《诗薮》：义山用事之善者，如题柏："大树思冯异，甘棠忆召公。"至"玉垒"、"金刀"，便入昆调。一篇之内，法戒俱存。

《李义山诗集辑评》：何焯曰：意足。"湘燕"、"海鹏"，阴、庾衬法。后四句意极完密，重武侯耳，方抱转得第三联。若用字面关合，反成俗笔。落句不能双关，终是未到家处。

《李义山诗集笺注》：姚培谦曰：前八句咏古柏，末以武侯事感慨收之。

《玉谿生诗意》：一段完题。二段因物怀人。三段以武侯之才，而天心厌汉，终于三分，恨之之词。

《玉谿生诗说》：五六句乃一篇眼目，不但以用事工细赏之。

《瀛奎律髓汇评》：冯班：雄壮似杜。　　纪昀：风格老重，五、六尤警切。唯"湘燕雨"、"海鹏风"事外添出，毫无取义，昆体之可厌在此等。　　许印芳：宋初杨、刘诸人诗学晚唐，以义山为宗，号"西昆体"。其体多尚涂饰，而实义山有以启之。此诗"湘燕"、"海鹏"，即是义山坏处，故晓岚抹之。

即　日

> 一岁林花即日休，江间亭下怅淹留。
> 重吟细把真无奈，已落犹开未放愁。
> 山色正来衔小苑，春阴只欲傍高楼。
> 金鞍忽散银壶漏，更醉谁家白玉钩？

【汇评】

《唐诗评选》：苦写甘出，少陵初年乃得似此，入蜀后不逮矣。予为此论，亦不复知世人有恨！

《贯华堂选批唐才子诗》：三、四"重吟细把"，妙！已不必吟，而又"重吟"；已不足把，而又"细把"：此无奈，乃所谓"真无奈"也！"已落犹开"，又妙！亲见"已落"，何止万片；便报"犹开"，岂能数朵？此愁故将如何可放也！　　前解写一春已尽，后解写一日又尽也。　　金雍补注：纯是工部诗。

《义门读书记》：一岁之花遽休，一日之光遽暮，真所谓刻意伤春者也。金鞍忽散，惆怅独归，泥醉无从，排闷不得，其强裁此诗，真有歌与泣俱者矣。

《李商隐诗集辑评》：何焯：学（杜甫）"一片花飞减却春"。

纪昀：纯以情致胜，笔笔唱叹，意境自深。《曲池》诗亦是此调，则近乎靡矣。

《李义山诗解》：此因春事将阑，对林花而怅然而作也。言江间亭下，有此已落犹开之花，得以重吟细把，则我之淹留于此，似可不恨，而无奈其即日休也。是倒装法。五、六又跌进一层，言不特一岁之林花易休，即一日之景亦难驻。观山衔小苑，而时将暮矣；观阴傍高楼，而时益暮矣。且顷之银壶漏尽，而金鞍散矣。当斯时也，非醉无以遣怀，然使我更醉谁家乎？无聊况味，非久于客中者不知。

《唐贤小三昧集续集》：回翔婉转，无限风流。

无题二首（其一）

昨夜星辰昨夜风，画楼西畔桂堂东。
身无彩凤双飞翼，心有灵犀一点通。
隔座送钩春酒暖，分曹射覆蜡灯红。
嗟余听鼓应官去，走马兰台类转蓬。

【汇评】

《唐诗鼓吹评注》：此追忆昨夜之景而思其地，谓身不能至，而心则可通也。"送钩"、"射覆"，乃昨夜之事。嗟余听鼓而去，迹似转蓬，不唯不能相亲，并与画楼、桂堂相远矣。

《围炉诗话》："昨夜星辰昨夜风，画楼西畔桂堂东"，乃是具文见意之法。起联以引起下文而虚做者，常道也；起联若实，次联反虚，是为定法。

《唐诗贯珠》：此诗是席上有遇追忆之作。妙在欲言良宵佳会，独从星辰说起，……凌空步虚，有绘风之妙。……得三、四铺云衬月，顿觉七宝放光，透出上文，身远心通，俨然相对一堂之中。五之胜情，六之胜境，皆为佳人着色。且隔座分曹，申明三之意；送钩春暖，方见四之实。蜡灯红后，恨无主人烛灭留髡之会。闻鼓而起，今朝寂寞，能不重念昨夜之为良时乎？

《唐音审体》：义山无题诗，直是艳语耳。杨眉庵谓托于臣不忘君，亦是故为高论，未敢信其必然。

《玉谿生诗意》：一、二昨夜所会时地。三、四身虽似远，心已相通。五、六承三、四，言藏钩送酒，其如隔座；分曹射覆，唯碍烛红。及天明而去，应官走马，无异转蓬。感目成于此夜，恐后会之难期。

《重订李义山诗集笺注》：程梦星曰：盖叹不得立朝，将为下吏也。

《瀛奎律髓汇评》：冯舒：妙在首二句。次联衬贴，流丽圆美，"西昆"诸公一世所效。　　冯班：起二句妙。　　纪昀：观此首末二句，实是妓席之作，不得以寓意曲解。义山"风怀"诗，注家皆以寓言君臣为说，殊多穿凿。

《唐诗笺注》：诗意平常，而炼句设色，字字不同。

《精选评注五朝诗学津梁》：此诗自炫其才，述眼前境遇，笔情飘忽。

汉宫词

青雀西飞竟未回，君王长在集灵台。
侍臣最有相如渴，不赐金茎露一杯。

【汇评】

《鹤林玉露》：讥武帝求仙也。言青雀杳然不回，神仙无可致之理必矣，而君王未悟。……今侍臣相如正苦消渴，何不以一杯赐之，若服之而愈，则方士之说，犹可信也，不然，则其妄明矣。二十八字之间，委蛇曲折，含不尽之意。

《增定评注唐诗正声》：顾云：望幸之情良然。

《唐诗广选》：宫词又是一变局。

《唐诗解》：青雀不返，王母无验矣，帝犹望仙不已，则金茎之露何不赐消渴之相如，以观其效耶？

《唐诗选脉会通评林》：此刺世主不急礼贤，而徒事虚妄无益之事也。彼青雀西飞不返，王母复来之语既已不验，汉武惑于方士妄言而不悟，犹登台望仙不已，何愚若是也！　　唐汝询曰：余按陈伯玉云："荒哉穆天子，好与白云期。宫人多怨旷，层城闭蛾眉。"宫人怨词，盖有所本。

《删订唐诗解》：吴逸一曰：宪宗服金丹暴崩，穆宗复循旧辙。义山此作，深有托讽意。天子好仙，宫闱必旷，故以《宫词》名篇。

《李义山诗集辑评》：朱彝尊曰：玩通首，言好渺茫而恩不下逮，非专讽求仙也。　　何焯曰：讽求仙之无稽而贤才不得志也。纪昀曰：用意最曲。若作好神仙而不恤贤臣，其意浅矣。

《围炉诗话》：唐诗措词妙而用意深，知其意固觉好，不知其意而惑于其词亦觉好。如崔国辅《魏宫词》、李义山之"青雀西飞"，白雪、竟陵读之亦甚乐也。

《答万季野诗问》：明人多赋，兴、比则少，故论唐诗亦不中窍。……义山云"侍臣最有相如渴，不赐金茎露一杯"，言云表露未能治病，何况神仙？托汉事以刺宪、武，比也。于鳞以为宫怨，评曰："望幸之思怅然。"

《李义山诗集笺注》：朱鹤龄云：按史，宪宗服金丹暴崩，穆宗、武宗复循其辙。义山此作，深有托讽，与后《瑶池》诗同旨。

《李义山诗集笺注》：姚培谦云：微词婉讽，胜读一篇《封禅书》。

《唐诗别裁》：言求仙无益也。或谓刺好神仙而疏贤才，或谓天子求仙,宫闱必旷,故以宫词名篇,以宫女比相如,穿凿可笑。

《唐诗笺注》:此叹人君之信方士而不亲正人也,微婉有风人遗意。

《玉谿生诗集笺注》:武宗朝,义山闲居时多,借以自慨,非讽谏也。　　田兰芳曰:深婉不露,方是讽谏体。

《玉谿生诗说》:笔笔折转,警动非常,而出之深婉。后二句言果医得消渴病愈,犹有可以长生之望,何不赐一杯以试之也。折中有折,笔意绝佳。

《唐人万首绝句选评》:义山《汉宫词》、《瑶池》等作,皆刺求仙,为武宗好方士而作。

《养一斋诗话》:凡作讥刺诗,尤要蕴藉;发露尖颖,皆非诗人敦厚之致。……义山讥汉武云:"侍臣最有相如渴,不赐金茎露一杯。"意无关系,聪明语耳。

《诗境浅说续编》:前二句言求仙之虚妄,以一"竟"字唤醒之,而君王仍长日登台不悟。三、四句以相如病渴、金盘承露两事联缀用之,见汉武之见贤而不能举。此殆借酒以浇块垒,自嗟其身世也。

无题四首(选三首)

其一

来是空言去绝踪,月斜楼上五更钟。
梦为远别啼难唤,书被催成墨未浓。
蜡照半笼金翡翠,麝熏微度绣芙蓉。
刘郎已恨蓬山远,更隔蓬山一万重。

【汇评】

《唐诗鼓吹注解》:此有幽期不至,故言"来是空言"而去已绝迹。

《李义山诗集辑评》：何焯曰：梦别、书成，为远、被催，啼难、墨未，皆用双声叠韵对。

《载酒园诗话》：（艳诗）至元稹、杜牧、李商隐、韩偓，而上官之迎，堍垣之望，不唯极意形容，兼亦直认无讳，真桑濮耳孙也。……元微之"频频闻动中门锁，犹带春醒懒相送"，李义山"书被催成墨未浓"、"车走雷声语未通"，始真是浪子宰相、清狂从事。

《唐诗贯珠》：此诗内容，起言君臣无际会之时，或指当路止有空言之约，二、三、四是日夕想念之情，五、六言其寂寞，七、八言隔绝无路可寻。若以外象言之，乃是所欢一去，芳踪便绝，再来却付之空言矣。

《山满楼笺注唐诗七言律》：只首句七字，便写尽幽期虽在，良会难成，种种情事，真有不觉其望之切而怨之深者。次句一落，不是见月而惊，乃是闻钟而叹，盖钟动则天明，而此宵竟已虚度矣。三、四放开一步，略举平日事，三写神魂恍惚，四写报问之仓皇，情真理至，不可以其媟而忽之。五、六乃缩笔重写。

《玉谿生诗意》：一相期久别。二此时难堪。三梦犹难别。四幸通音信，五、六孤灯微香，咫尺千里。七、八远而又远，无可如何矣。

《唐诗笺注》：语极摇曳，思却沉挚。

《选玉谿生诗补说》：梦中之景。点出梦，统贯上下，以清意旨，针线极细（"梦为远别"二句下）。

其二

飒飒东风细雨来，芙蓉塘外有轻雷。
金蟾啮锁烧香入，玉虎牵丝汲井回。
贾氏窥帘韩掾少，宓妃留枕魏王才。
春心莫共花争发，一寸相思一寸灰。

【汇评】

《唐诗鼓吹注解》：末则如怨如诉，相思之至，反言之而情愈深矣。

《李义山诗集笺注》：朱鹤龄云：窥帘留枕，春心之摇荡极矣。迨乎香消梦断，丝尽泪干，情焰炽然，终归灰灭。不至此，不知有情之皆幻也。乐天《和微之梦游诗序》谓："曲尽其妄，周知其非，然后返乎真，归乎实。"义山诗即此义，不得但以艳语目之。

《玉谿生诗意》：一、二时景。三、四当此时而汲井方回、烧香始入。五、六即从三四托下，于是帘窥韩掾，枕留宓妃，须臾之间，不可复得。故七、八以春心莫发自解自叹，而情更深矣。

《重订李义山诗集笺注》：程梦星曰：第二首言幕中，盖作此寂寂之叹。起二句言雷雨飘潇，秋花冷落，以兴起无聊之景。三、四言晨人暮归情况，晓则伺门扃焚香而入，晚则见辘轳汲井而归，盖终日如是也。五、六似指当时官奴而言，谓窥帘贾女，留枕宓妃，邂逅之间，亦尝相遇。七、八"春心"字、"相思"字紧接上联，然发乎情、止乎礼义，不得不自戒饬如香山所谓"少日为名多检束"者，故曰"莫发"，曰"心灰"也。

《唐诗笺注》：东风细雨，讫其时也；塘上轻雷，言其来也。

《玉谿生诗说》：起二句妙有远神，不可理解而可以意喻……"贾氏窥帘"以韩掾之少，"宓妃留枕"以魏王之才，自顾生平，岂复有分及此，故曰"春心莫共花争发，一寸相思一寸灰"，此四句是一提一落也。四首皆寓言也。此作较有蕴味，气体亦不堕卑琐。

《唐诗三百首》：锁虽固，香犹可入；井虽深，汲犹可出（"金蟾啮锁"一联下）。

《养一斋诗话》：自来咏雷电诗，皆壮伟有馀，轻婉不足，未免狰狞可畏。……李义山"飒飒东风细雨来，芙蓉塘外有轻雷"，最耐讽玩。

其四

何处哀筝随急管，樱花永巷垂杨岸。

东家老女嫁不售，白日当天三月半。

溧阳公主年十四，清明暖后同墙看。

归来展转到五更，梁间燕子闻长叹。

【汇评】

《李义山诗集辑评》：何焯曰：此篇明白。溧阳公主，又早嫁而失所者。然则我生不辰，宁为老女乎？鸟兽犹不失伉俪，殆不如梁间之燕子也。

《李义山诗集笺注》：姚培谦曰：前四句寓迟暮不遇之叹。"溧阳"二句，以逢时得志者相形。"归来"二句，恐知己之终无其人也。

《玉谿生诗意》：贫家之女，老犹不售；贵家之女，少小已嫁。故展转长叹，无人知者，唯燕子独闻也。

《一瓢诗话》：永巷樱花，哀弦急管，白日当天，青春将半。老女不售，少女同墙。对此情景，其何以堪！展转不寐，直至五更，梁燕闻之，亦为长叹。此是一副不遇血泪，双手掬出，何尝是艳作？故公诗云："楚雨含情俱有托。"早将此意明告后人。

【总评】

《玉谿生诗集笺注》：此四章与"昨夜星辰"二首判然不同，盖恨令狐绹之不省陈情也。

《玉谿生诗说》：《无题》诸作，大抵感怀托讽，祖述乎美人香草之遗，以曲传其郁结，故情深调苦，往往感人。特其格不高，时有太纤太靡之病，且数见不鲜转成寠白耳。……此四章纯是寓言矣。第一首三、四句太纤小，七、八句太直而尽。第三首稍有情致，三、四亦纤小，五、六变直而尽。第四首尤浅薄径露。

《李义山诗辨正》：《无题》诗格，创自玉谿。且此体只能施之七律，方可宛转动情。统观全集，无所谓纤俗、浮靡者。若后人仿效玉谿,诚有如纪氏所讥"摹拟剽贼,积为尘劫"者,然岂能真得玉谿万一耶?

无　题

照梁初有情,出水旧知名。
裙衩芙蓉小,钗茸翡翠轻。
锦长书郑重,眉细恨分明。
莫近弹棋局,中心最不平。

【汇评】

《唐诗归》:钟云:幽细婉娈("眉细"句下)。　　钟云:末语《子夜》、《读曲》妙想。

《汇编唐诗十集》:冶情宜艳,读此反觉七言太露筋骨。

《唐诗快》:妖媚之极("锦长"二句下)。　　古时有弹棋局,故中心不平(末句下)。

《唐诗评选》:一气不忤。　　艳诗不炼则入填词。西昆之异于《花间》,其际甚大。

《五朝诗善鸣集》:艳情古思。

《西昆发微》:结意显然。

《玉谿生诗意》:以分明抱恨之人,而近中心不平之局,则恨愈深矣,故云:"莫近"也。

《重订李义山诗集笺注》:程梦星曰:此不平之鸣也。当是寄书长安故人之作。

《玉谿生诗集笺注》:此寄内诗。盖初婚后,应鸿博不中选,闺中人为之不平,有书寄慰也。绝非他篇之比。

《历代诗发》:玉谿艳体诗独得骊珠,而此尤疏秀有致。

《唐诗笺注》:首二句赋其容貌,用何逊"雾夕莲出水,霞朝日照梁"语。次联合其衣饰，……三联赋其情思。

《玉谿生年谱会笺》：张采田云：此初婚后客中寄内之作。"照梁"句谓新婚。"出水"句谓从前即闻名相慕。"裙衩"二句，状室人衣饰。"锦长"二句，代写盼归之意。"莫近"二句，谓客途失意，室人亦代为不平也。与他无题诗绝不相同。

无题二首（其一）

八岁偷照镜，长眉已能画。

十岁去踏青，芙蓉作裙衩。

十二学弹筝，银甲不曾卸。

十四藏六亲，悬知犹未嫁。

十五泣春风，背面秋千下。

【汇评】

《艇斋诗话》：晏叔原小词："无处说相思，背面秋千下。"吕东莱极喜诵此词，以为有思致。此语本李义山诗，云："十五泣春风，背面秋千下。"

《唐音戊签》：只须如此便好（末句下）。

《西昆发微》：才而不遇之意。

《李义山诗集辑评》：何焯曰：高题摩空，如古乐府。　又曰：每于结题见本意。亦有不尽之妙。　纪昀曰：独成一格，然觉有古意，故不在形貌音响间。

《纻斋诗谈》：乐府高手，直作起结，更无枝语，所以为妙。

《李义山诗集笺注》：姚培谦曰：义山一生，善作情语。此首乃追忆之词。逦迤写来，意注末两句。背面春风，何等情思，即"思公子兮未敢言"之意，而词特妍冶。

《历代诗发》：结得有情。

王十二兄与畏之员外相访见招小饮时予以悼亡日近不去因寄

谢傅门庭旧末行，今朝歌管属檀郎。
更无人处帘垂地，欲拂尘时簟竟床。
嵇氏幼男犹可悯，左家娇女岂能忘？
秋霖腹疾俱难遣，万里西风夜正长。

【汇评】

《贯华堂选批唐才子诗》：先生与畏之同为王茂元婿。此王十二兄，想即茂元之子，故得以闺房之至悲，尽情相告也。一、二言己昔日先忝门下，今畏之新来末席，分为僚婿，歌管必同，乃身今有故，不忍便过，遂让畏之独叨此宴也。三、四，承写今朝所以不忍便过之故，最是幽艳凄婉，虽在笔墨，亦有貌不瘁而神伤之叹也（首四句下）。　　　前解写悼亡，此解悼亡中则有无数不堪之事也。言如幼男啼乳、娇女寻娘，秋霖彻宵，腹悲成疾，略举四端，俱是难遣，则有何理又来欢聚乎？"夜正长"者，自诉今夜决不得睡，犹言十二兄与畏之共听歌管之时，正我一人独听西风之时。加"万里"字，并西风怒号之声皆写出来也。

《唐诗快》：销魂语（"更无人处"二句下）。　　　如此悼亡，足胜安仁三诗。

《义门读书记》："更无"二句，指悼亡。"嵇氏"二句，儿女满前，身兼内外之事，欲片时宴饮亦复不可，然则此怀岂能遣也！"万里"句，"西风"加"万里"，"夜长"加"正"字，皆极写鳏鳏不寐之情。

《唐诗贯珠》：指挥如意，用事措词不同，妙处在意在言外，所以松灵。而五、六正用悼亡诗内事，尤妙。

《山满楼笺注唐诗七言律》：尝读元微之《遣悲怀》云："唯将终

夜长开眼,报得生平未展眉。"以为镂心刻骨之言,不啻血泪淋漓。然却不如先生此作始终相称,凄惋之中复饶幽艳也。

《玉谿生诗意》:起二句写王兄招饮,下六句皆写悼亡日近,此做题详略之法。

隋　宫

乘兴南游不戒严,九重谁省谏书函。
春风举国裁宫锦,半作障泥半作帆。

【汇评】

《义门读书记》:"春风"二句,借锦帆事点化,得水陆绎骚、民不堪命之状如在目前。

《李义山诗集辑评》:何焯曰:极状其奢淫盘游之无度。

《李义山诗集笺注》:姚培谦曰:用意在"举国"二字。"半作障泥半作帆",寸丝不挂者可胜道耶?

《玉谿生诗意》:写举国皆狂,炀帝不说自见。

《玉谿生诗说》:后二句微有风调,前二句词直意尽。

《石遗室诗话》:仁先论诗,极有独到处。……云:"春风举国裁宫锦,半作障泥半作帆。"何等恢丽!首句以"不戒严"三字起之,严重之至;又承以"谁省谏书函"五字,朴质之至。

落　花

高阁客竟去,小园花乱飞。
参差连曲陌,迢递送斜晖。
肠断未忍扫,眼穿仍欲归。
芳心向春尽,所得是沾衣。

【汇评】

《唐诗归》：钟云：俗儒谓温、李作《落花》诗，不知如何纤媚，讵意高雅乃尔！　钟云：落花如此起，无谓而有至情。谭云：调亦高（首句下）。　钟云：深情苦语（"肠断"句下）。　钟云："所得"二字苦甚（末句下）。

《五朝诗善鸣集》：落花诗全无脂粉气，真是艳诗好手。

《围炉诗话》：《落花》起句奇绝，通篇无实语，与《蝉》同，结亦奇。

《李义山诗集辑评》：何焯云：起得超忽，连"落花"，看得有意，结亦双关。一结无限深情，"得"字意外巧妙。

《唐律消夏录》：客去凭栏，正无聊赖，风飘万点，不觉伤心。三、四写乱飞，并写高阁，亦得神理。

《唐诗成法》：人但知赏首句，赏结句者甚少。一、二乃倒叙法，故警策，若顺之，则平庸矣。首句如彩云从空而坠，令人茫然不知所为；结句如腊月二十三日夜听唱"你若无心我便休"，令人心死。

《玉谿生诗意》："芳心"紧承五、六，是进一步法。

《唐诗别裁》：题易粘腻，此能扫却臼科。

《玉谿生诗集笺注》：田兰芳曰：起超忽，连落花亦看作有情矣。结亦双关。　杨守智曰：一结无限深情。

《玉谿生诗说》：宋弼云：好起结，非人所及。　纪昀：起句亦非人意中所无，但不免放在中间。后面写寂莫之景耳。得神在倒跌而入。　戈诗云：起句真是超绝，"眼穿"、"肠断"，吾不喜之。

《筱园诗话》：李玉谿之"高阁客竟去，小园花乱飞"，马戴之"孤云与归鸟，千里片时间"，……佳处不一，皆高格响调，起句之极有力、最得势者，可为后学法式。

《唐诗三百首》：花落则无人相赏，故竟去也（首二句下）。

望春留而春自归("眼穿"句下)。

《唐宋诗举要》：得神在逆折而入(首句下)。　　何曰：一结无限深情，"得"字意外巧妙。

柳

曾逐东风拂舞筵，乐游春苑断肠天。
如何肯到清秋日，已带斜阳又带蝉。

【汇评】

《升庵诗话》：庐陵陈模《诗话》云：前日春风舞筵，何其富盛；今日斜阳蝉声，何其凄凉，不如望秋先零也！形容先荣后悴之意。

《李义山诗集笺注》：姚培谦曰：得意人到失意时，苦况如是。"肯到"二字妙，却由不得你不肯也。

《玉谿生诗意》：玩"曾拂"、"肯到"、"既"、"又"等字，诗意甚明。晚节文疏，有托而言，非徒咏柳也。识者详之。

《玉谿生诗集笺注》：田兰芳曰：不堪积愁，又不堪追往，肠断一物矣。　　冯浩曰：此种入神之作，既以事征，尤以情会，妙不可穷也。

《玉谿生诗说》：四句一气，笔意灵活。只用三、四虚字转折，冷呼热唤，悠然弦外之音，不必更著一语也。

《李义山诗辨正》：含思婉转，笔力藏锋不露。……迟暮之伤，沉沦之痛，触物皆悲，故措词沉着如许，有神无迹，任人领味，真高唱也。

《玉谿生年谱会笺》：末句亦兼悼亡而言，凄婉入神。

《诗境浅说续编》：此咏柳兼赋兴之体也。……作者其以柳自喻，发悲秋之叹耶？抑谓柳之无情，虽芳时已过，而带蝉日，犹逞馀姿，不知有江潭摇落之感耶？

《唐人绝句精华》：首二句写其得意之状，三、四句则衰落之况也。宋人晏幾道有咏柳《浣溪沙》词曰："二月和风到碧城,万条千缕绿相迎,舞烟眠雨过清明。妆镜巧眉偷叶样,歌楼妍曲借枝名,晚秋霜霰莫无情。"用意正同,可以参看。

为 有

为有云屏无限娇,凤城寒尽怕春宵。

无端嫁得金龟婿,辜负香衾事早朝。

【汇评】

《李义山诗集辑评》:何焯曰:此与"悔教夫婿觅封侯"同意,而用意较尖刻。

《李义山诗集笺注》:姚培谦曰:此作细意体贴之词。"无端"二字下得妙,其不言之意应如此。

《玉谿生诗意》:玉谿以绝世香艳之才,终老幕职,晨入昏出,簿书无暇,与嫁贵婿、负香衾者何异? 其怨宜也。

《玉谿生诗集笺注》:言外有刺。

《唐绝诗钞注略》:程云:公《镜槛》诗云:"岂能"、"抛断"、"梦听鼓"、"事朝珂",即"辜负"云云之意。按:据此,似大中六年,补太学博士作。

《诗境浅说续编》:正闺人满志之时,乃转怨金阙之晓钟,破锦帏之同梦:人生欲望,安有满足之期! 以诗而论,绮思妙笔,固《香屑集》中佳选也。

无 题

相见时难别亦难,东风无力百花残。

春蚕到死丝方尽,蜡炬成灰泪始干。

晓镜但愁云鬓改,夜吟应觉月光寒。

蓬山此去无多路,青鸟殷勤为探看。

【汇评】

《韵语阳秋》:李义山《无题诗》云:"春蚕到死丝方尽,蜡炬成灰泪始干。"此又是一格。今效此体为俚语小词传于世者甚多,不足道也。

《四溟诗话》:"春蚕到死丝方尽,蜡炬成灰泪始干。"……措词流丽,酷似六朝。

《五朝诗善鸣集》:诗中比意从汉魏乐府中得来,遂为《无题》诸篇之冠。

《初白庵诗评》:三、四摹写"别亦难",是何等风韵!

《瀛奎律髓汇评》:冯舒:第二句毕世接不出,次联犹之"彩凤"、"灵犀"之句,入妙未入神。　　冯班:妙在首联。三、四亦杨、刘语耳。　　何义门:"东风无力",上无明主也。"百花残",已且老至也。落句具屈子《远游》之思乎?

《唐诗贯珠》:此首玩通章,亦圭角太露,则词藻反为皮肤,而神髓另在内意矣。若竟作艳情解,近于怒张,非法之善也。细测其旨,盖有求于当路而不得耶?

《李义山诗解》:八句中真是千回万转。

《玉谿生诗意》:三、四进一步法。结用转笔有力。

《重订李义山诗集笺注》:程梦星曰:此诗似邂逅有力者,望其援引入朝,故不便明言,而属之无题也。起句言缱绻多情,次句言流光易去,三、四言心情难已于仕进,五、六言颜状亦觉其可怜,七、八望其为王母青禽,庶得入蓬山之路也。

《山满楼笺注唐诗七言律》:泛读首句,疑是未别时语,及玩通首,皆是作别后追思语,乃知此句是倒文。……呜呼!言情至此,真可以惊天地而泣鬼神,《玉台》、《香奁》,其犹粪土哉!　　　娄心刻骨之言("春蚕到死"二句下)。

《绠斋诗谈》：情太浓，便不能自摄，入于淫纵，只看李义山"春蚕到死丝方尽，蜡炬成灰泪始干"之句便知。

《龙性堂诗话初集》：李义山慧业高人，敖陶孙谓其诗"绮密瑰妍，要非适用"，此皮相耳。义山《无题》云："春蚕到死丝方尽，蜡炬成灰泪始干。"又"神女生涯原是梦，小姑居处本无郎。"其指点情痴处，拈花棒喝，殆兼有之。

《唐诗笺注》：首句七字屈曲，唯其相见难，故别更难。

《唐贤小三昧集续集》：玉谿《无题》诸作，深情丽藻，千古无双，读之但觉魂摇心死，亦不能名言其所以佳也。

《玉谿生诗说》：感遇之作，易为激语。此云"蓬山此去无多路，青鸟殷勤为探看"，不为绝望之词，固诗人忠厚之旨也。但三、四太纤近鄙，不足存耳。

《唐诗三百首》：一息尚存，志不少懈，可以言情，可以喻道。

《精选七律耐吟集》：镂心刻骨之词。千秋情语，无出其右。

《澹山诗话》：义山"春蚕到死丝方尽，蜡炬成灰泪始干"，道出一生工夫学问，后人再四摹仿，绝无此奇句。

碧城三首（其一）

碧城十二曲阑干，犀辟尘埃玉辟寒。
阆苑有书多附鹤，女床无树不栖鸾。
星沉海底当窗见，雨过河源隔座看。
若是晓珠明又定，一生长对水晶盘。

【汇评】

《唐诗鼓吹注解》：此怀人而不可即，故以比之神人。

《唐音戊签》：此似咏其时贵之事。唐初公主多自请出家，与二教人媟近。商隐同时如文安、浔阳、平恩、邵阳、永嘉、永安、义昌、安康诸主，皆先后丐为道士，筑观在外。史即不言他丑，于防闲复行召人，颇著微词。味诗中"萧史"一联（按在同题第二首），及引用董偃水晶盘故事，大旨已明，非止为寻恒闺阁写艳也。

《曝书亭集》：李商隐《碧城三首》，一咏（杨贵）妃入道，一咏妃未归寿邸，一咏帝与妃定情系七月十六日，……是当时诗史矣。

《唐音审体》：三诗向莫得其解，予细按之，似为明皇、太真而作。

《李义山诗解》：疑此三诗为太真没后，明皇命方士求致其神而作也。方士托言太真尸解，今为某洞仙矣。故每篇多引神仙荒唐之说讥之。

《柳亭诗话》：李义山《碧城》诗三首，盖咏公主入道事也。唐之公主多请出家。义山同时，如文安、浔阳、平恩、邵阳、永嘉、永安、义昌、安康，先后丐为道士，筑观于外，颇失防闲。其以《碧城》为题者，用《集仙录》"王母所居，玉楼十二"事也。"附鹤"、"栖鸾"、"当窗"、"隔座"，皆去来无定之词。故曰："若使晓珠明又定，一生长对水晶盘。"明明以卖珠儿会葬灞陵之事比之也。

《李义山诗集笺注》：姚培谦曰：三首总是君门难近之词，借仙家忆念之词以寓意耳。

《玉谿生诗意》：一二仙境清贵，三、四灵妙，五、六深远。然虽可见可看，而"沉""过"无定，不如一生日月常对之为愈也。"晓珠"，日也。"水晶盘"，月也。结二句交互法，言如日月之明，而又定得一生长对也。

《重订李义山诗集笺注》：程梦星曰：唐时贵主之为女道士者不一而足，事关风教，诗可劝惩，故义山累致意焉。

《玉谿生诗集笺注》：三诗向莫定其解，……要唯胡孝辕《戊签》谓刺入道宫主者近之。首句高居。次句清丽温柔，入道为辟尘,寻欢为辟寒也。三、四书凭鹤附、树许鸾栖,密约幽期,情状已揭。下半尤隐晦难解,窃意"海底"、"河源"暗用三神山反居水下与乘槎上天河见织女事,谓天上之星已沉海底而当窗自见,暮行之雨待过河源而隔座相看,以寓遁入此中,恣其夜合明离之迹也。"晓珠"似为谓日,"水晶盘"专取清洁之意,不必拘典故。

《唐诗笺注》:"晓珠"二句,谓碧城所居似可长乐相依,但恐未必然耳。言外有讽刺意。

《玉谿生诗说》:《碧城》则寄托深远,耐人咀味矣。此真所谓不必知名而自美也。

《精选评注五朝诗学津梁》:清丽芊绵。

《石园诗话》:《筹笔驿》、《碧城》、《马嵬》、《重有感》、《随师东》诸诗,诚有如陆鲁望所谓"抉摘刻削,露其情状"者。

《岘傭说诗》:《碧城》诸诗似说杨妃事而语特含浑。

《李义山诗辨正》:此三首《统签》所解最确,冯氏句下所释最通,吾无间然矣。竹垞谓指明皇、贵妃,未免迂曲。贵妃事唐人不忘,多彰之篇章,本集亦不一而足,何必作谜语,使人迷幻耶?

赋得鸡

稻粱犹足活诸雏,妒敌专场好自娱。
可要五更惊晓梦,不辞风雪为阳乌。

【汇评】

《李义山诗集笺注》:姚培谦曰:此叹禀性之不可移也。"可要",犹言岂要如此。

《重订李义山诗集笺注》:程梦星曰:此亦感慨从事之作也。托之于鸡者,鸡有五德,自可擅场,徒为哺雏,恋人梁稻,犹己之为贫而从事也。然而辛苦五更,不辞风雪者,空为天上之阳乌耳,岂非如己之入幕，徒供在位者之驱策哉！

《玉谿生诗集笺注》：刺藩镇利传子孙，故妒敌专权，而无勤劳王室之志。

《玉谿生诗说》：此纯是寓意之作，然未免比附有痕，嫌于粘皮带骨矣。凡咏物托意须浑融自然，言外得之；比附有痕，所最忌也。

《玉谿生年谱会笺》：冯说殊妙。"勿为子孙之谋，欲存辅车之势"，卫公先见，足为此诗确证。结言恐惊梦稳，岂真禀承王命哉，不过冀朝廷不夺我兵权耳！

牡　丹

锦帏初卷卫夫人，^①绣被犹堆越鄂君。
垂手乱翻雕玉佩，折腰争舞郁金裙。
石家蜡烛何曾剪，荀令香炉可待熏？
我是梦中传彩笔，欲书花叶寄朝云。

【原注】

①《典略》云：夫子见南子在锦帏之中。

【汇评】

《唐诗快》：义山之诗，大约如赋水法，只于水之前后左右写之。如此诗本咏牡丹，何尝有一句说牡丹？又何尝一句非牡丹？

《唐诗鼓吹笺注》：通篇极写牡丹之姿态、香色，雅艳独绝，当亦有托而咏也。

《义门读书记》：此篇亦《无题》之流也。起联生气涌出，无复用事之迹。

《唐诗贯珠》：通身脱尽皮毛，全用比体，登峰造极之作。锦心灵气，读者细味自知。

《李义山诗解》：牡丹名作，唐人不下数十百篇，而无出义山右者,唯气盛故也。……此篇生气涌出,自首至尾,毫无用事之迹,而又有细腻熨贴。诗至此,纤悉无遗憾矣。

《玉谿生诗意》:六皆比:一花,二叶,三盛,四态,五色,六香。结言花叶之妙丽可并神女也。

《重订李义山诗集笺注》:程梦星曰:此艳诗也。以其人为国色,故以牡丹喻之。结二语情致宛转,分明漏泄。

《玉谿生诗说》:八句八事,却一气鼓荡,不见用事之迹,绝大神力。

《唐七律隽》:咏物之妙,在不即不离,言有尽而意无穷,无恒饤之气。……而《牡丹》之作,人工之至,天巧自来,当在罗昭谏之上。

咏 史

北湖南埭水漫漫,一片降旗百尺竿。
三百年间同晓梦,钟山何处有龙盘?

【汇评】

《义门读书记》:四句中气脉何等阔远!　今人都不了首句为讽刺。　盘游不戒,则形胜难凭,空令败亡荐至,写得曲折蕴藉。

《李义山诗集笺注》:姚培谦曰:此与刘梦得“一片降幡出石头”同感。

《玉谿生诗意》:国之存亡,在人杰不在地灵,足破堪舆之惑。

《重订李义山诗集笺注》:程梦星曰:此诗似为河朔诸镇而发。是时诸镇跋扈,皆恃地险,负固不服,阴有异志,故作此以警之。

《玉谿生诗集笺注》:首句隐言王气消沉,次句专指孙皓降晋,三句统言五代。音节高壮,如铿鲸钟。

《诗境浅说续编》：金陵虽踞江山之胜，而王业不偏安，三百年间，降旗屡举。知虎踞龙盘，未可恃金汤之固。

一 片

一片非烟隔九枝，蓬峦仙仗俨云旗。
天泉水暖龙吟细，露畹春多凤舞迟。
榆荚散来星斗转，桂花寻去月轮移。
人间桑海朝朝变，莫遣佳期更后期。

【汇评】

《唐诗评选》：怆时托赋，哀寄不言。既富诗情，亦有英雄之泪。

日 射

日射纱窗风撼扉，香罗拭手春事违。
回廊四合掩寂寞，碧鹦鹉对红蔷薇。

【汇评】

《李义山诗集笺注》：姚培谦曰：末句妙，不能强无情作有情也。

《玉谿生诗意》：一二寂寞景况。三四愈觉寂寞。"春事违"三字有意，次句袖手空过一春也。

《重订李义山诗集笺注》：程梦星曰：此为思妇咏也。独居寂寞，怨而不怒，颇有贞静自守之意，与他艳语不同，盖亦以之自喻也。

《玉谿生诗集笺注》：陈鸣皋曰：此闺词也。花鸟相对间，有伤情人在内。

《玉谿生诗说》：佳在竟住，情景可思。

齐宫词

永寿兵来夜不扃，金莲无复印中庭。
梁台歌管三更罢，犹自风摇九子铃。

【汇评】

《载酒园诗话》：义山咏史，多好讥刺，如"梁台歌管三更罢，犹自风摇九子铃"、"晋阳已陷休回顾，更请君王猎一回"、"如何一梦高唐雨，自此无心入武关"。然论前代之事，则足以备讽戒，昭代则不可，不曰"定、哀之间多微词"乎！

《玉谿生诗意》：不见金莲之迹，犹闻玉铃之音。不闻于梁台歌管之时，而在既罢之后。荒淫亡国，岂能一一写尽，只就微物点出，令人思而得之。

《李义山诗集笺注》：姚培谦曰：荆棘铜驼，妙在从热闹中写出。

《唐诗别裁》：此篇不着议论，"可怜夜半虚前席"竟着议论，异体而各极其致。

《玉谿生诗集笺注》：冯钝吟曰：咏史俱妙在不议论。　　徐逢原曰：伤敬宗也，借古为言，四句中事皆备具。

《李义山诗集辑评》：纪昀云：意只寻常，妙从小物寄慨，倍觉唱叹有情。

《李义山诗辨正》：此自是咏史诗，别无寓意，深解者失之。谓指敬宗，亦无实证。义山大中十一年充柳仲郢盐铁推官，此或江东客游时，经过六朝故宫而作欤？

《诗境浅说续编》："梁台歌管三更罢，犹自风摇九子铃。"人去台空，风铃自语，不着议论，洵哀思之音也。

《唐人绝句精华》：三句言兵入永寿殿而笙歌罢，此时庄严寺之九子铃犹自因风而摇,以铃声与笙歌对比,即从热闹中写其衰亡也。

十一月中旬至扶风界见梅花

匝路亭亭艳,非时裛裛香。
素娥唯与月,青女不饶霜。
赠远虚盈手,伤离适断肠。
为谁成早秀,不待作年芳。

【汇评】

《瀛奎律髓》:此谓梅花最宜月,不畏霜耳。添用"素娥"、"青女"四字,则谓月若私之而独怜,霜若挫之而莫屈者。亦奇。末句又似有所指云。

《瀛奎律髓汇评》:冯班:次联奇,腹联用事巧。　　查慎行:起五字为梅传神。　　何义门:第三"中旬",第四"十一月"。

又云:其中有一义山在。　　纪昀:"匝路"是至扶风,"非时"是十一月中旬。三、四爱之者虚而无益,妒之者实而有损。　　又云:结仍不脱"十一月中旬"。　　又云:与张曲江同意而加以婉约。

汉　宫

通灵夜醮达清晨,承露盘晞甲帐春。
王母不来方朔去,更须重见李夫人。

【汇评】

《李义山诗集辑评》:何焯曰:抛却神仙,反求死鬼,讽刺太毒。

纪昀曰:不下贬词,而讽刺自切。

《玉谿生诗意》：言武宗不能成仙，只能见鬼耳。深妙。

《重订李义山诗集笺注》：程梦星曰：此似为武宗讽也。武宗亦英明之主，而外崇刘玄静，内宠王才人，既欲学仙，又复好色，大惑也。与汉武后先一辙，故托言焉。

《诗境浅说续编》：此诗与集中《王母祠》、《瑶池》二诗相似。……唐代尊奉老聃，宫廷每尊奉仙灵，相沿成习，玉谿借汉宫以托讽也。

促　漏

促漏遥钟动静闻，报章重叠杳难分。
舞鸾镜匣收残黛，睡鸭香炉换夕熏。
归去定知还向月，梦来何处更为云。
南塘渐暖蒲堪结，两两鸳鸯护水纹。

【汇评】

《唐诗镜》：浓郁，结语佳。

《唐诗品汇》：此篇拟深宫怨女而作。　　郝新斋：恨不如姮娥入月、神女为云，又不如禽鸟之有匹也，有感之辞也。

读任彦升碑

任昉当年有美名，可怜才调最纵横。
梁台初建应惆怅，不得萧公作骑兵。

【汇评】

《李义山诗集笺注》：姚培谦：文人崛强如此，岂帝王所能夺耶！

《李义山诗集辑评》：纪昀：此寓升沉之感。

《李义山诗辨正》：通体俊爽老健。

《唐人绝句精华》：商隐此诗虽有升沉之感，然以任昉、萧衍二人事为言，颇具调侃之致。

灞 岸

山东今岁点行频，几处冤魂哭虏尘。
灞水桥边倚华表，平时二月有东巡。

【汇评】

《李义山诗集笺注》：姚培谦曰：太平离乱，都在老来眼里，亦从"铜驼荆棘"语翻出。

《玉谿生诗意》：伤时念乱之作。

《玉谿生诗说》：以倒装见吐属之妙，若顺说则不成语矣，于此悟用笔之法。首二句再蕴藉更佳。

七 夕

鸾扇斜分凤幄开，星桥横过鹊飞回。
争将世上无期别，换得年年一度来。

【汇评】

《李义山诗集辑评》：何焯曰：无期别，谓此生永沦使府也。

《玉谿生诗意》：人间一别，再见无期，欲求如天上一年一度相逢，不可得也。

《玉谿生诗集笺注》：此篇亦悼亡作。

《李义山诗辨正》：此亦感逝作。无期之别，年年怅触，情何以堪！读之使人增伉俪之重。

《玉谿生年谱会笺》：诗是悼亡，亦兼慨"两度填河"之恨。妙处无穷,任人自领。

马嵬二首（其二）

海外徒闻更九州,^①他生未卜此生休。

空闻虎旅传宵柝,无复鸡人报晓筹。

此日六军同驻马,当时七夕笑牵牛。

如何四纪为天子,不及卢家有莫愁!

【原注】

① 邹衍云:"九州之外,更有九州。"

【汇评】

《苕溪渔隐丛话》:《诗眼》云:文章贵众中杰出,如同赋一事,工拙尤易见。……马嵬驿,唐诗尤多,如刘梦得"绿野扶风道"一篇,人颇颂之,其浅近乃儿童所能。义山云:"海外徒闻更九州,他生未卜此生休。"语既亲切高雅,故不用愁怨、堕泪等字,而闻者为之深悲。"空闻虎旅鸣宵柝,无复鸡人报晓筹",如亲扈明皇,写出当时物色意味也。"此日六军同驻马,他时七夕笑牵牛",益奇。义山诗,世人但称其巧丽,至与温庭筠齐名:盖俗学只见其皮肤,其高情远意皆不识也。

《瀛奎律髓》:"六军"、"七夕"、"驻马"、"牵牛",巧甚。善能斗凑,"昆体"也。

《批点唐音》:此篇二联虽无兴意,然颇典实,唯起结粗俗,不成风调。

《唐诗选脉会通评林》:周弼以为四虚体。　　周珽曰:《侯鲭录》云:有意用事者,有语用事者。李义山"海外徒闻更九州",其意则用杨妃在蓬莱山,其语则用驺子云"九州之外,更有九州",如此然后深稳健丽。　　唐陈彝曰:起,议论体。　　唐孟庄曰:

结,天子至此,可笑可涕。　　此诗讥明皇专事淫乐,不亲国政,不唯不足以保四海,且不能庇一贵妃,用事用意俱深刻不浮。

《删订唐诗解》:吴昌祺云:虎、鸡、马、牛同用,亦是一病。

《围炉诗话》:起联如李远之"有客新从赵地回,自言曾上古丛台",太伤平浅。……至于义山之"海外徒闻更九州,他生未卜此生休",则势如危峰矗天,当面崛起,唐诗中所少者。　　义山《马嵬》诗一代绝作,惜于结语说破。

《义门读书记》:纵横宽展,亦复讽叹有味。对仗变化生动,起联才如江海。……落句专责明皇,识见最高。

《唐三体诗评》:逐层逆叙,势极错综。"此生休"三字倏然落下,非杜诗无此笔力。

《载酒园诗话》:中晚人好以虚对实,如元微之"花枝满院空啼鸟,尘榻无人忆卧龙",李义山"此日六军同驻马,当时七夕笑牵牛",皆援他事对目前之景。然持戟徘徊,凭肩私语,皆明皇实事,不为全虚,虽借用"牵牛",可谓巧心濬发。　　黄白山评:此法实滥觞于少陵,如"骥子"对"莺歌","如马"对"饮猴","如意舞"对"白头吟"之类。

《瀛奎律髓汇评》:陆贻典:义山之高妙,全在用意,不在对偶。冯班:此篇以工巧为能,非玉谿妙处。　　查慎行:一起括尽《长恨歌》。

《山满楼笺注唐人七言律》:"六军"、"七夕"、"驻马"、"牵牛",信手拈来,颠倒成文,有头头是道之妙。

《唐诗别裁》:用《长恨传》中事(首二句下)。　　五六语逆挽法,若顺说便平。

《玉谿生诗集笺注》:起句破空而来,最是妙境,况承上首,已点明矣,古人连章之法也。次联写事甚警。三联排宕。结句人多讥其浅近轻薄,不知却极沉痛,唐人习气不嫌纤艳也。

《唐诗笺注》：议论浑切著明。

《此木轩唐五言律七言律读本》：起势大笔大墨，非温八叉所及。"空闻"字复。

《唐贤小三昧集续集》：起得奇，与"群山万壑赴荆门"同妙。

《昭昧詹言》：起句言方士求神不得，乃跌起。三，四就驿舍追想言之，即所谓"此日"也。五，六及收亦是伤于轻利流便，近巧，不可不辨。

《诗境浅说续编》：五六句非但"驻马"、"牵牛"以本事而成巧对，且用逆挽句法。颈联能用此法，最为活泼。

富平少侯

七国三边未到忧，十三身袭富平侯。

不收金弹抛林外，却惜银床在井头。

彩树转灯珠错落，绣檀回枕玉雕锼。

当关不报侵晨客，新得佳人字莫愁。

【汇评】

《唐诗鼓吹评注》：此言富平侯少年袭封，乐不知节，如韩嫣之弃金弹，淮南之饰银床，以致珠灯之错落，玉枕之雕锼，皆倚其富贵也，末言新得佳人如莫愁之美，而当关不敢报客，是又极形淫乐以讽之耳。

《瀛奎律髓汇评》：冯班：自然，非杨、刘辈可及。知此可以言"昆体"矣。

《唐诗评选》：姿度雅入乐府。

《载酒园诗话又编》：义山有《富平少侯》诗，盖咏西京张氏也。其诗止形容侈汰，而不入实事。如"不收金弹抛林外"，乃韩嫣事，正不妨借用耳。然如"彩树转灯珠错落，绣檀回枕玉雕锼"，不过骄奢尽之。至"直登宣室螭头上,横过甘泉豹尾中",俨然画中东京梁、窦家儿矣。

《唐诗贯珠》:妙在双借"莫愁"以结之,收拾通篇。此是高手作法异人处。

《李义山诗集笺注》:姚培谦曰:此写贵宠之憨痴,为荒耽者讽也。……开口七字,足当"痛哭"一书。

《玉谿生诗集笺注》:田兰芳曰:全首只形容骄贵宴安,"少"字已出。

《玉谿生诗说》:太尖无品,格亦卑卑。

《小清华园诗谈》:虽甚切直,而终不失为风雅之遗。

《李义山诗辨正》:通篇以冷语讽刺,律诗变格,何得目为尖薄哉?

《李义山诗偶评》:此诗刺武宗,题曰"富平少侯",诡辞也。

宫 妓

珠箔轻明拂玉墀,披香新殿斗腰支。

不须看尽鱼龙戏,终遣君王怒偃师。

【汇评】

《苕溪渔隐丛话后集》:《谈苑》:予知制诰日,与余恕同考试。……因出义山诗共读,酷爱一绝,云:"珠箔轻明拂玉墀,……"击节称叹曰:"古人措辞寓意如此之深妙,令人感慨不已。"

《唐诗解》:此以女宠之难长,为仕宦者戒也。居绮丽之宫,竞纤腰之态,自谓得意矣,然欢不彻席,尝起君王偃师之怒。

《李义山诗集笺注》:朱鹤龄引冯班云:此诗是刺也。唐时宫禁不严,托意偃师之假人,刺其相招,不忍斥言,真微词也。

《载酒园诗话》:此诗只形容女子慧心,男子一"妒"字耳。

《李义山诗集笺注》：姚培谦曰：字字有意，愈味愈佳，于此可悟立言之体。

《玉谿生诗集笺注》：此讽宫禁近者不须日逞机变，致九重悟而罪之也。托意微婉。

《李义山诗集辑评》：纪昀曰：托讽甚深，妙于蕴藉。

《读雪山房唐诗序例》：必欲求之（继王阮亭选七绝压卷之作），其张潮之"茨菰叶烂"，张继之"月落乌啼"，钱起之"潇湘何事"，韩翃之"春城无处"，李益之"边霜昨夜"，刘禹锡之"二十馀年"，李商隐之"珠箔轻明"，与杜牧《秦淮》之作，可称匹美。

宫　辞

君恩如水向东流，得宠忧移失宠愁。
莫向尊前奏花落，凉风只在殿西头。

【汇评】

《唐诗选脉会通评林》：周弼为虚接体。　　周敬曰："得宠忧移失宠愁"，意出无奈；"凉风只在殿西头"，说得怕人。　　吴山民曰：恳恳嘱之，以见宠不可留。实境苦情，道无遗蕴。

《李义山诗集辑评》：何焯曰：用意最深，人人可解，故妙。

《李义山诗集笺注》：姚培谦曰：慨荣宠之无常也。"昨日芙蓉花，今朝断肠草"，不足叹矣。

《玉谿生诗集笺注》：次句谓得宠者以其昔忧移付失宠人矣。下二句却唤醒得宠人，莫恃新宠，工为排斥，凉风近而易至，尔亦未可长保也。

《玉谿生诗说》：怨之至矣，而不失优柔之意，一唱三叹，馀音未寂。后二句仿佛"黄河远上"一章也。

《唐绝诗钞注略》：程云：水易东流，风偏西殿；花开花落，莫保红颜。宠盛宠衰，等闲得失，女子之忧愁也。女适人，臣事主，岂二致哉！盖自寓之词也。

《李义山诗辨正》：次句极为自然，但未加修饰耳。集中此种颇多，转觉有致，岂欠浑雅哉！

《诗境浅说续编》：唐人赋宫词者，鸦过昭阳，阶生春草，防琼轩之鹦语，盼月夜之羊车：各写其怨悱之怀。此诗独深进一层写法，谓不待花枝零落，预料凉风将起，堕粉飘红，弹指间事，犹妾貌未衰，而君恩已断，其语殊悲。

代赠二首（其一）

　　楼上黄昏欲望休，玉梯横绝月中钩。
　　芭蕉不展丁香结，同向春风各自愁。

【汇评】

《诚斋诗话》：五、七字绝句，最少而最难工，虽作者亦难得四句全好者。晚唐人与介甫最工于此。如李义山……"芭蕉不展丁香结，同向春风各自愁"。

《诗源辩体》：商隐七绝如《代赠》云"芭蕉不展丁香结，同向春风各自愁"，……全篇较古律艳情尤丽。

《李义山诗集辑评》：纪昀曰：情致自佳，艳体之不伤雅者。

《诗境浅说续编》：前二句"楼上"、"玉梯"之意，与李白之"暝色入高楼，有人楼上愁"、"玉梯空伫立，望断归飞翼"词意相似，乃述望远之愁怀。后二句即借物写愁：丁香之结未舒，蕉叶之心不展，春风纵好，难破愁痕，物犹如此，人何以堪！可谓善怨矣。

瑶　池

瑶池阿母绮窗开，黄竹歌声动地哀。

八骏日行三万里，穆王何事不重来？

【汇评】

《批点唐诗正声》：风格散逸，此盛唐绝调中有所不及者，一读心为之快之。

《增定评注唐诗正声》：周云：实语，如此散逸，固自难得。

《载酒园诗话》：诗又有以无理而妙者，如李益"早知潮有信，嫁与弄潮儿"，此可以理求乎？然自是妙语。至如义山"八骏日行三万里，穆王何事不重来"，则又无理之理，更进一层。总之诗不可以执一而论。

《龙性堂诗话》："八骏日行三万里，穆王何事不重来"之句，皆就古事傅会处翻出新意，令人解颐。

《李义山诗集笺注》：程梦星曰：此追叹武宗之崩也。武宗好仙，又好游猎，又宠王才人。此诗熔铸其事而出之，只用穆王一事，足概武宗三端，用思最深，措辞最巧。

《玉谿生诗集笺注》：钱良择曰：此方专讽学仙。

《玉谿生诗说》：尽言尽意矣，而以诘问之词吞吐出之，故尽而不尽。

《方南堂先生辍锻录》：古云："诗有别材，非关书也；诗有别趣，非关理也。"……李义山"八骏日行三万里，穆王何事不重来"，语圆意足，信手拈来，无非妙趣。可知诗之天地，广大含宏，包罗万有，持一论以说诗，皆井蛙之见也。

南　朝

地险悠悠天险长,金陵王气应瑶光。

休夸此地分天下,只得徐妃半面妆。

【汇评】

《岁寒堂诗话》:非夸徐妃,乃讥湘中也。义山诗佳者,大抵类此。咏物似琐屑,用事似僻,而意则甚远,世但见其诗喜说妇人,而不知为世鉴戒。

《李义山诗集辑评》:朱彝尊曰:高绝。　　何焯曰:点化中分,使事灵变。看作刺诗,便不会作者语妙。

《玉谿生诗意》:以如此之形胜,如此之王气,而仅足以偏安,非英雄也。借一事而统论南朝,非专指徐妃。

《李义山诗集笺注》:程梦星曰:唐人咏南朝者甚众,大都慨叹其兴亡耳。……而义山更出其上,以为六代君臣,偏安江左,曾无混一之志,坐视神州陆沉,其兴其亡,盖皆不足道矣。愚谓此诗真可空前绝后,今人徒赏义山艳丽,而不知其识见之高。

《李义山诗辨正》:借香奁语点化,是玉谿惯法,不得以纤佻目之。

韩冬郎即席为诗相送一座尽惊他日余方追吟连宵侍坐裴回久之句有老成之风因成二绝寄酬兼呈畏之员外（其一）

十岁裁诗走马成,冷灰残烛动离情。

桐花万里丹山路,雏凤清于老凤声。

【汇评】

《李义山诗集笺注》:姚培谦曰:此赠冬郎,叹其才之胜父。

《玉谿生诗说》：风调自佳,但无深味耳。

临发崇让宅紫薇

一树浓姿独看来,秋庭暮雨类轻埃。

不先摇落应为有,已欲别离休更开。

桃绶含情依露井,柳绵相忆隔章台。

天涯地角同荣谢,岂要移根上苑栽!

【汇评】

《李义山诗解》：此乃临发时对紫薇而感赋也。

《玉谿生诗意》：到处同一开落,不必移根上苑,犹人之到处同一生死也。二正写崇让宅,七、八反结崇让宅,细好。一不忍别。二点时。三承二,当秋雨如埃,宜摇落而不先摇落者,应以此宅暂为我有遇知也。谢灵运《题宅》诗："终成天地物,暂为鄙夫有",李用此。"休更开",无相赏之人也。桃含情、柳相忆,暂不忍别也。七、八伤己之远去。

《玉谿生诗集笺注》：中书省为紫薇省,而秘书省隶中书之下也。白香山诗："紫薇花对紫薇郎",此章暗用薇省寄慨。四句深恨别离,兼忆家室;结则强作排解也。

《玉谿生诗说》：此与下《及第东归》皆激烈尽情,少含蓄之旨,而此诗尤怨以怒。

野 菊

苦竹园南椒坞边,微香冉冉泪涓涓。

已悲节物同寒雁,忍委芳心与暮蝉。

细路独来当此夕,清尊相伴省他年。

紫微新苑移花处,不取霜栽近御筵。

【汇评】

《唐诗评选》:有飞雪回风之度,锦瑟集中赖此以传本色。

《唐诗贯珠》:此虽咏野菊,细绎通篇词意,多寓言伤感。

《唐诗鼓吹评注》:此比贤者之遗弃草野,不得进用也。……首句比君子之所失,二句比失意。颔联见其操。已下则同心相吊,而伤其径路之无媒耳。

《李义山诗解》:义山才而不遇,集中多叹老嗟卑之作。《野菊》一篇,最为沉痛。

《玉谿生诗意》:一地,二香,三、四时,五、六得赏,七、八慨不遇结。竹身多节,椒性芳烈,此中菊香已非凡品。三四言花开何晚,此泪之所以涓涓也。五野菊也,六不堪重省也。紫薇新苑不取霜栽,深叹不遇之意,皆自喻也。

《玉谿生诗说》:中四句佳。结处嫌露骨太甚。

《李义山诗辨正》:结句虽正面收足“野”字,而别有寓意,故不觉其浅直,与空泛闲语不同。

《李义山诗偶评》:此诗义山盖以自喻其身世,末二句与《崇让宅紫薇》意正相类,但彼措辞径直,此稍婉耳。

板桥晓别

回望高城落晓河,长亭窗户压微波。

水仙欲上鲤鱼去,一夜芙蓉红泪多。

【汇评】

《李义山诗集笺注》:程梦星曰:此诗与香山诗合看,板桥当是唐时冶游之地。香山诗虽淡荡,其实情语也。义山《晓别》,尤见情致。

《玉谿生诗说》：何等风韵！如此作艳体，乃佳。笑裙裾脂粉之横填也。

过伊仆射旧宅

朱邸方酬力战功，华筵俄叹逝波穷。
回廊檐断燕飞去，小阁尘凝人语空。
幽泪欲干残菊露，馀香犹入败荷风。
何能更涉泷江去，独立寒流吊楚宫！

【汇评】

《唐诗贯珠》：起是直叙。酬功，封爵晋阶也；华筵，即指酬功荣盛事，而俄顷已同逝波尽耳。四"人语空"活泼，胜于三。五、六双夹串合，佳，言泪枯如残菊之露，已属无多，唯馀香入败荷之风，犹得微闻，触景生情之妙。

《玉谿生诗意》：一、二，百年瞬息也。中四句写旧宅宾客奴仆皆已星散，而荷菊犹存，人不如草木有情也。只此荒凉，伤心已极，涉泷江而吊楚宫，其伤心更当何如？

《玉谿生诗集笺注》：田兰芳曰：哀音清苦，但多亮节而少微情。一结犹存风雅。

《玉谿生诗说》：独结二句就"过"字生情，挽过一步渲染本题，妙有情致。前六句直是许浑一辈套子，殊不可耐也。

《李义山诗辨正》：前六句结体森密，吐韵铿锵，设采鲜艳，是玉谿神到奇境，以为庸俗可乎？

银河吹笙

怅望银河吹玉笙，楼寒院冷接平明。

重衾幽梦他年断,别树羁雌昨夜惊。

月榭故香因雨发,风帘残烛隔霜清。

不须浪作缑山意,湘瑟秦箫自有情。

【汇评】

《唐诗贯珠》:此诗全以艳情,谓所欢之辞,然曰"重衾",曰"羁雌",曰"湘瑟秦箫",其意太泄,乃是托言谓当路者不接引,空羡其声闻耳。

《李义山诗解》:此义山言情之作也。闻声相思,彻夜不寐,遂使生平久断之梦,复为唤起,而怅望无穷焉。

《李义山诗集笺注》:姚培谦曰:此悼亡之词,故以银河吹笙托意。

《重订李义山诗集笺注》:程梦星曰:此亦为女冠而作。银河为织女聚会之期,吹笙为子晋得仙之事,故以"银河吹笙"命题。起句揣其情也。次句思其地也。三、四承起句,叙其怅望之事也。五、六承次句,叙其寒冷之景也。七、八谓其人道不如适人,浪作缑山驾鹤之思,何似湘灵之为虞妃、秦楼之嫁萧史耶?

《玉谿生诗意》:一、二怅望至晓,三、四相思,五、六楼寒院冷景况,七、八决绝之词,即"子不我思,岂无他人"意。

《玉谿生诗集笺注》:上四句言重衾幽梦,徒隔他年,羁绪离情,难禁昨夜,是以未及平明而起,望银河吹笙遭闷也。总因不肯直叙,易令人迷。缑山专言仙境,湘瑟秦箫则兼有夫妻之缘者,与银河应。此必咏女冠,非悼亡矣。

《玉谿生年谱会笺》:此在京闻女冠吹笙而怅触黄门之感也。首句破题,次句点在京中。二联正意,兼写彻夜无眠之景。结言伉俪情深,不须浪作仙情艳想也。取首句标题,亦无题之类。

《李义山诗辨正》:此种诗语浅意深,全在神味。

闻　歌

敛笑凝眸意欲歌，高云不动碧嵯峨。

铜台罢望归何处，玉辇忘还事几多？

青冢路边南雁尽，细腰宫里北人过。

此声肠断非今日，香灺灯光奈尔何。

【汇评】

　　《唐诗摘钞》：首句写歌态如见。次句用遏云事，活甚。中四句言昔时歌舞之地，声消影灭，不堪回首想。七、八承明之，云此际香消烛尽之后，亦堪肠断，其如此娇眸笑靥何哉！

　　《唐诗贯珠》：通篇是闻歌而悲伤。

　　《玉谿生诗意》：一，将歌时美人情态；二即遏云。三、四歌之妙绝，五六歌之悲感，故肠断而唤奈何也。

　　《玉谿生诗说》：首二句点明，中四句掷笔宕开，而以七句承明，八句拍合，极有画龙点睛之妙。但情韵深而意格靡。第一句鄙，第二句是长吉歌行一派，入七律亦涩，终非佳篇，存看笔法耳。

　　《李义山诗辨正》：此诗在晚唐少有媲，无所谓格调靡靡也。首句不鄙。"碧云"句比喻极佳。

　　《李义山诗偶评》：此诗制格最奇。闻歌正面，首二句已写出，以下皆衬托之笔，七、八句乃收到本意。

有感二首

原注：乙卯年有感，丙辰年诗成。

其一

九服归元化，三灵叶睿图。

如何本初辈，自取屈鳌诛。
有甚当车泣，因劳下殿趋。
何成奏云物？直是灭崔苻。
证逮符书密，辞连性命俱。
竟缘尊汉相，不早辨胡雏。
鬼箓分朝部，军烽照上都。
敢云堪恸哭，未免怨洪炉。

其二

丹陛犹敷奏，彤庭歘战争。
临危对卢植，始悔用庞萌。
御仗妆前殿，兵徒剧背城。
苍黄五色棒，掩遏一阳生。
古有清君侧，今非乏老成。
素心虽未易，此举太无名。
谁瞑衔冤目？宁吞欲绝声。
近闻开寿宴，不废用咸英。

【原注】

① 是晚独召故相彭阳公入。

【汇评】

《蔡宽夫诗话》：义山诗集载《有感》篇而无题，自注云："乙卯年有感，丙辰年诗成。"其中有"如何本初辈，自取屈鳌诛"，又"苍黄五色棒，掩遏一阳生"之语。按李训、郑注作乱，实以冬至日，是年岁在乙卯，则是诗盖为训、注作也。唐小说记此事，谓之《乙卯记》，大抵不敢显斥之云。

《唐诗归》：钟云：郑重流走（"古有"二句下）。　钟云：风切时事诗，典重有体。从老杜《伤春》等作得来。

《答万季野问》：义山初时亦学少陵，如《有感》五言二长韵可见矣。到后来力能自立，乃别走《楚辞》一路，如《重有感》七律，亦为"甘露之变"而作，而体格迥殊也。

《载酒园诗话》：此诗正纪甘露之变耳。"丹陛犹敷奏"，是韩约报甘露降石榴枝上。"彤庭敷战争"，是幕中兵见，仇士良仓皇捧乘舆入，召刘泰伦、魏仲卿帅禁兵击杀朝士。"临危对卢植"，是士良以王涯手状上呈，召郑覃、令狐楚示之。"始悔用庞萌"，是暗指（李）训、（郑）注。"御仗收前殿，凶徒剧背城"，是军政皆归于两中尉，百官入朝，至露刃夹道。"仓皇五色棒，掩遏一阳生"，乃引魏武为洛阳北部尉，杀蹇硕叔父事。又曰"古有清君侧，……宁吞欲绝声"，伤涯、𫗧、元舆辈谋之不善，而又重惜其怨冤也。"近闻开寿宴，不废用咸英"，尤见举朝敛手，莫敢正言，慨叹无尽。

《李义山诗集辑评》：朱彝尊曰：用意精严，立论婉挚，少陵"诗史"又何加焉！

《唐诗别裁》：为甘露之变而作。前一首恨李训、郑注之浅谋，后一首咎文宗之误任非人也。

《五七言今体诗钞》：长律唯义山犹欲学杜，然但摹其句格，不得其一气喷薄、顿挫精神、纵横变化处。《有感二首》，世所共推，然唯"古有清君侧"以下八句佳，其馀叙事殊乏步骤。

《石园诗话》：李义山《有感》云："古有清君侧，今非乏老成。素心虽非易，此举太无名。谁瞑衔冤目？宁吞欲绝声。"于甘露之变，感愤激烈，不同于众论。

重有感

玉帐牙旗得上游，安危须共主君忧。
窦融表已来关右，陶侃军宜次石头。

岂有蛟龙愁失水？更无鹰隼与高秋。

昼号夜哭兼幽显，早晚星关雪涕收。

【汇评】

《批点唐音》：此篇所言何事？次联粗浅，不成风调。古人纪事必明白，但至褒贬乃隐约，未有如此者。

《围炉诗话》：常熟钱龙惕夕公解曰：太和九年十月，以前广州节度使王茂元为泾原节度使，逾月，李训事作，茂元在泾原，故曰"得上游"也。昭义节度使刘从谏三上疏问王涯等罪名，仇士良为之惕惧，故曰"窦融表已来关右"也。初获郑注，京师戒严，茂元与鄜坊节度使萧弘皆勒兵备非常，故曰"陶侃军宜次石头"也。士良辈知事连天子，相与愤怨；帝惧，伪不语，宦官得肆志杀戮，则蛟龙失水矣。涯等既死，举朝胁息，诸藩镇皆观望不前，谁为高秋之鹰隼，快意一击耶？曰"更无"者，伤之，亦望之也。至于"昼号夜哭"、雪涕星关，而感益深矣。

《载酒园诗话》：首二句是言诸藩镇之拥兵者，责以主忧臣辱之义。"窦融表已来关右"，指昭义节度使刘从谏上表请王涯等罪名。"陶侃军宜次石头"，伤他镇无与之同心，兼讽刺逗留不进。"岂有蛟龙曾失水，更无鹰隼与高秋"，正言事皆决于北司，宰相惟行文书，安危系于外镇。"昼号夜哭兼幽显，早晚星关雪涕收"，又举向时被祸之家，及目前株蔓犹未及者，激烈言之。愚意义山位屈幕僚，志存讽谕，亦可嘉矣。　黄白山评："蛟龙失水"喻君之失臣。时中人诬宰相王涯、舒元舆等谋反，尽杀之，数日间生杀除拜皆决于中人，帝不与知，故有"蛟龙失水"之喻。下句言朝廷不能正中人之罪，如鹰隼之不能顺秋令以击燕雀也。

《唐诗成法》：前半时事，后半致慨。此首即杜之《诸将》也。亦不能如杜之深厚曲折，而语气颇壮，用意正大，晚唐一人而已。诸选皆不录者，但采春花之艳丽，而忘秋实之正果也。

《玉谿生诗集笺注》：此篇专为刘从谏发。钱龙惕兼王茂元言之，徐氏又兼萧弘言之，皆非也。

《玉谿生诗说》："岂有"、"更无"，开合相应，上句言无受制之理，下句解受制之故也。揭出大义，压伏一切，此等处是真力量。

《网师园唐诗解》：忠爱之忱若揭。

《昭昧詹言》：前有《有感》，故此曰"重"，皆咏甘露之事。钱龙惕笺得之半，失之亦半。先君云：……（诗）虽兴象彪炳，而骨理不清；字句用事，亦似有皮傅不精切之病。如第四句与次句复，又与第六句复，是无章法也。试观杜公有此忙乱沓复错履否？末句从杜公"哀哀寡妇"句脱化来，似沉著，有望治平之意，而"早晚"七字，不免叮饳僻晦。

《唐诗三百首续选》：词严义正，忠愤如见，可配少陵。

《岘佣说诗》：义山七律，得于少陵者深。故秾丽之中，时带沉郁，如《重有感》、《筹笔驿》等篇，气足神完，直登其堂、入其室矣。

《唐宋诗举要》：沉郁悲壮，得老杜之神髓。

《诗境浅说》：此为感事之诗，必证以事实，始能明其意义，不仅研求句法。即以诗格论，玉谿生平瓣香杜陵，其忠愤诶荡之气，溢于楮墨，雅近杜陵也。

寿安公主出降

汭水闻贞媛，常山索锐师。

昔忧迷帝力，今分送王姬。

事等和强虏，恩殊睦本枝。

四郊多垒在，此礼恐无时。

【汇评】

《李义山诗集笺注》：姚培谦曰：用意全在结局。夫元逵以改行得尚主,此可言也;欲以此风动邻镇,此不可言也。欧阳文忠诗"肉食何人为国谋",与此同意。

《重订李义山诗集笺注》:程梦星曰:寿安公主下嫁王元逵始末,《旧唐书》仅略载其岁月,《新书》则详叙其事情。虽以为元逵贡献如职,非复如其父之凶悖不臣,然其时之出降,毕竟畏藩镇而以婚姻结之。故义山作诗正论之,盖咎其既往,且忧方来也。

《玉谿生诗说》:太粗太直,失讳尊之体。

《玉谿生年谱会笺》:河朔故事,相沿已久,元逵据镇输诚,虽降以宗女,事等羁縻,又何足道!诗愤朝廷姑息,语特正大。

夕阳楼

原注:在荥阳。

花明柳暗绕天愁,上尽重城更上楼。

欲问孤鸿向何处,不知身世自悠悠。

【汇评】

《唐诗绝句类选》:谢叠山曰:夕阳不好说,此诗形容不着迹。孤鸿独飞,必是夕阳时;若只道身世悠悠,与孤鸿相似,意思便浅。"欲问"、"不知",四字无限精神。

《唐诗选脉会通评林》:徐充曰:身无定居,与鸿何异?此因登夕阳楼感物而兴怀也。 胡次焱注:身世方自悠悠,而问孤鸿所向,不几于悲乎?"自"字宜玩味。我自如此,何问鸿为?感慨深矣。 焦竑曰:感慨无穷。此与"最无根蒂是浮名"同例,驰竞者诵之,可以有省。

《唐人万首绝句选评》:写客思之悲,怅惘无尽,使人黯然。

《玉谿生诗集笺注》:自慨慨萧,皆在言中,凄惋入神。

《玉谿生诗说》:借孤鸿对写,映出自己,吞吐有致,但不免有做作态,觉不十分深厚耳。

《李义山诗辨正》:此诗神味极自然,绝不见有斧斫痕。

春　雨

怅卧新春白袷衣,白门寥落意多违。
红楼隔雨相望冷,珠箔飘灯独自归。
远路应悲春晼晚,残宵犹得梦依稀。
玉珰缄札何由达?万里云罗一雁飞。

【汇评】

《李义山诗集笺注》:姚培谦曰:此借春雨怀人,而寓君门万里之感也。……此等诗,字字有意,概以闺帏之语读之,负义山极矣。

《玉谿生诗意》:中四是白门怅卧时忆往多违事,末二句是怅卧时所思后事。

《重订李义山诗集笺注》:程梦星曰:此亦应辟无聊、望人汲引之作,盖入藩幕未出长安之时也。

《玉谿生诗说》:宛转有味。平山笺以为此有寓意,亦属有见。然如此诗即无寓意,亦自佳。

《唐贤清雅集》:以丽语写惨怀,一字一泪。用比作结,不知是泪是墨,义山真有心人。

《李义山诗辨正》:此与《燕台》二章相合。首二句想其流转金陵寥落之态。三、四句经过旧居,室迩人遐,唯笼灯独归耳。五句道远难亲。六句梦中相见。结即“欲织相思花寄远”之意。

楚　宫

湘波如泪色漻漻,楚厉迷魂逐恨遥。

枫树夜猿愁自断，女萝山鬼语相邀。

空归腐败犹难复，更困腥臊岂易招？

但使故乡三户在，彩丝谁惜惧长蛟！

【汇评】

《李义山诗集辑评》：朱彝尊曰：通首写"楚"字，而无"宫"字意，恐题有误。　　何焯曰："宫"疑作"厉"。　　又曰："楚厉迷魂逐恨遥"，生下四句。……吊三闾，意极沉郁。　　纪昀曰：三、四自佳，五、六太拙。

《唐诗贯珠》：此过楚宫而吊屈原，睹湘水之深情，哀其魂迷而恨逐水之遥也。……起以"如泪"领"清"，通用《离骚》楚些融洽出之，若断若续，用古活法。妙在一结道出灵均心事，归于忠蹇，得体。

《李义山诗集笺注》：姚培谦曰：此哀忠魂之不谅于世也。湘波暗淡，怨魂如存，计唯有夜猿、山鬼可共语耳。要其日月争光之心，必不沉没于此水可知也。

《玉谿生诗集笺注》：虽直咏三闾，而自有寄慨。　　首句暗寓湘妃啼竹之意。

晚　晴

深居俯夹城，春去夏犹清。

天意怜幽草，人间重晚晴。

并添高阁迥，微注小窗明。

越鸟巢乾后，归飞体更轻。

【汇评】

《逸老堂诗话》：唐李义山诗，有"天意怜幽草，人间重晚晴"之句。世俗久雨，见晚晴辄喜，自古皆然。

《唐诗归》：钟云：妙在大样（"人间"句下）。　　谭云：此句说晚晴，其妙难知（"并添"句下）。

《围炉诗话》：次联澹妙。

《唐诗快》：不必然，不必不然，说来却便似确然不易，故妙（"天意"二句下）。

《唐律消夏录》：三、四妙在将"天意"突说一句，然后对出晚晴。"并添"、"微注"，"晴"字说得深细。结句有意无意，亦是少陵遗法。

《载酒园诗话》：义山之诗，妙于纤细，如《全溪作》："战蒲知雁唼，皱月觉鱼来。"《晚晴》："并添高阁迥，微注小窗明。"

《李义山诗集辑评》：朱彝尊云："越鸟巢乾后"，写其得意。

何焯云：但露微明，已觉心开目舒，五、六是倒装语，酷写望晴之极也。

《重订李义山诗集笺注》：程梦星云：此为历所从事者多见憎忌于时，而己亦为所累，久而自明，适有天幸，故于"天意怜幽草，人间重晚晴"一联微露其旨。结言越鸟归巢。疑在桂管将入京师时作也。

《李义山诗集笺注》：姚培谦曰：晚晴，比常时晴色更佳。天上人间，若另换一番光景者，在清和时节尤妙。小窗高阁、异样焕发，而归燕亦觉体轻。言外有身世之感。

《网师园唐诗笺》：玉谿咏物，妙能体贴，时有佳句，在可解不可解之间。　　风人比兴之意，纯自意匠经营中得来（"天意"二句下）。

《玉谿生诗说》：轻秀，是钱、郎一格。五、六再振起，则大历以上矣。　　末句结"晚晴"，可谓细意熨贴，即无寓意亦自佳也。

《唐诗笺要》："并添高阁迥"，妙空迹象，下句便落筌蹄。第三句亦胜对句。

《龙性堂诗话初集》：(义山)咏物入微，写照妙语，则如咏云云"潭暮随龙起，河秋压雁声"，咏雨云"气凉先动竹，点细未开萍"，咏晴云"并添高阁迥，微注小窗明"，……是皆得象外之趣，尤不可及。

《唐贤小三昧集续集》：大家数语，结近滞("人间"句下)。

《律髓辑要》：前半深厚，后半细致，老杜有此格律。

安定城楼

迢递高城百尺楼，绿杨枝外尽汀洲。

贾生年少虚垂泪，王粲春来更远游。

永忆江湖归白发，欲回天地入扁舟。

不知腐鼠成滋味，猜意鹓雏竟未休。

【汇评】

《蔡宽夫诗话》：王荆公晚年亦喜称义山诗，以为唐人知学老杜而得其藩篱者，唯义山一人而已。每诵其"雪岭未归天外使，松州犹驻殿前军"、"永忆江湖归白发，欲回天地入扁舟"，另"池光不受月，暮气欲沉山"、"江海三年客，乾坤百战场"之类，虽老杜无以过也。

《李义山诗集辑评》：朱彝尊曰：通首皆失意语，而结句尤显然。　　又曰：第六句尤奇，后人岂但不能作，且不能解。　　纪昀曰：刺同侣猜忌之作。

《玉谿生诗意》：一登楼，二时，中四情，七、八时事。一上高楼而睹杨柳汀洲，忽生感慨，故下紧接贾生、王粲远游垂泪，以贾生有《治安策》，王有《登楼赋》。五、六欲泛扁舟归隐江湖，己之本怀如此，而谗者犹有腐鼠之吓。盖忧谗之作。

《重订李义山诗集笺注》：程梦星曰：义山博极群书，负经国之志，特以身处卑贱，自噤不言。兹因人妄相猜忌，全不知己，故发愤一倾吐之。然而玄言深隐,略无夸大,真得三百诗人风旨,非他手可摹也。首二句借城楼自喻,有立身千仞、俯视一切之意。三、四叹有贾生之才而不得摅,只如王粲之游而穷于所在。五、六言本欲功名成立,归老江湖,旋乾旋坤,乃始勇退。七、八言己之意量如此,而彼妄者方据腐鼠以吓鹓雏,岂不可哀矣哉?

《唐诗别裁》:何减少陵("永忆江湖"二句下)!　　言己长忆江湖以终老,但志欲挽回天地,乃入扁舟耳。时人不知己志,以鸱鸮嗜腐鼠而疑鹓雏,不亦重可叹乎(末二句下)!

《瀛奎律髓汇评》:冯班:杜体。如此诗岂妃红俪绿者所及?今之学温、李者得不自羞?　　查慎行:王半山最赏此五、六一联,细味之,大有杜意。　　纪昀:"江湖"、"扁舟"之兴,俱自"汀洲"生出。故次句非趁韵凑景。五、六千锤百炼,出以自然,杜亦不过如此。世但喜其浮艳雕镂之作,而义山之真面隐矣。　　许印芳:五、六句,上四字须作一顿,下三字转出意思,方有味。言己长念江湖不忘,而归必在白发之时,所以然者,为欲挽回天地也;天地既回,而后可入扁舟,归江湖耳。句中层折,暗转暗递,出语浑沦,不露筋骨,此真少陵嫡派。

《玉谿生诗说》:四家评以逼真老杜,信然。然使老杜为之,末二句必另有道理也。

《昭昧詹言》:此诗脉理清,句格似杜。玩末句,似幕中有忌闲之者。然用事秽杂,与前不相称。

《岘傭说诗》:(杜甫)"路经滟滪双蓬鬓,天入沧浪一钓舟",李义山"永忆江湖归白发,欲回天地入扁舟"全学此种,而用意各别。

茂　陵

汉家天马出蒲梢,苜蓿榴花遍近郊。

内苑只知含凤觜，属车无复插鸡翘。

玉桃偷得怜方朔，金屋修成贮阿娇。

谁料苏卿老归国，茂陵松柏雨萧萧！

【汇评】

《岁寒堂诗话》：（义山）咏物似琐屑，用事似僻，而意则甚远，世但见其诗喜说妇人，而不知为世鉴戒。"玉桃偷得怜方朔，金屋妆成贮阿娇。谁料苏武老归国，茂陵松柏雨萧萧。"此诗非夸王母玉桃、阿娇金屋，乃讥汉武也。

《对床夜语》：李商隐集中，半是古人名，不过因事造对，何益于诗？至有一篇而叠用者。如《茂陵》云："玉桃偷得怜方朔，金屋妆成贮阿娇。……"此犹有微意。《牡丹》诗云："锦帏初见卫夫人，绣被犹堆越鄂君。……"不切甚矣。

《瀛奎律髓》：义山诗织组有馀，细味之格律亦不为高。此诗讥诮汉武甚矣，谓骄侈如此，终归于尽也。

《义门读书记》：八句中贯穿，极工整而不牵率。落句只借子卿一衬，风刺自见于言外。　　此诗始不甚爱之，后观《西昆酬唱集》，求如此者绝不可得，乃叹义山笔力之高。

《李义山诗解》：此诗似为武宗而发。按史：武宗善制奄侍，驾驭藩臣，亦英主也。然好畋猎武戏，受道士赵归真法箓，又宠王才人，欲应为后，至服金丹得疾，而犹信方士妄言，谓为换骨。六年之中，失多于得。《茂陵》一篇，其托讽乎？首言勤兵大宛，是黩武也。三、四言畋猎，即微行，是好动也。五、六言既求神仙，又耽声色，是自戕也。结处借子卿一衬，风刺见于言外。

《玉谿生诗集笺注》：此章是慨武宗矣。然谓直咏汉武以为讽戒，意味固已深长，诗中妙境，其趣甚博，随人自领之耳。

《瀛奎律髓汇评》：冯班：只用"苏卿"一衬，丰神百倍。　　又云：昆体也。　　何义门：首句用兵，第三句畋猎，第四句微行，第五句神仙,第六句声色。末二句讽刺自见于言外。　　纪昀:义山殊有气骨,非"西昆"之比。

《玉谿生诗说》:前六句一气,七、八折转,集中多此格。此首尤一气鼓荡,神力完足。蘅斋评曰:此首确是茂陵怀古诗,以为托讽,恐失作者本意。

《昭昧詹言》:藏锋敛锷于宏音壮采之中,七律无此法门。不善学者,便入痴肥一派。

天　涯

春日在天涯,天涯日又斜。
莺啼如有泪,为湿最高花。

【汇评】

《玉谿生诗笺注》:田兰芳曰:一气浑成,如是即佳。　　杨守智曰:意极悲,语极艳,不可多得。

《玉谿生诗意》:不必有所指,不必无所指,言外只觉有一种深情。

有　感

非关宋玉有微辞,却是襄王梦觉迟。
一自高唐赋成后,楚天云雨尽堪疑。

【汇评】

《李义山诗集辑评》:朱彝尊:此非咏楚之事也,题曰"有感",其意可想而知。　　纪昀:义山深于讽刺,必有以诗贾怨者,故有此辩。盖为似有寓意而实无所指者作解也。四家谓为《无题》作解,失其旨矣。　　前二句言虽有讽刺,亦因人之愦愦而然,后二句乃言由此招疑。

乱　石

虎踞龙蹲纵复横，星光渐减雨痕生。
不须并碍东西路，哭杀厨头阮步兵。

【汇评】

《载酒园诗话》：《乱石》一诗亦深妙。……"虎踞龙蹲纵复横"，即柳州所云"怒者虎斗，企者鸟厉"也。"星光渐减雨痕生"，乃用"星陨地为石"兼"将雨则础润"二意。"不须并碍东西路，哭杀厨头阮步兵"，……乱石塞路，有类途穷，此义山寄托之词，而意味深远。

《李义山诗集笺注》：朱鹤龄云：末二语途穷之悲。

《玉谿生诗意》：刺小人当路也，意太露。

《玉谿生诗集笺注》：别有深意焉。（郑）亚坐德裕事而贬，义山缘此废滞矣。上二句指李党之据在要地者，一旦光焰忽衰，渐形萧飒。下二句恐其势将累我。徐建庵曰：不但穷途之悲，兼有蔽贤之恨。

日　日

日日春光斗日光，山城斜路杏花香。
几时心绪浑无事，得及游丝百尺长。

【汇评】

《唐诗镜》：可知肠已寸断。

《李义山诗集辑评》：何焯：惊心动魄之句。（首句下）

《玉溪生诗笺注》：客子倦游，情味渺然。

过楚宫

巫峡迢迢旧楚宫，至今云雨暗丹枫。

微生尽恋人间乐，只有襄王忆梦中。

【汇评】

《唐诗品汇》：谢云：高唐云雨，本是说梦，古今皆以为实事。此诗讥襄王之愚，前人未道破。

《唐诗归》：钟云：亦笑得呆人妙（末句下）。

《李义山诗集笺注》：姚培谦曰：反唤妙绝。微生那一个不在梦中，却要笑襄王忆梦耶？请思"只有"二字，还是唤醒襄王，还是唤醒众生？

《玉谿生诗意》：辞气似刺襄王，其实作者自有寄托，不可呆讲。

《玉谿生诗集笺注》：自伤独不得志，几于哀猿之啼矣。

《李义山诗辨正》：诗意与《乱石》一首同，皆途穷痛哭也。深慨人世险峨，一无可以留恋，不如梦中尚得安静片刻耳。读之使人辄唤奈何，非曾经忧患，不识此味。

《诗境浅说》：唐人有咏襄王诗云："楚峡云深宋玉愁，月明溪静隐银钩。襄王定是思前梦，又抱霞衾上翠楼。"此与诗第四句合观之，若仅言襄王之幻境留连，乐而忘返。然合此诗三、四句观之，则人生万象当前，刹那间皆成泡影，有何乐之可恋？而世人不悟，不若迷离一枕，与世相遗。作者其有出世之想，借"襄王"为喻也。

龙　池

龙池赐酒敞云屏，羯鼓声高众乐停。

夜半宴归宫漏永,薛王沉醉寿王醒。

【汇评】

《鹤林玉露》:词微而显,得风人之旨。

《诚斋诗话》:近世陈克咏李伯时画《宁王进史图》云:"汗简不知天上事,至尊新纳寿王妃。"是得谓为微、为晦、为婉、为不污秽乎?唯李义山云:"侍宴归来宫漏永,薛王沉醉寿王醒。"可谓微婉显晦,尽而不污矣。

《震泽长语》:余读《诗》,至《绿衣》、《燕燕》、《黍离》,有言外无穷之感。后世唯唐人尚有此意,如"薛王沉醉寿王醒",不涉讥刺,而讥刺之意溢于言表,得风人之旨。

《唐诗绝句类选》:风刺沉着。

《诗薮》:"夜半宴归宫漏永,薛王沉醉寿王醒。"句意愈精,筋骨愈露。

《围炉诗话》:诗贵有含蓄不尽之意,尤以不着意见、声色、故事、议论者为上。义山刺杨妃事之"夜半宴归宫漏永,薛王沉醉寿王醒"是也。……其词微而意显,得风人之体。　　开元、天宝共四十二年,赐酒于此者多矣;薛王侍宴自在前,寿王侍宴自在后,义山诗意非指一席之事而言之也。十四字中叙四十馀年事,扛鼎之笔也。　　禅者有云:"意能划句,句能划意,意句交驰,是为可畏。"夫意划句,宜也。而句亦能划意,与意交驰,不须禀意而行,故曰可畏。……"薛王沉醉寿王醒",诗之句划意也。

《拜经堂诗话》:同一咏杨妃事,玉谿云:"夜半宴归宫漏永,薛王沉醉寿王醒。"此用巧而见工也。

《纫斋诗谈》:讽而不露,所谓蕴藉也。

《唐人万首绝句选评》:微而显,婉而峻,风人之旨也。

《唐人绝句精华》:此与《骊山有感》同意。一醉一醒,以见讥意。

泪

永巷长年怨绮罗,离情终日思风波。
湘江竹上痕无限,岘首碑前洒几多?
人去紫台秋入塞,兵残楚帐夜闻歌。
朝来灞水桥边问,未抵青袍送玉珂。

【汇评】

《二冯先生评阅才调集》:冯舒:句句是泪,不是哭。　　　冯班:平叙八句,律诗变体。

《唐诗贯珠》:起二句总说世间堕泪不休之人,下四句道古来滴泪之事,是由虚而实之法。结归到作者见在实事,谓终于青袍流落长安矣。

《李义山诗解》:此诗是欲发己意,而假事为辞以成篇者也,其本旨全在结局。……以诗论,则由虚而实;以情论,则由浅而深。结言凡此皆可悲可涕之处,然终不若灞水桥边,以青袍寒士而送玉珂贵客,抱穷途之恨为尤甚也。

《玉谿生诗意》:平列六句,以二句结,七律原有此格,非玉谿创调。

《重订李义山诗集笺注》:程梦星曰:此篇全用兴体,至结处一点正义便住。不知者以为咏物,则通章赋体,失作者之苦心矣。八句凡七种泪,只结句一泪为切肤之痛。

《唐体馀编》:六句实赋,似是正面,结句一笔翻落,化实为虚,局法奇甚。

《唐诗别裁》:以古人之泪形送别之泪,主意转在一结。

《山满楼笺注唐人七言律》:一、二先虚写,一是宫娥,二是思妇。此二种人,最善于泪,故用以发端。中二联,皆泪之典故,然各有不同;三、四是为人而泪者;五六是为己而泪者;送终感恩,悲穷叹遇,尽于此矣。七、八再虚写天下之泪,无有多于送别;而送别之泪,无有多于灞桥:故用以收煞。

《唐贤清雅集》:昔人谓句句是泪不是哭,信然! 愚谓前半犹人所知,后半放笔言之,末仍说出自己心事,方不是空空咏泪。诗骨在此,须细看"未抵"二字。

《玉谿生诗集笺注》:香山《中秋月》已有作法,此则尤变化矣。

《诗境浅说》:诗题只一"泪"字,而实为送别而作。其本意于末句见之,前六句列举古人挥泪之由,句各一事,不相连续,而结句以"未抵"二字结束全篇:七律中创格也。首二句以韵语而作对语,一言宫怨之泪,一言离人之泪。三句言抚湘江之斑竹,思故君之泪也。四句言读岘首之残碑,怀遗爱之泪也。五、六句言白草黄云,送明妃之远嫁;名姬骏马,悲项羽之夭亡:家国苍凉,同声一恸,儿女英雄之泪也。末句言灞桥送别,挥手沾巾,纵聚千古伤心人之泪,未抵青袍之湿透。玉谿所送者何人? 乃悲深若是耶!

流　莺

流莺漂荡复参差,渡陌临流不自持。
巧啭岂能无本意? 良辰未必有佳期。
风朝露夜阴晴里,万户千门开闭时。
曾苦伤春不忍听,凤城何处有花枝!

【汇评】

《李义山诗解》:此作者自伤漂荡,无所依归,特托流莺以发叹耳。

《玉谿生诗意》:流莺之飞鸣来去,风露阴晴,无处不到。我亦伤春者,不忍听此,恐凤城中无处有花枝耳。

《重订李义山诗集笺注》：程梦星曰：此亦借端以自叹也。起句"漂荡"字、结句"伤春"字是正义。

《玉谿生诗集笺注》：颔联入神，通体凄婉，点点杜鹃血泪矣。亦客中所赋。

《玉谿生诗说》：前六句将流莺说做有情，七句打合到自己身上，若合若离，是一是二，绝妙运掉。与《蝉》诗同一关捩，但格力不高，声响觉靡耳。

《李义山诗辨正》：含思宛转，独绝古今。亦寓客中无聊、陈情不省之慨。

七月二十九日崇让宅宴作

露如微霰下前池，月过回塘万竹悲。
浮世本来多聚散，红蕖何事亦离披。
悠扬归梦唯灯见，漂落生涯独酒知。
岂到白头长只尔？嵩阳松雪有心期。

【汇评】

《山满楼笺注唐诗七言律》：露下池，是记夜之深也，观"如霰"可知。风过塘，是记风之烈也，观"竹悲"字可知。竹有何悲？以我之悲心遇之，而如见其悲。华筵既收，嘉宾尽去，触景伤情，不胜惆怅。……以上四句写一夕之事。下再总写平日。"归梦"曰"悠扬"，妙，恍恍惚惚，了无住著也。"生涯"曰"漂落"，妙，栖栖皇皇，一无成就也。"唯灯见"、"独酒知"，言更无一人，焉识我此中况味矣。七一顿、八一宕，目今况味虽只尔尔，抑嵩阳松雪，别有心期，其何敢长负岁寒之盟乎？

《玉谿生诗意》：一、二是日之景。三、四睹红蕖之离披，感人生之聚散。五、六宴时之情。结欲归隐也。

《玉谿生诗说》：三、四格意可观、对法尤活。后半开平庸敷衍一派。

《李义山诗辨正》：纪氏不喜此派诗，故以为"平衍滑调"，实则后幅宛转达情，正妙于顿挫者也。

嫦　娥

云母屏风烛影深，长河渐落晓星沉。
嫦娥应悔偷灵药，碧海青天夜夜心。

【汇评】

《紫薇诗话》：杨道孚深爱义山"嫦娥应悔偷灵药，碧海青天夜夜心"，以为作诗当如此学。

《唐诗品汇》：谢云：意谓嫦娥有长生之福，无夫妇之乐为悔，前人未道破。

《唐诗绝句类选》：此诗翻空断意，从杜诗"斟酌嫦娥寡，天寒奈九秋"变化出来。

《唐诗归》：钟云：语想俱刻，此三字（按指"夜夜心"）却下得深浑（末句下）。

《唐诗选脉会通评林》：陆时雍曰：多以意胜。　　胡次焱曰：此诗盖自道也。上二句纪发想之时，下二句志凝想之意。　　唐仲言曰：此疑有"桑中"之思，借嫦娥以指其人，与《锦瑟》同意。盖义山此类作甚多，如《月夕》、《西亭》、《有感》、《昨夜》等作，俱与《嫦娥》篇情思相左右，但不若此沉含更妙耳。

《唐诗摘钞》：义山诗中多属意妇人。观《月夕》一首云："草下阴虫叶上霜，朱栏迢递压湖光。兔寒蟾冷桂花白，此夜姮娥应通肠。"玩次句语景，"嫦娥"字似暗有所指，此作亦然。"朱栏迢递""烛影屏风"，皆所思之地之景耳。

《李义山诗集笺注》：姚培谦曰：此非咏嫦娥也。从来美人名士，最难持者末路，末二语警醒不少。

《玉谿生诗意》：嫦娥指所思之人也，作真指嫦娥，痴人说梦。

《重订李义山诗集笺注》：此亦刺女道士。首句言其洞房深曲之景，次句言其夜会晓离之情。下二句言其不为女冠，尽堪求偶，无端入道，何日上升也？则心如悬旌，未免悔恨于天长海阔矣。

《唐诗别裁》：孤寂之况，以"夜夜心"三字尽之。士有争先得路而自悔者，亦作如是观。

《唐诗笺注》：此诗似有所为，而借嫦娥以托意。上二句赋其长夜阒寂，借后羿之妃奔入月宫而言，亦翻案语。义山最喜作此等诗，如"金徽却是无情物，不许文君忆故夫"、"莫讶韩凭为蛱蝶，等闲飞上别枝花"、"八骏日行三万里，穆王何事不重来"，皆是有意出奇也。

《玉谿生诗集笺注》：或为入道而不耐孤孑者致诮也。

《玉谿生诗说》：意思藏在上二句，却从嫦娥对面写来，十分蕴藉。非咏嫦娥。

《唐人万首绝句选评》：借嫦娥抒孤高不遇之感，笔舌之妙，自不可及。

《玉谿生年谱会笺》：义山依违党局，放利偷合，此自忏之词，作他解者非。

《诗境浅说续编》：嫦娥偷药，本属寓言。更悬揣其有悔心，且万古悠悠，此心不变，更属幽玄之思。词人之戏笔耳。

初食笋呈座中

嫩箨香苞初出林，於陵论价重如金。
皇都陆海应无数，忍剪凌云一寸心？

【汇评】

《李义山诗集辑评》：何焯曰：怜才。

《载酒园诗话》：义山又有《食笋呈座中》诗："皇都陆海应无数，忍剪凌云一寸心。"《蜀桐》诗："枉教紫凤无栖处，斫作秋琴弹《广陵》。"亦即《乱石》意，但以不使事，故语亮然。《食笋》诗感慨已尽于言内。

《李义山诗集笺注》：姚培谦曰：此以知心望当事也。须知三千座客中，要求一个半个有心人绝少。

《玉谿生诗意》：皇都之剪食无数，谁惜此凌云一寸心乎？流落长安者可痛哭也。

《玉谿生诗说》：感遇之作，亦苦于浅。

细　雨

帷飘白玉堂，簟卷碧牙床。
楚女当时意，萧萧发彩凉。

【汇评】

《唐音癸签》：赵氏《万首绝句》误改为"发影"。着"彩"字方是瑶姬，着"影"字公然一婆矣。

《李义山诗集辑评》：朱彝尊曰：以发状而之细。　　纪昀曰：佳在浑成。

《玉谿生诗意》：细雨如发，因帐飘簟卷而怀当时之楚女，意自有托也。

《玉谿生诗说》：对照下笔，小诗之极有致者。

《选玉谿生诗补说》：此悲秋之意也，……诗意甚曲。

无题二首

其一

凤尾香罗薄几重，碧文圆顶夜深缝。

扇裁月魄羞难掩，车走雷声语未通。

曾是寂寥金烬暗，断无消息石榴红。

斑骓只系垂杨岸，何处西南任好风。

【汇评】

《诗源辩体》：商隐七言律，语虽秾丽而中多诡僻，如"狂飚不惜萝阴薄，清露偏知桂叶浓"、"落日渚宫供观阁，开年云梦送烟花"、"曾是寂寥金烬后，断无消息石榴红"等句，最为诡僻。《冷斋夜话》云："诗至义山为文章一厄"，是也。论诗有理障、事障，予窃谓此为意障耳。

《李义山诗集辑评》：何焯曰：腹连以香消花尽作对。

《唐诗贯珠》：此诗是遇合不谐，皆寓怨之微意。

《李义山诗集笺注》：姚培谦曰：此咏所思之人，可思而不可见也。

《玉谿生诗意》：详"车走"句，则一、二乃车帷也。三言仅能睹面，四言未能交语也。五、六夜深灯烬，消息难通，七、八言安得好风吹汝来也。

《唐诗三百首》：明明可见，却不可接。

其二

重帷深下莫愁堂，卧后清宵细细长。

神女生涯原是梦，小姑居处本无郎。①

风波不信菱枝弱，月露谁教桂叶香？

直道相思了无益，未妨惆怅是清狂。

【原注】

① 原注：古诗有"小姑无郎"之句。

【汇评】

《唐诗评选》：艳诗别调。

《唐诗快》：义山最工为情语。所谓"情之所钟，正在我辈"，非义山其谁归？

《唐诗贯珠》：此以莫愁比所思之人也。

《李义山诗集辑评》：何焯曰：义山无题数诗，不过自伤不逢，无聊怨题，此篇乃直露本意。

《李义山诗解》：此篇言相思无益，不若且置，而自适其啸志歌怀之得也。

《李义山诗集笺注》：姚培谦曰：此义山自言其作诗之旨也。重帏自锁，清宵自长，所谓神女小姑，即《楚辞》"望美人兮南浦"之意，非果有其人也。

《玉谿生诗意》："梦"字承秋宵，"居处"承莫愁堂，"风波"承白水居处，"月露"承神女梦，"相思"总结上六句，"惆怅"、"清狂"申说七句也。

《龙性堂诗话初集》："直道相思了无益，未妨惆怅是清狂"、"平明钟后更何事，笑倚墙边梅树花"、"若是晓珠明又定，一生长对水晶盘"，觉欲界缠人，过后嚼蜡，即色即空之义也。

《玉谿生诗集笺注》：此种真沉沦悲愤、一字一泪之篇，乃不解者引入歧途，粗解者未披重雾，可慨久矣。

【总评】

《唐诗三百首》：明知无益，而惆怅不已，直清狂本色耳。

《李义山诗辨正》：通篇反复自伤，不作一决绝语，真一字一泪之诗也。

《李义山诗偶评》：义山诸无题，以此二首为最得风人之旨。察其词，纯托之于守礼而不佻之处子，与杜陵所谓空谷佳人，殆均不愧幽贞。而解者多以为有思而不得之词，失之甚矣！

昨　日

昨日紫姑神去也，今朝青鸟使来赊。

未容言语还分散，少得团圆足怨嗟。

二八月轮蟾影破，十三弦柱雁行斜。

平明钟后更何事？笑倚墙边梅树花。

【汇评】

《李义山诗解》：篇中无限颠倒思量，结处一齐扫却，有如天空云灭，此最得立言之体者。……"笑倚墙边梅树花"，淡语，意味却自深长，与老杜"鸡虫得失无了时，注目寒江倚山阁"同一杼轴。

《重订李义山诗集笺注》：程梦星曰：此亦惜别之词，别无寄托。

《玉谿生诗集笺注》："更"字惨极，味乃不穷。诗为元夕次日作。三句忆匆匆往还，四句叹欢聚甚少，五取破镜之义，六指哀筝之调，皆互见为令狐绹所赋诸诗中。结则极状无聊也。

《李义山诗辨正》：此篇寄意令狐屡启陈情不省，故托艳体以寓慨。宛转情深，字字血泪，真玉谿生平极用意之作。措辞凄痛入神，绝无一点尘俗气。

槿　花

风露凄凄秋景繁，可怜荣落在朝昏。

未央宫里三千女，但保红颜莫保恩。

【汇评】

《李义山诗集辑评》：朱彝尊曰：言胜槿花不远（末二句下）。

何焯曰：不关易谢，自值时衰，发端已道破我生不辰也。

《玉谿生诗意》：红颜未老，君恩已歇，岂惟槿花为然！

《重订李义山诗集笺注》：程梦星曰：古人用槿花以比红颜，本取其朝荣夕落之义，故此诗祖之。末二句不独感红颜之易衰，亦致慨旧恩之难恃也。

《网师园唐诗笺》：敖东谷曰：末二句题外生意，凡咏物者当参此机，则能因物而寓人事，风刺悠远。

《李义山诗辨正》：正说更痛于婉言，可为争宠附党者深警，意最透彻，不嫌粘皮带骨也。

暮秋独游曲江

荷叶生时春恨生，荷叶枯时秋恨成。

深知身在情长在，怅望江头江水声。

【汇评】

《李义山诗集笺注》：姚培谦曰：有情不若无情也。

《玉谿生诗意》：江郎云"仆本恨人"，青莲云"古之伤心人"，与此同意。

《重订李义山诗集笺注》：程梦星曰："身在情长在"一语，最为凄婉，盖谓此身一日不死，则此情一日不断也。

《玉谿生诗集笺注》：调古情深。

《玉谿生诗说》：不深不浅，恰到好处。

《李义山诗辨正》：措语生峭可喜，亦复宛转有味，巧思拙致，异于甜熟一流，所谓恰到好处者也。

房中曲

蔷薇泣幽素,翠带花钱小。

娇郎痴若云,抱日西帘晓。

枕是龙宫石,割得秋波色。

玉簟失柔肤,但见蒙罗碧。

忆得前年春,未语含悲辛。

归来已不见,锦瑟长于人。

今日涧底松,明日山头檗。

愁到天地翻,相看不相识。

【汇评】

《唐诗归》:钟云:苦情幽艳。 谭云:情寓纤冷。

《唐音审体》:天地俱翻,或有相见之日,又恐相见之时已不相识。设必无之想,作必无之虑,哀悼之情于此为极(末二句下)。

《李义山诗集笺注》:姚培谦曰:此悼亡诗也。起四句,以蔷薇反兴。下四句,言物在人亡。"忆得"二句,言出门作别时;归来不见,却将锦瑟作衬。末乃致其地老天荒之恨也。

《玉谿生诗意》:"痴若云",奇句。"今日"二句,比而兴也。涧底之松,可以长寿;山头檗,生死之苦也。其似长吉。

《玉谿生诗集笺注》:徐德泓曰:此悼亡词。花泣幽而钱小,犹人归泉路而遗婴稚也。娇郎无所知,倚父寝兴,如痴云抱日而晓耳。帐中宝枕,乃眼泪所流润者;人去床空,唯见碧罗蒙罩而已。记得别时伤心难语,今归不见人,仅见所遗之物,即愁到天地翻覆,岂能见而识哉!

《玉谿生诗说》:亦长吉体,特略有古意,犹是长吉《大堤曲》之类未甚诡怪者。

井　络

井络天彭一掌中，漫夸天设剑为峰。

阵图东聚燕江石，边柝西悬雪岭松。

堪叹故君成杜宇，可能先主是真龙？

将来为报奸雄辈，莫向金牛访旧踪。

【汇评】

《瀛奎律髓》：五、六对巧。

《贯华堂选批唐才子诗》：前解写全蜀之险，更不足恃；后解写起蜀之人，皆未必成也。……又况区区草芥之子，乃欲何所觊觎于其间也哉！

《李义山诗集辑评》：冯班曰：中四句万钧之力。　　朱彝尊曰：此岂感蜀中反复不常而作与？　　纪昀曰：立论正大，诗格自高，五、六唱叹指点，用事精切。

《唐诗鼓吹评注》：此揽二山之胜而吊古也。

《李义山诗集笺注》：姚培谦曰：此咏蜀中形胜也。

《玉谿生诗意》：以山川之险，武侯之才、昭烈之主，尚不能一统天下，而况其他哉！所以深戒后来也。

《瀛奎律髓汇评》：冯班：殊胜"西昆"诸子。　　何义门：义山诗如此工致，却非补纫，其佳处在议论感慨。专以对仗求之，只是"昆体"诸公面目耳。　　纪昀：五、六绝大力量，不但以对巧为工。七句未免太率易。

《小清华园诗谈》：（诗）味之深者，李义山之"井络天彭一掌中，……"是也。

《昭昧詹言》：此与太白《蜀道难》、杜公《剑门》同意，皆杜奸雄觊觎。先君曰："前半地形，合东西言之，后半人事。次句乃通首主句。五、六句即承明此意，以两代兴亡大事，证明不能恃险。"

《李义山诗辨正》：音节高亮，如铿鲸钟。三、四写景精切，结尤深警，无所谓费解也。豪语以为太粗，过矣。

写　意

燕雁迢迢隔上林，高秋望断正长吟。

人间路有潼江险，天外山唯玉垒深。

日向花间留返照，云从城上结层阴。

三年已制思乡泪，更入新年恐不禁。

【汇评】

《唐诗评选》：一结初唐。

《贯华堂选批唐才子诗》：前解言只望一寄书人尚自不得，安望乃有归家之日耶？所谓潼江之险、玉垒之深，一堕其间，便成井底也（首四句下）。　　后解写一年又有一年，一月又有一月，只今一日又有一日，如此返照虽留，暮云已结，真为更无法处者也。设果一日又有一日，一月又有一月，因而一年真又有一年，则我且欲失声竟哭也（末四句下）！

《李义山诗集辑评》：朱彝尊曰：不言而神伤。

《义门读书记》："燕雁"句，伏思乡。"人间"二句，正披写其不思乡而不可得之故。

《唐音审体》：此等诗气韵沉雄，言有尽而意无穷，少陵之后一人而已。

《唐贤清雅集》：闲闲写去，一结深情，无限绝世风神。怨而不怒，真正风人。

《玉谿生诗集笺注》：黯然神伤，情味独绝。

《昭昧詹言》：此诗末句点题，章法用笔略似杜。三、四句法亦似杜。但不知此诗作于何地,似是在蜀及判官时,而以"燕雁""上林"为乡,支泛无谓。五六写思乡之景,句亦平滞。

随师东

东征日调万黄金,几竭中原买斗心。
军令未闻诛马谡,捷书惟是报孙歆。①
但须鸑鷟巢阿阁,岂假鸱鸮在泮林。
可惜前朝玄菟郡,积骸成莽阵云深。

【原注】

① 平吴之役,上言得歆。吴平,孙尚在。

【汇评】

《唐诗贯珠》:此咏隋炀帝征高丽之事,盖读史而作也。

《李义山诗集笺注》:《通鉴》:"大和元年,李同捷盗据沧景,诏……诸军讨同捷,久未成功。每有小胜,则虚张首虏,以邀厚赏。馈运不给。沧州丧乱之后,骸骨蔽地,城空野旷,户口什无三四。"详诗中语,正此时事也。

《玉谿生诗意》:"鸑鷟"比君子,"鸱鸮"比小人。此首盖不敢明言时事,而借隋炀帝东征为题也。

《唐诗别裁》:此借随东征之役以讽时事。三语言军令不行,四语言虚报邀赏。五、六言人主修德,则贤士满朝,不必藉远人之服也。

《说诗晬语》:咏史数十章,得杜陵一体。至云"但须鸑鷟巢阿阁,岂假鸱鸮在泮林",不愧读书人持论。

《玉谿生诗说》:四家以为终伤塞直也。五、六句归愚所赏,然诗中筋节在此二句,过求筋节而失之板腐亦在此二句。

《昭昧詹言》:前四句将正义说定,五、六空中掉转,收换笔绕补馀意。古人无不用章法。

《李义山诗辨正》：感时伤事，急不择言，故据所见以直书，而草野私忧之情，自见言外，此赋所以更高于比兴也，何害于朴实哉！然以为板腐、蹇直，则有大谬不然者。且诗借隋事以讽，正得诗人谲谏之旨，故篇中不妨明抒己愤也。

《选玉谿生诗补说》：当日情形，宛然在目，谁谓义山非诗史乎？

贾　生

宣室求贤访逐臣，贾生才调更无伦。
可怜夜半虚前席，不问苍生问鬼神。

【汇评】

《艺苑雌黄》：严有翼曰：李义山诗："可怜夜半虚前席，不问苍生问鬼神。"虽说贾谊，然反其意用之矣。……直用其事，人皆能之，反其意而用之者，非识学素高，超越寻常拘挛之见，不规规然蹈袭前人陈迹者，何以臻此！

《诗薮》：晚唐绝……"可怜夜半虚前席，不问苍生问鬼神"，皆宋人议论之祖。间有极工者，亦气韵衰飒，天壤开、宝。然书情则凄怆而易动人，用事则巧切而工悦俗，世希大雅，或以为过盛唐，具眼观之，不待其辞毕矣。

《唐诗选脉会通评林》：以贾生而遇文帝，可谓获上矣，然所问不知其所策，信乎才难，而用才尤难！此后二句，诗而史断也。

《五朝诗善鸣集》：诗忌议论，憎其一发无馀耳。此诗议论之外，正多馀味。

《唐三体诗评》：贾生前席，犹为虚礼，况无宣室之访逐耶？自伤更在言外。

《唐诗别裁》：钱牧斋"绛灌但知谗贾谊，可思流汗愧陈平"，全学此种。

《玉谿生诗说》：纯用议论矣，却以唱叹出之，不见议论之迹。

《唐人万首绝句选评》：议论风格俱峻。

《诗境浅说续编》：玉谿绝句，属辞蕴藉，咏史诸作，则持正论，如咏《宫妓》及《涉洛川》、《龙池》、《北齐》与此诗皆是也。汉文、贾生，可谓明良遇合，乃召对青蒲，不求说论，而涉想虚无，则屡主庸臣又何责耶？

《选玉谿生诗补说》：绝大议论，得未曾有。言外为求神仙者讽。

《唐人绝句精华》：程梦星《笺注》："此谓李德裕谏武宗好仙也。"按诗责其不问苍生，则不止好仙为不当，且不恤国事，不重民生，尤非求贤之意，义更正大。

旧将军

云台高议正纷纷，谁定当时荡寇勋。
日暮灞陵原上猎，李将军是故将军。

【汇评】

《李义山诗集笺注》：武宗崩，宣宗立，遽罢李德裕相。德裕秉政日久，位重有功，众不意遽罢，闻者莫不惊骇。此诗为此事也。

《李义山诗集辑评》：何焯：此似为石雄而发，讥当时弃功不录也，词致清婉。

《玉溪生诗集笺注》：午桥（程梦星）谓慨李卫公，极是。义门（何焯）谓为石雄发，亦通。然卫国之庙算，乃功人也。

哭刘司户蒉

路有论冤谪，言皆在中兴。

空闻迁贾谊，不待相孙弘。

江阔惟回首，天高但抚膺。

去年相送地，春雪满黄陵。

【汇评】

《后村诗话》：义山善用事，《哭刘蒉》云："空闻迁贾谊，不待相孙弘。"自应制科至谪死，止以十字道尽。

《唐三体诗评》：起句言行道为之伤嗟。　第四最为警动。

长沙地暖，而方春雨雪，岂非君子道消，阴气盛长之所致乎？落句深痛去华之冤也。

《玉谿生诗意》：前四言以直谏而迁谪之速，五、六哭。结忆往事，字中有泪。

《重订李义山诗集笺注》：程梦星云：刘蒉应直言极谏对策，指斥宦官，事在太和二年，时文宗初即位，承父兄之弊，恭俭儒雅，政事修饬，当时号为清明，此所以曰"言皆在中兴"也。无如一遭远谪，遂卒贬所，竟不及待朝廷之悟而复用。考之于古，汉公孙弘初以贤良对策，亦尝罪斥，既而再征，则擢用至相。苟蒉不死，未必不然，此所以曰"不待相孙弘"也。

《玉谿生诗说》：后四逆挽作收，绝好结法。"江阔"二句，亦言相送时也。

《五七言今体诗钞》：义山此等诗殆得少陵之神，不仅形貌。

《律髓辑要》：此章前半从旁面着笔，五、六收前二章意，结句倒追，回应第一章起句，益觉黯然神伤，深得老杜用笔之妙。

夜　饮

卜夜容衰鬓，开筵属异方。

烛分歌扇泪，雨送酒船香。

江海三年客，乾坤百战场。

谁能辞酩酊，淹卧剧清漳？

【汇评】

《对床夜语》：若"江海三年客，乾坤百战场"，则绝类老杜。

《唐诗镜》：四语风味（末四句下）。

《李义山诗集辑评》：朱彝尊云：结句复《崇让宅东亭》诗，俱不甚连。　　何焯云："百战场"，言党人更相倾轧也。乾坤以内，剧于战争，戎马遍地，江海无处侧足，有逾卧病，况以忘死故，能不醉也？

《李义山诗集笺注》：姚培谦曰：衰鬓殊方，何心歌扇酒船之乐？顾连年江海，百战乾坤，如此身世，那能淹卧一室，不借酩酊以为消遣之地耶？

《玉谿生诗集笺注》：五、六指事中兼含身世之感，非强摹悲壮之钝汉也。

《瀛奎律髓汇评》：冯舒：极似少陵。　　冯班：何如老杜？义山本出于杜，"西昆"诸君学之，而句格浑成不及也。　　纪昀：三句纤，五、六沉雄。王荆公谓近杜，良然。末"淹卧"句集中凡两见，盖用刘公干"嗟余婴疴疢，窜身清漳滨"之语，然终为牵强。

《玉谿生诗说》：五、六高壮，使通篇气力完足。三句小样。

凉　思

客去波平槛，蝉休露满枝。

永怀当此节，倚立自移时。

北斗兼春远，南陵寓使迟。

天涯占梦数，疑误有新知。

【汇评】

《李义山诗集辑评》：朱彝尊曰：首二句"凉"，下六句"思"。

何焯曰："思"字入神（"倚立"句下）。　　　又曰：落句衬出"思"字，意足。　　　纪昀：起四句一气涌出，气格殊高。五句在可解不可解之间，然其妙可思。结句承"寓使迟"来，言家在天涯，不知留滞之故，几疑别有新知也。

《义门读书记》：起联写水亭秋夜，读之亦觉凉气侵肌。

《唐诗三百首》："凉"字分四层。

李卫公

绛纱弟子音尘绝，鸾镜佳人旧会稀。

今日致身歌舞地，木棉花暖鹧鸪飞。

【汇评】

《升庵诗话》：唐李商隐诗"木棉花暖鹧鸪飞"，又王叡诗"纸钱飞出木棉花"。南中木棉，树大如抱，花红似山茶而蕊黄，花片极厚，非江南所艺者。

《李义山诗集笺注》：程梦星曰：李德裕之为人，史称其性孤峭，又不喜饮酒，后房无声色之娱，此诗"绛纱弟子"、"鸾镜佳人"，事殊无征。大抵欲形容今日之流贬，不得不借端于昔时之贵盛，倘所谓诗人之言不必有其实耳。

《玉谿生诗意》：卫公功在社稷，当写其重大者，但写歌舞，似有不足者。

《玉谿生诗集笺注》：下二句不言身赴南荒，而反折其词，与

"旧时王谢堂前燕,飞入寻常百姓家"同一笔法,伤之,非幸之也。

《玉谿生诗说》:格意殊高,亦有神韵,似更在赵嘏《汾阳宅》诗以上。但末句如指南迁,不合云"歌舞地",如指旧第,不合云"木棉"、"鹧鸪",此不了了。

《玉谿生年谱会笺》:木棉花暖,鹧鸪乱飞,所谓歌舞者如是而已,"绛纱"、"鸾镜"之乐,安可复得耶? 言虽似讽,意则深悲。

《唐人绝句精华》:此诗明是为德裕贬崖州司户而作。"致身"犹言归身、收身也。"致身歌舞地",言今日收身于纷华之地,并无不合。

江村题壁

沙岸竹森森,维艄听越禽。

数家同老寿,一径自阴深。

喜客尝留桔,应官说採金。

倾壶真得地,爱日静霜砧。

【汇评】

《瀛奎律髓》:三、四好,五、六亦是晚唐。义山诗体不宜作五言律诗,不淡不为极致,而艳而组不可也。

《唐贤清雅集》:写江村风景淳朴,令人神往。

《瀛奎律髓汇评》:冯舒:诗亦浓淡随宜耳,五言律必要淡,又被黄、陈所误。 冯班:落句好。 又云:律体成于沈、宋,承齐梁之排偶而加整也。若云不淡不极,失其原本矣。 纪昀:义山五律佳者往往逼杜,虚谷以门户不同,未观其集耳。况律诗亦不专以淡为贵,盛唐诸公千变万化,岂能以一"淡"字尽之? 许印芳:义山学杜,得其神骨,而变其面貌,故能自成一家。虚谷所云组织艳丽,即其外貌也。以外貌论诗,已是门外汉。而且谓义山诗体不宜五律,直梦呓耳。晓岚谓义山五律佳者近杜,此语诚非阿好。……集中排律大篇,长于叙事,尤可为后学矩矱。

漫成五章

其一

沈宋裁辞矜变律,王杨落笔得良朋。
当时自谓宗师妙,今日唯观对属能。

【汇评】

《唐音癸签》:"当时自谓宗师妙,今日唯观对属能",义山自咏尔时之四子。"尔曹身与名俱灭,不废江河万古流",杜少陵自咏万古之四子。

《义门读书记》:叹世之宗仰"三十六体"者,仅以对属为能事,而莫窥其比兴风刺之妙也。

《李义山诗集笺注》:姚培谦曰:王、杨、沈、宋,乃唐初应运而兴者,岂料世无具眼,皮相至此,即少陵所谓"轻薄为文哂未休"也。

《玉谿生诗集笺注》:杨守智曰:"当时"二句,言从(令狐)楚幕,学为对俪之文也。

《玉谿生年谱会笺》:首章言当日从楚受章奏之学,今所得者不过属对之能而已;深慨己之名位不达,而为子直所非也。

其二

李杜操持事略齐,三才万象共端倪。
集仙殿与金銮殿,可是苍蝇惑曙鸡!

【汇评】

《义门读书记》:叹己之不遇时主如李、杜也。

《李义山诗集笺注》:姚培谦曰:王、杨、沈、宋即不论,以李、杜二公之凌跨百代,犹未免苍蝇之惑曙鸡,世俗之忌才如此。

《玉谿生诗集笺注》:杨守智曰:前半自标其本领,后半叹(令狐)绹之见抑而不得进也。

《玉谿生年谱会笺》:二章言李、杜当日齐名四海,而皆不能翱翔华省,岂亦有如我之遭毁沦落耳!"苍蝇惑鸡",比党人排笮也。

《唐人绝句精华》:诗人之言,原本圆融,未可拘泥,虽论他人,而自己即在其中,姚氏"世俗忌才"之说,谓李、杜可,谓商隐自己亦何不可?但不能字字比附,反多滞碍。

其三

生儿古有孙征虏,嫁女今无王右军。

借问琴书终一世,何如旗盖仰三分?

【汇评】

《唐诗快》:不知其有所指无所指,读之但觉感慨横生。

《李义山诗集笺注》:姚培谦曰:文章、事业两途未易轩轾,此可为知者道。

《玉谿生诗意》:言文不如武。

《玉谿生诗集笺注》:杨守智曰:第三句盖自谦之辞。

《玉谿生年谱会笺》:三章更代妻致慨,言生男古曾有征虏之子,而嫁女今已无右军之婿。两世节钺,不取将种,竟赘穷酸。试问琴书一世,何如旗盖三分之为荣乎?斯真相攸之计左矣。

其四

代北偏师衔使节,关中裨将建行台。

不妨常日饶轻薄,且喜临戎用草莱。

【汇评】

《玉谿生诗集笺注》:"代北"二句,专为石雄发,以见李卫公之善任人也。……雄起自偏裨，以功授天德防御副使，迁河中尹、晋绛行营节度，则"建行台"矣。……潞之役，雄功最多。二句盖统指破回纥、平昭义之事。其后又移河阳、凤翔两镇，而王宰者，智兴之子，数沮陷之。会德裕罢相，因代归，雄自陈黑山、乌岭之功，求一镇以终老。执政以德裕所荐，仅除龙武统军，失势快快，闻德裕贬，发愤而卒。雄本系寒，又召自流所，党人既排摈于德裕罢相之后，必早轻薄于德裕委任之时，故曰"不妨常日饶轻薄，且喜临戎用草莱"也。……雄为党人排摈，义山受党人之累，故特为之鸣不平，而致慨于卫国也。

其五

郭令素心非黩武，韩公本意在和戎。

两都耆旧偏垂泪，临老中原见朔风。

【汇评】

《玉谿生诗集笺注》：杨守智曰：以韩、郭比李（德裕），推崇之至，见绚之党私谗贬，不足为定论也。

《玉谿生年谱会笺》：五章则为卫公维州之事辨谤。……卫公之收维州，岂贪一城之利？其志固未尝须臾忘河、湟也。其后会昌四年，以回纥微弱，吐蕃内乱，议复河、湟四镇十八州……亦皆本此志行之。诗意言若早用卫公庙算，则河、湟之复，岂待今日临老而方见冠带康衢之盛？此两都父老所以垂泪也。……党人之所以谤卫公者，所见无远图如是，故首举韩、郭往事明之。和戎而非黩武，用重笔大书特书，所以表白卫公心迹。盖两党争执，实以此为一大事也。

【总评】

《重订李义山诗集笺注》：程梦星曰：五章不伦不次，初读殊不可解，及考义山平生出处，乃知五章各有所指，但不欲斥言其事与斥指其人，故以"漫成"二字目之，亦犹"无题"之意也。……杜子美有《戏为六绝句》,论文章之正变,义山仿之,兼及身世,此即谓之义山小传可也。

《玉谿生诗集笺注》:义山始受知彭阳,习为章奏,自幸师承可恃致身亨衢,岂知后为其子所弃哉!徒以章奏之学,操笔事人,故曰"唯观对属能",非校文品之高下,深叹此外之无能得益也。义山自负才华,不得内用,而绚以浅陋之胸,居文学禁密之职,岂非苍蝇之乱晨鸡耶?此首二两章为令狐父子言之也。夫义山之一生沦落,以见弃于楚之子绚也;其见弃者,以其婿于茂元也。第三首为五篇之关键。"孙仲谋"比茂元两世节镇,著有战功;"王右军"自比。下二句似内悔,又似解嘲,愁愤固无如何矣。……茂元将材,卫国所任用者,故四五两章则大白卫国任将运筹之勋,而恨谗口之无良。以卫国之相业、石雄之战功,尚遭排斥,更何有广于他人哉!此五篇之线索,而义山一生吃紧之篇章也。其体格则全仿老杜。

《玉谿生诗说》:较少陵诸绝,仍多婉态。专取神情,绝句之正体也。参入论宗,绝句之变体也。论宗而以神情出之,则变而不失其正者也。

日 高

镀镮故锦縻轻拖,玉笘不动便门锁。
水精眠梦是何人?栏药日高红鬓鬌。
飞香上云春诉天,云梯十二门九关。
轻身灭影何可望?粉蛾帖死屏风上。

【汇评】

《李义山诗集辑评》:朱彝尊曰:语僻而意自可解。　又曰:句佳("栏药日高"句下)。

《李义山诗集笺注》:姚培谦曰:此叹两情之不易通也。上半首是赋,下半首是比。水精眠梦人,岂俗子所能亲近? 徒如粉蛾之帖死于屏风耳。

《玉谿生诗说》:亦长吉体。"栏药日高红髲髿",自是佳句,长吉一派大抵有句无篇耳。

《玉谿生年谱会笺》:此假艳情寓可近而不可亲之意。篇中皆从想望着笔。结即"宓妃愁坐芝田馆,用尽陈王八斗才"意。

海上谣

桂水寒于江,玉兔秋冷咽。

海底觅仙人,香桃如瘦骨。

紫鸾不肯舞,满翅蓬山雪。

借得龙堂宽,晓出揲云发。

刘郎旧香炷,立见茂陵树。

云孙帖帖卧秋烟,上元细字如蚕眠。

【汇评】

《李义山诗集辑评》:朱彝尊曰:义山学杜者也,间用长吉体作《射鱼》、《海上》、《燕台》、《河阳》等诗,则多不可解。飞卿学李者也,即用太白体作《湖阴》、《击瓯》等诗,亦多不可解。疑是唐人习尚,故为隐语,当时之人自然知之。传之既久,遂莫晓所谓耳。

《李义山诗集笺注》:姚培谦曰:讽求仙也。月中桂冷,海底桃枯,神仙何在? 骖鸾驭龙,徒虚语耳。且刘郎既葬之后,又经几叶? "云孙卧秋烟",言同归陵墓中也。当日上元夫人虽有蚕书往来,岂足信耶?

《玉谿生诗意》:当水寒秋冷时,求仙海上,而仙不可得,不过于龙堂中欢娱美色而已,安得不速死乎? 此刺世之好求仙者,非刺汉武也。

《玉谿生诗说》：此及下《李夫人三首》、《景阳宫井双桐》，总长吉体耳。

幽居冬暮

羽翼摧残日，郊园寂寞时。

晓鸡惊树雪，寒鹜守冰池。

急景忽云暮，颓年寝已衰。

如何匡国分，不与夙心期！

【汇评】

《李义山诗集笺注》：姚培谦曰：急景颓年，致身料已无分，然夙志未尝忘也。

《重订李义山诗集笺注》：程梦星曰：此乃大中末废罢居郑州时。起句曰"羽翼摧残日"，又曰"颓年寝已衰"，情语显然。

《玉谿生诗意》：一罢官，二幽居，三、四冬，五、六暮，结应起句。

《玉谿生诗说》：四家评曰：浑圆有味。　　无句可摘，而自然深至。此火候纯熟之后，非可以力强也。强为之，非枯则率矣。

《玉谿生年谱会笺》：此诗迟暮颓唐，必晚年绝笔。

花下醉

寻芳不觉醉流霞，倚树沉眠日已斜。

客散酒醒深夜后，更持红烛赏残花。

【汇评】

《李义山诗集笺注》：姚培谦曰：方是爱花极致。

《玉谿生诗意》：人赏我醉，客去独赏，得无座中有拘忌者乎！

《李义山诗集辑评》：纪昀曰：情致有馀，格律未足。

《秋窗随笔》：李义山诗"客散酒醒深夜后，更持红烛赏残花"，有雅人深致；苏子瞻"只恐夜深花睡去，故烧高烛照红妆"，有富贵气象；二子爱花兴复不浅。或谓两诗孰佳，余曰：李胜，苏微有小疵。

《李义山诗辨正》：含思婉转，措语沉着，晚唐七绝，少有媲者，真集中佳唱也。

滞　雨

滞雨长安夜，残灯独客愁。
故乡云水地，归梦不宜秋。

【汇评】

《李义山诗集笺注》：姚培谦曰：大抵说愁雨，皆在不寐时，此偏愁到梦里去。

《玉谿生诗说》：反笔甚曲。

《李义山诗集辑评》：纪昀曰：运思甚曲，而出以自然，故为高调。

《诗境浅说续编》：首二句不过言独客长安，孤灯听雨耳。诗意在后二句，谓故乡为云水之地，归梦迢遥，易为水重云复所阻，……况多秋雨，则归梦更迟。因听雨而忆故乡，因故乡多雨，而恐归梦之不宜，可谓诗心幽渺矣。黄仲则诗"秣陵天远不宜秋"殆本此意。

正月崇让宅

密锁重关掩绿苔，廊深阁迥此徘徊。

先知风起月含晕，尚自露寒花未开。

蝙拂帘旌终展转，鼠翻窗网小惊猜。

背灯独共馀香语，不觉犹歌起夜来。

【汇评】

《义门读书记》：此自悼亡之诗，情深一往。

《玉谿生诗意》：一、二崇让宅之荒凉。二联风露花月不堪愁对。三联物色亦然。七、八如忘其荒凉者。

《重订李义山诗集笺注》：程梦星曰：此失偶后重过王茂元故宅之作。感旧意少，悼亡意多，玩末二句可见。盖亦大中五年以后徐州府罢入朝时也。

《玉谿生诗说》：通首境地悄然，煞有情致，然云高格则未也。首句亦趁韵，正月岂有绿苔哉？

《李义山诗辨正》：悼亡诗最佳者。情深一往，读之增伉俪之重，潘黄门后绝唱也。乃以为格卑，何耶？

戏赠张书记

别馆君孤枕，空庭我闭关。

池光不受月，野气欲沉山。

星汉秋方会，关河梦几还。

危弦伤远道，明镜惜红颜。

古木含风久，平芜尽日闲。

心知两愁绝，不断若寻环。

【汇评】

《唐诗品汇》：王荆公云：唐人学老杜而得其藩篱，唯李义山一人而已，至如"池光不受月，野气欲沉山"之类，虽少陵无以过也。

《增订评注唐诗正声》：周云："池光"二语，写景森浑。

《唐贤清雅集》：清雄独出，从工部脱胎得来。

微　雨

初随林霭动，稍共夜凉分。
窗迥侵灯冷，庭虚近水闻。

【汇评】

《李义山诗集辑评》：何焯曰：虽无远指，写"微"字自得神。

《李义山诗集笺注》：姚培谦曰：窗迥而侵灯觉冷，庭虚故近水遥闻，写"微"字静细。

《玉谿生诗集笺注》：田兰芳曰：写"微"字入神。

《玉谿生诗说》：四家以为虽无远指，写"微"字自得神也。然既无远指，则刻画亦小家数耳。问：小诗亦有不必定有远指者，如辋川唱和非即景自佳哉？曰：王、裴所咏虽无远指，而有远韵、远神，天然凑泊，不可思议，非以刻画形似为工也，自不得比而同之。

曲　江

望断平时翠辇过，空闻子夜鬼悲歌。
金舆不返倾城色，玉殿犹分下苑波。
死忆华亭闻唳鹤，老忧王室泣铜驼。
天荒地变心虽折，若比伤春意未多。

【汇评】

《李义山诗集笺注》：朱鹤龄云：此诗前四句追感玄宗与贵妃临幸时事，后四句则言王涯等被祸，忧在王室，而不胜天荒地变之悲也。

《唐诗别裁》：此借玄宗时曲江，以讽文宗时事。

《玉谿生诗意》：首二句天宝、大和合起。三、四天宝，五、六大和。七、八合结，言曲江一片地，岂堪几番天荒地变哉！

《玉谿生诗说》：五、六宕开，七、八收转。言当日陆机、索靖虽有天荒地变之悲，亦不过如此而已矣。大提大落，极有笔意，不得将五、六看作借比，使末二句文理不顺也。

《李义山诗辨正》：通篇皆慨明皇贵妃之事，此为曲江感事诗，别无寄托也，深解者失之。

《唐宋诗举要》：悲愤深曲，得老杜之神髓。

九　日

曾共山翁把酒时，霜天白菊绕阶墀。
十年泉下无人问，九日樽前有所思。
不学汉臣栽苜蓿，空教楚客咏江蓠。
郎君官贵施行马，东阁无因再得窥。

【汇评】

《北梦琐言》：李商隐员外依彭阳令狐楚，以笺奏受知。……彭阳之子绚继有韦平之拜，似疏陇西，未尝展分。重阳日，义山诣宅，于厅事上留题，其略云："曾共山翁把酒时，……"相国睹之，惭怅而已，乃扃闭此厅，终身不处也。

《李义山诗集辑评》：何焯曰：一气鼓荡，言不为蓄骏之计。

纪昀曰：后四句太讦，非诗人之意。

《绠斋诗谈》："曾共山公把酒时，霜天白菊绕阶墀"，触物思人，已成隔世。十年泉下虽无消息，九日樽前却有所思，一开一合，总说伤心。"不学汉臣栽苜蓿"，既未曾施恩；"空教楚客咏江蓠"，但责其思慕。"郎君官贵施行马"，彼先拒我；"东阁无缘得再窥"，我岂无情？通篇如诉如泣，妙不可言。

《玉谿生诗意》：一、二昔。三结一、二，四起。五指绹，六自己。七结五、六，八结前四。　　苜蓿以秣宛马者，喻不以禄荣才士也。汉臣比楚，楚客自比。

《昭昧詹言》：此感旧作也，流美圆转之作。义山贪用事，多不忍割，如此"苜蓿"，何所指也？又不避楚讳，皆不可之大者。

《小清华园诗谈》：李义山之"曾共山翁把酒时、……"能寓悲凉于蕴藉，然不如韩昌黎之《左迁至蓝关示侄孙湘》，虽不无怨意，而终无怨辞，所以为有德之言也。

《李义山诗辨正》：后四句当作虚料解，意味乃佳。

赠司勋杜十三员外

杜牧司勋字牧之，清秋一首杜秋诗。
前身应是梁江总，名总还曾字总持。
心铁已从干镆利，鬓丝休叹雪霜垂。
汉江远吊西江水，羊祜韦丹尽有碑。①

【原注】

① 时杜奉诏撰韦碑。

【汇评】

《诗源辩体》：《赠司勋杜十三》一篇，体制甚奇，然亦出于乐天《览卢子蒙》诗也。

《贯华堂选批唐才子诗》：因小杜名牧，又字牧之，于是特地借来小作狡狯。写二"牧"字、二"杜"字、二"秋"字、三"总"字、二"字"字，成诗一解。此亦沈《龙池》、崔《黄鹤》所滥觞，而今愈益出奇无穷也（首四句下）。

《山满楼笺注唐诗七言律》：四句中故意叠用二"牧"字、二"秋"字、三"总"字、二"字"字，拉拉杂杂，写得如团花簇锦，而句法离奇夭矫，又似游龙舞马，不可搦，真近体中之大观也。五、六二句自是正文。看他尾联又复叠用二"江"字，与前半之九个复字相照，二人名与前半之三个人名相照，使我并不知其未下笔时如何落想，既落想后如何下笔，文人狡狯一至于此！以视沈《龙池》、崔《黄鹤》，真可谓之愈出愈奇矣。

《李义山诗集笺注》：姚培谦曰：此以必传慰杜牧也。……前借《杜秋》一诗，而以江总比之；后因诏撰《韦碑》，而以杜预比之。前从名字上比拟，后从姓上比拟，诗格绝奇。总见运命虽不酬，而文章必传世。义山倾倒于杜，至矣。

《玉谿生诗意》：三、四巧思。　　死生人所不免，诗追江总，文堪不朽，何叹白首哉！

《玉谿生诗集笺注》：通篇自取机势，别成一格也。牧之奇才伟抱，回翔郡守，抑郁不平，此二章（另一为绝句《杜司勋》）深惜之而慰之也。

《玉谿生诗说》：嵚崎历落，奇趣横生，笔墨恣逸之甚，所谓不可无一，不可有二。

《读雪山房唐诗序例》：五律解散不对，为孟（浩然）、李（白）创格。……七言变体，始于崔司勋之《黄鹤楼》，太白深服之，故作《鹦鹉洲》诗全仿其格。其后白乐天"早闻元九咏君诗，恨与卢君相识迟。今日逢君开旧卷，卷中多道赠微之"，李义山"杜牧司勋字牧之，清秋一首杜秋诗。前身应是梁江总，名总还曾字总持"，韩致尧"往年曾在溪桥上，见倚朱栏咏柳绵。今日独来芳径里，更无人迹有苔钱"，虽气体不同，杼轴各出，要皆《黄鹤楼》作为之滥觞也。

河清与赵氏昆季宴集得拟杜工部

胜概殊江右，佳名逼渭川。

虹收青嶂雨，鸟没夕阳天。

客鬓行如此，沧波坐渺然。

此中真得地，漂荡钓鱼船。

【汇评】

《唐诗别裁》：能以格胜。

《唐诗近体》：三、四警炼，五、六萧疏，此换笔之妙。

《网师园唐诗笺》：三、四句：晚晴入画。

行次昭应县道上送户部李郎中充昭义攻讨

将军大斾扫狂童，诏选名贤赞武功。

暂逐虎牙临故绛，远含鸡舌过新丰。

鱼游沸鼎知无日，鸟覆危巢岂待风？

早勒勋庸燕石上，伫光纶绂汉廷中。

【汇评】

《新唐书·刘稹传》：会昌三年，昭义军节度使刘从谏卒，子稹拒命，自为留后。诏以成德王元逵、魏博何弘敬为招讨使，与河东刘沔、河阳王茂元合兵讨之。四年七月，郭谊斩稹，传首京师。

《义门读书记》：颇似梦得"相门才子称华簪"篇。落句尤有开、宝风气，然恨其少言外远致。

《唐音审体》：壮丽浑雅，声出金石。

《玉谿生诗意》：前半郎中充攻讨。五、六狂童必败。祝其早日成大功，以光汉廷也。

《玉谿生诗说》：骨格峥嵘，不失气象，论其音节，尤在初盛之遗，然以为佳则未也。

《李义山诗辨正》：深味即在宏整中，读久方知，草率不能领取也。

赠别前蔚州契苾使君

原注：使君远祖，国初功臣也。

何年部落到阴陵，奕世勤王国史称。
夜卷牙旗千帐雪，朝飞羽骑一河冰。
蕃儿襁负来青冢，狄女壶浆出白登。
日晚鸊鹈泉畔猎，路人遥识郅都鹰。

【汇评】

《唐诗评选》：平远。

《李义山诗集辑评》：朱彝尊曰：此等诗工丽得体，晚唐人独擅其胜，不独义山为然。　　何焯曰：双关借用，齐梁以来多此法，末句不为病。　　纪昀曰：声调清遒。

《载酒园诗话又编》：取青媲白，大家所笑。然如《赠契苾使君》，此诗殆可辟疪，虽以"青冢"、"白登"组织，但见其工，宁病其纤哉！

《义门读书记》：典丽极矣，但少题中一"别"字。

《唐诗贯珠》：通首有声有色，情旨含蓄，非庸笔可梦见。

《山满楼笺注唐诗七言律》：一、二追溯使君家声，三、四写使君英武，五、六写使君勋业，七、八写使君威名。真是写得神采奕奕，更不待曹将军始开生面也。

《玉谿生诗说》：四家评曰：清壮。纯取声华，而骨力足以副之。诗到无所取义之题，既不能不作，则亦不得不以修词炼调为工，此类是也。

《读雪山房唐诗序例》：落句以语尽意不尽为贵，如……李商隐"日晚鸊鹈泉畔猎，路人犹识郅都鹰"，……足为一代楷式。

《昭昧詹言》：收句用"郅都"，言其职事也，切使君。

《李义山诗辨正》：结句已带别意，细阅方能会其深妙处。

春日寄怀

世间荣落重逡巡，我独丘园坐四春。

纵使有花兼有月，可堪无酒又无人。

青袍似草年年定，白发如丝日日新。

欲逐风波千万里，未知何路到龙津。

【汇评】

《唐音审体》：此诗稍平易，然自是少陵家法，与他手平易者
迥别。

柳枝五首并序（选一首）

柳枝，洛中里娘也。父饶好贾，风波死湖上。其母不念他儿
子，独念柳枝。生十七年，涂妆绾髻，未尝竟，已复起去，吹叶嚼
蕊，调丝擪管，作天海风涛之曲，幽忆怨断之音。居其傍，与其家
接故往来者，闻十年尚相与，疑其醉眠梦断不娉。余从昆让山，
比柳枝居为近，他日春，曾阴，让山下马柳枝南柳下，咏余《燕台》
诗，柳枝惊问：“谁人有此？谁人为是？”让山谓曰：“此吾里中少
年叔耳。”柳枝手断长带，结让山为赠叔乞诗。明日，余比马出其
巷，柳枝丫环毕妆，抱立扇下，风障一袖，指曰：“若叔是。后三日
邻当去溅裙水上，以博香山待，与郎俱过。”余诺之。会所友有偕
当诣京师者，戏盗余卧装以先，不果留。雪中，让山至，且曰：“为
东诸侯取去矣。”明年，让山复东，相背于戏上，因寓诗以墨其故
处云。

其五

画屏绣步障,物物自成双。

如何湖上望,只是见鸳鸯?

【汇评】

《韵语阳秋》:义山有《柳枝》五首,其间怨句甚多,所谓"画屏绣步障,……"是也。

《对床夜语》:商隐别有《柳枝词》,味其序,柳枝乃商隐从昆让山邻家之女,因悦商隐《燕台》诗,遂通其约,且以后三日为期。会友人盗商隐卧装先去,不果留,嗣后竟为他人所有。诗中……若"玉作弹棋局,中心亦不平",又"如何湖上望,只是见鸳鸯",亦惜其不终遇之意。

《李义山诗集笺注》:姚培谦曰:五首俱效乐府体,皆聊以自解之词。 (五章)此以人不如物自叹也。

《玉谿生诗意》:言举目堪伤也。

《玉谿生诗集笺注》:上二句其人已去,房室空存;下二句自叹临流凝望之无益。

《李义山诗集辑评》:纪昀曰:五首皆有《子夜》、《读曲》之遗。

燕台四首

春

风光冉冉东西陌,几日娇魂寻不得。

密房羽衣类芳心,冶叶倡条遍相识。

暖蔼辉迟桃树西,高鬟立共桃鬟齐。

雄龙雌凤杳何许,絮乱丝繁天亦迷。

醉起微阳若初曙,映帘梦断闻残语。

愁将铁网罥珊瑚,海阔天翻迷处所。

衣带无情有宽窄,春烟自碧秋霜白。

研丹擘石天不知,愿得天牢锁冤魄。

夹罗委箧单绡起,香肌冷衬琤琤佩。

今日东风自不胜,化作幽光入西海。

【汇评】

《李义山诗集笺注》:姚培谦曰:首四句言意中之人不见。"暖
蔼"四句言幸得见之。"醉起"四句言见后相思。"衣带"四句言无
可告诉。"夹罗"四句言春光暗去,魂为之消也。

《玉谿生诗意》:"冤魄锁天牢"、"幽光入西海",皆所谓"幽忆怨
断之音"也。

《玉谿生诗集笺注》:此首大旨,则先谓其被人取去而怀怨
恨也。

《李义山诗辨正》:首二句总冒,为四篇主意。"密房"二句言
我平日寻春,冶叶倡条无不相识,未曾见有此人。"暖蔼"二句记初
见时态。"雄龙"二句,既见依然分阻;"絮乱丝繁",所谓有情痴也。
"醉起"四句托之梦中欢会,梦醒而云迷处所,能不使人怅恨哉!
"衣带"四句言自春徂秋,唯有相思刻骨。心同石坚,不可磨灭,安
得锁之天牢,不令分散也!"夹罗"二句点景。"今日"二句言相思
不胜,直欲随之而去矣,亦暗起后篇意也。通篇皆状苦思痴想,惆
怅恍惚,真深于言情者,宜柳枝闻而惊叹与!

夏

前阁雨帘愁不卷,后堂芳树阴阴见。

石城景物类黄泉,夜半行郎空柘弹。

绫扇唤风阊阖天,轻帷翠幕波渊旋。

蜀魂寂寞有伴未?几夜瘴花开木棉。

桂宫留影光难取,嫣薰兰破轻轻语。

直教银汉堕怀中,未遣星妃镇来去。

浊水清波何异源？济河水清黄河浑。

安得薄雾起缃裙,手接云軿呼太君！

【汇评】

《义门读书记》：四首实绝奇之作,何减昌谷？唯《夏》一首,思致太幽,寻味不出。

《李义山诗集笺注》：姚培谦曰：起手八句言相思之深,前四句属自己,后四句属所思。"桂宫"四句言相逢之际。"浊水"四句则相别之况也。

《玉谿生诗集笺注》：此章全是夜深密约,故曰"夜半",曰"几夜",皆写暗中情景。"济河"二句,怅异者终不能久同也。结谓那得明明而来,可接之呼之,不再若前此之私会乎？正反托深夜幽欢也。

《李义山诗辨正》：此首承前篇,代其人写怨。其人为人取去,必先流转金陵,故以石城点题。首二句闭置后房,人不得窥。"石城"二句,预想金陵景物,生离死别,有类黄泉,空使我弹柘而歌奈何也。"绫扇"四句,皆状其人冷落之态。寂寞中亦有欢伴乎？问之也。"桂宫"二句,为人取去之恨。"直教"二句,言取之者直据为己有矣。"浊水"二句,比其人落溷,昔为清流,今为浊污,何能使人不妒也？结二句言安得亲近其人,手接云軿,呼而询其近状哉！此篇皆是想象之词,冯氏谓实赋欢会,谬矣。

秋

月浪冲天天宇湿,凉蟾落尽疏星入。

云屏不动掩孤嚬,西楼一夜风筝急。

欲织相思花寄远,终日相思却相怨。

但闻北斗声回环,不见长河水清浅。

金鱼锁断红桂春，古时尘满鸳鸯茵。

堪悲小苑作长道，玉树未怜亡国人。

瑶琴愔愔藏楚弄，越罗冷薄金泥重。

帘钩鹦鹉夜惊霜，唤起南云绕云梦。

双珰丁丁联尺素，内记湘川相识处。

歌唇一世衔雨看，可惜馨香手中故。

【汇评】

《唐诗选脉会通评林》：周珽曰：寄意深远，情意怆然。"金鱼锁断"四句，更饶悲感。　　周启琦曰：气脉调畅。

《李义山诗集笺注》：姚培谦曰：一段长夜不寐。二段相思不想见。三段空房寂寞。四段梦寐无聊。五段唯展玩书札而已。"南云绕云梦"，谓方在高唐梦中，乃鹦鹉惊霜而动帘钩，遂惊醒也。

《李义山诗辨正》：此篇言其人自金陵至湘暗约相见之事。首二句点秋景。"云屏"二句，言其又将远去。"欲织"二句，言我欲寄书问询，而无如终日思怨，两情不能达。唯回望北斗，叹河清之难俟耳。"金鱼"四句，言其人已离金陵，如鲤鱼失钩，但有鸳茵尘满，旧时小苑，任人往来，真有室迩人遐之恨。"玉树"、"亡国"，岂天意不怜美人如是乎？"玉树"亦借用金陵故事。"瑶琴"四句，言其人至湘中正值初秋之时也。"双珰"二句，记其人私书约我湘川相见，"内记"即书中所言也。结言其人又去，手香已故，只有私书缄封，可想象其歌唇衔雨而已。盖封书多用口缄也。此二句暗逗下篇，四首章法相生，学者细阅之，可以悟作诗之法矣。

冬

天东日出天西下，雌凤孤飞女龙寡。

青溪白石不相望，堂中远甚苍梧野。

冻壁霜华交隐起，芳根中断香心死。

浪乘画舸忆蟾蜍，月娥未必婵娟子。

楚管蛮弦愁一概，空城舞罢腰支在。

当时欢向掌中销，桃叶桃根双姊妹。

破鬟委堕凌朝寒，白玉燕钗黄金蝉。

风车雨马不持去，蜡烛啼红怨天曙。

【汇评】

《李义山诗集笺注》：姚培谦曰：首四句，言冬日苦短，其室则迩，其人甚远也。"冻壁"四句，隐语，霜华映壁，影虽存而心已断；月娥临夜，寒既苦而色应凋。"楚管"四句，言此时虽楚女蛮姬腰支尚在，恐不堪作掌上舞也。末四句，又作无聊想象之词，白玉燕钗、风车雨马，纵彼情思不断，又岂能相持俱去耶？此皆所谓幽忆怨乱者。

《李义山诗辨正》：此篇义山赴约至湘而其人又远去之恨也。"天东"二句，彼此参商。"青溪"二句，室迩人远。"冻壁"句点景。"芳根"句相思无益，芳心已灰。"浪乘"二句，对月怀人，言纵使再遇月娥，亦未必如彼美之婵娟矣。"楚管"二句，言彼此含愁一概，其人当亦为我消瘦，只有腰肢尚在耳。"当时"二句，言回想旧欢，桃叶桃根之乐，安可复得耶？"破鬟"二句，忆其人之容饰。结言风车雨马，匆匆持去，竟不能稍缓须臾，亲近芳泽，空使我对烛流涕而已。"蜡烛"句杜牧之"替人垂泪到天明"意也。盖其人春天与义山相见，即为人取去，夏间流转金陵，至秋又赴湘川，曾约义山赴湘，及冬间赴约，而其人又不知转至何处矣。

【总评】

《李义山诗集辑评》：朱彝尊曰：语艳意深，人所晓也。以句求之，十得八九，以篇求之，终难了然。定远谓此等语不解亦佳，如见西施，不必识姓名而后知其美，亦不得已之论也。　　何焯曰：寄托深远,耐人寻味。　　纪昀曰:纯用长吉体,亦自有一种佳处,但究非中声耳。

《中晚唐诗叩弹集》:寄托深远,与《离骚》之赋美人、恨蹇修者,同一寄兴。

《重订李义山诗集笺注》:程梦星曰:四诗乃《子夜四时歌》之义而变其格调者,诗无深意,但艳曲耳。其格调与《河内诗》,皆取法于长吉。

《玉谿生诗集笺注》:首篇细状其春情怨思,次篇追叙旧时夜会,三篇彼又远去之叹,四篇我尚羁留之恨。每章各有线索,否则时序虽殊,机杼则一,岂名笔哉!总因不肯吐一平直之语,幽咽迷离,或彼或此,忽断忽续,所谓善于埋没意绪者。唐季有此一派,于诗教中固非正轨,然而神味原本《楚骚》,文心藉以疏瀹,譬之金石灵品,得诀者炼服以升仙,愚懵者乃中毒而戕命矣。　　徐武源曰:《柳枝诗序》"能为幽忆怨断之音",将无此四首分属乎?春之困,近乎幽;夏之泄,近于忆;秋之悲,邻于怨;冬之闭,邻于断。玩其词义颇近,其间字样亦有彼此参杂者,而大旨不离乎是矣。

《消寒诗话》:义山诗如《无题》、《碧城》、《燕台》等诗,且放空著,即以为如《离骚》之美人香草,犹有味也。要其人风情固自不浅。

《李义山诗辨正》:唐人能学长吉者,首推玉谿,其次则温飞卿。……玉谿生此种数篇,凡长吉已用之典,一概不用,而独取未经人道者探寻用之。且语语运以沉思,出之奇笔,读之如异书古刻,光怪五色,不可逼视。如此方能与长吉代兴,如此方许其学长吉之诗。彼徒剥取其字面,自矜为牛鬼蛇神者,何曾梦见也哉!

偶成转韵七十二句赠四同舍

沛国东风吹大泽,蒲青柳碧春一色。
我来不见隆准人,沥酒空馀庙中客。
征东同舍鸳与鸾,酒酣劝我悬征鞍。
蓝山宝肆不可入,玉中仍是青琅玕。
武威将军使中侠,少年箭道惊杨叶。
战功高后数文章,怜我秋斋梦蝴蝶。
诘旦九门传奏章,高车大马来煌煌。
路逢邹枚不暇揖,腊月大雪过大梁。
忆昔公为会昌宰,我时入谒虚怀待。
众中赏我赋高唐,回看屈宋由年辈。
公事武皇为铁冠,历厅请我相所难。
我时憔悴在书阁,卧枕芸香春夜阑。
明年赴辟下昭桂,东郊恸哭辞兄弟。
韩公堆上跋马时,回望秦川树如荠。
依稀南指阳台云,鲤鱼食钩猿失群。
湘妃庙下已春尽,虞帝城前初日曛。
谢游桥上澄江馆,下望山城如一弹。
鹧鸪声苦晓惊眠,朱槿花娇晚相伴。
顷之失职辞南风,破帆坏桨荆江中。
斩蛟断璧不无意,平生自许非匆匆。
归来寂寞灵台下,著破蓝衫出无马。
天官补吏府中趋,玉骨瘦来无一把。
手封狴牢屯制囚,直厅印锁黄昏愁。
平明赤帖使修表,上贺嫖姚收贼州。

旧山万仞青霞外，望见扶桑出东海。

爱君忧国去未能，白道青松了然在。

此时闻有燕昭台，挺身东望心眼开。

且吟王粲从军乐，不赋渊明归去来。

彭门十万皆雄勇，首戴公恩若山重。

廷评日下握灵蛇，书记眠时吞彩凤。

之子夫君郑与裴，何甥谢舅当世才。

青袍白简风流极，碧沼红莲倾倒开。

我生粗疏不足数，梁父哀吟鸲鹆舞。

横行阔视倚公怜，狂来笔力如牛弩。

借酒祝公千万年，吾徒礼分常周旋。

收旗卧鼓相天子，相门出相光青史。

【汇评】

《唐音戊签》：此在卢弘正徐州幕府所作。通篇四句转韵，末
叠用二句转韵，以急节终之。

《李义山诗集笺注》：朱鹤龄曰：义山生平游历，略见于此篇。

《岘斋诗谈》：夭矫如龙，换韵处陡健，当学。

《兰丛诗话》：晚唐体裁愈广，……如义山又有七古似七律音
调者，《偶成转韵七十二句》是也。

《李义山诗集笺注》：姚培谦曰：时卢弘正镇徐，义山为掌书记，
此诗作于幕中，而历叙生平游历，以见所托之不苟也。首四句，因沛
郡有高祖庙，借此发兴。次四句，言己得托足于此，而幸声价之未
亏。"武威"八句，叙己一受知于王茂元。"忆昔"八句，叙昔曾受知于
卢公。"明年"下十六句，叙己再受知于郑亚，因言桂林之荒僻，并及
奉使江陵事。"归来"下十二句，叙己还京授盩厔尉，时又为卢公奏
署掾曹典章奏事，而叹归隐之未能。"此时"下四句，叙复入卢公幕。
"彭门"下八句，叙卢公之深得军心，一时幕僚，皆非凡士。"我生"下

八句,叙其深感卢公之嘘植,而望其入相,以垂功名于竹帛也。

《玉谿生诗集笺注》:田兰芳曰:一篇皆为卢弘正发,纬以平生所历,傲岸激昂,儒酸一洗。　　陆士湄曰:俊快绝伦,不唯变尽艳体本色,且与《韩碑》各开生面,足见其才之未易量矣。　　冯浩曰:既转韵,则非律诗。此篇音节殊类高、岑,其曰《偶成转韵七十二句》者,盖语多豪迈,颇觉自夸,制题亦寓得意之态,实古体也,否则《燕台》、《河阳》诸篇独非转韵乎?顺序中变化开展,语无隐晦,词必鲜妍,神来妙境,本集中少有匹者。

《李义山诗集辑评》:纪昀曰:接落平钝处未脱元、白习径,中间沉郁顿起处,则元、白不能为也。

《玉谿生诗说》:此诗直作长庆体,而沉郁顿挫之气,时时震荡于其中。故挨叙而不板不弱,觉与盛唐诸公面目各别,精神不殊,盖玉谿骨法原高耳。　　起手苍苍茫茫,磊磊落落,是好笔法。
"路逢邹枚"二句、"韩公堆上"二句、"斩蛟断壁"二句,俱笔意雄阔,为篇中筋节。"旧山万仞"四句,一纵一收,揽入本题,笔意起伏,尤是筋节处也。

《读雪山房唐诗序例》:《转韵七十二句赠同舍》,开合挫顿中,一振当日凡庸之习,三百年之后劲也。

《小匏庵诗话》:义山古诗,《韩碑》一首即仿昌黎,在集中另是一副笔墨。次则《偶成转韵七十二句》,异曲同工,但不如《韩碑》之整炼耳。馀皆香草闲情,体类长吉。

《玉谿生年谱会笺》:诗中自叙十年来踪迹极详,可以庀谱,而音节顿挫,尤类高、岑,冯氏所谓神来妙境,本集中少有匹者也。

骄儿诗

衮师我骄儿,美秀乃无匹。

文葆未周晬，固已知六七。
四岁知名姓，眼不视梨栗。
交朋颇窥观，谓是丹穴物。
前朝尚器貌，流品方第一。
不然神仙姿，不尔燕鹤骨。
安得此相谓，欲慰衰朽质。
青春妍和月，朋戏浑甥侄。
绕堂复穿林，沸若金鼎溢。
门有长者来，造次请先出。
客前问所须，含意下吐实。
归来学客面，闵败秉爷笏。
或谑张飞胡，或笑邓艾吃。
豪鹰毛崱屴，猛马气佶傈。
截得青筼筜，骑走恣唐突。
忽复学参军，按声唤苍鹘。
又复纱灯旁，稽首礼夜佛。
仰鞭罥蛛网，俯首饮花蜜。
欲争蛱蝶轻，未谢柳絮疾。
阶前逢阿姊，六甲颇输失。
凝走弄香奁，拔脱金屈戍。
抱持多反侧，威怒不可律。
曲躬牵窗网，衉唾拭琴漆。
有时看临书，挺立不动膝。
古锦请裁衣，玉轴亦欲乞。
请爷书春胜，春胜宜春日。
芭蕉斜卷笺，辛夷低过笔。
爷昔好读书，恳苦自著述。

憔悴欲四十，无肉畏蚤虱。

儿慎勿学爷，读书求甲乙。

穰苴司马法，张良黄石术。

便为帝王师，不假更纤悉。

况今西与北，羌戎正狂悖。

诛赦两未成，将养如痼疾。

儿当速成大，探雏入虎穴。

当为万户侯，勿守一经帙。

【汇评】

《蔡宽夫诗话》：白乐天晚极喜李义山诗文，尝谓我死得为尔子足矣。义山生子，遂以"白老"字之，既长，略无文性。温庭筠尝戏之曰："以尔为乐天后身，不亦忝乎?"然义山有"衮师我娇儿，美秀乃无匹"之句，其誉之亦不减韩退之。

《唐音戊签》：通篇俚而能雅，曲尽儿态。惜结处迂缠不已，反不如玉川《寄孙》篇以一两语谴送为斩截耳。

《义门读书记》：若无此段（按指"爷昔好读书"以下），诗便无谓。

《李义山诗集笺注》：姚培谦曰：起手夸其美秀之出群。"青春妍和月"以下，正叙其恃爱作骄之态，写得纤悉如画，末以功名跨灶期之，通首以此为出路也。

《玉谿生诗意》：此拟左思《娇女诗》而作，虽不及其曲雅，颇有新颖之句。然胸中先有一段感慨方作也。

《玉谿生诗集笺注》：田兰芳曰：不减《娇女诗》。写得色色可人，不知因儿有诗，抑借发诗兴?　　冯浩曰：全仿左太冲《娇女诗》，而后幅缀以感慨。

《李义山诗集辑评》：纪昀曰：借"请爷出春胜"四语，递入"爷昔读书"，引起结束一段，有神无迹。

《玉谿生诗说》：本太冲《娇女》而拓之，平山出路之说可味。太冲诗以竟住为高，若按谱填腔，纵神肖亦归窠臼，所以必别寻出路，方不虚此一作。且古人之言简，故可言外见意；既拓为长篇，而中无主峰，末无结穴，则游骑无归，或刺之不休，或随处可住，其为诗也可知矣。凡长篇皆须解此意。

《玉谿生年谱会笺》：前半形容"骄"字，后半全是借发牢骚。

《王闿运手批唐诗选》：学左思。然儿不如女，诗不能佳。

行次西郊作一百韵

蛇年建午月，我自梁还秦。
南下大散关，北济渭之滨。
草木半舒坼，不类冰雪晨。
又若夏苦热，燋卷无芳津。
高田长槲枥，下田长荆榛。
农具弃道旁，饥牛死空墩。
依依过村落，十室无一存。
存者皆面啼，无衣可迎宾。
始若畏人问，及门还具陈。
右辅田畴薄，斯民常苦贫。
伊昔称乐土，所赖牧伯仁。
官清若冰玉，吏善如六亲。
生儿不远征，生女事四邻。
浊酒盈瓦缶，烂谷堆荆囷。
健儿庇旁妇，衰翁舐童孙。
况自贞观后，命官多儒臣。
例以贤牧伯，征入司陶钧。

降及开元中，奸邪挠经纶。
晋公忌此事，多录边将勋。
因令猛毅辈，杂牧升平民。
中原遂多故，除授非至尊。
或出幸臣辈，或由帝戚恩。
中原困屠解，奴隶厌肥豚。
皇子弃不乳，椒房抛羌浑。
重赐竭中国，强兵临北边。
控弦二十万，长臂皆如猿。
皇都三千里，来往同雕鸢。
五里一换马，十里一开筵。
指顾动白日，暖热回苍旻。
公卿辱嘲叱，唾弃如粪丸。
大朝会万方，天子正临轩。
彩旗转初旭，玉座当祥烟。
金障既特设，珠帘亦高褰。
捋须蹇不顾，坐在御榻前。
忤者死跟屦，附之升顶颠。
华侈矜递衔，豪俊相并吞。
因失生惠养，渐见征求频。
奚寇西北来，挥霍如天翻。
是时正忘战，重兵多在边。
列城绕长河，平明插旗幡。
但闻虏骑入，不见汉兵屯。
大妇抱儿哭，小妇攀东辀。
生小太平年，不识夜闭门。
少壮尽点行，疲老守空村。

生分作死誓,挥泪连秋云。
廷臣例麋怯,诸将如蠃奔。
为贼扫上阳,捉人送潼关。
玉辇望南斗,未知何日旋。
诚知开辟久,遘此云雷屯。
送者问鼎大,存者要高官。
抢攘互间谍,孰辨枭与鸾?
千马无返辔,万车无还辕。
城空鼠雀死,人去豺狼喧。
南资竭吴越,西费失河源。
因令左藏库,摧毁唯空垣。
如人当一身,有左无右边。
筋体半痿痹,肘腋生臊膻。
列圣蒙此耻,含怀不能宣。
谋臣拱手立,相戒无敢先。
万国困杼轴,内库无金钱。
健儿立霜雪,腹歉衣裳单。
馈饷多过时,高估铜与铅。
山东望河北,爨烟犹相联。
朝廷不暇给,辛苦无半年。
行人摧行资,居者税屋椽。
中间遂作梗,狼籍用戈鋋。
临门送节制,以锡通天班。
破者以族灭,存者尚迁延。
礼数异君父,羁縻如羌零。
直求输赤诚,所望大体全。
巍巍政事堂,宰相厌八珍。

敢问下执事，今谁掌其权？
疮痏几十载，不敢抉其根。
国蹙赋更重，人稀役弥繁。
近年牛医儿，城社更扳缘。
盲目把大旆，处此京西藩。
乐祸忘怨敌，树党多狂狷。
生为人所惮，死非人所怜。
快刀断其头，列若猪牛悬。
凤翔三百里，兵马如黄巾。
夜半军牒来，屯兵万五千。
乡里骇供亿，老少相扳牵。
儿孙生未孩，弃之无惨颜。
不复议所适，但欲死山间。
尔来又三岁，甘泽不及春。
盗贼亭午起，问谁多穷民。
节使杀亭吏，捕之恐无因。
咫尺不相见，旱久多黄尘。
官健腰佩弓，自言为官巡。
常恐值荒迥，此辈还射人。
愧客问本末，愿客无因循。
郿坞抵陈仓，此地忌黄昏。
我听此言罢，冤愤如相焚。
昔闻举一会，群盗为之奔。
又闻理与乱，在人不在天。
我愿为此事，君前剖心肝。
叩头出鲜血，滂沱污紫宸。
九重黯已隔，涕泗空沾唇。

使典作尚书，厮养为将军。

慎勿道此言，此言未忍闻！

【汇评】

《唐音戊签》：天宝事何可复道？末及开成事，是近事，乃生色耳。

《义门读书记》：此等杰作，可称"诗史"，当与少陵《北征》并传。

《李义山诗集笺注》：姚培谦曰：起手十六句，直叙行次西郊时目击萧索气象。自"及门还具陈"以下直至"此地忌黄昏"，皆从居民口中具述开元至开成年间事，总是致此萧索之由。自"我听此言罢"至末，乃自叙作诗之意。盖致乱之大原，在奸邪之得进；奸邪之得进，由君听之不聪。上文居民所述，乃是向来致此萧索之因。此言如此因循过去，忠言日隔，朝政日非，正恐萧索气象日甚一日，非臣子所忍尽言也。

《玉谿生诗意》：一段叙长安乱后景况。二段遗民述乱亡始末。三段感慨结。

《重订李义山诗集笺注》：程梦星曰：此诗分六大段。第一段自起句至"斯民常苦贫"，言经过所见之荒残。第二段自"伊昔称乐土"至"征入司陶钧"，言京师当日之富庶。第三段自"降及开元中"至"肘腋生臊膻"，言玄宗幸蜀之事。第四段自"列圣蒙此耻"至"人稀役弥繁"，言德宗奉天之事。第五段自"近年牛医儿"至"但求死山间"，言文宗时甘露之事。第六段自"尔来又三岁"至末，则言时事之不理，而归于用人之不当也。然逐段之中，皆以用人为主。如贞观之盛时，则言"命官多儒臣"也，"征入司陶钧"也；叙开元之衰，则言"奸邪挠经纶"也，"晋公忌此事"也；叙建中之乱，则言"谋臣拱手立"也，"今谁掌其权"也；叙太和之变，则言"盲目把大旆"也，"树党多狂狷"也。此作诗之旨也。

《玉谿生诗集笺注》：田兰芳曰：不事雕饰，是乐府旧法。唐人可比唯老杜《石壕》诸篇，《南山》恐不及也。　　冯浩曰：朴拙盘郁，拟之杜公《北征》，面貌不同，波澜莫二。

《玉谿生诗说》：亦是长庆体裁，而准拟工部气格以出之，遂衍而不平，质而不俚，骨坚气足，精神郁勃，晚唐岂有此第二手？"我听"以下，淋漓郁勃，如此方收得一大篇诗住。

《读雪山房唐诗序例》：李义山《行次西郊百韵》，少陵而后，此为嗣音，当与《韩碑》诗两大。

《筱园诗话》：五言长篇，始于乐府《孔雀东南飞》一章，而蔡文姬《悲愤》诗继之。唐代则工部之《北征》、《奉先述怀》二篇，玉谿《行次西郊》一篇，足以抗衡。

井泥四十韵

皇都依仁里，西北有高斋。
昨日主人氏，治井堂西陲。
工人三五辈，辇出土与泥。
到水不数尺，积共庭树齐。
他日井甃毕，用土益作堤。
曲随林掩映，缭以池周回。
下去冥寞穴，上承雨露滋。
寄辞别地脉，因言谢泉扉。
升腾不自意，畴昔忽已乖。
伊余掉行鞅，行行来自西。
一日下马到，此时芳草萋。
四面多好树，旦暮云霞姿。
晚落花满地，幽鸟鸣何枝？

萝幄既已荐,山樽亦可开。
待得孤月上,如与佳人来。
因兹感物理,恻怆平生怀。
茫茫此群品,不停轮与蹄。
喜得舜可禅,不以瞽瞍疑。
禹竟代舜立,其父吁咈哉!
嬴氏并六合,所来因不韦。
汉祖把左契,自言一布衣。
当涂佩国玺,本乃黄门携。
长戟乱中原,何妨起戎氏!
不独帝王耳,臣下亦如斯。
伊尹佐兴王,不藉汉父资。
磻溪老钓叟,坐为周之师。
屠狗与贩缯,突起定倾危。
长沙启封土,岂是出程姬?
帝问主人翁,有自卖珠儿。
武昌昔男子,老苦为人妻。
蜀王有遗魄,今在林中啼。
淮南鸡舐药,翻向云中飞。
大钧运群有,难以一理推。
顾于冥冥内,为问秉者谁。
我恐更万世,此事愈云为。
猛虎与双翅,更以角副之。
凤凰不五色,联翼上鸡栖。
我欲秉钧者,朅来与我偕。
浮云不相顾,寥泬谁为梯。
恺悏夜将半,但歌井中泥。

【汇评】

《唐音戊签》：尝读元微之《古讽》各篇，怪其讲道理着魔；不谓此趣士亦复尔尔。

《放胆诗》：读此数诗，可以见义山力量气概。王荆公谓其善学老杜，信然。

《李义山诗集辑评》：朱彝尊曰：其为讽刺，夫何待言！然取义亦僻而无味。　　何焯曰：《天问》之遗。

《载酒园诗话又编》：义山绮才艳骨，作古诗乃学少陵，如《井泥》、《骄儿》、《行次西郊》、《戏题枢言草阁》、《李肱所遗画松》，颇能质朴。

《李义山诗集笺注》：姚培谦曰：起首至"畴昔忽已乖"，叙明井泥来历。"伊余"下至"恻怆平生怀"，叙兴感之由。"茫茫"下至"为问秉者谁"，从井泥推到世间万事。"我恐"下，又进一层意，言天边翻覆，目前如此，焉知将来不更有甚于此者？盖颠倒无常，殊非世智所能料及也。本旨在此数语。

《玉谿生诗意》：一段井泥所出如此。二段身至其地，因之生感。三段人君。四段人臣。五段自叹总结。

《诗比兴笺》：观篇末致慨于秉钧之人，且有虎而翼、凤而鸡之虑，则知为牛李之党而言之也。扬之升天，抑之入地，所好生毛羽，所恶成疮疣，用舍不平若斯；君子值此，唯有安命而已。前半杂陈古今升沉变态，皆为篇末张本。纯乎汉魏乐府之遗，于义山诗中亦为变格。

《玉谿生诗集笺注》：《杜秋娘诗》后幅亦然。但彼叙秋娘事已居大半，此则借题取兴，用意却在中后。

《玉谿生诗说》：元白体也，意浅而味薄，学之易至于率俚。问：元白体竟不佳耶？曰：亦是诗中正派，其佳在真朴，其病在好铺张，好尽，好为欲言不言尖薄语，好为随笔潦倒语，在二公自有佳处,学之者利其便易,其弊有不可胜言者也,唯小诗时时有佳者,渔洋山人尝论之矣。

《玉谿生年谱会笺》:此篇感念一生得丧而作。

城　上

有客虚投笔,无憀独上城。
沙禽失侣远,江树著阴轻。
边遽稽天讨,军须竭地征。
贾生游刃极,作赋又论兵。

【汇评】

《李义山诗集笺注》:姚培谦曰:此伤远客之空羁也。才非投笔,触目心惊,边遽军须,时事蹙迫,使贾生复作,其能于此作赋又论兵耶?

《重订李义山诗集笺注》:程梦星曰:结用贾生,自负之词耳。

《玉谿生诗说》:五、六不成语,七、八尖佻。

《李义山诗辨正》:未至不成句。结乃得意语,亦非佻薄也。

回中牡丹为雨所败二首 (其二)

浪笑榴花不及春,先期零落更愁人。
玉盘迸泪伤心数,锦瑟惊弦破梦频。
万里重阴非旧圃,一年生意属流尘。
前溪舞罢君回顾,并觉今朝粉态新。

【汇评】

《义门读书记》:详味二篇(指同题二首)领句,似皆有所思而托物起兴者,其或亦为甘露罹祸者而发耶?

《李义山诗解》：隋孔绍安《应制咏石榴》诗有"只为来朝晚，开花不及春"之句，义山借用作翻，言此牡丹先春零落，较开不及春之榴花更为愁人。"玉盘进泪"，花含雨也，故见之者伤心；"锦瑟惊弦"，雨著花也，故闻之者破梦。"非旧圃"，照应回中；"属流尘"，照应雨败。结言牡丹自是国色，虽飘零之候，粉态犹足动人，此文家"黄龙摆尾"法也。

《李义山诗集笺注》：姚培谦曰：大抵世间遇合，不及春者，未必遂可悲，及春者，未必遂可喜。玉盘进泪，点点伤心，花之遇雨也；锦瑟惊弦，声声破梦，雨之败花也。从此万里重阴，顿非旧圃，一年生意，总属流尘。唯是前溪舞处，花片浮来，犹尚分其光泽耳。才人之不得志于时者，何以异此！

《重订李义山诗集笺注》：程梦星曰：此二首乃叹长安故妓流落回中者，牡丹特借喻耳。

《唐体馀编》：工于衬贴。

《玉谿生诗集笺注》：借牡丹写照也。玩其制题，则知以泾原之故而为人所斥矣。或是艳情之作，未可定。　　王鸣盛曰：悲凉婉转，无限愁酸。

《玉谿生诗说》：纯乎唱叹，何处着一呆笔？　　芥舟评曰：二首不失气格，兼多神致。

《玉谿生年谱会笺》：通首皆婉恨语，凄然不忍卒读，必非艳情。

《玉谿诗笺举例》：假物寓慨，隐而能显，是徐熙、惠崇画法。

木兰花

洞庭波冷晓侵云，日日征帆送远人。

几度木兰舟上望，不知元是此花身。

【汇评】

《古今诗话》：李义山游长安，投宿旅店，适会客，因召与坐，不知为义山也。酒酣，客赋《木兰花》诗，众皆夸示。义山后成，诗曰："洞庭波冷晓侵云，……"坐客大惊，询之，方知是义山。

纪唐夫

纪唐夫,生卒年里贯均未详。宣宗朝,登进士第,有诗名。《全唐诗》存诗三首。

【汇评】

庭筠之官,文士诗人争赋诗祖饯,唯纪唐夫擅场,曰:"凤凰诏下虽沾命,《鹦鹉》才高却累身。"唐夫举进士,有词名。(《唐才子传》)

送温庭筠尉方城

何事明时泣玉频?长安不见杏园春。

凤凰诏下虽沾命,鹦鹉才高却累身。

且尽绿醽销积恨,莫辞黄绶拂行尘。

方城若比长沙路,犹隔千山与万津。

【汇评】

《唐摭言》:开成中,温庭筠才名籍甚;然罕拘细行,以文为货,识者鄙之。无何,执政间复有恶奏庭筠搅扰场屋,黜随州县尉。

……庭筠之任，文士诗人争为辞送，唯纪唐夫得其尤。诗曰："何事明时泣玉频，……"

《东观奏记》：（温庭筠）词赋诗篇冠绝一时，与李商隐齐名，时号"温李"。连举进士，竟不中第，至是，谪为九品吏。进士纪唐夫叹庭筠之冤，赠之诗曰："凤凰诏下虽承命，《鹦鹉》才高却累身。"人多讽诵。

《唐诗鼓吹注解》：首句设问，有代为怨诉意。……今者凤凰诏下，虽奉人君之命，而"鹦鹉才高"，竟遭奸佞之谗，可见遇与不遇，亦属时为之而已。为君计者，宜尽杯酒，以消积恨，不辞黄绶以拂行尘；且方城虽阻，以较贾谊之长沙，此地则犹近也。岂足为君戚哉！

《唐诗成法》：一、二补题所无，三、四点题，以"虽"、"却"应"频"字，五、六送，"且尽"、"莫辞"应"虽"、"却"二字，七、八承五、六。飞卿才高天下，嫉者蜂起，生无一第之荣，死有千古之名，唐夫真是知己。

《网师园唐诗笺》：轩然高举，一气盘旋，宜其倾倒群英。《诗话》云当日赠诗甚多，独此推为擅场：正以确切其人故耳。

薛 莹

薛莹，生卒年里贯均未详。文宗时人，与喻凫同时。有《洞庭诗集》一卷，已佚。《全唐诗》存诗十一首，残句二。

【汇评】

（喻凫）同时薛莹亦工诗。（《唐才子传》）

（莹）文宗时人，《集》中多蜀诗。（《直斋书录解题》）

锦

轧轧弄寒机，功多力渐微。

惟忧机上锦，不称舞人衣。

【汇评】

《唐人绝句精华》：此诗首二句言织锦女工之辛劳，三四句虽从织锦女工方面着笔，言下有衣锦者但求美观，不知他人辛苦之意。

喻凫

喻凫,生卒年不详,字坦之,昆陵(今江苏常州)人。开成五年(840)登进士第,授校书。后官乌程县尉,或云县令。有诗名,与姚合、顾非熊、方干、无可辈唱和。有《喻凫诗》一卷。《全唐诗》编诗一卷。

【汇评】

(喻凫)有诗名。晚岁变雅,凫亦风靡,专工小巧,高古之气扫地,所畏者务陈言之是去耳。后来才子皆称"喻先辈",向慕之情足见也。(《唐才子传》)

坦之夙尚幽探,身多野寄,故其诗意清远,兴象疏越,虽在开成间而音调颇闲。惜非大家,故寥寥短律,不足骋其长步。(《唐诗品》)

喻凫五言闲远朗秀,选句功深,自称无罗绮铅粉,殆亦实语。(《唐音癸签》)

喻凫效贾岛为诗,人称之"贾喻"。然观宋人所推"木落山城出,潮生海棹归"、"砚和青霭冻,帘对白云垂",唐人推其"沧州违钓约,紫阁负僧期"今集皆不载,固知散失者多矣。(《载酒园诗

话又编》)

唐喻凫以诗谒杜牧之不遇,曰:"我诗无绮罗铅粉,安得售?"……喻凫今存诗六十三首,诚无绮罗铅粉语,然皆近体,无古风。其近体格颇不高,警句亦罕,……欲以此傲牧之,未可得也。(《养一斋诗话》)

喻凫专攻五言近体,前辈谓其效贾岛为诗,人称之"贾喻"。今观之,信不虚也。……推为入室二人。(《中晚唐诗主客图》)

清奇雅正主:李益。……及门八人:僧良乂、潘诚、于武陵、詹雄、卫准、僧志定、喻凫、朱庆馀。(《诗人主客图》)

怀　乡

秋风江上家,钓艇泊芦花。
断岸绿杨荫,疏篱红槿遮。
鼋鸣积雨窟,鹤步夕阳沙。
抱疾僧窗夜,归心过月斜。

【汇评】

《唐诗摘钞》:是"抱疾",又是"僧窗",此时归心,更不比泛常。笔下层层衬出。

《载酒园诗话又编》:"鼋鸣积雨窟,鹤步夕阳沙",景真语洁。

寺居秋日对雨有怀

修修复霎霎,黄叶此时飞。
隐几客吟断,邻房僧话稀。
鸽寒栖树定,萤湿在窗微。
即事潇湘渚,渔翁披草衣。

《瀛奎律髓》：五、六见雨意而工。

《五朝诗善鸣集》：音响僻涩，真苦吟也，浪仙嫡派。

《瀛奎律髓汇评》：冯舒、冯班：起句，好破。　　何义门：三、四胜。　　纪昀：起五字唐试帖之陋调，二冯赏之，不可解。

《重订中晚唐诗主客图》：匠出寥阒（"隐几"二句下）。　　似从清塞"孤枕客眠久，两廊僧话深"翻出，而此尤多情感。

冬日寄友人

空为梁甫吟，谁竟是知音。

风雪坐闲夜，乡园来旧心。

沧江孤棹迥，落日一钟深。

君子久忘我，此诚甘自沈。

【汇评】

《唐诗归》：钟云："来"字泠然（"乡园"句下）。　　钟云：古甚（末句下）。

《唐诗摘钞》："梁父吟"三字，借隆中事喻己怀才未试之意。

《重订中晚唐诗主客图》：身世之感，羁游之况，尽此中矣。

二句读之令人愀然、惘然、突然、怃然，是何妙笔能写得如此！"坐"字已高，"来"字更奇确，谁能下（"风雪"二句下）？　　"迥"字妙，"深"字尤妙（"沧江"二句下）。

得子侄书

远书来阮巷，阙下见江东。

不得经史力，枉抛耕稼功。

雁天霞脚雨，渔夜苇条风。

无复琴杯兴，开怀向尔同。

【汇评】

《重订中晚唐诗主客图》：二诗（按指《怀乡》与本诗）五、六皆宋人传句，而愚尤爱前联，盖后联好者众矣。然情景亦最真切，无一字俗谛。　　用意学长江（首二句下）。

《养一斋诗话》：其（喻凫）近体格颇不高，警句亦罕，唯"钟沉残月坞，鸟去夕阳树"、"雁天霞脚雨，渔夜苇条风"、"风雪坐闲夜，乡关来旧心"两三联可喜耳。

《载酒园诗话又编》："雁天霞脚雨，渔夜苇条风"，镂划虽深，斧凿痕亦嫌太重。

刘得仁

刘得仁,生卒年里贯均未详。公主之子。自文、武、宣三朝,弟尚公主,兄弟皆居显位,独得仁出入举场二十馀年,屡试屡黜,竟不得一第。约大中末卒,时人哀之。得仁能诗,于五律尤工,与姚合、无可、段成式、厉玄、雍陶、顾非熊等交往酬和。有《刘得仁诗》一卷。《全唐诗》编诗二卷。

【汇评】

浪仙、无可、刘得仁辈,时得佳致,亦足涤烦。(司空图《与王驾评诗书》)

清奇僻苦主:孟郊。……及门二人:刘得仁、李溟。(《诗人主客图》)

刘得仁,公主之子。长庆中以诗名,五言清莹,独步文场。(《郡斋读书志》)

(得仁)有寄所知诗云:"外族帝王是,中朝亲故稀。翻令浮议者,不许九霄飞。"忧而不困,怨而不怒,哀而不伤,铿锵金玉,难合同流,而不厌于磨淬。端能确守格律,揣治声病,甘心穷苦,不汲汲于富贵。王孙公子中,千载求一人不可得也。(《唐才子传》)

刘得仁诗思深,合处尽可味,奈笔笨难掉何?天子甥为一名终日哀吟,何自苦!(《唐音癸签》)

得仁诗,亦水部派也。前辈见其愁苦吟呻,拟之贾氏,其实唐末凄厉之音,大半相似,要自各有宗承,不相混。独惜得仁三十年苦功,赍志以殁,后世并亦无能知者。引为张司业门人,或有传焉。(《重订中晚唐诗人主客图》)

宿宣义池亭

暮色绕柯亭,南山幽竹青。
夜深斜舫月,风定一池星。
岛屿无人迹,蓣蒲有鹤翎。
此中足吟眺,何用泛沧溟!

【汇评】

《唐诗纪事》:"风定一池星",右张为取为《主客图》。

《唐诗选脉会通评林》:周弼为四实体。　徐充曰:"深"字、"定"字佳。六句忽然奇出,妙。　前四句,咏池亭之胜与夜宿之景;后四句,见不可以地僻谓少奇隐。若中可休养安居,便当忘"乘桴"之叹也。

题邵公禅院

无事门多掩,阴阶竹扫苔。
劲风吹雪聚,渴鸟啄冰开。
树向寒山得,人从瀑布来。
终期天目老,擎锡逐云回。

《瀛奎律髓》：三、四用工极矣。唐人作诗,不紧要处模写得直是精神。

《唐诗成法》：生新之极,但全篇无从容意致,中晚多如此。

《瀛奎律髓汇评》：冯班：只炼得三、四,下四句吃力而散缓。

纪昀：武功派所以不佳,正坐着力都在没紧要处。若盛唐大家却在紧要处用力,其象外传神、空中烘托之笔,亦必与本位秘响潜通,神光离合,必不是抛落正意,另自刻画小景。

《重订中晚唐诗主客图》：此等莫作贾师派,然却与贾近("劲风"二句下)。

听夜泉

静里层层石,潺湲到鹤林。
流回出几洞,源远历千岑。
寒助空山月,清兼此夜心。
幽人听达曙,相和藓床吟。

【汇评】

《唐诗归》：钟云："石"承"静里"说来,妙矣。看他"层层"二字,何等幽细(首句下)!　　谭云：节奏("流回"二句下)。
钟云：清微语,有一片真气在内("寒助"二句下)。

《五朝诗善鸣集》：似李推官《听泉》诗,各有清致。

《唐诗摘钞》："里"字今人不肯用。三、四紧着题,五、六开一步,七、八再收拢,此咏物一定之格。　　月已寒矣,泉声益增其寒,故曰"助";泉声清矣,此心与之俱清,故曰"兼"。六句写夜泉,后二句缴"听"字,此以"倒卷"为章法也。

《唐诗笺要》：上句易摹,下句却难状("寒助"二句下)。

《重订中晚唐诗主客图》：合诸水部《夜泉》诗，便有菩萨低眉、金刚怒目之别。此正善于变相，不然树下种树，断难高出矣。全用狠力结撰，"助"字奇，"兼"字更奇（"寒助"二句下）。

送友人下第归觐

> 君此卜行日，高堂应梦归。
> 莫将和氏泪，滴著老莱衣。
> 岳雨连河细，田禽出麦飞。
> 到家调膳后，吟苦落蝉晖。

【汇评】

《五朝诗善鸣集》：唐人送下第诗多入情句，而此为最。

《唐诗摘钞》：起二句陡然，耸动得妙，使下第人闻之不得不改容收泪，诗之善移人情如此。

《唐诗别裁》：真到极处，去风雅不远。"和氏泪"、"老莱衣"本属套语，合用之只见其妙。有真性情流于笔墨之先也。

《网师园唐诗笺》：斯为忠告善道（"莫将"二句下）。

《石园诗话》：刘得仁，贵主之子，善五言诗。自开成至大中三朝，昆弟皆贵仕，而得仁历举进士不第，出入文场三十年。……然其《送友人下第归觐》云："莫将和氏泪，滴著老莱衣。"又何其立言之温厚也！

严　恽

严恽(? —870)，字子重，吴兴(今属浙江)人。举进士，十馀上不第。大中四年，杜牧为湖州刺史，曾与游处唱和。又与陆龟蒙为友。皮日休为童在乡校时，即闻其名，咸通十一年，日休怀文谒之，两月后，病卒。《全唐诗》存诗一首。

【汇评】

余为童在乡校时，简上抄杜舍人牧之集，见有《与进士严恽》诗。后至吴，一日有客曰严某，余志其名久矣，遽怀文见造，于是乐得礼而观之。其所为文，工于七字，往往有清便柔媚，时可轶骇于常轨。(皮日休《伤进士严子重诗序》)

严惇(恽)，字子重，善为诗，与杜牧友善。皮、陆常爱其篇什，有诗云："春光冉冉归何处，……"七上不第，卒于吴中。(《南部新书》)

同时有严恽，字子重，工诗，与牧友善，以《问春诗》得名。昔闻有集，今无之矣。(《唐才子传》)

落　花

春光冉冉归何处，更向花前把一杯。

尽日问花花不语，为谁零落为谁开？

【汇评】

皮日休《伤进士严子重诗序》：（恽诗）佳者曰："春光冉冉归何处，……"余美之，讽而未尝怠。

《优古堂诗话》：东坡《吉祥赏花寄陈述古》诗云："仙花不用剪刀裁，国色初酣卯酒来。太守问花花不语，为谁零落为谁开？"《南部新书》记严恽诗："……尽日问花花不语，为谁零落为谁开？"东坡全用此两句也。

《容斋随笔》：《温公诗话》云：唐之中叶，文章特盛，其姓名湮没不传于世者甚众。……有严恽《惜花》一绝云："春光冉冉归何处，……"前人多不知谁作，乃见于《皮陆唱和集》中。大率唐人多工诗，虽小说、戏剧、鬼物假托，莫不宛转有思致，不必颛门名家而后可称也。

《唐诗选脉会通评林》：何新之为奇隽体。　　徐充曰：深切无情之感。　　夫春自去来，花自开谢，问虽不语，实未尝不示人以荣瘁之故，人自不知惜耳。能自惜，便不为春所抛掷，花所含笑矣。……《雅言杂载》：曹相镇浙西日，会湖州郡判官王枢，举恽此诗，一座称赏。彼岂皆悟"花开花落"之为谁耶？

朱景玄

朱景玄，生卒年里贯均未详。开成四年，撰《唐泾州节度朱叔夜墓志》，自称"从侄景玄"。曾官太子谕德、翰林学士。大中五年（851）尚在，撰有《唐千福寺重建章资师传教碑》。著有《唐朝名画录》（一名《唐朝画断》）一卷，今存；又《朱景玄诗》一卷，已佚。《全唐诗》存诗十五首。

宿新安村步

浙浙寒流涨浅沙，月明空渚遍芦花。
离人偶宿孤村下，永夜闻砧一两家。

薛 逢

薛逢,生卒年不详,字陶臣,河东(今山西永济)人。会昌元年(841),登进士第,授校书郎,佐崔铉河中幕。大中中,历万年尉、秘书郎,直弘文馆,预修《续会要》。迁侍御史、尚书郎、分司东都。咸通初,出为成都少尹,历嘉、绵二州刺史,又曾更巴、蓬二州刺史。以太常少卿召还,后历给事中、秘书监,卒。逢工诗,有《薛逢诗集》十卷、《别纸》十三卷、《赋集》十四卷,均佚。《全唐诗》存诗一卷。

【汇评】

薛逢最浅俗。(《沧浪诗话》)

逢天资本高,学力亦赡,故不甚苦思,而自有豪逸之态。第长短皆率然而成,未免失浅露俗,盖亦当时所尚,非离群绝俗之诣也。(《唐才子传》)

薛陶臣殊有写才,不虚俊拔之目。长歌似学白氏,虽以此得名,未如七律多警。(《唐音癸签》)

薛逢七言律《老听笙歌》一篇,声气亦胜。……其他入录者,声多宣朗,语多秾丽,亦有渐入纤巧者。(《诗源辩体》)

薛秘书诗看核典籍,略伤浑雅之气,然初学于此籍手,亦登堂

斋戢之一助也。(《唐诗笺要》)

宫　词

十二楼中尽晓妆，望仙楼上望君王。
锁衔金兽连环冷，水滴铜龙昼漏长。
云髻罢梳还对镜，罗衣欲换更添香。
遥窥正殿帘开处，袍袴宫人扫御床。

【汇评】

《唐诗鼓吹注解》：近侍有人，御床方扫，我反不得如袍袴宫人一侍左右也。长门玉阶之怨，亦宁有穷乎？

《唐诗鼓吹笺注》：只一起"望君王"三字，写尽士人抑郁无聊、痴痴想望神理。结句有含讽意。

《唐诗鼓吹评注》：三、四是叙可望而不可亲，五、六则不敢怨而益自修饰也。

《五朝诗善鸣集》：谩立远视而望幸焉，情态毕出。

《此木轩唐七言律诗读本》：通首是比。虽是唐人陋态，亦庶几怨而不怒者矣。

《唐诗贯珠》：通首直赋，虽无玲珑之致，亦取华润。

《精选评注五朝诗学津梁》：信手拈来，而深怨之情，寓乎其内。

《唐诗笺注》：通首只写"望君王"三字。

《精选七律耐吟集》：意经千锤，语经百炼。

韦寿博书斋

玄晏先生已白头，不随鹓鹭狎群鸥。

元卿谢免开三径，平仲朝归卧一裘。

醉后独知殷甲子，病来犹作晋春秋。

尘缨未濯今如此，野水无情处处流。

【汇评】

《唐诗镜》：丽色新声，相逼而就。此已不求格力。

《唐诗选脉会通评林》：周珽曰：似作行状，又类诔铭。韦公一生心迹，得此诗炳著千秋矣。其曰"独知"、"犹作"深，"醉后"、"病来"尤深。　　首以玄晏比韦公，美其甘退处，不肯碌碌仕列也。中四句总赞其退处高谊：见几如蒋诩，俭素如晏婴，忠节如陶潜，内鉴如褚裒。因书斋所在，而想见其人，景其行谊高绝，而自愧莫从。尘缨未濯，而叹己不能归隐也；水流无情，况己不知所朝宗也。

《一瓢诗话》：《韦寿博书斋》，有人读之堕泪。

潼关河亭

重冈如抱岳如蹲，屈曲秦川势自尊。

天地并功开帝宅，山河相凑束龙门。

橹声呕轧中流渡，柳色微茫远岸村。

满眼波涛终古事，年来惆怅与谁论。

【汇评】

《唐诗鼓吹注解》：山冈重叠，既如环抱，后如蹲踞，气象蹙近于秦州帝京，因形势亦自尊大。乃天地并功而开帝王之宅。

《五朝诗善鸣集》：黄钟大吕之音，晚唐中间有数之作。

《唐诗贯珠》：上四句是赋潼关形势，构语雄伟，三、四更佳。……可惜五、六所写者小，寻常水面皆可通用，失黄河之神，与上不称。且河亭无正面不可为法也。

《唐诗成法》：前四写潼关"并功""相凑"，赞美极切，亦是至理。……写大山川既要不浮，又须雄壮相称。此首亦《广陵散》也。

《唐贤小三昧集续集》：极有气象，与地形相称。

《唐诗近体》：写潼关有气势（首二句下）。

《唐诗笺要》：颔联长吉囊中语。

汉武宫辞

汉武清斋夜筑坛，自斟明水醮仙官。

殿前玉女移香案，云际金人捧露盘。

绛节几时还入梦，碧桃何处更骖鸾？

茂陵烟雨埋弓剑，石马无声蔓草寒。

【汇评】

《贯华堂选批唐才子诗》：此为不便指斥先皇，而远借汉武为言。前解写汉武之事仙人也。"清斋"写其身心精虔；"夜上"写其对越秘密；斟水自醮，写其屏息登降，百拜长跪，真如呼吸之间，便当遇之也者。三、四承之，玉女移案者，言一一上章，皆手署御名；金人捧盘者，言时时望空，欲立候昭隐也（首四句下）。后解，写仙人之答汉武也。几时入梦，言不见入梦；何处骖鸾，言不见骖鸾。至于俟之俟之，既久既久，而汉武方且倦勤，汉武方且晏驾，汉武方且山陵，而所谓绛节、碧桃，亦终杳然不见。夫而后始悟石马蔓草，已非升仙之状也。嗟乎，又何愚哉（末四句下）！

《唐诗摘钞》：通首具文见意，所以讥汉武之愚也。……吴融云："赚得汉武心力尽，忍看烟草茂陵秋"，语虽透快，不及此诗浑浑有味也。

《唐诗快》：何其酷似曹尧宾也。若置尧宾集中，虽娄、旷恐亦难辨。

《唐诗成法》：辞最华赡，刺武帝求仙之谬，论亦甚正。

《唐诗别裁》：独举求仙一事言之。

《一瓢诗话》：通体含讽。

《唐七律隽》：唐之诸君俱好神仙，故诗人托汉武事以讥之。结言尊尚神仙如此。

开元后乐

莫奏开元旧乐章，乐中歌曲断人肠。

邠王玉笛三更咽，虢国金车十里香。

一自犬戎生蓟北，便从征战老汾阳。

中原骏马搜求尽，沙苑年来草又芳。

【汇评】

《唐诗鼓吹注解》：此诗因闻开元末世之乐，感明皇亡国而作也。

《贯华堂选批唐才子诗》：言开元后乐乃玄宗亡国之乐，故戒旁人莫奏也。夫玄宗至于亡国之日，则未闻其有乐也。玄宗有乐，皆其国方全盛正未得亡之日，如妃子方吹宁哥之笛，三姨正斗五家之车。然不知者，则谓开元之盛，莫盛于此，殊不悟开元之亡，固实亡于此也（首四句下）。　　夫开元妃子之盛，此所谓女祸者也。乃女祸未几，而遂成戎祸。"一自"字，妙！言从此兵连事结，遂见连年累岁。盖直至今日，而汾阳苦战，曾无休息。嗟乎，嗟乎！其间所有馨人之地，竭人之庐，寡人之妻，孤人之子，皆不具论，止就搜求骏马一事，而至今沙苑一空，此岂犹不肠断，而尚能听其所奏也哉（末四句下）！

《唐诗贯珠》：言莫奏开元旧乐章，闻其歌曲，盖全盛之时，而忽天下大乱，至今未靖，真可令人肠断也。

《一瓢诗话》：三、四写全盛之时，五、六接写既衰之后，则旧乐断肠,更为贴切。一结又微词可念,草草读之不觉。

《诗法易简录》:三、四语极写开元盛时,第五句转到禄山之乱,笔法流宕可喜。

贫女吟

残妆满面泪阑干,几许幽情欲话难。
云鬓懒梳愁折凤,翠蛾羞照恐惊鸾。
南邻送女初鸣珮,北里迎妻已梦兰。
惟有深闺憔悴质,年年长凭绣床看。

【汇评】

《唐诗鼓吹笺注》:朱东岩曰:此等诗,俱唐人借以自况,与前《宫词》俱是一意。

《唐诗贯珠》:五、六一联,上下相串;"初"字、"已"字似呼应。

此诗托言比体,未达之词也。上四句谓己,五、六羡他人,结又伤己。然取材皆是闺中幽语,仍入闺情。

《唐七律隽》:敫子发谓唐人作宫词,或赋事,或抒怨,或寓讽刺,或其人负才赍志,不得于君,流落无聊,托以自况。余谓负才而不见用,犹负色而不见怜,此其旨也。其赋贫女者,借贫女以比己之不遇耳。

长安夜雨

滞雨通宵又彻明,百忧如草雨中生。
心关桂玉天难晓,运落风波梦亦惊。
压树早鸦飞不散,到窗寒鼓湿无声。
当年志气俱消尽,白发新添四五茎。

【汇评】

　　《贯华堂选批唐才子诗》：写滞雨，既云"通宵"，再云"又彻明"者，通宵是从初更至五更，又彻明是从五更至天明。此自是窗中一人，从初更至五更，从五更至天明，求睡更不得睡，因而写雨，遂不自觉，亦便成二句也。"如草雨中生"五字，写忧已最确，然写此夜忧又最确。三、四承之，言忧之绪甚多，至于更不得睡；忧之来甚重，至于才睡又即醒也（首四句下）。　　鸦飞不散，写出"压树"二字，鼓湿无声，写出"到窗"二字，妙，妙！便画尽一片昏沉，无数钝置，梦生醉死，抬头不起，异样荒忽神理。更不必说志气销尽，而先已了无生气已（末四句下）。

　　《唐诗鼓吹笺注》：写尽一夜不寐、忧从中来神理。

　　《唐诗鼓吹评注》："通宵彻明"四字，乃一篇之主。"天难晓"、"梦亦惊"，是"通宵"；"鸦不散"、"鼓无声"，是"彻明"也。末二句足"百忧"意。

　　《五朝诗善鸣集》："鼓无声"、"鸦不散"，将雨意说得沉郁。

送灵州田尚书

阴风猎猎满旗竿，白草飕飕剑气攒。
九姓羌浑随汉节，六州蕃落从戎鞍。
霜中入塞雕弓硬，月下翻营玉帐寒。
今日路傍谁不指？穰苴门户惯登坛。

【汇评】

　　《唐诗鼓吹注解》：三、四言其威令之振也。

　　《诗源辩体》：与李郢"虬须憔悴"相伯仲。

　　《唐诗贯珠》：一、二言其军威肃杀气象。

　　《唐诗别裁》：犹有盛唐人气息。

《网师园唐诗笺》：接武盛唐。

《通斋诗话》：薛逢七律有华贵之气，今略摘一二，云："九姓羌浑随汉节，六州蕃落从戎鞍"、"邠王玉笛三更咽，虢国金车十里香"、"天地并功开禹宅，山河相凑束龙门"，……近世梅村、荔裳七言律诗即从此出。

题黄花驿

孤戍迢迢蜀路长，鸟鸣山馆客思乡。
更看绝顶烟霞外，数树岩花照夕阳。

赵 嘏

赵嘏,生卒年不详,字承祐,山阳(今江苏淮安)人。大和、开成中,南游淮南、吴越,寓居宛陵,干谒元稹、沈传师等,与卢弘止、沈述师、杜牧等交游唱和。会昌四年(844),登进士第,归山阳。大中中任渭南尉,卒,人称"赵渭南"。嘏工诗,其《长安秋望》有"残星几点雁横塞,长笛一声人倚楼"之句,为杜牧激赏,因目为"赵倚楼"。有《渭南集》三卷,《编年诗》二卷,后者尚残存于敦煌遗书中。《全唐诗》编诗二卷。

【汇评】

赵嘏、刘沧七言,间类许浑,但不得其全耳。(《对床夜语》)

赵嘏多警句,能为律诗,盖小才也。(《吴礼部诗话》)

赵渭南才笔欲横,故五字即窘,而七字能拓。蘸毫浓,揭响满,为稳于牧之,厚于用晦。若加以清英,砭其肥痴,取冠晚调不难矣。为惜"倚楼",只句摘赏,掩其平生。(《唐音癸签》)

赵嘏七言律,……声皆浏亮,语皆俊逸,亦晚唐一家。(《诗源辩体》)

嘏虽举进士,尉渭南,而烟霞性成,故其诗曰:"早晚粗酬身事

了,水边归去一闲人。"出世之情,累见乎词,非可强效以欺人也。(《唐诗归折衷》)

赵承祐除"倚楼"之外,尽多佳句,于此偶然得名。(《一瓢诗话》)

赵倚楼诗于斜中见整,极参差出没之妙。视同时雕镂涂泽,以华丽为工者,倜乎远矣。(《退馀丛话》)

赵嘏五、七绝,亦皆清迥,许之匹也。(《石洲诗话》)

承祐七律,清丽挺拔,较胜飞卿。(《唐贤小三昧集续集》)

承祐诗,七言最多。七律八十馀篇,独五律寥寥。虽性有偏好,亦散轶耳。昔人称其诗赡美多兴味,余谓五言风格尤绝近水部。断为及门第一人。(《重订中晚唐诗主客图》)

赵嘏少古体。其七律七绝,词多散漫,唯五律遒劲。(《东目馆诗见》)

其源出于王勃、沈佺期,发声清润而入格未遒。七律为多,则当时之体也。有如"长笛一声人倚楼"、"蒹葭霜冷雁初飞",神韵清超,不虚名下。《昔昔盐》十二篇,仿梁陈赋得之体,夫其诗派所宗,亦于兹可见。(《三唐诗品》)

汾上宴别

云物如故乡,山川知异路。
年来未归客,马上春色暮。
一尊花下酒,残日水西树。
不待管弦终,摇鞭背花去。

【汇评】

《唐诗归》:谭云:"未归客"三字深("年来"句下)。　　钟云:凄然、洒然,俱在五字(末句下)。

《唐诗选脉会通评林》：唐汝询曰：清爽。

《唐诗归折衷》：吴敬夫云：客中送客，情倍难堪，只述彼己之别况，不言愁而愁自深矣。

《唐诗评选》：自然警绝。柳恽、吴均之馀，定当有此。较刘庭芝、张若虚高一格在。呜呼，能知者谁邪？夔旷不作，徒悲丝竹为烦。

《五朝诗善鸣集》：别得潇洒，不作销魂之句更佳。

东归道中二首（其二）

未明唤僮仆，江上忆残春。
风雨落花夜，山川驱马人。
星星一镜发，草草百年身。
此日念前事，沧洲情更亲。

【汇评】

《唐诗归》：钟云：一气流转，读之落落然，盛唐妙律。　　谭云：篇法甚妙，不专在写景写情。　　钟云：此"忆"字跟"唤"字，有情（首二句下）。　　谭云："草草"二字悲甚（"草草"句下）。

《唐诗选脉会通评林》：叙道中之可悯，见往事之堪悲，顿觉远游避世之想为是；亦深于苦调者矣。

《唐诗摘钞》：诗中叹老，最是常意。五、六特以句法入妙，"一镜"字尤新创。

《唐律消夏录》：五六无限感慨，结句亦收得紧括。

《重订中晚唐诗主客图》：须看其发端处含毫邈然，乃绝得水部神韵（首二句下）。　　莫看作常语，能具味外味，正是水部派也（"风雨"二句下）。

《葚原诗说》：句法最忌直率，直率则浅薄而少深婉之致。戴叔伦之"如何百年内,不见一人闲",不若赵嘏"星星一镜发,草草百年身"。

越中寺居

迟客疏林下,斜溪小艇通。
野桥连寺月,高竹半楼风。
水静鱼吹浪,枝闲鸟下空。
数峰相向绿,日夕郡城东。

【汇评】

《唐诗快》:亦是画景。

《唐诗摘钞》:三言月自桥边起,四言风从竹里来,写景故佳,句法又妙。

《五朝诗善鸣集》:高调一洗晚唐繁缛之习。

《唐诗近体》:待也(首二句下)。　　接写寺居。寻常风月,锤炼出之,便饶佳况("野桥"四句下)。　　"相向"二字有景(末二句下)。

《养一斋诗话》:(赵嘏)五律气体胜于七律者尤多,如"岩空秋色动,水阔夕阳多"、"传家有天爵,主祭用儒衣"、"风雨落花夜,山川驱马人"、"断崖时避马,芳树欲留人"、"野桥连寺月,高竹半楼风"……等诗,无论全局胜于七律,即以句法论,用意极深,措词极静,亦非七律之好以缘情绮靡胜者。

长安晚秋

云物凄凉拂曙流,汉家宫阙动高秋。
残星几点雁横塞,长笛一声人倚楼。

紫艳半开篱菊静，红衣落尽渚莲愁。

鲈鱼正美不归去，空戴南冠学楚囚。

【汇评】

《唐摭言》：杜紫微览赵渭南卷，《早秋》诗云："残星几点雁横塞，长笛一声人倚楼。"吟咏不已，因目为"赵倚楼"。

《唐诗鼓吹注解》：此在长安因感晚秋之景，而怀故园也。

《批选唐诗》：清耸。

《唐诗镜》：三、四景色历寂，意象自成。

《唐诗选脉会通评林》：周弼列为前虚后实体。　　此羁迹长安，因感晚秋之景而怀思故园不得归以适志，而兴留滞他乡之恨也。沙中金云：次联"雁"字，"人"字，诗眼，用拗字，此独妙。承祐诗大抵清幽便捷，评者谓不减刘随州。

《诗源辩体》："残星几点雁横塞，长笛一声人倚楼"一联，杜紫微赏咏不已，称为"赵倚楼"，惜下联不称。

《唐诗鼓吹笺注》："云物凄凉"，晚秋也；"汉家宫阙"，长安晚秋也：此皆倚楼人之所望也。三又接笔以"残星几点"写"雁横塞"，再写晚秋；四即顺笔以"长笛一声人倚楼"作对。此真绝好章法，宜为千古绝唱。

《增订唐诗摘钞》：韵用"楼"字，唐人多有佳句，此"楼"字更用得妙。……"雁"、"菊"、"莲"，皆秋时之物；曰"几点"、"一声"、"半开"、"落尽"，皆写凄凉；而又以"静"字、"愁"字点破。"长笛"一句，写凄凉更透露。

《五朝诗善鸣集》：高华新灿，宜杜紫微称美不置。

《贯华堂选批唐才子诗》：通篇苦在一"空"字，可知？

《唐三体诗评》：第二万钧之力。　　"流"字起"动"字，蕴藉至此。

《唐律偶评》："动"字暗藏秋风起在内。直是社稷倾摇景象，不可显指,半明半暗,深于诗教。……"长笛"乃山阳之感也。五、六"半开"、"落尽"言归期已后,犹不知几,岂有人执其手足耶?诗至此,安得不令杜紫微俯首!

《唐诗贯珠》:调高气畅。其灵活处,炼字得力。"流"字落想佳。

《碛砂唐诗》:真有灵气中涵、不可摸索之妙。何也?残星几点,天光欲曙矣;翔雁南飞,秋声已惨,况值长笛风清,动人旅思之时乎?悄然生感,倚楼独立,正觉难以为情也。陶铸成句,毫不道破,令人诵之,悠然远引,所以延誉当年、流传后世者,定精神与之俱在也("残星"二句下)。

《山满楼笺注唐人七言律》:此不得志而思归之作也……三、四"残星"、"长笛",见景实事,而以"雁横塞"陪出"人倚楼",自是兴体。格高调响,杜紫微吟赏不已,称之为"赵倚楼",有以也。夫五之"篱菊静",六之"渚莲愁",正所以双逼起七之"鲈鱼美",皆遥想故园景物也。……"空戴南冠",一"空"字最苦,其所以欲归,正在此。

《唐诗笺注》:此诗感秋思归,为达曙晓望,故有"汉家宫阙"之句。……结言思归不得,借"楚囚"以托之。

《瀛奎律髓汇评》:冯班:第二句点长安。以长安结。　纪昀:三四佳,馀亦平平。

《唐诗析类集训》:首以凄凉作骨,末结所以凄凉之意。

长安月夜与友人话故山

宅边秋水浸苔矶,日日持竿去不归。
杨柳风多潮未落,蒹葭霜冷雁初飞。
重嘶匹马吟红叶,却听疏钟忆翠微。
今夜秦城满楼月,故人相见一沾衣。

【汇评】

《韵语阳秋》：赵嘏《长安秋望》诗云："残星几点雁横塞，长笛一声人倚楼"，当时人诵咏之，以为佳作，遂有"赵倚楼"之目。又有《长安月夜与友人话归故山》诗云："杨柳风多潮未落，蒹葭霜在雁初飞"，亦不减"倚楼"之句。

《唐诗归》：钟云：清便不减刘随州。

《汇编唐诗十集》：读其声响，信似随州，细味之，则有中、晚之分，于次联两截语看出。

《唐诗选脉会通评林》：珽再读其《长安月夜与友人话旧山》及《忆山阳》、《早发剡中石城寺》等篇，诚晚唐之高出者。

《诗源辩体》：赵嘏七言律……"广武溪头"、"正怀何谢"、"楼上华筵"三篇，气格亦胜。他如"两见梨花归不得，每逢寒食一潸然。斜阳映阁山当寺，微绿含风树满川"、"芰荷香绕垂鞭袖，杨柳风横弄笛船。城拟十洲三岛路，寺临千顷夕阳川"、"霜襟正叹人间事，回首更惭江上鸥。鹧鸪声中寒食酒，芙蓉花外夕阳楼"、"杨柳风多潮未落，蒹葭霜在雁初飞。重嘶匹马吟红叶，却听疏钟忆翠微"，……声皆浏亮，语皆俊逸，亦晚唐一家。

《唐诗鼓吹笺注》：嘶匹马而吟红叶，下一"重"字；听疏钟而忆翠微，下一"却"字，妙妙。"重"之为言，一念忽差也；"却"之为言，悔已无及也。

《五朝诗善鸣集》：大历风神。

《贯华堂选批唐才子诗》：题是长安月下，诗却凭空先追写一故山。我今亦试设身思之：假使果有如此宅、如此水、如此矶，则虽终身持竿，闲闲于其间，受用如此杨柳、如此风、如此潮、如此蒹葭、如此霜、如此雁，真是老大快活也。

《唐诗摘钞》：无一字不写景，却字字是写情中之景，恬润绝伦。五言作客，六言思家，却是"匹马"、"红叶"、"疏钟"、"翠微"等字,衬得有致。"重"字见别故山不止一载,结言今夜故人相见又一沾衣,明前此沾衣非一度也;用一笔写两层意,是曰深,是曰厚。

《唐诗贯珠》:四句皆故山风景幽情,语有灵气。

《山满楼笺注唐诗七言律》:题中一字不遗,而安放皆极自然,盖线索在手故也。

《历代诗发》:生动。

《养一斋诗话》:赵渭南以"残星几点"一联得名,愚按不如"杨柳风多潮未落,蒹葭霜冷雁初飞",清思雅音,寻讽不竭。

登安陆西楼

楼上华筵日日开,眼前人事只堪哀。
征车自入红尘去,远水长穿绿树来。
云雨暗更歌舞伴,山川不尽别离杯。
无由并写春风恨,欲下郧城首重回。

【汇评】

《唐七律选》:二语极登望之胜。"自入"者,言独自入去,不与下句呼合("征车自入"二句下)。　　应首二句,必时有饯席耳("云雨暗更"二句下)。

《贯华堂选批唐才子诗》:此"云雨暗更"、"山川不尽",最是想得幽曲,说得精细("云雨"二句下)。

《唐诗摘钞》:征车劳扰,不及流水长闲,此人事之堪哀者。至于歌舞之妓,旧去新来,每不觉其更换;离别之杯,登山临水,每不尽其情怀,其为恨又何如?此本一意,翻作两层,前后两段各自呼应;一"并"字却又带缩前意,章法绝佳。

《山满楼笺注唐人七言律》:"楼上华筵",不是迎来,即是送往。乃今日迎来之人,少不得明日又往;明日送往之人,正未必他日又来：所谓"人事堪哀"者，即此。三、四承之。征车去，言去而来者在其中；绿水来，言来而去者在其中：上句分明是正意，下句分明是喻意。五、六极写一、二。"歌舞伴"、"别离杯"，即"楼上华筵"是；"云雨暗更"、"山川不尽"，即"眼前人事"是。"暗更"云者，朝云暮雨，年复一年，不能无去故而新也；"不尽"云者，山楼水驿，日复一日，未卜其何时而息也。凡此，皆所谓"春风恨"者也。

忆山阳

家在枚皋旧宅边，竹轩晴与楚坡连。
芰荷香绕垂鞭袖，杨柳风横弄笛船。
城碍十洲烟岛路，寺临千顷夕阳川。
可怜时节堪归去，花落猿啼又一年。

【汇评】

《唐诗鼓吹笺注》：垂鞭宜在杨柳之下，横船宜在芰荷之中，故作错综互写，自见变化之妙。

《唐诗鼓吹评注》：三、四是"可怜时节堪归去"。五、六"忆"字入骨。末句羞归却不露，只于第七说"堪归"，蕴藉凄婉。

《贯华堂选批唐才子诗》：忽然倒跨晋魏，寻一汉人为邻，便是举体不凡。乃我又相其当门便是竹轩，前与楚陂连接，四围水竹相遭，一片空碧互映，人生有宅如此，真乃一尉是何敝屣顾能缚又不使之归也！三、四又极写轩前陂下，无限行乐。须知垂鞭则在柳风之下，横船乃在荷香之中，此又故作错综互写，以曲尽其清胜者也（首四句下）。　　乃今以区区一尉，羁身渭南，遥望故乡，如隔登仙之路；来看渡口，又限无梁之川。"城碍"，妙！"寺临"，妙！城即渭南之城，寺即渭南城外送客下川之寺也。不得归又一年，看他用"花落猿啼"代春尽肠断，读者皆不觉也（末四句下）。

《唐诗近体》：写风景娟秀（"菱荷香绕"二句下）。　　收足"忆"字（"可怜时节"句下）。

《网师园唐诗笺》：好景，画不能到（"菱荷香绕"二句下）。

《山满楼笺注唐人七言律》：三写走马长堤，其实在杨柳风中，而偏要说"菱荷香绕"，妙，妙。四写放舟广泽，其实在菱荷香内，而偏要说"杨柳风横"，妙，妙。后人识得此等句法，便可出奇无穷。

平　戎

原注：时谏官谕北虏未回，天德军帅请修城备之。

边声一夜殷秋辇，牙帐连烽拥万蹄。
武帝未能忘塞北，董生才足使胶西。
冰横晓渡胡兵合，雪满穷沙汉骑迷。
自古平戎有良策，将军不用倚云梯。

【汇评】

《唐诗评选》：亦警亦适（首句下）。　　腹联亦纪事语，非景语；颔入情，腹入景，则不复有诗。

《养一斋诗话》：倚楼七律，佳语甚多，如"武帝未能忘塞北，董生才足使胶西"、"竹户半开钟未绝，松枝晚霁鹤初还"、"鹧鸪声中寒食雨，芙蓉花外夕阳楼"、"高鸟过时秋色动，征帆落处暮云平"、"两见梨花归不得，每逢寒食一潸然"、"树色老依官舍晚，溪声凉傍客衣秋"、"故园何处风吹柳，新雁南来雪满衣"、"花外鸟归残雨暮，竹边人语夕阳闲"，较之许丁卯，尤觉生动有姿态。

早发剡中石城寺

暂息劳生树色间，平明机虑又相关。

吟辞宿处烟霞去，心负秋来水石闲。

竹户半开钟未绝，松枝静霁鹤初还。

明朝一倍堪惆怅，回首尘中见此山。

【汇评】

《唐诗归》：钟云：清远幽静，气完力浑。七言律至此，使人不敢复言朝代也。　　钟云：上句之妙，在"烟霞去"三字；下句之妙，在"心负秋来"四字（"吟辞宿处"二句下）。　　钟云：三字得力，遂成妙结（末句下）。

《唐诗选脉会通评林》：谭元春曰：五、六极静极幽。　　唐汝询曰："竹户"句写晓发景。　　恶劳喜闲，人之素心，谁无烟霞水石之趣也！暂息劳生，忽闻尘虑相撄，此心有负多矣，宁不倍添惆怅乎？因早发而摹山寺中情景，深致有不独句字之工者。

《唐诗归折衷》：敬夫云：情词缠绵，使人山水之念顿深。

《贯华堂选批唐才子诗》：五、六写早发也。试想"钟未绝"，是早也，而竹户半开，则不知何故又有更早于我者？"松初霁"，是早也，而鹤飞始还，则岂独无人方将又来此间者？真写尽红尘之外，白云当中，大有闲闲日月也。

《唐诗摘钞》：一、五、六是过去，二、三、四是现在。只宿寺一宵，便已具三世因果，大足唤醒忙人。

《唐诗成法》："暂息"已吊动"平明"，"劳生"已吊动"机虑相关"。三，身虽辞去；四，心却不愿。"钟未绝"，发犹可缓；"鹤初还"，与人相背。七、八若悔不当暂息石城寺者，加一倍法。三、四当接以五、六，却用虚笔一间，有无限情味。

浙东陪元相公游云门寺

松下山前一径通，烛迎千骑满山红。

溪云乍敛幽岩雨,晓气初高大斾风。

小槛宴花容客醉,上方看竹与僧同。

归来吹尽严城角,路转横塘乱水东。

【汇评】

《唐诗评选》:五十六字,如秦川一峰尽成宫苑。一结尤以不尽为无馀。

江亭晚望

碧江凉冷雁来疏,闲望江云思有馀。

秋馆池亭荷叶歇,野人篱落豆花初。

无愁自得仙翁术,多病能忘太史书?

闻说故园香稻熟,片帆归去就鲈鱼。

【汇评】

《瀛奎律髓》:三、四明秀。

《瀛奎律髓汇评》:何义门:第六言庶几以文章自通于后,一洗自缘多病,都忘周南留滞也。　　纪昀:风韵特佳。　　又云:已开剑南一派。

寒　塘

晓发梳临水,寒塘坐见秋。

乡心正无限,一雁度南楼。

经汾阳旧宅

门前不改旧山河,破虏曾轻马伏波。

今日独经歌舞地，古槐疏冷夕阳多。

【汇评】

《唐诗绝句类选》：徐子扩曰："独"字为诗眼，言生前非止一人来也，可见荣萃反掌。

《唐诗选脉会通评林》：周弼为实接体。　　周敬曰：吊功之悲，伤世之薄，说得凄怆。　　杨慎曰：多少勋业在此，非此不能为悼，　　唐汝询曰："山河不改"，唐祚无恙，而汾阳第宅，"古槐疏冷"，德宗待功臣如此，安得不唉蒲青根！

《删订唐诗解》：吴昌祺曰："山河不改"，而曰"门前"，其意无限。用"伏波"者，与帝为婚姻也。

《唐三体诗评》：夫以子仪之勋，肉未寒而不保其室，德宗待功臣何薄耶！故此诗第一、第二句深致意焉。

《唐诗别裁》：见山河如故，而恢复山河者已不堪凭吊矣。可感全在起句。

《网师园唐诗笺》：一起已具全神。

《唐人万首绝句选评》：此非仅伤兴废，乃叹本朝待功臣之薄也。用意全在上半首：山河之誓，千古不改，今门前山河如故，而功臣之第已如此；次句复著明其功，以形其薄。用意深婉，所以有味。

《诗式》：从"旧"字兴慨，凌空盘旋而起。次句写汾阳功业之盛，引用"马伏波"，借宾形主，以显"汾阳"。三句从"旧"字咀嚼，由衰而想到盛；曰"独经"，则寂无人过可知。四句只是从"旧"字点染，有无限低徊也。前半写其盛，后半写其衰。

《诗境浅说续编》：汾阳为唐室中兴元辅，乃正朔未更，而高勋名阀已换，槐阴斜日，一片凄迷。誓寒带砺，唐帝亦寡恩哉！张籍有汾阳旧宅改法雄寺诗，则舞榭歌台更无遗迹矣。

《唐人绝句精华》：此盛衰无常之感也，结句以景结情。

西江晚泊

茫茫霭霭失西东，柳浦桑村处处同。

戍鼓一声帆影尽，水禽飞起夕阳中。

【汇评】

《诗境浅说续编》：凡江行入暮时，上下舟樯，次第卸帆收港，江空无人，烟水迷茫中，唯有水禽翔泊。此诗诚善写江天入暮，空阔萧寥之状。

江楼旧感

独上江楼思渺然，月光如水水如天。

同来望月人何处？风景依稀似去年。

【汇评】

《唐诗直解》：言独上之时，思同来之友，见水月连天，思去年之景，皆有针线。

《唐诗绝句类选》：谢叠山曰：崔护"人面只今何处在，桃花依旧笑春风"，不如此诗意味更悠远。

《唐诗广选》：胡济鼎曰："独"、"同"二字小巧。

《唐诗选脉会通评林》：何仲德为平淡体。　　谢叠翁谓崔护《题城南庄》诗妙，岂若此后二句之有味。然崔诗清雅，赵诗明响，各有好处。

《唐诗笺注》："风景依稀"句，缭绕有情，极似盛唐人语。

《唐人万首绝句选评》：情景真，不嫌其直。下二句分足上二句。

《网师园唐诗笺》："独上"、"同来"四字，为此诗线索。

《诗境浅说续编》：唐人绝句，有刻意经营者，有天然成章者。此诗水到渠成，二十八字一气写出。月明此夜，风景当年，后人之抚今追昔者，不能外此。在词家中，唯"月到旧时明处，与谁同倚栏干"句，与此意境相似。

灵岩寺

馆娃宫伴千年寺，水阔云多客到稀。

闻说春来更惆怅，百花深处一僧归。

【汇评】

《笺注唐贤三体诗法》：此正是吊古，非借以刺时，故着语不同。

《唐诗选脉会通评林》：周弼为虚接体。　寺在云水之间，人迹罕到，便见往事可叹。昔为楼台歌舞之地，今为僧院孤寂之境，则百花深处乃百感交生悲窘矣，吊古者何以为怀！

《唐贤小三昧集续集》：言外有神。

卢　肇

卢肇(? —873)，字子发，袁州宜春(今江西宜春)人。家贫。大和九年，李德裕谪为袁州长史，肇投以文卷，由此见知。会昌三年(843)，因德裕荐，以状元登第。初为鄂岳卢商从事，后为华州纥干臮防御判官。入朝，历著作郎、仓部员外郎、集贤直学士。咸通初，出为歙州刺史，历池、吉、万三州刺史。咸通末，归宜春，卒。肇著述甚多，有《文标集》三卷、《愈风集》十卷，均佚。《全唐诗》编诗一卷。

【汇评】

卢吉州肇开成中就江西解试，为试官末送。肇有启谢曰："巨鳌屃赑，首冠蓬山。"试官谓之曰："昨某限以人数挤排，虽获申展，深惭名第奉浼，焉得翻有'首冠蓬山'之谓?"肇曰："必知明公垂问。大凡顽石处上，巨鳌戴之，岂非'首冠'耶?"一座闻之大笑。(《唐摭言》)

卢肇初举，先达或问所来。肇曰："某袁民也。"或曰："袁州出举人耶?"肇曰："袁州出举人，亦犹沅江出龟甲，九肋者盖稀矣。"(同上)

题甘露寺

北固严端寺,佳名自上台。
地从京口断,山到海门回。
曙色烟中灭,潮声日下来。
一隅通雉堞,千仞耸楼台。
林暗疑降虎,江空想度杯。
福庭增气象,仙磬落昭回。
觉路花非染,流年景谩催。
隋宫凋绿草,晋室散黄埃。
西蜀波湍尽,东溟日月开。
如登最高处,应得见蓬莱。

【汇评】

《云溪友议》:(张)祜复游甘露寺,观前卢肇先辈题处,曰:"不谓三吴经此诗人也。"祜曰:"日月光先到,山川势尽来。"卢曰:"地从京口断,山到海门回。"因而仰伏,愿交于此士矣。

除歙州途中寄座主王侍郎

忽忝专城奉六条,自怜出谷屡迁乔。
驱车虽道还家近,捧日惟愁去国遥。
朱户昨经新棨戟,风帆常觉恋箪瓢。
江天夜夜知消息,长见台星在碧霄。

【汇评】

《唐体肤诠》:上截除歙州,下截寄座主,妙以"去国遥"三字牵带,以"途中"意联络("捧日唯愁"句下)。

题清远峡观音院二首（其二）

风入古松添急雨，月临虚槛背残灯。

老猿啸狖还欺客，来撼窗前百尺藤。

【汇评】

《唐人绝句精华》：写观音院景物，得萧条岑寂之趣。读之使人具有设身其境之感。

姚鹄

姚鹄，生卒年不详，字居云，蜀（今四川）人。开成中，游陕州，谒姚合，呼为从翁。会昌三年（843），登进士第。曾至边塞。咸通十三年，官至台州刺史、御史中丞。有《姚鹄诗》一卷，已佚。《全唐诗》编诗一卷。

【汇评】

吏才文价，俱不甚超，一名仅尔流播，亦多幸矣。（《唐才子传》）

姚居云吟笔，见甄李赞皇，如"入河残日雕西尽"，又"雪坛当醮月孤明"，清拔不可多得。（《唐音癸签》）

晓　发

旅行宜早发，况复是南归。
月影缘山尽，钟声隔浦微。
残星萤共失，落叶鸟和飞。
去年渡南浦，村中人出稀。

《瀛奎律髓》：第四句可取，第五句妙，馀未称也。

《唐诗选脉会通评林》：唐汝询曰：雅练格整。晚唐得此，犹存典刑。　　中四句模写晓发之景，极尽精力矣。"失"一语近俗。

《瀛奎律髓汇评》：查慎行：尾句生，近俚。　　纪昀：五句极用意而不自然。结句弩末。

寄雍陶先辈

知音杳何处？书札寄无由。

独宿月中寺，相思天畔楼。

露凝衰草白，萤度远烟秋。

怅望难归枕，吟劳生夜愁。

【汇评】

《近体秋阳》：轻俊工迥，兴逸层汉，几令终唐之世不可再见（"相思"句下）。

项 斯

项斯,生卒年不详,字子迁,江东人。早岁以诗名,长庆、宝历间,受知于水部员外郎张籍,杨敬之亦赏其诗,有"平生不解藏人善,到处逢人说项斯"之句,传为美谈。大和中,曾至金州,谒刺史姚合。会昌四年(844),登进士第,授润州丹徒县尉,卒。有《项斯诗》一卷。《全唐诗》编诗一卷。

【汇评】

清奇雅正主:李益。……升堂七人:方干、马戴、任蕃、贾岛、厉玄、项斯、薛寿(涛)。(《诗人主客图》)

宝历、开成之际,君(按指项斯)声价籍甚,时特为水部之所知赏,故其诗格颇与水部相类。词清妙而句美丽奇绝,盖得于意表,迨非常情所及。故郑少师薰云:"项斯逢水部,谁道不关情?"(张泊《项斯诗集序》)

斯,字子迁,江东人,始未为闻人,因以卷谒杨敬之,杨苦爱之,赠诗曰:"几度见诗诗尽好,及观标格过于诗。平生不解藏人善,到处逢人说项斯。"未几,诗达长安,明年擢上第。(《唐诗纪事》)

斯诗在方干、秦系之间,少而工。(《后村诗话》)

项斯亦师张水部,自以字清意远,匠物为工,然格律卑近,渐类晚唐矣。(《吴礼部诗话》)

子迁锐情格律,颇宗雅道。宝历、开成之间,声价籍籍,其清利便美,在时调中可谓心流润泽者也。受知水部诸公,亦声实之华不可掩翳者耶!(《唐诗品》)

项子迁与朱可久并见赏张水部,清调颇同,而朱犹含重,项即驶轻,中、晚分派以此。(《唐音癸签》)

张泊云:项斯为张籍所赏,诗亦与之相类。余谓五律则然,七律幽闲深秀,水部不能到也。(《五朝诗善鸣集》)

子迁诗最清婉。(《唐律偶评》)

项子迁俊句亦甚可喜,如"溪中云隔寺,夜半雪添泉"、"鹤睡松枝定,萤归葛叶垂"、"霞光侵曙发,岚翠近秋浓"、……但读全集,则几如晋元帝之造江东,一窝为美而已。(《载酒园诗话又编》)

子迁无古诗,五七律皆学水部,次于朱庆馀,断为升堂第一。(《重订中晚唐诗主客图》)

项君诗宗主文昌,僖、昭之间,雅道凌迟,无知之者。遗稿三十一首,而选家鲜及,然其光终不可没也。(《唐诗笺要》)

蛮 家

领得卖珠钱,还归铜柱边。
看儿调小象,打鼓试新船。
醉后眠神树,耕时语瘴烟。
不逢寒便老,相问莫知年。

【汇评】

《瀛奎律髓》:中四句虽粗,极其新诮。

《瀛奎律髓汇评》:何义门:发端位置,"问"字之根;下五句皆以"相问"总束。　　陆贻典：蛮家风景如是,非粗也。　　纪昀：
亦非粗,亦非新谲。结二句少力少味。

《重订中晚唐诗主客图》：从水部《送蛮客》、《送南客》、《送南
迁客》、《送海客》数篇中翻转而得。

留别张水部籍

省中重拜别,兼领寄人书。
已念此行远,不应相问疏。
子城西并宅,御水北同渠。
要取春前到,乘闲候起居。

【汇评】

《重订中晚唐诗主客图》：极寻常事,说得如此闲致,如此深
情,似未经人道著(首二句下)。　　总是寻常,妙(末三句下)。

小古镜

字已无人识,唯应记铸年。
见来深似水,携去重于钱。
鸾翅巢空月,菱花遍小天。
宫中照黄帝。曾得化为仙。

【汇评】

《唐诗归》：钟云：巧思("鸾翅"二句下)。

《五朝诗善鸣集》：小题亦不纤巧。

《载酒园诗话又编》：《小古镜》诗尤工致,如"见来深似水,携
去重于钱。鸾翅巢空月,菱花遍小天",刻画真为工妙。

《唐诗成法》：切题六句,妙。结甚不雅。

中秋夜怀

趋驰早晚休，一岁又残秋。

若只如今日，何难至白头？

沧波归处远，旅食尚边愁。

赖见前贤说，穷通不自由。

【汇评】

《五朝诗善鸣集》：吟得如此好诗，安得不逢人说项？

《重订中晚唐诗主客图》：妙处在无理（"若只"二句下）。

宿山寺

栗叶重重复翠微，黄昏溪上语人稀。

月明古寺客初到，风度闲门僧未归。

山果经霜多自落，水萤穿竹不停飞。

中宵能得几时睡？又被钟声催著衣。

【汇评】

《唐诗选脉会通评林》：周敬曰：项斯得中唐逸韵，出语多淡荡可爱。　　周珽曰：词调秀色可食。　　前六句叙言山寺情景，不胜阒寂凄楚。末见宿寺，有奔走风尘不得暂闲之恨，与谢琨"秋夜长兮，虽欣长而悼速"语意同而声韵自别。

《贯华堂选批唐才子诗》：前解写山寺，言远望此山，千重栗树，初寻寺径，一带溪流，已而明月照门，则见好风自开。盖一望、二寻、三到、四入也（首四句下）。　　后解写宿。五写宿后所闻；六写宿后所见。夫宿后闻见如此，则是一夜通不得宿，便转出七之"能得几时"四字也。末句，劳人之劳，不亦悲哉！

《唐律偶评》："半"字与"黄昏"句一气；或作"古"字，全首神味索然矣。

《唐体肤诠》：直应"客到"句，"钟声"则又切寺也（末二句下）。

《山满楼笺注唐七言律》：此当是中途日暮投宿僧房之作。一"栗叶满山"，远而望之，意其中必有寺也。二"溪上语稀"，即而求之，几不知寺之安在也。三到门矣，且喜月色甚佳。四进寺矣。颇怪斋堂无主。五、六果落霜林，萤飞竹坞，人必谓寺中有此妙境，殊不知乃是劳人转辗床褥、未尝合眼之一般滋味也。看他七、八接下，一觉未足，钟声催起，可知。哀哉行役，往往而然！

《唐诗成法》：一句写山，二句写晚。三、四方点寺宿，客初到已自凄凉，僧未归凄凉更甚，加一倍法。五、六从此脱下：果自落，耳中所闻；萤乱飞，目中所见。僧未归，无人共语，故闻见如此。七、八从此生出，反结"宿"字。

《瀛奎律随汇评》：纪昀：格意不高，而语尚清脱。

江村夜泊

日落江路黑，前村人语稀。

几家深树里，一火夜渔归。

【汇评】

《唐人绝句精华》：光景如见。

山　行

青枥林深亦有人，一渠流水数家分。

山当日午回峰影，草带泥痕过鹿群。

蒸茗气从茅舍出，缫丝声隔竹篱闻。

行逢卖药归来客，不惜相随入岛云。

【汇评】

《贯华堂选批唐才子诗》：青枥林，看他出手下一"深"字，先写意中决道无人，则于林行尽处，忽见数家，便自然有一"亦"字跳脱而出。此所谓虽一句之中，必有沉郁顿挫之法也。三，"回峰影"写伫看甚久；四，"过鹿群"写更无行迹。看他只是四句诗，乃忽写无人，忽写有人，忽又写无人，真为清绝出奇之构也（首四句下）。

前解写山，后解写行。若将焙茗缫丝，解作山中清事，即随手再下数十馀联，岂得遂毕。须知今是入山闲行之人，一路迤逦，无心所经，犹言焙茶一家也，缫丝又一家也。既而药客追随，行行遂深，写尽是日心头闲畅也。

《山满楼笺注唐诗七言律》：此便是无事闲行、探幽选胜之作，与前篇（按指《宿山寺》）笔墨截然两样也。看他起手先作波折，全妙在"亦有人"之一"亦"字。盖"青枥林深"，自外望之，初不意其中有人也；及行到深处，则见流水一渠，数家分汲，始知不是空林，故曰"亦有人"。若论文理，此三字本该在"回峰影"之下，今偏要插在"一渠水"之上，正是其笔势跳脱处，后人最所宜学。三、四"回峰影"，写峰影未回之先，我已在此；"过鹿群"，写鹿群已过之后，我方到此。至五、六之"蒸茗气"、"缫丝声"，则又是已逢药客相随深入处之所见所闻，却先偷笔倒写在前，此乃唐人一定之法，后人所未知也。

《唐诗近体》：前从山林落想（首二句下）。　　　后从山中居者、行者描写（末四句下）。

马 戴

马戴,生卒年不详,字虞臣,曲阳(今江苏东海西南)人。宝历中,入京应进士举,屡试不第,与令狐定、姚合、贾岛、无可、李廓、顾非熊等交游唱和。又曾西游,足迹遍汧陇、邠宁、鄜坊、灵夏诸地。开成中,隐居华山,会昌五年(845),登进士第。大中中,佐太原军幕,以正言被斥,贬朗州龙阳尉。后佐大同军幕。入朝,官太学博士,卒。戴工诗,尤长五律。有《马戴诗》一卷,《全唐诗》编诗二卷。

【汇评】

清奇雅正主:李益。……升堂七人:方干、马戴、任蕃、贾岛、厉玄、项斯、薛寿(涛)(《诗人主客图》)

马戴在晚唐诸人之上。(《沧浪诗话》)

戴诗壮丽,居晚唐诸公之上,优游不迫,沉着痛快,两不相伤,佳作也。(《唐才子传》)

元和以还,格调顿变,而清苦、对切之病,俱乏浑成,然意气格力,尚多可采。会昌作者,虞臣有称,然五言之长,自不可掩,而他皆不称。偏师虽捷,未足长驱,才难之叹,要之信然。(《唐诗品》)

晚唐诗有极妙而与盛唐人远者,有不必妙而气脉神韵与盛唐

人近者。"不必妙"三字甚难到，亦难言，妙不足以拟之矣。唯马戴犹存此意，然皆近体耳。(《唐诗归》)

马虞臣"猿啼洞庭树，人在木兰舟"，风致自绝，然未如"空流注大荒"为气象。七言"东谷笑言西谷应，下方云雨上方晴"，虽得法于右丞，各自擅胜，但骨力概孱，不堪通检尔。(《唐音癸签》)

晚唐诗，今昔咸推马戴。其诗唯写景为工，……大率体涩而思苦，致极清幽，亦近于岛也。(《载酒园诗话又编》)

晚唐以五律擅长者，断推马虞臣，其神采声律迥非许用晦、李德新辈所能仿佛也。后来唯张乔、张蠙一两人差堪步武。(《中晚唐诗叩弹集》)

晚唐之马戴，盛唐之摩诘也。……逸情促节，似无时代之别。(《龙性堂诗话初集》)

马戴五律，又在许丁卯之上，此直可与盛唐诸贤侪伍，不当以晚唐论矣。然终觉樊川、义山之妙不可及。(《石洲诗话》)

虞臣诗，今昔咸推为晚唐之最。马与贾、姚同时，其称晚唐，犹钱、刘之称中唐也。诗亦近体多于古体，短律富于长律。笔格视贾氏稍开展，而体涩思苦，致极幽清，诚亦贾门之高弟也。断为升堂第一。(《重订中晚唐诗主客图》)

春　思

初日照杨柳，玉楼含翠阴。
啼春独鸟思，望远佳人心。
幽怨贮瑶瑟，韶光凝碧林。
所思曾不见，芳草意空深。

【汇评】

《唐诗归》：钟云：幽婉有古诗性情。　　钟云：浅浅无穷

（"啼春"二句下）。　　　谭云："意"字说芳草妙（末句下）。

《五朝诗善鸣集》：意致与《楚江怀古》同妙。

《围炉诗话》：马戴《楚江怀古》、《淮上春思》、《落日》、《寻王处士》，不似晚唐人诗。

江行留别

吴楚半秋色，渡江逢苇花。

云侵帆影尽，风逼雁行斜。

返照开岚翠，寒潮漾浦沙。

余将何所往？海峤拟营家。

【汇评】

《唐诗镜》：响句。

《载酒园诗话又编》：（马戴）诗唯写景为工，如"反照开岚翠"、"残日半帆红"、"宿鸟排花动"，皆佳句也。

《唐诗笺注》：此诗清绝，"侵"字、"逼"字、"开"字、"漾"字皆刻意烹炼。

过野叟居

野人闲种树，树老野人前。

居止白云内，渔樵沧海边。

呼儿采山药，放犊饮溪泉。

自著养生论，无烦忧暮年。

【汇评】

《唐诗归》：钟云：此诗以起结高妙，遂成绝响。　　　谭云：五字内多少起止（"树老"句下）。　　　钟云："自著"、"无烦"四字，养生家读之内省惕然（末二句下）。

《唐诗选脉会通评林》：吴山民曰：次联情景妙绝。　　王右丞"闭户著书多岁月，种松皆作老龙鳞"，此诗起结，祖袭其意。夫野栖之士坐卧白云，生涯沧海，采药放犊之外，别无事业；非真蜕脱尘埃之志者，不足语此。不识野叟为何许人，乃能如是！

《唐诗摘钞》：此诗以一"闲"字领起一篇之意。种树、采药，渔樵耕牧，兼以著书，隐士家风色色俱备，若见不闲，其实非第一闲人不能为此。言外令人欣羡不置也。

《唐律消夏录》：字句稳称，结构谨密，是初盛沉实一路。

《古唐诗合解》："树老野人前"的是妙句。"野人"与"树"起落得好。

夕次淮口

天涯秋光尽，木末群鸟还。
夜久游子息，月明岐路闲。
风生淮水上，帆落楚云间。
此意竟谁见？行行非故关。

【汇评】

《唐诗归》：钟云：静深奥浑。合八句读之，始见其妙。　　谭元春：高寂中宽然有馀，右丞妙作也。

《唐诗选脉会通评林》：（《落日怅望》）与《夕次淮口》、《早发故园》、《次飞狐西》等作，俱静深圆秀。

落日怅望

孤云与归鸟，千里片时间。

念我一何滞,辞家久未还。

微阳下乔木,远色隐秋山。

临水不敢照,恐惊平昔颜。

【汇评】

《瀛奎律髓》:诗话谓"微阳下乔木,远烧入秋山"为一实一虚,似体贴句。今考戴集,乃不然,只如此十字自好。

《唐诗归》:钟云:子然高朗,气亦完。

《唐诗选脉会通评林》:周敬曰:诗有用事琢句法,妙在言其用,不言其名也。如马戴"微阳下乔木,远烧入秋山",是"微阳"比"远烧"也,……比物以意,而不指言一物,谓之象外句。 以云鸟起兴,自伤久滞他乡,不能如其倏聚倏归也。五、六写落日望中之景,奥浑。结猎李益"饮马泉"意,见怅望远情,所谓高寂中宽然有馀韵者也。

《五朝诗善鸣集》:半似律诗,半似古诗,以古为律,律调愈高。

《围炉诗话》:唐诗炼字处不少,失此字便粗糙。画家云:"烘染过度即不接。"苦吟炼句之谓也。注意于此,即失大端。唐僧无可"听雨寒更尽,开门落叶深",以雨声比落叶也。又(马戴)云:"微阳下乔木,远烧入秋山",以远烧比微阳也。比物以意而不指其物,谓之象外句,非苦吟者不能也。

《唐诗别裁》:意格俱好,在晚唐中可云轩鹤立鸡群矣。

《网师园唐诗笺》:笔意俱超(首二句下)。

《瀛奎律髓汇评》:何义门:前四句"怅望","归鸟"二字中已双关落日,五、六佳,诗家所谓影对,是以上句对下句。 纪昀:起得超脱,接得浑劲,五、六亦佳句。晚唐诗人马戴骨格最高,不但世所称"猿啼洞庭树,人在木兰舟"也,此诗亦略见一斑。

《历代诗发》:清峭感怆,别有裁制。

《重订中晚唐诗主客图》:六朝已有此题,感极深。 格调直与工部争衡,故谓贾师源出老杜也。

《唐诗三百首续选》:意格俱超。

《唐宋诗举要》:突起超隽无匹(首二句下)。　　以下句形上句,乃奇格也("微阳"二句下)。

《诗境浅说》:"孤云与归鸟,千里片时闲",此其晚眺之起句也。其三、四云:"念我何曾滞,辞家久未还",笔势超拔,在晚唐诗中,可称杰作。诗有作意,而能以气运之,律诗之枕中秘也。

寄终南真空禅师

闲想白云外,了然清净僧。

松门山半寺,夜雨佛前灯。

此境可长住,浮生自不能。

一从林下别,瀑布几成冰。

【汇评】

《四溟诗话》:张籍"旅泊今已远,此行殊未归",马戴"此境可长住,浮生自不能",此皆一句一意,虽瘦而健,虽粗而雅。

《唐诗归》:钟云:起得高淡(首二句下)。

《唐风怀》:青山小述曰:"自不能"三字,何等真率自然,亦何等感慨痛恨!诗骨之高贵,登临之超绝,无有逾此者。

《唐诗摘钞》:"闲想"二字,一气直贯至第四句,与"此境"二字紧相唤应。诗家不喜用虚字,以其露筋骨故;若此又以数虚字作一篇之开合,不可不知。

《唐诗成法》:起写"寄"字神理。五句宕笔有力。

《重订中晚唐诗主客图》:全是贾生气息。　　此等时人尚,易道好("松门"二句下)。

汧上劝旧友

斗酒故人同,长歌起北风。
斜阳高垒闭,秋角暮山空。
雁叫寒流上,萤飞薄雾中。
坐来生白发,况复久从戎。

【汇评】

　　《近体秋阳》:以不劝劝,以不结结,漂忽虚灵。　　只开口一
"酒"字尔,劝意并在言外,是极高作法。

楚江怀古三首（其一）

露气寒光集,微阳下楚丘。
猿啼洞庭树,人在木兰舟。
广泽生明月,苍山夹乱流。
云中君不降,竟夕自悲秋。

【汇评】

　　《升庵诗话》:前联虽柳恽不是过也,晚唐有此,亦希声乎!严
羽卿称戴诗为晚唐第一,信非溢美。

　　《艺苑卮言》:权德舆、武元衡、马戴、刘沧五言,皆铁中铮铮
者。"猿啼洞庭树,人在木兰舟",真不减柳吴兴;《回乐峰》一章,何
必王龙标、李供奉!

　　《诗薮》:晚唐"猿啼洞庭树,人在木兰舟",宋人"雨砌堕危芳,
风轩纳絮绵",皆句格之近六朝。

　　《唐诗归》:谭云:"光集"妙,承"气"字尤妙(首句下)。　　钟
云:二语以连续为情景("猿啼"二句下)。

《唐诗评选》：神情光气何殊王子安？固非高廷礼辈所知。

"广泽生明月"较之"乾坤日夜浮"，孰正孰变，孰雅孰俗，必有知者。　　"云中君不降"五字一直下语，而曲折已尽，可谓笔外有墨气，奇绝。

《五朝诗善鸣集》：读虞臣中两联，赞叹不足，唯令人顶礼。我欲如李洞之铸浪仙。

《唐诗摘钞》：尾联见意。三、四二语，真脍炙千古。韦庄亦有"鸟栖彭蠡树，月上建昌船"，句法与此同，何以不为人所称？此以景事衬对，句中便含有悲秋意故也；韦句地名亦不佳。……结见怀古之意。

《唐律消夏录》："广泽"二句只写闲景，不曾含蓄得怀古意，故结句便觉直率。

《渔洋诗话》：尝见皇甫少玄、百泉兄弟论诗，五言以"猿啼洞庭树，人在木兰舟"为极则。

《唐诗成法》：三、四王渔洋以为诗之极致。五、六作"梦泽"、"巫山"方切，但与"楚丘"、"洞庭"用地名太多，故浑言"广泽"、"苍山"耳。有议其不切者，非。

《唐诗笺要》：诗至会昌，气最薄而情最幻。薄极乃幻，幻则无复能厚之理矣。此间关系气运甚微，恐主之者非人事也。

《唐贤小三昧续集》：次联十字令人揽结不尽，皇甫兄弟谓此为五言极则，洵具眼也。

《重订中晚唐诗主客图》：次联意景较宽，声响较大，不知者认为初盛，胜贾、喻也（"猿啼"二句下）。

《唐诗近体》：二句连读，乃见标格（"猿啼"二句下）。　　怀古（末二句下）。

《问花楼诗话》：《楚江怀古》一首，柳吴兴无以过之。严羽推为晚唐之冠，信哉！

《诗境浅说》：唐人五律，多高华雄厚之作。此诗以清彻婉约出之，如仙人乘莲叶轻舟，凌波而下也。

远　水

荡漾空沙际，虚明入远天。
秋光照不极，鸟影去无边。
势引长云断，波轻片雪连。
汀洲杳难到，万古覆苍烟。

【汇评】

《唐诗分类绳尺》：词意深浓，亦善咏物。

《重订中晚唐诗主客图》：写秋光正是写水（"秋光"句下）。写鸟影正是写水（"鸟影"句下）。　　状"远"字入骨。

早发故园

语别在中夜，登车离故乡。
曙钟寒出岳，残月迥凝霜。
风柳条多折，沙云气尽黄。
行逢海西雁，零落不成行。

【汇评】

《唐诗镜》：四语炼（末句下）。

《唐诗归》：钟云：写景目前，情在言外（首二句下）。　　谭云：看得静（"曙钟"句下）。

《历代诗发》：起句将早发情与景并写。

《重订中晚唐诗主客图》：次联置之贾集中，遂无以别（"曙钟"二句下）。闲句尤似（"风柳"二句下）。

《唐贤小三昧续集》：字字清迥。

宿翠微寺

处处松阴满，樵开一径通。
鸟归云壑静，僧语石楼空。
积翠含微月，遥泉韵细风。
经行心不厌，忆在故山中。

【汇评】

《升庵诗话》："积霭沉斜月，孤灯照落泉"，喻凫诗也，"积翠含微月，遥泉韵细风"，马戴诗也：二诗幽思同而句法亦相似。

《诗源辩体》：五言如"火发龙山北"、"北风吹别思"、"处处松阴满"三篇，气格有类初唐。

《龙性堂诗话》："积翠含微月，遥泉韵细风"，苏州之"楚钟春雨细，宫树野烟和"也；"河汉秋生夜，杉树露滴时"，襄阳之"微云淡河汉，疏雨滴梧桐"也，岂复有人代之隔哉？

《重订中晚唐诗主客图》："静"字易下（"鸟归"句下）。"空"字难下，此贾生未道之句（"僧语"句下）。

霁后寄白阁僧

苍翠霾高雪，西峰鸟外看。
久披山衲坏，孤坐石床寒。
盥手水泉滴，燃灯夜烧残。
终期老云峤，煮药伴中餐。

【汇评】

《唐诗摘钞》：字字着意，不肯一笔直率，故是晚唐之铮铮者。

《重订中晚唐诗主客图》：写出真得道人。　　贾"外"字（"西峰"句下）。"坏"字如何下（"久披"句下）。　　"寒"字似不难下，然在"坐"字下却又妙也。贾云："禅定石床暖。"此云："孤坐石床寒。"一床也，而寒暖分，妙不相仿（"孤坐"句下）。

关山曲二首 (其二)

火发龙山北，中宵易左贤。
勒兵临汉水，惊雁散胡天。
木落防河急，军孤受敌偏。
犹闻汉皇怒，按剑待开边。

【汇评】

《五朝诗善鸣集》：读过为之一快。

《重订中晚唐诗主客图》：有力量，有识见，贾生集中未见，然读此可以补其阙，此学老杜耶，抑学岑嘉州耶？都不是。只要写生，读者遂如亲历。　　结稍带讽兴。

送人游蜀

别离杨柳陌，迢递蜀门行。
若听清猿后，应多白发生。
虹霓侵栈道，风雨杂江声。
过尽愁人处，烟花是锦城。

【汇评】

《唐诗归》：钟云：因"过尽"二字怆然，末五字遂成悲响（"过尽"句下）。

《汇编唐诗十集》：马诗率多步骤前辈，如此题与青莲合，几用其韵,虽轨度不失,而气象非伦。然"虹霓"一联,亦足对垒"芳树"。

《唐诗选脉会通评林》:周弼为前虚后实体。　　周敬曰:次联一虚一实,自然成响,乃为十字句法。　　徐用吾曰:亦陡健。　　陆时雍曰:结语足慰。

《唐诗评选》:不添闲意,浑尔成章。此公于唐人中最为高手,亭亭独立于时制淫滥之馀,较樊川尤加古炼,犹齐梁之有江文通也。

《载酒园诗话又编》:"虹霓侵栈道,风雨杂江声"、"猿啼洞庭树,人在木兰舟",每读此语,便真若身游楚、蜀。

《唐律消夏录》:第三句一折,第七句一顿,最有笔法。五、六亦是写景,却有"过尽"两字顶下,便不觉泛;有"愁人处"三字添入,便不呆板。　　用虚字有力("若听"二句下)。

《近体秋阳》:翩然而行,翩然而止,风流迢递。此等格律。终唐所不多见。

《重订中晚唐诗主客图》:或问:何不学老杜而学中晚?曰:诗看此等,正是与杜同撰力("虹霓"二句下)。

宿无可上人房

稀逢息心侣,细话远山期。

河汉秋深夜,杉梧露滴时。

风传林磬响,月掩草堂迟。

坐卧禅心在,浮生皆不知。

【汇评】

《唐诗归》:钟云:"迟"字难解而切("月掩"句下)。

《载酒园诗话又编》:《宿无可上人房》曰:"风传林磬久,月掩草堂迟。"此联上句一意贯串,下句"月"字下又有一转折。大率体涩而思苦,致极清幽,亦近于岛也。

《龙性堂诗话续集》:晚唐马虞臣"猿啼洞庭树,人在木兰舟",右丞之"雨中山果落,灯下草虫鸣"也。"广泽生明月,苍山夹乱流",工部之"薄云岩际宿,孤月浪中翻"也;"积翠含微月,遥泉韵细风",苏州之"禁钟春雨细,宫树野烟和"也;"河汉秋生夜,杉梧露滴时",襄阳之"微云淡河汉,疏雨滴梧桐"也,岂复有人代之隔哉!

灞上秋居

灞原风雨定,晚见雁行频。
落叶他乡树,寒灯独夜人。
空园白露滴。孤壁野僧邻。
寄卧郊扉久,何门致此身!

【汇评】

《诗源辩体》:语出贾岛。

《历代诗发》:秀洁。

《重订中晚唐诗主客图》:意兴孤僻,纯是贾想。　极写荒僻("空园"二句下)。　结应在此(末二句下)。

《唐诗三百首》:二句十层("落叶"二句下)。

《诗境浅说》:此诗纯写闭门寥落之感。首句即言灞原风雨,秋气可悲。追雨过而见雁行不断,唯其无聊,久望长天,故雁飞频见,明人诗所谓"不是关山万里客,那识此声能断肠"也。三、四言落叶而在他乡,寒灯而在独夜,愈见凄寂之况,与"乱山残雪夜,孤烛异乡人"之句相似;凡用两层夹写法,则气厚而力透,不仅用之写客感也。五句言露滴似闻微响,以见其园之空寂;六句言为邻仅有野僧,以见其壁之孤峙。末句言士不遇本意,叹期望之虚悬,岂诗人例合穷耶!

征妇叹

稚子在我抱，送君登远道。

稚子今已行，念君上边城。

蓬根既无定，蓬子焉用生？

但见请防胡，不闻见罢兵。

及老能得归，少者还长征。

【汇评】

《载酒园诗话又编》：《征妇叹》一诗最有讽谕，从不见选者。……此诗哀伤惨恻，殊胜平日溪山云月之作。

易水怀古

荆卿西去不复返，易水东流无尽期。

落日萧条蓟城北，黄沙白草任风吹。

【汇评】

《升庵诗话》：严羽卿云：马戴之诗为晚唐之冠，信哉！其《蓟门怀古》，……雅有古调。

《唐诗选脉会通评林》：唐汝询曰：人去水流，壮士之恨在；沙黄草白，侠烈之声微。

《问花楼诗话》：马戴、许浑齐名，戴殊超伦。其《易水怀古》……雅有深致。

赠友人边游回

游子新从绝塞回，自言曾上李陵台。

尊前语尽北风起,秋色萧条胡雁来。

【汇评】

《诗境浅说》:此诗一气挥写,仅言边景,不言送别,唯略带远游及塞外早寒之意。沈归愚评唐人诗,有以气为文者,有以意为文者,此作重在气格之高,不在修饰词句也。

晚眺有怀

点点抱离念,旷怀成怨歌。
高台试延望,落照在寒波。
此地芳草歇,旧山乔木多。
悠然暮天际,但见鸟相过。

【汇评】

《重订中晚唐诗主客图》:此与《落日怅望》诗皆寓深感,味之无尽。

春日寻泸川王处士

碧草径微断,白云扉晚开。
罢琴松韵发,鉴水月光来。
宿鸟排花动,樵童浣竹回。
与君同露坐,涧石拂青苔。

【汇评】

《唐诗归》:钟云:只是一静。

《五朝诗善鸣集》:“发”字、“来”字,有声光逼人之致。

《唐诗摘钞》:全篇幽淡雅润,句法、字法、章法无不入妙。若在盛唐,几与右丞争席矣。

《围炉诗话》：马戴《楚江怀古》、《淮上春思》、《落日》、《寻王处士》，不似晚唐人诗。

江中遇客

危石江中起，孤云岭上还。

相逢皆得意，何处是乡关？

【汇评】

《唐诗选脉会通评林》：陆士钪曰：自有兴。　　以江石、岭云起兴，比相逢之雅。下言所遇既佳，即乡关阻远，有不知其为愁者。殆善言情者矣。

《删订唐诗解》：唐汝询云："危石"即景，"孤云"指客；客中相逢，信自得意，然不能无乡关之忧。　　吴昌祺云："危石"当是自况。末言可以忘乡关之想。

孟 迟

　　孟迟,生卒年不详,字迟之,一云字叔之,平昌(今山东安丘)人。开成中,游宣城,与杜牧交往。会昌五年(845),登进士第。至池州,时杜牧为池州刺史,复与游,且有诗送。后为浙西掌书记,以谗罢。至扬州,淮南节度使崔铉召为掌书记。后不知所终。有《孟迟诗》一卷,已佚。《全唐诗》存诗十七首,残句一。

【汇评】

　　(孟迟)有诗名,尤工绝句,风流妩媚,皆宫商金石之声。(《唐才子传》)

　　高古奥逸主:孟云卿。……升堂六人:李观、贾驰、李宣古、曹邺、刘驾、孟迟。(《诗人主客图》)

　　迟与杜牧之友善,牧之尝有《池州送迟》诗,其间云:"……子提健笔来,势若夸父渴。九衢林马挝,千门织车辙。秦台破心胆,黥阵惊毛发。子既屈一鸣,余固宜三刖。"(《唐诗纪事》)

长信宫

君恩已尽欲何归？犹有残香在舞衣。

自恨身轻不如燕，春来还绕御帘飞。

【汇评】

《对床夜语》：唐人绝句，有意相袭者，有句相袭者。王昌龄《长信宫》云："玉颜不及寒鸦色，犹带昭阳日影来"，孟迟《长信宫》亦云："自恨身轻不如燕，春来还绕御帘飞"，……此皆意相袭者。

《批点唐诗正声》：用意忠爱，词亦温厚，但起句刻削。

《唐诗选脉会通评林》：唐汝询曰："残香在衣"，昔尝善舞矣，然犹恨其不如燕之身轻。是联本少伯"寒鸦"句中翻出，浅深自见。

吴山民：提出"燕子"字来说，意巧。

闺　情

山上有山归不得，湘江暮雨鹧鸪飞。

蘼芜亦是王孙草，莫送春香入客衣。

【汇评】

《四溟诗话》：淮南王曰："王孙游兮不归，春草生兮萋萋。"陆机曰："芳草久已茂，佳人竟不归。"谢朓曰："春草秋更绿，公子未西归。"王维曰："春草年年绿，王孙归不归？"诗人往往沿袭淮南之语，而无新意。孟迟曰："蘼芜亦是王孙草，莫送春香入客衣。"此作点化而有馀味。

《唐诗选脉会通评林》：周弼为实接体。　　夫婿一出不得归，所以因雨中鹧鸪而起思也。春草自生，王孙自感，终无解于深闺之想念，故又致意其"莫送春香入客衣"也。盖怨有馀悲，非深谙闺情者不能道此。

郑　畋

郑畋(825—883),字台文,荥阳(今属河南)人。会昌二年(842),登进士第,释褐校书郎、汴宋节度推官。六年,登书判拔萃科,授渭南尉、直史馆。大中中,因父亚与李德裕交厚,废斥十馀年。咸通中,累迁翰林学士、中书舍人、户部侍郎。十年,贬梧州刺史。僖宗即位,召还;乾符元年,拜相。广明元年,出为凤翔、陇右节度使。以抗击黄巢功,加同平章事,充京西诸道行营都统,进检校司空。赴成都行在,复相,以疾不拜,改太子少保,卒。有《玉堂集》五卷,《凤池稿草》、《续凤池稿草》各三十卷,均佚。《全唐诗》存诗十六首。

【汇评】

咸通中,中书侍郎平章事刘瞻,以清俭自守,忠正佐时。……时路岩、韦保衡恃宠忌之,出瞻为荆南节度使,中外咸不平之。翰林承旨郑畋为制词,略曰:“早以文学叠中殊科,风稜甚高,恭慎无玷。而又僻于廉洁,不尚浮华,安数亩之居,乃非己有;却四方之贿,唯畏人知”云云。韦、路大怒,贬畋为梧州刺史。(《中朝故事》)

公(按指郑畋)之篇什,可以糠秕颜、谢,笞挞曹、刘。(《唐阙史》)

马嵬坡

肃宗回马杨妃死，云雨虽亡日月新。
终是圣明天子事，景阳宫井又何人？

【汇评】

《唐阙史》：马嵬佛寺，杨贵妃缢所。迩后才士文人，经过赋咏以导幽怨者，不可胜记，莫不以翠翘香钿，委于尘土，红凄碧怨，令人悲伤，虽调苦词清，而无逃此意。独丞相荥阳公郑畋为凤翔从事日，题诗曰："肃宗回马杨妃死，……"

《临汉隐居诗话》：唐人咏马嵬之事者多矣。……《唐阙史》载郑畋《马嵬》诗，命意似矣，而词句凡下，比说无状，不足道也。

《优古堂诗话》：《唐阙史》称郑相畋吟《马嵬》诗，……观者以为真辅国之句，予以谓畋盖取杜诗"不闻夏殷衰，中自诛褒妲"之意。

《五朝诗善鸣集》：得体。当时读此诗者，以为有宰辅气，许得不错。

《诗法易简录》：立言得体。"可怜金谷坠楼人"，高一层衬；此低一层衬。

《唐贤小三昧集续集》：论既得体，调亦琅然。

薛 能

薛能(约817—约882),字大拙,汾州(今山西汾阳)人。会昌六年(846)登进士第。大中八年,授盩厔尉,累辟使府。十三年,为义成军节度使李福观察判官。入朝,历侍御史,都官、刑部员外郎。咸通五年,东川节度使李福奏为副使,后摄嘉州刺史。入为主客、度支、刑部郎中,自给事中迁京兆尹。出为徐州感化军节度使,征为工部尚书。复出为许州忠武军节度使。广明元年,为部将所逐,流落汉南,卒。世称薛许昌。能好为诗,勤于写作,自视甚高。有《薛能诗集》十卷。《全唐诗》编诗四卷。

【汇评】

薛许昌诗天分有限,不逮诸公远矣;至合人意处,正若当豢悦口,咀嚼自佳。(《蔡伯纳诗评》)

薛能者,晚唐诗人,格调不能高,而妄自尊大。(《容斋随笔》)

(能)耽癖于诗,日赋一章为课。性喜凌人,格律卑卑,亦无甚高论。尝以第一流自居,罕所拔拂。时刘得仁擅雅称,持诗卷造能,能以句谢曰:"千首如一首,卷初如卷终。"盖讥其无变体也。(《唐才子传》)

薛能,末季名手,其诗借异色为景,寄别兴写情,尽废前规,另辟我境;而排奡之笔,浩荡之襟,复足沛赴之,不病彫弱。晚调自浪仙一变僻异,声色犹存;此则洗剥过净,邻乎孤子;再进则离斯空界,便入魔天,措手又难矣。(《唐音癸签》)

薛能诗虽不恶,原无当于高流。如五言律"庭树人书匝,栏花鸟坐低"、"薙草因逢药,移花便得莺"、"为山低凿牖,容月广开筵",仅小有风致耳。……乃过自矜夸,诗轻太白,功薄孔明。《寄符郎中》曰:"我生若在开元日,争遣名为李翰林!"《筹笔驿》曰:"生欺仲达徒增气,死见王阳合厚颜。"浮薄不足尽之,何无忌惮!(《载酒园诗话又编》)

薛太拙平生极夸己诗,及读其全集,亦不见得。(《一瓢诗话》)

薛太拙(能)僻于诗,日赋一章。于前人少所许可,间称贾长江解诗,李青莲及刘、白而下无取也。……然其七绝多佳作,其馀比之雍陶、赵嘏尚有未逮,何论刘、白!(《石园诗话》)

太拙诸体峭特,每诀荡中具隽永,宜其以诗道自任,下视太白。(《东目馆诗见》)

题逃户

几界事农桑,凶年竟失乡。
朽关生湿菌,倾屋照斜阳。
雨水淹残臼,葵花压倒墙。
明时岂致此? 应自负苍苍。

秋夜旅舍寓怀

庭销荒芜独夜吟,西风吹动故山心。

三秋木落半年客，满地月明何处砧？

渔唱乱沿汀鹭合，雁声寒咽陇云深。

平生只有松堪对，露浥霜欺不受侵。

【汇评】

《唐诗鼓吹评注》：中四句皆是风中四合之声。

春日使府寓怀二首（其一）

一想流年百事惊，已抛渔父戴尘缨。

青春背我堂堂去，白发欺人故故生。

道困古来应有分，诗传身后亦何荣？

谁怜合负清朝力，独把风骚破郑声。

【汇评】

《潜溪诗眼》：山谷常言少时曾诵薛能诗云："青春背我堂堂去，白发欺人故故生。"孙莘老问云："此何人诗？"对曰："老杜。"莘老云："杜诗不如此。"后山谷语传师云："庭坚因莘老之言，遂晓老杜诗高雅大体。"传师云："若薛能诗，正俗所谓欺世耳。"

《艇斋诗话》：唐人薛能诗云："青春背我堂堂去，白发催人故故生。"有人举此诗，称其语意之美，吕东莱闻之笑曰："此只如市井人叹世之词，有何好处？"予以东莱之言思之，信然。

《载酒园诗话又编》：至若"青春背我堂堂去，白发欺人故故生"、"朝廷有道青春好，门馆无私白日闲"，已入宋调。

汉南春望

独寻春色上高台，三月皇州驾未回。

几处松筠烧后死，谁家桃李乱中开？

奸邪用法原非法,唱和求才不是才。

自古浮云蔽白日,洗天风雨几时来?

【汇评】

《后村诗话》:薛能《春日寓怀》七言云:"青春背我堂堂去,白发欺人故故生。"《献仆射》云:"朝廷有道青春好,门馆无私白日闲。"《杨柳》云:"隋家力尽虚栽得,无限春风属圣朝。"《闲题》云:"旧将已成三仆射,老身犹是文尚书。"《汉南春望》云:"几处松筠烧后死,谁家桃李乱中开"、"自古浮云蔽白日,洗天风雨几时来。"……能诗十卷,仅数百首,绝句佳者已入选,其未入选者,姑摘出一联或一二句。

牡丹四首（其三）

去年零落暮春时,泪湿红笺怨别离。

常恐便随巫峡散,何因重有武陵期?

传情每向馨香得,不语还应彼此知。

欲就栏边安枕席,夜深闲共说相思。

游嘉州后溪

原注：开元观闲游,因及后溪,偶成二韵。

山屐经过满径踪,隔溪遥见夕阳春。

当时诸葛成何事？只合终身作卧龙。

【汇评】

《观林诗话》:半山晚年所至处,书窗屏间云:"当时诸葛成何事？只合终身作卧龙。"盖痛悔之词,此乃唐薛能诗句。

《载酒园诗话》:从来文人,多好妄语。最可恶者,如薛能之薄诸葛,然犹是书生大言耳。介甫则实有一种沾沾自负处,此诗已为异日复肉刑嚆矢。

《答万季野问》:薛能云:"当时诸葛成何事,只合终身作卧龙。"见唐室之不可扶而悔入仕途,兴也。升庵误以为赋,谓其讥薄武侯。

宋氏林亭

地湿莎青雨后天,桃花红近竹林边。

行人本是农桑客,记得春深欲种田。

【汇评】

《唐诗归》:钟云:林亭诗幽洒易,真朴难,绝句尤难。

《唐诗选脉会通评林》:唐汝询曰:下"记得"二字,益状其朴。

又曰:想不在近,几失此亭。别有谓。　谢注:游园圃而思畎亩,览花草而记农桑,此有道者之言。齐景公欲比先王游觐,晏子以省耕、省敛对,正此意。　胡次焱曰:夫莎青桃红,正春深欲种田之时。因莎、桃青红而触农桑之思,此务本之言也。《豳风》所以为先公风化之厚,与"趁蝶穿花径,随莺入柳阴"者异矣。

折杨柳十首并序(选一首)

此曲盛传,为词者甚众。文人才子,各衒其能,莫不条似舞腰,叶如眉翠,出口皆然,颇为陈熟。能专于诗律,不爱随人,搜难抉新,誓脱常态,虽欲弗伐,知音其舍诸?

其七

和风烟树九重城,夹路春阴十万营。

唯向边头不堪望，一株憔悴少人行。

【汇评】

《对床夜语》：白乐天《杨柳枝》云："陶令门前四五树，亚夫营里百千条。何似东都正二月，黄金枝映洛阳桥。"刘禹锡云："金谷园中莺乱啼，铜驼陌上好风吹。城东桃李须臾尽，争似垂杨无限时。"张祐云："凝碧池边敛翠眉，景阳楼下绾青丝。那胜妃子朝元阁，玉手和烟弄一枝。"薛能云："和风烟树九重城，夹路春阴十万营。唯向边头不堪望，一株憔悴少人行。"三首皆仿白，独薛能一首变为凄楚耳。

《升庵诗话》："黄河远上白云间，一片孤城万仞山。羌笛何须怨杨柳，春光不渡玉门关。"此诗言恩泽不及于边塞，所谓君门远于万里也。薛能《柳枝词》"和花香雪九重城"，亦此意。　　又：此诗意言粉饰太平于京都，而废弛防守于边塞也。本集作"和花烟絮"，赵松雪作"和花香雪"。《唐诗三体》作"和风烟雨"，非也，当从本集及松雪所书始有味。

《唐诗绝句类选》：一柳也，所植之地不同，而荣枯迥然，感伤深矣。

《唐诗选脉会通评林》：周珽为虚接体。　　焦竑曰：柳本无香。此云"香雪"，本太白"风吹柳花满店香"也。　　唐咏此题极多，传诵唯刘、白为最。薛能谓刘、白之句虽有才思，似太拘僻，作十九首以压之，酝藉校刘、白即未能追其万一；如此篇，意致亦深。

《唐人绝句精华》：用对比作法，不明言作意而自见。

吴姬十首（其一）

身是三千第一名，内家丛里独分明。
芙蓉殿上中元日，水拍银台弄化生。

【汇评】

《笺注唐贤三体诗法》：此诗乃矜其少日才望之盛，而不平之意隐然言外。有上二句，益觉下二句凄凉。

《碛砂唐诗选》：上三句极其铺张，下一句极其冷淡而托意深远矣。

《升庵诗话》：朱庆馀《闺意上张水部》："洞房昨夜停红烛，待晓堂前拜舅姑，妆罢低声问夫婿，画眉深浅入时无？"诗人多以美人自喻；薛能《吴姬》之诗，亦其一也。宋人诗话云："东坡如毛嫱、西子，洗妆与天下妇人斗巧"，亦此意。

《唐诗选脉会通评林》：周弼为实接体。　　敖英曰：托喻早负才华之盛，岂料沉沦至此。　　至天隐曰：此诗凿说者不一，多失作者之意。今观薛能《吴姬》词，凡八首皆以女自喻。古诗多有此体，如《妾薄命》之类是也。盖能早负才名，自谓当作文官，及为将，常怏怏不平，数赋诗以见志。矜才不平之意，隐然言外。

刘 威

刘威,生卒年里贯均未详。武宗会昌时人。有《刘威诗》一卷,《全唐诗》存诗二十七首。

【汇评】

刘威弱调多悲。"酒无通夜力,事满五更心",尤入情。(《唐音癸签》)

冬夜旅怀

寒窗危竹枕,月过半床阴。

嫩叶不归梦,晴虫成苦吟。

酒无通夜力,事满五更心。

寂寞谁相似?残灯与素琴。

【汇评】

《唐诗归》:谭云:至情解不出("嫩叶"句下)。   钟云:此等语又妙在说透("事满"句下)。   钟云:"相似"二字妙("寂寞"句下)。

《唐诗归折衷》：唐云：不作非时想，心不在是耳，读第六句自见（"嫩叶"句下）。

《围炉诗话》：刘威之《秋夜旅怀》（按即本首），调不高而有至情。

《唐诗摘钞》：晚唐人以尽情透露为安身立命之处，不尔不能称胜，然透者必浅，粗恶鄙俗皆有不可言者。如五六语虽透而笔犹雅，犹可称晚唐佳句。

《唐诗成法》：落叶、虫吟皆不能归梦，但酒力不能通夜，遂半夜而醒耳。藕断丝连，得古诗笔法。五六用停笔，如危峰阻日。

《近体秋阳》：指述淹留，风流历落（"嫩叶"二句下）。

游东湖黄处士园林

偶向东湖更向东，数声鸡犬翠微中。
遥知杨柳是门处，似隔芙蓉无路通。
樵客出来山带雨，渔舟过去水生风。
物情多与闲相称，所恨求安计不同。

【汇评】

《贯华堂选批唐才子诗》：前解，写不唯不认处士，且亦无意来游，只是信步东行，不唯有此创获。妙在"偶向"二字，又加"更向"二字，言初不料此去何处，且亦不料乃有去处者也。何意翠微当面，忽闻鸡犬逗声，及至步入相寻，即又恍然无处。写得此园林远近缥渺，便如仙山楼阁相似也（首四句下）。　后解，忽然旁写樵客渔舟，又妙！人生世上，只求衣食粗足，无诸惊怖，便是无量胜福。正不知所谓"不同"之计，又是何计？而必不与闲相称乎（末四句下）！

《山满楼笺注唐人七言律》：意中初不有处士园林，只以无心闲步而得之，即句首之一"偶"字可知。一连四句，写出处士园林傍湖倚山，花木环绕，其幽折深秀乃至使游人欲迷，真妙笔也。五、六樵客渔舟，莫认又是写景，为此园林点染生色；正欲以物情之相称，翻出吾计之不同，言恨不得与处士共住此中，向山水间作闲人也。

刘绮庄

刘绮庄,生卒年未详,毗陵(今江苏常州)人。初为昆山尉,大中中宜州刺史。善乐府,与白敏中、韦琮等友善。有《刘绮庄集》十卷,又著《集类》一百卷,均佚。《全唐诗》存诗二首。

【汇评】

唐人刘绮庄为昆山尉,研穷古今缃帙,所积甚富,尝分类应用事注释于下,如《六帖》之状,号《昆山编》,今其书尚传。(龚明之《中吴纪闻》)

绮庄,尤善乐府,尝守藩服,与白敏中、崔元式、韦琮相知,宣宗时人也。(《唐诗纪事》)

扬州送人

桂楫木兰舟,枫江竹箭流。
故人从此去,望远不胜愁。
落日低帆影,归风引棹讴。
思君折杨柳,泪尽武昌楼。

【汇评】

《郡斋读书志》：(绮庄)诗如《置酒》、《扬州送人》皆不凡,而乐府格调尤高。

《渔阳诗话》：《丹铅录》极称唐刘绮庄"桂楫木兰舟,枫江竹箭流"一篇,其诗果不减太白。

《带经堂诗话》：谢玄晖"洞庭张乐地"、李太白"黄鹤西楼月"二诗,同是绝唱。唐人刘绮庄诗："桂楫木兰舟,枫江竹箭流。……"妙处不减谢、李。

《读雪山房唐诗序例》：温庭筠"古戍落黄叶",刘绮庄诗"桂楫木兰舟",韦庄"清瑟怨遥夜",便觉开、宝去人不远。可见文章虽限于时代,豪杰之士终不为风气所囿也。

韩　琮

韩琮,生卒年里贯均未详,字成封。长庆四年(824),登进士第。开成中,入泾原节度使王茂元幕。茂元移镇陈许,又辟为节度判官。大中中,官司封员外郎,户部郎中。八年,在中书舍人任,出为湖南观察使。十二年,军乱,为都将石载顺等所逐。咸通中,仕至右散骑常侍。有《韩琮诗》一卷。《全唐诗》编诗一卷。

【汇评】

(琮)有诗名,多清新之制,锦绮不如也。《浐水送别》云:"绿暗红稀出凤城,……"《骆口晚望》云:"秦川如画渭如丝,……"如此等皆喧满人口。馀极多,皆称是。(《唐才子传》)

韩成封咏物,七字着色巧衬,是当行手。(《唐音癸签》)

暮春浐水送别

绿暗红稀出凤城,暮云楼阁古今情。
行人莫听宫前水,流尽年光是此声。

【汇评】

《唐诗品汇》：谢云：人物有尽，流水无穷，自唐有宫阙以来，不知经几年、过几人，而宫前流水只此如故（末二句下）。

《唐诗选脉会通评林》：何仲德为熔意体。　　敖英曰：日暮途穷之客，闻此诗不无怆然。　　唐汝询曰：人生过客，别离岂足多恨！　　胡次焱曰：此"年光"指阅世者而言，若今日复为后日之古，亦何尝尽哉！

《网师园唐诗笺》：勖以及时努力（末二句下）。

《历代诗发》：山水花鸟，原供才人笔底驱使，但要安顿得法耳。……此首结法又是一样，说水愈觉其妙，读者可以参观而静悟也。

《诗境浅说续编》：题虽送别，而全首诗意全不在此。第二句已有秦宫汉殿、兴亡今古之怀。四句，更寄慨无穷，年光冉冉，难挥落日之戈，逝水滔滔，孰鼓回澜之力？何其意之超而音之悲耶！

《唐人绝句精华》：此诗因送客出城，忽睹暮霭苍茫中之宫阙，觉其中消逝了无限兴亡往事，乃感于人世光阴，皆从无形无朕中流尽，故有三四句。读之知诗人对此感慨甚深，与李商隐登乐游原而伤好景难常，可谓异曲同工。盖晚唐衰微景象，激刺着诗人心情，而有此反映也。

杨柳枝

梁苑隋堤事已空，万条犹舞旧春风。

那堪更想千年后，谁见杨花入汉宫。

【汇评】

《云溪友议》：（伶人周德华）所唱者七八篇，乃近日名流之咏也。韩琮舍人两首："枝斗芳腰叶斗眉，……"又"梁苑隋堤事已空，……"

《唐诗纪事》：王衍（乾德）五年，宴饮无度，衍自唱韩琮《柳枝词》曰："梁苑隋堤事已空，……"内侍宋光溥咏（胡）曾诗曰："吴王恃霸弃雄才，贪向姑苏醉绿醅。不觉钱塘江上月，一宵西送越兵来。"衍怒罢宴。

《升庵诗话》："梁苑隋堤事已空，……"韩琮在蜀作此，以讽王宗衍，亦有古意。

郑　嵎

郑嵎，生卒年里贯均未详。开成中，下榻于骊山石瓮寺，闻华清宫中旧事。大中三年，自虢州来，宿骊山下旅舍，主人复为言玄宗遗事，遂作《津阳门诗》。五年（851），登进士第。后不知所终。《全唐诗》仅存其《津阳门诗》。

【汇评】

唐自大中后进士尤盛，封定卿、丁茂珪场中头角，举子与其交者，必先登第。……先是李都、崔雍、孙瑝、郑嵎四君子，蒙其盼睐者，因是进升。故曰："欲得命通，问瑝、嵎、都、雍。"（《北梦琐言》）

（嵎）有集一卷，名《津阳门诗》，津阳，即华清宫之外阙，询求父老，为诗百韵，皆记明皇时事者也。（《唐才子传》）

津阳门诗并序

津阳门者，华清宫之外阙，南局禁闱，北走京道。开成中，嵎常得群书，下帷于石瓮僧院，而甚闻宫中陈迹焉。今年冬，自虢而来，暮及山下，因解鞍谋餐，求客旅邸。而主翁年且艾，自言世事明皇。

夜阑酒馀,复为喝道承平故实。翼日,于马上辄裁刊俚叟之话,为长句七言诗,凡一千四百字,成一百韵止,以门题为之目云耳。

津阳门北临通逵,雪风猎猎飘酒旗。
泥寒款段踟不进,疲童退问前何为。
酒家顾客催解装,案前罗列樽与卮。
青钱琐屑安足数?白醪软美甘如饴。
开垆引满相献酬,枯肠渴肺忘朝饥。
愁忧似见出门去,渐觉春色入四肢。
主翁移客挑华灯,双眉隐膝乌帽欹。
笑云鲐老不为礼,飘萧雪鬓双垂颐。
问余何往凌寒曦,顾翁枯朽郎岂知?
翁曾豪盛客不见,我自为君陈昔时。
时平亲卫号羽林,我才十五为孤儿。
射熊搏虎众莫敌,弯弧出入随伙飞。①
此时初创观风楼,檐高百尺堆华榱。
楼南更起斗鸡殿,晨光山影相参差。②
其年十月移禁仗,山下栉比罗百司。
朝元阁成老君见,会昌县以新丰移。③
幽州晓进供奉马,玉珂宝勒黄金羁。④
五王扈驾夹城路,传声校猎渭水湄。
羽林六军各出射,笼山络野张罝罹。
雕弓绣镯不知数,翻身灭没皆蛾眉。
赤鹰黄鹘云中来,妖狐狡兔无所依。
人烦马殆禽兽尽,百里腥膻禾黍稀。⑤
暖山度腊东风微,宫娃赐浴长汤池。
刻成玉莲喷香液,漱回烟浪深逶迤。⑥
犀屏象荐杂罗列,锦凫绣雁相追随。

破簪碎钿不足拾，金沟残溜和缨緌。
上皇宽容易承事，十家三国争光辉。
绕床呼卢恣樗博，张灯达昼相谩欺。
相君侈拟纵骄横，日从秦虢多游戏。
朱衫马前未满足，更驱武卒罗旌旗。⑦
画轮宝轴从天来，云中笑语声融怡。
鸣鞭后骑何躞蹀，宫妆襟袖皆仙姿。
青门紫陌多春风，风中数日残春遗。
骊驹吐沫一奋迅，路人拥簪争珠玑。⑧
八姨新起合欢堂，翔鹓贺燕无由窥。
万金酬工不肯去，矜能恃巧犹嗟咨。⑨
四方节制倾附媚，穷奢极侈沽恩私。
堂中特设夜明枕，银烛不张光鉴帷。⑩
瑶光楼南皆紫禁，梨园仙宴临花枝。
迎娘歌喉玉窈篠，蛮儿舞带金蔵蕤。⑪
三郎紫笛弄烟月，怨如别鹤呼羁雌。
玉奴琵琶龙香拨，倚歌促酒声娇悲。⑫
饮鹿泉边春露晞，粉梅檀杏飘朱墀。
金沙洞口长生殿，玉蕊峰头王母祠。⑬
禁庭术士多幻化，上前较胜纷相持。
罗公如意夺颜色，三藏袈裟成散丝。⑭
蓬莱池上望秋月，无云万里悬清辉。
上皇夜半月中去，三十六宫愁不归。
月中秘乐天半间，丁珰玉石和埙篪。
宸聪听览未终曲，却到人间迷是非。⑮
千秋御节在八月，会同万国朝华夷。
花萼楼南大合乐，八音九奏鸾来仪。

都卢寻橦诚龌龊,公孙剑伎方神奇。
马知舞彻下床榻,人惜曲终更羽衣。⑯
禄山此时侍御侧,金鸡画障当罘罳。
绣祔衣褓日屃赑,甘言狡计愈娇痴。⑰
诏令上路建甲第,楼通走马如飞翚。
大开内府恣供给,玉缶金筐银籇箕。⑱
异谋潜炽促归去,临轩赐带盈十围。⑲
忠臣张公识逆状,日日切谏上弗疑。⑳
汤成召浴果不至,潼关已溢渔阳师。
御街一夕无禁鼓,玉辂顺动西南驰。㉑
九门回望尘坌多,六龙夜驭兵卫疲。
县官无人具军顿,行宫彻屋屠云螭。㉒
马嵬驿前驾不发,宰相射杀冤者谁。
长眉翼发作凝血,空有君王潜涕洟。
青泥坂上到三蜀,金堤城边止九斿。
移文泣祭昔臣墓,度曲悲歌秋雁辞。㉓
明年尚父上捷书,洗清观阙收封畿。
两君相见望贤顿,君臣鼓舞皆歔欷。㉔
宫中亲呼高骠骑,潜令改葬杨真妃。
花肤雪艳不复见,空有香囊和泪滋。㉕
銮舆却入华清宫,满山红实垂相思。
飞霜殿前月悄悄,迎春亭下风飔飔。㉖
雪衣女失玉笼在,长生鹿瘦铜牌垂。
象床尘凝罨飒被,画檐虫网颓梨碑。㉗
碧菱花覆云母陵,风篁雨菊低离披。
真人影帐遍生草,果老药堂空掩扉。㉘

鼎湖一日失弓剑，桥山烟草俄霏霏。
空闻玉碗入金市，但见铜壶飘翠帷。
开元到今逾十纪，当初事迹皆残隳。
竹花唯养栖梧凤，水藻周游巢叶龟。
会昌御宇斥内典，去留二教分黄缁。
庆山汗潴石瓮毁，红楼绿阁皆支离。
奇松怪柏为樵苏，童山智谷亡险巇。
烟中壁碎摩诘画，云间字失玄宗诗。㉙
石鱼岩底百寻井，银床下卷红绠迟。
当时清影荫红叶，一旦飞埃埋素规。㉚
韩家烛台倚林杪，千枝灿若山霞摛。
昔年光彩夺天月，昨日销镕当路岐。㉛
龙宫御榜高可惜，火焚牛挽临崎岖。
孔雀松残赤琥珀，鸳鸯瓦碎青琉璃。㉜
今我前程能几许？徒有馀息筋力羸。
逢君话此空洒涕，却忆欢娱无见期。
主翁莫泣听我语，宁劳感旧休吁嘻。
河清海宴不难睹，我皇已上升平基。
湟中土地昔湮没，昨夜收复无疮痍。
戎王北走弃青塚，虏马西奔空月支。
两逢尧年岂易偶，愿翁颐养丰肤肌。
平明酒醒便分首，今夕一尊翁莫违。

【原注】

① 开元中未有东西神策军，但以六军为亲卫。　　② 观风楼在宫之外东北隅，属夹城而连上内，前临驰道，周视山川，宝应中，鱼朝恩毁之以修章敬，今遗址尚存，唯斗鸡殿与毬场迤逦尚在。

③ 时有诏改新丰为会昌县,移自阴鏊故城,置于山下。至明年十月,老君见于朝元阁南,而于其处置降圣观,复改新丰为昭应县。庙宇始成,令大将军高力士率禁乐以落之。 ④ 安禄山每进马,必殊特而极衔勒之饰。 ⑤ 申王有高丽赤鹰,岐王有北山黄鹘。逸翮奇姿,特异他等。上爱之,每弋猎,必置于驾前,目为决胜儿。 ⑥ 宫内除供奉两汤池,内外更有汤十六所,长汤每赐诸嫔御,其修广与诸汤不侔,甃以文瑶宝石,中央有玉莲捧汤泉,喷以成池,又缝缀绮绣为凫雁于水中。上时于其间泛钑镂小舟以嬉游焉。 ⑦ 杨国忠为宰相,带剑南节度使。常与秦、虢联辔而出。更于马前以两川旌节为导也。 ⑧ 事尽载在国史中,此下更重叙其事。 ⑨ 虢国创一堂,价费万金,堂成,工人偿价之外,更邀赏伎之直,复受绛罗五千段。工者嗤而不顾。虢国异之,问其由,工曰:"某生平之能,殚于此矣。苟不知信,愿得蝼蚁蜡蜴蜂虿之类,去其目而投于堂中,使有隙,失一物,即不论工直也。"于是又以绘彩珍贝与之。山下人至今话故事者,尚以第行呼诸姨焉。 ⑩ 虢国夜明枕,置于堂中,光烛一室,西川节度使所进。事载国史,略书之。 ⑪ 瑶光楼即飞霜殿之北门,迎娘、蛮儿乃梨园弟子之名闻者。 ⑫ 上皇善吹笛,常宝一紫玉管,贵妃妙弹琵琶,其乐器闻于人间者,有逻逤檀为槽,龙香柏为拨者。上每执酒卮,必令迎娘歌水调曲遍,而太真辄弹弦倚歌,为上送酒。内中皆以上为三郎,玉奴乃太真小字也。 ⑬ 山城内多驯鹿,流涧号为饮鹿。有长生殿,乃斋殿也。有事于朝元阁,即御长生殿以沐浴也。 ⑭ 上颇崇罗公远,杨妃尤信金刚三藏。上尝幸功德院,将谒七星殿,忽然背痒,公远折竹枝化作七宝如意以进,上大喜,顾谓金刚曰:"上人能致此乎?"三藏曰:"此幻术耳,僧为陛下取真物。"乃于袖中出如意,七宝炳耀,而光远所进,即时复为竹枝耳。后一日,杨妃始以二人定优劣,时禁中将创小殿,三藏乃举一鸿梁

于空中,将中公远之首,公远不为动容,上连命止之,公远飞符于他处,窃三藏金栏袈裟于箧中,守者不之见,三藏怒,又咒取之,须臾而至,公远复噀水龙符于袈裟上,散为丝缕以尽也。　⑮叶法善引上入月宫,时秋已深,上苦凄冷,不能久留,归。于天半尚闻仙乐,及上归,且记忆其半,遂于笛中写之,会西凉都督杨敬述进婆罗门曲,与其声调相符,遂以月中所闻为之散序,用敬述所进曲作其腔,而名霓裳羽衣法曲。　⑯上始以诞圣日为千秋节,每大酺会,必于勤政楼下使华夷纵观。有公孙大娘舞剑,当时号为雄妙。又设连榻,令马舞其上,马衣纨绮而被铃铎,骧首奋鬣,举趾翘尾,变态动容,皆中音律,又令宫妓梳九骑仙髻,衣孔雀翠衣,佩七宝璎珞,为霓裳羽衣之类,曲终,珠翠可扫。其舞马,禄山亦将数匹以归,而私习之。其后田承嗣代安,有存者。一日于厩上闻鼓声,顿挫其舞,厩人恶之,举篲以击之,其马尚为怒未妍妙,因更奋击宛转,曲尽其态。厮恐,以告,承嗣以为妖,遂戮之,而舞马自此绝矣。　⑰上每坐及宴会,必令禄山坐于御座侧,而以金鸡障隔之,赐其箕踞。太真又以为子,时襁褓戏而加之,上亦呼之禄儿,每入宫,必先拜贵妃,然后拜上,上笑而问其故,辄对曰:"臣本蕃中人,礼先拜母后拜父,是以然也。"　⑱时于亲仁里南陌为禄山建甲第,令中贵人督其事。仍谓之曰:"卿善为部署。禄山眼孔大,勿令笑我。"至于旁筐篚箕釜缶之具,咸金银为之,今四元观,即其故第耳。　⑲禄山肥博过人,腹垂而缓,带十五围方周体。　⑳张曲江先识其必反逆状,数数言于上,上曰:"卿勿以王夷甫识石勒而误疑禄山耳。"　㉑其年,赐柑子使回,泣诉禄山反状云:"臣几不得生还。"上犹疑其言。复遣使,喻云:"我为卿造一汤,待卿至。"使回,答言反状,上然后忧疑,即寇军至潼关矣。　㉒时郊畿草扰,无御顿之备,上命彻行宫木,宰御马,以飨士卒。　㉓驾至蜀,诏中贵人驰祭张曲江墓,悔不纳其谏。

又过剑阁下,望山川,忽忆水调辞云:"山川满目泪沾衣,富贵荣华能几时。不见只今汾水上,唯有年年秋雁飞。"上泫然流涕,顾问左右曰:"此谁人诗?"从臣对曰:"此李峤诗。"复掩泣曰:"李峤真可谓才子也。" ㉔ 望贤宫在咸阳之东数里。时明皇自蜀回,肃宗迎驾,上皇自致传国玺于上,上歔欷拜受。左右皆泣,曰:"不图今日,复观两君相见之礼。"驾将入开远门,上皇疑先后入门不决,顾问从臣,不能对,高力士前曰:"上皇虽尊,皇帝,主也,上皇偏门而先行,皇帝正门而入,后行。"耆老皆呼万岁,当时皆是之。 ㉕ 时肃宗诏令改葬太真,高力士知其所瘗,在鬼坡驿西北十馀步。当时乘舆匆遽,无复备周身之具,但以紫缛裹之。及改葬之时,皆已朽坏,唯有胸前紫绣香囊中,尚得冰麝香。时以进上皇,上皇泣而佩之。 ㉖ 飞霜殿即寝殿,而白傅《长恨歌》以长生殿为寝殿,殊误矣。上皇至明年复幸华清宫,信宿乃回,自此遂移处西内中矣。 ㉗ 太真养白鹦鹉,西国所贡,辨惠多辞,上尤爱之,字为雪衣女。上常于芙蓉园中获白鹿,惟山人王旻识之,曰:"此汉时鹿也。"上异之,令左右周视之,乃于角际雪毛中得铜牌子,刻之曰"宜春园中白鹿",上由是愈爱之,移于北山,目之曰"仙客"。上止华清,虢飒公主尝为上晨召,听按新水调,主爱起晚,遽冒珍珠被而出。及寇至,仓惶随驾出宫,后不知省。及上归南内,一旦再入此宫,而当时虢飒之被,宛然而尘积矣,上尤感焉。温泉堂碑,其石莹彻,见人形影,宫中号为颇梨碑。 ㉘ 真人李顺兴,后周时修道北山。神尧皇帝受禅,真人潜告符契。至今山下有祠宇,宫中有七圣殿,自神尧至睿宗逮窦后皆立,衣衮衣。绕殿石榴树皆太真所植,俱拥肿矣。南有功德院,其间瑶坛羽帐皆在焉。顺兴影堂、果老药室,亦在禁中也。 ㉙ 持国寺,本名庆山寺,德宗始改其额。寺有绿额,复道而上。天后朝,以禁臣取宫中制度结构之。石瓮寺,开元中以创造华清宫馀材修缮。佛殿中玉石像,皆幽州进来，与朝元阁道像同日而至，精妙无比，叩之如磬。馀像并杨惠之手塑，肢空像皆元伽儿之制，能妙纤丽，旷古无俦。红楼在佛殿之西岩，下临绝壁。楼中有玄宗题诗，草、八分每一篇一体。王右丞山水两壁。寺毁之后，皆失之矣。摩诘乃王维之字也。　　㉚石鱼岩下有天丝石，其形如瓮，以贮飞泉。故上以石瓮为寺名。寺僧于上层飞楼中悬辘轳，叙引修筜长二百馀尺以汲。瓮泉出于红楼乔树之杪。寺既毁拆，石瓮今已埋没矣。　　㉛韩国为千枝灯台，高八十尺，置于山上。每至上元夜则然之，千光夺月，凡百里之内，皆可望焉。　　㉜寺额，睿宗在藩邸中所题也。标于危楼之上，世传孔雀松下有赤茯苓，入土千年则成琥珀。寺之前峰，古松老柏，洎乎嘉草，今皆樵苏荡除矣。

【汇评】

《升庵诗话》：曾子固云："白居易《长恨歌》、元微之《连昌宫词》、郑嵎《津阳门诗》，皆以韵语纪常事。"郑嵎诗世多不传，余因子固言，访求得之。其诗长句七言，凡一千四百字，一百韵，止以门题为名，其实叙开元陈迹也。……其事皆与杂录小说符合，然其诗则警策清越不及元、白多矣。

《艺苑卮言》：七言歌行长篇须让卢、骆，怪俗极于《月蚀》，卑冗极于《津阳》，俱不足法也。

《柳亭诗话》：（《津阳门》）有曰："津阳门北临通达，雪风猎猎飘酒旗"，凡十八句，属缘起。"翁曾豪盛客不见，我自为君陈昔时"，则承上启下，属此翁口语；其于开、宝时事纤悉无遗，皆翁语，而嵎注之也。至"逢君话此空洒泪，却忆欢娱无见期"，是老翁所语已毕。嵎乃曰："主翁莫泣听吾语，宁劳感叹休呼嘻"，凡十二句，答之亦以慰之也。读此，觉《明皇杂录》、《天宝遗事》诸书尚有挂漏。

《兔亭诗话》：郑嵎诗"上皇夜半月中去，三十六宫愁不归"，写得情景俱酣，使人耸听。元人《宋元唐宫词补遗》云："昭阳仙仗五云中,遥听笙箫起碧空。夜半月明人望幸,君王自在广寒宫。"非不婉秀,已无郑诗之警矣。唐人之不可及如此。

《石洲诗话》:郑嵎《津阳门》诗,只作明皇内苑事实看,不可以七古格调论之。

《读雪山房诗序例》:郑嵎《津阳门诗》七言百韵,为三唐歌行中第一长幅,可与《连昌宫词》、《长恨歌》参观。唯七言音节,昌黎以后,顿尔消亡,知之者仅长吉、义山数人,至宋永叔、子瞻、鲁直诸公而后复。此篇正恨其读之不响耳。

《海天琴思录》:郑嵎《正阳门歌》为全唐诗第一长篇。中言罗公幻术、颇为怪异。然至逢缳上之山鬼,不能为官家指发六军,其幻术亦不足重矣。

崔 橹

崔橹（"橹"一作"鲁"），生卒年不详，荆南（今湖北江陵）人。宣宗大中中，登进士第。或云僖宗广明间进士，仕至棣州司马。橹慕杜牧为诗，才情清丽。有《无机集》四卷，已佚。《全唐诗》存诗十五首。

【汇评】

崔橹慕杜紫微为诗，而橹才情丽而近荡，有《无机集》三百篇，尤能咏物。（《唐摭言》）

《诗史》云：晚唐人诗多小巧，无风骚气味。如崔橹《山鹊》诗云："一林寒雨吹巢冷，半朵山花咽觜香。"《张林池上》云："菱叶乍翻人采后，荇花初没舸行时。"《莲花》云："何人解把无尘袖，盛取清香尽日怜。"皆浮艳无足尚，而昔人爱重称为佳作。（《诗话总龟》）

（鲁）工为杂文，才丽而荡。诗慕杜紫微风范，警句绝多，……皆绮制精深，脍炙人口。（《唐才子传》）

鲁诗善于状景咏物，读之如咽冰雪，心爽神怡，能远声病，气象清楚，格调且高，中间别有一种风情，佳作也。（同上）

春日即事

一百五日又欲来,梨花梅花参差开。

行人自笑不归去,瘦马独吟真可哀。

杏酪渐香邻舍粥,榆烟将变旧炉灰。

画桥春暖清歌夜,肯信愁肠日九回?

【汇评】

《升庵诗话》:七平七仄诗句:"吐舌万里唾四海",宋玉《大言赋》;"七变入臼米出甲",《纬书》;"一月普见一切水,一切水月一月摄",佛书;"离袿飞髾垂纤罗",《文选》;"梨花梅花参差开",崔鲁;"有客有客字子美",杜(甫)。

《唐诗评选》:韵度自惜,得初唐格外之旨。

《贯华堂选批唐才子诗》:通解只写得"又欲来"之三字,犹言还是去年一百五日欲来之前,决计求归,既而看看渐不得归,今则不料又是一百五日又欲来也。梨花梅花尽开者,赖是二花不会说话,不然,几乎被其大作谐笑。云此瘦马独吟之人,还在此处,直是更无旋面之地可以自活也(首四句下)。 看他五、六之"渐"字"欲"字,直于一日半日中间,细细分铢分两。此岂亦学观缘比丘,法眼刹那刹那,盖正是末句"愁肠九回"中所夹之"日"字也。七,又别写"画楼春暖清歌夜"者,使人不觉洒泪再看其前解之一"独"字也。

《唐三体诗评》:梨花最晚,梅花最早,倒用之,其言春去之疾也。

《初白庵诗评》:前半既用吴体,后半不称。

《唐诗成法》:一、二景中有情。三、四承情。五、六景中亦有情。七、八又写情,与三、四不同,彼是自笑自哀,"清歌"是他人清歌,他人"肯信"也。一、六仄字,又多入声;二、七平字,又多无人之平声。能不碍音节,一气神行,不用斧凿故也。

《瀛奎律髓汇评》：纪昀：有峭健之致。　　许印芳：首联古调，次联拗调。第二句七字皆平，而天然入妙，不觉音节之乖。七平句当以此种为式。

过蛮溪渡

绿杨如发雨如烟，立马危桥独唤船。
山口断云迷旧路，渡头芳草忆前年。
身随远道徒悲梗，诗卖明时不直钱。
归去楚台还有计，钓船春雨日高眠。

【汇评】

《唐贤小三昧集续集》：使我心骨俱悲（"诗卖明时"句下）。

《贯华堂选批唐才子诗》：此过蛮溪渡，是昔年从此渡过去，今日又从此渡过来。其日正值春雨，又无一人同行，于是寻旧路，认前年，仔细自思渡来渡去，依旧只是一人一马，真可为之一哭坠泪也。

岸　梅

含情含怨一枝枝，斜压渔家短短篱。
惹袖尚馀香半日，向人如诉雨多时。
初开偏称雕梁画，未落先愁玉笛吹。
行客见来无去意，解帆烟浦为题诗。

【汇评】

《唐摭言》：（崔橹）尤能咏物。如梅花诗曰："强半瘦因前夜雪，数枝愁向晚来天。"复曰："初开已入雕梁画，未落先愁玉笛吹。"……如此数篇，可谓丽矣。

《优古堂诗话》:《乐府杂录》载:笛者,羌乐也。古曲有《落梅花》、《折杨柳》,非谓吹之则梅落耳。……然后世皆以吹笛则梅落,如戎昱《闻笛》诗云:"平明独惆怅,飞尽一庭梅",崔橹《梅》诗"初开已入雕梁画。未落先愁玉笛吹",……皆不悟其失耳。

《瀛奎律髓》:五、六善用事。

《唐诗评选》:橹慕杜牧为诗,丰神正似,而去其重句。诗正不以重句为胜。不得已宁作此结句,犹然一色。

《瀛奎律髓汇评》:冯班曰:亦恨格卑。　　何义门:第二句隐"岸"字。第三句情,第四句怨。第五句对"渔家",第六句起"无去意"。落句是"岸"字。纪昀:第六句自然,胜出句。

三月晦日送客

野酌乱无巡,送君兼送春。

明年春色至,莫作未归人。

【汇评】

《唐诗解》:唐人送别,有因地而得佳句者,有因时而得佳句者,骆之《易水》、崔之《晦日》是也。闲处探索,方得想头。

《而庵说唐诗》:作诗用意用字,须要一时兴会,凑泊得好。此作虽浅,然却有致。

《网师园唐诗笺》:牵合得妙(末二句下)。

华清宫三首(选二首)

其一

草遮回磴绝鸣銮,云树深深碧殿寒。

明月自来还自去,更无人倚玉栏干。

【汇评】

《诗薮》:"明月自来还自去,更无人倚玉栏干"、"解释东风无限恨,沉香亭北倚栏干",崔鲁、李白同咏玉环事,崔则意极精工,李则语由信笔,然不堪并论者,直是气象不同。

《唐诗绝句类选》:离宫凄寂之景,描写入神,奚啻诗中有画!

《唐诗选脉会通评林》:何新之为新清体。　离宫唯有月自来去,则荒寂可悲。通篇警策,两"自"字精切;末句感慨,令人愀然。

《删订唐诗解》:吴昌祺曰:诗自佳。谢谓胜杜《玉华宫》,则不然也。

《五朝诗善鸣集》:音节大雅。

《唐诗摘钞》:后二语真如十四颗明珠,惜起句欠浏亮。

《唐诗笺注》:就"明月"言之,犹太白"只今唯有西江月,曾照吴王宫里人"意。

《问花楼诗话》:《华清宫》诗,共推义山、牧之二作。崔鲁诗见于《唐音》、《品汇》、《渔隐丛话》、旧《长安志》共四首,皆工丽可诵。余尤爱其"草遮回磴绝鸣銮,……"殊凄婉欲绝也。

其三

门横金锁悄无人,落日秋声渭水滨。

红叶下山寒寂寂,湿云如梦雨如尘。

【汇评】

《注解选唐诗》:形容离宫荒废寂寞之状尽矣,可与杜子美《玉华宫》诗参看。此诗只四句,尤简而切。

《历代诗发》:叙离宫荒废之状。如按图指点。

【总评】

《升庵诗话》:崔橹《华清宫》四首,每各精炼奇丽,远出李义山、杜牧之上。

《唐人万首绝句选评》：此题共选八首。义山则用意尖刻、无出其右；牧之则偶拈一事，格调高峻，味亦隽永。此二作只写题神，言外自有无限感慨，直欲夺李、杜而自树一帜者也。

《诗境浅说续编》：崔鲁诗言华清宫之衰废。第一首言宫内，"明月自来"二句，玄宗归来感旧之意，自寓其中，与"月明南内更无人"句同一凄绝。第二首言宫外，四无人声，宫门深锁，回首天半笙歌，殊有鹤归之叹。宋人故宫诗："漆车夜出宫门静，凉雨萧萧德寿宫。"与此诗意境相似。

《唐人绝句精华》：此题唐人作者甚多，崔氏但从眼前所见凄凉景象描写，而今昔盛衰与荒唐召乱之故，皆可从言外得之。

李群玉

李群玉(约808—约860),字文山,澧州(今湖南澧县)人。工书能诗,不乐仕进,亲友强其应试,一上而止,屏居澧州十年。开成初,东游吴越,又曾西入三峡。会昌中,客裴休湖南幕。后南游广州、桂州,依岭南节度使李玭,复归澧州。又东游洪州,取道袁州、醴陵返乡。患消渴疾。大中八年,裴休、令狐绹为相,荐之。入京,进诗三百首,授秘书省校书郎,后请告东归,复东游,卒于洪州。有《李群玉诗》三卷、《后集》五卷,今存。《全唐诗》编诗三卷。

【汇评】

李群玉放怀丘壑,吟咏性情。孤云无心,浮磬有韵。吐妍词于丽则,动清律于风骚。冥鸿不归,羽翰自逸,雾豹远踪,文采益奇。(郑处约《李群玉守宏文馆校书郎敕》)

李群玉,不知何许人,诗篇妍丽,才力遒健。(《唐摭言》)

夫澧浦,古骚人之国。屈平仕遭谮毁,不知所诉,心烦意乱,赋为《离骚》。……群玉继秉修能,翱翔大化,人不知而不恤,禄不及而不言,挹杜兰之绪馨,款君门以披怀,沾一命而潜退。风景满目,宁无愧于古人。故其格调清越,而多登山临水、怀人送归之制,如

"远客坐长夜,雨声孤寺秋。请量东海水,看取浅深愁"等句,已曲尽羁旅坎壈之情。壮心千里,于方寸不扰,亦大难矣。(《唐才子传》)

李文山有才健之目,而笔才实拙,通卷难觅全瑜。(《唐音癸签》)

文山虽生晚唐,不染轻靡僻涩之习,五言古颇有素风,但警拔处亦少。其于温、李,不为亦不能也。(《载酒园诗话又编》)

文山诗笔妍丽,五言长篇尤佳,只嫌一色少变化耳。然于晚唐诸家,最为超迈。(《中晚唐诗叩弹集》)

李群玉五古,实胜司空表圣,不可以名誉而甲乙之也。(《石洲诗话》)

李群玉长律深稳,时出新异,七绝尤高绝。(《东目馆诗见》)

其源出于郭景纯,奇采云诡,灵思霞谲,情词幽秀,唯沉厉少衰。升仙秋怨,乌啼感春,拾轨清尘,颉心香草。至若湖中古愁,汉阳春晚,亦足攀嵇步阮,与古为新。七言瑰丽,乾腪之流也。秣陵怀古,黄陵写怨,遥深一往,不以密藻伤神,是玉谿得力之处。(《三唐诗品》)

李群玉……诗极类温、李,五言古诗尤得齐梁之遗焉。(《诗学渊源》)

雨夜呈长官

远客坐长夜,雨声孤寺秋。

请量东海水,看取浅深愁。

愁穷重于山,终年压人头。

朱颜与芳景,暗赴东波流。

鳞翼思风水,青云方阻修。

孤灯冷素艳,虫响寒房幽。

借问陶渊明,何物号忘忧?

无因一酩酊,高枕万情休。

【汇评】

《容斋随笔》:予绝喜李顾(按系李群玉之误)诗云:"远客坐长夜,雨声孤寺秋。请量东海水,看取浅深愁。"且作客涉远,适当穷愁,暮投孤寺古寺中,夜不能寐,起从凄恻,而闻檐外雨声,其为一时襟抱,不言可知。而此两句十字中,尽其意态。海水喻愁,非过语也。

《四溟诗话》:"请量东海水,看取浅深愁",观此悲感,无发不皓。若削冗句,浑成一绝,则不减太白矣。

《唐诗选脉会通评林》:周敬曰:摅思极渺,却无霸气。

卢溪道中

晓发溻溇亭,夜宿溻溇水。

风篁扫石濑,琴声九十里。

光奔觉来眼,寒落梦中耳。

曾向三峡行,巴江亦如此。

【汇评】

《唐诗选脉会通评林》:唐汝询曰:清响自超,不落常调。极言卢溪风泉声色,大能悚人视听,因想到与巴峡无异,行客此时此情有不待言者在矣。

湖中古愁三首(其三)

南云哭重华,水死悲二女。

天边九点黛，白骨迷处所。

朦胧波上瑟，清夜降北渚。

万古一双魂，飘飘在烟雨。

【汇评】

《唐贤小三昧集续集》：迢迢清怨，恰与题称。

伤　思

八月白露浓，芙蓉抱香死。

红枯金粉堕，寥落寒塘水。

西风团叶下，叠縠参差起。

不见棹歌人，空垂绿房子。

醒起独酌怀友

西风静夜吹莲塘，芙蓉破红金粉香。

摘花把酒弄秋芳，吴云楚水愁茫茫。

美人此夕不入梦，独宿高楼明月凉。

【汇评】

《唐风怀》：禹昉曰：徙倚情深，天涯明月，字字生人怅惘。

竞渡时在湖外偶为成章

雷奔电逝三千儿，彩舟画楫射初晖。

喧江雷鼓鳞甲动，三十六龙衔浪飞。

灵均昔日投湘死，千古沈魂在湘水。

绿草斜烟日暮时，笛声幽远愁江鬼。

登蒲涧寺后二岩三首（其一）

五仙骑五羊，何代降兹乡？

涧有尧年韭，山馀禹日粮。

楼台笼海色，草树发天香。

浩啸波光里，浮溪兴甚长。

【汇评】

《瀛奎律髓》：寺在广州。"尧时韭"、"禹日粮"之对工矣。诗忌太工，工而无味，如近人四六及小学答对，则不可兼。必拘此式，又为"昆体"。善为诗者备众体，亦不可无此也。如老杜能变化，为善之善者，五、六一联亦精神。

《唐诗选脉会通评林》：周弼为四实体。　言何代神仙，降此仙境、仙物、仙景如是，使后人浩笑其间，悠然多仙游泛海之思也。起结俱奇隽放逸。

《瀛奎律髓汇评》：冯班：宋人四六，工而无味，果然。工而有味，"西昆"也；不工而无味，"江西"也。　陆贻典：对句更胜。

纪昀：起太率易，结尤不成语。　陆贻淑云：广州蒲涧之岩，相传有五仙人骑五羊而下。

金塘路中

山连楚越复吴秦，蓬根何年是住身？

黄叶黄花古城路，秋风秋雨别家人。

冰霜想度商于冻，桂玉愁居帝里贫。

十口系心抛不得，每回回首即长罃。

【汇评】

《贯华堂选批唐才子诗》：一解诗只起一句已尽，言今日金塘路中，去楚亦可，去越亦可，去吴、去秦皆可。然则今日还是何处去之为是，而又不能一处亦皆不去。然则我此一身为飘蓬断梗，真不知得往之在何年也。"黄叶黄花"是写路，"秋风秋雨"是写人。路即楚、越、吴、秦之路，人即飘蓬断梗之人，亦三承一、四承二法也（首四句下）。　　此五、六最为愤激，言丈夫生于世间，何至头颅如许，尚然百无一就。然则走胡走粤，正自有何不可，而更求柴求米，终然被缚牖下乎！七、八急承，只为"十口系心"。嗟乎！古来无限大才，大抵皆坐此矣（末四句下）。

九子坡闻鹧鸪

落照苍茫秋草明，鹧鸪啼处远人行。
正穿诘曲崎岖路，更听钩辀格磔声。
曾泊桂江深岸雨，亦于梅岭阻归程。
此时为尔肠千断，乞放今宵白发生。

【汇评】

《唐诗纪事》：国初高英秀者，与赞宁为诗友，辩捷滑稽，尝讥古人诗病云：山甫《览汉史》"王莽弄来曾半破，曹公将去便平沉"，是破船诗。李群玉《咏鹧鸪》"方穿诘曲崎岖路，又听钩辀格磔声"，是梵语诗。

《贯华堂选批唐才子诗》：三，"诘曲崎岖"承"远人行"；四，"钩辀格磔"承"鹧鸪啼"。其极写恶状，全在"正穿"、"更听"四字，言正穿如此恶路，再听如此恶声；倒转又是正听如此恶声，再穿如此恶路也。抑又不宁唯是，看他起句，又先写得"落日苍茫秋草明"七字；又是"正穿诘曲崎岖路"，又"落日苍茫秋草明"；"正听钩辀格磔声"，又"落日苍茫秋草明"，此为恶极之恶极也（首四句下）。

哀苦诗自来无逾此篇。看他前解苦，后解更苦，不知其用几副车轮向肚中盘转，方始直说到这里也。言桂江一鹧鸪，梅岭又一鹧鸪；桂江肠千断，梅岭又肠千断。然则单单只求放过今宵，此亦大开天地之心者也（末四句下）。看他上解只是一鹧鸪，下解忽然添出无数鹧鸪，真为绝世才子之笔。

《唐诗别裁》：九子坂（按"九子坡"一作"九子坂"。"正穿诘曲"句下）。闻鹧鸪（"又听钩辀"句下）。

《山满楼笺注唐诗七言律》：首句七字，即次句中间之一"处"字；唯先有"落照苍茫"一观，便觉鹧鸪之声愈悲，远人之情愈苦：此画家烘云托月之法也。三四承之，最不堪是"正穿"、"更听"四字；是此声非此路犹可也，是此路非此声犹之可也，今乃闷中加闷，愁外添愁，一至此乎！然此则非又以上句衬下句也。上句是"九子坡"，下句是"闻鹧鸪"，皆题中所有。五、六开一步，追思往事：一在桂江，曾闻鹧鸪；二在梅岭，亦闻鹧鸪。"此时"二字，紧承五、六："为尔"云云，埋怨桂江、梅岭之鹧鸪；"乞放"云云，哀告九子坡之鹧鸪。"肠千断"、"白发生"是互文，……不然，则是桂江、梅岭之鹧鸪，专主断肠；而九子坡之鹧鸪，专主白发也，有是理乎哉？

同郑相并歌姬小饮戏赠

裙拖六幅湘江水，鬓耸巫山一段云。
风格只应天上有，歌声岂合世间闻？
胸前瑞雪灯斜照，眼底桃花酒半醺。
不是相如怜赋客，争教容易见文君。

【汇评】

《鉴诫录》：杜公(悰)镇荆渚日，夜宴，出歌姬送酒，李群玉校书于烛下飞笔献杜诗曰："裙拖六幅潇湘水……"。

《能改斋漫录》：东坡在西湖，戏琴(操妓)曰："我作长老，尔试来问。"琴云："何谓湖中景?"东坡答云："秋水共长天一色，落霞与孤鹜齐飞。"琴又云："何谓景中人?"东坡云："裙拖六幅潇湘水，鬓亸巫山一段云。"

《唐诗镜》：起二语绝耸，五句俚气。

《五朝诗善鸣集》：起用板对，承反流走，艳诗中纵横之笔。

《贯华堂选批唐才子诗》：一、二，十四字斗然出手，将姬全身毕画。不知者乃言恐落俗艳，殊不晓此正是题中"出"字(按此诗一题《同郑相公出歌姬小饮戏赠》)异样出跳神理。盖帘笼开处，照眼荡心，十四字直是一片精魂。此时不唯不假安排，亦复再难按抑，于是不觉不知一直竟吐出来。若少参第二念，已决不道也。三、四犹自深谢其出，言今日实是意外，亦不暇计蹈却"锦城丝管"旧句也(首四句下)。　此五、六徐写小饮，即淳于"罗襦襟解，微闻香泽"时也。七、八仍谢"出"字，而戏赠意自见(末四句下)。金雍补注："六幅湘江"、"巫山一段"，对仗颠倒，妙绝！正极状一时手足麻迷，神魂飞越意思。一整齐，便丑杀(首四句下)。　若不分解，中四句如何读(末四句下)?

《石园诗话》：李文山性旷逸，才健迈，赴举一上而止，唯以吟咏自适。其《授校书郎制词》云："放怀丘壑，吟咏性情；孤云无心，浮磬有韵"云云，可以想见其高致。乃读其《同郑相并歌姬小饮》、《醉后赠冯姬》二诗，又何其情韵缠绵也。

秣陵怀古

野花黄叶旧吴宫，六代豪华烛散风。

龙虎势衰佳气歇，凤凰名在故台空。

市朝迁变秋芜绿，坟冢高低落照红。

霸业鼎图人去尽，独来惆怅水云中。

【汇评】

《贯华堂选批唐才子诗》：现见眼前实境，止是野花黄叶，又能指其何处，为书本上六代豪华乎？三、四龙虎、凤凰，即承六代豪华，其"衰"字、"歇"字、"在"字、"空"字，则承野花黄叶也（首四句下）。　　因思市朝未迁变，即坟冢未高低。一时人人碧眼，辈辈虬须，辘辘朱轩，骎骎白马，此时置我其间，方不知列在何等也。何期日月不停，兴亡交臂，一朝瓦散，万古灰灭，今日独来，但见水云。呜呼！人生真有何据而必争霸业鼎图耶？

《山满楼笺注唐诗七言律》：一，眼前只见"野花黄叶"，一片凄凉，土人指以告予曰：此孙吴旧宫也。二，因思自吴至陈，六代以来，何等豪华，曾几何时，今皆安在？真如风中蜡烛，一饷销亡，可不悲哉！三、四紧承，"龙虎气"、"凤凰台"，六代豪华也；其"衰"字、"歇"字、"在"字、"空"字，即"野花黄叶"也。五、六，"市朝"已化"秋芜"，"坟冢"徒留"落照"，所谓"惆怅水云中"者，以此。试思市朝未迁变，坟冢未高低，生其时者，不皆霸业鼎图之人乎！"去尽"、"独来"一开一合，备极淋漓之致。

黄陵庙

小姑洲北浦云边，二女容华自俨然。

野庙向江春寂寂，古碑无字草芊芊。

风回日暮吹芳芷，月落山深哭杜鹃。

犹似含颦望巡狩，九疑愁断隔湘川。

【汇评】

《云溪友议》：李校书群玉既解天禄之任，而归涔阳。经湘中，乘舟题二妃庙二首，曰："小姑洲北浦云边……"又"黄陵庙前莎草香，黄陵女儿茜裙新。轻舟小楫唱歌去，水远山长愁杀人。"……李君自以第三篇"春空"便到"秋色"，踟蹰欲改之。乃有二女郎见曰："儿是娥皇、女英也。二年后，当与郎君为云雨之游。"李君乃悉具所陈，俄而影灭，遂掌其神塑而去。……群玉题诗后二年，乃逝于洪井。

《后村诗话》：唐人叙述奇遇，如后土夫人事，托之韦郎。……唯沈下贤《秦梦记》、牛僧孺《周秦行记》、李群玉《黄陵庙》诗，皆揽归其身，名检扫地矣。

《瀛奎律髓》：第六句好。

《五朝诗善鸣集》：有声无声，有色无色，雅令韶秀，一字更易不得。

《贯华堂选批唐才子诗》：前解，写入庙瞻礼也。为欲写他尊像俨然，因先写他小姑洲北，言神道直以此洲为案，则可想见尊像之俨然也。春寂寂、草芊芊，又言庙中除二尊像外，乃更一无所有也（首四句下）。　　后解，写出庙凝望也。东风芳芷，写意中疑有一线生意；落日杜鹃，写耳中纯是一片恶声，如此则便是悄然意尽之路也。而又云九疑黛色，含颦犹望者，嗟乎！此为写二妃？为不写二妃？必有读而黯然泣下者也（末四句下）。

《瀛奎律髓汇评》：纪昀：总是套头。

《近体秋阳》：怆浑亮壮，得吊古体，而含颦望幸，且能通二灵之神，晚唐高作。

《精选五七言律耐吟集》：白描之笔，不异龙眠画手。

《石园诗话》：文山进诗表云："居住沅、湘，宗师屈、宋，枫江兰浦，荡思摇情"，可为《黄陵庙》、《玉真妃》诸诗注脚。

人日梅花病中作

去年今日湘南寺，独把寒梅愁断肠。

今年此日江边宅，卧见琼枝低压墙。

半落半开临野岸，团情团思醉韶光。

玉鳞寂寂飞斜月，素艳亭亭对夕阳。

已被儿童苦攀折，更遭风雨损馨香。

洛阳桃李渐撩乱，回首行宫春景长。

【汇评】

《升庵诗话》：李群玉《人日梅花》诗："半落半开临野岸，团情团思媚韶光"、"玉鳞寂寂飞斜月，素手亭亭对夕阳"，亦有思致。"玉鳞寂寂飞斜月"，真奇句也，"暗香浮动"恐未可比。

《艺苑卮言》：老杜云："幸不折来伤岁暮，若为看去乱乡愁。"风骨苍然。其次则李群玉云："玉鳞寂寂飞斜月，素手亭亭对夕阳。"大有神采，足为梅花吐气。

《西圃诗说》：以余观之：老杜二语，别有寄托，似难专论；至群玉句虽有神采，讵能超出象外耶？且二语移之咏梨花亦未为不可。

《载酒园诗话又编》：李群玉《梅花》诗："玉鳞寂寂飞斜月，素艳亭亭对夕阳。"升庵谓"暗香浮动"恐未可比，语亦不诬，惜全篇体弱。高棅编入古诗，殊谬，当仍原集作排律耳。又《诗品》、《品汇》皆作"素手"，余意"素手"不切梅花，本集作"素艳"，"艳"字韵虽不高，意犹较稳，亦从集为是。　黄白山评："艳"字亦不稳，余意作"素影"或可耳。

静夜相思

山空天籁寂，水榭延轻凉。

浪定一浦月,藕花闲自香。

【汇评】

《唐人绝句精华》：诗但写空寂夜景,而相思之意在言外。盖凡境过于静寂,易生远思。所思或不一,故不可指实。

放　鱼

早觅为龙去,江湖莫漫游。

须知香饵下,触口是铦钩。

寄友二首（其一）

野水晴山雪后时,独行村落更相思。

无因一向溪头醉,处处寒梅映酒旗。

【汇评】

《唐三体诗评》：相思已在雪中。叙致正曲折。

《诗境浅说续编》：此诗有委婉之致。郊外行吟,有怀良友,以闲淡之笔写之。言梅花多处,一角酒楼,为当日佳侣招邀、踏雪提壶之处,今暗香疏影依然,而独行无伴,不胜停云霭霭之思也。

题王侍御宅

门向沧江碧岫开,地多鸥鹭少尘埃。

绿阴十里滩声里,闲自王家看竹来。

【汇评】

《诗境浅说续编》：王侍御之宅,门对沧江,鸥鸟相依,青山不厌,可称尘外高踪。此十里之间,滩声浩浩,碧树沉沉,在此佳地经过,已非俗客,况更向王家看竹?贤主嘉宾,可与竹林诸贤把臂而入矣。张船山诗:"居人长住真奇福,过客能游亦胜缘。"当为王、李二君咏之。

黄陵庙

黄陵庙前莎草春,黄陵儿女茜裙新。

轻舟短棹唱歌去,水远山长愁杀人。

【汇评】

《唐三体诗评》:结句是欲往从之而无由,亦《楚辞》求女之意。

《唐诗摘钞》:"水远山长"言对面天涯也,此《竹枝》体。

《历代诗发》:三、四自然得妙。

《唐人万首绝句选评》:《竹枝》缥渺,风味悠然。

《诗境浅说续编》:诗言黄陵女儿,荡轻舟而去,无限愁心,付诸云水。其茜裙游女,托微波之辞耶,抑空明兰桨,望断美人耶?此类诗,重在音节苍凉入古,而微意自在其间,不烦说尽也。

钓　鱼

七尺青竿一丈丝,菰蒲叶里逐风吹。

几回举手抛芳饵,惊起沙滩水鸭儿。

【汇评】

《升庵诗话》:古诗有用近俗字而不俗者,如孙光宪《采莲》诗曰:"菡萏香连十顷陂,小姑贪戏采莲迟。晚来弄水船头湿,更脱红裙裹鸭儿。"李群玉《钓鱼》诗曰:"七尺青竿一丈丝,……"

南庄春晚二首（其二）

　　草暖沙长望去舟，微茫烟浪向巴丘。

　　沅江寂寂春归尽，水绿蘋香人自愁。

【汇评】

　　《唐人绝句精华》：群玉诗多写烟水微茫景象，录此四诗（按指本诗及《汉阳太白楼》、《黄陵庙》、《沅江渔者》）以见一斑。

贾　岛

贾岛(779—843),字浪仙,一作阆仙,范阳(今河北涿县)人。初为僧,法名无本,后还俗。元和中,南游京洛,投谒名公,累举进士不第。长庆中,因以《病蝉》诗讥刺公卿,与平曾等被并称"举场十恶"。开成初,坐飞谤贬授遂州长江主簿。秩满,迁普州司仓参军。会昌三年,改司户参军,未受命而卒。人称贾长江。岛工诗,长于五律,与韩愈、孟郊、张籍、王建、姚合、无可等交游酬唱,为著名苦吟诗人。有《长江集》十卷、《小集》三卷。今有《贾长江集》十卷行世。《全唐诗》编诗四卷。

【汇评】

妙之尤者,属思五言,孤绝之句,泛在人口。……所著之篇,不以新句倚靡为意,淡然蹑陶、谢之踪。片云独鹤,高步尘表。(苏绛《贾司仓墓志铭》)

清奇雅正主:李益。……升堂七人:方干、马戴、任蕃、贾岛、厉玄、项斯。(《诗人主客图》)

贾浪仙诚有警句,视其全篇,意思殊馁,大抵附于寒涩,方可致才,亦为体之不备也。(司空图《与李生论诗书》)

元和中,元、白尚轻浅,岛独变格入僻,以矫浮艳,虽行坐寝食,

吟味不辍。(《唐摭言》)

岛之诗,约而覃,明而深,杰健而闲易,故为不可多得。韩退之称岛为文"身大不及胆",又云"奸穷怪变得,往往造平淡"者,予考于集,信然。(吕居仁《书长江集后》)

欧阳公云:岛尝为衲子,故枯寂气味,形之于诗句中。(《诗林广记》)

贾阆仙,燕人,生寒苦地,故立心亦然。诚不欲以才力气势,掩夺情性,特于事物理态,毫忽体认。深者寂入仙源,峻者迥出灵岳。古今人口数联,固于劫灰之上泠然独存矣。至以其全集,经岁逾纪咀绎,如芊葱佳气,瘦隐啸吟,徐露其妙,令人首肯,无一可以厌致。(方岳《深雪偶谈》)

贾浪仙五言诗律高古,平生用力之至者;七言律诗不逮也。(《瀛奎律髓》)

贾岛衲气终身不除,语虽佳,其气韵自枯寂耳。(《诗镜总论》)

炼景情真,太拘声病。(《骚坛秘语》)

浪仙诗清新沉实,自足为一家,但少从容敦厚耳。温飞卿辈同伦,当侪之长吉、元、白间可也。(《批点唐音》)

贾岛与孟郊齐名,故称"郊岛",郊称五言古,岛称五言律。……岛五言律气味清苦,声韵峭急,在唐体尚为小偏,而句多奇僻,在元和则为大变。东坡云"郊寒岛瘦",唐人诗论气象,此正言气象耳。(《诗源辩体》)

自有诗以来,无如浪仙之刻削者,宜其自苦吟得之也。……特其守气过矜,取途太逼,故止长于五律,而长篇散体病未遑焉。(《唐诗归折衷》)

先生诗亦只是寻常律格,只为揣摩心苦,不肯轻易下笔,读去自觉别出尖新。(《唐诗鼓吹笺注》)

浪仙诗无七古,其五古、五七言律以及绝句,皆生峭险僻,锤炼之功不遗馀力。……尤好为五言律，存遗二百馀篇，较别体为多，东野所谓燕本越淡，五言宝刀也。沿流而下，李洞之外，又有周贺、曹松、喻凫，皆宗派之可考者。其他诸贤，虽古无闻，体格不殊，可推而得之。……尊为"清奇僻苦主"，与张水部分坛领袖。（《重订中晚唐诗主客图》）

贾长江刻意无凡语，五律尤妙。（《东目馆诗见》）

不知其源所出，却是后来黄山谷、陈无己诸家所祖。精于用意，拙在修词，佳处能戛然独造，一空浮响。浮筋害体，无蕴藉之容，虽与东野齐名，然固不逮也。（《三唐诗品》）

浪仙在元和中，元、白诗体尚轻浅，乃独变格入僻，以矫艳俗，较诸颓靡波流者相去远矣……孙仅叙少陵诗云："郊得其气焰，岛得其奇僻。"可谓知言。（许印芳《诗法萃编》）

古　意

碌碌复碌碌，百年双转毂。

志士终夜心，良马白日足。

俱为不等闲，谁是知音目？

眼中两行泪，曾吊三献玉。

【汇评】

《载酒园诗话又编》：贾诗最佳者，终以卷首《古意》为尤。"志士终夜心，良马白日足"，使人读之，不胜抚髀顾影之悲，可与魏武《龟虽寿》篇并驱。

朝　饥

市中有樵山，此舍朝无烟。

井底有甘泉，釜中乃空然。

我要见白日，雪来塞青天。

坐闻西床琴，冻折两三弦。

饥莫诣他门，古人有拙言。

【汇评】

《六一诗话》：孟郊、贾岛皆以诗穷至死，而平生尤自喜为穷苦之句。……贾云："鬓边虽有丝，不堪织寒衣。"就令织得，能得几何？又其《朝饥》诗云："坐闻西床琴，冻折两三弦。"人谓其不止忍饥而已，其寒亦何可忍也！

《墨庄漫录》：唐之诗人类多穷士，孟郊、贾岛之徒，尤能刻琢穷苦之言以自喜。或问：二子其穷，孰甚？曰：阆仙甚也。何以知之？曰：以其诗见之。郊曰："种稻耕白水，负薪斫青山。"岛云："市中有樵山，我舍朝无烟。井底有甘泉，釜中乃空然。"盖孟氏薪水自足，而岛家柴水俱无。诚可笑，然二子名称高于当世。

《唐风定》：意虽苦刻，辞亦淡雅。

《唐三体诗评》：欧公语虽近谑，写二子穷态颇尽。

《寒瘦集》：市有薪而舍无烟，井有泉而釜无粟；又遇雪不能出：此皆写朝饥之况，而行文处一反一正。最可爱"坐闻"二句，得贫居无聊之神，且暗伏一"寒"字，补题不足。后以安贫作结，便有身份。

《唐贤清雅集》：比兴深切，笔笔奇峭，长江妙境。

剑　客

十年磨一剑，霜刃未曾试。

今日把示君，谁为不平事？

【汇评】

《唐诗归折衷》：唐云：《剑客》真精神。　　　吴敬夫云：遍读刺客列传,不如此二十字惊心动魄之声,谁云寂寥短韵哉!

《才调集评》:冯默:本集"有"作"为","为"更胜。　　冯班:
"有"字是卖身奴。

《诗法易简录》:豪爽之气,溢于行间。第二句一顿,第三句陡
转有力,末句措语含蓄,便不犯尽。

《寒瘦集》:通首雄壮,忽以问辞作结,更觉意味不尽。

寄　远

别肠多郁纡,岂能肥肌肤?
始知相结密,不及相结疏。
疏别恨应少,密离恨难祛。
门前南流水,中有北飞鱼。
鱼飞向北海,可以寄远书。
不惜寄远书,故人今在无?
况此数尺身,阻彼万里途。
自非日月光,难以知子躯。

【汇评】

《寒瘦集》:第一段叙别后思慕之情,第二段便提出寄远之意。
俗笔至此,必不能结构下文,而第三段忽言:不知故人在无云云,
则离别之久,音信不通,写来甚觉容易。

《删正二冯评阅才调集》:纪昀:语语深至,尤妙于一气浑
成,无斧凿之迹。阆仙才不及东野,此诗则东野得意之笔亦不过
如此。　　音节纯是古诗,而幽折劖刻,自存浪仙本色。譬之米
临王帖,锋芒微露,神采转增。嘉隆诸子字栉句比学汉魏,直双
钩填廓耳。

游　仙

借得孤鹤骑，高近金乌飞。

掬河洗老貌，照月生光辉。

天中鹤路直，天尽鹤一息。

归来不骑鹤，身自有羽翼。

若人无仙骨，芝术徒烦食。

【汇评】

《唐风定》：与东野如出一口。

《寒瘦集》：句怪意平，寓意处最含蓄。

《载酒园诗话又编》：《游仙诗》："借得孤鹤骑，高近金乌飞"、"天中鹤路直，天尽鹤一息"，亦是奇语，尚不如东野"日下鹤过时，人间落空影"似乎若或见之。

客　喜

客喜非实喜，客悲非实悲。

百回信到家，未当身一归。

未归长嗟愁，嗟愁填中怀。

开口吐愁声，还却入耳来。

常恐泪滴多，自损两目辉。

羹边虽有丝，不堪织寒衣。

【汇评】

《围炉诗话》：东野《列女操》、《游子吟》等篇，命意真恳，措词亦善；而《秋夕贫居》及《独愁》等，皆伤于迫切。韦苏州《寄全椒道士》及《暮相思》亦止八句、六句，而词殊不迫切，力量有馀也。贾岛之《客喜》、《寄远》、《古意》，与东野一辙。

《寒瘦集》："客喜"二字，非题，即《三百篇》若个几章之意，古人往往有之。此浪仙思归之诗也。前幅言故乡可悲可喜之事，皆自传闻，恐非的确。后幅言未得归乡，故可嗟可愁之事，填满中怀而无可告者，慨叹唯自闻，涕泣徒自伤，鬓发渐白，征衣早敝，人当其时，思归念切，何可胜言！诗必穷而后工，信不谬矣。

戏赠友人

一日不作诗，心源如废井。

笔砚为辘轳，吟咏作縻绠。

朝来重汲引，依旧得清冷。

书赠同怀人，词中多苦辛。

【汇评】

《柳亭诗话》：贾岛云："一日不作诗，心源如废井。"杜牧云："欲识为诗苦，秋霜苦在心。"王摩诘走入醋瓮，杨景山病极摇头，皆此物也。险觅狂搜，宁独一卢延逊耶！

《老生常谈》：阆仙五古《精舍》云："耳目乃鄽井，肺肝乃岩峰。"《赠友》云："一日不作诗，心源如废井。"《寓兴》云："今时出古言，在众翻为讹。"语语有真气，有真性灵。人于读王、孟、韦、柳后，不读郊、岛两家，犹是缺典。

赴长江道中

策杖驰山驿，逢人问梓州。

长江那可到？行客替生愁。

《冷斋夜话》：贾岛诗有影略句，韩退之喜之。其《渡桑乾》诗曰："客舍并州三十霜，归心日夜忆咸阳。如今更渡桑乾水，却望并州是故乡。"又《赴长江道中》诗曰："策杖驰山驿，逢人问梓州。长江那可到？行客替生愁。"

《静居绪言》：郊寒岛瘦，各有胜处。……"客舍并州已十霜"及"策杖离山驿，逢人问梓州"，亦千古合作，岂一例瘦辞乎？然有终卷不可得此一二篇者矣。

哭柏岩和尚

苔覆石床新，师曾占几春。
写留行道影，焚却坐禅身。
塔院关松雪，经房锁陈尘。
自嫌双泪下，不是解空人。

【汇评】

《六一诗话》：诗人贪求好句，而理有不通，亦语病也。如贾岛《哭僧》云："写留行道影，焚却坐禅身。"时谓烧杀活和尚，此尤可笑也。

《瀛奎律髓》：欧公谓第四句似烧杀活和尚，诚亦可议，然诗格自好。

《瀛奎律髓汇评》：冯舒：长江奇句错落，然门面亦一例如此。末联"哭"。　　查慎行：末联哭僧，诗必如此方切题，又是现身说法。　　纪昀：结得有意。

《重订中晚唐诗主客图》：后来作哭僧诗，皆法此刻苦，然于禅理之空妙处不能及也。

旅　游

此心非一事，书札若为传。

旧国别多日，故人无少年。

空巢霜叶落，疏牖水萤穿。

留得林僧宿，中宵坐默然。

【汇评】

《唐诗纪事》：《酉阳杂俎》云：故相牛公扬州赏秀才蒯希逸诗云："蟾蜍醉里破，蛱蝶梦中残。"每坐吟之。余因请坐客各吟近日为诗者佳句。有吟贾岛"旧国别多日，故人无少年"。

《对床夜语》：张籍有绝句云："山东二十馀年别，今日相逢在上都。说尽向来无限事，相看摩挲白髭须。"句不同而意极长，使后人能于其中易以一字，则不足以为绝句。贾岛亦有"旧国别多日，故人无少年"，与张意同。

《瀛奎律髓》：起句十字谓心绪甚多，乡书难写。颔联十字谓别乡之久，故人皆老成，真奇语也。景联言萧索之味。结句谓之有僧为伴，深夜无言。其酸苦至矣，诗法却自整峭。如第五句"空巢霜叶落"，谓鸟巢既空，叶落于巢之中，其深僻如此。

《唐诗品汇》：刘须溪云：短语不可复道（"旧国"一联下）。方云：三、四语奇，五、六言萧索之味。

《围炉诗话》：《旅游》之"此心非一事，书札若为传。旧国别多日，故人无少年"，子美也。

《载酒园诗话又编》：阆仙五字诗实为清绝，如"空巢霜叶落，疏牖水萤穿"，即孟襄阳"鸟过烟树宿，萤傍水轩飞"不能远过。

《瀛奎律髓汇评》：查慎行：三四颇似张司业。　　纪昀：五句不佳，虚谷媚其初祖，曲为之词。　　又云：极用意而不自然；

起句尤太突,若作"寄人"则可。

《重订中晚唐诗主客图》:"少"字去声,然以对"多"字却妙。若依袁子才传某论诗,必谓是差半个字也("旧国"二句下)。　　结得平淡。

《诗式》:冲淡。

送邹明府游灵武

曾宰西畿县,三年马不肥。
债多凭剑与,官满载书归。
边雪藏行径,林风透卧衣。
灵州听晓角,客馆未开扉。

【汇评】

《瀛奎律髓》:中四句佳,前联尤胜。　　三、四极佳。今宰邑者能如此,何患世之不治耶? 第二句"三年马不肥"亦好。

《唐诗镜》:"三年马不肥"一语,写作特异。"债多凭剑与",落想亦特。

《瀛奎律髓汇评》:冯舒:第二句便异。　　查慎行:第二句,"官清马骨高"本此。　　纪昀:起得别致,妙于不涩不纤。

《重订中晚唐诗主客图》:止说到此,妙(末二句下)。

题皇甫苟蓝田厅

任官经一年,县与玉峰连。
竹笼拾山果,瓦瓶担石泉。
客归秋雨后,印锁暮钟前。
久别丹阳浦,时时梦钓船?

《六一诗话》：(梅)圣俞尝语余曰：诗家虽率意，而造语亦难。若意新语工，得前人所未道者，斯为善也。必能状难写之景，如在目前；含不尽之意，见于言外；然后为至矣。贾岛云："竹笼拾山果，瓦瓶担石泉。"姚合云："马随山鹿放，鸡逐野禽栖。"等是山邑荒僻，官况萧条，不如"县古槐根出，官清马骨高"为工也。

《瀛奎律髓》：前辈欧、梅论诗，颇不然此三、四，然贾岛、姚合非如此不能奇，不可弃也。

《寒瘦集》：赞皇甫之清高处，俱在言外，才不落套。

《瀛奎律髓汇评》：冯班：三、四细玩终不好。　　纪昀：此非奇语，乃太僻、太碎、太狭小、太寒俭耳。

赠王将军

宿卫炉烟近，除书墨未干。
马曾金镞中，身有宝刀瘢。
父子同时捷，君王画阵看。
何当为外帅，白日出长安。

【汇评】

《瀛奎律髓》：中四句似不作对而对，所以为妙。

《唐诗别裁》：中晚五律亦多佳制，然苍莽之气不存，所以难与前人分道。此篇庶几近之。

《瀛奎律髓汇评》：冯舒：虚谷不喜"四灵"，却尚知长江。
冯班：次联二句一意，何以为佳？第四句未炼，"宝刀"字有病。
查慎行：五、六出色精神，如读《周盘龙传》。　　纪昀：浪仙亦有此应酬之作。

《重订中晚唐诗主客图》：倒衬有力，却是虚笔，故妙。镞必是金,刀必是宝;偏于人、马受伤处,写出名将身分("马曾"二句下)。唐贤用史之妙,此等平常,对处着眼("父子"二句下)。

下　第

下第只空囊,如何住帝乡?
杏园啼百舌,谁醉在花傍?
泪落故山远,病来春草长。
知音逢岂易,孤棹负三湘。

【汇评】

《围炉诗话》:沈括《笔谈》以次联不对者为蜂腰,引贾岛《下第》诗为证云:"下第唯空囊,如何住帝乡? 杏园啼百舌,谁醉在花旁?……"

《重订中晚唐诗主客图》:三、四全不对,昔人谓之"偷春格"("杏园"二句下)。

哭孟郊

身死声名在,多应万古传。
寡妻无子息,破宅带林泉。
冢近登山道,诗随过海船。
故人相吊后,斜日下寒天。

【汇评】

《后村诗话》:贾岛《哭孟郊》云:"冢近登山道,诗随过海船。"此为郊写真也。及《哭张籍》云:"即日是前古,何人耕此坟。"施之他人皆可,何必籍也?

《瀛奎律髓》:凡哭友诗,当极其哀。彼生而荣者,虽哀不宜过也。如孟郊之死,三、四所道,人忍闻乎?并尾句味之至矣。

《重订中晚唐诗主客图》:看来此与《哭孟协律》本是一诗,此初脱稿,后乃再三改炼,以成奇绝。

《瀛奎律髓汇评》:冯班:尾句颇平。　　纪昀:结得不尽。

雨后宿刘司马池上

蓝溪秋漱玉,此地涨清澄。
芦苇声兼雨,芰荷香绕灯。
岸头秦古道,亭面汉荒陵。
静想泉根本,幽崖落几层?

【汇评】

《重订中晚唐诗人主客图》:此意想到,此景写不到("芦苇"二句下)。　　贾生面目如见(末二句下)。

送朱可久归越中

石头城下泊,北固暝钟初。
汀鹭潮冲起,船窗月过虚。
吴山侵越众,隋柳入唐疏。
日欲躬调膳,辟来何府书。

【汇评】

《瀛奎律髓》:汀上之鹭,潮冲之而见其起。舟中之窗,月过之而见其虚。可谓善言吴中泊舟之趣。"吴山"、"隋柳"一联,近乎妆砌太过。赵紫芝全用此联,为"潇水添湘涧,唐碑入宋稀",殊为可笑。

《瀛奎律髓汇评》:查慎行:第六句自不可弃。　　纪昀:结句未健。

《重订中晚唐诗主客图》：新极矣，奇极矣，却只是眼前意，足知推敲有力。　　朴拙得妙。〔颈联后〕

送无可上人

圭峰霁色新，送此草堂人。
麈尾同离寺，蛩鸣暂别亲。
独行潭底影，数息树边身。
终有烟霞约，天台作近邻。

【汇评】

《临汉隐居诗话》：贾岛云："独行潭底影，数息树边身。"其自注云："二句三年得，一吟双泪流。知音如不赏，归卧故山丘。"不知此二句有何难道，至于"三年"始成，而"一吟"泪下也？

《瀛奎律髓》：五、六绝唱。

《四溟诗话》：逊轩子曰：凡作诗，贵识锋犯，而最忌偏执；偏执不唯有焦劳之想，且失诗人优柔之旨。如贾岛"独行潭底影"，其词意闲雅，必偶然得之而难以句匹，当入五言古体，或入仄韵绝句，方见作手。而岛积思三年，局于声律，卒以"数息树边身"为对，不知反为前句之累。其所为"二句三年得，吟成双泪流"，虽曰自惜，实自许也。不识锋犯，偏执不回，至于如此！

《蠖斋诗话》：贾阆仙尝得句云："独行潭底影"，苦难属对；久之，联以"数息树边身"。自注云："二句三年得，一吟双泪流。"后续成一律，送无可上人。……余谓此语宜是山行野望，心目间偶得之，不作送人诗当更胜。诵老杜"力稀经树歇，老困拨书眠"，气象全别矣。

《瀛奎律髓汇评》：冯舒：腹联奇句。　　冯班：长江用思极苦,然出语自远。　　　纪昀:第四句太费解。　　　又云:五、六句盖生平得意之语,初读似率易,细玩之,果有幽致。

《重订中晚唐诗主客图》:对法妙("麈尾"二句下)。　　　此等李洞诸人皆不能道,非不及其诗,不及其精于禅也。此为师生平得意语,须思其得意处安在("独行"二句下)。

送李骑曹

归骑双旌远,欢生此别中。
萧关分碛路,嘶马背寒鸿。
朔色晴天北,河源落日东。
贺兰山顶草,时动卷帆风。

【汇评】

《瀛奎律髓》:此诗谓"嘶马背寒鸿",则雁南向而人北去。又谓"河源落日东",河源当在西,今返在落日之东,则身过河源又远矣。所谓贺兰山,盖回纥之地也。

《唐诗成法》:中四皆写边塞寒苦。今日归骑所见之风,犹吹贺兰之草,反言结一、二也,格甚奇。

《瀛奎律髓汇评》:纪昀:"帆"字当是"旗"字。

《重订中晚唐诗主客图》:无此奇笔,如何匠得塞垣景出?此与王右丞"大漠孤烟直,长河落日圆"有正变之分,而发难显则同("朔色"二句下)。

寄无可上人

僻寺多高树,凉天忆重游。
磬过沟水尽,月入草堂秋。

穴蚁苔痕静,藏蝉柏叶稠。

名山思遍往,早晚到嵩丘。

【汇评】

《重订中晚唐诗主客图》:省力句矣("磬过"二句下)。

《诗式》:发句上句写寺景,寓追忆之神;下句曾重游到此,已为"忆"字脑脑。颔联上句闻,下句见,均承上"忆"字生发。颈联写景:"穴蚁"、"藏蝉","穴"字下得尤炼;"静"字、"稠"字不能移易,"静"字尤下得妙。此联与颔联,诗心均极细。落句有羡上人之意。"早晚",犹云不远也,谓不远将随上人于嵩丘也。

送杜秀才东游

东游谁见待?尽室寄长安。

别后叶频落,去程山已寒。

大河风色度,旷野烧烟残。

匣有青铜镜,时将照鬓看。

【汇评】

《唐诗镜》:三、四清硬。

《寒瘦集》:浪仙五律多以流水句见长,而此诗首联最为深远,更兼起结有情。次联雄健,直追盛唐。

《重订中晚唐诗主客图》:淡味深情,贾师与张先生是一是二。

题李凝幽居

闲居少邻并,草径入荒园。

鸟宿池边树,僧敲月下门。

过桥分野色,移石动云根。

暂去还来此，幽期不负言。

【汇评】

《鉴诫录》：（贾岛）忽一日于驴上吟得"鸟宿池边树，僧敲月下门"。初欲著"推"字，或欲著"敲"字，炼之未定，遂于驴上作"推"字手势，又作"敲"字手势。……俄为宦者推下驴，拥至尹前，岛方觉悟。顾问，欲责之，岛具对。……韩（愈）立马良久，思之，谓岛曰："作'敲'字佳矣。"遂与岛并辔语笑，同入府署，共论诗道，数日不厌。

《瀛奎律髓》：此诗不待赘说。"敲""推"二字待昌黎而后定，开万古诗人之迷。学者必如此用力，何止"吟安一个字，捻断数茎须"耶？

《唐诗品汇》：刘云："敲"意妙绝，"下"意更好。结义又老成。

《批点唐音》：此篇典重，亦少优游，可入中唐，韩公眼力不差。于此见古人之心不遗片言，又见其沉思苦索，非徒诳俗而已也。

《增定评注唐诗正声》：郭云：浪仙诗闲静自是本色，以有意无意求之，此较厚重耳。

《诗薮》：如贾岛"鸟宿池边树，僧敲月下门"，虽幽奇，气格故不如"过桥分野色，移石动云根"也。

《唐诗镜》：三、四苦而呆，绝少生韵，酷似老衲兴味。

《唐诗选脉会通评林》：周敬曰：次联幽然事，偶然意。　　　唐汝询云："僧敲"句因退之而传，终不若第三联幽活。　　　起联见李凝独往沉冥。中联咏幽情幽景，妙。结言己恋恋有同隐之志。

《姜斋诗话》："僧敲月下门"，只是妄想揣摩，如他人之说梦，纵令形容酷似，何似毫发关心？知然者，以其沉吟"推""敲"二字，就他作想也。若即景会心，则或"推"或"敲"，必居其一，因景因情，自然灵妙，何劳拟议哉！

《唐三体诗评》：五、六亦百炼苦吟而得。直是深山写幽趣，乃觉应接不暇。鸟栖，月上，起"去"字；五、六徘徊不舍，起"来"字。将他人顺叙语倒转说。

《围炉诗话》："鸟宿池边树，僧敲月下门"，写得幽居出。

《唐律消夏录》：上半首从荒园一路到门，情景逼真。"暂去"两字照应"月下"句，亦妙。可惜五、六呆写闲景，若将"幽期"二字先写出意思来，便是合作。

《网师园唐诗笺》：刻画尽致（"鸟宿"四句下）。

《历代诗发》：脍炙人口久矣，读之光彩如新。

《瀛奎律髓汇评》：冯班："池边树"，"边"，集作"中"，较胜；《诗人玉屑》引此亦作"中"。"池中树"，树影在池中也。后人不解，改作"边"字，通句少力。　纪昀：冯氏以"池边"作"池中"，言树影在池中，若改作"边"字，通句少力。不知此十字正以自然，故入妙。不应下句如此自然，上句如此迂曲。"分"字、"动"字，着力炼出。

《重订中晚唐诗主客图》：二句本佳，亦不在"推敲"一重公案。（"鸟宿"二句下）。

题青龙寺镜公房

　　一夕曾留宿，终南摇落时。
　　孤灯冈舍掩，残磬雪风吹。
　　树老因寒折，泉深出井迟。
　　疏慵岂有事？多失上方期。

【汇评】

《瀛奎律髓》：中四句已佳。尾句谓疏慵之人有何事乎，而多失上方之约，亦奇也。

《瀛奎律髓汇评》：许印芳：句句洗炼，而出以自然。晓岚全取之，但无批语耳。

送唐环归敷水庄

毛女峰当户，日高头未梳。
地侵山影扫，叶带露痕书。
松径僧寻药，沙泉鹤见鱼。
一川风景好，恨不有吾庐。

【汇评】

《瀛奎律髓》：八句皆好，三、四尤精致。无中造有者，扫"山影"之谓也；微中致著者，书"露痕"之谓也。人能作此一联，亦可以名世矣。

《载酒园诗话又编》："雁惊起衰草，猿渴下寒条"、"夕阳飘白露，树影扫青苔"、"柴门掩寒雨，虫响出秋蔬"、"地侵山影扫，叶带露痕书"、"移居见山烧，买树带巢鸟"，皆于深思静会中得之。

《网师园唐诗笺》：起势突兀。　　眼前景，写来新颖尔许（"地侵"二句下）。

《瀛奎律髓汇评》：纪昀：三、四幽曲之至。然幽曲而出以自然，故异乎武功之琐屑。结未浑成。　　许印芳：结句无病，此亦苛论。

《重订中晚唐诗主客图》："寻"字，"见"字皆极平常字，然二句传神入妙，却全在此二字（"松径"二句下）。

原上秋居

关西又落木，心事复何如？
岁月辞山久，秋霖入夜多。
鸟从井口出，人自洛阳过。
倚杖聊闲望，田家未割禾。

【汇评】

《碧溪诗话》：旧说贾岛诗如"鸟从井口出，人自岳阳来"，贯休"此夜一轮满，清光何处无"，皆经年方得偶句，以见其词涩思苦，非若好事者夸词，亦谬其用心矣。

《瀛奎律髓》：五、六谓经年乃下得句，学者当细味之。

《瀛奎律髓汇评》：冯舒：第五句亦过于矜庄作态。　　冯班：长江诗虽清僻，然句有馀韵，所以高也。今人用露骨硬语，学之便不近。　　纪昀：起四句一气浑成，五、六亦自然，唯结处无味。许印芳：结句回应起句，本无可议，此亦苛论。

冬　夜

羁旅复经冬，瓢空盎亦空。
泪流寒枕上，迹绝旧山中。
凌结浮萍水，雪和衰柳风。
曙光鸡未报，嘹唳两三鸿。

【汇评】

《重订中晚唐诗主客图》：极形凄寂之苦。学空人亦不废此，以诗固主乎情也，无情之人不可与言诗。

寄武功姚主簿

居枕江沱北，情悬渭曲西。
数宵曾梦见，几处得书披。
驿路穿荒坂，公田带淤泥。
静棋功奥妙，闲作韵清凄。
锄草留丛药，寻山上石梯。

客回河水涨,风起夕阳低。

空地苔连井,孤村火隔溪。

卷帘黄叶落,锁印子规啼。

陇色澄秋月,边声入战鼙。

会须过县去,况是屡招携。

【汇评】

《蔡宽夫诗话》:诗家有假对,本非用意,盖造语适到,因以用之。若杜子美"本无丹灶术,那免白头翁",韩退之"眼穿长讶双鱼断,耳热何辞数爵频",借"丹"对"白",借"爵"对"鱼",皆偶然相值,立意下句初不在此。而晚唐诸人,遂立以为格。贾岛"卷帘黄叶落,开户子规啼",崔峒"因寻樵子径,得到葛洪家"为例,以为假对胜的对,谓之高手,所谓痴人面前不得说梦也。

《瀛奎律髓》:大是用工。

《瀛奎律髓汇评》:纪昀:浪仙诗难得如此流利。 又云:寄姚即作姚体,古人多如是。"黄叶"、"子规"一联,天然有韵。昔人谓借"子"为"紫"以对"黄",诗家虽有此法,然"黄叶"对"子规"自可,如此说转成小样。 许印芳:借对虽是小样,大家亦尝为之,但不多耳。其格有二:如老杜"爱酒晋山简,能诗何水曹"、"子云清自守,今日起为官",此借字面为对也;太白"水春云母碓,风扫石楠花",襄阳"厨人具鸡黍,稚子摘杨梅",此借字音为对,以"楠"影"男"、以"杨"影"羊"也。浪仙此诗即是借音为对。此皆偶一为之,故不分格。 无名氏(甲):造语自有深思,颇矫乐天之平易。然气局甚窄,不能开畅,此其病也。

寄 远

家住锦水上,身征辽海边。

十书九不到，一到忽经年。

【汇评】

《寒瘦集》：辞浅情深，有古乐府之遗风。

南 斋

独自南斋卧，神闲景亦空。

有山来枕上，无事到心中。

帘卷侵床月，屏遮入座风。

望春春未至，应在海门东。

【汇评】

《瀛奎律髓》：此诗中四句却平易。白乐天集亦有此诗，题云《闲卧》。起句云"尽日前轩卧"，第三句"有云当枕上"，第五句"月"作"日"，第七句"至"作"到"。恐只是白公诗。

《寒瘦集》：第一句即破题。第二句承题，而又以"神闲景空"四字分作两股：首联应"神闲"，后联应"景空"。结处推开一步，遥遥带合前意，法律最正。

《瀛奎律髓汇评》：冯舒：此公不如此宽格。　冯班：宽闲非浪仙体也。"云当枕上"更胜。　纪昀：通体平易，决是白诗。

《重订中晚唐诗主客图》：此调被后人学坏（"有山"二句下）。

偶 作

野步随吾意，那知是与非？

稔年时雨足，闰月暮蝉稀。

独树依冈老，遥峰出草微。

园林自有主，宿鸟且同归。

《瀛奎律髓》：此诗妙，五六尤淡而细，只"那知是与非"一句颇俗。

《瀛奎律髓汇评》：冯舒：此诗细甚，非极细人不易知也。首云随意野步，何曾有恁是非。中四句说野步之景。末句忽然省得此谁家园林也，依然是非在目矣，且与宿鸟同归耳。　　又云：若以次句为俗，则起结精神俱废。

《寒瘦集》：题是"偶作"，便用眼前语，句句似不经意，有悠然自得之致。

忆江上吴处士

闽国扬帆去，蟾蜍亏复团。

秋风生渭水，落叶满长安。

此地聚会夕，当时雷雨寒。

兰桡殊未返，消息海云端。

【汇评】

《唐摭言》：（贾岛）元和中尝跨驴张盖，横截天衢，时秋风正厉，黄叶可扫。岛忽吟曰："落叶满长安"，志重其冲口直致，求足一联，杳不可得，不知身之所从也。因之唐突大京兆刘栖楚，被系一夕而释之。

《瀛奎律髓》：或问此诗何以谓之变体，岂"秋风吹渭水，落叶满长安"为壮乎？曰；不然。此即唐人"春还上林苑，花满洛阳城"也。其变处乃是"此地聚会夕，当时雷雨寒"，人所不敢言者。或曰：以"雷雨"对"聚会"，不偏枯乎？曰：两轻两重自相对，乃更有力。但谓之变体，则不可常尔。

《艺苑卮言》："秋风吹渭水，明月满长安"。置之盛唐，不复可别。

《诗源辩体》：尚有初、盛唐气格，惜非完璧。　　其诗有"秋风吹渭水，落叶满长安"。古今胜语，而不自知爱。

《唐诗镜》：三、四兴致自然。

《唐风定》：句中元气，如此最不多。

《唐诗选脉会通评林》：魏淳父《风骚句法》："秋风"一联为"洞庭摇橹"，谓双有声也。　　王世贞曰：次二句置之盛唐，不复可别。　　当秋风落叶之际，念故人久别不返，因追想当时聚首情景，浑古遒劲，深浅合度。

《围炉诗话》："秋风吹渭水，落叶满长安"，非叙景，乃引情也。

《唐诗成法》：格法老。……"秋风"是今日事，"雷雨"是当时事；雷雨寒时尚得相聚，秋风摇落乃不得相聚，写"忆"字入骨。

三、四昔人称其盛唐佳句，不知五六绝妙。

《说诗晬语》：贾长江"秋风吹渭水，落叶满长安"，温飞卿"古戍落黄叶，浩然离故关"，卑靡时乃有此格！后唯马戴亦间有之。

《瀛奎律髓汇评》：冯舒：次联直凌二谢。　　冯班：此诗高处只在次联，直敌过仲宣"灞陵"句矣。　　纪昀：天骨开张，而行以灏气，浪仙有数之作。而以五六逆挽为佳处，浅矣。

《石洲诗话》：《摭言》称贾岛跨驴天街，吟"落叶满长安"之句，唐突京尹。然此诗联对处极为矫变，必非凑泊而成者也。

《重订中晚唐诗主客图》：二句诚佳，然不是本家笔（"秋风"二句下）。

孟融逸人

孟君临水居，不食水中鱼。
衣褐唯粗帛，筐箱祇素书。

树林幽鸟恋，世界此心疏。

拟棹孤舟去，何峰又结庐？

【汇评】

《瀛奎律髓》：五、六变体。若专如三、四，则太鄙矣。不可不察此曲折也。

《瀛奎律髓汇评》：纪昀：三、四是朴非鄙，尚有气韵。若俗手效之，则必鄙。虚谷亦防其渐耳。　　又云：不衫不履，风格绝高。五、六一比一赋，相连而下，奇恣之甚。

《重订中晚唐诗主客图》：起兴超然（首二句下）。　　以古行律，法如此。

题长江

言心俱好静，僻署落晖空。

归吏封宵钥，行蛇入古桐。

长江频雨后，明月众星中。

若任迁人去，西溪与剡通。

【汇评】

《能改斋漫录》：贾浪仙主长江簿，有《题长江》诗云："归吏封宵钥，行蛇入古桐。"桐在县厅前。大观中，县令胡同老恶其枯槎，斫去。其不好事如此。

《瀛奎律髓汇评》：纪昀：三、四，十字连读，乃吏散之后，公庭阒寂，故蛇敢出行耳。此诗虽僻，而赖上句大方，遂不觉其鄙琐。

泥阳馆

客愁何并起？暮送故人回。

废馆秋萤出,空城寒雨来。

夕阳飘白露,树影扫青苔。

独坐离容惨,孤灯照不开。

【汇评】

《瀛奎律髓》:此三诗(按指《寄韩湘》、《宿孤馆》及本诗)亦能道旅中事。浪仙爱说"树影"、"扫地"。

《初白庵诗评》:六句笔路与想路俱别,不善学之,则流为杨诚斋矣。

《瀛奎律髓汇评》:冯舒:奇妙至此("夕阳"二句下)。　纪昀:恐是"白鹭",然"白露"不通,"白鹭"亦不佳。且"萤出"、"雨来",兼以"孤坐",亦不应有"夕阳"树影。此诗殊杂凑不可解。

《重订中晚唐诗主客图》:于此等题,看古人诗兴。

送友人游蜀

万岑深积翠,路向此中难。

欲暮多羁思,因高莫远看。

卓家人寂寞,扬子业凋残。

唯有岷江水,悠悠带月寒。

【汇评】

《重订中晚唐诗主客图》:何必是蜀,确是蜀;能知此法,思过半矣("欲暮"二句下)。　略及蜀事,又寓感慨,若止觇缕故实,不过有韵之地舆志耳,何足有无("卓家"二句下)!

寄山友长孙栖峤

此时气萧飒,琴院可应关。

鹤似君无事，风吹雨遍山。

松生青石上，泉落白云间。

有径连高顶，心期相与还。

【汇评】

《唐诗镜》：三、四琢极自然，上句倒装得妙。　　"鹤似君无事，风吹雨遍山"，此是贾岛胜场，然气韵枯寂，自不能掩。

《唐诗摘钞》：只写山中之景，而长孙之高自见。末语自家，亦占地步。起手忽然写此五字，若不知其所指，读四句后知之，便是古文遥呼徐应之法。

《重订中晚唐诗主客图》：不曰君似鹤，而曰鹤似君，加一倍写乃逾高（"鹤似"句下）。　　第三句奇妙，得未曾有，却止以极寻常语对之。试去合看，无奇非常，即无常非奇也（"风吹"句下）。此亦佳，然不及王右丞"明月松间照"二句，可知盛唐不用力而自胜，中晚以后必须用力，乃能与相追（"松生"二句下）。

《葚原诗说》：写景之句，以工致为妙品，真境为神品，淡远为逸品。如"芳草平仲绿，清夜子规啼"、"明月松间照，清泉石上流"、"雨中山果落，灯下草虫鸣"、"绿树村边合，青山郭外斜"、"松生青石上，泉落白云间"、"泉声入秋寺，月色遍寒山"，皆逸品也。

病　起

高丘归未得，空自责迟回。

身事岂能遂？兰花又已开。

病令新作少，雨阻故人来。

灯下南华卷，祛愁当酒杯。

【汇评】

《瀛奎律髓》：老杜此等体，多于七言律诗中变。独贾浪仙乃能于五言律诗中变,是可喜也。昧者必谓"身事"不可对"兰花",然细味之,乃殊有味。以十字一串贯意,而一情一景,自然明白。下联更用"雨"字对"病"字,甚为不切,而意极切,真是好诗,变体之妙者也。若"往往语复默,微微雨洒松",则其变太厓异而生涩矣。

《寒瘦集》:此诗一气流注,两联工妙,为集中五律之冠,而未常见人传诵。

《瀛奎律髓汇评》:查慎行:巧生于熟则可,初学不可。 无名氏(乙):肮脏不聊,在次联十字倾泻。

《重订中晚唐诗客图》:此诗对法脱化,然不善学恐易入滑派("身事"二句下)。

病　蝉

病蝉飞不得,向我掌中行。
拆翼犹能薄,酸吟尚极清。
露华凝在腹,尘点误侵睛。
黄雀并鸢鸟,俱怀害尔情。

【汇评】

《唐诗纪事》:岛久不第,吟《病蝉》之句,以刺公卿。或奏岛与平曾等为"十恶",逐之。

《瀛奎律髓》:贾浪仙诗得老杜之瘦,而用意苦矣。蝉有何病?殆偶见之,托物寄情,喻寒士之不遇也。中四句极其奇涩,而"尘点误侵睛"尤亘古诗人所未道,故曰浪仙用意苦矣。

《瀛奎律髓汇评》:冯舒:镂雕如鬼工。 又云:"四灵"腹联之外,便无馀力,不得长江一支也。 冯班:此有所刺也。

查慎行:第三句费解。结有防微远患之戒。 纪昀:次句领下四句,唯在"掌中",故得细看细写。四句极刻划而自然,不得目以奇涩。

《重订中晚唐主客图》：此自是赋而兼自寓意，然不必泥，即匠物已神绝。

秋暮寄友人

寥落关河暮，霜风树叶低。
远天垂地外，寒日下峰西。
有志烟霞切，无家岁月迷。
清宵话白阁，已负十年栖。

【汇评】

《寒瘦集》：前四句是景，后四句是情，看去又觉景中有情，情中有景。

《重订中晚唐诗主客图》：写景已透微，而寓意自渺然（"远天"二句下）。后世能喜者谁与，何论当时！结明五、六之旨。

雪晴晚望

倚杖望晴雪，溪云几万重。
樵人归白屋，寒日下危峰。
野火烧冈草，断烟生古松。
却回山寺路，闻打暮天钟。

【汇评】

《瀛奎律髓》：晚唐诗多先锻景联、颔联，乃成首尾以足之。此作似乎一句唱起，直说至底者。

《瀛奎律髓汇评》：冯班："松"字重。　　纪昀：起四句有气力，后半稍弱。五句亦未雅。

《历代诗发》：通首俱切，结更佳。

《重订中晚唐诗主客图》：对之三伏中，凛凛有寒意。　　古今雪诗，至欧、苏始称白战，其实自退之即不持寸铁也。但用郁思定力、峭骨沉响，笔补造化，无逾此作。

寄朱锡珪

远泊与谁同？来从古木中。
长江人钓月，旷野火烧风。
梦泽吞楚大，闽山阨海丛。
此时樯底水，涛起屈原通。

【汇评】

《龙性堂诗话初集》：贾浪仙"长江人钓月，旷野火烧风"、"流星透疏木，走月逆行云"、"远天垂地外，寒日下峰西"、"边日沉残角，河关截夜城"、"峰悬驿路残云断，海浸城根老树秋"、"山钟夜渡空江水，汀月寒生古石楼"等语，真堪铸佛礼拜。

马戴居华山因寄

玉女洗头盆，孤高不可言。
瀑流莲岳顶，河注华山根。
绝雀林藏鹘，无人境有猿。
秋蟾才过雨，石上古松门。

【汇评】

《瀛奎律髓》：五、六谓绝雀之林为藏鹘，无人之境始有猿。一句上本下，一句下本上。诗家不可无此互体。工部诗"林疏黄叶坠，野静白鸥来"亦似。

《瀛奎律髓汇评》：纪昀：无深意而自然高爽，此由气格不同。许印芳：末句有讹字。

《重订中晚唐诗主客图》："顶"、"根"二字炼。二句直写得奇绝，真大法力（"瀑流"二句下）。　　此却降一等（"绝雀"二句下）。

送孙逸人

衣屦犹同俗，妻儿亦宛然。
不餐能累月，无病已多年。
是药皆谙性，令人渐信仙。
杖头书数卷，荷入翠微烟。

【汇评】

《瀛奎律髓》：三代之世，恐无此谲觚之民也。唐人喜为诗，则已喜谈而乐道之。

《唐风定》：东野之古，浪仙之律，异曲同工，宇宙间真少此种不得。若长吉歌行，则少之不为缺事矣。

《寒瘦集》：一气呵成，结处如画，而又与"送"字有情。

《瀛奎律髓汇评》，查慎行：五六对句不测。　　纪昀：末二句突入送意，太无来路。

《重订中晚唐诗主客图》：此与张水部《隐者》、《道者》等篇都一体例，要知亦不止两公为然。

卧疾走笔酬韩愈书问

一卧三四旬，数书唯独君。
愿为出海月，不作归山云。
身上衣频寄，瓯中物亦分。

欲知强健否,病鹤未离群。

【汇评】

《瀛奎律髓》:五、六可怜,其所以感昌黎者至矣。起句尤见退之高谊。贤哉,宾主间也!

《瀛奎律髓汇评》:纪昀:浪仙作涩语便工,作平语便庸钝,所谓人各有能有不能。 又云:五、六虽真,而不免于鄙。

宿孤馆

落日投村戍,愁生为客途。
寒山晴后绿,秋月夜来孤。
橘树千株在,渔家一半无。
自知风水静,舟系岸边芦。

【汇评】

《瀛奎律髓》:三、四自然,浪仙诗似此平易者少。五六似是产橘之地,曾经兵火矣。

《载酒园诗话又编》:贾有精思而无快笔,往往意工于词。又生平好用倒句,如“细响吟干苇”、“枝重集猿枫”,虽纡曲而犹能达其意。至“舟系岸边芦”,芦岂堪系舟?必是系舟芦岸。

《瀛奎律髓汇评》:纪昀:结句稍僻。 许印芳:此评亦苛。

《重订中晚唐诗主客图》:境常,意常,无一字不常,然却能如此样出色,乃撰力胜耳(“春山”二句下)。

宿山寺

众岫笋寒色,精庐向此分。
流星透疏木,走月逆行云。

绝顶人来少,高松鹤不群。

一僧年八十,世事未曾闻。

【汇评】

《诗源辩体》:如"未知游子意"、"去有巡台侣"、"众岫耸寒色"、"头发梳千下"四篇,亦似晚唐。

《唐诗矩》:尾联寓意格。　　三、四写景极确。若子美"飞星过水白,落月动沙虚",虽极刻画而无刻划之迹,又未可同日论矣。

《唐诗摘钞》:意在言外(末二句下)。

《寒瘦集》:首联十字都是眼前平常之景,一经巨手出之,便可惊人。

《瀛奎律髓汇评》:冯班:次联奇句。　　纪昀:"流星"、"走月"字不佳。后四句忽作平语,然一气流走,有萧散之致。　　许印芳:全诗有奇气。三、四乃即景佳句,晓岚以"流"、"走"字面刺目而斥之,盖以试帖禁忌之例绳律诗,苟且谬矣。后四句亦从洗炼而出,"高松"五字甚警策,晓岚亦斥为平语,皆非公论。无名氏(乙):尝见此景,诧君拾之。

《唐三体诗评》:"寒色"是暮,又是在绝顶也。　　又云:结句亦欲弃人事而从之避世也。句句精绝超绝,神仙中人。

《唐诗别裁》:顺行云则月隐矣,妙处全在"逆"字。

《龙性堂诗话》:贾浪仙"长江人钓月,旷野火烧风"、"流星透疏木,走月逆行云",……真堪铸佛礼拜。

《重订中晚唐诗主客图》:"透"字、"走"字过于炼字,反带伧气("流星"二句下)。　　结超古无上。

《葚原诗说》:对法不可合掌,如一动必一静,一高必一下,一纵必一横,一多必一少,此类可以递推。如耿沣"冒寒人语少,乘月烛来稀","稀"、"少"合掌。李宗嗣"普天皆灭焰,匝地尽藏烟","皆"、"尽"合掌。贾岛"流星透疏木,走月逆行云","流"、"走"合掌。……此皆诗之病也。

《缀锻录》：诗有语意相同而工拙大相远者，如贾长江"走月逆行云"，亦可谓形容刻划之至矣。试与韦苏州"乔木生夏凉，流云吐华月"较之，真不堪与之作奴。

京北原作

登原见城阙，策蹇思炎天。

日午路中客，槐花风处蝉。

远山秦木上，清渭汉陵前。

何事居人世？皆从名利牵。

【汇评】

《瀛奎律髓》："日午路中客"一句似粗疏，"槐花风处蝉"句却细密，亦变体也。"秦树"、"汉陵"及尾句俱佳。

《瀛奎律髓汇评》：纪昀：三、四以对照见意：人苦热，蝉自凉耳。此烘托之法，诗家常格，非变体。　又云：三、四高老。惜五、六落套，结尤不成语。　许印芳：三、四固是烘托法，然以物对人，与前《病起》诗"身事""兰花"同一变格。　无名氏（乙）：生峭。

暮过山村

数里闻寒水，山家少四邻。

怪禽啼旷野，落日恐行人。

初月未终夕，边烽不过秦。

萧条桑柘外，烟火渐相亲。

【汇评】

《六一诗话》：（梅）圣俞曰：作者得于心，览者会以意，殆难指陈以言也。虽然，亦可略道其仿佛。……若温庭筠"鸡声茅店月，人迹板桥霜"，贾岛"怪禽啼旷野，落日恐行人"，则道路辛苦、羁旅之思，岂不见于言外乎？

《对床夜语》：岑参诗："疲马卧长坂，夕阳下通津。山风寒空林，飒飒如有人。"贾岛云："数里闻寒水，山家少四邻。怪禽啼旷野，落日恐行人。"远途凄惨之意，毕见于此。

《瀛奎律髓》："怪禽"、"落日"一联，善言羁旅之味，诗无以复加。"初月未终夕"，则村落之黑犹早。"边烽不过秦"，似是西边寇事始息，初有人烟处。

《网师园唐诗笺》：十字作一句（"初月"一联下）。

《龙性堂诗话续集》：贾岛"怪禽啼旷野，落日恐行人"，夕阳驴背上，真有此景，想之心怦怦然动。

《瀛奎律髓汇评》：冯舒：次联奇妙之句。 冯班：字字洗拔。六句谓不过京师也。 纪昀："初月"碍"落日"。"边烽"句语意未明。 无名氏（甲）：东野古多律少，浪仙古少律多，然其孤高则同，非一时流辈可及，足见韩公取人另具法眼，过于九方皋也。

寄宋州田中丞

古郡近南徐，关河万里馀。

相思深夜后，未答去秋书。

自别知音少，难忘识面初。

旧山期已久，门掩数畦蔬。

【汇评】

《瀛奎律髓》:"相思深夜后,未答去年书",初看甚淡,细看十字一串,不吃力而有味。浪仙善用此体,如"白发初相识,秋山拟共登",如"羡君无白发,走马过黄河",如"万水千山路,孤舟一月程",皆句法之变也。如"自别知音少,难忘识面初",又当截上二字、下三字分为两段而观,方见深味。盖谓自相别之后,知音者少,"自别"二字极有力;而最难忘者,尤在识面之初。老杜有此句法,"每语见许文章伯"之类是也;"不寐防巴虎,全生狎楚童",亦是也。山谷"欲嗔王母惜,稍慧女兄夸",亦是也。

《唐诗成法》:先写宋州,见路之远。后写寄书,却用虚笔。五六方写交情,便不直致。结不甚佳。

《瀛奎律髓汇评》:纪昀:一气清空,在《长江集》中又是一格。

许印芳:三、四用流水对,五、六用逆挽法,与前诗(按指《京兆原作》)同一用笔。……凡五律句法,一意直下者,味薄气弱,每难出色。须参以两折、三折之句,疏密相间,方臻妙境,学者宜知之。

《重订中晚唐诗主客图》:僻涩。

送胡道士

短褐身披满渍苔,灵溪深处观门开。
却从城里携琴去,许到山中寄药来。
临水古坛秋醮罢,宿杉幽鸟夜飞迴。
丹梯愿逐真人上,日夕归心白发催。

【汇评】

《瀛奎律髓》:三、四一穿而平易。浪仙诗似此者少。

《瀛奎律髓汇评》:查慎行:三、四冲淡,似张文昌,在长江则变格也。　　纪昀:平调而不失风格。

寄韩潮州愈

此心曾与木兰舟，直到天南潮水头。

隔岭篇章来华岳，出关书信过泷流。

峰悬驿路残云断，海浸城根老树秋。

一夕瘴烟风卷尽，月明初上浪西楼。

【汇评】

《贯华堂选批唐才子诗》：先生作诗，不过仍是平常心思、平常律格，而读之每每见其别出尖新者，只为其炼句、炼字，真如五伐毛、三洗髓，不肯一笔犹乎前人也。一、二，只是言刻刻思欲买船来看；三、四，只是言刻刻疑有诗文见寄也。一解皆用头上"此心"二字，一直贯下（首四句下）。　　　"残云断"、"老树秋"，言意中时望有此一夕也；风卷瘴烟，月明初上者，喻言必有天聪忽开、此心得白之日也。

《唐诗贯珠》：局法高超，庸肤剥尽。起是单刀直入。下六言皆托言心到之境。

《唐诗别裁》：起超（首二句下）。　　　言韩之来书（"隔岭篇章"句下）。言己之寄书（"出关书信"句下）。

《近体秋阳》：许期高深，撼写缥缈，两俱极境，不可复形拟矣。

《山满楼笺注唐诗七言律》：起笔最奇。凡人寄诗，只言别后相忆耳，此独追至文公初贬时，……次联方写今日事。

《网师园唐诗笺》：超逸（首二句下）。

《诗法易简录》：笔势突兀之至，然用法稍变。

《瀛奎律髓汇评》：纪昀：起手十四字不可划断，笔力奇横。

又云：意境宏阔，音节高朗，长江七律内有数之作。　　　许印芳：沈归愚云：起笔超超元箸，三句谓韩寄诗与己，四句谓己寄书与韩。愚谓：五句束住自己一面，六句束住韩一面，结句紧跟六句来，但就韩言，而己之思韩即在其中，正应起处"心"、"到"二字。诗律精妙如此。

酬张籍王建

疏林荒宅古坡前，久住还因太守怜。
渐老更思深处隐，多闲数得上方眠。
鼠抛贫屋收田日，雁度寒江拟雪天。
身事龙钟应是分，水曹芸阁枉来篇。

【汇评】

《唐诗选脉会通评林》：周珽曰：三、四语隽，"更"、"数"虚字不苟。　　真切了畅，落想布局自有出人者。

《山满楼笺注唐诗七言律》：四（句）欲慰以数得闲眠之雅趣，三故作波折，先诉其更思老隐之深衷；先生之笔，何其曲也！五补写贫况："鼠抛屋"妙，只三字尽之矣；"收田日"又接得妙，非是日也，鼠亦与我同饥而已。六因谢寄诗："雁渡江"妙，实事也而虚用之；"拟雪天"又接得妙，雪与不雪，尚在未可知之天。先生之诗，必不肯一字涉于庸腐也。七总承五句，八独承六。

渡桑乾

客舍并州已十霜，归心日夜忆咸阳。
无端更渡桑乾水，却望并州是故乡。

【汇评】

《注解选唐诗》：久客思乡，人之常情。旅寓十年，交游欢爱，与故乡无殊，一旦别去，岂能无依依眷恋之怀？渡桑乾而望并州，反以为故乡,此亦人之至情也。非东西南北之人,不能道此。

《对床夜语》:雍陶《过故宅看花》云:"今日主人相引看,谁知曾是客移来!"贾岛《渡桑乾》云:"……无端更渡桑乾水,却望并州是故乡。"李商隐《夜雨寄人》云:"君问归期未有期,巴山夜雨涨秋池。何当共剪西窗烛,却话巴山夜雨时?"此皆袭其句而意别者。若定优劣、品高下,则亦昭然矣。

《艺苑卮言》:岛诗"独行潭底影,数息树边身",有何佳境,而三年始得,一吟泪流。如《并州》及《三月三十日》二绝乃可耳。

《艺圃撷馀》:一日偶诵贾岛《桑乾》绝句,见谢枋得注,……不觉大笑。指以问玉山程生曰:"诗如此解乎?"程生曰:"向如此解。"余谓此岛自思乡作,何曾与并州有情?其意恨久客并州,远隔故乡,今非唯不能归,反北渡桑乾,还望并州又是故乡矣。并州且不得住,何况得归咸阳!此岛意也,谢注有分毫相似否?程始叹赏,以为闻所未闻。

《唐诗直解》:两种客思,熔成一团说。

《汇编唐诗十集》:居并州而忆咸阳,苦矣。渡桑乾而远于昨,则并(州)非故乡乎?此从《庄子》"流人"一段中想出话头。

《唐风定》:韵高调逸,意参盛唐。

《唐诗归折衷》:敬夫云:自伤久客,用曲笔写出。

《围炉诗话》:景同而语异,情亦因之而殊。宋之问《大庾岭》云:"明朝望乡处,应见陇头梅。"贾岛云:"无端更渡桑乾水,却望并州是故乡。"景意本同,而宋觉优游,词为之也。然岛句比之问反为醒目,诗之所以日趋于薄也。

《唐诗摘钞》:咸阳即故乡,客并州非其志也,况渡桑乾乎?在并州且忆故乡,今渡桑乾,望并州已如故乡之远,况故乡更在并州之外乎?必找此句,言外意始尽。久客不归,复而远适,语意殊悲怨。后人不知故乡即咸阳,谬解可笑。

《寒瘦集》：自起到结，句句相生，字字相应，章、句、字三法无一不妙。

《春酒堂诗话》：阆仙所传寥寥，何以为当时推重？"客舍并州"一绝，结构筋力，固应值得金铸耳。

《唐诗别裁》：谓并州且不得久住，况咸阳乎？仍是思咸阳，非不忘并州也。王敬美驳谢注甚允。

《唐诗笺注》：谢看得浅，王看得深，诗内数虚字自见，然两层意俱有。

《网师园唐诗笺》：咸阳之忆愈深（末句下）。

《历代诗发》：久客之人反以旅寓为故乡，萍踪漂荡，真情真境。

《唐绝诗钞注略》：邱文庄云：眼前景致口头语，便是诗家绝妙词。　徐充云：远故"忆"，近故"望"；"无端"二字更妙。

《诗境浅说续编》：此诗曲写其客中怀抱也……作七绝者，或四句一气贯注，或曲折写出而仍能一气，最为难到之境，学诗之金针也。

早秋寄题天竺灵隐寺

峰前峰后寺新秋，绝顶高窗见沃洲。
人在定中闻蟋蟀，鹤从栖处挂猕猴。
山钟夜渡空江水，汀月寒生古石楼。
心忆悬帆身未遂，谢公此地昔年游。

【汇评】

《二冯评阅才调集》：冯班云：长江体。

《贯华堂选批唐才子诗》：如此写早秋灵隐，真是早秋灵隐，绝非三时灵隐也；如此写灵隐早秋，真是灵隐早秋，绝非他处早秋也。

虽曰托人寄题,实是游魂亲至。不然而欲单仗笔墨,固知决无此事也。欲写灵隐新秋,却先写峰前峰后,无寺不皆新秋,妙！妙！便从其馀寺中独独推出灵隐,如二之绝顶见沃洲,果然真是他寺之所无有也。三、四解之言所以绝顶见沃洲者,只为忽闻蟋蟀,不觉惊心;因而举头,木叶果脱。见沃洲者,木叶脱也;见叶脱者,惊蟋蟀也;惊蟋蟀者,惊早秋也。看他作诗刻苦,乃到如此田地(前四句下)。　　前解画出新秋灵隐,后解苦忆之也。言身卧床上,心挂山中,耿耿无眠,忽忽自语。此时是钟度江时也,此时是月照楼时也。五、六二句,正全写七之"心忆"二字也。

《山满楼笺注唐诗七言律》：时值新秋,忽兴怀于旧游之地。故一出笔即曰"寺新秋",而峰前峰后,画出灵隐在万山之中,前后皆峰也。次句是衬笔,"见沃洲"不必泥经秋木落,既曰绝顶高窗,则所见自远。中四句皆带秋意,皆是昔年所闻所见者如此,而今犹耿耿了然,如在耳目间也。悬帆未遂,此心何日忘之？山灵有知,尚其鉴我！

《唐诗笺注》：此首是遥忆天竺灵隐,因而寄题。

送罗少府归牛渚

作尉长安始三日,忽思牛渚梦天台。
楚山远色独归去,瀼水空流相送回。
霜覆鹤身松子落,月分萤影石房开。
白云多处应频到,寒涧泠泠漱古苔。

【汇评】

《贯华堂选批唐才子诗》：作尉始得三日,故便思归？作尉三日便归,何如不作？及读三、四山色独归、水流空送之语,而后始悟作尉来长安,本是无数壮心;三日梦天台,真是一场忪愣也(首四句下)！　　五、六则纪其归牛渚之时也。频到深云、口漱寒涧者，欲其更不说到长安作尉之事也（末四句下）。

三月晦日赠刘评事

三月正当三十日，风光别我苦吟身。
共君今夜不须睡，未到晓钟犹是春。

【汇评】

《艺苑卮言》：贾岛"三月正当三十日"，与顾况"野人自爱山中宿"同一法，以拙起唤出巧意，结语俱堪讽咏。

《唐诗镜》：中唐巧境。

《批点唐音》：却是晚唐。岛亦自知吟苦，盖才涩故也。

《唐三体诗评》：只是秉烛游耳，然后人送春诗更道不到此，正是善学摩诘《渭城》者。

《寒瘦集》：第一句破题，第二句承题；三、四惜春，即是作诗本意。中间用"共君"二字，"刘评事"才不落空。

《唐诗笺注》：用意良苦，笔亦刻挚。

《王闿运手批唐诗选》：加倍写春之意。究竟有何好处（首二句下）？

客　思

促织声尖尖似针，更深刺着旅人心。
独言独语月明里，惊觉眠童与宿禽。

【汇评】

《寒瘦集》：前两句是兴，后两句是赋，乃诗人兴而赋之体也。头两句因"尖"字便生出"针"字，又因针字生出"刺"字，炼字之法极巧。然妙在后两句澹远,才不落小家。

代旧将

旧事说如梦,谁当信老夫?
战场几处在,部曲一人无。
落日收病马,晴天晒阵图。
犹希圣朝用,自镊白髭须。

【汇评】

《围炉诗话》:贾岛《代旧将》诗,子美也。

《此木轩唐五律诗读本》:起用未尿出先屎出之法。

《重订中晚唐诗主客图》:淡味弥永("战场"二句下)。

早 行

早起赴前程,邻鸡尚未鸣。
主人灯下别,赢马暗中行。
蹋石新霜滑,穿林宿鸟惊。
远山钟动后,曙色渐分明。

【汇评】

《重订中晚唐诗主客图》:此即发难显("主人"二句下)。
水部句("蹋石"二句下)。

题兴化园亭

破却千家作一池,不栽桃李种蔷薇。
蔷薇花落秋风起,荆棘满庭君始知。

【汇评】

《本事诗》：贾岛于兴化凿池种竹起台榭（按：《韵语阳秋》引《本事诗》，谓系"裴晋公于兴化里凿池起台榭"），时方下第；或谓执政恶之，故不在选。怨愤尤极，遂于庭内题诗曰："破却千家作一池，……"由是人皆恶其侮慢不逊，故卒不得第，抱憾而终。

《小清华园诗谈》：刺恶之诗，贵字挟风霜，庶几闻者足戒。……柳子厚"射工"、"飓母"之辞，李德裕"毒雾"、"沙虫"之句，虽甚切直，而终不失为风雅之遗。若"破却千家作一池，……"则无怪乎其犯众怒已。

《王闿运手批唐诗选》：令人欲哭欲笑（末句下）。

《唐人绝句精华》：此虽出于怨愤，然以警豪贵之家，亦一剂清凉散也。

寻隐者不遇

松下问童子，言师采药去。
只在此山中，云深不知处。

【汇评】

《唐诗正声》：吴逸一评：自是妙音，所谓不用意而得者。

《增定唐诗正声》：李云：首句问，下三句答。直中婉，婉中直。

《唐诗直解》：愈近愈杳。

《唐诗广选》：俞仲蔚曰：意味闲雅，脍炙人口。

《唐诗解》：设为童子之言，以状山居之幽。

《姜斋诗话》：《十九首》及《上山采蘼芜》等篇，止以一笔入圣证。自潘岳以凌杂之心作芜乱之调，而后元声几熄。唐以后间有能此者，多得之绝句耳。一意之中但取一句，"松下问童子"是已。如"怪来妆阁闭"，又止半句，愈入化境。

《而庵说唐诗》：夫寻隐者不遇，则不遇而已矣，却把一童子来作波折，妙极！有心寻隐者，何意遇童子，而此童子又恰是所寻隐者之弟子，则隐者可以遇矣。问之，"言师采药去"，则不可以遇矣……曰"只在此山中"，"此山中"见甚近，"只在"见不往别处，则又可以遇矣。岛方喜形于色，童子却又云："是便是，但此山中云深，卒不知其所在，却往何处去寻？"是隐者终不可遇矣。此诗一遇一不遇，可遇而终不遇，作多少层折！今人每每趁笔直下。古人有云："笔扫千军，词流三峡"，误尽后贤，此唐已后所以无诗也。

《唐诗笺注》：语意真率，无复人间烟火气。

《诗法易简录》：一句问，下三句答，写出隐者高致。

《唐诗选胜直解》：设为童子之言，以答寻问之意，不必实有此事。不露题字，而意已见。

《唐诗评注读本》：此诗一问一答，四句开合变化，令人莫测。